Bettina Lausen

Die Erinnerung riecht nach gelben Kamelien

Bettina Lausen, Jahrgang 1985, lebt mit ihrer Familie in Haan. Sie hat einen Bachelor in Kulturwissenschaften mit den Schwerpunkten Literatur und Geschichte. Sie schreibt Krimis und Historisches und hat bereits mehrere Romane veröffentlicht.

Bettina Lausen

Die Erinnerung riecht nach gelben Kamelien

Roman

PIPER

Mehr über unsere Autoren und Bücher: www.piper.de

ISBN 978-3-492-50408-9

Die Bibelzitate sind aus der Bibelübersetzung Luther 1912 entnommen.
Satz auf Grundlage eines Print-CSS-Layouts von digital publishing competence (München) mit abavo vlow (Buchloe)
Covergestaltung: © Traumstoff Buchdesign traumstoff.at Covermotiv: Bilder unter Lizenzierung von Shutterstock.com genutzt
Printed in Germany

Kapitel 1

Großraum Düsseldorf, Mai 2009

Als Carolin im Schlafanzug barfuß die Treppen hinunterkam, roch es verführerisch nach Kaffee. Normalerweise machte sie morgens ihrem Vater und sich das Frühstück, doch er saß bereits fertig angezogen am Esstisch über der Rheinischen Post. Er trug zum Hemd heute sogar eine Krawatte. Hatte er gleich einen Kundentermin?

»Bin ich so spät?« Carolin blickte auf die Uhr. 6:28 Uhr. Just in time.

»Ich muss noch etwas erledigen.« Ihr Vater zwinkerte ihr zu.

O nein! Heute kam der Stuhl in den Handel, den sie designt hatte. Sie hatte sich gefreut, dass ihr Vater zufrieden mit ihrer Kreation gewesen war, und doch wollte sie vor den Mitarbeitern nicht in den Vordergrund gestellt werden. Zudem hatte der Produktdesigner die meiste Arbeit übernommen.

Sie trat hinter ihren Vater, legte die Arme um ihn und gab ihm einen Kuss auf die Wange, strich dabei über seine leicht abstehenden Ohren. »Paps, was hast du vor?«, fragte sie gespielt anklagend mit einem Lächeln.

Ihr Vater drehte den Kopf zu ihr, wackelte mit den Augenbrauen und grinste. »Überraschung!«

Carolin seufzte und setzte sich neben ihn. »Übertreib es nicht, ja?«

»Ich übertreibe es nie.« Seine Augen leuchteten schelmisch auf.

»Reicht es nicht, wenn wir heute Abend irgendwo essen gehen? Von mir aus ein Zehn-Gänge-Menü mit Champagner, und du darfst ein Tischfeuerwerk organisieren.«

Er schüttelte lächelnd den Kopf. »Nicht mein Stil! Du weißt doch, wie es läuft.«

Ja, das wusste sie. Ihr Vater war streng, aber gute Arbeit belohnte er. Nicht nur im Büro auch zu Hause. Seinen Mitarbeitern gab er gern mal eine Sonderzahlung oder brachte einen Blumenstrauß mit. Sie hingegen bekam eine Kette, ein Gemälde oder einen Einkaufsgutschein geschenkt. Zum erfolgreichen Abschluss ihres Studiums hatte er ihr ein neues Auto gekauft. Aber was hatte er heute vor?

»Ich möchte nichts haben. Es ist nur ein Stuhl.«

»*Dein* Stuhl.« Er zog die Brauen hoch und sah sie liebevoll an.

»Du lässt dich wohl nicht umstimmen, was?«

»Nein«, sagte er lachend und griff nach ihrer Hand.

Carolin atmete tief durch und schlurfte in die Küche. Sie goss Kaffee in ihre Hobbit-Tasse und machte sich ein Brot mit Käse. »Willst du auch was essen?«, rief sie.

»Ich esse unterwegs«, antwortete er.

Als sie zurück ins Wohnzimmer kam, erhob sich ihr Vater, trank den letzten Schluck Kaffee und faltete die Zeitung zusammen. »Also, bis gleich.« Er trat zu ihr und gab ihr einen Kuss auf die Stirn.

»Und vergiss nicht, dein Geschirr wegzuräumen, gleich kommt Frau Wölbling«, sagte ihr Vater und ging mit der Zeitung und der Tasse in die Küche.

»Natürlich«, murmelte sie. Wie konnte sie das vergessen? Die Putzfrau kam viermal die Woche, und vorher musste alles aufgeräumt sein – also immer.

»Und deine Schuhe musst du noch in den Schuhschrank räumen«, rief er aus dem Flur.

Carolin lächelte kopfschüttelnd und verkniff sich eine Antwort. Sie aß ihr Frühstück, machte sich fertig und räumte die Sneakers in den Schrank. Sie grinste in sich hinein. Ihr Vater konnte froh sein, dass sie frauenuntypisch nur wenige Schuhe besaß, sonst würden sich diese in dem Flur stapeln.

Anschließend ging sie zur Bushaltestelle. In der Garage wartete ihr Mini auf sie, aber sie hasste es, mit dem Auto über die volle Autobahn nach Düsseldorf zu fahren. Sie wohnten in Haan, einem Nachbarort. Hier konnten sie sich dem Großstadttrubel entziehen und waren doch innerhalb einer halben Stunde im Büro.

Der Bus war gefüllt, sie bekam noch einen Platz im hinteren Teil. Schräg vor ihr saß eine Frau in einem schwarzen Kleid mit vielen Piercings in Nase und Ohrläppchen. Die Lippen grün geschminkt, auf dem Kopf einen Hut mit breiter Krempe. Carolin holte den Notizblock aus der Tasche und betrachtete die Frau ... die harten Gesichtszüge, die Spitze an den Ärmeln, die langen Fingernägel. Ein geballter Schrei nach Aufmerksamkeit. Und sie hatte es geschafft: Die Blicke der Fahrgäste gehörten ihr.

Sie schien es zu bemerken, schob in kecker Geste die Krempe des Hutes höher, und als die Ärmel hochrutschten, blitzten an den Handgelenken rötliche Linien auf. Die Frau zog den Stoff wieder runter. In ihrem Inneren brodelte es bestimmt. Was war wohl der Auslöser für ihre Selbstverletzung und diesen extravaganten Stil gewesen?

Carolin setzte den Bleistift an, zog die ersten Striche auf dem Papier. Ein freudiges Prickeln breitete sich in ihr aus, ein Gefühl der Ruhe und Zufriedenheit. Mit jedem Bild, das sie erschuf, stieß sie eine Tür in eine eigene Welt auf, in der sie Neues entdeckte und Weite spürte.

Die Frau nahm auf dem Blatt Gestalt an. Carolin gab ihr mit dem Stift eine weiche Note im Gesicht und ließ sie nach einer Rose greifen.

Als die Frau ausstieg, betrachtete Carolin ihr Werk. Sie hatte die auffällige Erscheinung gut eingefangen und doch etwas Neues geschaffen. In den Hintergrund zeichnete sie einen Mann mit erhobener Faust und grimmigem Blick, der der Frau etwas zurief. Carolin ließ den Stift sinken und sah aus dem Fenster. Ein Aquarellgemälde hatte sie letzten Monat im Internet für fünfundvierzig Euro verkauft. Es zog immer noch ein Kribbeln durch ihren Körper, wenn sie daran dachte, dass ihr Kunstwerk bei Fremden die Wohnung verschönerte. Doch sie hatte es ihrem Vater nicht erzählt, konnte sich seine Worte schon ausmalen: »Du wirst bald Chefin eines erfolgreichen Unternehmens sein, warum willst du dich mit der Malerei ablenken?«

Carolin steckte den Block in die Tasche und beobachtete die hektisch umherlaufenden Menschen auf den Bürgersteigen. An der Haltestelle »Steinstraße« verließ sie den Bus und atmete die kalte Frühlingsluft ein. Lag neben den Abgasen der Großstadt auch der Duft nach Veränderung darin? Würde sie den Platz im Unternehmen ihres Vaters vielleicht heute finden?

Die Absätze der neuen Pumps klackerten auf dem Asphalt, und sie folgte dem Strom der Menschen auf die Kö – die berühmteste Einkaufsstraße der Stadt, vielleicht sogar des Landes. Hier unterhielt ihr Vater einen Laden für Designermöbel. Er befand sich nicht auf dem Weg ins Büro, doch heute musste sie einen Abstecher machen. Freudige Erwartung lag in ihrem Magen. Ob der Stuhl schon im Schaufenster stand?

Tatsächlich. Sie sah ihn schon von Weitem.

Carolin legte eine Hand an das Fenster und betrachtete ihr selbst entworfenes Design. Der Stuhl war geformt wie ein »S« und schien über dem Holzkreis zu schweben. Wie eine Tänzerin in lilafarbenem Kleid, die sich elegant ihrem Tanzpartner in Rücklage zuneigte. Carolin hatte eine Polsterung vorgesehen, hatte beides vereinen wollen: Eleganz und Bequemlichkeit. Ein Stuhl, der zum Lieblingsstück mutieren konnte. Aber der Produktdesigner hatte flapsig geantwortet: »Nicht jeder Stuhl ist für Bequemlichkeit geboren«, und ihn in Hartplastik in Auftrag gegeben.

Nun stand ihre Kreation vor ihr. Was löste das in ihrem Inneren aus? Sie forschte nach einem Kribbeln, einem freudigen Gefühl. Nichts dergleichen. Dieser Moment war nicht so berauschend, wie sie ihn sich vorgestellt hatte. Zwar hatte sie Spaß daran gefunden, mehrere Varianten eines Stuhles zu zeichnen, aber die Arbeitsschritte wie Material auszusuchen und den Prototypen in Auftrag zu geben, waren ihr lästig gewesen.

Lieber hätte sie einen vorhandenen Stuhl auf Papier in ein neues Licht gesetzt und durch ihre Perspektive den Betrachter überrascht. Darin lag ihre Stärke: im Malen von bestehenden Dingen und nicht in der Konstruktion neuer Gegenstände.

Wenn sie nicht mal der kreativste Prozess im Unternehmen ihres Vaters ausfüllte, wo sollte dann ihr Platz sein? In der Marketingabteilung? Schließlich hatte sie Marketing in ihrem BWL-Studium als Schwerpunkt gehabt. In nächster Zeit würde sie die Mitarbeiterin in dem Bereich unterstützen. Sie wollte die Hoffnung nicht aufgeben.

Carolin warf einen Blick auf ihre Armbanduhr und setzte sich in Bewegung. Zwar würde kein Mitarbeiter die Tochter des Chefs wegen Unpünktlichkeit rügen, dennoch hasste sie es, zu spät zu kommen. Und sie wollte ein Vorbild sein.

Vor einem Juweliergeschäft saß ein Mann mit verfilzten Haaren, vor seiner dunklen Haut leuchtete ein neonfarbenes fleckiges Trikot, das an einer Seite aus dem Bund der ausgefransten Jeans hing. Die Cappy, auf der das Emblem ausgeblichen war, hatte er über die Augen gezogen und hielt den Vorbeiströmenden einen Pappbecher entgegen. Die Security des Geschäfts hatte ihn anscheinend noch nicht entdeckt.

Was hatte ihn in diese Situation gebracht? Wo stände sie, wenn sie nicht bei einem reichen Vater aufgewachsen wäre und die Lebensumstände sie stattdessen an den Rand des Abgrunds getrieben hätten?

Carolin holte ihr Portemonnaie aus der Jackentasche, zog einen Zehneuroschein hervor und steckte ihn in den Becher. Zum Glück sah ihr Vater das nicht. Sie war oft mit ihm in Streit geraten, weil er meinte, sie werfe das Geld zum Fenster raus. Der Bettler bedankte sich mit einem Lächeln und verstaute den Zehner in der Hosentasche. Ihr Vater schien so einen Moment, das Erleben der Dankbarkeit und Freude, noch nie erfahren zu haben, sonst würde er anders darüber denken.

Carolin eilte weiter, bog in die Berliner Allee ein und trat zum Bürogebäude. An der Tür hing ein Banner mit ihrem Firmenlogo: *Franzens Designmöbel.* Sie lief in die zweite Etage zu den Büroräumen. Es roch nach Putzmittel und frisch aufgebrühtem Kaffee. Sie hängte Mantel und Schal an die gut gefüllte Garderobe und ging in die Küche. Sie zog die Glaskanne aus der Kaffeemaschine und goss sich den Filterkaffee ein. Ihr Vater hatte einen teuren Vollautomaten angeschafft, doch Carolin trank lieber die alt bewährte Variante – stark und aromatisch.

Lara Priggemeier balancierte keuchend ein Kuchenblech herein und stellte es auf die Anrichte.

»Guten Morgen, was haben Sie denn Leckeres mitgebracht?«, fragte Carolin.

Lara zog die Jacke aus und hängte sie über einen Stuhl. Darunter trug sie eine gestreifte Bluse, einen blauen Faltenrock und einen goldenen Gürtel. Die Handtasche von Prada passte farblich zum Rock. Die Marketingmitarbeiterin war mit vierundzwanzig zwei Jahre jünger als sie. Sie verstanden sich gut und teilten die Leidenschaft für Fantasyromane. Eine gute Voraussetzung, sich zu duzen, doch Carolins Vater hatte sie davor gewarnt, wenn sie in Zukunft Chefin werden wollte.

Lara Priggemeier zog die Klarsichtfolie vom Blech und nahm einen Kuchenheber aus der Schublade. »Mein Freund hatte gestern Geburtstag, und wir hatten so viel übrig.« Sie lächelte und strich sich die langen braunen Haare hinters Ohr.

»Das kenne ich«, sagte Carolin und nippte an ihrem Kaffee.

Lara Priggemeier verdrehte die Augen. »Vor allem bei meiner großen Familie. Bei Festen wollen meine Oma, meine Uroma *und* meine Mutter backen. Und wenn ich nicht aufpasse, kommt auch noch meine Schwester mit etwas um die Ecke.« Sie lachte heiter.

In Carolins Magen bildete sich ein Knoten. Wie gern hätte sie Schwester, Mutter, Oma und Uroma, aber es gab nur ihren Vater. Das Einzige, was sie von ihrer Mutter besaß, waren eine Armbanduhr und ein Foto. Und jedes Mal, wenn sie ihren Vater auf seine Vergangenheit oder die Familie ansprach, schwieg er.

Lara Priggemeier schob den Kuchenheber unter ein Stück. »Wollen Sie direkt eins? Hat meine Oma gebacken. Sehr lecker.« Sie zwinkerte ihr zu.

Carolin schüttelte den Kopf und hielt sich an der Tasse fest. Schnell flüchten, bevor sie Familienfeierstorys zu hören bekam. »Lieber nach dem Mittagessen«, sagte sie und verschwand aus der Küche.

Carolin klopfte an die Bürotür ihres Vaters. Als keine Antwort kam, trat sie ein. Er war noch nicht da. Über dem Sideboard hing das Bild, das sie gemalt und ihm vor vier Jahren zum sechzigsten Geburtstag geschenkt hatte. Der Blick von der Josephskapelle über den Rhein. Auf der anderen Seite blühte das Leben in Form der Düsseldorfer Rheinkirmes. Auf dem Fluss ein einzelnes Segelboot mit einer Frau, die dem

Betrachter den Rücken zuwandte. Sie hielt ihren Strohhut fest, die Haare wehten im Wind.

Das Gemälde war der einzige Farbklecks in diesem Raum. Schreibtisch und Stühle waren in Weiß, das Sideboard in Schwarz gehalten, und die kalten Fliesen wirkten klinisch. Wenn das ihr Arbeitsplatz werden würde, würde sie das Büro neu einrichten. Zum Glück war es noch nicht so weit. Ihr Vater hatte nicht vor, mit fünfundsechzig in den Ruhestand zu gehen, auch wenn er es sich mehr als leisten konnte.

Sie zog die Tür hinter sich zu und ging zum Produktdesigner.

»Und, haben Sie ihn schon gesehen?« Fritz Lüscher drehte sich auf dem Schreibtischstuhl zu ihr, wobei der Stuhl unter seinem Gewicht ächzte. Der Pullover spannte über dem Bauch und machte die Speckrollen sichtbar. Carolin wandte den Blick ab und sah ihm ins Gesicht. Das billige Brillengestell und der Dreitagebart komplettierten das Erscheinungsbild. Fritz Lüscher schien von den Mitarbeitern der Einzige zu sein, der keinen Wert auf sein Äußeres legte. Vielleicht sollte er sich mal Modetipps bei Hannes Dürer holen, der am Schreibtisch gegenüber saß. Die blonden Haare hatte er kokett nach hinten gegelt, er trug ein hellblaues Poloshirt und darüber ein halb leger, halb chic wirkendes Jackett. Doch andererseits bewunderte Carolin Fritz Lüscher, er scherte sich anscheinend nicht darum, was andere über ihn dachten.

»Ich war schon dort«, antwortete sie.

»Und? Krasses Gefühl, oder?«

»Klar«, sagte sie und nickte. Was sollte sie auch erwidern? Dass das berauschende Gefühl ausgeblieben war? Dass sie sich noch auf der Suche nach ihrem Platz im Unternehmen befand?

Sie wich seinem Blick aus und sah auf ihre Pumps. Der rechte kleine Zeh pochte in den neuen Schuhen. Vielleicht sollte sie doch mal ihre Sneakers anziehen. Und was würde sie dafür geben, dieses Kostüm im Schrank hängen zu lassen und stattdessen eine Jeans und eine schicke Bluse tragen zu können! Aber sie hatte das Gefühl, sich vor den Mitarbeitern präsentieren zu müssen.

»Jedes Mal, wenn ein neues Stück in den Handel kommt, mache ich mindestens einen Monat lang jeden Morgen den Umweg über die Kö. Ich muss sehen, wo es steht und wie es angepriesen wird.« Seine Augen leuchteten, und er zwinkerte ihr zu. »Der Anblick der eigenen Babys ist besser als der beste Sex!« Er grinste und drehte sich zum Schreibtisch.

Carolin atmete tief ein. Es war kein Thema, das sie mit ihm diskutieren wollte.

»Wollen Sie mir bei dem nächsten Auftrag helfen?«, fragte er.

Ihr Vater sah sie in der nächsten Zeit im Marketing, aber sie wollte noch mit ihm die Details besprechen. Sie blickte auf die Armbanduhr. 8:45 Uhr, und ihr Vater war immer noch nicht da.

Carolin setzte sich. »Was ist es diesmal?«

»Ein Kunde hat sich mit einem konkreten Wunsch gemeldet.« Fritz klickte am PC herum und öffnete eine E-Mail. »Ein bekannter Literaturkritiker möchte einen Lesesessel mit einem Beistelltisch. Beides soll das Motiv des Buches aufweisen. Und wir sollen in dem Sessel Aufbewahrungsmöglichkeiten für seine Lieblingsstücke einbauen. Da er dreißig Bücher gleichzeitig liest, sollen wir für mindestens so viele Platz in Tisch und/oder Sessel einbauen.«

»Was für eine Leseratte!« Carolin durchzuckte der Gedanke von einer Kombination aus Stuhl und Staffelei mit einer Ablagefläche für Farben, Pinsel und Wasser. Die Idee würde sie im Hinterkopf behalten. Sie schob ihren Stuhl näher heran, um einen Blick auf den Namen des Literaturheinis zu erhaschen, doch er sagte ihr nichts. »Haben Sie schon etwas entworfen?«

»Ich habe gestern Konkurrenzanalyse betrieben und mir Ideen im Netz geholt.« Herr Lüscher klickte weiter und brachte einige Fotos zutage. Mehrere Sessel, die eher in die Kategorie »Regal« anstatt »Sitzmöglichkeit« fielen, und eine runde Variante, deren Bücherfächer wie Sonnenstrahlen um die Polsterung angelegt waren.

»Gibt es weitere Vorgaben?«

»Und ob.« Er hob eine Augenbraue. »Er soll sehr bequem und ein Lieblingssessel sein. Außerdem muss es einen Platz für seinen Kater geben.«

»Das nenn ich mal eine Herausforderung«, sagte sie und lachte.

Fritz nickte.

»Frau Franzen!« Die Sekretärin, Frau Gillwaldt, stand in der Tür. Ihr Gesicht war bleich und von Sorgenfalten durchzogen.

»Ja bitte?«, fragte Carolin.

»Ein Anruf für Sie.«

»Können Sie ihn auf den Apparat von Herrn Lüscher umleiten?«

Die Sekretärin schüttelte den Kopf und wedelte mit der Hand. »Kommen Sie zu mir ins Büro.«

In diesem Ton hatte Frau Gillwaldt noch nie mit ihr geredet. Carolin folgte der Sekretärin in den Flur.

Sie neigte sich Carolin zu und senkte die Stimme: »Das Krankenhaus. Ich dachte, es wäre besser, wenn Sie keine Zuhörer hätten.«

»Das Krankenhaus?«, entfuhr es Carolin. Hatte ihr Freund einen Motorradunfall? Sie rannte ins Büro und nahm den Hörer auf. »Carolin Franzen.«

»Dr. Evelyn Kohn aus dem Marienhospital. Ich bin Ärztin in der Notfallambulanz. Ich muss Ihnen leider mitteilen, dass Ihr Vater einen Herzinfarkt erlitten hat. Bitte kommen Sie sofort!«

Es war, als tat sich unter Carolin ein Loch auf, in das sie reinzufallen drohte. »Ich bin schon unterwegs«, sagte sie, und der Hörer entglitt ihrer Hand. Alles zog sie in die Tiefe, auch ihre Knie knickten ein, sodass sie sich am Schreibtisch abstützen musste.

Die Gebäude und Bäume des Hofgartens rauschten an der Fensterscheibe der Straßenbahn vorbei wie Farbkleckse auf einer Leinwand. Carolin fühlte sich immer noch wie über einem tiefen Loch schwebend. Herzinfarkt. Was hatte das zu bedeuten? Sie wusste, dass es etwas mit der Blutzufuhr zum Herzen zu tun hatte und zu den häufigsten Todesursachen in Deutschland zählte. Das Loch unter ihr wurde größer. Carolin hatte das Gefühl, die Bahn würde im Schneckentempo dahinkriechen, aber mit einem Taxi wäre sie auch nicht schneller vorangekommen – bis erst mal eins bei ihr gewesen wäre –, und so musste sie nur drei Stationen fahren.

Als sich die Türen an der Haltestelle »Marienhospital« öffneten, sprang sie hinaus und blickte sich um. Wo war das Krankenhaus? Sie lief zur nächsten Kreuzung, an der ein älterer Mann Glasflaschen in einen Container warf. Eine fiel ihm aus der Hand und zerbarst auf dem Bürgersteig.

Dann sah sie das große Gebäude. Sie lief an dem Zaun entlang bis zur Einfahrt. Linker Hand lag die Notaufnahme. Musste sie dahin? Nein. Sie steuerte auf den Haupteingang zu. Eine große Drehtür bremste sie aus. Wie lange es dauerte, bis man dadurch ins Gebäude gelangte. Der Mann, der die Infusionsstange vor sich herschob und auf der anderen Seite hinauswollte, ging so nah an die Türflügel heran, dass die Drehtür stehen blieb.

Carolin machte ihm ein Zeichen, dass er ein Stück zurückgehen sollte. Endlich hatte er es begriffen, die Tür setzte sich in Bewegung, und sie gelangte in den Eingangsbereich. Mit ein paar großen Schritten war sie an der Information. Vor ihr eine Frau mit einer älteren Dame im Rollstuhl. Diese fummelte umständlich ein Blatt aus der Handtasche und reichte es der Empfangsdame mit den lockigen Haaren. Die Sekretärin tippte etwas in den Computer und gab das Papier zurück. Es dauerte ewig, bis es wieder in der Tasche verschwunden war.

Carolin trat vor. »Franzen. Ich wurde angerufen. Mein Vater muss hier sein. Er hatte einen Herzinfarkt.« Ihre Stimme klang piepsig.

Die Empfangsdame tippte etwas in die Tastatur. »Sie sind die Tochter?«

Carolin nickte.

Die Dame nahm den Hörer ab, telefonierte: »Hier ist die Tochter von Herrn Franzen ... aha ... gut.« Dann legte sie auf und sah Carolin an.

Ein ernster Blick, der sie durchbohrte.

»Nehmen Sie doch bitte da vorn Platz.« Die Dame zeigte auf die blauen Sitze an der Fensterfront.

»Können Sie mir nicht sagen, wo mein Vater ist?«, fragte Carolin. Sie musste ihn sehen. Sie wollte wissen, wo er lag, wollte zumindest vor der Tür stehen und mit einem Arzt sprechen.

»Das geht nicht«, sagte die Empfangsdame. Mitleid lag in dem Blick.

»Können Sie mir sagen, wie es meinem ... Vater geht?« Carolins Stimme brach.

»Beruhigen Sie sich, die Ärztin wird gleich zu Ihnen kommen. Nehmen Sie bitte Platz!« Ein dünnes Lächeln.

Carolin wagte einen letzten Vorstoß: »Bitte, Sie müssen doch wissen, wo er liegt.«

Kopfschütteln. Eine Miene, die keine Widerrede zuließ.

Widerwillig steuerte Carolin die blauen Stühle an. Im Eingangsbereich hatte man große Stellwände mit Kunstdrucken aufgebaut, die ihr die Sicht versperrten, dennoch setzte sie sich. Ihre Knie fühlten sich an, als würden sie gleich in sich zerfallen. Sie rieb die Hände über die Oberschenkel, stützte sich auf der Sitzfläche ab, lehnte sich zurück, dann wieder vor. Sah auf die Uhr. Der Sekundenzeiger tickte. Neben ihr ein weißer Tisch, auf dem jemand eine Colaflasche stehen gelassen hatte.

Carolin erhob sich und lehnte sich an den weißen Pfeiler, von wo aus sie den Eingang und den Durchgang ins Gebäudeinnere gut im Blick hatte. Eine Mutter mit einem jungen Mädchen durchquerte die Eingangshalle. Das Mädchen klatschte in die Hände und sprang vergnügt umher. Diese beiden hatten wohl keine schlechte Nachricht erhalten.

Ein großer Mann im weißen Kittel kam heran. Carolin trat einen Schritt auf ihn zu. Er ging zur Information, sprach mit der Dame, doch er drehte ihr den Rücken zu und verschwand im hinteren Teil des Gebäudes.

Tick, tack. Der große Zeiger sprang eine Minute weiter.

Herzinfarkt, donnerte es in ihrem Kopf. Was, wenn ihr Vater im Koma lag? Was, wenn er nicht mehr aufwachen würde? Er konnte sie doch nicht allein lassen! Ein Kloß setzte sich in ihrem Hals fest. Sie dachte an sein kokettes Lächeln von heute Morgen, als er von der Überraschung gesprochen hatte. Was sollte sie nur ohne ihn tun? An die Bürde, die Firma übernehmen zu müssen, wollte sie gar nicht erst denken. Sie war noch nicht so weit. Überhaupt irgendwann? Vielleicht, aber jetzt noch nicht.

Ein sportlicher Typ mit sonnenstudiogebräuntem Teint und schwarzen Haaren steuerte auf den Ausgang zu. Er hatte einen bandagierten Arm in einer Schlinge, scherzte mit einem Kerl mit ähnlicher Statur. Sie legten ein Gehabe an den Tag, als ginge es darum, der Coolste zu sein. Einen Moment lang wünschte sie sich, mit einem von ihnen tauschen zu können. Eine Armbandage konnte nicht so schlimm sein wie die Sorgen, die sie gerade ausstand.

Eine Ärztin kam aus dem Bereich der Notaufnahme auf sie zu. Zielstrebig. Kein Zweifel, die kam, um sie zu ihrem Vater zu bringen. Endlich. Carolin erhob sich.

»Frau Franzen?«, fragte die Ärztin. Sie war dünn, zu dünn, glich einer Magersüchtigen mit einer Strenge im Gesicht, die Autorität versprühte. Vielleicht eine Oberärztin. Hauptsache, sie hatte Ahnung und konnte ihrem Vater helfen.

Carolin nickte.

Die Ärztin reichte ihr die Hand. »Evelyn Kohn. Wir hatten telefoniert.«

»Wie geht es meinem Vater?«

Die Ärztin zeigte auf die Stühle. »Setzen wir uns.«

Carolin wollte sich nicht hinsetzen. »Bringen Sie mich zu meinem Vater!«

»Bitte«, sagte die Ärztin. Kein Lächeln, keine Zuversicht. Es musste schlimm sein. Die Ärztin ließ sich auf einem Stuhl hinter einem Aufsteller nieder. Hier waren sie geschützt vor dem Treiben in der Eingangshalle.

Carolin tat es ihr gleich und sah die Frau im weißen Kittel erwartungsvoll an. Diese rieb die Finger einer Hand aneinander. Kein gutes Zeichen. Verdammt! Eine Ahnung beschlich sie und raubte ihr die Luft zum Atmen.

»Frau Franzen, leider muss ich Ihnen mitteilen, dass Ihr Vater verstorben ist.«

»Was?«, krächzte Carolin und stieß die Luft aus der Lunge.

Die Ärztin legte ihr eine Hand aufs Knie. »Er hat es leider nicht geschafft. Wir haben alles Mögliche getan, um ihn zu retten, doch ...« Die Ärztin dozierte etwas von blutverdünnenden Medikamenten und Herzmassage.

Die Worte rauschten an Carolin vorbei. Das Loch unter ihr tat sich auf und wurde zu einer tiefen Schlucht. Sie stand auf und sackte zusammen. Die Schwärze raste auf sie zu. Sie fiel, wurde am Arm gepackt und schwebte über dem Abgrund. Rief da nicht ihr Vater nach ihr? Er durfte nicht tot sein!

»Frau Franzen! Wen können wir für Sie anrufen?« Die Ärztin zog sie zurück auf einen Stuhl.

Herzinfarkt. Tot. Warum? Das konnte nicht sein! »Er wollte doch für mich eine Überraschung organisieren«, murmelte sie.

Die Ärztin griff nach ihren Händen. »Wer kann Ihnen beistehen?«

»Meine Freundin.«

»Wie heißt Ihre Freundin? Können Sie mir die Nummer geben?«

»Annika.« Carolin sah das fröhliche Lachen ihrer Freundin vor sich, wollte sich in ihre Arme fallen lassen. Ihr wurde bewusst, dass sie mittlerweile in Münster lebte. Oliver. Genau. »Besser meinen Freund«, sagte sie.

»Können Sie mir seine Nummer geben?«

Carolin fummelte das Handy aus der Hosentasche und durchsuchte die Kontakte. Ihre Hände zitterten so sehr, dass ihr das Ding aus der Hand fiel. In das Loch. Sie wollte springen, sich fallen lassen. Ihr Vater war tot. Sie griff nach dem Handy und erhob sich, trat einen Schritt nach vorn, mit dem Fuß in die Schwärze des Abgrundes.

Carolin nahm alles wie durch eine milchige Glasscheibe wahr. Sie sah nur Schemen, und die Geräusche waren so leise, dass sie kaum zu ihr durchdrangen. Das Angebot der Ärztin, sich von ihrem Vater zu verabschieden, was sie abgelehnt hatte, die Versuche des Krankenhauses, Oliver zu erreichen ... Das Telefonat mit Frau Gillwaldt. Die Fahrt zu ihrem Elternhaus, wie die Sekretärin sie zur Haustür führte, ihr die Handtasche abnahm und den Schlüssel hervorholte. Alles rauschte an ihr vorbei.

Tod.

Was für ein gnadenloses Wort mit drei harmlosen Buchstaben.

Die Tür schwang auf. Das Tor zu ihrem vertrauten Heim, dem das Herzstück entrissen worden war. Die Lippen von Frau Gillwaldt bewegten sich, sie schob Carolin hinein. Auf der Kommode lagen der Terminplaner und die Tüte »Ricola Kräuter Original«, als hätte ihr Vater beides für den Tag bereitgelegt. Er hatte es vergessen. Hatte sich zu sehr beeilt, war in Hektik gewesen, um ihr eine Freude zu bereiten.

Er sei zu einem befreundeten Konditor gefahren, hatte Donuts und Cocktails mitbringen wollen. Als er das Geschäft betreten hatte, habe er sich die Brust gehalten, das Gesicht schmerzverzerrt verzogen und nach Luft geschnappt. Sein Freund, der Konditor, sei ihm zur Hilfe geeilt und habe den Krankenwagen gerufen, so hatte es Frau Gillwaldt erzählt. Der Konditor hatte bei ihr angerufen. Doch die schnelle Reaktion hatte ihrem Vater nicht geholfen.

Frau Gillwaldt schob Carolin zur Couch und drückte sie in den Sitz. Die Kissen fühlten sich zugleich wohltuend weich und falsch an. Ihr Brustkorb zog sich zusammen, als würde ihn jemand mit aller Kraft zusammendrücken. Carolin starrte aus dem Fenster in den Garten. Blaue und rosafarbene Hortensien blühten in voller Pracht. Auf der Veranda des Gartenhäuschens stand der Schaukelstuhl, den ihr Vater letzten Sommer gezimmert hatte.

Frau Gillwaldt drücke ihr eine Tasse Kaffee in die Hand. Schwarz und ohne Zucker. Genau so, wie sie und ihr Vater ihn mochten. »Soll ich Ihren Freund anrufen?«

Carolin nickte. Vielleicht war Oliver jetzt zu erreichen.

An was hatte ihr Vater zuletzt gewerkelt? Die letzten Abende war er in der Gartenhütte verschwunden. Ihr Brustkorb zog sich weiter zusammen. Sie würde nie mehr sehen, wie er durch den Regen hinüber zur Hütte eilte oder mit einer zufriedenen Miene herauskam. Ob er ihr gleich von dem kleinen Fenster aus zuwinkte?

Frau Gillwaldt trat wieder zu ihr. »Oliver geht nicht ran.«

Das war nichts Neues. Obwohl Carolin ihm ein Handy geschenkt hatte, ließ er es oft zu Hause liegen. Und wann war er schon mal daheim? Vor allem, wenn man ihn brauchte ...

»Annika«, murmelte sie.

»Ihre Freundin aus Münster? Habe Sie keine Freunde in der Nähe?«

Doch. Die Mädels der Fußballmannschaft. Germaine vielleicht, die lebensfrohe Kapitänin, die sich um alles kümmerte. Oder Victoria, mit der sie über Bücher plaudern konnte. Oder Clara, die von den üblen Umständen im Krankenhaus klagte und die Ausbildung abbrechen wollte. Nein! Carolin konnte sich nicht vorstellen, mit einer von ihnen über den Tod ihres Vaters zu sprechen.

Tod. Die drei Buchstaben dröhnten in ihren Ohren.

»Frau Franzen!« Die Sekretärin stand mit besorgter Miene vor ihr.

Carolin fasste sich an die Wangen, spürte die Tränen darauf. Wann hatte sie angefangen zu weinen? »Ich möchte allein sein!«

Frau Gillwaldt schüttelte den Kopf. »Kommt nicht infrage.«

Aber sie war doch nun allein! Sie kannte weder ihre Mutter noch hatte sie Großeltern, Geschwister, Tanten, Onkel, Cousinen, die sie um Beistand bitten konnte. Mit dem Tod war endgültig die Chance gestorben herauszufinden, ob sie noch Familie hatte. Carolin biss die Zähne zusammen, und Wut vermischte sich mit Trauer wie Schnee, der in Wasser rieselte. Wieso hatte ihr Vater auf jede ihrer Nachfragen so beharrlich geschwiegen? Er hatte ihr noch nicht mal den Namen ihrer Mutter verraten.

»Frau Franzen!«

Carolin holte das Handy aus der Hosentasche und wählte die Nummer ihrer Freundin. Annika meldete sich nach dem zweiten Klingeln. Auf sie war Verlass. Immer. »Ciao, Carinchen! How was your great day?«

Carolin hätte gelächelt, wenn sie gekonnt hätte. Annika bedeute Heimat, Ersatzfamilie und Arme, in die sie sich fallen lassen konnte. Carolin musste sich zusammenreißen, um nicht direkt loszuheulen.

»Scheiße, um ehrlich zu sein«, krächzte sie.

»Oh! Hat dein Vater die Show verkackt?«

Carolins Hals schnürte sich zu. »Er ist gestorben.« Stille am anderen Ende der Leitung. Hatte sie Annika je sprachlos erlebt? »Darf ich dich um einen Gefallen bitten? Würdest du zu mir kommen? Ich zahle dir auch die Fahrk…«

»Scheiß aufs Geld. Ich komme! In drei Stunden bin ich bei dir.«

»Danke«, wisperte sie und legte auf. »Sie können jetzt gehen«, sagte sie an Frau Gillwaldt gerichtet.

Die Sekretärin seufzte. »Das gefällt mir gar nicht.«

»Ich komme schon zurecht.«

»Also gut. Soll ich schon mal ein Bestattungsunternehmen raussuchen?«

»Nein. Wenn ich Hilfe benötige, melde ich mich. Danke, dass Sie da waren.« Bevor sie sich um Formalitäten kümmerte, wollte sie einen Menschen um sich haben, der sie auffangen konnte.

Frau Gillwaldt fasste sie an der Schulter. »Melden Sie sich bitte, wenn ich etwas tun kann.«

Als sie verschwunden und die Haustür ins Schloss gefallen war, überfiel Carolin die Leere des Hauses und drückte sie in ein Loch, das sie in die Tiefe zog.

Der Blick tränenverschwommen, ihr Hals kratzte, neben ihr ein Dutzend gebrauchte Taschentücher. Carolin hörte seine Stimme in ihrem Kopf: »Bitte bring das in den Müll!« Sie japste nach Luft. Was würde sie dafür geben, sich die Rügen ihres Vaters anzuhören? Sie würde sofort aufstehen und die Tücher entsorgen.

Vierundsechzig. Wieso verstarb jemand mit vierundsechzig?

Die Türklingel schnitt durch die Stille des Hauses. Wer konnte etwas von ihr wollen? Sie wollte niemanden sehen. Der Blick zur Uhr, die Zeit war dahingerast. Erneutes Klingeln.

Erkenntnis drang in ihr Bewusstsein. Annika.

Langsam erhob sich Carolin. Ihre Beine fühlten sich steif und schwer wie Betonklötze an. Sie trottete zur Haustür, und kurz bevor sie dort ankam, schrillte die Klingel wieder. Sie öffnete.

»Oh, Carinchen!« Annika ließ die Tasche fallen und drückte Carolin an sich. Der vertraute Geruch nach dem blumigen Parfum stieg ihr in die Nase. Und sofort brachen die Tränen aus ihr heraus. Es tat so gut, gehalten zu werden. Annika strich über ihren Rücken. »Lass alles raus, Liebes!«

Carolin löste sich aus der Umarmung. »Komm erst mal rein«, sagte sie schluchzend.

Annika nahm ihre Tasche und folgte ihr ins Wohnzimmer.

Unter Tränen berichtete Carolin, was passiert war. Ihre Freundin hörte zu, nahm sie ab und zu in den Arm oder reichte ihr ein Taschentuch.

»Nun werde ich niemals erfahren, wer meine Mutter ist.« Carolin schniefte und strich über ihre goldene Armbanduhr. Ein weißes Ziffernblatt mit römischen Zahlen und einer Datumsanzeige. Das Armband aus vergoldetem Metall. Das Glas war verkratzt und die Uhr nicht mehr in Mode, aber es war das Einzige, was ihr von ihrer Mutter geblieben war. Und nun hatte sie auch noch ihr Vater verlassen.

»Was soll jetzt nur werden?«, fragte Carolin.

»Jetzt ...«, Annika klatsche in die Hände, »... mache ich uns erst mal etwas zu essen.« Sie stand auf und fragte über die Schulter. »Was geben die Vorräte her? Heile-Welt-Pasta und anschließend Tiramisu?«

Unwillkürlich musste Carolin lächeln. »Du findest weder Mascarpone noch Löffelbiskuits im Haus.«

»Dann backe ich uns eben Schokomuffins.«

Sie machte einen Freudensprung wie früher, wenn sie ein Tor beim Fußball geschossen oder eine gute Note bei einer Klausur bekommen hatte. Ein Bein schwang nach vorn, eins nach hinten und ein Arm ging triumphierend in die Luft, die Armbänder klimperten dabei. Annika lachte und strich sich die blonden Haare aus dem Gesicht. Carolin hatte sich noch nicht an die Haarfarbe gewöhnt. Früher hatte Annika sie rosa gefärbt, doch seitdem sie seit einem Jahr als Assistenzärztin arbeitete, wollte sie seriöser wirken, wie sie sagte. Wenn sie da nicht die bunt gemusterten Röcke trug, die danach aussahen, als hätte sie sie aus Afrika importiert, konnte das sogar funktionieren. Das Zungenpiercing sah man schließlich nur, wenn sie herzhaft lachte.

»Ika, du bist einfach unverbesserlich.«

Annika grinste. »Hilfst du mir, oder willst du lieber auf dem Sofa den Taschentüchern Gesellschaft leisten?«

»Sie werden sicherlich beleidigt sein, aber ich stehe der neuen Chefköchin gern hilfreich zur Seite.« Carolin erhob sich und rieb mit dem Ärmel die letzten feuchten Stellen an den Wangen trocken.

»Sehr gut. Schon wieder zum Scherzen aufgelegt.«

Das ging nur, weil sie wusste, dass sie sich in der nächsten Minute erneut bei ihrer Freundin ausheulen konnte. Und sie war Annika dankbar für ein wenig Leichtigkeit. Der Tag hatte so viele Tränen gefordert, dass sie sich fühlte wie ein ausgetrockneter Brunnen, der nach Regen lechzte.

In den folgenden zwei Stunden kochten sie zusammen, scherzten, redeten über die gemeinsame Schulzeit, über Jugendfreunde, Fußballkolleginnen und alte Lehrer. Zwischendurch umarmte sie ihre Freundin und ließ einem weiteren Traueranfall seinen Lauf. Nach dem Essen recherchierten sie im Internet, was sie für die Bestattung erledigen mussten.

»Lass uns schon mal das Stammbuch raussuchen.« Annika nahm sich welche von den Erdnüssen, die sie auf den Tisch gestellt hatten.

»Das ist in seinem Arbeitszimmer.«

»Kannst du es holen?«

Carolin schluckte trocken. Alles sträubte sich in ihr, das Arbeitszimmer zu betreten. Nur selten war sie in seinem Reich gewesen, und wenn er sich darin aufgehalten hatte, hatte er nicht gestört werden wollen. Ein ungeschriebenes Gesetz, das sie akzeptiert hatte.

Annika hob eine Augenbraue. »Sag mir einfach, wo es steckt, ich finde es schon.«

»Ich weiß es ja selbst nicht.«

»Dann ab zur Suchaktion!« Annika nahm ihre Hand und zog sie mit sich. Vor der Schwelle des Arbeitszimmers stockte Carolin. Das Zimmer war ein Abbild des Büros in Düsseldorf. Klinisch und aufgeräumt. Weißer Schreibtisch, darauf der Bildschirm und die Tastatur. Dahinter das Fenster. Links ein großer Schrank mit weißen Fronten. An der rechten Seite hing ein übergroßes Foto von ihm bei einem Tennisturnier. Diese Leinwand hatte er von seinen Teamkollegen aus dem Tennisklub geschenkt bekommen. Die Augen, die auf dem Bild den gelben Ball erwartungsvoll ansahen, würden sich nie wieder öffnen.

Das Loch wurde wieder größer, und die Tränen brennender, doch Carolin versuchte, sie zu unterdrücken.

»Wo könnte es stecken?« Annika riss zwei Schranktüren auf und pfiff durch die Zähne. »Meine Güte, hier herrscht wohl der Ordnungsoberfachmann.«

Carolin gab sich einen Ruck und übertrat die Schwelle. Sie hatte noch nie einen Blick in diesen Schrank geworfen. Es gab Ordner mit den Aufschriften *Tennis*, *Steuern*, *Haus*, *Rechnungen*, außerdem Büroutensilien und Kopierpapier.

Annika zog zwei weitere Türen auf. Eine Menge Ablagekörbchen und mehrere Pappkartons, fein säuberlich beschriftet. *Elektro, Tennis, Karten & Ausweise, Fotos, Designideen* und *Sonstiges.*

»Sonstiges«, murmelte Carolin. Das Wort schmeckte nach Hoffnung und Ungewissheit. Es passte nicht zu ihrem Vater. Er hätte einen treffenden Begriff für den Inhalt gefunden. Dass Annika ein paar Ablagekörbchen durchforstete, nahm Carolin nur am Rande wahr. Ihr Herz klopfte, als sie den Karton *Sonstiges* auf Zehenspitzen aus dem Regal fingerte und auf den Boden stellte. Sie kniete sich hin und berührte den schwarz-weiß gestreiften Deckel. Zuletzt hatte ihr Vater den Deckel angerührt.

Nein, sie wollte nicht schon wieder weinen.

»Hier«, sagte Annika und streckte ihr das Familienstammbuch entgegen. Carolin legte es neben sich und schob den Deckel des Kartons ab. Oben drauf lag ein handgeschriebener Brief, datiert 1960.

Liebster Alfred,
wie gefällt es Dir an der Nordsee? Hast Du Freunde gefunden? Du fehlst mir. Und auch Papa. Er sagt es nicht, aber ich sehe es an seinem zerknirschten Gesicht, wenn er aus der Werkstatt kommt. Ihm fehlt Deine helfende Hand. Ich glaube, er begreift jetzt, wie wichtig Du ihm in der Werkstatt geworden bist. Auch Ingrid und Wilfried wissen ohne Dich manchmal nichts mit sich anzufangen. Wilfried kommt öfter mit dem Fußball in die Küche gerannt und fragt, ob ich mit ihm Ball spiele. Ingrid wollte Dir ihre Puppe mitschicken, aber ich habe ihr gesagt, dass die nicht in den Briefumschlag passt.
Wir senden Dir schöne Grüße aus der Heimat.
In Liebe,
Deine Mama

Carolins Herz begann, Galopp zu laufen. Wieso hatte ihr Vater ihr diesen Brief nie gezeigt? Sie hatte doch so oft nach seiner Familie gefragt. Er hatte einen Bruder und eine Schwester. Und sie eine Tante und einen Onkel.

Unter dem Brief lagen mehrere Fotos. Viele in Schwarz-Weiß, manche in Farbe, aber schon verblichen. Sie sah einen Hof, Kinder und ein Familienfoto, auf dem Eltern mit drei Kindern abgelichtet waren. Ob eines der Kinder ihr Vater war? An den Gesichtern konnte sie es nicht ausmachen, dafür waren die Kinder zu jung. Das kleinste ein Baby, das größte ein Junge von vielleicht acht Jahren. Sie schaute weiter. Ein Mann in einer Wehrmachtsuniform, der im Gesicht ihrem Vater ähnlich sah. Ihr Opa? Eine Mutter, die zwei Kinder im Kinderwagen über eine Straße schob, ein Hinterhof mit spielenden Kindern, Fotos von zerbombten Häusern. Dann ein Bild von einem zehnjährigen Jungen, im Hintergrund das Brandenburger Tor. Das war eindeutig ihr Vater. Jetzt erkannte sie ihn. Sie reichte das Foto ihrer Freundin. »Schau mal!«

Annika nickte.

Als sie das letzte Foto aus dem Karton zog, spürte sie etwas Kleines, Kühles: ein goldener Ring. Sie nahm ihn heraus und fühlte die Linie nach, die zwischen dem Weiß- und Roségold verlief. In der Innenseite gab es eine Inschrift: *Irina 01.06.1967.*

Carolins Herz machte einen freudigen Hüpfer. »Meine Mutter heißt Irina.«

Annika lächelte. »Wolltest du das nicht immer wissen?«

Carolin lachte schluchzend auf. Dann wurde ihr Blick vom Boden des Pappkartons gefangen, wo noch etwas lag: ein Blatt. Sie nahm es heraus und drehte es um. Die Heiratsurkunde. *Eheschließung in Düsseldorf zwischen Alfred Franzen, geboren am 01.10.1945 in Berlin, und Irina Mironow, geboren am 16.02.1946 in Odinzowo, Russland.*

Carolins Herz klopfte so heftig, dass sie glaubte, gleich würde ihr Brustkorb zerspringen. Ihr Vater war in Berlin geboren, und es gab Fotos von ihm in der Hauptstadt. Sie konnte sich erinnern, dass sie irgendwann auf seinem Ausweis den Geburtsort gesehen hatte. Sie hatte dieser Information keine Bedeutung zugemessen. Vielleicht hatte sie Verwandte in Berlin. Und endlich kannte sie den Namen ihrer Mutter: Irina Mironow – eine Russin.

»Jetzt weißt du viel mehr, als du vor Stunden zu hoffen gewagt hast«, sagte Annika lächelnd. Das Zungenpiercing blitzte auf.

»Und was mache ich damit?« Carolin sah auf die Fotos, die sie um sich auf dem Boden verteilt hatte. Ein bunter Strauß Erinnerungen, die bloß seelenlose Bilder blieben, wenn ihr niemand die Geschichten dazu erzählte.

»Ich habe schon eine Idee.« Annika grinste und ließ die Armbänder klimpern.

»Lass hören.«

»Na, wenn deine Familie in Berlin wohnt, du aber weder Namen noch Adresse kennst, solltest du die Todesanzeige auch in der Berliner Zeitung aufgeben. Vielleicht bekommst du einen Schicksalsbonus, und es meldet sich jemand.«

Carolin griff nach dem Foto von ihrem Vater als kleinem Jungen vor dem Brandenburger Tor. Ihre Hand zitterte. Würde sie so ihre Familie wiederfinden?

Carolin ging mit Annika vom Beerdigungsinstitut nach Hause. Ihr Brustkorb fühlte sich immer noch wie zugeschnürt an, doch langsam wurde es besser. Nachdem sie gestern noch zum Gespräch dort gewesen waren und alles für die Bestattung besprochen hatten, hatten sie heute die Trauerbriefe abholen können.

Sie hakte sich bei Annika unter. »Danke, dass du mir hilfst.«

»Wofür sind best friends denn da?«

Selbstverständlich war es nicht. Sie hatte heute Morgen ein Telefonat mitgehört, wie Annika ihren Chef gedrängt hatte, bis Sonntag freizubekommen.

»Ich bin gespannt wie ein Flitzi, ob deine Familie aus der Versenkung auftaucht«, fuhr Annika fort.

Der Bestatter hatte sich einverstanden erklärt, sich um die Todesanzeige in mehreren Berliner Tageszeitungen zu kümmern. Jetzt galt es zu hoffen. Zu hoffen, dass jemand von ihren Verwandten Zeitung las und einen Blick in die Traueranzeigen warf.

»Jetzt müssen wir nur noch die Briefumschläge beschriften und zur Post bringen«, sagte Carolin.

»Und den Priester ...«

Das Klingeln von Carolins Handy unterbrach Annika. Carolin fummelte das Handy aus der Hosentasche und blickte aufs Display.

Oliver.

»Hallo, Sonnenschein. Was gibt es Wichtigeres als mich?«, flötete er.

Er hatte angerufen, als sie im Gespräch mit dem Bestatter gewesen war, und sie hatte ihn weggedrückt. Was sollte sie antworten? Seit gestern Morgen war so viel passiert. Es war, als wären seit ihrem letzten Treffen Wochen vergangen. Sie hatte gestern mehrmals versucht, ihn zu erreichen, und ihm eine SMS geschrieben, er solle sich dringend bei ihr melden. Trotzdem kam es ihm erst jetzt in den Sinn, sie anzurufen.

»Ich weiß gar nicht, wo ich anfangen soll«, begann sie.

»Wenn du es nicht weißt, könnte ich einen Vorschlag machen. Wir haben etwas zu feiern. Wollen wir ins Kino? ›Il Divo‹, ein Mafiafil...«

»Ich bin nicht in der Stimmung.« Wieso konnte er nicht mal fragen, wie es ihr ging? Oder zumindest, warum sie ihn so oft angerufen und ihm die SMS geschrieben hatte?

»Ich bring dich in Stimmung, Sonnenschein. Danach kannst du bei mir pennen.« Er lebte mit zwei anderen Studienkollegen in einer WG. Dort war es eng und dreckig, deswegen übernachtete sie ungern bei ihm.

»Nein.«

»Ich putze auch vorher. Aber wenn du nicht willst, können wir auch zu dir.«

Carolin ballte die Hand zur Faust. Er begriff nichts! Wo war der Psychologiestudent, der von sich behauptete, die Menschen besser zu kennen als sich selbst? »Oliver, mein Vater ist gestorben.«

Stille. Sie dröhnte in ihren Ohren.

»Mein Sonnenschein, warum hast du denn nichts gesagt?«, kam nach ein paar endlosen Sekunden.

Ihr kamen wieder die Tränen. »Wollte ich, aber du warst nicht zu erreichen.«

»Och, Sonnenschein. Das tut mir leid. Ich komme sofort.«

»Brauchst du nicht ...« Weiter kam sie nicht, dann hörte sie ein Tuten. Fassungslos starrte Carolin das Handy an. »Einfach aufgelegt.«

Annika hob skeptisch eine Augenbraue. »Was für ein Saftsack! Bist du sicher, dass er dir guttut?«

»Er will vorbeikommen«, verteidigte ihn Carolin. Sie freute sich, ihn zu sehen, auch wenn sie ihrer Freundin seit Wochen jammernd in den Ohren lag, dass er sich kaum noch für sie interessierte und sich von ihr immer alles bezahlen ließ. Wie oft hatte er sie gefragt, ob sie in eine gemeinsame Wohnung ziehen wolle, doch Carolin hatte Angst gehabt, dass der Alltag sie überrollen würde. Außerdem würden die gesamten Kosten an ihr hängen bleiben. Selbst die Burger bei McDonalds musste sie ihm ausgeben. Bevor sie zusammenziehen würden, musste er lernen, Verantwortung zu übernehmen, und ihr das Angebot machen, sich mehr um den Haushalt zu kümmern oder sie anderweitig zu unterstützen. Aber nun war sowieso alles anders.

»Hast du eigentlich noch Kontakt zu Laura?«, fragte Annika.

Carolin nestelte das Handy zurück in die Hosentasche. In der Schule waren sie ein unzertrennliches Dreierteam gewesen, hatten den Jungs hinterhergeschaut, gemeinsam Spickzettel geschrieben und die intimsten Geheimnisse geteilt. Noch heute könnte sie rot werden, wenn sie daran zurückdachte! Und dann war Laura mit Kamiran zusammengekommen, ausgerechnet kurz vor dem Abitur. Annika, Laura und sie hatten zusammenhalten wollen, egal was gekommen wäre, doch statt mit Annika und ihr in der Lerngruppe zu sitzen, um die verfluchte Chemieprüfung zu bestehen, hatte Laura angefangen, den Koran zu lesen. Es hatte nicht lang gedauert, dann hatte sie ein Kopftuch getragen. »Warum machst du das?«, hatte sie die Freundin gefragt. »Ich verstehe einfach nicht, warum du dich einem Mann zuliebe verhüllst – in einem christlichen und liberalen Land.«

Die Erinnerung brachte Carolin das Herzklopfen von damals zurück. Sie hatte Laura nicht verlieren wollen, und doch hatte sie mit ihren Antworten nichts anfangen können.

»Nicht seit dem Freibad-Debakel«, antwortete Carolin und spürte wieder den alten Zorn in sich aufsteigen. Sie waren zu dritt ins Strandbad am Unterbacher See gegangen. Laura hatte sich geweigert, das Kopftuch abzunehmen, und war deswegen nicht mit ins Wasser gekommen. Carolin hatte den Eindruck gehabt, eine Wand hatte sich zwischen sie und Laura geschoben. All die Vertrautheit, ihre süßen Geheimnisse und gemeinsamen Sehnsüchte schienen nichts mehr zu bedeuten. Carolin hatte gezittert vor Wut und Enttäuschung, hatte Laura vorgeworfen, sich zu sehr verändert zu haben, woraufhin diese fluchtartig das Bad verlassen hatte. Sie waren mit Carolins Auto dorthin gefahren gewesen, daher hatte sie keine Ahnung gehabt, wie die Freundin nach Hause gekommen war.

Annika rieb sich über die Armbänder. »Schade, ich würde sie gern wiedersehen.«

Carolin zuckte die Schultern. »Du kannst sie besuchen. Ich glaube, sie wohnt noch in der Martin-Luther-Straße. Ich habe sie dort mal laufen sehen, komplett vermummt.«

»Ohne dich?« Annika schüttelte den Kopf. »Nein, wir waren zu dritt das coolste Dream-Team, du würdest fehlen. Aber irgendwann würde ich mich gern entschuldigen, wir waren nicht sehr verständnisvoll.«

»Sie war doch diejenige, die abgehauen ist«, widersprach Carolin.

»Ich versteh schon, dir steht nicht der Sinn danach, vielleicht kann ich dich beim nächsten Mal zu einem Revival mit ihr bequatschen.«

Eine halbe Stunde später stand Oliver vor der Tür. Er drückte Carolin an sich, und sie schluchzte auf.

»Oh, mein Sonnenschein«, sagte er und strich ihr über den Rücken. »Schau mal, ich habe dir etwas zur Aufheiterung mitgebracht.« Aus einem Leinenbeutel holte er eine rote Rose und eine Packung Toffifee, ihre Lieblingsschokolade. Damit hatte er ihr die Zeit versüßt, als sie sich beim Fußball einen Bänderriss zugezogen hatte.

»Danke.«

Sie nahm die Packung und die Rose und betrachtete die Blätter. Rot. Ein Zeichen der Liebe. Ihr Vater. Er würde nicht mehr miterleben, wie sie eines Tages heiratete. Er würde nicht die Chance haben, seine Enkelkinder kennenzulernen, wenn welche das Licht der Welt erblicken würden. Ihre Augen brannten.

»Komm.« Oliver ging an ihr vorbei und zog sie mit sich. Als sie ins Wohnzimmer traten und er gewahr wurde, dass Annika auch da war, stutzte er. »Oh, so schnell aus Münster angereist?«

Annika stand auf und strich den bunt gemusterten Rock glatt. »Sieh an, der Prinz! Lahmt der Gaul, oder warum bist du so langsam?«

»Hat die Dame zu viele Märchen gelesen? Na ja, jetzt bin ich ja da«, sagte Oliver großspurig und legte Carolin einen Arm um die Schultern.

Sie blickte zu ihm auf. Carolin war nicht klein, aber zu Oliver mit seinen zwei Metern musste sie immer aufsehen. »Ika bleibt. Sie hat sich extra bis Ende der Woche freigenommen.«

»Na, dann bin ich wohl überflüssig.« Er trat einen Schritt zurück und verzog das Gesicht.

Was sollte das denn? Musste sie etwa auf *seine* Befindlichkeiten achten? »Das hat doch niemand gesagt.«

»Also dann komm mal her.« Er zog sie auf die Couch und umarmte sie. Der Duft seines herben Deodorants stieg ihr in die Nase. Sie strich über seine Brust, irgendwo da mussten die Muskeln von dem trainierten Kerl sein, den sie vor Jahren kennengelernt hatte. Von der Athletik war nicht mehr viel übrig. Sein Studium nehme ihn so sehr ein, dass er für Sport keine Zeit mehr hatte. Das Fast Food tat sein Übriges, und so hatte er reichlich Speck angesetzt. Früher hatten sie sich gegenseitig bei den Fußballspielen angefeuert, jetzt kam nur noch er zu ihren Spielen. Dabei unterstützte er sie gern. Sie liebte es, im Anschluss an ein Spiel mit ihm über den Verlauf, die Taktik oder die Gegner zu diskutieren. Er gab ihr in den Pausen manchmal einen Tipp, welcher Spielzug funktionieren könnte oder in welche Ecke des Tors sie schießen sollte.

Aber er selbst war sportfaul geworden. Es war ein halbes Jahr her, seitdem sie das letzte Mal zusammen Joggen gewesen waren. Nach einem Kilometer war er so außer Puste gewesen, dass er aufgegeben hatte.

»Und möchtest du wissen, was es bei mir zu feiern gibt?«, fragte er mit einem Zwinkern.

»Natürlich«, sagte sie.

»Ich habe ein Vorstellungsgespräch für ein Praktikum im Personalmanagement.« Er grinste breit.

Annika kam aus der Küche und ließ sich mit einer Flasche Cola aufs Sofa plumpsen. »Wie viele Bewerbungen hast du für eine Zusage geschrieben? Fünfzig?«

»Gar keine. Ein Studienkollege hat den Kontakt hergestellt. Sein Onkel ist in einem Bauunternehmen ein hohes Tier.« Oliver fuhr sich durch die schwarzen Haare.

»Und wann ist das Gespräch?«, wollte Carolin wissen.

»Am Freitag.«

»Um wie viel Uhr?« Sie richtete sich nach vorn und sah ihn an. Am Freitag um vierzehn Uhr war die Beerdigung, da hatte er keine Zeit für ein ...

»Vierzehn Uhr dreißig.«

»Dann wirst du absagen müssen. Um vierzehn Uhr ist die Beerdigung.«

»Oh!« Er strich sich übers Kinn, wie immer, wenn ihm etwas nicht gefiel, aber da musste er durch.

»Versprich mir, dass du kommst«, sagte sie und legte den Kopf an seine Brust.

»Natürlich, mein Sonnenschein.« Er schlang den Arm um sie und drückte sie an sich.

Sie war doch nicht allein.

Die Glocken im hölzernen Turm läuteten zur Trauerandacht. Der Regen prasselte auf das Steinbeet, das den Zugang zur Kapelle flankierte. Carolin und Annika warteten unter dem Vordach auf weitere Trauergäste. Viele Freunde, Kunden und Mitarbeiter waren bereits reingegangen. Carolin sah den Weg zum Eingangstor hinunter, doch die Sträucher versperrten ihr die Sicht.

Annika blickte auf ihre Armbanduhr. »Ich glaube nicht, dass Oliver kommt.«

»Er hat es mir versprochen.« Er hatte noch fünf Minuten. Das wäre typisch für ihn.

Annika hob die Augenbrauen. »Ich glaube, er hat mal eine ordentliche Ansage verdient.«

Carolin schluckte trocken. Wie konnte ein Vorstellungsgespräch wichtiger sein als die Beerdigung?

»Lass uns reingehen.« Annika griff nach ihrer Hand, und Carolin erwiderte den Druck. Das Gefühl des Fallens war vorbei – Dank ihrer Freundin –, dennoch spürte sie eine Leere in sich. Wie sollte es weitergehen mit dem Haus, dem Unternehmen und den Mitarbeitern? Annika würde morgen abreisen. Da wäre es beruhigend, wenn Oliver da war.

»Noch nicht.« Sie lauschte dem Regen, sah zur Birke auf der gegenüberliegenden Seite des Weges und tippelte von einem Bein aufs andere. Oliver kam nicht. Wie viel war sie ihm noch wert, wenn er nicht mal zur Beerdigung ihres Vaters erschien? Sein Geld nahm ihr Freund jedoch gern in Anspruch.

»Also gut«, sagte sie.

Die Anklage stand Annika ins Gesicht geschrieben. »Er hat dich nicht verdient.«

Vielleicht stimmte das, aber es gab auch Momente, in denen er sie aufheiterte.

Sie betraten die Kapelle und nahmen in der ersten Reihe Platz. Auf dem braunen Sarg ein riesiger Kranz mit weißen Blumen. Das hätte ihrem Vater gefallen. Schlicht und elegant. Auf der Schärpe die Aufschrift: *In lieber Erinnerung.*

Dort drin lag ihr Vater; die Vorstellung war unbegreiflich und trieb ihr die Tränen in die Augen. Würde sie noch seine typischen Gesichtszüge erkennen? Sie hatte ihn sich im Krankenhaus nicht ansehen wollen, hatte ihn in Erinnerung behalten wollen, wie er sich morgens beim Frühstück von ihr verabschiedet hatte.

Die Kapelle war gut gefüllt, doch die erste Reihe blieb leer. Keine weiteren Verwandten. Ein Anruf aus Berlin war ausgeblieben. Kein Kontakt zu einer Familie, die sie nicht kannte. Kein Versprechen in eine Vergangenheit, die sie niemals erforschen würde.

Ihre Hoffnung zerplatzte wie Seifenblasen, die vom Wind gegen spitze Steine geweht wurden. Das Geheimnis ihrer Familie hatte ihr Vater für immer in sich eingeschlossen und mit in diesen Sarg genommen. Sie schluckte, um die Tränen zu unterdrücken.

Der Priester trat ans Rednerpult und wollte beginnen, als er innehielt und zum Eingang blickte.

Carolin wandte sich um. Eine Frau mit lockigen blonden Haaren mittleren Alters half einer alten Dame mit Rollator. Sie kamen bis in die erste Reihe. Die Blonde stellte einen Stuhl zur Seite, um Platz für den Rollator zu machen. Wer waren die beiden? Carolin hatte keine Zeit zu fragen, da der Priester zu sprechen anfing.

»Liebe Trauergemeinde, liebe Schwestern und Brüder, liebe Angehörige, liebe Freunde und Arbeitskollegen. Wir sind heute hier versammelt, um Abschied zu nehmen von Alfred Franzen ...«

Carolin warf der alten Frau einen Seitenblick zu. Sie knetete die Hände und sah betroffen auf den Sarg. Sie hatte weiße ordentlich frisierte Haare, trug eine dezente Brille und hatte auffällig dunkle Augenbrauen. Täuschte Carolin sich oder kamen ihr die Gesichtszüge bekannt vor? Diese Augenbrauen kannte sie doch von ihrem Vater!

Kapitel 2

Haan, Mai 2009

Die Rede des Priesters rauschte an Carolin vorbei. Sie versuchte, sich auf die Worte zu konzentrieren, dennoch glitt ihr Blick immer wieder zu der alten Dame vier Sitze neben ihr. Sie trug einen knielangen karierten Rock, eine Seidenstrumpfhose und unter der schwarzen Jacke eine weiße Bluse. Ein erwartungsvolles Kribbeln breitete sich in Carolins Körper aus. Die Dame war bestimmt keine Kundin. Nein, eine Kundin hätte sich, wenn sie zu spät gekommen wäre, ganz hinten einen Platz gesucht. Und dann diese Gesichtszüge. Vielleicht war sie mit ihrem Vater verwandt ... Oder spielte der unbändige Wunsch nach einer Familie Carolin einen Streich?

Der Priester gab Annika ein Zeichen. Sie ging zu dem Stuhl neben dem Sarg und nahm die Gitarre, die man ihr bereitgestellt hatte. Sie schloss die Augen und begann, »Over the rainbow« zu spielen. Ihre Stimme hallte durch die Kapelle und bescherte Carolin eine Gänsehaut.

Ob ihr Vater diese Stimme auch hören konnte? Sie hatte sich bisher kaum mit dem Tod beschäftigt, hatte keinen Schimmer, wo er jetzt sein könnte. Als Annika eine Oktave höher sang, war es um Carolin geschehen: Ihre Leere platzte in der Melodie des Liedes auf und ließ Tränen über ihre Wangen fließen.

Die alte Dame weinte auch, wischte sich mit einem Taschentuch übers Gesicht. War sie bloß von dem Lied und der Atmosphäre ergriffen, oder trauerte sie um Alfred Franzen?

Der letzte Akkord klang lange in Carolin nach und ließ ein Gefühl von Schwerelosigkeit zurück. Sie hätte ihrer Freundin stundenlang zuhören können, doch Annika legte die Gitarre beiseite und setzte sich wieder auf ihren Platz.

Der Priester sprach ein paar Abschlussworte, redete von der gemeinsamen Zeit mit dem Verstorbenen, von dem Vertrauen auf Gott und davon, in der Trauergemeinde Kraft für die kommende Zeit zu schöpfen.

Dann kamen sechs Männer und trugen den Sarg aus der Kapelle. Carolin schloss sich mit Annika direkt dem Sarg und dem Priester an. Die alte Frau mit dem Rollator folgte ihnen. Der Regen hatte aufgehört, dafür wehte Carolin ein kühler Wind durch die Haare. Sie musste den Blick vom Sarg abwenden, um nicht von ihren Gefühlen überwältigt zu werden. Der Trauerzug passierte auffällig gestaltete Gräber mit Lichtern, Engelfiguren und vielen Blumen, Grabsteine mit Jesus am Kreuz und das Gemeinschaftsgrab der Gemeindepriester. Er bog rechts ab und stoppte vor einem ausgehobenen Grab. Der Priester nahm daneben Aufstellung, breitete die Arme aus und betete.

Carolin sah auf das Loch, in das ihr Vater hinabgelassen wurde. Versinken in der Finsternis. Abschied für immer. Hätte sie gewusst, was passieren würde, hätte sie ihn am Dienstag nicht allein aus dem Haus gehen lassen. Sie wäre mit ihm zum Arzt gefahren, vielleicht wäre er dann noch am Leben. Aber woher hätte sie es wissen sollen? Es hatte beim Frühstück keine Anzeichen für einen Herzinfarkt gegeben.

Annika zog an ihrem Arm und wies auf den Korb mit den Blumen. Carolin nahm eine Rose und trat ans Grab. Welche Worte sollte sie an ihren Vater richten? Ihr Kopf war leer, ihre Gedanken eingehüllt wie von einem Nebelschleier. Es gab so vieles, das sie ihm zu Lebzeiten hätte sagen wollen, doch ihre Gedanken an einen Toten zu richten, kam ihr vergeblich vor.

»Vergib mir, Vater!«, formten ihre Lippen lautlos, ohne zu wissen, was ihr Vater ihr vergeben sollte. Sie machte Platz und stellte sich an den Rand, um die Beileidsbekundungen entgegenzunehmen. Die alte Dame kam auf sie zu und befreite sie aus den Gedanken. Ein Funke Hoffnung glomm in ihr, dass sie selbst nicht die Letzte in ihrer Familie war. Jetzt war der Zeitpunkt gekommen, die Dame zu fragen, wer sie war.

»Woher kennen Sie meinen Vater?«

Das Gesicht der alten Frau erhellte sich. »Sie sind also die Tochter.« Sie tätschelte Carolins Hand. Sie hatte Altersflecken im Gesicht, am Brustbein hatte sich eine Kuhle gebildet, aber die Gesichtszüge ließen vermuten, dass sie eine ansehnliche Frau gewesen war.

»Und wer sind Sie?« Carolin konnte die Ungeduld in ihrer Stimme nicht verbergen.

»Ich, meine Liebe, bin Alfreds Mutter, also Ihre Großmutter.«

Carolin musste lachen und hätte gleichzeitig weinen können, ein allumfassendes Kribbeln erfasste ihren Körper. Sie hatte eine Großmutter. War das zu fassen? Sie griff nach der Hand der alten Frau. »Wieso haben Sie nicht angerufen?«

Die Großmutter lächelte gequält. »Ich wusste nicht, was ich hätte sagen sollen.«

»Ich freue mich so sehr, dass Sie gekommen sind.« Das Gefühl war viel überwältigender, als ihre Worte es ausdrücken konnten. Wie lange hatte sie auf diesen Moment gewartet. Wie gern hätte sie diesen Augenblick mit ihrem Vater erlebt. Die Zusammenkunft der Familie, ein Wiedersehen mit seiner Mutter.

»Ach bitte, lassen wir doch das Siezen. Das macht Glauben, wir wären Fremde.«

Carolin nickte. »Gern. Wie heißt du denn?« Das Du wirkte ungewohnt und klang gleichzeitig so verheißungsvoll wie der erste Vogelgesang an einem anbrechenden Sommertag.

Ihre Großmutter machte große Augen. »Das weißt du nicht?«

»Ich wusste bis gerade nicht mal, dass es dich gibt«, gab Carolin mit einem Kloß im Hals zu.

»Oh!« Die alte Frau strich sich über die Stirn. »Ich heiße Frida.«

»Frida«, murmelte Carolin. Ihre Großmutter wirkte, als sei sie eine großmütige, herzliche Frau. Wieso hatte ihr Vater den Kontakt abgebrochen und ihr die Existenz seiner Mutter verschwiegen? Sie fragte sich, welches Geheimnis die Vergangenheit für sie bereithielt.

»Und das ist meine Tochter Ingrid«, sagte ihre Großmutter und legte der blonden Frau die Hand auf die Schulter. Carolin hatte eine Tante.

Sie schwindelte, und ihre Knie zitterten. Der Name war in dem handschriftlichen Brief erwähnt worden. Sie lernte an einem Tag zwei nahe Verwandte kennen. Was würden die nächsten Stunden noch offenbaren?

Ingrid war klein und schlank, wirkte sportlich und durchtrainiert. Auf den ersten Blick sah sie aus wie fünfzig, doch nach den Falten in ihrem Gesicht zu urteilen, war sie sicherlich zehn Jahre älter. Sie hatte die gleichen wachen Augen wie ihr Bruder.

Ihre Tante gab ihr die Hand und lächelte. Die Schneidezähne überlappten etwas. »Freut mich, Carolin.«

Dann traten die beiden zur Seite und machten Platz für die anderen Trauergäste. Frau Gillwaldt kam zu ihr. Carolin presste die Zähne zusammen. Sie wollte Haltung vor den Mitarbeitern bewahren, denen sie bald eine Chefin sein musste.

»Sie schlagen sich tapfer«, sagte die Sekretärin und umfasste ihre Hand.

Carolin nickte und musste sich beherrschen, bei der Berührung nicht zurückzuweichen. Sie wollte kein Mitleid von ihr, musste Stärke zeigen.

Dahinter kam Fritz Lüscher. Die Hose hatte Hochwasser, und die Anzugjacke warf sternenförmige Falten um die Knöpfe. »Frau Franzen.« Er nickte ihr zu und ging weiter. Ihm folgten Lara Priggemeier und fast die gesamte Belegschaft. Carolin schüttelte Hände und bedankte sich.

Es waren auch drei Spielerinnen von ihrer Fußballmannschaft gekommen. Germaine umarmte sie und klopfte ihr auf die Schulter. »Caro, sag Bescheid, wenn wir irgendwas für dich tun können.«

Carolin zwang sich zu einem Lächeln und schüttelte den Kopf. »Im Moment nicht, danke.«

Auch Victoria und Anna waren dabei. »Bist du am Sonntag mit von der Partie?«, fragte Victoria.

Das Freundschaftsspiel. Das hatte Carolin ganz vergessen. »Ich denke nicht.« Vielleicht würde sie am Sonntag anders darüber denken, aber im Moment konnte sie sich nicht vorstellen, auf dem Fußballplatz zu stehen.

»Wir halten für dich die Stellung und werden dir schreiben, wie es ausgegangen ist«, sagte Victoria.

Der Konditor mit der Halbglatze trat zu ihr und bekundete sein Beileid. Sie hatte ihn mal auf einem Tennisturnier gesehen. »Ich hätte nie gedacht, dass Alfred ...« Er rang sichtlich nach Worten.

»Ich danke Ihnen, dass Sie so schnell reagiert haben, machen Sie sich keine Vorwürfe.«

Es kamen noch ein paar Kunden und Freunde von ihrem Vater. Gerhard aus dem Tennisklub klagte, dass er Alfred beim Doppel vermissen würde. »Er hatte immer so eine geschickte Rückhand«, sagte er, griff in den Mantel und holte eine Packung Zigaretten heraus.

Annika hakte sich bei Carolin unter. »Es ist Zeit, zum Restaurant zu fahren.«

Carolin nickte. Sie war froh, wenn sie für heute dem Friedhof entfliehen konnte. Außerdem wollte sie noch mehr von ihrer Großmutter erfahren, dafür wäre der Leichenschmaus eine willkommene Gelegenheit. In Absprache mit Frau Gillwaldt hatte sie die Tennisfreunde und zehn Mitarbeiter eingeladen. Die Trauergäste trollten sich Richtung Ausgang.

»Komm!« Carolin löste sich von Annika und ging voran, bis sie ihre Großmutter in Höhe der Kapelle eingeholt hatte.

»Carolin«, sagte ihre Großmutter und lächelte.

»Kommt ihr beide noch mit zum Kaffeetrinken?«

»Wir sind doch nicht eingeplant«, protestierte Ingrid.

»Das ist kein Problem«, widersprach Carolin und blickte ihre Großmutter an. »Ich habe so viele Fragen und hoffe, wir können uns ein bisschen unterhalten.«

»Auch ich würde gern einiges erfahren«, sagte ihre Großmutter. »Wir kommen gern mit.«

Carolin erklärte ihrer Tante den Weg und begleitete ihre Großmutter zum Eingangstor. Ihr Herz klopfte. Als sie heute den Friedhof betreten hatte, hatte sie nicht geglaubt, ihn mit solcher Hoffnung im Herzen verlassen zu können. Die Trauer über ihren Vater war groß, doch in diesem Moment überwog die Freude darüber zu erfahren, wer ihre Familie war und woher sie selbst stammte. Sie stieg ins Auto ein und ließ den Motor an, noch ehe Annika sich angeschnallt hatte.

»Jetzt stress nicht so, Carinchen!« Annika befestigte den Gurt. »Deine Oma ist auch nicht mehr auf der Überholspur.« Ihre Freundin grinste sie an. »Aber ich freu mich so für dich.«

Carolin trat aufs Gas und lenkte den Mini auf die Straße. Eine vertraute Strecke, die nun den Weg in die Vergangenheit versprach.

Carolin fuhr die enge Einfahrt zum Restaurant »Gut Hahn« hinein und parkte auf dem Schotterplatz. Mit klopfendem Herzen stieg sie aus und stellte sich neben ihren Mini, um den Parkplatz für ihre Großmutter freizuhalten. Annika gesellte sich wortlos zu ihr. Keine Frage, ob sie schon vorgehen sollten. Ihre Freundin wusste, was in ihr vorging.

Das alte rote Backsteingebäude mit den grünen Fensterläden verströmte eine heimelige Atmosphäre. Vor einer Steinhütte im üppigen Grün stand eine steinerne Statue von Poseidon mit einem Dreizack. Auf der anderen Seite des Schotterplatzes lag eine ausgediente Radachse eines Pferdewagens. Annika schlenderte zum Aushang der Speisekarte und studierte sie. Dann fuhr Carolins Tante mit dem schwarzen Passat heran und parkte in der Parkbucht neben ihr.

Carolin half ihrer Großmutter beim Aussteigen. »Brauchst du den Rollator, oder reicht es, wenn ich dich stütze?«

»Das geht nicht«, wiegelte Ingrid großspurig ab, als hätte Carolin etwas Unmögliches vorgeschlagen. Sie öffnete den Kofferraum und holte den Rollator heraus.

»Tut mir leid, ich dachte nur ...«, stammelte Carolin. Wie dumm von ihr, so einen Vorschlag gemacht zu haben.

Doch ihre Großmutter warf ihr einen liebevollen Blick zu. »Ich habe ihn lieber bei mir, dann kann ich meine Handtasche darauflegen.«

Sie betraten die urige Gaststätte, doch das Gefühl der Behaglichkeit wich schlagartig, als Carolin die Stufe im Eingangsbereich sah. Daran hatte sie nicht gedacht! Auch zu den Toiletten führten Stufen hinab. Hätte sie geahnt, dass zu der Trauerfeier Menschen kommen würden, die nicht mehr ohne Hilfe gehen konnten, hätte sie eine andere Gaststätte gewählt.

Die Kellnerin wies ihnen einen langen Tisch im hinteren Teil zu. Gegenüber der Tafel befand sich ein antiker Kamin mit blau-weiß gemusterten Kacheln. Der Kaminsims war voll gestellt mit Figuren, altem Kochgeschirr und einem

Hufeisen. An den Wänden und Holzbalken war allerlei Schnickschnack angebracht: antike Kochlöffel, eine Kuckucksuhr, ein Holzpferd und eine Büste. Die Deckenbalken hingen tief und bogen sich unter der Last der Decke.

»Hast du die Gaststätte im Trödelmarkt-Fachkatalog gefunden?« Annika zwinkerte ihr zu.

»Mein Vater war hier mit seinen Tenniskollegen Stammgast.«

Die Gäste nahmen Platz, Carolin setzte sich zwischen Annika und ihre Großmutter. Eine Bedienung goss den Gästen Kaffee ein. Auf der weißen Tischdecke hatte jemand Blumendekors arrangiert. Carolins Großmutter verabschiedete sich auf die Toilette, ihre Tante begleitete sie.

Annika stieß Carolin mit dem Ellenbogen an. »Und? Hast du die Rede noch parat?«

Carolins Mund fühlte sich trocken an, als hätte sie seit Stunden nichts mehr getrunken. Am liebsten hätte sie schon einen Schluck Kaffee genommen, doch es erschien ihr unpassend. Die Worte der einstudierten Rede schwirrten in ihrem Kopf herum, hätte sie sich doch Notizen gemacht ... Aber wie sähe das aus? Die Freunde ihres Vaters unterhielten sich gedämpft. Frau Priggemeier und Herr Lüscher sahen sie erwartungsvoll an. Sie rieb die Hände über ihre Stoffhose. Der Polyesterstoff nahm den Schweiß nicht auf und verursachte ein unangenehmes Gefühl auf der Haut.

Annika beugte sich zu ihr herüber. »Du schaffst das.«

Carolin atmete tief durch und nickte. Als ihre Großmutter und ihre Tante zurückgekommen waren, stand Carolin auf, womit sie alle Blicke auf sich zog. Ihre Lippen zitterten. Eine Rede vor den Mitarbeitern war eine Sache, eine vor der Trauergesellschaft zu halten und ihre Gefühle im Griff zu haben, eine andere. »Ich danke euch, dass ihr gekommen seid.« Sie schluckte trocken. »Mein Vater wurde so plötzlich aus dem Leben gerissen, dass ich froh bin, so viel Unterstützung zu erhalten.« Sie warf Annika ein Lächeln zu. Ihre

Freundin zwinkerte ihr zu, was ihr Kraft schenkte. »Er war ein gutherziger und liebevoller Mensch, der sich lobender Worte nicht zu schade war …«

Die Rede strömte aus ihr heraus, wie sie es sich vorgenommen hatte. »Ich würde mich freuen, wenn ihr diesen Nachmittag in seinem Gedenken verbringen würdet, und lasst uns Papa jetzt in unsere Mitte nehmen«, schloss sie.

Die Gäste nickten ihr zu oder murmelten ein »Danke«.

»Das waren liebe Worte, die du gefunden hast«, sagte ihre Großmutter. Sie setzte die Brille ab und wischte sich eine Träne aus den Augenwinkeln. Wie schwer musste es sein, einen Sohn zu verlieren, auch wenn man so lange keinen Kontakt mehr zu ihm gehabt hatte? Doch ihre Großmutter fasste sich, holte ein Brillenputztuch aus der Handtasche und reinigte die Gläser. Die alte Dame war mit Sicherheit über achtzig. Carolin konnte froh sein, dass sie sie noch kennenlernen durfte.

Die Bedienung brachte Kuchen und belegte Brötchen, die Gäste vertieften sich in Gespräche. Carolins Herz klopfte. Nun war die Zeit, um Fragen zu stellen. »Wie lange bleibt ihr in Haan?«, begann sie unverfänglich.

»Wir übernachten in einem Hotel und fahren morgen früh zurück nach Berlin.« Ihre Großmutter seufzte. »Ich wünschte, ich hätte mehr Zeit, um mir anzusehen, wie er gelebt hat, aber …« Sie stockte und sah zu Ingrid. »Meine Tochter muss übermorgen wieder arbeiten.« Ihre Großmutter lächelte wehmütig.

Carolin hätte auch gern mehr Zeit mit ihr verbracht. So hatten sie nur diesen Tag. »Warum hattet ihr keinen Kontakt zueinander?«

Ihre Großmutter blies geräuschvoll die Luft aus und fuhr sich durch die Haare. »Das ist eine lange Geschichte.«

Wie lange hatte Carolin auf diese Geschichte gewartet? Und ihre Großmutter sagte es so, als würde es zu lange dauern, um sie zu erzählen. Carolin sah auf ihre Finger und den

Ring, den der Vater ihr zum achtzehnten Geburtstag geschenkt hatte. Ihr Vater war ihre einzige Familie gewesen, und doch hatte sie immer geahnt, dass es noch mehr Verwandte gab. Es hatte sich stets angefühlt wie das Knistern der Luft, kurz bevor es schneite – die freudige Erwartung auf etwas Wundervolles. »Ich würde sie gern hören.«

Ihre Großmutter lächelte. »Die ganze Geschichte?«

Carolin lächelte zurück. »Ich habe meinen Vater immer wieder nach seiner ... nach unserer Familie gefragt, doch er hat geschwiegen. Ich habe gefühlt, dass mir irgendwas fehlt, und würde gern erfahren, woher ich komme und wer meine Familie ist.«

Ihre Großmutter nickte.

»Bis vor ein paar Tagen wusste ich noch nicht mal den Namen meiner Mutter, und nun sitze ich neben dir.«

Ihre Großmutter machte ein überraschtes Gesicht. »Deine Mutter kennst du auch nicht?«

Carolin schüttelte den Kopf.

»Du liebe Zeit«, stieß ihre Großmutter hervor. »Ich wünschte, ich hätte ...« Sie rang sichtlich nach Worten. »Aber nun ...« Eine Träne rann ihre Wange hinunter, und sie wischte sie mit dem Taschentuch weg.

»Was hättest du?«, hakte Carolin nach.

Ihre Großmutter schnäuzte und verstaute das Tuch in der Tasche ihrer Strickjacke. »Alles zu seiner Zeit.« Sie tätschelte ihre Hand. »Ihr jungen Leute seid immer so ungestüm. Ein halbes Leben lässt sich nicht in zwei Sätze fassen, aber den Anfang will ich dir heute erzählen.«

Carolin fühlte sich, als würde in ihrem Inneren die Sonne aufgehen. Die Strahlen küssten ihr Herz und versprachen einen Neuanfang.

»Es war 1939. Ich lebte bei meiner Tante in Berlin, obwohl meine Familie in Ostpreußen war. Mein Verlobter Erwin war auch dort. Der Sommer war ungewöhnlich heiß, und wir haben die letzte Zeit in Frieden genossen. Ich erinnere mich an einen Tag im Juli, als mich Erwin und zwei Freunde zum Schwimmen abholten ...«

Berlin, Juli 1939

Ein Auto hupte auf der Straße. Frida öffnete das Wohnzimmerfenster und steckte den Kopf hinaus. »Ihr seid zu früh!«, rief sie ihren Freunden lachend zu.

»Wie lange du immer brauchst!« Victor hatte das Verdeck des Mercedes Benz aufgemacht und winkte ihr daraus mit seinem Hut zu.

»Mach das Fenster zu, sonst kommt die heiße Luft herein«, schimpfte ihre Tante Maria aus der Küche.

»Ich beeile mich!«, rief Frida nach unten und schloss schnell das Fenster.

»Und wer hilft mir beim Abwasch?« Ihre Tante stand auf der Schwelle, stemmte einen Arm in die Hüfte und lächelte Frida schelmisch an. Obwohl sie eine Schürze trug und das Trockentuch über ihrer Schulter lag, sah sie aus wie ein Filmstar: Sie trug das blaue Sonntagskleid, hatte die dünnen Brauen hochgezogen, doch die knallroten Lippen umspielte ein Lächeln. Frida schmunzelte innerlich über den Wunsch ihrer Tante, so auszusehen wie Marlene Dietrich. Nur die Zigarette und der Hut fehlten. Frida hatte sich mal wieder einen aus dem Schrank der Tante stibitzt. Sie gab Maria einen Kuss auf die Wange. »Dafür kümmere ich mich morgen um den Abwasch.«

»Einverstanden«, sagte Maria grinsend und drehte sich zur Spüle. »Aber lass den Hut hier. Was brauchst du ihn beim Baden?« Sie warf ihr noch einen halb vorwurfsvollen, halb belustigten Blick zu, bevor sie den nächsten Teller abtrocknete.

Frida ignorierte die Aufforderung ihrer Tante, setzte den schwarzen Hut mit dem weißen Spitzenbesatz und der breiten Krempe auf, den sie sich auf der Kommode bereitgelegt hatte, und schloss die Tür hinter sich. Sie lief geschwind die Treppen hinunter, wobei die Absätze der hochhackigen Sandalen auf den Stufen klapperten. Sie riss die Autotür auf, sprang auf den Rücksitz und drückte ihrem Verlobten Erwin einen Kuss auf die Wange. »Fahr los!«, rief sie Victor lachend zu.

»Vor wem bist du auf der Flucht?« Rechel drehte sich vom Beifahrersitz zu ihr um. Sie hatte sich ein geblümtes Tuch in die blonden Haare gebunden und trug eine Sonnenbrille. Sie war der Inbegriff der arischen Rasse und niemand, der sie nicht kannte, würde das bezweifeln.

Frida stupste ihre Freundin leicht an die Schulter. »Vor wem wohl?«

»Geht es mal wieder um den Hut?« Rechel grinste.

Frida verdrehte lachend die Augen. »Worum sonst?«

Victor fuhr los. Erwin zog Frida an sich und küsste sie leidenschaftlich. »Vielleicht muss ich dir mal eigene Hüte schenken«, flüsterte er und knabberte an ihrem Ohrläppchen. Er schob ihr gelbes Sommerkleid den Oberschenkel hoch, doch sie hielt ihn zurück. Was war nur in ihn gefahren? Er war doch sonst nicht so stürmisch.

Sie strich ihm durch die blonden Haare und verdeckte mit dem Hut ihre Gesichter, dass Victor und Rechel sie nicht sehen konnten. Sie betastete seine Segelohren, die sie so sehr liebte und die sein Markenzeichen waren. »Nicht hier«, flüsterte sie und machte ihm mit Blicken deutlich, was sie meinte.

In Erwins Augen lag ein spitzbübisches Grinsen. Mit der kurzen Hose, dem weißen Hemd und den Hosenträgern erinnerte er sie an ihre gemeinsame Schulzeit. Seine Schiebermütze war in den Fußraum gefallen.

»Na, soll ich euch beide unterwegs aussteigen lassen, damit ihr allein seid?«, fragte Victor.

Frida ließ den Hut sinken und sah den schelmische Gesichtsausdruck im Rückspiegel. »Meinst du, ich will mir die Abkühlung entgehen lassen?« Schweißperlen kitzelten sie auf der Stirn. Es waren sicherlich wieder fünfunddreißig Grad. Frida lehnte den Kopf an Erwins Brust, schloss die Augen und genoss den Fahrtwind.

Victor fuhr zum Wannsee und steuerte ihre gewohnte Stelle an. Sie hatten es aufgegeben, an einem Sonntag ins viel zu überlaufene Strandbad zu gehen. Dort lagen die Menschen so eng wie die Bücklinge beim Fischhändler, wie Erwin oft scherzte. Doch auch hier standen mehrere Autos, und Frida ahnte, dass auch die übrigen Uferstücke gut besucht waren. Sie war froh, endlich aus dem Auto aussteigen zu können, und breitete die Arme aus, um den Sommerwind mit dem dünnen Stoff ihres Kleides spielen zu lassen.

»Puh!« Victor nahm den Hut ab und wischte sich den Schweiß von der Stirn. »Ein paar Grad weniger würden es auch tun.« Er hievte vorsichtig eine Tasche aus dem Kofferraum und platzierte sie neben sich.

»Was ist denn mit dir los? Gehst du heute mit uns schwimmen?«, fragte Erwin lachend und zeigte auf die Tasche.

Victor schnitt eine Grimasse und richtete seinen Hut. Er trug sogar heute zum Badeausflug Krawatte und Hemd. In der Brusttasche steckten seine Zigaretten, von denen er sich eine anzündete. »Lacht ihr nur über mich! Gleich werdet ihr mir danken.« Er grinste und hob die Tasche vorsichtig an, als hätte er Porzellan darin.

Victor machte nie Leibesübungen, geschweige denn, dass er ins Wasser ging. Er hatte ein schwaches Herz und hielt höchstens zehn Minuten körperliche Ertüchtigung durch, danach musste er eine Pause einlegen, weil ihm schwindelig wurde. Es bestand sogar die Gefahr, dass er ohnmächtig wurde, weil sein Herz nicht genug Blut in den Körper pumpte. Daher war er von einem Sanitätsoffizier als wehrdienstuntauglich eingestuft worden.

Frida wünschte sich, dass auch Erwin vom Dienst freigestellt werden würde. Der Jahrgang 1917 war letztes Jahr zur Mobilmachung einberufen worden, doch Erwin hatte den Befehl durch sein Medizinstudium und die gute Beziehung zu seinem Professor aufschieben können. Aber wie lange noch? Sie ließ die Schultern hängen.

»So trübe Gedanken?« Rechel hakte sich bei ihr unter, und sie gingen los.

Frida lächelte. »Nicht trüber als sonst.«

Sie passierten das Schild mit der Aufschrift: *Am Wannsee sind Juden unerwünscht!* Rechel sah zwar nicht hin, aber Frida bemerkte die Anspannung in ihren Schultern, die sich leicht hoben. Dann hellten sich ihre Gesichtszüge auf. »Hast du eigentlich mein Bild fertig?«

»Fast«, sagte Frida. Ihre Freundin hatte sich ein Gemälde für ihr tristes Zimmer gewünscht. Das Schuhgeschäft ihres Vaters war der Reichskristallnacht im November letzten Jahres zum Opfer gefallen. Außerdem hatten sie ihr Haus für einen Spottpreis an einen SS-Hauptsturmführer verkaufen und in eine winzige Wohnung in einem Judenhaus ziehen müssen.

Das Gemälde sollte Rechel und Frida vor einem Sonnenaufgang am Wannsee zeigen. Ein Beweis der Freundschaft mit einem Lichtblick in schöne Zeiten, wie es Rechel mal beschrieben hatte. Auf dem Bild fehlte nur noch Fridas Gesicht, doch sie sah ihren eigenen Gesichtsausdruck nicht vor sich. Jedes Mal, wenn sie den Pinsel in die Hand nahm, überwältigte sie eine Welle der Empörung und Wut. Sie wollte ihrer Freundin doch ein Lächeln schenken. »Nächste Woche«, versprach sie.

»Ich werde dich erinnern.« Rechel hob mehrmals die Augenbrauen.

»Und, hast du mit deinem Vater reden können?«, fragte Frida.

Rechels Miene verdüsterte sich. »Müssen wir das heute besprechen?«

Frida zog Rechel am Ellenbogen, sodass sie stehen blieben und sich in die Augen blickten. »Kannst du mir nicht einfach sagen ...«

Rechel seufzte. »Ja, hab ich! Er war im Auswanderungsbüro. Nichts zu machen. Es sind keine Schiffplätze nach Palästina mehr zu haben.« Die Stimme ihrer Freundin klang verzweifelt, und ihre Augen sprühten Funken. Sie wandte sich ab und stapfte weiter.

»Warte doch!« Frida lief ihr hinterher. »Und was ist mit England?«

Rechel verdrehte die Augen. »Du kennst doch meinen Vater!«

Frida schluckte. Ja, sie kannte ihn. Er hatte einen Cousin in Palästina. Da wäre er noch hingezogen, aber alles andere kam für ihn nicht infrage. Er war überzeugt, dass ihn das Eiserne Kreuz, das er sich im Weltkrieg verdient hatte, vor Schlimmerem bewahren würde.

In Fridas Kopf hallten noch die fanatischen Worte Hitlers aus einer Rede im Januar: »Die Vernichtung der jüdischen Rasse.« Bei diesen Worten war ihr Herz zu Eis gefroren. Wie oft hatte sie Rechel in den Ohren gelegen, sie solle endlich das Land verlassen. Wer wusste schon, wozu Hitler fähig war? Sie traute ihm vieles zu.

»Lass uns nicht mehr darüber reden.« Rechels Miene erhellte sich, und sie zog Frida weiter.

Frida nickte, sie wollte die trüben Gedanken vertreiben und den sonnigen Tag genießen. Vielleicht hatte sie unrecht und alles würde sich zum Guten wenden.

An ihrer üblichen Badestelle stand ein Baum so nah am See, dass er die Äste ins Wasser hängen ließ und genügend Schatten spendete. Dort hatte sich eine Familie mit zwei

Kindern niedergelassen. Sie hatten ein kleines Zelt aufgebaut, davor standen Tisch und Klappstühle. Der Bub und das Mädel spritzten sich gegenseitig mit Wasser nass und schrien vor Vergnügen. Ein Pudel lief bellend am Ufer hin und her.

»Ach nein«, stöhnte Rechel. »Wo sollen wir nun hin?«

Victor und Erwin hatten zu ihnen aufgeschlossen. »Von denen lassen wir uns doch nicht stören«, meinte Victor und lief an ihnen vorbei. Er stellte seine Tasche neben einen Strauch keine zehn Meter vom See entfernt, stemmte demonstrativ eine Hand in die Hüfte und wies mit der anderen Hand um sich herum. »Hier.« Der Platz lag in der Sonne, doch bald würde ihnen die Baumkrone den wohltuenden Schatten spendieren. Dort waren sie nur wenige Meter von der Familie entfernt, und auch zu den nächsten Badegästen, vier jungen Frauen, war nicht mehr Platz.

Der Familienvater winkte ihnen zu. »Herrliches Hitlerwetter heute, was?« Er strich sich die nassen Haare zur Seite, als wolle er die Frisur des Reichskanzlers nachahmen. Erst jetzt entdeckte Frida die Parteifahne, die neben dem Zelt im Boden steckte.

»Wenn Hitler auch Einfluss aufs Wetter hat, kann uns nichts mehr passieren«, rief Victor großspurig zurück und wandte sich ab. Dem Blick des Familienvaters nach zu urteilen, wusste der nicht, was er von dem Kommentar halten sollte. Vor allem, weil Victor mit seinen schwarz gekräuselten Haaren und dem stets adretten Auftreten oftmals für einen Juden gehalten wurde, obwohl er so deutsch war wie kaum einer sonst.

Der Familienvater wandte sich ab und sprang zu seinen Kindern ins Wasser.

Rechel warf Frida einen vielsagenden Blick zu. Sie wollte nicht neben so einem NS-Fanatiker ihren Sonntag verbringen. Auch wenn Rechel es oft überspielte, kannte Frida ihre Angst aufzufliegen.

»Sollen wir uns ein anderes Plätzchen suchen?«, raunte Frida Erwin zu.

»Nach der Vorstellung von Victor machen wir uns erst recht verdächtig«, flüsterte Erwin zurück.

Frida nickte und breitete ihr Handtuch aus. »Dann lasst uns das Hitlerwetter mal ausnutzen«, sagte sie laut. Sie schälte sich aus den Sandalen und dem gelben Kleid, das Rechel ihr genäht hatte. Darunter trug sie den schwarz-weiß gestreiften Badeanzug. »Wer kommt mit?«, fragte sie und trat zum Ufer. Sie hielt den Hut fest, damit er ihr nicht vom Kopf wehte. Das Schwarz des Hutes mit der weißen Spitze passte wunderbar zu ihrer Badekleidung.

»Erst will ich wissen, was Victor in der Tasche hat.« Erwin stellte sich mit verschränkten Armen neben seinen Freund. »Also?«

Victor legte sein breitestes Victorgrinsen auf und holte ein Grammofon hervor. »Ich dachte, wir brauchen ein bisschen Unterhaltung.«

»Du bist verrückt«, rief Frida, doch als er die Platte auflegte und das Lied »Ich hab dich einmal geküsst« ertönte, wippte sie mit dem Fuß. Es erinnerte sie an den Abend in der »Aschinger Tanzdiele« vor zwei Wochen. Sie bewegte die Hüften und warf Erwin einen koketten Blick zu. »Was meinst du? Wollen wir?«

Anstatt, dass Erwin zu ihr kam, stürmte er zu seiner Tasche und holte seine Kamera hervor. »Bleib so stehen!«

Frida sah in die Linse und bewegte sich im Takt. Sie ging rückwärts ins Wasser und sah dabei weiter Erwin an. Die kleinen Wellen schwappten über ihre Füße und kitzelten sie am Knöchel. Das wurden sicherlich traumhafte Fotografien.

Sie stieß mit dem Fuß gegen einen Stein, rutschte aus und fiel rückwärts. Sie schrie auf, ruderte mit den Armen, wobei eine Windböe den Hut erfasste und davonwehte. Sie platschte ins Wasser, die Abkühlung erfasste sie mit einem Mal, und sie kam hart auf den Boden auf.

Erwin lachte. »Sehr elegant.«

Frida erhob sich umständlich, von ihren Haaren tropfte es. »O nein!« Der Hut schwamm zwei Meter entfernt im Wasser. Sie watete hin, angelte ihn heraus, klopfte ihn ab und lief Erwin entgegen. »Meine Tante wird mich umbringen«, sagte sie lachend und legte den Hut auf eine Wurzel zum Trocknen. Hoffentlich war er nicht ruiniert.

Ihre Tante besaß ungefähr zwanzig verschiedene Hüte, immer nach der neusten Mode, aber sie konnte sich von keinem trennen. Falls Maria sich zu sehr ärgerte, würde Frida ihr einen neuen kaufen. Ihre Tante war als Ärztin und Witwe eines wohlhabenden Arztes finanziell abgesichert und nicht knauserig, wenn Frida sie um etwas bat.

»Lasst uns schwimmen.« Sie stürzte sich ins Wasser, machte ein paar Züge und drehte sich auf den Rücken, um sich treiben zu lassen. Die Wasserperlen kitzelten auf ihrer Haut. Nicht weit entfernt paddelten zwei Männer in einem Schlauchboot in eine Bucht.

»Kommt schon!«, rief sie Erwin und Rechel zu.

Victor machte es sich neben dem Grammofon gemütlich, zündete sich eine Zigarette an, krempelte die Ärmel hoch und holte ein Notizheft aus der Tasche. Er schrieb für die Zeitung vor allem über Kunst, Theater und Spielfilme in Lichtspielhäusern. Sie hatten sich kennengelernt, als Frida ein paar Gemälde in einer Galerie ausgestellt hatte. Aber welche Sensationen wollte er jetzt zu Papier bringen?

Erwin trat ans Ufer und tastete sich langsam im Wasser voran. In Badehosen sah man seinen muskulösen Oberkörper. Ihr Herz pochte, und ein Kribbeln erfüllte ihren Bauch. Früher in Ostpreußen auf dem Gestüt seiner Eltern hatte er immer mit angepackt. Dann hatte er zum Wehrdienst gemusst, und seitdem er in Berlin studierte, hielt er seinen Körper mit Leibesertüchtigung in Form.

»Endlich.« Frida schwamm zurück, bis ihre Knie beim Schwimmen den Boden berührten, dann lief sie ihm entgegen und bespritzte ihn mit Wasser.

»Hör auf«, schimpfte er gespielt und sprang zur Seite, um dem Spritzwasser auszuweichen. Er brauchte immer so lange, um ins Wasser zu kommen.

»Ich dachte, im Wehrdienst hat man euch beigebracht, gegen alles gewappnet zu sein«, sagte sie lachend und ließ ihn erneut im Wasserregen stehen.

»Niemand lehrte uns, gegen die Waffen einer Frau zu kämpfen.« Er grinste und spritzte zurück.

Sie quietschte vergnügt auf, Wasser tropfte von ihren Haaren, die ihr im Gesicht klebten, doch ihr Körper hatte sich bereits an die kühle Temperatur gewöhnt, sodass es ihr nichts ausmachte. Sie trat bis zwei Meter auf ihn zu, um ihm die volle Wasserladung ins Gesicht zu donnern.

»Na, warte«, rief er, sprang auf sie zu und warf sie um.

Sie wurde für einen Moment unter Wasser gedrückt, aber im nächsten Augenblick zog Erwin sie hoch und in die Arme. Sanft strich er ihre Haare aus der Stirn und streichelte ihre Augenbraue. Wegen ihrer auffälligen Brauen und ihrer braunen Haare nannte Erwin sie manchmal Frida Kahlo, wobei sie fand, dass sie nicht viel mit dieser ernst dreinblickenden Frau gemeinsam hatte.

»Ich liebe dich, Fräulein Zeitinger«, säuselte er mit einem leisen Lächeln.

Sein Atem kitzelte ihre Wange, und sie spürte ein Kribbeln auf den Armen, das bis in ihren Körper zog und sie vollkommen ausfüllte. Ihr Herz pochte wild, und ihr Atem ging flach. »Wann habe ich diese Worte das letzte Mal von dir gehört?« Sie schloss die Augen und küsste ihn. Das Kribbeln verstärkte sich, und sie hatte das Gefühl, über der Wasseroberfläche zu schweben.

Was war nur heute mit ihm los? Wollte er die Verlobung endlich einlösen? Dabei bestanden seine Eltern darauf, dass er erst sein Studium erfolgreich abschloss. »Anscheinend habe ich es dir nicht oft genug gesagt.«

Wasser spritzte. Frida drehte den Kopf und sah Richtung Ufer. Rechel kam angelaufen. Sie trug den selbst genähten Badeanzug mit den aufgenähten Blumen am Bauch. »Ihr Turteltauben sucht euch lieber ein Gebüsch«, sagte sie lachend und lief an ihnen vorbei.

Frida grinste Erwin an und raunte ihm zu: »Das kannst du noch nachholen.« Dann folgte sie ihrer Freundin.

Sie lieferten sich eine Wasserschlacht, lachten und warfen sich gegenseitig ins Wasser, bis sie keuchten und erschöpft waren.

Am Ufer packte die Familie ihre Sachen. »Schau mal, der Abklatsch Hitlers verlässt uns«, sagte Frida mit gedämpfter Stimme.

»Dann können wir uns endlich sonnen.« Rechel strich ihre blonden Locken aus dem Gesicht und ging zurück zum Ufer.

»Und wir?«, fragte Erwin.

Frida blickte hinaus auf den See. Die Segelboote sahen wie weiße Farbkleckse auf dem blauen Untergrund aus, die sich ähnlich in Form von Wölkchen am Himmel zeigten. Sie wünschte sich, Leinwand, Ölfarben und Pinsel dabei zu haben. Ein Anblick des Friedens. Sie würde die Sommerlaune einfangen und das Schlauchboot mit den zwei Männern in den Vordergrund malen. Und dennoch lag das Knistern eines bevorstehenden Unheils in der Luft und kratzte ihren Rachen. »Ich habe Angst, dass der Frieden bald ein Ende haben wird.«

»Du brauchst keine Angst haben.« Erwin trat hinter sie und umschlang sie mit den Armen.

»Hitler wird Polen angreifen.«

»Das weißt du doch gar nicht.«

»Polen wird Hitler den Korridor aber nicht freiwillig überlassen«, konterte sie.

»Du unterschätzt unseren Führer«, sagte er.

Führer – wie sie dieses Wort hasste. Der Begriff »Reichskanzler« gefiel ihr besser, er war nicht so allumfassend.

»Er hat Österreich, das Sudetenland und das Memelland friedlich heimgeholt«, fuhr ihr Verlobter fort.

»Bei Polen wird es anders sein.« Diese Meinung teilte auch Victor, und er war als Schriftleiter mit Kontakten zu anderen Zeitungsleuten immer gut informiert.

Erwin drückte sie enger an sich. »Polen wird keinen Widerstand leisten, und dann ist unsere Heimat endlich wieder ans Reich angeschlossen. Wie sich unsere Landsleute freuen werden, wenn sie vom Verkauf ihres Gemüses wieder leben können.«

»Aber der Preis ist hoch. Wer will schon im Krieg leben? Da nützt Ostpreußen auch der Korridor nichts.«

»Du siehst immer alles so schwarz.«

Sie löste sich von ihm und sah ihn an. »Und was ist mit den Juden? Findest du das etwa auch in Ordnung?«, fragte sie scharf, aber mit gedämpfter Stimme. Sie wollte nicht, dass man sie vom Ufer aus hören konnte.

»Natürlich nicht, aber es ist doch gar nicht so schlimm.«

»Nicht so schlimm? Juden werden auf den Straßen schikaniert und sogar totgeprügelt.« Sie erinnerte sich daran, wie zwei SS-Männer eine Kinderärztin aus ihrer Praxis gezogen und auf offener Straße mit Knüppeln verprügelt hatten, nur weil sie auf dem Schild den Hinweis *Ärztin* noch nicht durch *Krankenbehandlerin* ausgetauscht hatte. Und die Kinder im Wartezimmer waren Zeugen dieses schrecklichen Vorfalls geworden. Aber wahrscheinlich waren die Kleinen ihre Lebensretter gewesen, denn irgendwann hatten die SS-Männer von ihr abgelassen, als sie der Kinder gewahr geworden waren, die in einer Reihe die Gesichter an die Fensterscheibe gedrückt hatten.

»Straftaten werden auch gegen Deutsche verübt«, konterte Erwin.

»Aber doch nicht in der Zahl und nicht von der Polizei. Außerdem, was ist mit der Reichskristallnacht?«

»Ist doch klar! Die Deutschen waren wütend, dass dieser Grynszpan in Paris den deutschen Legationssekretär erschossen hat.«

Frida stemmte die Arme in die Hüften. »Dafür darf man doch nicht alle Juden verantwortlich machen!« Sie hatte die Stimme erhoben und blickte sich um. Hoffentlich hatte sie keiner gehört, doch das Schlauchboot mit den beiden Männern war weit genug entfernt, und die Familie am Ufer war nicht mehr zu sehen.

»Bedenk doch, dass sogar die Justiz an der Integrität der Juden berechtigte Zweifel hat. Wir müssen auf die Obrigkeit vertrauen. Sie weiß, was rechtens ist.«

Fridas Nacken verkrampfte sich. »Glaubst du etwa, diese Menschen sind unfehlbar?«

»Natürlich nicht, aber erinnere dich doch mal an den Sternweiler. Solche Leute müssen zur Rechenschaft gezogen werden.«

Sie schluckte. Ja, der Arzt hatte Dreck am Stecken gehabt. Er hatte zweifelhafte Heilmethoden angewandt und sich das teuer bezahlen lassen. Der Säugling von Frau Bremer aus der gegenüberliegenden Wohnung hatte seit der Geburt geschrien und den Kopf nur zu einer Seite gedreht gehabt. Sternweiler hatte geglaubt, dem Baby helfen zu können, doch eine Stunde nach seiner Behandlung war der Säugling verstorben und die Mutter am Boden zerstört gewesen. Man hatte tagelang ihr Wehklagen durch die Straße schallen gehört.

»Aber was ist mit Rechels Vater und seinem Schuhgeschäft?«

Erwin nickte. »Das war freilich nicht in Ordnung.«

»Er hat das Geschäft verloren, die Familie musste ihr ganzes Vermögen abgeben, und nun hausen sie in einer Zweizimmerwohnung.«

»Manchmal trifft es leider auch Unschuldige.«

»Lass das bloß nicht Rechel hören.« In ihrem Magen bildete sich ein Knoten, und sie stapfte an ihm vorbei.

Er griff nach ihrer Hand und drehte sie zu sich um. »Du wirst es ihr doch nicht sagen, oder?«

»Hältst du mich für so taktlos?« Frida wandte sich ab, musste sich beruhigen.

Erwin kam ihr hinterhergelaufen und griff wieder nach ihrer Hand. »Verzeih mir. Ich wollte nicht mit dir streiten.« Er zog sie zu sich und küsste sie.

Erst wollte sie ihn von sich schieben, dann ließ sie sich von seinen Zärtlichkeiten überzeugen. Frida schmeckte Leidenschaft, Heimat, Geborgenheit und Hoffnung.

Er hielt seine Stirn direkt an ihre und blickte ihr fest in die Augen. »Verzeih mir!« Er fuhr mit dem Finger über ihre Lippen. »Wir beide sollten darüber nicht streiten, wir können es sowieso nicht ändern.«

Am liebsten hätte sie weiterdiskutiert, aber sie sah ein, dass es nichts bringen würde. Sie hoffte nur, dass ihre Befürchtungen sich nicht bewahrheiten würden und sich hinter Hitler ein anderer Mensch verbarg, als er in seinen Reden glauben machte.

»Du bist ja völlig verspannt!« Erwin streichelte ihren Rücken, massierte mit den Fingerspitzen sanft ihren Nacken.

Sie schloss die Augen und versuchte, die trüben Gedanken zu verscheuchen. Erwin drückte sie eng an sich und küsste ihre Halsbeuge. Ein wohliger Schauer lief ihren Körper hinunter. Wenn er so weitermachte, würde sie sich mit ihm wirklich ein Gebüsch suchen müssen. Legte er es darauf an? Sie strich durch seine blonden Haare. »Willst du mich heute verführen?«, fragte sie mit einem Augenzwinkern.

»Eine verlobte Frau? Wo denkt Ihr hin?«, fragte er gespielt hochgestochen.

Natürlich nicht. Sie hatten bisher noch nicht miteinander geschlafen. Erwin sagte, vor der Ehe würde es Unglück bringen. Frida glaubte, dass er bloß auf den perfekten Augenblick wartete. Doch sie wollte nicht warten, bis sie in ein paar Jahren heirateten. Vielleicht würde der Tag einen solchen Augenblick für sie bereithalten, sie verzaubern und ihnen das Gefühl der Schwerelosigkeit bescheren. Sie sah zum Ufer. Nein! Der See war viel zu belebt. Einen solchen Moment wollte sie mit Erwin allein genießen und sich voll auf ihn einlassen können.

»Lass uns zu den anderen und uns amüsieren. Du willst dich doch immer amüsieren, oder nicht?« Er grinste, ohne zu lachen, seine Augen blieben seltsam ernst.

Sie fuhr über seine Brust. »Ist irgendwas?«

»Was soll schon sein?«

Er wandte sich ab und wollte zum Ufer gehen, aber sie griff nach seiner Hand und zog ihn wieder zu sich. »Ich möchte dich nicht verlieren.«

»Das wirst du nicht.«

»Ich möchte nicht, dass du einberufen wirst.«

Sein Lächeln erstarb, und ein Ruck ging durch seinen Körper. Sie konnte nicht weiter in seinen Augen nach dem Grund forschen, denn er drückte sie an sich, sagte jedoch nichts.

»Versprich mir, dass du bei mir bleibst.« Ihr Herz schmerzte, wenn sie daran dachte, von ihm getrennt zu sein. Sie mochten verschiedener Meinung sein, was die Partei und die Juden betraf, aber zumindest konnten sie darüber diskutieren. Mit wem konnte man heutzutage schon offen über Politik sprechen?

»Ihr Turteltauben, kommt ihr mal?«, rief Victor. Er hielt den Korb mit der Verpflegung in die Höhe und lächelte ihnen zu.

Erwin wies mit dem Kopf zum Strand. »Komm!«

Sie gingen Hand in Hand zum Ufer und setzten sich zu Rechel und Victor auf die Handtücher. Sie verschlangen Butterkuchen und Obst, während Victor Anekdoten aus der Schulzeit schwang.

Sie kühlten sich noch zweimal im See ab und fuhren erst spät abends zurück in die Stadt.

Als Victor vor Fridas Haus hielt, stieg Erwin mit aus. »Ich laufe gleich nach Hause.«

Victor sah ihn an, als hätte er den Kriegszustand ausgerufen. »Das ganze Stück? Hat dir das Schwimmen nicht gereicht?«

»So weit ist es auch nicht.«

»Na, wenn du meinst«, sagte Victor und hob den Hut zum Gruß.

Rechel winkte Frida zu. »Denk an mein Bild!«

Frida winkte zurück. »Nächste Woche.« Sie zwinkerte ihrer Freundin zu. Sie sah dem Auto hinterher, bis es an der nächsten Kreuzung um die Straßenecke bog.

Erwin drehte Frida zu sich. Sie spürte ein Kribbeln in der Magengegend. Was hatte er vor? Wollte er mit ihr im Hinterhof verschwinden? Sie konnten schließlich nicht in die Wohnung ihrer Tante gehen.

»Sollen wir noch ein Stück laufen?«

Seine Miene war ernst. Irgendwas hatte er auf dem Herzen. Sie hatte doch gewusst, dass heute etwas anders war. »Lass mich erst die Taschen wegbringen.«

Er nickte. Sie verstaute beide im Hausflur und trat wieder hinaus. Die Luft war immer noch erdrückend warm. Erwin griff nach ihrer Hand.

»Wo wollt ihr denn noch hin?« Ihre Tante lehnte sich aus dem Fenster und spähte auf die Straße.

»Wir machen nur noch einen kleinen Spaziergang«, rief Frida.

»Es ist schon nach acht. Komm hoch!«

»Nur kurz«, bat sie.

»Nein! Was soll ich deiner Mutter schreiben? Dass du dich so spät auf den Straßen herumtreibst?«

Frida seufzte. »Ich komme!« Sie sah Erwin an. »Entschuldige. Was hältst du von morgen Abend?«

Sie sah, wie Erwin schluckte. Er nahm ihre Hände in die seinen und küsste sie. Seine Augen bekamen einen traurigen Schimmer. Was war nur los?

»Ich muss dir etwas sagen«, sagte er ernst.

»Was?« Ihr Hals wurde trocken.

»Ich habe einen neuen Einberufungsbefehl erhalten.«

Ihr Herz geriet ins Straucheln. »Für wann?«

»Morgen Abend.«

»Was?« Es war, als zöge ihr jemand den Boden unter den Füßen weg. »Warum hast du denn nichts gesagt?«, krächzte sie.

»Ich wollte diesen wunderschönen Tag nicht ruinieren.«

Sie umarmte Erwin und presste seinen Körper an sich, wollte ihn für immer festhalten.

Ganz Berlin schien an diesem Montagmorgen auf den Beinen und gut gelaunt zu sein. Zwei junge Frauen in bunt gemusterten Kleidern und mit Glockenhüten kamen ihr lachend entgegen. Fridas Herz hingegen fühlte sich an wie ein scharfkantiger Stein, der in ihrer Brust fehl am Platze war und ihr ins Fleisch schnitt. Ihre Lider waren so schwer, dass sie kaum die Kraft aufbrachte, die Augen offen zu halten. Sie hatte in der Nacht bis zum Morgengrauen wach gelegen. Einerseits hasste sie Erwin dafür, dass er ihr erst gestern Abend von dem Einberufungsbefehl erzählt hatte, anderseits konnte sie ihn verstehen. Er hatte noch einmal unbeschwerte Momente mit ihr verbringen wollen. Nun hatten sie nur noch diesen einen Tag – der im Zeichen von Sorge und Ungewissheit stand.

Sie nahm die Straßenbahn zum Bahnhof Friedrichstraße, stieg um und fuhr bis zum Tiergarten. Auch als sie den Park betrat, wurde sie nicht ruhiger, wie es sonst der Fall war. Die Steinchen knirschten unter ihren Sandalen. Heute hatte sie die flachen angezogen, denn ihre Knie fühlten sich wackelig an.

Eine Frau mit einem Schäferhund an der Leine kam ihr entgegen, hielt den Blick gesenkt, das Gesicht so versteinert, wie Frida sich fühlte. Ein Erpel putzte am Wegesrand sein Federkleid, doch heute konnte sie sich an dem Anblick nicht erfreuen. Sie schwitzte, obwohl der Weg zumeist im Schatten der Bäume lag. Das erste Mal seit Langem wünschte sie sich, es wäre nicht so heiß.

Erwin saß auf dem Baumstumpf am Ufer des kleinen Sees. Als er sie wahrnahm, erhob er sich und lächelte sie an. Sie ließ die Tasche fallen und rannte in seine Arme. Er drückte sie fest an sich, und sie musste an sich halten, um nicht loszuweinen. Erst jetzt wurde sie gewahr, dass er bereits die Wehrmachtsuniform trug. Zumindest die Hose und das Hemd. Die Jacke mit der Rotkreuz-Armbinde lag in der Wiese, daneben standen die schwarzen Schuhe, als warteten sie darauf loszumarschieren. »Um 17:45 Uhr fährt die Reichsbahn ab.« In der Stimme lag eine Bitterkeit, die sich auf ihr Innerstes übertrug.

»Ich will nicht, dass du fährst.«

Er fuhr ihr übers Gesicht. »Ich weiß. Bald bin ich wieder zu Hause, spätestens zur Weihnacht.« Er versuchte sich an einem Lächeln.

Sie japste nach Luft. »Das ist eine Ewigkeit.«

»Nur fünf Monate.«

»Sag ich doch!«

Jetzt lächelte er wirklich. Er beugte sich zu ihr und küsste sie. Damit konnte er meist ihre dunklen Gedanken vertreiben, aber diesmal blieb ihr Herz so schwer wie ein Stein.

»Schau her. Ich habe eine Überraschung für dich.« Er grinste breit, sprang zu seiner Tasche und holte vorsichtig etwas aus einem Kästchen.

Erst auf den zweiten Blick erkannte Frida, dass es sich um eine gepresste Blume handelte: eine gelbe Kamelie. Jetzt machte ihr Herz doch einen kleinen Hüpfer.

»Es ist einfach die falsche Jahreszeit für Kamelien.« Er zuckte entschuldigend mit den Schultern. »Aber ich habe einen Händler gefunden, der getrocknete Blumen verkauft.« Er lachte auf. »In Berlin lässt sich fast alles besorgen.«

»Danke«, flüsterte sie und nahm die Blume ganz vorsichtig, aus Angst, dass sie unter ihrer Berührung zerbröseln würde. Frida legte sie auf ihre Handfläche und betrachtete die vielen kleinen Blütenblätter.

Vor drei Jahren in Ostpreußen hatte Erwin sie hinter der Scheune überrascht, zwei Pferde an den Zügeln mit sich gezogen und sie um einen Ausritt gebeten. Sie sah ihre weißen Atemwolken vor sich, als wäre es gestern gewesen. Sie waren zum Fluss geritten und hatten einen Spaziergang gemacht. Dann hatte er sich vor sie gekniet und ihr die gelbe Kamelie, die er aus dem Garten ihrer Mutter stibitzt hatte, überreicht. Er hatte ihr seine Liebe beteuert und um ihre Hand angehalten.

Frida roch an der getrockneten Blume, glaubte, dass der frische Duft immer noch an ihr haftete. Es war der Geruch nach Weite, Heimat, Lebenslust und Hoffnung auf eine vielversprechende Zukunft. Ihre Kamelie bewahrte sie seither in dem Roman »Wunschkind« von Ina Seidel auf. Das Buch lag in ihrem Nachtkasten, und oft holte sie es hervor, um mit der gepressten Blume in die Vergangenheit zu reisen und sich an ihr Heiratsversprechen zu erinnern.

Frida lächelte. »Möchtest du ein Versprechen einlösen?«

Erwin streichelte ihre Wange. »Nichts lieber als das.« Er küsste sie, und diesmal ließ sie sich vollkommen von ihm einnehmen. Sie wollte die Sorgen vertreiben und die letzten Momente mit ihm auskosten.

»Aber heute werden wir weder Trauzeugen noch einen Pfarrer oder einen freien Termin beim Standesamt bekommen«, sagte er.

»Letzteres vielleicht.« Sie strich über seine Ohren. »Und wenn wir wollen ...«

»Nein«, widersprach er bestimmt. »Ich möchte, dass unsere Hochzeit einer der schönsten Tage in unserem gemeinsamen Leben wird und nicht getrieben durch Hetzerei und das Betteln um einen Termin beim Standesamt.«

Damit rückte ihre Hochzeit wieder in weite Ferne. Außerdem hatte er recht. Mit zwanzig bräuchte sie die Genehmigung ihrer Eltern, zumindest jedoch ihrer Tante, der ihre Eltern eine Vollmacht erteilt hatten. Ob diese auch beim Standesamt anerkannt wurde, war jedoch zweifelhaft.

»Wenn ich wiederkomme, planen wir unsere Hochzeit.« Er schob ihr eine Strähne aus dem Gesicht.

Sie sah ihn an, betrachtete seine Augenbrauen, die in der Sonne wie Gold schimmerten, die Stupsnase und die Segelohren, die ihm gepaart mit seinem Lächeln ein spitzbübisches Aussehen verliehen. »Versprochen?«

Er lächelte. »Versprochen.«

»Zur Weihnacht also.«

Er nickte: »Zur Weihnacht.«

»In einer Ewigkeit also«, sagte sie grinsend.

Er stupste sie an die Schulter. »Du Schwarzmalerin.«

Sie biss sich auf die Unterlippe und grinste. »Nein, du weißt doch, ich male lieber bunt.« Sie wollte die Schwere hinter sich lassen und die Zeit nutzen, die sie noch hatten. Sie schlug ihm sachte gegen die Brust, sprang auf und lief lachend davon. Erwin rannte ihr hinterher, warf sie um, sodass sie beide zu Boden fielen und im Gras landeten. Erwin beugte sich über sie und fuhr mit dem Daumen über ihre

Augenbrauen. »Frida Zeitinger, Ihr seid die schönste Frau in ganz Berlin.«

Ihr Herz wummerte heftig, und in ihrem Magen kribbelte es. »Nur in Berlin?«, keuchte sie.

Erwin lachte. »Nein, im ganzen Reich.«

»Dann bin ich zufrieden.« Sie zog ihn zu sich und küsste ihn langsam und zärtlich. Es war, als tanzten Schmetterlinge auf ihrer Haut und wehten mit ihren Flügelschlägen den Glücksschauerregen herbei. Sie drückte ihn an sich und atmete schwer unter seinem Gewicht, dennoch fühlte es sich gut an. Ihre Küsse wurden leidenschaftlicher, und sie spielte mit seiner Zunge. Er erwiderte das Spiel, bis er von ihr abließ und sich aufrichtete.

»Ist der Herr Soldat etwa schüchtern?«, fragte sie grinsend.

Er schlang die Arme um die Knie. »Darum geht es nicht.«

Frida richtete sich ebenfalls auf, lehnte den Kopf an seine Schulter und sah zu ihm. »Worum dann?« Sie drückte ihm einen Kuss auf den Arm.

Er blickte auf den See hinaus, seine Miene wurde ernst. »Was ist, wenn mir was passiert?«

Frida schluckte und hob den Kopf. »Ich dachte, du glaubst nicht daran, dass es zum Krieg kommt.«

»Glaube ich auch nicht. Der Führer will Polen nur die Stärke des Deutschen Reichs zeigen.« Er wich ihrem Blick aus und presste die Lippen zusammen.

»Dann kann das nicht der Grund sein.« Frida spürte einen Stich im Herzen. Brannte in ihm nicht das gleiche Verlangen? Wollte er sich nicht an sie binden? Das konnte nicht sein, sie war sich seiner Liebe so sicher. Frida zog sein Kinn zu sich. »Woran liegt es?«

Er lächelte. »Das darf ich dir eigentlich nicht sagen.«

»Was?« Jetzt verstand sie gar nichts mehr. Ihre Gefühle wirbelten in ihrem Bauch herum wie in einem Strudel. Wen ging es etwas an außer sie beide?

»Aber du gibst wohl keine Ruhe. Ich habe deinem Vater versprochen, dass wir bis zur Hochzeit warten. Das war die Bedingung, dass er dich nach Berlin hat gehen lassen.«

Unwillkürlich fasste sie nach ihrem Hals, als fänden ihre Finger dort den Halt, den sie brauchte. »Mein Vater?« Er war doch derjenige gewesen, der ihre Mutter überzeugt hatte, dass sie nach Berlin zu ihrer Tante ziehen durfte, um zu studieren. Sie biss sich auf die Unterlippe. Die Eltern glaubten immer noch, dass sie sich für Medizin und nicht für Kunstgeschichte eingeschrieben hatte. Nur ihre Tante unterstützte sie dabei, ihrer künstlerischen Neigung zu folgen. Dafür war Frida ihr dankbar. Jetzt kehrte das schlechte Gewissen zurück, ihren Eltern noch nicht die Wahrheit gesagt zu haben. Sie war im Februar zur Beerdigung ihrer Oma das letzte Mal in Ostpreußen gewesen. Nur für eine Woche. Tage voller Trauer und Schwelgen in Erinnerungen. Frida hatte auf den richtigen Augenblick gewartet, doch er war nicht gekommen.

Erwin griff nach ihrer Hand. »Wenn ich zur Weihnacht zu Hause bin, reden wir mit unseren Eltern, dass wir die Hochzeit vorziehen wollen. Vielleicht schaffen wir es, alles bis Ostern zu organisieren.« Eigentlich wollten seine Eltern, dass er mit einer Vermählung bis nach dem Studium wartete.

»Du willst mich bis Ostern schmoren lassen?« Das war eine Ewigkeit hin. Sie wollte ihn jetzt spüren. Hier. An diesem See, im hohen Gras, bei Vogelgezwitscher und Entengeschnatter. Es war ihr egal, dass immer wieder Passanten den zehn Meter entfernten Weg entlangspazierten. Sie würden ein abgeschottetes Plätzchen finden. Der Einberufungsbefehl hatte alles verändert. Es war die letzte Gelegenheit für eine lange Zeit.

Erwin lachte, drückte sie mit dem Rücken ins Gras und beugte sich über sie. »Von Wollen kann keine Rede sein!« Mit der Nasenspitze streichelte er ihr Gesicht.

Sie erschauderte unter der zärtlichen Berührung. Ihr Herz klopfte wild, und es quoll über vor lauter Liebe und Angst um ihn.

»Wir lassen uns von unseren Eltern kein Korsett mehr verpassen, aber ein bisschen müssen wir uns noch gedulden.«

Warum hatte sie sich nur in den anständigen Sohn des Gutsherrn verliebt und nicht in den Lausbuben eines Hofarbeiters?

»Also gut. Ostern! Aber wenn du mich länger warten lässt, dann schmeiße ich mich dem Nächstbesten an den Hals und brenne mit ihm durch.«

Erwin lachte auf. »Oje, dann darf nichts schiefgehen.«

»Und jetzt küss mich endlich, sonst verhungere ich noch.«

Er beugte sich zu ihr und küsste sie leidenschaftlich. Sie umarmte ihn fest, fuhr durch seine Haare und roch sein herbes Rasierwasser. Ihr Körper erbebte. Sie klammerten sich aneinander, hielten den anderen, wollten sich nie wieder loslassen. Ihre Körper eine Einheit aus harmonischen Farben und Glück, schwebend und taumelnd durch den Raum, das weiche Gras unter ihnen, ein Bett der Weite, umeinander drehend, sich verlierend im Oben und Unten, es gab keine Grenze, getrieben durch ein süßes Verlangen, bis ein Baumstamm sie stoppte. Sie spürte seine Erektion. Ein warmer Schauer durchfuhr ihren Unterleib, und sie beugte sich ihm entgegen. »Und du willst wirklich warten?«, hauchte sie ihm ins Ohr.

»Nein«, flüsterte er. »Ich will dich. Hier und jetzt.« Er küsste ihren Hals. »Aber ich habe ein Versprechen gegeben.« Behutsam löste er sich aus der Umarmung und richtete sich auf.

Frida setzte sich ebenfalls auf, spürte, wie die Woge des Ärgers den Augenblick zerstörte. Mit welchem Recht mischte sich ihr Vater bis in den letzten Winkel ihres Lebens ein? Er muss es nicht erfahren, dachte sie, aber sie sprach es nicht aus. Frida sah auf den See. Der Himmel mit den vereinzelten Schäfchenwolken spiegelte sich auf der Wasseroberfläche, genauso wie die Bäume auf der anderen Uferseite. Ein Mann saß dort auf einer Bank und las ein Buch.

»Ich habe noch etwas für dich«, sagte Erwin und stand auf.

»Noch etwas?« Frida ging ihm nach.

Er reichte ihr einen Zettel. »Der Abholschein für die Fotografien am Wannsee. Bei Peter, wie immer. Kümmerst du dich drum? «

Frida nahm den Schein und nickte. Sie war schon gespannt, wie die Bilder geworden waren. Andererseits wäre Erwin dann fort, wenn sie sie in der Hand halten würde. Sie verstaute den Zettel in ihrer Geldbörse. »Ich sende dir ein paar Abzüge mit der Post.«

»Das wäre schön. Obwohl ... an Erinnerungsmaterial an dich wird es mir nicht mangeln.« Er zwinkerte ihr zu. »Ich habe genug mitgenommen.«

»Zeig mal!«

Sie setzten sich ins Gras und schauten die Lichtbilder durch: Sie beide im Kanu, auf der Tanzfläche, vor dem Brandenburger Tor. Auf fünf weiteren Abzügen war nur Frida zu sehen. Beim Spaziergang, beim Sonnenbaden, im KaDeWe, in der Hutabteilung, in einem Café und zu Hause auf der Sofagarnitur. Sie sprachen über die Tage, als die Fotografien aufgenommen worden waren, scherzten und lachten, doch die vergnügliche Stimmung konnte die Schwere in ihrem Herzen nicht gänzlich vertreiben.

Irgendwann erhob sich Erwin und streifte sich die Uniformjacke über.

»Musst du los?«, fragte Frida.

Er nickte.

Fridas Herz wurde schwer wie ein Felsbrocken. Sie trat auf ihn zu und zeichnete mit dem Finger den Brustadler nach. *Adler*. So hatten die Schulkameraden ihn wegen der

Segelohren genannt. Vielleicht würde ihm dieses Symbol Glück bringen.

»Und denk dran, halt deine Versprechen: Weihnacht und Ostern.« Ein Kloß im Hals machte ihr das Sprechen schwer.

Er streichelte den Ansatz ihres Haars, fuhr zärtlich über ihre Wange. »Bitte sorge dich nicht.«

Tränen brannten in ihren Augen und liefen über ihr Gesicht, sie konnte sie nicht zurückhalten.

Er drückte die Stirn an ihre. »Du wirst sehen. Die Zeit vergeht wie im Fluge, und bald sind wir wieder zusammen.«

»Ich hoffe es.« Ihr Brustkorb schnürte sich weiter zu. Sie krallte die Finger so fest in seine Uniformjacke, dass die Knöchel weiß hervortraten.

»Und bis dahin verkürzen wir uns die Zeit mit Briefen.«

Sie schluchzte auf. Briefe. Worte. Ohne Leben, ohne Sommerwinde, ohne Küsse und ohne Kamelien. »Schreib oft. Ich möchte alles wissen. Lass mich bei dir sein!«, flehte sie.

»Ich habe meine Kamera dabei, vielleicht schicke ich dir ein paar Fotografien von unseren Übungen und Patrouillen. Oder auch Filmrollen zum Entwickeln.«

Sie nickte, der Kloß ließ sie kein Wort mehr herausbringen. Hoffentlich würde es nur bei Übungen bleiben, hoffentlich täuschte sie sich und das Deutsche Reich blieb von einem Krieg verschont. Es durfte einfach nicht zu Kampfhandlungen mit Polen kommen!

Frida bestand darauf, ihn zum Bahnhof zu begleiten. Sie verzichteten auf die Straßenbahn und liefen die Dreiviertelstunde zum Stettiner Bahnhof, auf dessen Vorplatz Autos und Lastwagen parkten. Für das imposante Gebäude mit den Bögen und Rundfenstern hatte sie heute keinen Blick. Vor der Zeitungsbude standen zehn Soldaten und unterhielten sich angeregt.

Frida und Erwin steuerten den Haupteingang an und liefen direkt zum Gleis. Der Zug war bereits eingelaufen und wartete. Es wimmelte von Soldaten – junge Männer, die von zu Hause fortgerissen wurden und in eine ungewisse Zukunft fuhren.

Erwin meldete sich bei einem Offizier, der mit einer Liste auf einem Klemmbrett über den Bahnsteig schlenderte. Es gab Abschiedsszenen zwischen Müttern und Söhnen, Verliebten und Familien mit Kindern.

Fridas Glieder wurden schwer wie Blei. Gleich war für sie der Moment des Abschieds gekommen. Sie wollte diesen Augenblick so lange wie möglich hinauszögern.

Erwin blickte zu dem bereits gut gefüllten Zug, schien es eilig zu haben hineinzukommen, obwohl darin sicherlich eine stickige Luft herrschte. Er drehte sich zu ihr und legte ihr die Hände an die Wangen.

»Meine Liebste ...«, hauchte er, beugte sich zu ihr und berührte mit den Lippen die ihren. Ein zarter Kuss wie das Vorbeistreifen einer Feder. »... du wirst mir fehlen.«

»Und du mir.« Ruckartig zog sie seinen Kopf zu sich und küsste ihn wild und leidenschaftlich. Ein Kuss von zwei Ausgehungerten mit einem Versprechen und einer Sehnsucht im Herzen.

»Lass mich nicht zu lange auf eine Nachricht von dir warten«, wisperte sie. Ihr Innerstes drohte zu explodieren. Sie krallte sich an ihm fest, wollte ihn nicht loslassen. In seinen blauen Augen lagen Trauer und eine Entschuldigung für etwas, das er nicht beeinflussen konnte. Tränen liefen ihr heiß über die Wangen, ihr Körper begann zu beben, ohne dass sie es verhindern konnte.

»Nicht weinen, Frida.« Er wischte eine Träne mit dem Daumen weg, die andere küsste er fort.

Sie schloss die Augen und genoss die Berührung. Warum konnte sie nicht für immer währen? In einer Eingebung löste sie ihr Halstuch und stopfte es in seine Brusttasche. »Hier, damit du einen Teil von mir bei dir trägst.«

Er küsste sie zum Dank, setzte zaghafte Schritte zurück. Sie hielt seine Hand, als ihrer beider Arme gespannt waren, ließ er los und entfernte sich rückwärts von ihr. Ihre Knie wurden weich, und sie hatte Mühe, sich aufrecht zu halten. Erwin schenkte ihr ein aufmunterndes Lächeln, dann drehte er sich um, ging zur Tür und stieg hinein.

Frida befreite sich aus der Starre und näherte sich dem Zug, versuchte, durch die Fenster Erwin zu erblicken, doch er war mit dem Grau der vielen Wehrmachtsuniformen verschmolzen. Frida schluchzte auf und wandte sich ab. Sie rannte aus dem Bahnhofsgebäude, ohne auf Passanten und Soldaten zu achten, rempelte eine ältere Frau an, die sich lautstark beschwerte. Frida beachtete sie nicht. Sie lief durch die Straßen, bis ihre Tränen versiegt waren und ihr Herz sich beruhigt hatte. Sie dachte an den Abholschein für die Fotografien. Zumindest hatte sie etwas, worauf sie sich freuen konnte.

Als ihre Beine sie nicht mehr trugen, stieg sie in eine Straßenbahn und fuhr nach Hause.

»Na endlich«, rief ihre Tante aus der Küche. »Ich habe frisches Brot gekauft.«

»Ich habe keinen Hunger«, rief Frida und verschwand in ihrem Zimmer. So verheult wollte sie nicht vor ihre Tante treten. Die Tür fiel ins Schloss, und eine unheimliche Stille nahm sie ein. Frida ließ die Tasche fallen und blickte sich um. Was nun? Das Bett, der Schrank, die Staffelei, die Kommode, die sie als Schminktisch benutzte, mit dem Hocker davor. Die fünf Gemälde an der Wand, das Lichtbild von Erwin auf dem Nachtkasten.

Das Abendsonnenlicht schien herein, dennoch blieb der Sommerzauber draußen. Alles erschien ihr grau und trist.

Sie löste sich aus der Starre. Vorsichtig holte sie das Taschentuch hervor, in das sie die gepresste Kamelie eingewickelt hatte. Frida setzte sich aufs Bett und schlug »Wunschkind« auf, in dem sie die andere Blume verwahrte. Sie legte die neue Kamelie eine Seite weiter.

»Zur Weihnacht«, flüsterte sie und klappte das Taschenbuch zu.

Sie stellte das Gemälde vom Wannsee für Rechel auf die Staffelei. Versprochen war versprochen! Ein Steg, der aufs Wasser hinausführte. Die Sonne, die den Horizont küsste, dem Betrachter ihre ersten Sommerstrahlen schenkte und zwei Schlierenwolken orange färbte. Die Bäume, die ein paar Äste ins Wasser hängen ließen und im Licht und Schattenspiel mit dem Dunkelblau des Sees verschmolzen. Rechel, die einen Fuß im Wasser hatte und auf Frida zuging. Frida saß am Strand und zeichnete mit dem Finger etwas in den Sand. Gesichtslos.

Frida holte Ölfarben und Pinsel hervor, doch sie wusste nicht, wo sie ansetzen, geschweige denn, mit welcher Farbe sie das Lächeln hervorzaubern sollte, mit dem sie Rechel Zuversicht schenken wollte. Sie nahm den Spiegel von der Kommode und betrachtete sich, zwang sich zu einem Lächeln. Nein, diesen farblosen Gesichtsausdruck durfte sie nicht auf die Leinwand bannen.

Sie räumte die Malutensilien weg und stellte das Bild hinter den Schrank.

Morgen! Morgen war auch noch ein Tag, und hoffentlich würde die Welt dann wieder ein kleines Lächeln für sie bereithalten.

Berlin, September 1939

Das Klingeln des Telefons ließ Frida hochschrecken. Ihr Herz pochte wild. Sie knipste das Licht an und sah auf den Wecker. Es war kurz vor sieben Uhr. Wer rief so früh an?

Sie sprang aus dem Bett und lief ins Wohnzimmer, doch ihre Tante war schneller gewesen und drückte den Hörer ans Ohr. Sie hatte sich bereits frisiert, trug jedoch noch ihren Morgenmantel. Ihr Gesicht hatte alle Farbe verloren, die Augen hatte sie weit aufgerissen.

Frida trat näher und wartete bang, dass Maria etwas sagte, woraus sie schließen konnte, was geschehen war, doch ihre Tante sprach nur ein Wort: »Danke.« Dann legte sie den Hörer auf die Gabel. Der Gesichtsausdruck schockiert, der Blick ins Nirgendwo gerichtet.

»Was ist?«, fragte Frida. War Erwin bei einer Übung verletzt worden? Der letzte Brief hatte doch so heiter geklungen. Er hatte sie ermuntert, an die Weihnacht zu denken, und sie mit Liebesbekundungen überschüttet.

Maria drehte den Kopf und sah sie zum ersten Mal an. Der Mund ging stumm auf und zu, als ob sie nicht die richtigen Worte finden würde oder sie zu schwer wären, um sie auszusprechen.

»Nun sag schon«, drängte Frida.

»Deutschland ist im Krieg mit Polen.«

»Was?« Fridas Knie drohten einzuknicken, und sie musste sich an einem Stuhl festhalten.

Maria nickte. »Es heißt, wir haben Danzig angegriffen.«

»Du lieber Himmel«, keuchte Frida.

»Ich muss Minna anrufen.«

Frida ließ sich auf den Stuhl nieder und starrte in die Leere, während ihre Tante Freundinnen kontaktierte. Frida hatte niemanden, den sie anrufen konnte. Ihre Eltern hatten keinen Telefonanschluss, genauso wenig wie Rechel. Victor besaß zwar einen, aber als Schriftleiter hatte er sicher als einer der Ersten davon erfahren.

Erwin!

Ihr wurde übel, wenn sie an die Gefahr dachte, in der er schwebte. Sie hatte recht gehabt, und er hatte falsch gelegen. Wie gern hätte sie sich getäuscht.

»Frida.« Ihre Tante hatte sich ihr gegenüber an den Tisch gesetzt. »Es klingt sicherlich schlimmer, als es ist.« Maria streichelte Fridas Handrücken. Die Geste sollte Zuversicht spenden, doch auch in den Augen ihrer Tante saß der Schreck.

Frida zog ihre Hand zurück. »Woher willst du das wissen?«

»Hitler ist ein intelligenter Mann und wird unsere Soldaten keinem erhöhten Risiko aussetzen. Minna sagt, in ein paar Tagen ist alles vorbei.«

Frida erhob sich, schob den Stuhl nach hintern, der knarzend übers Holz schrappte. Sie konnte sich an die Erzählungen ihres Vaters aus dem Weltkrieg erinnern. Die kalten Nächte in den Schützengräben, die Schreie der Kameraden, die Bombeneinschläge, der Hunger, das Warten auf den nächsten Kampf. Ihr gegenüber hatte er nie vom Krieg gesprochen, doch sie hatte ein Mal gelauscht, als er ihrem ältesten Bruder von einer Schlacht berichtet hatte. Beim Gedanken daran lief ihr ein Schauer über die Arme. Kein Mensch sollte so etwas erleben – und schon gar nicht Erwin.

»Er hat versprochen, zur Weihnacht hier zu sein«, flüsterte sie gedankenverloren.

»Und das wird er«, sagte ihre Tante aufmunternd.

Frida schluckte trocken. »Hoffentlich.« Sie stand auf, zog sich an und wollte das Haus verlassen.

»Wo willst du hin?«, fragte Maria. »Ich dachte, deine Vorlesung beginnt erst um elf.«

»Ich muss raus. Vielleicht höre ich, was passiert ist.«

Ihre Tante nickte. »Gehen wir zusammen Mittagessen?«

Das hatten sie schon lange nicht mehr gemacht. Wenn sie heute nicht in die Universität gehen würde, hätte sie dafür Zeit.

Maria praktizierte als Gynäkologin und hatte ihre Praxis von dreizehn bis fünfzehn Uhr geschlossen.

»Wenn ich um dreizehn Uhr nicht da bin, warte nicht auf mich.« Auf der Kommode lag der rote Glockenhut mit der schwarzen Schleife. Frida setzte ihn auf und warf ihrer Tante einen fragenden Blick zu. »Darf ich?«

Maria zog die Augenbrauen hoch. »Du hast mir immer noch keinen Ersatz gekauft.«

Der Tag am Wannsee. Fridas Herz bekam einen Stich. Sie hatte den Hut mit Seifen und Laugen behandelt, doch die Flecken am weißen Spitzenbesatz waren nicht rausgegangen. »Das hole ich nach.«

Ihre Tante lächelte nachsichtig. »Also gut. Du gehst ja heute nicht schwimmen.«

»Bestimmt nicht.« Frida schloss die Tür und lief die Treppe hinunter. Sie hatte das Gefühl, das Holzgeländer war heute rauer als sonst. Als sie nach draußen trat, schlug ihr die schwere schwüle Luft entgegen. Nach den sonnigen Tagen bedeckten nun graue Wolken den Himmel, als ob sich das Unheil auch im Wetter niederschlagen wollte. Wie im Kinofilm, nur wer führte Regie?

Frida ging in den Hinterhof und holte ihr Fahrrad aus dem Verschlag. Normalerweise fuhr sie mit der Straßenbahn ins Zentrum, aber heute brauchte sie die Nähe zur Straße.

Es waren nur wenige Fußgänger und noch weniger Autos unterwegs. Vor dem Eingang der Charité unterhielten sich hitzig drei Männer in weißen Kitteln. Zwei Kinder mit Schulranzen standen Hand in Hand vor dem Schaufenster einer Buchhandlung. Das imposante Gebäude des Anhalter Bahnhofes schien heute nicht mal halb so viele Reisende zu verschlucken wie an den üblichen Werktagen. Die Mienen der Menschen wirkten versteinert, es lag eine unheimliche Stille auch auf den belebten Plätzen. Die Bäume auf dem Vorplatz verloren bereits die ersten Blätter. Ein Junge auf einem Fahrrad fuhr herum, wedelte mit einer Zeitung, die er lauthals anpries: »Extrablatt. Extrablatt. Polen hat Krieg heraufbeschworen. Extrablatt ...«

Polen? Fridas Herz wurde schwer. Hatte sie die Situation falsch eingeschätzt? Sie überlegte, anzuhalten und eine Zeitung zu kaufen, doch sie fuhr weiter. Auch vor dem Deutschen Dom fuhren Zeitungsjungen herum, aber niemand interessierte sich für ihre Extrablätter. Ganz Berlin schien schon vom Kriegsausbruch erfahren zu haben. Und wo waren die ganzen Autos? Es war gespenstig leer auf den Straßen.

Als sie beim Brandenburger Tor ankam, schmerzten ihre Oberschenkel. Sie war schneller gefahren als üblich, obwohl sie weder eine Verabredung noch eine Vorlesung zur Eile angetrieben hatten.

Die Handwerker auf der Baustelle des neuen IG-Farben-Hauses arbeiteten wie auch an den letzten Tagen. Als sie an der Kreuzung Unter den Linden und Wilhelmstraße ankam, sah sie mehrere Kolonnen von SS- und SA-Männern die Straßen hinuntermarschieren. Fridas Hals wurde trocken. Sah so der Krieg aus?

Sie fuhr weiter.

Vor einem Radiogeschäft hatte sich eine Menschentraube gebildet. Die Tür war geöffnet, im Inneren lief ein Volksempfänger auf voller Lautstärke, und Hitlers Stimme drang heraus. Frida stieg vom Rad und schob es dicht an die Menschenmenge, um etwas zu verstehen. Vor ihr stand eine Mutter, die einen Jungen im Grundschulalter an der Hand hielt. Er stellte sich auf Zehenspitzen und blickte gebannt links und rechts an den Zuhörern vorbei, aber mit seiner Größe hatte er keine Möglichkeit, etwas zu sehen.

»Danzig wurde von uns getrennt, der Korridor von Polen annektiert neben anderen deutschen Gebieten des Ostens …«

Hitler redete von friedlichen Revisionsvorschlägen, von abgelehnten Vorschlägen, von Unterdrückung der Deutschen in Danzig, von Friedensliebe und Langmut. Seine Stimme hackte durch die schwüle Luft wie ein Bohrhammer.

Die Mienen der Menschen waren starr und gebannt. Alle wussten, was auch sie wusste. Sie waren mit Polen im Krieg. Wann kam der Reichskanzler endlich zum Punkt? Seine langatmigen Reden waren ihr seit jeher zuwider, dennoch musste sie heute hören, was er zu sagen hatte.

Er sprach von der polnischen Generalmobilmachung, von Terror und Gräueltaten, von Russland, dem Nichtangriffspakt, vom Frieden an den Grenzen. Wo war der Frieden bloß?

»Polen hat heute Nacht zum ersten Mal auf unserem eigenen Territorium auch mit bereits regulären Soldaten geschossen. Seit 5:45 Uhr wird jetzt zurückgeschossen!«

Ein Raunen ging durch die Menschenmenge. Frida lief es eiskalt den Rücken hinunter, und sie presste die Hand vor den Mund. Ihr einziger Gedanke galt Erwin. Schwebte er in Gefahr? Sie wollte ihn wieder in ihre Arme schließen, küssen, liebkosen, einfach nur in Sicherheit wissen.

»Und von jetzt ab wird Bombe mit Bombe vergolten! Wer mit Gift kämpft, wird mit Giftgas bekämpft. Wer selbst sich von den Regeln einer humanen Kriegsführung entfernt, kann von uns nichts anderes erwarten, als dass wir den gleichen Schritt tun«, donnerte die unbarmherzige Stimme.

Was hatte Hitler vor? Das klang nach Gräueltaten und Grausamkeiten. Und wer hatte zu leiden? Die Männer, die für Hitler in den Krieg zogen und von den Machenschaften der Großen kaum etwas verstanden. Hoffentlich würde dieser Krieg nur ein paar Tage dauern. Vielleicht war Polen schlau genug, um Deutschland nun Danzig und den Korridor zu überlassen. Vielleicht würde Erwin in zwei Wochen wieder zu Hause sein. Die Hoffnung war wie ein einzelner Farbklecks, der weitere Farbe bedurfte, um eine Blume daraus zu kreieren. Hoffentlich würde dieser Klecks nicht schwarz übermalt und ausgelöscht werden.

Die Umstehenden warfen einander unsichere Blicke zu. Es gab keinen Jubel und keine Begeisterung, nur Bedrücktheit und Bestürzung. Ein alter Mann nahm seine Schiebermütze in die Hand und schüttelte fassungslos den Kopf. Auf dem kahlen Schädel prangte eine längliche Narbe. Vielleicht ein

Überbleibsel aus dem Weltkrieg, fuhr es Frida durch den Kopf. Die Mutter schälte sich aus der Menschentraube und eilte, den Jungen hinter sich herziehend, davon. Der Kleine wollte sich nicht wegzerren lassen und sah immer wieder zurück.

»Wenn ich diese Wehrmacht aufrief, und wenn ich nun vom deutschen Volk Opfer und, wenn notwendig, alle Opfer fordere, dann habe ich ein Recht dazu. Denn ich bin auch selbst heute genau so bereit, wie ich es früher war, jedes persönliche Opfer zu bringen. Ich verlange von keinem deutschen Mann etwas anderes, als was ich selber über vier Jahre freiwillig bereit war, jederzeit zu tun.«

Frida presste die Lippen zusammen. Nur weil Hitler dazu bereit war, mussten es doch nicht alle anderen sein. Er hatte kein Recht dazu, ihr Erwin zu rauben. Er durfte Familien nicht auseinanderreißen. Nicht für Danzig und diesen Korridor. Es hätte doch sicherlich eine friedliche Lösung gegeben.

»Es ist gänzlich unwichtig, ob wir leben, aber notwendig ist es, dass unser Volk lebt«, fuhr Hitlers Stimme aus dem Radio fort.

Fridas Herz wurde zu Eis. Dass sie lebten, war doch das einzig Wichtige. Die weiteren Worte der Rede prallten an ihr ab wie Hagel an einer Fensterscheibe. Sie hatte genug von dem Pflichtstakkato und lief weiter.

Obwohl die sommerliche Schwüle sie einhüllte, breitete sich in ihrem Inneren Kälte aus und ließ ihre Glieder starr werden. Ihre Beine wurden so schwer, und es kostete sie unglaublich viel Kraft, ihr Fahrrad vorwärtszuschieben. Sie musste Erwin schreiben, fragen, wie es ihm ging. Sie brauchte eine Nachricht von ihm. Ein Lebenszeichen. Aufmunterung, dass alles bald zu Ende sein würde.

Ohne, dass sie es beabsichtigt hatte, stand sie kurze Zeit später auf dem Opernplatz vor der Humboldt Universität. Der Vorplatz war wie leer gefegt, an den Zaun gelehnt saß ein Mann in ihrem Alter und las ein Buch, im Mund eine Zigarette.

Sie sah zum imposanten Universitätsgebäude mit den Säulen und den Attikaskulpturen auf dem Dach. Sie könnte reingehen und auf den Beginn der Vorlesung warten, aber sie hatte keine Lust, sich mit der Ikonografie des Teppichs von Bayeux aus dem elften Jahrhundert zu beschäftigen. Sie konnte heute die Bildnisse von kämpfenden Soldaten mit Speeren und Schildern und den blutüberströmten Leibern nicht ertragen. Hatten die Menschen über die Jahrhunderte nichts gelernt?

Sie wollte allein sein, auch auf das Mittagessen mit ihrer Tante hatte sie keine Lust, also stieg sie aufs Rad und fuhr nach Hause.

Frida setzte sich an ihren Schreibtisch und holte Stift und Briefpapier hervor, doch die Worte, die in ihrem Kopf herumgeisterten, fanden nicht den Weg aufs Papier. Durfte sie Erwin ihre Ängste schildern? Er hatte doch eigene Sorgen.

Eine gefühlte Ewigkeit saß sie vor dem weißen Blatt und konnte ihre Gefühle nicht beschreiben. Sie lief im Zimmer auf und ab, holte sich einen Apfel aus der Küche und versuchte es erneut. Doch ihre Gedanken waren pappig wie ein Brotteig, dick und schwer, massig und unförmig, von dem man keine einzelne Zutat aussondern konnte. Kein einziger Gedankenfetzen, kein exaktes Wort schaffte es über ihre Finger hinaus.

Sie griff nach dem Kohlestift und ließ ihn über das Papier gleiten. Die Striche malten sich wie von selbst. Frida wurde getrieben von einem Bild, das sich in ihren Kopf gebrannt hatte, wobei es mehr ein Gefühl war. Ein kahler Kopf, die Narbe darauf, die Schiebermütze in den knetenden Händen, die hängenden Schultern, den Blick geneigt, die Lippen zusammengepresst. Sie malte die geöffnete Ladentür, im Schaufenster den Volksempfänger und neben dem alten

Mann den kleinen Jungen, der wie gebannt der Rede des Reichskanzlers lauschte. Ohne Vorurteil, ohne die Schrecken der Vergangenheit. Ein Tag, eine Rede, zwei Menschen, die unterschiedlicher nicht sein konnten – und die Gefühle von Tausenden Berlinern irgendwo dazwischen.

Frida malte noch zwei weitere Bilder: den Aufmarsch der SS-Männer und Zeitungsjungen auf dem Bahnhofsvorplatz. Kohlezeichnungen. Schwarz-weiß mit der Unruhe und Schwermut des Tages.

Ehe sie sich versah, hatte sich der Tag dem Abend zugeneigt, und es war fast neunzehn Uhr.

Frida stand auf und wollte ins Wohnzimmer gehen, als das Heulen der Sirenen sie innehalten ließ. Fliegeralarm! Ihr Herz setzte einen Schlag aus. Konnte das tatsächlich sein, oder war es nur eine Übung? Vielleicht war das die polnische Antwort.

Ihr Herzschlag beschleunigte sich, sie griff ihren Mantel und rannte in den Keller, wie sie es einige Mal geübt hatte. Sie hatten sich Kerzen, Bücher, eine Matratze und Decken bereitgelegt. Sie kauerte sich auf die Matratze und schlang die Arme um die Beine. Die Gasmaske lag in dem kleinen Regal. Nein, dieses Ding würde sie noch nicht anziehen. Sie bekam Beklemmungen darunter. Erst wenn sie die ersten Bomben fallen hörte.

Und wenn der Feind tatsächlich mit Giftgas angriff, würde ihr diese Maske das Leben retten? Die Volksgasmaske schützte bloß zwanzig Minuten. Sie schüttelte sich, hoffte, dass es nur eine Übung war.

Warum war ihre Tante noch nicht aus der Praxis zurück? Frida sehnte sich danach, Maria an ihre Seite zu spüren. Irgendjemanden. Hätte Maria doch nur die Dachgeschosswohnung wieder vermietet, aber ihre Tante wollte keine anderen Menschen im Haus haben. Jetzt hätte sich Frida so sehr gewünscht, nicht allein in dem kalten Keller sitzen zu müssen.

Wäre doch nur Erwin bei ihr und würde sie in die Arme schließen. Er könnte der Situation den Schrecken nehmen. Sie wollte noch nicht sterben, wollte nicht für Adolf Hitler ihr Leben lassen. Sie wollte leben und lachen. Viele Jahre hatte sie noch vor sich. Sie lauschte, wartete auf das Dröhnen von Kampfflugzeugen, auf die Detonationen, aber sie hörte nichts. In banger Erwartung verkrampfte sich ihr Körper.

Nach kurzer Zeit ertönte das Entwarnungssignal. Ein durchdringender, lang anhaltender Ton. Erleichterung flutete ihren Körper, und ihre Muskeln entspannten sich. Durfte sie sich schon rauswagen? Sie zögerte, dann gab sie sich einen Ruck und ging hinaus.

Einige Nachbarn standen auf der Straße und diskutierten hitzig. Eine Frau suchte den Abendhimmel nach dem angekündigten Unheil ab, aber da gab es nichts zu sehen.

»Was ist passiert?«, fragte Frida den Bäckermeister, bei dem sie am Vortag noch Brot gekauft hatte.

Der beleibte Mann fuhr sich durch die lockigen Haare und zuckte mit den Schultern. »Sicher bloß Fehlalarm.« Seine tiefe Stimme hatte etwas Beruhigendes.

Die Sonne war untergegangen, als sie im Kellerraum gesessen hatte. Nun legte sich das Abenddunkel über die Stadt. Zwischen den Wolken blitzte bereits ein Stern auf.

Frau Bremer, die Dame von Gegenüber, die vor drei Jahren den Säugling nach der Behandlung des jüdischen Arztes verloren hatte, hantierte mit einem Verdunklungsstoff am Fenster. Als sie Fridas Blick gewahr wurde, rief sie: »Habt ihr schon verdunkelt? Ab heute tritt der Verdunklungsbefehl in Kraft. Nicht, dass wir wegen euch getroffen werden.« Die Frau zeigte auf Fridas und Marias Wohnung und warf ihr einen grimmigen Blick zu.

Mit einem mulmigen Gefühl sah Frida zu den Fenstern an den Häusern auf ihrer Straßenseite empor. Viele waren schon mit Pappe oder Spanplatten abgedichtet. Da hatten es einige mit der Verordnung besonders genau genommen. Sie besagte, dass die Fenster aller nicht ständig benutzter Räume dauerhaft abgeblendet werden mussten. Wie dunkel es in den Wohnungen dadurch geworden sein musste. Auch die übrigen Fenster, die zur Beleuchtung und zum Lüften notwendig waren, musste man mit einer Einrichtung versehen, die schnelles Abblenden ermöglichte. Daran hatte sie heute keinen Gedanken verschwendet. War das ein Fehler gewesen? Sie mussten sich beeilen, sonst würden sie Ärger mit dem Blockwart bekommen.

Verdunklungsstoff hatte ihre Tante bereits 1936 gekauft, als der Reichsluftschutzbund die Verordnung erlassen hatte. Seitdem lag der Stoff unangetastet im Wohnzimmerschrank.

Eine Frau kam auf sie zugelaufen. Frida wandte den Kopf und sah, dass es ihre Tante Maria war. Frida umarmte sie stürmisch. »Endlich.« Sie hatte sich schon lange nicht mehr so gefreut, dass ihre Tante abends nach Hause kam. »Wo warst du beim Fliegeralarm?«, fragte Frida bang.

»Ich hatte gerade die Praxis abgeschlossen, als das Signal ertönte. Also bin ich dort in den Keller.« Sie drückte ihre Hand. »Komm, wir haben noch viel zu tun.«

Frida warf einen Blick zu der Frau von gegenüber, die vor dem zweiten Fenster den Verdunklungsstoff anbrachte. Diese kleinen Veränderungen würden nun auch in Berlin den Krieg begleiten. Wie viel anders musste es für Erwin an der Front sein?

Berlin, Februar 1940

Der Vorlesungssaal war wie leer gefegt, nur noch zwei andere Studenten saßen auf den Plätzen. In den besten Zeiten hatten sich Hunderte Wissbegierige in die Reihen gequetscht. Vor allem die unterhaltsamen Vorlesungen von Professor Dr. Josef Rüger waren beliebt gewesen.

Frida fuhr über die Riefen in der Tischplatte. Jemand hatte einen Judenstern eingeritzt, direkt daneben war ein Hakenkreuz gemalt mit dem Spruch: *Deutscher, denke daran, Juda ist unser Erbfeind.* Frida legte die Hand auf die Schrift und sah zur großen Uhr an der Stirnseite des Saals. Der Professor war schon fünf Minuten überfällig. In den letzten Wochen waren seine Vorlesungen in Denkmalkenntnis zunehmend leerer geworden, und heute hatte eine Aufforderung an den Türen gehangen: *Lasst euch nicht von Juden belehren. Geht in deutsche Vorlesungen bei deutschen Volksgenossen.*

Sie hatte bis vor einiger Zeit nicht gewusst, dass Rüger Jude war. Der Name hatte nicht darauf hingewiesen, und sie hatte ihn einmal mit einem Kreuz an einer Kette um den Hals gesehen. Es war auch irrelevant. Seine Vorlesungen waren interessant, lehrreich und unterhaltsam, und nur das zählte.

Frida holte die Fotografie vom Wannsee heraus und betrachtete sie. Unwillkürlich musste sie lächeln. Aufspritzendes Wasser, das einen Teil ihres Gesichtes bedeckte. Der Hut wirbelte durch die Luft, ihre Augen waren weit aufgerissen unter hochgezogenen Brauen, vom Mund war das überraschte »Ohh!« abzulesen. Ein glorreicher Schnappschuss. Als sie das Lichtbild ihrer Tante gezeigt hatte, hatte sogar diese lachen müssen.

Frida hatte es nicht über sich gebracht, das Bild an Erwin zu schicken, dafür hatte sie ihm eins zugesandt, auf dem sie mit Rechel und Victor auf den Handtüchern saß. Leider war auf keiner einzigen Ablichtung Erwin zu sehen gewesen. Es war ein Fehler gewesen, dass er die Fotokamera nicht aus der Hand gegeben hatte.

Als der Professor nach einer Viertelstunde immer noch nicht da war, verließ sie die Universität.

Die Kälte preschte ihr wie ein Hammer ins Gesicht, Schneeflocken wirbelten durch die Luft. Sie stopfte den Schal in den Kragen und schlug das Revers ihres Mantels hoch. Es waren bestimmt minus zehn Grad. Als Kind hatte sie Schnee geliebt, doch im Moment sehnte sie sich nach dem Frühling. Es war Anfang Februar, und sie wartete seit Wochen auf einen Brief von Erwin. Der Krieg dauerte länger als gedacht. Zur Weihnacht war er nicht zu Hause gewesen. Er hatte ihr geschrieben, dass sein Urlaubsantrag abgelehnt worden war, und nun war Erwin in Polen stationiert. Sie kam um vor Sorgen um ihn, hatte ihm zwischenzeitlich vier Briefe geschrieben, die ihn alle erreicht haben müssten. Drei Wochen war die Feldpost unterwegs.

Sie fragte sich, warum er nicht antwortete. Hatte ihn eine Kugel oder ein Flakgeschütz getroffen? Ihr Herz zog sich zusammen, wenn sie daran dachte, doch es gab noch Hoffnung. Jeden Tag konnte der Brief von ihm eintreffen.

Sie fuhr mit der Straßenbahn nach Friedenau und lief bis zu Rechels Wohnung. Eine Horde Jungs kam lachend die Straße entlanggelaufen, die Kinder bewarfen sich mit Schnee. Ein Bengel bekam eine Schneekugel ins Auge und fing an zu weinen. Die anderen scherten sich nicht um ihn, warfen die Schneekugeln an Häuser und an ein Auto. Bald bogen sie um eine Ecke, der Weinende trottete hinter ihnen her und schleuderte aus Wut eine Blechbüchse gegen ein Fenster. Es schepperte, doch das Glas hielt. Frida wollte ihn ermahnen, aber er rannte davon.

Das passierte also, wenn die Schulen geschlossen hatten und die Kinder auf den Straßen herumstreunten. Gauleiter Goebbels hatte vor einer Woche wegen Kohlemangel alle Berliner Schulen bis Ende März schließen lassen. Wo sollte das nur hinführen?

Frida atmete tief durch, trat zum Eingang und schob die Haustür auf, die schräg in den Angeln hing und sich nicht mehr richtig schließen ließ. Entsprechend eisig war es im Treppenhaus. Ein fürchterlicher Gestank nach Fäkalien schlug ihr entgegen. Sie lief in die erste Etage und klopfte an der Wohnungstür. Frida rümpfte die Nase. Rechel öffnete ihr, die Augen rot unterlaufen und vom Heulen verquollen.

»Was ist denn mit dir los?« Frida umarmte ihre Freundin und schloss hinter sich die Tür.

Rechel schluchzte auf und schlug die Hände vors Gesicht. Frida setzte sich mit ihr aufs Bett und strich beruhigend über ihre Schulter. Ihre Freundin weinte hemmungslos und ließ sich in ihre Arme sinken. Frida standen ebenfalls die Tränen in den Augen, sie hatte ihre Freundin noch nie so gesehen. Als die Tränen versiegt waren und Rechel die Wangen mit einem Taschentuch getrocknet hatte, fragte Frida abermals: »Was ist passiert?«

Rechel rieb die Lippen übereinander, bevor sie begann. »Die Toilette ist seit gestern verstopft.« Ihr Oberkörper bebte noch einmal auf, als ob ein erneuter Heulkrampf sie überfallen würde, aber sie riss sich zusammen. »Vater und Joel sind los, um bei Freunden eine Saugglocke aufzutreiben.« Joel war ihr ältester Bruder. Er teilte sich mit dem jüngeren Bruder Michael das Zimmer nebenan, was mehr eine größere Abstellkammer war. Rechel schlief mit ihren Eltern in der Stube. Neben den schmalen Betten stand ein Tisch mit fünf unterschiedlichen Stühlen.

Die klamme Luft ließ Frida frösteln. Auf dem kalten Ofen warteten ein Topf und Teller darauf, gespült zu werden. In dem Hängeschrank befanden sich ein paar Kochutensilien. Es gab nur einen großen Schrank, in dem sie all ihre Habseligkeiten aufbewahrten. Toilette und Dusche waren auf dem Flur und wurden von drei Parteien genutzt. Die Wohnungen in diesem Judenhaus waren eine Zumutung!

Wie schön Rechel mit ihrer Familie vorher in ihrem Haus gewohnt hatte. Mit einer Empfangshalle mit Marmorfliesen, geräumigen Badezimmern und einem eigenen Ankleidezimmer. Frida empfand solch einen Hass auf die politische Führung, sie hatte ihr nicht nur Erwin weggenommen, sondern auch die Existenz dieser Familie zerstört.

»Dann wird das Problem bald gelöst sein«, sagte Frida ermutigend.

»Natürlich, aber das ist noch nicht alles.« Rechels Blick traf sie wie ein Eisblitz. »Hast du nicht gehört, dass wir ab heute keine Kleiderkarten mehr erhalten?«

Frida schluckte. »Noch nicht. Wenn du ein neues Kleid oder einen Mantel brauchst, sag mir Bescheid. Ich besorge dir was.« Sie lächelte ihrer Freundin aufmunternd zu, doch deren Gesichtsausdruck erhellte sich nicht. Wie konnte sie Rechel bloß trösten?

Rechel sah sie starr an, in ihren Augen schwammen Trauer und Resignation. Die letzten Jahre hatte sich Rechel ihre Lebensfreude nicht nehmen lassen und die Schikanen mit einem Schulterzucken hingenommen. Sie hatte ihre durch die Nazis auferlegte Rassenzugehörigkeit auf den Straßen verborgen und sich in Berlin wie jede andere Frau bewegt, aber heute war sie sichtbar in das tiefe Loch gefallen, in dem viele jüdische Berliner bereits versunken waren.

»Man hat uns bestohlen«, krächzte Rechel. »Letzte Nacht. Unsere ganze Kleidung ist weg. Ich habe nur noch mein Nachthemd und das Zeug, das ich am Leibe trage. Vater und Joel mussten ohne Mäntel in die Kälte raus, sie holen sich doch den Tod! Mutter versucht, mit Michael Kleidung aufzutreiben.« Rechel schluchzte auf.

Frida nahm den bebenden Körper in den Arm. »Ich werde euch helfen«, presste sie hervor.

Rechel löste sich aus der Umarmung und wich ein Stück zurück. »Das waren sicherlich Juden, die von diesem Erlass gewusst haben. Wo kommen wir denn hin, wenn Juden andere Juden bestehlen? In was für einer Welt leben wir eigentlich?«, hauchte sie.

Fridas Herz wurde schwer, sie unterdrückte die eigenen Tränen. Sie würde Rechel gern helfen, aber reichten ihre Möglichkeiten, um Abhilfe zu schaffen? »Die Vernichtung der jüdischen Rasse«, hämmerten die Worte Hitlers in ihrem Kopf. Was, wenn es wirklich darauf hinauslief?

Mit zittrigen Fingern griff sie nach Rechels Hand. Zittrige Fassungslosigkeit, die bebende Verzweiflung heilen wollte. »Vielleicht wäre es besser, wenn ihr Berlin verlasst.«

Rechel zog die Hand zurück und kräuselte die Stirn. »Wo sollen wir denn hin?« Ihre Stimme klang verzweifelt und vorwurfsvoll, als ob Frida persönlich für ihre Lage verantwortlich war.

»Ich weiß nicht, aber wir könnten uns was überlegen.«

Rechel schüttelte den Kopf und wischte sich fahrig mit dem Handrücken Tränen aus dem Gesicht. »Mein Onkel schreibt, dass die Verhältnisse in Cottbus genauso sind. Es ist überall gleich, hier haben wir wenigstens Arbeit.« Rechel versuchte sich an einem Lächeln, das nach einem Augenaufschlag wieder in sich zusammenfiel. Sie war Kindergärtnerin, ihr Vater arbeitete bei einem deutschen Schuhmacher, seitdem sein eigenes Schuhgeschäft den Verwüstungen in jener schrecklichen Nacht zum Opfer gefallen war, in der das Krachen zerberstender Fensterscheiben durch die Straßen gehallt war und das Pflaster übersät wurde von eisig funkelnden Splittern. Bei dem Gedanken daran zog sich Fridas Herz zusammen. Dann waren da noch die beiden jüngeren ungestümen Brüder, vorzeitig gealtert in der Arbeitsdienstkolonne der Bahn.

Sollte es im Reich tatsächlich keinen sicheren Platz für Rechel und ihre Familie mehr geben? Schweren Herzens schlug sie vor: »Dann müsst ihr Deutschland verlassen.«

Rechel lachte höhnisch auf. »Das hätten wir vor ein paar Jahren machen sollen, als wir noch die Möglichkeit dazu gehabt haben.«

»Aber ihr könnt doch ...«

»Nein«, schnitt Rechel ihr das Wort ab, ihre Augen kalt wie Eis. »Du hättest den Ansturm auf die Reichszentrale für jüdische Auswanderungen erleben sollen. Meine Mutter stand eine Woche jeden Tag mehrere Stunden an, um mit einem Beamten zu sprechen.«

»Und?«

»Die Reichsfluchtsteuer ist viel zu hoch.«

»Am Geld soll es nicht scheitern. Ich kann meine Tante ...«

»Müh dich nicht ab! Wir benötigen außerdem ein Transit- und Einreisevisum.«

Frida schluckte. Sie hatte in der Zeitung gelesen, dass andere Länder die Aufnahme von Flüchtlingen begrenzt hatten, aber irgendwo musste sich doch eine Möglichkeit ergeben. »Soll ich mit dir mal ...«

»Nein. Mein Vater wird Berlin nicht verlassen, und ich werde bei meiner Familie bleiben. Wir müssen zusammenhalten.«

»Das verstehe ich.« Auch sie würde ihre Familie nicht verlassen wollen.

Rechel schob sich ein paar Haarsträhnen aus dem Gesicht und straffte die Schultern. »Hast du mein Bild fertig gemalt?«

Frida sah auf ihre Hände und schüttelte den Kopf. »Nein.«

Rechel seufzte; ein tiefer Seufzer, der Frida bis ins Herz stieß.

»Ich will es, ehrlich, aber ich schaffe es einfach nicht.« Was für eine Ausrede! Wieso konnte sie ihrer Freundin nicht diesen einen Wunsch erfüllen, ihr eine kleine Freude bereiten?

Rechel stand auf und wandte ihr den Rücken zu. »Ist nicht so wichtig«, murmelte sie.

»Doch, das ist es, aber die ganze Situation ... Es gelingt mir einfach nicht mehr, Gesichter zu malen, die zumindest etwas hoffnungsvoll dreinschauen. Die Augen sind ohne Glanz, und wenn ich versuche, einen lächelnden Mund zu malen, gerät er zur Fratze. Es ist zum Verzweifeln. Wenn du das Gemälde betrachtest, sollst du an glückliche Momente erinnert werden.« Ihre Stimme brach, sie wollte aufmunternd klingen, aber klang leidend und piepsig.

Rechel drehte sich zu ihr, lehnte sich an den Küchenschrank und stützte sich mit den Händen ab. »Weil du ja auch so viel leidest«, krächzte sie unter Tränen.

»Ich ...« Frida ballte die Hände zu Fäusten, suchte nach den richtigen Worten. Mit diesem Vorwurf hatte sie nicht gerechnet. Sie hatten sich in den zwei Jahren noch nie gestritten. In einem Tanzlokal hatten sie sich kennengelernt und seitdem jedes Wochenende etwas miteinander unternommen. Sie hatten sich amüsiert, über die gleichen Witze gelacht, sich über die neusten Schuhe ausgetauscht und gemeinsam Modemagazine gewälzt. »Auch für mich ist es nicht leicht«, verteidigte sich Frida.

»Natürlich! Frida Zeitinger lebt im Haus ihrer reichen Tante und hat bis auf die Lebensmittelrationen kaum Einschränkungen.« Rechel verschränkte die Arme vor der Brust, Tränen liefen ihr über die Wangen – ihre Augen so kalt und abweisend, wie Frida sie noch nie erlebt hatte.

Fridas Kiefer mahlten. Das war ungerecht! Auch sie hatte Opfer gebracht. Das Reich hatte ihr Erwin entrissen, doch es war nicht der richtige Augenblick, um ihre eigenen Probleme anzusprechen.

Frida stand auf, sie wollte etwas sagen, doch ihr fehlten die Worte. Wenn sie etwas erwiderte, würde sie sich nur verteidigen, anstatt Trost zu spenden. Einige endlose Sekunden standen sie voreinander. Sie wollte auf Rechel zugehen, doch ihre Schuhe waren wie festgefroren.

»Es tut mir leid«, wisperte Frida und rannte hinaus.

Sie zog den Mantel eng um sich und irrte wirr durch die Straßen. Der kalte Wind peitschte ihr ins Gesicht und ließ ihre Tränen zu Eisbahnen gefrieren. Sie suchte nach Worten, mit denen sie Rechel hätte aufmuntern können, doch die Kälte raubte ihr jeden klaren Gedanken.

Frida gelangte zu einem Park und sah ein Schild mit der Aufschrift: *Juden sind unser Unglück*. Jemand hatte mit schwarzer Farbe das *Un* übermalt. Ein kleines Lächeln erreichte ihr Herz. Sie war nicht allein, es gab noch anderer Berliner, die den Juden wohlgesonnen waren. Juden sind unser Glück! Hoffentlich würde dieser Satz bald beim Volk ankommen. Morgen würde sie zu Rechel gehen, sich bei ihr entschuldigen und ihr warme Kleidung bringen.

Haan, Mai 2009

»Ich muss mal kurz den Tee wegbringen.« Carolins Großmutter erhob sich mit einem Augenzwinkern.

»Ich helfe dir«, sagte Ingrid.

Annika stand auf. »Ich mach das schon. Ich muss auch mal für kleine Außerirdische.«

Ingrid blickte sie verdattert an. Frida lachte und nickte Annika zu. Ihre Tante verzog den Mund und hob genervt die Brauen.

Carolin musste schmunzeln und stützte sich am Tisch ab. Ihre Hände zitterten leicht, und sie spürte ein Prickeln im ganzen Körper. Die Geschichte ihrer Großmutter war rührend und erschreckend zugleich. Sie hatte nicht damit gerechnet, heute in die Zeit des Dritten Reichs entführt zu werden. Ob Rechel den Holocaust überlebt hatte? Und war Erwin wohl Carolins Großvater? Die Geschichte brachte nur noch mehr Fragen hervor, und sie konnte es kaum erwarten zu hören, wie es weiterging. Sie starrte auf eine weiße Emaille Aufhängung an der Wand, an der vier Suppenlöffel baumelten, und sie fragte sich, ob sie noch aus der NS-Zeit stammten.

Die Gäste brachen langsam auf, einiges an Kuchen war übrig geblieben. Carolin befürchtete, sich in den nächsten

Tagen nur von Streuselkuchen ernähren zu müssen, aber vielleicht würden sich noch andere Abnehmer finden.

Frau Gillwaldt trat von hinten an sie heran. »Ich muss noch ins Büro, da ist heute einiges liegen geblieben.«

»Natürlich.«

»Wenn ich irgendwie helfen kann, dann lassen Sie es mich wissen.« Sie schob sich eine Locke hinters Ohr.

»Sie könnten Kuchen mitnehmen.«

Die Sekretärin lachte auf und strich sich über den Bauch. »O nein, zu viel von dem guten Zeug, und ich muss mein Sportprogramm verdoppeln.«

Ihre Großmutter und Annika kamen zurück. Annika sagte irgendwas, was ihre Großmutter herzhaft zum Lachen brachte. Sie war immer noch so lebenslustig, wie sie in ihrer Geschichte von vor siebzig Jahren gewirkt hatte.

Carolin drehte die Armbanduhr um ihr Handgelenk. Ob sie heute noch erfahren würde, wer ihre Mutter war?

»Lasst mich dem Ehrengast zu Diensten sein«, sagte Annika überhöflich und hielt Frida den Stuhl bereit.

Ihre Großmutter lachte. »Hören Sie die Geschichte zu Ende, und dann sagen Sie noch mal, dass ich der Ehrengast bin.« Ihr Lächeln bekam einen ernsten Anklang, und Carolin hielt instinktiv die Luft an.

War sie diejenige gewesen, die den Kontakt zu ihrem Vater abgebrochen hatte? Erzählte sie vielleicht nur die ganze Geschichte, damit Carolin Mitleid bekam? Nein, das konnte sie nicht glauben, außerdem wollte sie alles erfahren.

»In dieser Gaststätte fühlt man sich in die Vergangenheit entführt. Erst jetzt habe ich das alte Schild von der Deutschen Reichsbahn-Gesellschaft an der Tür vor den Toiletten gesehen.« Frida lachte auf. »Deine Freundin hat sich über den Begriff ›Abort‹ kaputtgelacht.« Sie grinste Annika zu.

Carolin freute sich, dass die beiden sich so gut verstanden, doch sie wollte nun hören, wie die Geschichte weiterging. »Und hast du deine Freundin am nächsten Tag besucht?«

Ihre Großmutter lächelte ihr zu. »Erst mal brauche ich etwas zu trinken.« Sie hob den Arm und rief die Kellnerin zu sich.

Carolins Handy vibrierte in der Hosentasche. Sie warf einen Blick auf das Display. Es war Oliver. Ob er sich entschuldigen oder ihr nur erzählen wollte, wie sein Vorstellungsgespräch gelaufen war? Egal was es war, im Moment hatte sie keine Lust, mit ihm zu sprechen, sondern wollte wissen, wie es mit Rechel weitergegangen war und ob Erwin einen Brief geschrieben hatte.

Als das Handy wieder ruhig in ihrer Hand lag, steckte sie es zurück in die Tasche. Die Kellnerin brachte Frida Tee und schenkte Carolin Kaffee nach.

Ihre Großmutter tat zwei Stückchen Zucker in die Tasse und rührte um. »Kaffee habe ich noch nie gemocht, und als es im Krieg nur Muckefuck gab, habe ich es mir ganz abgewöhnt.«

»Muckefuck?«, fragte Carolin.

»Ach so.« Frida lachte. »Manchmal vergesse ich, dass deine Generation mit diesen Begriffen nicht vertraut ist. Das ist Ersatzkaffee aus Getreide oder Kartoffeln. Du hast nichts verpasst, wenn du es nicht kennst.« Sie strich sich durch die weißen Haare, die ihr bis zum Kinn reichten. Es hatten sich bereits lichte Stellen gebildet.

Wie sie wohl vor siebzig Jahren ausgesehen haben mochte? Das herzliche Lachen war sicherlich immer noch das Gleiche.

»Wo waren wir stehen geblieben?«

»Bei Rechel und ihrer Familie, als man ihnen die Kleidung gestohlen hatte.«

»Richtig. Sie war so am Boden zerstört, dabei hatte sie nicht geahnt, was ihr noch bevorstand.« Die Miene ihrer Großmutter wurde ernst. »Dennoch gab es auch noch schöne Momente.« Fridas Blick glitt in die Ferne, als könne sie direkt in die Vergangenheit schauen.

Kapitel 3

Berlin, Februar 1940

Als Frida mit den zwei schweren Taschen ins Wohnzimmer trat, blickte Maria von der Lektüre auf. »Wo willst du denn noch hin?« Sie las die neue Ausgabe von »Die Hausfrau«, ein Magazin, das sie sich regelmäßig kaufte und anschließend in der Praxis für die Patientinnen auslegte.

»Zu Rechel.«

Maria blickte zur Uhr. »Es wird gleich dunkel.«

Frida nickte. Seit fünf Tagen war sie nicht bei ihrer Freundin gewesen, obwohl sie sich fest vorgenommen hatte, sich am nächsten Tag bei ihr zu entschuldigen. Doch sie hatte ihre Gedanken ordnen müssen und sich gefragt, wie sie ihr begegnen sollte. Nun war sie entschlossen, Rechel aufzumuntern. Samt neuer Kleidung im Gepäck. Sie hatte einige Kleidungsstücke rausgesucht, die Rechel sicherlich gefielen. Bei dem gelben Lieblingskleid, das Rechel ihr genäht hatte, hatte sie kurz gezögert. Jetzt war freilich nicht die Jahreszeit dafür, aber die würde kommen. Auch Maria hatte ein paar Pullover und Hosen abgegeben. Außerdem hatte Frida eine Idee, wie sie Rechel aufheitern konnte. Auch ohne, dass sie ihr das Gemälde vom Wannsee mitbrachte, denn das hatte sie immer noch nicht vollendet. »Wir wollen die Sterne beobachten.«

Maria legte das Magazin zur Seite. »Nicht dein Ernst!«

»Doch!«

»Und wie willst du zurückkommen? Erst gestern war eine Patientin bei mir, die ihr Kind wegen eines Fahrradunfalls verloren hat. Stell dir vor, sie hat das Auto nicht kommen sehen und ist mit dem Rad dagegen gefahren. Sie hatte Glück, dass sie nichts selbst unter die Räder gekommen ist.« Tatsächlich häuften sich die Nachrichten über nächtliche Unfälle seit der Verdunkelung.

»Das wird mir nicht passieren.«

»Ich will nicht, dass du nachts draußen bist.«

»Bei dem Schnee ist alles viel heller, zumindest wenn der Mond durch die Wolken scheint.«

»Genau. Wenn!«

Die letzten Tage war der Himmel wolkenverhangen gewesen, und es hatte fast ununterbrochen geschneit, aber heute war die Sonne herausgekommen, und Frida hatte Hoffnung, dass sie einen Blick auf ein paar Sternbilder erhaschen konnten.

»Falls es gar nicht geht, schlafe ich bei Rechel.«

Maria zog die Augenbrauen hoch und sah sie an, als habe Frida ihr erzählt, das Deutsche Reich hätte den Krieg verloren. »Ehrlich?«

Frida ging zu ihrer Tante und küsste sie auf die Stirn. »Sorge dich nicht.«

»Vielleicht kann ich dich doch zum Bleiben bewegen.« Sie stand auf und trat zur Kommode. »Schau mal, der Brief lag unter dem des Ärztebundes. Habe ich gerade erst entdeckt.«

Frida ließ die Taschen fallen, als sie Erwins Schrift und den Aufdruck *Feldpost* sah. Sie entriss ihrer Tante den Brief und setzte sich damit an den Tisch. Ihr Herz klopfte ihr bis zum Hals.

20.01.1940
Liebste Frida,
wie ich mich über Deine Briefe gefreut habe. Sie sind Lichtblicke in diesen kalten Tagen. Es ist alles anders, als

ich angenommen habe, und Du hast recht gehabt. Mein Herz wird schwer, wenn ich an den Tag am Wannsee zurückdenke. Heute kann ich meine eigenen Worte nicht mehr verstehen. Ich hoffe, Du verzeihst mir. Ich habe gedacht, Deutschland würde Polen allein mit der Militärpräsenz unter Druck setzen, und nun sind wir mit so vielen Ländern im Krieg. Ich habe Polen verlassen und bin an die Westfront versetzt worden. Von hier aus kann ich auf den Rhein sehen. Eisschollen treiben vorbei. Wenn er zufriert, können wir zu den Franzosen hinüberlaufen. Vielleicht hätte das Warten dann ein Ende. Einige befürchten einen langen Stellungskrieg wie im Weltkrieg, aber der Führer wird es nicht so weit kommen lassen.
Hoffentlich ist euch nicht kalt in Berlin. In den letzten Tagen fiel das Thermometer unter minus zwanzig Grad. Da werden die Knochen nicht mehr warm, und einige Kameraden kamen mit den ersten Erfrierungserscheinungen zu mir.
Ein Hufschmied hat mich und einen Kameraden am Sonntag zu einem Braten mit Kartoffeln und Rotkohl eingeladen. Schmackhaft, das kannst du dir nicht vorstellen. Wir haben uns direkt gut verstanden und uns lange über Pferde unterhalten. Abends hat er ein neues Brettspiel hervorgeholt. Es heißt Monopoly. Man muss Straßen kaufen, Häuser bauen und Mieten einnehmen. Das würde dir auch gefallen. Wenn ich zufällig ein Exemplar im Schaufenster sehe, schicke ich es dir in die Heimat.
Vom Krieg ist nicht viel zu merken. Es ist wie ein Ausflugslager der Hitlerjugend zur falschen Jahreszeit. Also sorge dich nicht! Ich habe Urlaub beantragt, vielleicht sehen wir uns bald.
Wie geht es Rechel, Victor und deiner Tante? Richte ihnen meine allerherzlichsten Grüße aus. Von meinen Eltern habe ich ein Päckchen mit Schokolade und neuen Filmrollen erhalten. Eine habe ich zum Entwickeln abgegeben.

Mit dem nächsten Brief schicke ich Dir ein paar Abzüge. Ich sehne mich nach unserem Wiedersehen und vermisse Dich so sehr. Ich trage Dein Halstuch immer bei mir. Es riecht noch nach Dir, und wenn die Sehnsucht zu groß wird, hole ich es hervor und träume, in Deinen Armen zu liegen.
Ich sende Dir tausend Küsse und Umarmungen.
In Liebe,
Dein Erwin

Frida wünschte sich, er würde ihr seitenlang berichten, was er erlebte und wie es ihm ging. Sie las den Brief noch zwei Mal, doch das Gefühl blieb das Gleiche: Sie erfuhr nur Oberflächliches, aber nicht, wie es in seinem Inneren aussah. Wenigstens wusste sie, dass er lebte und nicht an Frontkämpfen beteiligt war. Ein Stellungskrieg konnte sicherlich zermürbend sein, aber er hielt ihre Angst um ihn in Grenzen.

»Was schreibt er?«, fragte Maria.

Frida reichte ihr den Brief und nahm die Taschen.

»Du willst doch nicht ...«, widersprach ihre Tante.

»Doch!«

»Du bist einfach unverbesserlich«, sagte Maria mit einem Lächeln, aber dann wurde ihre Miene ernst. »Pass auf dich auf!«

»Das werde ich.«

Frida verließ das Haus und holte ihr Fahrrad aus dem Verschlag. Die Luft war eisig, der Schnee knisterte unter ihren Schuhen. Sie zog den Schal bis zur Nase hoch und die Mütze tief ins Gesicht. Dann hängte sie die Taschen an den Lenker und stieg auf. Es war nicht leicht, das Gleichgewicht zu halten, und der Schnee erschwerte die Fahrt zusätzlich, doch nach ein paar Augenblicken konnte sie sich gut ausbalancieren.

Das schummrige Dämmerlicht verschluckte die Konturen der Fassaden und Hauseingänge. Einige Gebäude wirkten so verlassen wie Geisterhäuser. An die Verdunklung hatte sie sich immer noch nicht gewöhnt, aber es hatte auch etwas Gutes: Die Sterne leuchteten so hell wie in ihrer alten Heimat Ostpreußen.

Zwei Kinder im Grundschulalter kamen ihr entgegen. Der Junge trug auf einem Tellerchen ein Hindenburglämpchen und hielt die behandschuhte Hand schützend davor.

Als sie bei Rechels Haus ankam, schluckte sie schwer. Jemand hatte auf die Pappe am Fenster mit weißer Farbe *Drecksjuden* geschmiert. Frida sah zum Himmel. Ein paar Schäfchenwolken zogen dahin, und einige Lichtblitze zeigten sich schon am Firmament; die Sternbilder warteten auf sie. Hoffentlich konnte Frida ihrer Freundin mit dem nächtlichen Ausflug wieder ein Lächeln ins Gesicht zaubern. Vielleicht eins, von dem sie mehrere Tage oder Wochen zehren konnte. Ein Lächeln der Freundschaft und Zuversicht.

Rechels Mutter öffnete, nickte ihr zu und ließ sie eintreten. Die Familie saß am Tisch und aß Suppe. Rechel strahlte, sprang auf und umarmte sie.

Der Klotz purzelte von Fridas Herz. Der Streit vom letzten Mal war nicht zu einer unüberwindbaren Mauer gewachsen, wie sie befürchtet hatte. »Ich wollte mich für letzte Woche entschuldigen«, flüsterte sie.

»Ich mich auch. Es war alles zu viel«, raunte Rechel zurück. Sie wies zum Tisch und sprach laut: »Möchtest du auch etwas?«

»Nein, danke. Ich habe schon gegessen.« Sie war zu aufgeregt, jetzt einen Bissen herunterzubekommen.

Rechel nahm wieder Platz und griff nach ihrem Löffel.

»Was gibt es Neues?«, fragte der Vater. Er war ein kleiner Mann mit einer hohen Stirn und grauen Haaren. Die Brille ließ ihn wie einen Gelehrten aussehen.

Frida wies auf die Taschen. »Ich habe euch Kleidung mitgebracht.« Eigentlich enthielten sie nur Frauenkleider, aber auch das müsste ihnen schon helfen.

»Danke.« Der Vater lächelte.

»Wir haben noch ein Geschäft gefunden, das uns Mäntel und Hosen verkauft hat«, sagte die Mutter und schöpfte ihrem ältesten Sohn eine Kelle Suppe auf den Teller. »Aber wir sind froh über alles, was wir bekommen.« Sie stand auf, stellte ihren Teller in eine Schüssel und wischte sich die Hände an der geblümten Schürze ab.

Rechel war ebenfalls fertig und machte sich über die Taschen her. Das Leuchten war in ihre Augen zurückgekehrt, sie presste einen Strickpullover an die Brust. »Ich danke dir«, sagte sie. Dann entdeckte sie das gelbe Kleid, und eine Furche bildete sich auf ihrer Stirn. »Das kann ich nicht annehmen.«

Sie wollte es Frida zurückgeben, aber die hob die Hände. »Es ist deins, und ich möchte kein Kleid von dir im Schrank hängen haben, wenn ich weiß, dass es dir an Kleidung mangelt.«

Rechel nickte. »Irgendwann gebe ich es dir zurück.«

»Keine Eile.«

Sorgfältig legte Rechel die Kleidung zusammen und verstaute sie im Schrank.

Frida blickte auf die Armbanduhr. Jetzt mussten sie sich beeilen. »Und nun habe ich noch eine Überraschung. Zieh dich warm an!«

»Was?«

Frida lächelte. »Die Berliner entpuppen sich zu echten Sternforschern, und wir werden es ihnen gleichtun.«

»Aber kommt gleich wieder rein«, sagte die Mutter.

»Das geht nicht, wir sind mit jemandem verabredet. Zwei Straßen weiter.«

»Man hört so allerlei«, lamentierte die Mutter. »Es werden vermehrt Frauen überfallen.«

Frida nickte. »Wir werden nicht allein sein.«

»Denk doch an die Ausgangssperre!« Rechels Vater warf seiner Tochter einen warnenden Blick zu. Nach zwanzig Uhr durften sich Juden nicht mehr auf den Straßen aufhalten.

»Keiner wird erfahren, dass sie eine Jüdin ist.« Frida stellte sich neben ihre Freundin. »Wenn uns jemand anspricht, werde ich meine Kennkarte vorzeigen, und wir werden sagen, Rechel habe ihre in einem anderen Mantel vergessen. Ich werde mich für sie verbürgen.«

»Das gefällt mir gar nicht«, widersprach die Mutter, doch Rechel, der die Lebensfreude wieder ins Gesicht geschrieben stand, zog sich an. Sie griff nach Fridas Hand und zerrte sie mit nach draußen, bevor noch irgendjemand einen Einwand vorbringen konnte.

Sie liefen lachend die Straße hinunter.

»Wo müssen wir eigentlich hin, und wen treffen wir?«, fragte Rechel vergnügt.

Fridas Herz ging dabei auf, ihre Freundin so fröhlich zu sehen. »Überraschung«, sagte Frida und zwinkerte ihr zu. Es war dunkel, doch die Neumondsichel brachte ihnen etwas Licht, und bei Schnee konnten sie sich gut orientieren.

Der kalte Wind blies durch Mütze und Schal, und sie hatte das Gefühl, ihre Gesichtshaut würde sich zusammenziehen, dennoch verspürte sie ein Gefühl von sonderbarer Leichtigkeit.

Sie liefen zu dem kleinen Park. Als sie auf die Eiche zusteuerten, schälte sich eine Gestalt aus dem Schatten und zog den Hut. »Heil Hitler, die Damen.«

»Ist dir nicht kalt ohne Mütze?« Frida schlug Victor freundschaftlich gegen die Schulter, bevor sie ihn umarmte.

»Hast du mich schon mal ohne Hut gesehen?«, fragte er lachend.

»Ich glaube nicht«, gab sie zu.

Rechel umarmte Victor ebenfalls. »Schön, dich wiederzusehen.«

»Gleichfalls«, sagte er mit einem Grinsen. Unter dem Mantel trug er Hemd und Krawatte. Auf den guten Kleidungsstil konnte er auch bei einem nächtlichen Ausflug nicht verzichten.

»Schaut mal«, rief Rechel, hüpfte über die Wiese, den Kopf in den Nacken legend und nach oben blickend. Frida folgte ihr. Wie hell die Sterne sein konnten, wenn in der Stadt keine Lichter den Blick in den Himmel störten. Sie griff nach den Händen ihrer Freundin und drehte sich mit ihr im Kreis. »Wunderbar, nicht wahr?«

»Ein wahres Hitlerwetter«, flüsterte Victor und lief um sie herum.

Frida und Rechel kicherten. Dieser geläufige Ausdruck war bei ihnen seit dem Tag am Wannsee zum geflügelten Wort geworden.

»Ein perfektes Wetter«, sagte Frida. »Ich soll euch übrigens von Erwin grüßen.«

»Was schreibt er so?«, fragte Victor und richtete seinen Hut.

»Er ist an der Westfront am Rhein. Es ist kalt, und das Ganze entwickelt sich zum Stellungskrieg. Ansonsten nicht viel.«

Victor zündete sich eine Zigarette an. »Mein Bruder schreibt meiner Mutter auch immer so ein belangloses Zeug. Er wolle Poet werden, dabei warte ich auf exklusive Details, um die Sensation an die Zeitung zu verkaufen.« Er lachte. »Schaut mal, was ich mitgebracht habe.« Er holte einen Korb hinter dem Baum hervor, in dem er mehrere Flaschen und Obst dabei hatte. »Ich hoffe, die Cola ist nicht gefroren.«

Das war sie nicht, aber sie war eiskalt.

Als Frida ausgetrunken hatte, zitterte sie am ganzen Körper, doch es war nicht nur wegen der Kälte, sondern auch wegen des Zaubers des Augenblicks. Sie scherzten und unterhielten sich ausgelassen. Ein Pärchen setzte sich auf eine

Parkbank und betrachtete ebenfalls den Sternenhimmel. Sie küssten sich leidenschaftlich und verschmolzen zu einer Einheit. Fridas Herz bekam einen Stich, wie gern würde sie diesen Moment mit Erwin erleben. Sie zwang sich, den Blick abzuwenden.

»Ihr da! Habt ihr das Schild nicht gelesen? Juden sind hier unerwünscht!«, schnitt eine eisige Stimme durch das Dunkel.

Frida rutschte das Herz in die Hose, und sie merkte, wie Rechel zusammenzuckte. Ein groß gewachsener SS-Mann kam mit einer Taschenlampe auf sie zumarschiert. Was machte er um diese Uhrzeit hier, und woher wusste er, dass Rechel Jüdin war? Der SS-Mann ging geradewegs auf Victor zu, leuchtete ihm ins Gesicht und baute sich vor ihm auf. »Kennkarte«, befahl er.

»Ich bin Deutscher.« Victor warf die Zigarette in den Schnee und zog die Kennkarte aus der Manteltasche.

Fridas Herz schlug ihr bis zum Hals. Sie berührte kurz die Finger ihrer Freundin.

Der SS-Mann prüfte Victors Papiere eingehend im Lichtkegel der Lampe und gab sie ihm zurück. Dann leuchtete er Frida und Rechel an und musterte sie. Unwillkürlich hielt Frida die Luft an. Nein! Er durfte nicht ...

»Wir wollten nur die Sterne bewundern. Das ist doch nicht verboten, oder?«, fragte Victor und stellte sich neben sie. »Wenn doch, gehen wir sofort nach Hause.«

Der SS-Mann blickte Victor an, die Miene versteinert, dann wurde sie weicher. »Nein. Verzeihen Sie die Störung. Ich muss Sie verwechselt haben. Einen schönen Abend noch.« Er tippte an seine Schirmmütze und marschierte davon.

Als er außer Sichtweite war, griff Rechel nach ihrer Hand. Frida spürte, wie die schwere Last von ihrer Freundin abfiel.

»Das war knapp«, flüsterte Rechel.

In welcher Welt lebten sie, dass sie nicht mal nachts gemeinsam friedlich die Sterne ansehen konnten?

Berlin, Februar 1941

Vor dem Schwarzen Brett der Universität hatten sich drei Studentinnen versammelt, die Frida schon mal in ihren Vorlesungen gesehen hatte. Sie stellte sich dazu, um zu sehen, was ihre Aufmerksamkeit geweckt hatte. Ein Zettel mit einer Ankündigung: *Aufgrund von Lehrkräftemangel wird der Studiengang Kunstgeschichte auf unbestimmte Zeit gestrichen.*

Am liebsten hätte Frida daruntergeschrieben: *Das habt ihr nun von eurer Kriegs- und Judenpolitik.* Aber sie verkniff sich eine abfällige Bemerkung. Sie wollte nicht wegen eines unbedachten Augenblicks im Zuchthaus landen. Die junge Frau neben ihr mit den geflochtenen Zöpfen atmete hörbar aus. »Und was soll nun aus meinem Abschluss werden?« Sie blickte Frida an und verdrehte genervt die Augen.

Frida zuckte mit den Schultern.

»Wenn ich das meinen Vater an der Front schreibe.« Sie schnaubte und verschwand.

Frida trollte sich ebenfalls, blieb vor dem Ausgang der Universität stehen und blickte über den Opernplatz. Kleine Schneeflocken wirbelten zu Boden. Und jetzt? Ein Auto mit einer Hakenkreuzfahne fuhr vorbei. Nun war schon Februar 1941, und sie hatte Erwin seit seinem Einberufungsbefehl 1939 nicht ein Mal gesehen. Den Heimaturlaub hatte er letztes Jahr bei seiner Familie in Ostpreußen verbracht. Seine Mutter hatte ihn angefleht, dorthin zu kommen, da sie dringend Hilfe auf dem Gestüt gebraucht hatten. Erwin hatte dem Drängen seiner Mutter nachgegeben und Frida versprochen, bald nach Berlin zu kommen, doch daraus war bis zum heutigen Tage nichts geworden.

Was hielt sie noch in der Reichshauptstadt? Erwin war fort, ihr fehlte die Inspiration und die Muße zu malen. Sie konnte daher keine Gemälde mehr verkaufen, und nun durfte sie noch nicht mal mehr studieren. Vielleicht sollte sie zurück nach Ostpreußen gehen. Ihre Tante käme allein zurecht, doch es gab eine Person, die Frida nicht zurücklassen wollte: Rechel. Am liebsten würde sie ihre Freundin mit in die Heimat nehmen, aber sie wusste, dass Rechel nicht mitkommen würde.

Frida überquerte den Opernplatz und lief zu dem Zaun, an den sie ihr Fahrrad angekettet hatte. Trotz der Kälte fuhr sie lieber mit dem Rad als mit dem Bus oder der Straßenbahn. Auf die konnte man sich schon lange nicht mehr verlassen, und sie war lieber unabhängig. Auch bei Minusgraden.

Als sie losfuhr, wirbelte ihr der Schnee ins Gesicht und kitzelte ihre Haut. Ein Wehrmachtssoldat mit einem Verband um den Kopf und Schrammen an den Wangen trottete ihr entgegen. Er blickte apathisch zu Boden und wirkte, als sei er mit seinen Gedanken immer noch an der Front. Fridas Herz wurde schwer, und sie dachte an Erwin. Wo war er jetzt? Sie würde ihn so gern in die Arme schließen.

Frida fuhr zu dem Kindergarten, in dem Rechel arbeitete. Es handelte sich um ein niedriges Backsteingebäude mit kleinen Erkerfenstern. Auf weißem Untergrund stand in schwarzer Schrift *NSV-Kindergarten* – eine Einrichtung der nationalsozialistischen Volkswohlfahrt –, und an einer Stange wehte die Hakenkreuzfahne. Aus dem Inneren drangen ausgelassene Kinderstimmen, übermütiges Geschrei, ein Jauchzen vor Freude.

Rechel hatte geschwärmt, dass die Kindergärtnerinnen nicht so streng waren, wie es in anderen Kindergärten üblich war. Wie schön, dass ihrer Freundin wenigstens nicht das Arbeiten verwehrt blieb. Es war gleich zwölf Uhr, vielleicht hatte Rechel Zeit für eine Mittagspause.

Frida lehnte das Fahrrad an die Hecke und schob das Gartentor auf. Auf der Wiese befanden sich eine Rutsche, eine Wippe und ein Drehkarussell, im Sandkasten lag ein eingeschneiter Spielpanzer. An der Tür kam ihr die Leiterin mit ernster Miene entgegen und verschränkte die Arme vor der Brust. Sie trug einen engen Rock, eine weiße Bluse und ein schwarzes Tuch um den Hals und erinnerte Frida an die Mädchen vom BDM, dem Bund Deutscher Mädel.

»Sie wollen zu Frau Sternlieb?«

»Ich wollte fragen, wann sie heute Pause macht.«

Die Leiterin hob die Augenbrauen. »Wir mussten sie entlassen.«

Frida schnappte nach Luft. »Warum?«

»Das darf ich Ihnen nicht sagen. Fragen Sie sie am besten selbst.« Die nächsten Worte des Abschiedes waren wie das Rauschen und Knacken bei der Verbindung eines Ferngespräches. Die Leiterin verschwand im Inneren und schloss die Tür.

Noch eine Hiobsbotschaft für ihre Freundin.

Frida schwang sich aufs Rad und fuhr auf dem schnellsten Wege zu Rechels Wohnung. Als sie an der Tür klopfte, öffnete ihr die Mutter. Sie ließ die Schultern hängen und hatte dunkle Ränder unter den Augen, die Schürze war an mehreren Stellen geflickt, der Stoff an den Ellenbogen dünn geworden. »Schön, dass du kommst. Vielleicht kannst du Rechel aufmuntern.«

Frida nickte und trat ein, doch Rechel war nirgends zu sehen. Die Mutter zeigte auf die Tür, die zur Kammer der beiden Brüder führte. Frida klopfte und schob langsam das Türblatt auf.

Ihre Freundin saß auf dem Bett und starrte auf eine Fotografie vor sich. Rechel hob nicht mal den Kopf, als Frida sich neben sie setzte. Sie legte einen Arm um ihre Freundin und streichelte ihre Schulter.

»Es tut mir so leid!«

Rechel atmete tief durch. »Was hat dir meine Mutter erzählt?« Sie sah ihr in die Augen, in denen keine Träne lag, sondern nur unbändiger Schmerz.

»Nichts. Ich war beim Kindergarten.«

»Ach das.« Rechel seufzte.

»Warum haben sie dich entlassen?«

»Letzte Woche haben SS-Männer mich und fünf andere jüdische Frauen gezwungen, auf der Bundesallee Schnee zu schippen. Wir durften erst gegen Sonnenuntergang aufhören. Ich war unentschuldigt nicht bei der Arbeit erschienen. Frau Hertwig hat mich fristlos entlassen.« Rechel zuckte mit den Schultern. »Sie hat hinzugefügt, dass sich ein paar Mütter beschwert hätten, dass ihre Kinder von einer Jüdin betreut werden würden. Es war also nur eine Frage der Zeit.« Rechel wirkte trauriger, als ihre Worte und Geste es glauben machten. »Zwei Tage später habe ich einen Brief vom Arbeitsamt bekommen, mich in der Schikanenpromenade zu melden.« Sie verdrehte die Augen.

»*Was* für eine Promenade?«, fragte Frida.

»Das Berliner Arbeitsamt hat eine Nebenstelle in der Fontanepromenade in Kreuzberg für beschäftigungslose Juden eingerichtet.« Sie machte ein vielsagendes Gesicht. »Es war schrecklich. Morgen muss ich in einer Munitionsfabrik anfangen, doch das Schlimmste ist ...« Rechel betrachtete die Fotografie.

Frida nahm erst jetzt wahr, dass sie Rechel mit ihrem ehemaligen Freund vor vier Jahren zeigte. Kurz danach hatte er sich von ihr getrennt.

»Heute habe ich Henri getroffen.« Nun schwammen ihre Augen in Tränen. »Er ist an mir vorbeigegangen, als ob er mich nicht kennen würde. Stolz. In seiner SS-Uniform. Ich hab ihn angesprochen, und dann fragte er tatsächlich: ›Kennen wir uns?‹ Er war allein unterwegs und trotzdem hat er mich verleugnet ...« Jetzt liefen die Tränen über ihre Wangen.

Frida nahm Rechel in den Arm. »Wenn er dich so behandelt, ist er es nicht wert, sich darüber zu ärgern.«

»Ich weiß«, sagte der Rechel. »Aber mein Herz sieht es anders.« Sie schlug mit der Faust aufs Bett. »Wenn uns sogar die Menschen verleugnen, die uns geliebt haben, wo kommen wir da hin?«

»Ich werde dich nicht verleugnen«, sagte Frida und schenkte ihr ein aufmunterndes Lächeln.

»Das weiß ich.«

Frida versuchte, ihre Freundin zu trösten. Sie sprachen über vergangene Zeiten, über den Tag am Wannsee, und Frida schaffte es tatsächlich, Rechel zum Lächeln zu bringen. Als sich Rechel gefangen hatte, erzählte sie ihr, dass ihr Studiengang gestrichen worden war. Rechel sah sie entsetzt an. Frida wollte nicht jammern, aber diesmal war Rechel es, die sie in den Arm nahm. »Ich habe eine Idee. Im Kindergarten sucht man eine neue Kindergärtnerin. Wäre das nichts für dich?«

»Für mich?«, fragte Frida erstaunt.

»Natürlich! Zwischen Wettkämpfen, Marschieren und Krieg-Spielen könntest du mit den Kindern malen. Es täte ihnen gut, wenn eine Frau dabei ist, die das Parteiprogramm nicht für ein Allheilmittel hält.«

»Ich weiß nicht.« Sie rieb sich über den Nacken.

»Du könntest mir erzählen, wie es Rolf mit den schiefen Schneidezähnen ergeht. Oder Jutta, die immer nur den Teddy mit sich herumschleppt und von zwei größeren Jungs gehänselt wird. Sie braucht noch viel Zuneigung.« Rechel schwärmte von den Kleinen, und ihre Augen begannen zu leuchten. Die Arbeit mit den Kindern hatte sie für ein paar Augenblicke ihre Sorgen vergessen lassen. Je mehr Rechel erzählte, desto mehr konnte sich Frida mit dem Gedanken anfreunden. Sie hätte wieder eine Aufgabe und würde nicht untätig herumsitzen. Und sie würde Rechel eine Freude bereiten.

»Was denkst du?«, fragte ihre Freundin hoffnungsvoll.

Frida rieb sich übers Kinn. »Ich kann mich vorstellen. Einen Versuch ist es wert.«

Berlin, August 1942

Frida wuschelte dem kleinen Rolf über die lockigen Haare. Er grinste, ließ das Spielflugzeug durch die Luft sausen und imitierte Motorengeräusche.

»Los, deine Mutter wartet«, ermahnte Frida den Fünfjährigen und drückte ihm den Rucksack in die Hand.

Der Junge lief – das Flugzeug weiter in der Hand – zu seiner Mutter, die am Tor stand. Eine zwanzigjährige schlanke Person, mit den blonden Haaren und blauen Augen der Inbegriff der arischen Rasse, zudem naiv und weltfremd. Alles drehte sich nur um sie, und die Wünsche ihres Sohnes prallten an ihr ab wie an einer Wand.

Frida versuchte, ihm Liebe und Geborgenheit zu geben, aber sie konnte eine fürsorgliche Mutter nicht ersetzen. Sie hatte den Rat ihrer Freundin befolgt und sich vor eineinhalb Jahren im Kindergarten beworben. Aufgrund von Mangel an Bewerberinnen war der Nachweis als reinrassige Arierin Eignung genug gewesen. Nach einem verkürzten Hortnerinnen-Seminar von drei Monaten und einer ebenso langen Einarbeitung war sie ein vollwertiges Mitglied geworden. Die Arbeit mit den Kindern machte ihr Spaß. Auch wenn das Marschieren und Exerzieren nicht ihrem Ideal der Kindererziehung entsprach, hatte sie sich damit arrangiert und von der Leiterin die Erlaubnis bekommen, die Kinder in ihrer Kreativität zu fördern.

Frida verabschiedete sich von ihrer Kollegin Wilhelmine und holte ihr Fahrrad, das hinten am Haus lehnte. An einem Randstreifen bildeten Sonnenblumen, Steinkraut und Glockenblumen eine traumhafte Vorlage für ein Gemälde. Am liebsten hätte sie ein paar Blumen gepflückt, um sie zu Hause auf den Wohnzimmertisch zu drapieren, doch wenn Wilhelmine sie dabei erwischte, konnte sie sich morgen etwas von der Leiterin anhören.

Sie riss den Blick los und schob das Fahrrad zum Eingangstor. In Berlin hatten die meisten Buslinien den Betrieb aufgrund von Treibstoffmangel eingestellt, daher sah man immer mehr Fahrräder auf den Straßen. Auch Frida hatte es sich angewöhnt, alle Strecken mit dem Rad zurückzulegen.

Der Krieg dauerte jetzt schon drei Jahre. Erwin war an die Ostfront verlegt worden, und sie hatte ihn seit 1939 nicht zu Gesicht bekommen. Letztes Jahr war seine Tante gestorben, und er hatte seinen Heimaturlaub wieder in Ostpreußen verbracht. Ihr Herz schmerzte so sehr, wenn sie an ihn dachte, aber zumindest war der Winter überstanden, und er musste nicht mehr in den Schützengräben frieren.

Sie fuhr los, doch an der nächsten Straßenecke sprang eine Frau aus einem Hauseingang und stellte sich ihr in den Weg. Frida musste einen Schlenker fahren und konnte sich nur mit Mühe auf dem Rad halten. Sie stieg ab, wollte schimpfen, bis sie erkannte, wer vor ihr stand: Rechel!

»Was machst du denn hier?«, fragte Frida überrascht.

Sie blickte sich um, doch Wilhelmine war nicht zu sehen. Die Kindergärtnerin hatte sich zu einer treuen Parteigenossin entwickelt. Nicht auszudenken, wenn sie ihre alte Arbeitskollegin auf der Straße sah – ohne Judenstern und außerhalb ihres Wohnbezirkes.

»Ich muss mit dir reden«, raunte Rechel ihr zu.

Frida pochte das Herz bis zum Hals. »Braucht ihr neues Brot?«

Rechel schüttelte den Kopf. Juden war es nur noch erlaubt, zwischen siebzehn und achtzehn Uhr Lebensmittel einzukaufen, zu dem Zeitpunkt waren die meisten Regale in den Geschäften leer. So hatten jüdische Familien kaum die Möglichkeit, die sowieso schon gekürzten Lebensmittelkarten auszunutzen. Noch nicht mal das tägliche Brot gestand man ihnen zu. Wenn Frida darüber nachdachte, wurde sie wütend. Zweimal die Woche brachte sie der Familie Sternlieb Lebensmittel. Sie versuchte zu helfen, so gut sie konnte, aber auch sie hatte Schwierigkeiten, ihre kompletten Rationen zu bekommen.

»Warum bringst du dich so in Gefahr? Ich wäre doch übermorgen vorbeigekommen«, raunte sie ihrer Freundin zu. Es war zur Gewohnheit geworden, dass sie Mittwochabend und sonntags die Familie Sternlieb besuchte.

»Lass uns ein Stück gehen«, schlug Rechel vor.

Ihnen kam ein Mann im Anzug und Hut entgegen. Als der Fremde sie keines Blickes würdigte, wurde Frida ruhiger. Woher sollten die Berliner ahnen, dass Rechel eine Jüdin war? Die Frau in dem gelben Kleid mit dem Melonenhut wirkte elegant und selbstbewusst – wie eine deutsche Frau, die mit ihrer Freundin einen Spaziergang machte.

Frida entspannte sich. »Sag, hast du dir in den Kopf gesetzt, mich nach Hause zu begleiten, um meine Hand mit dem Pinsel zu führen, damit ich endlich dein Gemälde zu Ende male?« Frida lachte und stupste ihre Freundin an. »Wäre das nicht ein Spaß, sollen wir das mal versuchen?« Sie plagte das schlechte Gewissen, dass sie das Bild immer noch nicht fertiggestellt hatte, aber ihre Freundin hatte schon lange aufgegeben, danach zu fragen.

Rechel lächelte. »Ja, das wäre es.« Sie wartete, bis eine Frau auf einem Fahrrad an ihnen vorbeigefahren war, dann versteinerte sich ihre Miene. »Sarahs Familie hat letzte Woche einen Brief bekommen.« Sarah war die Tochter der jüdischen Nachbarn aus der Wohnung über ihnen. »Sie sollten aufgrund statistischer Erhebungen zu Hause bleiben. Gestapo-Männer haben sie auf die Straße gescheucht und in einem Lastwagen weggefahren. Sie durften bloß einen Koffer mitnehmen.«

»Weißt du, wo man sie hingebracht hat?«

Die Umsiedelung der Juden, wie es offiziell hieß, hatte im Oktober letzten Jahres begonnen. Frida hatte mehrmals dramatische Szenen auf den Straßen Berlins mit ansehen müssen.

Einmal hatte die Gestapo eine jüdische Familie auf die Ladefläche des Lastwagens geprügelt. Ein vielleicht zehnjähriger Junge hatte sich aus den Händen der Mutter befreit und war davongelaufen. Frida lief immer noch ein Schauer über den Rücken, wenn sie an den Schuss und den anschließenden dumpfen Laut dachte, als der tote Körper auf dem Asphalt aufgeschlagen war. Sie hatte tagelang nicht schlafen können und fortwährend diesen Jungen vor sich gesehen. Wie konnten die deutsche Führung und die Gestapo den Juden so etwas antun? Es war ihr unbegreiflich, und sie fragte sich, wann diese Schrecken ein Ende haben würden.

Rechel zuckte mit den Schultern. »In der Gemeinde sagen sie, dass sie in ein Arbeitslager nach Theresienstadt gekommen sind.«

Frida blieb stehen und sah Rechel in die Augen. »Dann musst du Berlin verlassen.«

»Wie soll das gehen? Mit der Ausgangssperre und den vielen Verboten für uns?«

»Du ziehst dich chic an, so wie jetzt. Du siehst atemberaubend aus! Wir beide verdrehen allen den Kopf und fahren zusammen nach Ostpreußen zu meiner Familie.« Frida versuchte ein aufmunterndes Lächeln.

»Nein. Wenn man mich in der Reichsbahn erwischt, dann ...« Rechel blickte zu Boden, sah wieder auf. Sie lächelte, und eine ungeahnte Zuversicht lag in ihrem Gesicht. »Es muss einen Ausweg geben.«

»Und welchen?«

Rechel schlenderte weiter und Frida folgte ihr.

»Ich wollte dich um einen Gefallen bitten.« Rechel schob eine Strähne unter den Hut und warf ihr einen koketten Blick zu. »Du darfst nicht nach dem Grund fragen.«

»Was meinst du?« Frida verstand nicht und war irritiert, dass Rechels Laune so abrupt umgeschlagen war.

»Kannst du mir morgen vor der Arbeit ein paar Schuhe vor die Tür legen?«

»Schuhe?«

Rechel nickte. »Alle, die du entbehren kannst. Und Winterstoff, falls du welchen auftreiben kannst.«

»Es ist Sommer. Wozu brauchst du …?«

Rechel schüttelte den Kopf und schwenkte den Zeigefinger hin und her, als ob sie mit einem Kind aus dem Kindergarten ein ernstes Wörtchen reden wollte. »Keine Fragen!« Sie lächelte.

»Willst du eine Modenschau machen, oder was hast du vor?«, fragte Frida scherzhaft, doch in ihrem Inneren breitete sich ein ungutes Gefühl aus.

Rechel hob die Augenbrauen und schlenderte weiter. »Also. Tust du es?«

»Natürlich.« Sie biss sich auf die Unterlippe, obwohl ihr die nächste Frage auf der Zunge brannte. Sie musste akzeptieren, dass ihre Freundin keine Antworten geben wollte.

Rechel lächelte, umarmte Frida und wandte sich zum Gehen. »Also dann, bis Mittwoch.« Bei diesen Worten sah sie Frida nicht mal mehr an.

Frida blieb mit einer bedrückenden Schwere stehen und fragte sich, was ihre Freundin vorhatte. Es fühlte sich an wie ein Abschied, doch die Worte versprachen ein Wiedersehen. Hatte ihre Freundin vor, sich das Leben zu nehmen, wie so viele Juden in Berlin? Dann musste Frida sie davon abhalten. Aber wozu dann die Schuhe? Das passte nicht zusammen.

Haan, Mai 2009

»Und?«, fragte Carolin und ließ ihr Brötchen sinken. »Was hatte deine Freundin mit den Schuhen vor?«

Alle Trauergäste waren gegangen. Sie waren nur noch zu viert: ihre Großmutter, ihre Tante, Annika und sie. Anstatt noch etwas zu essen zu bestellen, verspeisten sie die übrig gebliebenen Brötchen. Vor allem ihre Großmutter war dafür gewesen. Seit dem Krieg und der Zeit danach würde sie wahren Hunger als ständigen Begleiter kennen und nicht mit ansehen können, wenn Lebensmittel weggeschmissen würden.

»Ich hatte keine Ahnung. Am nächsten Tag war keiner zu Hause, also habe ich die Sachen vor die Tür gelegt. Als ich sie am Mittwoch besuchen wollte, waren sie weg.«

»Und die Familie?«

»Alle waren verschwunden. Als ich sie auch die darauffolgenden zwei Tage nicht antraf, ließ ich mir vom Hauswart die Wohnung aufschließen. Die Möbel waren noch da, doch der Koffer fehlte.«

Carolin dachte daran, wie sie Laura wegen des Kopftuches verurteilt hatte. Hatte sie nicht ähnlich gehandelt wie die Deutschen damals, als ihnen die Juden suspekt gewesen waren?

»Mama, sollen wir nicht aufbrechen?«, fragte Ingrid. Ihre Tante hatte ihr Brötchen heruntergeschlungen und rutschte ungeduldig auf dem Stuhl herum.

»Was? Nein. Schau mal, das Mädchen isst noch«, sagte ihre Großmutter und zeigte auf Carolin. »Außerdem bin ich noch nicht fertig.«

»Als ob du heute fertig wirst.« Ingrid verdrehte die Augen, sie hatte die Geschichte bestimmt schon zu oft gehört.

»Das nicht, aber es gibt noch eine Sache, die ich heute erzählen möchte.«

Carolin sah Annika an, die ihr einen vielsagenden Blick zuwarf. Ihre Freundin griff nach einer weiteren Brötchenhälfte, wobei das Stück Ei auf ihren Teller purzelte.

Carolin aß ihr Käsebrötchen mit der Gurke auf, bevor sie ihrer Großmutter die nächste Frage stellte.

»Wurde Rechel deportiert?«, fragte Carolin mit trockenem Mund. Die Gräueltaten, die sie in Dokumentationen über den Zweiten Weltkrieg gesehen hatte, hatten sie nicht so sehr berührt wie das Schicksal der Freundin ihrer Großmutter.

»Das hatte ich befürchtet, und ich wollte es in Erfahrung bringen, also habe ich mich auf die Suche nach meiner Freundin begeben.« Frida machte ein Gesicht, als ob das keine gute Idee gewesen war.

Berlin, August 1942

Frida stand mit klopfendem Herzen in der Wohnung. Wo waren Rechel und ihre Familie?

»Sie haben bestimmt den Deportationsbefehl bekommen.« Der Hauswart beförderte mit einer ruckartigen Kopfbewegung die blonden Haare aus dem Gesicht. Bei der Bewegung wehte eine Ladung seines herben Rasierwassers zu ihr herüber.

»Das hätte sie mir gesagt.« Wofür waren nur die Schuhe gedacht gewesen?

»Der Jude ist die Unehrlichkeit in Person! Seien Sie froh, dass Berlin bald judenfrei ist.« Er zwinkerte ihr zu.

Was für ein Dummkopf! Am liebsten hätte sie ihm all ihre Wut und Verzweiflung entgegengeschrien, doch sie hielt sich zurück. »Danke fürs Aufschließen«, presste sie hervor und trat in den Flur.

»Gern«, sagte der Hauswart, folgte ihr und schloss die Tür ab.

Im Hausflur hing wieder der widerliche Geruch nach Fäkalien.

»Soll ich Sie hinausbegleiten?«, fragte er.

»Nein.« War ihre Freundin wirklich umgesiedelt worden? Fridas Herz gefror zu Eis. Die Worte Hitlers kamen ihr wieder in den Sinn. Nein! Das durfte nicht sein.

Der Hauswart zuckte mit den Schultern und wandte sich zum Gehen. »Machen Sie, dass Sie nach Hause kommen«, rief er im Hinausgehen.

Sie hörte nicht auf ihn, sondern lief die Treppen hinauf. Sie klopfte an der erstbesten Tür. Als niemand öffnete, versuchte sie es an der Nächsten. Eine weißhaarige alte Frau, die sich auf einen Stock stützte, machte auf.

»Wissen Sie, was mit der Familie Sternlieb passiert ist?«

Die Frau zog die Stirn kraus und trat einen Schritt auf Frida zu. »Wer?«

»Sternlieb«, sagte Frida lauter.

»Ach so, Sternlieb. Ja, von unten. Was ist mit ihnen?« Sie befingerte ihre Brille mit den dicken Gläsern.

»Sie sind nicht mehr da. Wissen Sie, wo sie hin sind?«

»Ach, Schätzchen, es sind schlimme Zeiten. Wer kann das schon wissen?« Sie senkte den Blick und schloss die Wohnungstür.

Frida klopfte an der nächsten Tür. Langsam und quietschend ging sie auf. Ein vielleicht achtjähriges Mädchen lugte hinter dem Türblatt hervor und versteckte sich gleichzeitig. Frida zählte vier weitere Kinder, die neugierig zu ihr schielten.

»Meine Eltern sind nicht zu Hause«, sagte das Mädchen. Ein übel riechender Gestank drang aus dem Inneren. Das Mädchen hatte zerzauste Haare und war abgemagert, sie brauchte dringend ein Bad und etwas zu essen. Fridas Herz schmerzte bei diesem Anblick. Was war an diesen Kindern anders als an denen in ihrem Kindergarten? »Wann kommen sie wieder?«, fragte Frida.

»Nach der Arbeit.«

»Weißt du, was mit der Familie Sternlieb unter euch passiert ist?«, fragte Frida, obwohl sie keine Hoffnung hegte, von dem Mädchen eine Antwort darauf zu erhalten.

Zu ihrer Überraschung sagte es: »Fragen Sie in der jüdischen Gemeinde. Die schreiben Listen.«

»Was für Listen?«, echote Frida.

»Für die Umsiedlung«, sagte das Mädchen so selbstverständlich, als hätte Frida gefragt, ob morgen noch die Sonne aufgehen würde.

»Vielen Dank«, sagte Frida und wandte sich zum Gehen.

»Heil Hitler«, flüsterte das Mädchen.

Jäh blieb Frida stehen und sah zu, wie die Kleine die Tür schloss. Wie unwirklich diese Grußformel aus dem Munde dieses jüdischen Mädchens wirkte. Die Eltern mussten ihr eingeschärft haben, was sie zu Fremden zu sagen hatte, dabei würde Hitler ihr sicherlich kein Heil bringen.

Es war fast achtzehn Uhr. Sie würde eine halbe Stunde mit dem Fahrrad in die Oranienburger Straße brauchen und bezweifelte, dass sie noch jemand antreffen würde, doch sie wollte nichts unversucht lassen.

So schnell sie konnte, fuhr sie dorthin.

Über dem Schild der jüdischen Gemeinde war ein weißer Judenstern aufgemalt worden. An die Tür hatte irgendwer *Juden hinaus* geschrieben. Die Schrift war verwischt, jemand hatte versucht, den Schriftzug abzuwaschen.

Als sie klopfen wollte, kam ein Mann heraus und rannte sie fast über den Haufen. Er zog seinen Hut und sah sie überrascht an. »Sie kommen zu spät«, sagte er.

»Bitte, meine Freundin ist verschwunden. Ich habe gehört, Sie haben Listen. Können Sie mir sagen, ob sie abgeholt wurde?«

»Kommen Sie morgen wieder.« Er zog die Tür zu und war im Begriff abzuschließen.

»Bitte!« Sie sah ihn flehend an.

Der Mann seufzte. »Also gut. Kommen Sie.« Er führte sie in ein kleines Büro, schloss eine Schreibtischschublade auf und holte ein Kästchen hervor. Darin befand sich ein Schlüssel, mit dem er einen Aktenschrank öffnete. »Wann ist Ihre Freundin verschwunden?«

»Vor vier oder fünf Tagen.«

»Welcher Stadtteil?«

»Friedenau.«

Er zog einen Ordner aus dem Schrank. »Name?«

»Rechel Sternlieb.«

Er ließ sich mit dem Ordner am Schreibtisch nieder, knipste die Lampe an und studierte mehrere Listen.

Frida lief vor dem Tisch auf und ab und klopfte mit dem Daumennagel gegen ihre Zähne. Ihr Brustkorb fühlte sich an, als ob ihn jemand zusammendrückte.

Der Mann zündete sich eine Zigarette an, stützte mit der Hand den Kopf ab und blätterte immer wieder um. »Sternlieb, richtig?«, fragte er noch mal.

»Genau.«

Er zog an der Zigarette und legte sie in den Aschenbecher.

Der Rauch kratzte in Fridas Kehle.

»Den Namen finde ich nicht.«

»Aber ...«

Er hob beschwichtigend die Hände. »Hören Sie, das ist eine gute Nachricht.«

»Aber ...« Ihr fehlten die Worte.

»Oder auch nicht.« Er rieb sich über den Hinterkopf. »Viele unserer Brüder und Schwestern wählen in diesen Tagen den Freitod.« Er seufzte.

»Ihre ganze Familie ist verschwunden«, sagte Frida mit piepsiger Stimme.

»Die ganze Familie, sagen Sie? Das ist in der Tat seltsam.«

»Können Sie nicht noch mal nachsehen?«

Er ließ einen Stift in seinen Fingern tanzen. »Ich bin die Liste zweimal durchgegangen. Und vor sechs Tagen war sie noch da?«

Frida nickte. »Da habe ich sie getroffen, aber vielleicht können Sie bei dem Datum auch noch nachsehen?«

Er tat es, doch auch in der Liste fand sich der Name Sternlieb nicht.

»Ich kann Ihnen nicht helfen«, sagte er und stellte den Ordner zurück in den Schrank. Er schloss alles sorgfältig ab und blickte demonstrativ auf die Armbanduhr.

»Aber ich muss sie finden.«

»Es tut mir leid.« Er wies mit der Hand zur Tür und folgte ihr hinaus.

»Sie können doch jetzt nicht einfach gehen«, sagte sie.

»Was soll ich denn tun?« Er hob hilflos die Arme, drehte sich um und schloss ab.

»Vor einer Woche hat sie mich um Schuhe gebeten. Können Sie sich einen Reim darauf machen?«

Eine tiefe Furche bildete sich auf seiner Stirn. Er blickte sich kurz um, dann trat er so nah zu ihr, dass sie seinen Atem auf den Wangen spüren konnte. »Unterlassen Sie Ihre Fragerei, sonst bringen Sie Ihre Freundin bloß in Gefahr.«

»Aber …« Was hatte das zu bedeuten? »Sie wissen also …«

Er hob die Hände. »Ihre letzte Aussage habe ich nicht gehört.« Er wandte sich um und lief davon.

Berlin, März 1943

Frida blickte aus dem Fenster. Von Victors Dachgeschosswohnung hatte man einen wunderbaren Ausblick. Die Abendsonne brach durch die Wolken und tauchte die Fassaden in ein sattes Orange. Ob Rechel sich unter irgendeinem

Dach versteckt hielt oder in einem Keller dieser Häuser hauste?

Frida öffnete das Fenster und ließ den kühlen Wind herein. Mit zittrigen Fingern umfasste sie den unteren Rand des Fensterrahmens, bis ein Splitter sich in ihre Haut fraß. Der Schmerz zog bis in ihr Herz. Sie presste die Lippen aufeinander, um die aufkommenden Tränen zu unterdrücken.

In den letzten Tagen hatte die Brutalität gegen die Juden in der Stadt ungeahnte Ausmaße angenommen. Vorgestern Morgen, am 27. Februar 1943, waren alle Juden aus den Fabriken getrieben und abtransportiert worden. Flüchtige waren erschossen worden, sogar Kinder! Fridas Herz krampfte sich zusammen, und die Sorge um Rechel nahm ihr die Luft zum Atmen. Sie klammerte sich an den Gedanken, dass es ihrer Freundin gut ging. Hoffentlich war sie nicht den Häschern in die Hände gefallen.

Es war der 1. März: Rechels Geburtstag. Victor hatte Frida eingeladen, damit sie gemeinsam an ihre Freundin dachten, in Wirklichkeit wollte er sie nicht der Trauer überlassen. Das schlechte Gewissen und das Gefühl, nicht genug für Rechel getan zu haben, nagten an ihr wie Ratten an einem Stück Käse. Sie hätte sich noch mehr einsetzen müssen, fühlte sich verantwortlich und glaubte, versagt zu haben – wie vor elf Jahren, als Willi vom Baum gefallen war.

Es war Apfelernte und die ganze Familie damit beschäftigt gewesen. Frida hatte auf ihren kleinen Bruder aufpassen sollen. Sie hatte die Nase in ein Buch gesteckt – welches, wusste sie nicht mehr – und nicht darauf geachtet, dass er auf den Baum geklettert war. Er hatte ihr mehrmals zugerufen, aber sie hatte nicht reagiert und einfach weitergelesen.

Und dann: Knack! Ein Ast war gebrochen, gefallen ... in die Tiefe ... mit ihm ihr Bruder. Der Schrei von Willi war ihr eiskalt durch die Glieder gelaufen. Früher wie heute. Sie war zu ihm gerannt, hatte ihm helfen wollen, doch es war zu spät gewesen. Er hatte Blut gespuckt, seine Augen waren nach oben gerollt gewesen, er hatte sich aufgebäumt, das Leben war aus ihm herausgeronnen wie Sand, der durch Finger rieselte.

Frida vertrieb die Gedanken. Willi war tot, aber Rechel vielleicht noch nicht.

»Wo sie wohl ist?«, fragte Frida in die Abendsonnenstrahlen, die ihre Wangen streichelten.

»Bestimmt näher, als du denkst«, antwortete Victor.

Sie wandte sich ihm zu. »Stell dir vor, letzte Woche habe ich geglaubt, sie auf der Brahms-Straße gesehen zu haben.«

Victor warf ihr einen fragenden Blick zu und zog den rechten Hosenträger höher. Zu dem weißen Hemd trug er heute eine gelbe Krawatte und eine offene karierte Weste. »Und?«

»Natürlich war sie es nicht«, sagte Frida seufzend und schloss das Fenster. Die Kühle hatte ihr eine Gänsehaut beschert, aber vielleicht war es auch die Erinnerung daran, wie sie voller Hoffnung der Frau auf die Schulter getippt hatte. Als sich die Fremde zu ihr umgedreht hatte, hatten sie zwei irritierte Augen angestarrt wie einen Geist.

»Irgendwann wirst du sie wiedersehen.«

Frida zupfte am Saum ihrer Bluse. Sie spürte einen Stich im Herzen, wenn sie an ihre letzte Begegnung dachte. Rechel hatte es nicht gewagt, sich ihr anzuvertrauen, hatte sie zum Abschied noch nicht einmal angesehen. Als ob sie ihre Freundin verraten hätte ...

Victor hatte ihr erklärt, was es mit den Schuhen auf sich hatte. Höchstwahrscheinlich war ihre Freundin mit ihrer Familie in Berlin untergetaucht. U-Boote nannten sich die Juden in der Stadt, wie Victor erzählt hatte. Da viele Juden tagsüber das Haus verlassen mussten, um keine Geräusche zu verursachen, die andere Hausbewohner aufhorchen lassen würden, streiften sie Tag für Tag durch die Straßen Berlins. Dafür mussten sie adrett gekleidet sein, um nicht die Aufmerksamkeit der Gestapo auf sich zu ziehen. Bei den langen Wanderungen sahen die Schuhe schnell abgetragen aus und sie brauchten Ersatz. Rechels Bitte war eine Vorsorge gewesen.

Als Frida Victor gefragt hatte, woher er das wusste, hatte er mit den Schultern gezuckt und gesagt, als Schriftleiter schnappe man oft geheime Informationen auf.

Victor verschwand in der Küche und kam kurze Zeit später mit Kuchen zurück. »Kann ich dich mit einer Süßspeise von deinen Sorgen ablenken?«

»Hast du etwa gebacken?«

Er zwinkerte ihr zu. »Frag nicht.«

Frida lief das Wasser im Mund zusammen. Es war eine gefühlte Ewigkeit her, als sie das letzte Mal Kuchen gegessen hatte. Eier, frische Butter und Zucker waren mittlerweile schwer zu bekommen, aber Victor hatte eine Tante auf dem Land, die er jedes Wochenende besuchte und von der er zusätzliche Lebensmittel mitbrachte.

Frida schlang gierig ein Stück hinunter, bei dem nächsten ließ sie sich Zeit und genoss den buttersüßen Geschmack auf der Zunge.

Victor lächelte, als er sie beobachtete, und reichte ihr ein Bier.

Sie lächelte zurück. Er wusste, was sie mochte. Kein Henkel trocken oder Riesling wie viele Frauen der Stadt, sondern ein Bier – wie es in Ostpreußen üblich gewesen war. Doch auch, wenn er sich Mühe gab, war er nur ein guter Freund. Ein Freund von ihr und Erwin. Da waren keinerlei Gefühle, die in irgendeiner Weise ihrer Liebe zu Erwin glichen, und sie war sich sicher, dass er es ähnlich sah.

Victor zog den Verdunklungsstoff vor das Fenster und trat zum Grammofon. »Was willst du hören?«

»›Du und ich im Mondenschein‹ von Ilse Werner.«

Victor machte ein gequältes Gesicht. »Hab ich nicht.« Er setzte in einer koketten Bewegung den Hut auf und drehte sich zur Kommode. »Ich habe eine Idee.« Kurze Zeit später ertönte Johannes Maximilian: »Ich hab dich einmal geküsst.«

Frida fühlte sich an den Tag am Wannsee zurückversetzt. Wie schön es war, als sie noch zu viert beisammen gewesen waren. Wie die Sonne sie gewärmt hatte, wie sie gelacht hatte, als sie ins Wasser gefallen war. Sie spürte Erwins Hand an ihrem Rücken und schmeckte seinen Kuss auf den Lippen. Einer der letzten unbeschwerten Tage – auch und vor allem für Rechel.

»Wenn ich Rechel wiedersehe, male ich ihr Bild zu Ende«, sagte Frida. Sie hatte das Gemälde vom Wannsee Monate nicht mehr hervorgeholt. Der Anblick erinnerte sie mehr an die vielen Juden, die sich dort das Leben genommen hatten, als an friedliche Zeiten.

Victor lachte auf. »Tatsächlich?«

Frida lachte spielerisch gekränkt. »Ja, wirklich. Das habe ich mir fest vorgenommen.« Sie trat zu dem Gemälde an der Wand und betastete den Rahmen. Es zeigte die Straße »Unter den Linden« an einem herrlichen Sommertag mit den flanierenden Menschen. Vor allem das Spiel der beiden Jungs mit den Steinchen hatte sie vortrefflich eingefangen.

Sie sah die Kinder lebhaft vor sich, als wäre es gestern gewesen. Sie hatte mit Erwin auf einer Bank gesessen, und er hatte ihr den Nacken gekrault.

Sie wüsste zu gern, wo er war und wie es ihm ging. Der letzte Brief hatte sie vor zwei Monaten erreicht, und bis heute war so viel Zeit vergangen, sodass die Ungewissheit sie von innen zerfraß. Sie sehnte sich nach der friedlichen Zeit, als der Krieg so weit entfernt war wie das Zeitalter Michelangelos.

Victor trat hinter sie und hielt ihr auffordernd die Hand hin. »Darf ich die Künstlerin mit einem Tanz aufheitern?«

Sie drehte sich zu ihm. Es würde ihr guttun, ein paar Minuten den Krieg zu verdrängen und das Leben zu genießen. Sie schoben Sessel und Tisch beiseite und bewegten sich unbeschwert im Takt wie in einem Tanzlokal. Victor legte immer neue Platten auf und glitt mit ihr durchs Wohnzimmer, als schwebten sie über Wolken. Sie ließ sich von seiner Sorglosigkeit treiben, und die Musik rauschte durch ihren Körper. Sie schloss die Lider und stellte sich vor, sie würde mit Erwin tanzen.

Die lauten Sirenen ließen beide innehalten und ihr das Blut in den Adern gefrieren. Jäh riss Frida die Augen auf. Sie sah in Victors Gesicht den gleichen Schrecken, den sie in ihrem Herzen fühlte.

Fliegeralarm.

Frida ließ sich von Victor auf die Straße ziehen, ihre Beine gehorchten ihr kaum. Sie hatte viele Bombenangriffe der Royal Airforce in Berlin miterlebt, doch heute schnürte ihr das Sirenenheulen die Luft ab. Womöglich war dieser Angriff die britische Antwort auf die deutsche Judenverschleppung. Es geschieht uns recht, dachte sie und spürte die Angst in ihren Adern pulsieren.

Das Dröhnen der Flugzeuge kam bedrohlich nahe. Sie blickte zum Himmel und sah die Christbäume herabfliegen: Leuchtraketen, die das Zielgebiet für die kommenden Bomber abgrenzten. Kurz danach hörte sie das Heulen der ersten herabstürzenden Bombe, das Geräusch jagte ihr einen eisigen Schauer über den Körper. Sie erwartete jeden Moment den Sprengsatz auf sich zurasen, doch der Einschlag ertönte in einiger Entfernung, und der Boden erzitterte wie bei einem Erdbeben. Frida erschauderte und beschleunigte den Schritt.

»Wo ist der Luftschutzraum?«, schrie sie Victor zu.

Ohne eine Antwort zerrte er sie hinter sich her. Bei dieser Dunkelheit hätte sie sich nicht zurechtgefunden. Seitdem Berlin nachts verdunkelt wurde, sah man meist die Hand vor Augen nicht. Heute hatte der abnehmende Mond eine Lücke zwischen den Wolken gefunden und ließ Frida zumindest

Umrisse erkennen. Gut für sie, aber auch gut für die feindlichen Flugzeuge.

Sie überholten eine Mutter, die zwei Kinder auf den Arm trug. Das Größere war vielleicht vier Jahre alt, das Baby weinte bitterlich. Das arme Ding! Es ahnte nicht, was geschah. Victor lotste Frida in einen Hinterhof, die Frau mit den Kindern rannte weiter.

»Wieso laufen wir nicht zu einem öffentlichen Luftschutzbunker?«, schrie sie gegen den Lärm an. Die Sirenen heulten immer noch.

»Vertr...«

Das ohrenbetäubende Dröhnen verschluckte die restlichen Worte. In dem Moment rauschte ein Bomber direkt über ihre Köpfe hinweg, unwillkürlich gingen sie in die Hocke. Er flog so tief, dass Frida glaubte, der Rumpf würde an den Schornsteinen vorbeischrappen. Bei Tageslicht hätte sie das Gesicht des Piloten erkennen können.

Im nächsten Augenblick ein Bombeneinschlag in ihrer Nähe, die Erde erzitterte. Victors Gesichtszüge glühten im roten Feuerlicht auf. Mit einem Ruck zog er sie die Treppen hinunter. Ihre Beine waren weich wie warme Butter, sie glaubte, jede Sekunde kopfüber hinunterzustürzen, und die Stufen schienen kein Ende zu nehmen.

Endlich erreichten sie einen Gewölbekeller. In der Mitte und an den Seiten war er mit Balken abgestützt, an einer Wand befand sich ein Regal mit Decken, Kerzen und Vorräten. Mindestens fünfzig Personen kauerten auf Bänken und dem Boden. Ein alter Mann mit dichtem Bart und einer Brille, von der ein Glas einen Sprung hatte, begrüßte Victor mit Handschlag und wies ihnen einen Platz in einer Ecke zu. Als er ihnen Decken reichte, wickelte sich Frida darin ein, um sich gegen die nasse Kälte zu schützen.

»Was ist das hier?«, fragte sie.

»Der Bierkeller einer ehemaligen Brauerei«, erklärte Victor.

Wahrscheinlich waren sie hier sicherer als in einem der öffentlichen Luftschutzbunker, und es war trotz der vielen Menschen nicht so überfüllt. In der Ecke standen Eimer für die Notdurft, die durch einen Vorhang verdeckt wurden. Zumindest musste sie sich nicht ewig für einen Toilettengang anstellen.

Die Geräusche der Bombendetonationen waren gedämpft, schienen wie aus einer weit entfernten Wirklichkeit zu stammen, aber jedes Mal erbebte die Erde, und Staub rieselte von der weiß gestrichenen Decke. Hoffentlich traf kein Sprengsatz dieses Haus und ließ die Steine über ihnen zusammenstürzen. Trotz der Sicherung durch die Balken traute sie den Luftschutzräumen nicht.

Victor griff nach ihrer Hand, erst jetzt bemerkte Frida, dass sie am ganzen Körper zitterte. Er sah sie aufmunternd an. »Hier sind wir sicher.«

Sie dachte an Rechel. Wenn sie in Berlin untergetaucht war, konnte sie keinen Bunker aufsuchen und musste hoffen, dass die Bomben sie verfehlten. Sie presste die Lider zusammen und lehnte den Kopf an das kalte Gemäuer, das ihr keinen Schutz suggerierte, sondern sie in ein eiskaltes Kleid tauchte.

Frida wurde von Geschrei wach, öffnete verschlafen die Lider und brauchte einen Augenblick, um sich zu orientieren. Die Menschen strömten aus dem Keller.

»Was ist los?« Sie rieb sich die Augen. Ihr fiel auf, dass sie den Kopf an Victors Schulter gelehnt hatte. Sie setzte sich auf und schlang die Arme um die Knie. Ihr war zu kalt, als dass sie das schlechte Gewissen plagen konnte. Erwin würde sie verstehen, dennoch wünschte sie sich, ihr Verlobter würde neben ihr sitzen.

»Wir sollen beim Löschen helfen.« Bald war der Keller leer, sie waren die Letzten, die ins Freie traten. Der Himmel war blutrot, sie schmeckte Staub auf der Zunge. Berlin schien in Flammen zu stehen. Dies war wahrhaftig der britische Vergeltungsschlag für die Unbarmherzigkeit des deutschen Volkes.

Als sie das Gebäude umrundeten, standen sie vor einer zerbombten Halle, aus deren Fenstern meterhohe Flammen schlugen. Frida und Victor reihten sich in die Menschenschlange ein. Jemand drückte ihr einen Wassereimer in die Hand, und sie reichte ihn weiter. Der Feuerlärm war ohrenbetäubend, und es fühlte sich an, als ob die Hitze ihre Haut versengen würde. Bald taten ihr die Arme weh, doch die Flammen ließen sich von dem vielen Wasser nicht eindämmen.

Erst als die Morgendämmerung einsetzte und ein Löschfahrzeug der Feuerwehr übernahm, erstarb das Feuer. Den Rauchschwaden nach zu urteilen, schienen in der Stadt zig Brände zu lodern.

Fridas Kleidung war nass und verdreckt. Schweigend gingen Victor und sie nebeneinander durch die Straßen. Etliche Häuser waren komplett zerstört, aus einer Ruine kroch eine junge Frau. Verzweifelt schrie sie nach einem Heinrich. Sie schob Steine beiseite, ihre Stimme wurde immer schriller.

»Helft mir!«, verlangte sie.

Zwei Männer liefen zu ihr und packten mit an.

Victor und Frida eilten zu Victors Wohnung. Als sie um die Straßenecke bogen und das Haus in Sichtweite kam, atmete Victor erleichtert auf. Ein Lächeln umspielte seine Lippen. »Ich bin selten so froh gewesen.«

»Begleitest du mich nach Hause?«

Er blickte sie aufmunternd an. »Natürlich.«

Sie holten ihre Fahrräder und fuhren durch die Straßen Berlins. Viele Menschen waren unterwegs. Trümmer versperrten ihnen wiederholt den Weg, und sie mussten Umwege fahren. Ein Junge schrie in einem Bombenkrater um Hilfe. Wasser hatte sich darin gesammelt und der Pimpf versuchte verzweifelt, an dem matschigen Rand emporzuklettern. Frida stieg vom Rad, lehnte sich über den Krater, packte den Jungen am Arm und zog ihn hinaus. Keuchend ließen sie sich nebeneinander auf dem Boden sinken.

»Hast du noch ein Zuhause?«, fragte Frida.

Der Junge nickte eifrig, bedankte sich und lief davon.

Victor und Frida fuhren weiter, sahen Trümmer, brennende Gebäude, weinende Menschen, Blut und Tod. Der Krieg war in Berlin angekommen. Hoffentlich war ihr Haus verschont geblieben.

Schon von Weitem zerbrach ihre Hoffnung in tausend Splitter, und sie trat noch schneller in die Pedale, bis sie ihr ehemaliges Heim erreichte. Eine Bombe hatte das Haus getroffen, eine Wand war weggerissen, sodass man direkt in ihr Wohnzimmer blicken konnte. Das Obergeschoss gab es nicht mehr.

Sie sprang vom Rad und ließ es achtlos auf den Boden fallen. »Maria!«, schrie sie und rannte zum Eingang.

»Warte!« Victor lief ihr hinterher.

Vor der Haustür türmten sich die Trümmerteile, es roch nach Feuer und Tod, der Geruch stach in ihr Herz und raubte ihr die Luft zum Atmen. Sie war sich sicher, dass Maria in den Keller gegangen war, anstatt einen öffentlichen Luftschutzraum aufzusuchen. Victor trat neben sie und zerrte Trümmersteine beiseite. Frida tat es ihm gleich, Staub kratzte ihre Kehle, genauso wie die Sorge um ihre Tante. Wie lange das Steingerüst des Hauses standhalten würde, darüber wollte sie nicht nachdenken. Es gab nur ein Ziel: Sie mussten Maria finden.

Frida riss sich die Fingerkuppen an einem Stein blutig, ignorierte den Schmerz. Immer wieder rief sie Marias Namen, doch es kam keine Antwort.

Zwei Hitlerjungen kamen zur Hilfe, um Victor bei den großen Steinbrocken zur Hand zu gehen. Als ein Arm zum Vorschein kam, schrie Frida laut auf. Victor schob weitere

Trümmerteile beiseite, bis er Marias Kopf freigelegt hatte. Der Mund war seltsam verzogen, die Lider geschlossen und über Stirn und Nase zog sich eine Blutspur.

»Nein«, rief Frida, sprang vor und strich ihrer Tante über die Wange. Sie war kalt und starr, sodass Frida die Hand instinktiv zurückzog.

Victor überprüfte den Pulsschlag am Hals.

»Und?«, fragte Frida hoffnungsvoll, obwohl aus Marias Antlitz jedes Leben gewichen war.

Victor presste die Lippen zusammen, schüttelte den Kopf und legte Frida eine Hand auf die Schulter. »Sie ist tot.«

Frida japste nach Luft, fiel zurück und landete auf einem rauen Stein. Sie schürfte sich den Ellenbogen auf, aber sie war dankbar für den Schmerz, denn er suggerierte ihr, dass es etwas gab, das heilen konnte.

Viele Nachbarn irrten auf der Straße umher. Frau Bremer von gegenüber diskutierte lauthals mit einem Passanten. »An dem Luftangriff sind die Juden schuld«, rief sie, unterstrich ihre Äußerung mit einer entschiedenen Handbewegung und wies auf ihr Haus, das nur einen Kratzer abbekommen hatte.

Frida konnte nicht glauben, was sie hörte. Die Eiseskälte zerfraß sie von innen und ließ ihren Körper erzittern.

Haan, Mai 2009

Carolins Finger krampften sich um die Kaffeetasse. Sie konnte den Verlust ihrer Großmutter gut nachvollziehen, dennoch hatte sie keine Vorstellung, wie es war, im Krieg zu leben. Da gab es nicht nur die Trauer, sondern auch Wut und Verzweiflung, Hilflosigkeit und ungeahnte Schrecken.

»Und dann? Bist du in Berlin geblieben?«

Frida rieb sich seufzend die Hände. »Ich glaube, diese Frage müssen wir vertagen.« Sie presste die Lippen aufeinander, warf ihr einen mitleidigen Blick und ihrer Tochter ein Nicken zu.

»Aber, ich habe noch nicht erfahren, warum mein Vater ...«

Ihre Großmutter hob die Hand. »Ich erzähle dir gern mehr. Besuche mich in Berlin, und ich berichte dir alles, was du wissen möchtest.« Sie schenkte ihr ein hoffnungsvolles Lächeln.

Carolin schluckte trocken. Es gab so viel für sie zu tun: Sie musste sich im Büro als Chefin präsentieren und Formalitäten erledigen, die Vaters Ableben mit sich brachte. Erbschein beantragen, zu Banken gehen, Grabstein in Auftrag geben, Vaters Unterlagen sichten, seine Kleidung aussortieren ... Ihr schwirrte der Kopf, wenn sie daran dachte.

»Ich habe nur ein bescheidenes Haus, aber du kannst gern für ein paar Tage bei mir wohnen.«

Carolin seufzte. »Ich danke dir für das Angebot, doch ...« Sie sah Hilfe suchend zu Annika, die aufmunternd die Brauen hob und nickte.

»Das Wochenende grüßt schon. Was hält dich hier, wenn Berlin auf dich wartet?« Annika breitete die Arme aus, wobei die Armreifen klimperten.

»Ich fahre doch nicht nur für zwei Tage nach Berlin«, sagte Carolin und biss sich auf die Unterlippe.

Ihre Großmutter lächelte ihr verlegen zu, klaubte Zettel und Stift aus der Handtasche und notierte etwas. »Hier, meine Telefonnummer und Adresse. Melde dich, Kind!«

Carolin nahm den Zettel entgegen, der zwischen ihren Fingern wie ein Hoffnungsfunke glühte und in ihr Innerstes einen Riss brannte. Was sollte sie tun? Sie sehnte sich danach, die Geschichte weiterzuhören, und doch konnte sie sich nicht einfach aus dem Staub machen. »Das werde ich«, versicherte sie.

Ingrid erhob sich als Erste und half ihrer Mutter.

»Ich werde schon mal zahlen«, sagte Carolin, nahm ihre Jacke und ging zur Theke. Die Bedienung hetzte durch das Restaurant und kam erst zu ihr, als ihre Großmutter mit Ingrid und Annika an ihr vorbeigingen.

»Also.« Die Bedienung tippte auf der Kasse herum.

»Dauert es lange?«, fragte Carolin, als die anderen das Lokal verließen. »Ansonsten könnte ich später ...«

»Nur einen kurzen Moment«, versicherte die Frau.

Carolin tippelte nervös mit den Fingern auf der Theke. Normalerweise würde sie Ungeduld nicht zur Schau stellen, aber jetzt konnte sie ihre Gefühle nicht unter Kontrolle halten.

Das Handy vibrierte in ihrer Hosentasche. Sie zog es heraus und sah, dass Oliver erneut anrief. Sie drückte ihn weg.

Endlich spuckte der Drucker eine Quittung aus, sie lag eine Sekunde später in ihren Händen. Sie achtete nicht auf den Betrag, sondern hielt der Bedienung die Bankkarte hin. Jetzt ging es schnell, und in der nächsten Minute trat sie ins Freie.

Die kühle Abendluft zerrte an ihren Haaren, es war einundzwanzig Uhr durch, und die Sonne war bereits untergegangen. Der Himmel zeigte sich in einem hellen Rot, und sie fragte sich, ob ihr Vater irgendwo dort war, von wo aus er sie sehen konnte. Was würde er dazu sagen, dass sie seine Mutter getroffen hatte? Sie verlor den Gedanken, als sie den anderen hinterherlief.

Ingrid hielt ihrer Großmutter die Autotür auf. Carolin trat zu Frida und griff nach ihren Händen. »Es hat mir viel bedeutet, dass ich dich heute kennenlernen durfte.« Ihr Hals schnürte sich schmerzhaft zusammen, und sie musste die Tränen unterdrücken.

»Es hat mich auch gefreut, Kindchen.« Frida tätschelte ihr die Wange. »Komm nach Berlin.«

Eine herzliche Umarmung, ein letztes aufmunterndes Lächeln, dann ließ ihre Großmutter sich von Ingrid auf den

Beifahrersitz bugsieren. Einen Sekundenbruchteil später war die Autotür geschlossen.

Ihre Tante wandte sich zu ihr. »Vielen Dank noch mal für die Einladung.« Ein gezwungenes Lächeln. »Auf Wiedersehen.« Dann stieg sie ein.

Annika und Carolin wichen zurück, damit der Wagen rausfahren konnte. Ihre Großmutter winkte ihr zu. Ein ungeheuerlicher Gedanke zuckte durch Carolins Kopf, die Scham ließ ihr die Hitze ins Gesicht schießen: Hoffentlich würde ihre Großmutter ihre Erinnerungen nicht mit ins Grab nehmen.

Sobald Carolin hier zu Hause alles erledigt hatte, musste sie nach Berlin.

Kapitel 4

Haan, Mai 2009

»Ich habe alle Termine für diese Woche abgesagt«, sagte Frau Gillwaldt.

Carolin nickte und ging zum Büro ihres Vaters. Langsam öffnete sie die Tür und blieb auf der Schwelle stehen. Ihr Hals fühlte sich an wie zugeschnürt. Letzte Woche hatte sie sich geschworen, dass sie das Zimmer umgestalten würde, wenn sie den Platz ihres Vaters besetzen würde, doch jetzt wollte sie am liebsten nichts anfassen, um nichts zu verändern und die Vorstellung von seinem Arbeitsplatz lebendig zu halten.

Nach ein paar Sekunden gab sie sich einen Ruck, trat ein und schloss die Tür hinter sich. Sie brauchte Zeit für sich, musste ankommen und den ungeheuerlichen Gedanken, dass sie jetzt hier die Chefin war, zulassen.

Sie ließ sich auf dem Lederstuhl nieder und strich über die Glasplatte des Schreibtisches. Bis auf die Tastatur und den Monitor war der Tisch leer. Kein Foto, kein Erinnerungsstück, nichts Persönliches.

Carolin zog an der Schreibtischschublade – verschlossen. Sie wühlte in ihrer Louis-Vuitton-Handtasche, die der Vater ihr zu Weihnachten geschenkt hatte. Die Tasche benutzte sie selten; sie war zu groß, außerdem wollte Carolin ihren Kontostand nicht zur Schau stellen, aber heute hatte sie das Bedürfnis gehabt, etwas von ihm bei sich zu haben. Sie fand den Schlüsselbund ihres Vaters und probierte einige Schlüssel aus, bis sie den richtigen gefunden hatte. Ihr wurde bewusst, dass sie noch nie in die Schubladen geschaut hatte.

Die oberste war bestückt mit zwei Kugelschreibern, einem edlen Füllfederhalter aus Holz mit Gravur, Bleistift, grünem Textmarker und Büroklammern. In der zweiten fand sie ein Ablagekörbchen mit Kopierpapier. Die dritte enthielt ein Hängeregister mit Entwurfszeichnungen für skurrile Möbelstücke, wie einen Sessel in Form eines Fußes, ein Weinregal, das aussah wie ein Insektenhaus, und ein Schaukelstuhl mit Wagenrädern an den Seiten.

In einer Mappe fand sie ein Foto von sich. Sie hatte es nach dem Abschluss ihres Studiums beim Fotografen machen lassen, mochte es aber nicht. Darauf grinste sie künstlich, außerdem trug sie da noch die schwarzrandige Brille, die ihrem Gesicht einen ernsten und überheblichen Ausdruck verlieh. Dass er ihr Foto hier aufbewahrte, zeugte von der Liebe, die ihr Vater zu ihr empfunden hatte.

Eine Träne kullerte über ihre Wange und tropfte auf das Foto. Sie fühlte sich so leer und allein. Wie sollte sie es schaffen, den Platz ihres Vaters auszufüllen? Er hatte alle Fäden in der Hand gehalten, die Mitarbeiter geführt wie ein Schäfer und Richter in einem.

Annika war am Samstag abgereist. Carolin hatte sich so allein gefühlt, doch die Sehnsucht, Oliver an ihrer Seite zu haben, war ausgeblieben. Er hatte zwar angerufen, aber seit der Beerdigung war so viel passiert – er hatte sie nicht unterstützt, hatte nicht miterlebt, wie sie ihre Großmutter kennengelernt hatte. Sie wollte nicht alles erneut durchkauen, hatte das Gefühl, dass sich ein Graben zwischen ihnen aufgetan hatte.

Mit zittrigen Fingern zog sie den handschriftlichen Zettel ihrer Großmutter aus der Tasche der Kostümjacke.

»Ich habe alle Termine für diese Woche abgesagt«, klingelten die Worte der Sekretärin in ihrem Kopf. Das war Zeit genug, um die Geschichte zu Ende zu hören. Carolin steckte den Zettel wieder ein und ging in Frau Gillwaldts Büro.

Die Sekretärin lächelte sie an. »Was kann ich für Sie tun?«

Auf dem Schreibtisch reihten sich fünf Bilderrahmen aneinander, daneben eine Kaffeetasse, eine Schale mit Nüssen, Handcreme, Lippenstift, Brillenputztücher.

Carolin musste schmunzeln. Oft hatte Frau Gillwaldt sich einen rügenden Blick ihres Vaters eingefangen, aber die Sekretärin hatte dennoch Narrenfreiheit genossen, was das anging. »Kommen Sie diese Woche ohne mich zurecht?«

»Natürlich.« Frau Gillwaldt richtete die Brille. »Nehmen Sie sich die Zeit, die Sie brauchen. Keiner hat erwartet, dass Sie heute im Büro erscheinen.« Das Lächeln bekam einen mitleidigen Anstrich.

Das ärgerte Carolin, sie wollte kein Mitleid, nur Mitarbeiter, die selbstständig die Arbeit erledigten. Ihr Vater hatte die Sekretärin immer die Zugtickets buchen lassen, doch Carolin wollte Berufliches und Privates strikt trennen.

»Ich danke Ihnen. Sie erreichen mich unter meiner Handynummer, wenn es etwas Dringendes zu besprechen gibt.«

»Wollen Sie verreisen?« Frau Gillwaldt hob die Brauen.

Carolin nickte.

»Kann ich Ihnen dabei ...?«

»Machen Sie sich keine Umstände. Kümmern Sie sich nur darum, dass hier alles läuft.«

»Sie können sich auf mich verlassen.«

Sie ging ins Büro ihres Vaters, schloss alles ab, nahm ihre Sachen und verließ das Gebäude. Auf der Straße holte sie das Handy aus der Tasche und wählte die Nummer ihrer Großmutter.

Berlin, Mai 2009

Als Carolin aus dem Taxi stieg und auf das Häuschen zuging, fühlte sie sich wie in die sonnigsten Farben auf einem Aquarellbild getaucht. Es handelte sich um einen Bungalow mit altmodischen Gardinen in den Fenstern. Ein Jägerzaun grenzte das Grundstück ab. Im Garten streckten zahlreiche Blumen die Köpfe der Morgensonne entgegen.

Sie war gestern den halben Tag mit der Bahn gefahren und erst zum Abendessen im Hotel angekommen – und nun war es endlich so weit. Das Gartentor quietschte beim Öffnen. An der Hauswand lud eine Bank zum Verweilen ein, rosafarbene Gartenhandschuhe lagen über der Lehne, eine Schaufel daneben. Carolin lächelte. Ihre Großmutter war anscheinend noch so rüstig, dass sie den Garten in Schuss halten konnte.

Carolin trat zur Haustür aus Holz, von der an einigen Stellen der Lack abblätterte, und klingelte.

Sie hatte sich entgegen dem Angebot ihrer Großmutter im Hotel Müggelsee einquartiert. Sie konnte der alten Frau nicht zur Last fallen, wo sie sich gerade erst kennengelernt hatten.

Frida öffnete und strahlte sie an. »Carolin, komm herein!« Sie trug einen Strickpullover und eine karierte Stoffhose. Die feuchten Haare klebten ihr am Kopf. »Ich muss noch föhnen«, sagte sie, als sie auf einen Stock gestützt in die Küche vorging. Im Flur wartete der Rollator, doch im eigenen Haus schien sie ihn nicht zu brauchen.

Auf dem Esstisch standen Teller und eine Kanne Tee, die den ganzen Raum mit dem Aroma reifer Früchte erfüllte. Carolin verzehrte sich nach einem Kaffee, doch sie hätte ahnen können, dass ihre Großmutter keinen auftischen würde. Sie hatten sich zum Frühstück verabredet und wollten jede Minute nutzen, die sie hatten. Ihr Magen meldete sich mit einem gurgelnden Geräusch. Ihre Armbanduhr zeigte halb zehn, die altmodische Uhr aus Keramik an der Wand zwanzig nach neun. Carolin schalt sich für ihre Überpünktlichkeit. Sie legte die Brötchentüte auf den Tisch und setzte sich.

»Lass dir Zeit, ich setze mich so lange ans Fenster und bewundere deinen wunderschönen Blumengarten.«

Ihr Garten zu Hause wirkte ebenso steril wie das Büro ihres Vaters – eine große Wiese, die einem englischen Rasen glich, und Steinbeete mit nur ein paar Farbtupfern in Form von Hortensien. Am Wochenende hatte sie sich überwunden und war in Vaters Werkstatt gegangen, dort hatte eine Überraschung auf sie gewartet. Eine fast fertige Staffelei, die ihr Vater wohl für sie angefertigt hatte. Carolin war erneut in Tränen ausgebrochen.

Ihre Großmutter tätschelte ihren Kopf. »Ich bin so froh, dass du da bist«, sagte sie lächelnd und verschwand.

Das Dekor des Geschirrs zeigte in der Mitte der Tassen und Teller Blumensträuße, die Ränder glänzten in Türkis, das ebenfalls von weißen Blumen durchzogen war. Die ganze Einrichtung war ein Spiegelbild des Geschirrs: altbacken und schnörkelig.

Ein Aquarellgemälde neben dem Fenster erhaschte ihre Aufmerksamkeit, Carolin stand auf und betrachtete es. Es zeigte einen Weg, der von Zäunen gesäumt zu einem Hof führte. Ein kleines Wohnhaus, ein Stall und ein liebevoll angelegter Garten, neben einem Baum ein hölzernes Gerüst mit einer Schaukel. Im Hintergrund grasten Pferde auf einer Weide, Vögel zogen über den wolkengesprenkelten Himmel. Der Maler zeigte Liebe zum Detail. Das Bild wirkte kontrastreich und mit den hellen Farben einladend, als würde es den Betrachter dazu aufzufordern, in das Gemälde einzusteigen.

»Gefällt es dir?«, fragte ihre Großmutter.

Carolin zuckte zusammen, hatte sie nicht kommen hören. »Sehr.«

»Das war unser Hof in Ostpreußen.«

»Ach.« Carolin drehte sich wieder zu dem Bild. Jetzt bekam es eine neue Bedeutung, die ihren Körper unter Strom setzte. Das Zuhause ihrer Großmutter.

»Hat mein Vater auch ...?« Sie zeigte auf das Gemälde.

»Nein. Setz dich, ich erzähle dir, wie es weiterging.«

Berlin, März 1943

Fridas Unruhe ließ sie in Victors Wohnzimmer auf- und ablaufen. Noch zwei Stunden, dann würde sie Berlin den Rücken zukehren. Sie hatte in der Reichshauptstadt ihre Träume leben wollen, dass sie Berlin unter diesen Umständen verlassen würde, hatte sie sich nicht vorstellen können. Im Kindergarten hatte man sich verständlich gezeigt und ihre kurzfristige Kündigung ohne Weiteres hingenommen.

Sie hatte eine Woche bei Victor wohnen dürfen, doch jetzt hielt sie hier nichts mehr. All ihre Sachen waren verkohlt, lagen unter Trümmern oder waren unerreichbar in einem einsturzgefährdeten Haus verborgen, das sie besser nicht mehr betreten sollte.

Wenn sie an die Beerdigung von Maria dachte, trieb es ihr die Tränen in die Augen. Sie wischte sie mit dem Handrücken fort und trat zum Tisch. Dort lag ein Stapel Zeitungen, oben auf der »Völkische Beobachter« mit einem Artikel über den Bombenangriff vom 1. März. Die Nacht hatte 709 Todesopfer gefordert und über 60.000 Menschen obdachlos gemacht.

Als sie mit Victor durch die Straßen gegangen war, hatte Frida etliche Familien mit ihren restlichen Habseligkeiten vor ihren zerbombten Häusern sitzen sehen – mit von Verzweiflung und Resignation gezeichneten Gesichtern. Sie hatten auf den Transport in Übergangsquartiere gewartet, doch die Partei hatte dem Abtransport der Juden den Vorrang gegeben.

Eine Gruppe von zehn Berlinern hatte sich einem Lastwagen in den Weg gestellt und lauthals protestiert. Eine stämmige Frau hatte die Plane losgerissen und die Juden von der Ladefläche zerren wollen. Frida war mit klopfenden Herzen stehen geblieben und hatte das Schauspiel beobachtet, doch Victor hatte nach ihren zitternden Händen gegriffen und sie fortgezogen.

Frida schluckte trocken und trat zur Kommode. Es war, als lächelte sie das Grammofon erwartungsvoll an. Sie könnte noch einmal das Lied vom Wannsee hören, sich den friedvollen Erinnerungen hingeben und von der Zeit träumen, als die Welt noch in leuchtenden Farben gestrahlt hatte. Sie hatte Erwin einen Brief geschrieben, dass sie zurück nach Ostpreußen gehe und hoffe, ihre Mitteilung würde ihn bald erreichen, sodass keine Nachricht von ihm ins Leere laufen müsse.

Als Frida nach der Schallplatte greifen wollte, hörte sie ein Knarzen auf dem Dachboden. Jäh sah sie zur Decke, erstarrte und lauschte angestrengt. Kein Geräusch, dennoch hatte sie das Gefühl, dass jemand da oben war. Ihr Herzschlag beschleunigte sich, und ein Gedanke durchzuckte ihren Kopf.

Rechel.

Konnte es sein, dass Victor ihre Freundin und die Familie auf dem Dachboden versteckte? Vielleicht hatte er deswegen gesagt, Rechel sei bestimmt näher, als sie dachte. Victor und sie hatten in der Woche beim Abendessen einen russischen Sender gehört, auch wenn dies unter schwerer Strafe stand. Zuerst hatte sie den Nachrichten keinen Glauben schenken wollen, doch nun hegte sie keinen Zweifel mehr, dass der Radiosprecher die Wahrheit gesagt hatte. Er hatte erst in Russisch anschließend auf Deutsch von Konzentrationslagern berichtet, in denen die Juden in Gaskammern umgebracht wurden, von großen Krematorien voller Leichenberge und von riesigen Schornsteinen, aus denen stetig Rauchwolken quollen. Es packte sie immer noch das Grauen, wenn sie daran dachte. Rechel musste einfach in Sicherheit sein und sich der Verschleppung entzogen haben.

Frida trat in den Flur und schaute zur Dachluke. Der Stab zum Öffnen lehnte in der Ecke. Sie griff danach; er lag kühl in ihren schwitzigen Händen. Sie sollte warten, bis Victor zurückkam, doch sie konnte ihre Neugier nicht bändigen. Mit einem entschlossenen Ruck öffnete sie die Luke und zog die Holzleiter hinab. Die Stufen knarzten unter ihrem Gewicht. »Rechel? Ich bin's Frida«, sagte sie leise, um ihrer Freundin keinen Schrecken einzujagen. Sie konnte sich kaum vorstellen, welche Ängste Rechel durchstehen musste. Sie fragte sich, warum Victor ihr nie etwas erzählt hatte.

Frida steckte den Kopf durch die Luke, ihre Augen mussten sich an das schummrige Licht gewöhnen. Staubteilchen wirbelten im Lichtschein, der durch das kleine Dachfenster fiel. In einer Ecke stapelten sich Kartons, ein Regal lehnte an dem Mittelpfeiler, gefüllt mit Decken, Büchern und Zeitschriften. Es gab einen Tisch mit zwei Stühlen, ausrangierte Blumentöpfe und die Räder eines Fahrrades. Victor hatte sich nicht an den Entrümpelungsbefehl gehalten, der besagte, man solle alles leicht brennbare Material von den Dachböden räumen, damit sie im Falle von Bombeneinschlägen nicht als Brandbeschleuniger dienten.

Von Rechel und ihrer Familie fehlte jedoch jede Spur. Enttäuscht wandte sie sich ab und wollte die Stufen wieder hinuntersteigen, als sie ein Geräusch vernahm – ein leises Schaben. Da war doch jemand! Frida näherte sich der Ecke, aus der sie das Geräusch vernommen hatten. Sie trat zu den gestapelten Kisten und hob die obersten herunter, dann entdeckte sie die winzige Holztür. Frida schob die restlichen Kartons zur Seite, sodass sie die Tür öffnen konnte. Mit klopfenden Herzen fuhr ihre Hand zu dem Türring.

»Rechel? Bist du da drin?« Sie erhielt keine Antwort, also zog sie an dem Ring. Erst gab es einen kleinen Widerstand, dann schwang die Tür auf, und sie sah in zwei ängstliche Gesichter. Ein Mann und eine Frau um die fünfzig. Eingepfercht in einem Kabuff, kaum mehr als zwei Quadratmeter groß.

In die Stirn der Frau hatte sich eine Sorgenfalte gebohrt. »Bitte verraten Sie uns nicht«, wisperte sie.

Frida wich zurück, die Enttäuschung bohrte sich in ihr Herz.

»Bitte«, flehte die Frau eindringlicher und griff nach ihrer Hand.

»Ich werde Sie nicht ausliefern.«

In dem Moment ging unten die Wohnungstür auf.

An dem Zeitungsladen auf dem Bahnsteig verlangte ein Mann in Wehrmachtsuniform die »Berliner Morgenpost«, Fahrgäste strömten vorbei. Die Ostbahn Richtung Königsberg wartete auf dem Gleis auf Reisende. Frida hatte nicht mehr viel Zeit, sich von Victor zu verabschieden. Nachdem er ihr Proviant besorgt hatte, hatte sie ihm erklären müssen, was sie auf dem Dachboden zu suchen gehabt hatte. Sie hatte ihm mehrmals versprechen müssen, das jüdische Ehepaar niemanden gegenüber auch nur mit einer Silbe zu erwähnen. Natürlich nicht! Was dachte er von ihr? Dennoch grummelte die Enttäuschung in ihrem Magen, dass es nicht Rechel gewesen war, die sie gefunden hatte.

»Jetzt zieh nicht so ein Gesicht.« Victor packte sie an den Schultern. »Bald bist du in der Heimat.«

Einerseits freute sie sich, anderseits verließ sie Berlin wie ein unfertiges Gemälde, auf dessen Leinwand sich der Schmutz und die Grausamkeit ihres Volkes verewigt hatten. Sie hätte es übermalen und zu Ende bringen, in den Tiefen ihrer Seele nach Antworten forschen sollen, doch sie musste die Ruine und das Grab ihrer Tante sich selbst überlassen. Sie verließ einen guten Freund und die Hoffnung auf eine glorreiche Zukunft, die sie sich mit Erwin hier hatte aufbauen wollen. Aber auch wenn das Gefühl ihren Brustkorb zusammenschnürte wie eine Eisenkette, wusste sie, dass die Stadt ihr nichts mehr zu bieten hatte. In Ostpreußen hatte sie zumindest die Chance, Erwin bei seinem nächsten Heimaturlaub wiederzusehen, dennoch graute ihr vor dem Moment, wenn sie ihrer Mutter vom Tod ihrer Schwester berichten musste.

»Schreibst du mir?«, fragte sie mit zittriger Stimme.

Er lächelte. »Schreiben ist meine Leidenschaft.«

»Pass auf dich auf!« Sie umarmte ihn.

»Hier, gegen die Langeweile.« Er drückte ihr ein Buch in die Hand.

»Danke.« Sie steckte es in die Manteltasche, trat zum Zug und warf ihm einen letzten Blick zu.

Victor zog an der Krempe seines Hutes und schenkte ihr ein Abschiedslächeln. Ob sie ihn noch einmal wiedersehen würde? Sie hoffte, dass der Krieg bald vorbei war und sie zu viert einen Sommertag am Wannsee verbringen konnten.

Als der Schaffner pfiff, stieg sie ein. Sie setzte sich in ein leeres Abteil mit sechs Sitzplätzen und stellte den Koffer zwischen ihre Beine. Victor hatte ihr ein bisschen Kleidung besorgt und Brot und Käse für die Fahrt.

Als der Zug losfuhr, holte sie das Buch heraus. Goethes »Wilhelm Meisters Lehrjahre«. Sie begann zu lesen, doch ihr Gehirn konnte sich nicht auf die Geschichte einlassen, der Knoten in ihrem Magen hinderte sie daran, löste sich auch nicht, je weiter sie fuhr.

Ihre Gedanken kehrten immer wieder nach Berlin zurück, zur Beerdigung, zu den schreckgeweiteten Augen, denen sie auf Victors Dachboden begegnet war, und zu Rechel, die irgendwo in der Reichshauptstadt ausharren musste. Es war Frida, als hätte sie ihre Freundin im Stich gelassen.

Sie hatte Victor gefragt, warum er nicht Rechel und ihre Familie bei sich versteckt hatte. Darauf hatte er geantwortet, dass sie ihn nicht gefragt hätten. Wahrscheinlich hatte Rechel sich nicht getraut, wie sie sich ihr nicht hatte anvertrauen können. Und auch Victor hatte ihr gegenüber verschwiegen, dass er Juden versteckt hielt. Klar, irgendwie konnte sie es verstehen, sie selbst hätte es vermutlich nicht anders gehandhabt, dennoch fühlte sie sich verletzt. Sie schloss die Lider und ließ sich von dem Schaukeln des Waggons in die Gedankenwelt treiben.

Frida schreckte auf, als jemand die Tür des Abteils öffnete. Sie war tatsächlich eingeschlafen. Eine Frau um die dreißig schob ein vielleicht achtjähriges Mädchen hinein. »Dürfen wir uns dazusetzen?«

Frida nickte, richtete sich auf und hob das Buch auf, das auf den Boden gefallen war.

Das Mädchen hatte die schwarzen Haare zu Zöpfen geflochten, die unter einer Mütze hervorlugten und bis zur Hüfte reichen. Sie holte sich mit einem Blick die Bestätigung von ihrer Mutter, dann trat sie zum Fenster und winkte einem Mann auf dem Bahnsteig zu. Die Mutter hievte einen Koffer vor die Sitzfläche, zog den Pelzmantel, eine Jacke und eine Strickjacke aus, die sie allesamt auf der Kofferablage verstaute. Sie setzte sich, schlug die Beine übereinander und zupfte an der Bluse. Das Mädchen ließ sich erst auf dem Platz nieder, als der Zug losfuhr. »Ich werde ihn vermissen.«

»Er wird sich lange an dein Lied erinnern.«

Frida schlug ihr Buch auf, doch jetzt konnte sie sich noch weniger auf die Lektüre konzentrieren. Sie legte es beiseite und sah aus dem Fenster. Bäume und Wiesen mit Kühen rauschten vorbei, als führe der Zug bereits durch ihre Heimat. Sie schmeckte das Frühlingserwachen auf der Zunge, hörte das fröhliche Gezwitscher der Schwalben im Stall, Sonnenstrahlen kitzelten ihr Gesicht, und die Pferde tollten auf der Koppel umher. Sie sah ihren Vater, wie er mit der Kutsche auf das Gestüt gefahren kam, ihr ältester Bruder Arthur reparierte einen Zaun, und Anni sprang über die Wiese und pflückte Gänseblümchen.

Das Mädchen stupste ihre Mutter mit dem Ellenbogen an und wies mit dem Kopf zu Fridas Buch. »Schau mal«, flüsterte sie. »Das ist Papas Buch.«

Die Mutter presste die Lippen zusammen, und ihre Augen bekamen einen traurigen Schimmer. »Ich habe es schon gesehen, meine Perle.«

Frida hielt dem Mädchen das Buch hin und lächelte ihr aufmunternd zu. »Möchtest du es haben?«

Sie zögerte und kaute verlegen auf ihrer Unterlippe.

»Hier, ich komme nicht über die ersten zwei Seiten hinweg.« Frida hielt es ihr hin.

»Mein Vater hat es geliebt«, sagte sie und spielte mit einem Haarzopf.

»Dann gehört es dir.« Frida streckte den Arm noch weiter, sodass das Mädchen nur zugreifen musste.

Die Mutter hielt ihre Tochter zurück. »Das können wir nicht annehmen. Und woher ...?« Sie stockte.

»Wir verlieren in diesen Zeiten so viel. Nimm es ruhig. Es war ein Geschenk gegen die Langeweile, aber nun habe ich ja Gesellschaft.« Sie zwinkerte dem Mädchen zu. »Ich bin übrigens Frida.«

Das Mädchen sah ihre Mutter fragend an. Nach einem Moment des Zögerns nickte sie dem Kind zu.

»Ich bin Greta.« Das Mädchen nahm das Buch, legte es vorsichtig auf den Schoß, als wäre es ein Schatz.

»Käthe«, sagte die Mutter und streichelte der Tochter über die Haare. »Danke.«

»Wissen Sie, worum es in dem Buch geht?«, fragte das Mädchen.

»Nein. Weißt du es?«, entgegnete Frida.

Eifrig nickte sie. »Mein Vater hat es mir erzählt.«

»Vielleicht möchtest du es mir berichten, der Roman ist mir eindeutig zu dick. Ich male lieber, anstatt zu lesen.« Das stimmte nicht ganz, früher hatte sie die Bücher ihrer Großmutter verschlungen. Doch nach Beendigung jedes Buches hatte sie ein Bild dazu gemalt und es der Oma geschenkt, die es mit glänzenden Augen in der Küche aufgehängt hatte.

»Du malst?« Greta blickte mit einem strahlenden Gesicht auf.

Frida erzählte ihr, dass sie vor Kriegsausbruch Kunstgeschichte studiert und ihre Gemälde in Berlin verkauft hatte. Sie berichtete, wie sie im Atelier einen Lehrer gefunden hatte, der ihr die Techniken der Malerei gezeigt hatte. Dafür fasste das Mädchen ihr den Inhalt des Buches zusammen, in dem es um den jungen Wilhelm, seine Liebe zu Marianne und dem Theater ging.

»Und warum fährst du mit dem Zug?«, plapperte das Kind weiter.

Frida sah der Mutter an, dass ihr die Frage unangenehm war. »Greta, sei nicht unhöflich.«

Frida machte eine beruhigende Handbewegung. »Ist schon in Ordnung. Ich fahre zu meiner Familie nach Ostpreußen.«

»Und wo kommst du her?«

»Aus Berlin. Ich habe bei meiner Tante gewohnt, und mein Verlobter war auch dort, bis er eingezogen wurde. Und meine Tante ...«, sie seufzte und überlegte, wie sie es am geschicktesten formulieren sollte, »... ist leider bei dem letzten Bombenangriff ums Leben gekommen.«

»Oh.« Die Augen des Mädchens weiteten sich.

»Und was ist euer Ziel?«

»Wir mussten ... also wir wollen ...«

Die Mutter gebot ihr mit einer Handbewegung Einhalt. »Wir wollen zu meiner Schwester aufs Land fahren, denn in Berlin war es uns nach den Fliegerangriffen zu gefährlich geworden.« Nach den Worten sah sie zu Boden.

Frida hatte das Gefühl, dass die beiden ihr etwas verheimlichten, aber wer sagte in diesen Zeiten schon die Wahrheit? Das hatten nicht mal ihre Freunde getan.

Käthes Gesicht hellte sich auf. »Aber sagen Sie, was haben Sie für Gemälde gemalt?«

»Meist Landschaftsbilder, vom Wannsee zum Beispiel.« Sie erklärte der Frau, dass sie am liebsten mit Öl- oder Aquarellfarben gemalt, Menschen auf den Straßen im blühenden Leben eingefangen hat. Wenn sie daran dachte, bekam sie Lust, wieder einen Pinsel in die Hand zu nehmen.

»Sie haben Ihre Leidenschaft nicht verloren, das ist gut.« Käthe strich liebevoll über den Buchdeckel, ihr Blick verlor sich in der Sehnsucht der Vergangenheit. »Die Leidenschaft meines Mannes waren Bücher, er war Literaturwissenschaftler und Lehrer.«

»War?«, hakte Frida nach.

Käthe atmete tief durch. »Ist.«

»Was ist mit ihm passiert?«

Käthe verzog qualvoll den Mund und wollte es mit dem Handrücken verbergen. Tränen schwammen in ihren Augen, sie versuchte wohl, sie zurückzuhalten.

Frida befürchtete, dass Käthes Mann verstorben war, und wollte sie nicht zwingen, über so etwas Schmerzhaftes zu reden. »Sie müssen es nicht erzählen. Mein Verlobter ist an der Ostfront. Ich warte jeden Tag auf einen Brief, doch jetzt muss er erst mal erfahren, dass ich in die Heimat fahre.«

»Sie haben noch Hoffnung.« Käthe ließ die Hand sinken.

Hatte sie das? Was Erwin betraf, ja, aber jäh preschten die Bilder des zerstörten Hauses auf sie sein. »Meine Tante war allein in dem Haus. Ich war bei einem Freund, als der Fliegeralarm losging ...« Der Knoten in ihrem Bauch zog sich zusammen. Wieso war sie an jenem Abend nicht bei Maria geblieben? »Ich ... ich hätte bei ihr sein müssen«, sagte sie mit brüchiger Stimme.

»Sie fühlen sich schuldig«, stellte Käthe fest.

Frida nickte. Auch wenn sie wusste, dass es ebenso *ihr* Leben hätte kosten können, zerriss es ihr das Herz, in dieser Stunde nicht bei Maria gewesen zu sein. Vielleicht hätten sie sich angesichts der vielen tief fliegenden Bomber dazu entschieden, einen öffentlichen Luftschutzraum aufzusuchen.

»Ich möchte Emma und Emil haben«, sagte Greta unvermittelt und machte sich an den Schnallen des Koffers zu schaffen.

»Nicht jetzt«, mahnte Käthe.

»Dann können wir den Roman einpacken«, widersprach das Kind, und ehe die Mutter etwas einwenden konnte, klappten beide Kofferhälften auseinander. Kleidung, ein Schuh, zwei Bücher und ein kleines Täschchen ergossen sich über den Boden.

Ärgerlich blickte die Mutter die Tochter an. »Hatte ich nicht Nein gesagt?«

Frida kniete sich ebenfalls hin. »Ich helfe Ihnen.«

Käthe winkte ab. »Das ist nicht nötig.«

Dennoch griff Frida nach einem Kleidungsstück und legte es in den Koffer. Sie stockte, als sie den Abdruck an der Jacke wahrnahm. Eine Stelle, die von der Sonne nicht so verblichen war wie der restliche Stoff – in Form eines Judensterns.

Käthe riss ihr das Kleidungsstück aus der Hand, sammelte in fleißiger Emsigkeit alle anderen Habseligkeiten ein und verschloss den Koffer.

Stille.

Sie setzten sich zurück auf ihre Plätze, Greta warf der Mutter einen fragenden Blick zu, auf deren Stirn sich eine tiefe Sorgenfalte gegraben hatte.

»Bitte«, flehte Käthe.

»Ich werde euch nicht verraten. Ich hatte selbst eine jüdische Freundin in ...«

In dem Moment trat ein Wehrmachtssoldat an das Abteil und schob die Tür auf.

»Ist bei Ihnen noch was frei?«

Frida spürte die Anspannung ihrer Gefährtinnen, doch sie hatte keine Angst. Ein Soldat würde sie nicht kontrollieren und konnte nicht wissen, dass er sich mit zwei Jüdinnen das Abteil teilte. Sie würden sich nur verdächtig benehmen, wenn sie verneinen würden, also nickte sie. »Es ist noch genug Platz für einen halben Trupp«, sagte sie mit einem Lächeln.

Er erwiderte ihr Lächeln, setzte sich zu ihr und platzierte sein Bündel neben sich. Er trug eine Brille, hatte eine hohe Stirn, graue Haare und Fältchen um die Augen. Sie fragte sich, ob er nicht zu alt für den Kriegsdienst war. Er stellte sich als Herbert Steiner vor, aß ein Käsebrot und begann zu lesen.

Greta spielte mit den zwei Holzpuppen, Käthe schielte immer wieder zu dem Mann und sah dann betont gelangweilt aus dem Fenster.

Frida blickte auf das Buch, das der Soldat auf den Beinen balancierte. Die Seiten waren voller Unterstreichungen und Randnotizen, der Ledereinband war abgegriffen und rau. Als sie ein paar Zeilen las, wurde ihr klar, dass es sich um die Bibel handelte. Sie bewunderte Menschen, die in Gott Hoffnung fanden – vor allem in diesen Zeiten.

»Möchten Sie auch mal darin lesen?« Der Soldat hielt ihr das Buch hin.

Überrascht sah sie ihn an, hatte wohl zu auffällig dorthin gestarrt. »Nein ... ich ...«

»Schade«, sagte er und blätterte um.

»Sind Sie ...?« Wie sollte sie die Frage formulieren?

»Pfarrer«, beendete er ihren Satz.

»Sie sind Pfarrer und Soldat? Wie passt das zusammen?«

Er lächelte und klappte die Bibel zu. »Ich komme als Feldseelsorger ins Lazarett, soll Gottesdienste abhalten, die Kameraden aufbauen oder Trostbriefe in die Heimat schreiben.«

Sie nickte und knetete die Hände. Vielleicht würde er Erwin begegnen und ihm Beistand schenken können. Sie wüsste zu gern, wo er war und wie es ihm erging. »Wohin werden Sie geschickt?«

»Nach Russland.«

»Mein Verlobter ist ebenfalls dort, und ich habe seit zwei Monaten nichts von ihm gehört.« Sie sah aus dem Fenster, Bäume rauschten vorbei wie ein grüner Schleier.

»Das muss schwer für Sie sein.«

»Der Krieg ist so ungerecht«, flüsterte sie und meinte vor allem Rechel und Maria. Dann erst begriff, sie, was sie von sich gegeben hatte. »Was ich damit sagen wollte ...«

Er hob die Hand. »Ich weiß genau, was Sie meinen.«

Sein Lächeln hatte etwas Beruhigendes. Sie fragte sich, wie das Leben aussah, wenn man seine Hoffnung auf Gott setzen konnte. Hätte sie mit einer solchen Hoffnung die Angst um Rechel und den Verlust ihrer Tante besser ertragen können?

»Der Krieg muss Sie schwer getroffen haben.«

Sie nickte.

»Wollen Sie mir davon erzählen?« Er richtete die Brille und legte die Hände über das Buch.

Wollte sie das? Sie sollte ihre Freundschaft zu Rechel verheimlichen, doch sie konnte frei heraus von ihrer Tante berichten. »Meine Tante ist bei dem Bombenangriff ums Leben gekommen. Das Haus wurde so schwer beschädigt, dass ich nur noch die Sachen hatte, die ich am Leib trug. Zu dem Zeitpunkt war ich bei einem Freund, doch wäre ich bei ihr geblieben ...«

»... dann wären Sie jetzt wohl auch nicht mehr am Leben«, vollendete er den Satz. »Seien Sie froh, dass Gott Ihr Leben verschont hat.«

Sie rieb sich über die Lippen und schluckte trocken. Sie war froh, am Leben zu sein, dennoch fühlte es sich falsch an. »Ich frage mich, wie Menschen einander so etwas antun können.« Bei diesen Worten dachte sie nicht nur an den Bombenangriff, sondern vor allen Dingen an die Juden, an Rechel, und ihr Herz wurde schwer wie Blei.

»Manchmal frage ich mich das ebenfalls.« Er knetete seine Hände. »Darf ich Ihnen eine Geschichte erzählen?«

Sie nickte.

»In meinem Heimatdorf gab es auf der Kirche einen Dachstuhl, den ich mit meinem Jugendfreund ausgebaut hatte, um Menschen zu verstecken. Erst wohnte dort nur ein Bekannter, dann kam ein Bekannter des Bekannten, eine schwangere Frau mit zwei Kindern, und schließlich lebten an die hundert Personen auf dem Dachboden. Es war eine organisatorische Meisterleistung, diese Menschen mit Nahrung und dem Nötigsten zu versorgen.«

Frida bekam eine Gänsehaut. Wie konnte der Pfarrer so offen mit ihr darüber sprechen, dass er U-Boote versteckt hatte? Entweder er konnte ihr direkt ins Herz sehen oder er besaß ein unglaubliches Gottvertrauen. Oder war alles ein Trick, und er hoffte darauf, dass sie etwas Unbedachtes von sich gab, und würde sie dann verraten, weil er vortäuschte, ein Geistlicher zu sein? Doch die hängenden Schultern und sein trauriges Gesicht zeugten von wirklicher Trauer. Der Pfarrer schien um Jahre gealtert, nahm die Brille ab und putzte sie in einer emsigen Langatmigkeit, als hätte er Angst vor den nächsten Worten.

»Wie ging es weiter?«, fragte Frida, als die Stille unerträglich wurde. Auch Käthe und Greta starrten ihn an.

»Wollen Sie raten?«

Frida schluckte. »Besser nicht.«

Der Pfarrer setzte die Brille wieder auf und sah sie mit trübem Blick an. »Mein Jugendfreund hat mich und alle Menschen in meiner Obhut verraten. Sie haben sich nicht einmal die Mühe gemacht, sie mit Lastwagen abzuholen.«

Käthe zog hörbar die Luft ein.

Vor Fridas innerem Auge bot sich ein Bild der Grausamkeit. Hunderte Menschen erschossen – Hunderte Leben ausgelöscht, nur weil sie sich versteckt hatten.

»Ich musste fliehen, um nicht ebenfalls ...«, er warf einen Blick auf Greta, »... na ja, Sie wissen schon.«

»Das meine ich«, sagte Frida und presste die Fingernägel in die Handflächen. »Wer kann so viel Ungerechtigkeit ertragen?«

»Wir können uns sicher sein, dass Gott Gerechtigkeit schaffen wird.«

»Nur wie?«

»Da lohnt ein Blick in die Bibel.« Er schlug eine Seite auf und fuhr mit dem Finger über die Zeilen. »›Denkst du aber, o Mensch, der du richtest die, die solches tun, und tust auch dasselbe, dass du dem Urteil Gottes entrinnen werdest?‹ Die SS-Männer mit den Gewehren müssen sich vor dem Herrn verantworten.« Sein Zeigefinger glitt weiter über den Text. »›Du aber nach deinem verstockten und unbußfertigen Herzen häufest dir selbst den Zorn auf den Tag des Zornes und der Offenbarung des gerechten Gerichtes Gottes, welcher geben wird einem jeglichen nach seinen Werken.‹ Hier steht eindeutig, dass jeder nach seinen Taten gerichtet wird – und zwar gerecht.«

Wenn es so war, war es wohl gerecht, dennoch spürte sie keine Genugtuung.

»Wir können diese schwere Zeit aber überstehen«, sagte der Pfarrer.

»Und wie?«

Er blätterte wieder und suchte die nächste Stelle. »›Ich sprach: Mein Fuß hat gestrauchelt; aber deine Gnade, HERR, hielt mich. Ich hatte viel Bekümmernisse in meinem Herzen; aber deine Tröstungen ergötzten meine Seele.‹«

Er blickte sie an. »Hier steht es. Die Gnade Gottes ist die Antwort für unsere Sorgen und Trauer.«

Frida versuchte, die innere Unruhe zu vertreiben, doch es gelang ihr nicht. Ihre Großmutter war gläubig gewesen, doch sie selbst hatte es nie annehmen können. Und so fehlte ihr die Gnade, und sie musste die Trauer selbst ertragen. Sie zuckte mit den Schultern. »Sie haben Glück, dass Sie sich so sicher sind.«

»Das können Sie auch.« Er holte aus der Innentasche ein Faltblatt und reichte es ihr. »Hier.«

Die Überschrift lautete: *Nahet euch zu Gott, so naht er sich zu euch.* Es war wie eine Aufforderung, doch sie spürte die Gegenwehr in ihrem Inneren.

Der Pfarrer hatte den Kopf an den Sitz gelehnt und schnarchte leise.

Greta kicherte und warf Frida belustigte Blicke zu. Frida lächelte ebenfalls, und auch Käthe fiel mit ein. Es war, als herrschte ein unausgesprochener Pakt zwischen ihnen, die Schwere war von den beiden abgefallen, seitdem Herr Steiner seine Geschichte erzählt hatte.

Frida bewegte die Hand mehrmals vor den Augen des Pfarrers, um zu kontrollieren, ob er wirklich schlief, doch er regte sich nicht.

Sie schlug die Beine übereinander, sammelte ihre Gedanken, suchte nach den richtigen Worten und begann: »Sie hieß Rechel. Wir haben uns in einem Tanzlokal kennengelernt.«

»Wo ist sie jetzt?«, fragte Käthe.

Frida zuckte mit den Schultern. »Ich hoffe, irgendwo versteckt in Berlin.« Sie berichtete von dem Tag am Wannsee, von dem Kleidungsraub, der Nacht unter den Sternen und von der letzten Begegnung, als Rechel nach Schuhen gefragt hatte.

Dafür erzählte Käthe ihre Geschichte, wie ihr Mann die Arbeit verloren hatte, wie sie schwere Kisten für ein Lebensmittelgeschäft geschleppt hatte, um etwas Geld zu verdienen, bevor sie untergetaucht waren. »Wir waren entschlossen zu fliehen und sind ins Auswanderungsbüro gegangen, haben die Fahrkarte nach Palästina bezahlt, wir hatten bereits unser Hab und Gut vorausgeschickt. Und dann teilte man uns mit, dass auf dem Schiff doch kein Platz mehr frei wäre.« Eine Träne rann über Käthes Wange, die sie fahrig wegwischte. »Damit fing das Grauen an. Wir hatten zwei verschiedene Wohnungen, wo wir untertauchen konnten. Wenn es in der einen brenzlig wurde, zogen wir in die andere. Eine reiche Mutter einer ehemaligen Schülerin von meinem Mann hat uns mit Geld versorgt. Sie war die Frau eines Parteimitglieds.« Käthe lachte bitter auf. »Was für eine seltsame Welt.« Sie blickte zu Boden, bis sie sich wieder gefangen hatte und Frida ansah. »Dann kam mein Mann eines Abends nicht nach Hause.« Ihre Augen glänzten tränenverschwommen. »Ich weiß nicht, was passiert ist. Wahrscheinlich wurde er von einem Kontrolltrupp auf der Straße aufgegriffen und abtransportiert.« Käthes Körper spannte sich an.

Frida setzte sich zu ihr und griff nach ihren Händen. »Irgendwann muss dieses Grauen ein Ende haben«, flüsterte sie.

Der Pfarrer bewegte den Kopf, und sein Atmen verlor die Gleichmäßigkeit. Vorsichtshalber ließ Frida sich wieder auf ihrem Platz nieder. Sie warf Käthe einen freundlichen Blick zu, mehr konnte sie nicht für sie tun.

Die sah hinaus und ließ ihre Gedanken zu ihrer Freundin schweifen. Das Schaukeln der Bahn zog sie regelrecht dahin, ihre Lider wurden schwer.

Erwin winkte Frida aus dem Fenster des Zuges zu, er kam auf sie zugerannt. Sie umarmten einander und im nächsten Moment standen sie vor dem Traualtar. Ein Pfarrer mit Brille und faltiger Haut sprach den Segen. Sie reichte Erwin das Faltblatt, das sie von dem Pfarrer erhalten hatte, und fragte Erwin, was er davon halte.

»Ihre Ausweise bitte«, rief eine zackige Stimme.

Frida blickte sich um, doch bis auf Käthe und Greta in der ersten Bank war die Kirche leer.

Sie öffnete die Augen und reckte den Rücken, war wieder in der Reichsbahn. An der Tür hatten zwei Männer von der Gestapo Aufstellung genommen. Der eine war fast noch ein Kind, hatte weiche Gesichtszüge, und der Bartwuchs hatte erst an einigen Stellen eingesetzt. Er trat unsicher von einem Bein aufs andere, der Ältere wirkte dafür umso entschlossener.

Frida atmete einmal tief durch, fragte sich, ob Käthe und Greta gefälschte Ausweise hatten, und setzte sich gerade hin. Käthe reichte dem Älteren ihren Ausweis, Greta tat es ihr gleich.

Vom Pfarrer keine Spur.

»Aha. Käthe Teichmann und Greta Weller«, stellte der Ältere mit skeptischem Blick auf die Papiere fest.

Frida fiel ein kleiner Stein vom Herzen. Wenn sie unterschiedliche Nachnamen hatten, waren es wahrscheinlich gefälschte Ausweise. Zumindest konnte sie kein rotes »J« auf den Papieren sehen, doch Käthe hatte nur einen Postausweis abgegeben, das konnte sicherlich zum Problem werden.

»Was ist euer Ziel?«, fragte der Jüngling mit piepsiger Stimme.

»Ostpreußen. Meine Familie lebt dort«, antwortete Frida prompt. Vielleicht konnte sie die Aufmerksamkeit auf sich lenken.

Die Augen des Älteren blitzten sie böse an. »Zu Ihnen kommen wir gleich.«

Käthe warf ihr einen unsicheren Blick zu. »Wie meine Freundin sagte, sind wir auf dem Weg nach Ostpreußen. Wir wollen auf dem Hof ihrer Eltern arbeiten.«

Mit dieser Lüge hatte Frida nicht gerechnet, aber sie nickte Käthe unmerklich zu. Sie würde auf das Pferd aufspringen, wenn es sein musste, und den beiden helfen.

»Wo kommen Sie her?«, fragte der Ältere. Seine abgehakte Sprechweise erinnerte an die des Reichskanzlers persönlich.

»Berlin. Unsere Häuser wurden zerbombt, wir waren Nachbarn«, erklärte Käthe.

»Und wo ist Ihre Kennkarte?« Der Ältere studierte die beiden Ausweise so gründlich, als suche er darauf kleinste Flecken.

»Sie ist im Haus verbrannt.«

»Wieso haben Sie keinen Bombenpass?«

»Wir sind so schnell aufgebrochen, dass ich keine Zeit hatte, mich beim Bürgermeisteramt in die Schlange zu stellen. Außerdem dachte ich, der Postausweis würde ausreichen.«

»Nicht denken soll das Volk, sondern Vorschriften ausführen. Wie alt sind Sie, Frau Teichmann?«

»Ich bin zweiundvierzig.« Ihre Finger tippelten auf ihrem Bein.

»Sie sehen eher aus wie Anfang dreißig«, keifte der Ältere. »Mitkommen.« Er gab Greta den Ausweis zurück und steckte Käthes Papiere in die Brusttasche.

»Was? Wieso?« Käthes Augen weiteten sich angsterfüllt.

Der Jüngere packte sie am Arm und zog sie hoch. Er schien stärker zu sein, als Frida ihm zugetraut hatte. Sie stand ebenfalls auf. »Warum? Was ist los?«

»Ist das deine Tochter?«, fragte der Jüngere und zeigte auf Greta.

»Das ist meine Nichte«, sagte Frida einer spontanen Eingebung folgend. Sie sah den Schrecken in Gretas Augen, doch wenn sie richtig lag, durften die Männer nicht wissen, dass sie Mutter und Tochter vor sich hatten.

Käthe nickte und schob Greta hinüber zu Frida. Greta sah ihre Mutter angsterfüllt an, doch sie war schlau genug, keinen Ton zu sagen.

Der Ältere zog Käthe mit sich.

»Pass auf Greta auf, ich komm nach«, raunte Käthe im Vorbeigehen.

»Gestüt Franzen, Kreis Wehlau«, flüsterte Frida mit pochendem Herzen zurück.

»Auseinander jetzt.« Der Jüngling stieß Frida zurück, sodass sie auf den Sitz fiel.

Sie wollte Käthe noch so viel sagen, am liebsten den Weg beschreiben, ihr Mut zusprechen, doch im nächsten Moment war sie aus dem Abteil verschwunden.

Greta saß zitternd auf dem Sitz, die Hände vor den Körper gepresst, die Lippen bebend.

»Wo ist der Pfarrer?«, fragte sie das Kind, dem die Tränen über das Gesicht strömten.

Diese zuckte mit den Schultern.

Frida stürmte hinaus, lief den Gang entlang und steckte den Kopf in jedes Abteil. In einem befanden sich sechs gackernde Krankenschwestern, in einem anderen Wehrmachtssoldaten, doch der Pfarrer war nicht unter ihnen. Im nächsten eine Mutter mit vier Sprösslingen. Am Ende des Waggons fand sie Herrn Steiner aus einem Fenster lehnen und eine Zigarette rauchen.

»Sie müssen mir helfen«, sagte sie atemlos.

»Was ist passiert?« Er sah sie alarmiert an.

»Die Gestapo hat Käthe mitgenommen. Sie wollen ihren Ausweis überprüfen. Sie ist ... Jüdin, wenn die das herausfinden, dann ...« Sie musste den Satz nicht zu Ende führen. Er nahm einen letzten Zug der Zigarette, blies den Rauch nach draußen und warf den Stummel hinterher. Die beißenden Schwaden kratzten Frida im Hals und lösten einen kehligen Husten aus.

»Und was erwartest du nun von mir?«

Er war unkommentiert zum »Du« gewechselt, und sie tat es ebenso. »Geh zur Gestapo und überzeuge sie, dass sie Käthe freilassen sollen.«

Er breitete die Arme aus. »Und was soll ich ihnen erzählen? Ich kenne sie gerade mal seit zwei Stunden, und ehrlich gesagt habe ich mich nicht mit ihr unterhalten.«

Frida spürte die Tränen in ihren Augen brennen – da war sie wieder: diese Ungerechtigkeit.

Kapitel 5

Zwischen Berlin und Ostpreußen, März 1943

Es hatten sich weitere Fahrgäste zu Frida und Greta ins Abteil gesellt. Eine alte Dame um die siebzig saß am Fenster, presste die Handtasche so fest auf den Schoß, als ob ihr Leben davon abhing. Frida vermutete, dass sich darin ihre ganze Habe befand. Daneben hatte eine junge Frau mit einem Baby Platz genommen. Das Neugeborene schlief selig auf dem Arm der Mutter. Zu ihr gehörten pubertierende Zwillingsjungs, die ihre Beine hin- und herschwangen, sich verschmitzt angrinsten, bis einer von ihnen losprustete und dafür einen strafenden Blick der Mutter erntete. Frida schätzte, dass es sich nicht um die leibliche Mutter der Jungs handelte, dafür war sie zu jung, aber die Ähnlichkeit war unverkennbar. Wahrscheinlich waren es Geschwister, die von ihren Eltern getrennt worden waren.

Gretas Blick ging ins Leere, ab und zu rollte eine Träne über ihre Wangen. Das Mädchen hatte seit der Verhaftung ihrer Mutter kein Wort mehr gesprochen. Es brach Frida das Herz, das Kind so trauern zu sehen.

Sie nahm die zwei Puppen. »Schau mal, die beiden könnten auch du und ich sein, findest du nicht?« Frida betrachtete eine der Puppen. »Die hier, die Greta-Puppe, hat glaube ich, ganz viel Angst. Die schlottert fast. Aber die hier«, sie setzte die zweite Puppe daneben, »das ist die Frida-Puppe. Und die passt auf die Greta-Puppe auf. Immer! Sie werden niemals getrennt und so lange zusammenbleiben, bis die

Mutter wieder auftaucht.« Sie drückte die beiden Puppen zusammen und ließ sie sich umarmen.

Greta rührte sich nicht. Wie sollte sie nur an das Mädchen herankommen?

»Die Frida-Puppe wird alles dafür tun, dass die Mutter bald wieder bei der Greta-Puppe ist.« Sie hasste sich für diese Lüge, und Kälte zog sich in ihr Inneres. Ihr graute vor dem Tag, an dem sie Greta die Wahrheit sagen musste. Endlich bewegten sich Gretas Augen, und für den Augenblick hatte Frida das Mädchen aus der Lethargie befreit. Greta sah sie einen Moment ausdruckslos an, dann lehnte sie den Kopf an ihre Schulter und schlief irgendwann ein. Ihre Gesichtszüge waren im Schlaf weich und kindlich. Es waren die Kleinsten, die Verletzlichsten, die im Krieg am meisten litten. Zart streichelte Frida die Wange des Mädchens, deckte ihren Mantel über die knochigen Schultern und lauschte den gleichmäßigen Zügen ihres Atems. Es war mittlerweile später Nachmittag, und es würde nicht mehr lange dauern, bis sie Wehlau erreichten.

Die Tür des Abteils wurde aufgeschoben, und Frida zuckte zusammen. Der Pfarrer steckte den Kopf herein und winkte sie zu sich heran, die Miene ernst und undurchdringlich. Vorsichtig schob sie Gretas Kopf von ihrer Schulter und lehnte ihn an die Rückenlehne. Sie stand auf und folgte dem Pfarrer hinaus auf den Gang. Er fuhr sich fahrig durch die grauen Haare und rückte die Brille zurecht. »Ihre Freundin ... Käthe Teichmann ...«

Sofort waren ihre Sinne geschärft, ihr Herz schlug im Galopp. »Was ist mit ihr?«

»Ihr Schicksal hat mir keine Ruhe gelassen, und ich habe doch beim Personal nachgebohrt. Die waren ganz schön hartnäckig.«

»Und?«, fragte sie ungeduldig.

»Man hat herausgefunden, dass der Ausweis gefälscht ist.«

Ein Pfeil stach ihr ins Herz, obwohl sie es geahnt hatte. »Nein!«

»Doch. Die Gestapo weiß, dass sie Jüdin ist.«

Frida lehnte sich an die Wand und sah durch das Fenster der Abteiltür Greta friedlich schlafen. »Was passiert mit ihr?«, fragte Frida mit zitternder Stimme, obwohl sie die Antwort kannte.

»Sie wird in ein Konzentrationslager gebracht.«

In ihrer Kehle bildete sich ein dicker Kloß, der ihr die Luft zum Atmen raubte. Der Schlaf hatte Greta hoffentlich in eine schöne Traumwelt entführt, vielleicht würde sie dort ihrer Mutter begegnen, denn in der Realität würde Greta sie wohl nicht wiedersehen.

»Es tut mir sehr leid«, sagte der Pfarrer und legte Frida eine Hand auf die Schulter.

»Was mache ich nur mit der Kleinen?« Frida wies mit dem Kopf auf das Mädchen.

»Geben Sie ihr die Hoffnung, die Sie braucht.« Er stand noch einen Moment neben ihr, doch als Frida sich nicht rührte, drehte er sich um und ging.

Frida öffnete ein Fenster. Kalte Luft wehte ihr ins Gesicht und ließ ihre Tränen über die Wangen rasen. Ein unbändiger Druck entstand hinter ihrem Schädel, und sie hoffte, dass die Kälte ihn vertreiben würde, aber sie hatte das Gefühl, ihn nur zu verstärken. »Ich werde auf deine Tochter aufpassen«, flüsterte sie in den Fahrtwind. »Gib Acht auf dich, Käthe, ich wünsche dir viel Kraft!«

Kreis Wehlau in Ostpreußen, März 1943

Frida stieg mit Greta in Wehlau aus dem Zug. Der Bahnhof mit den sechs spitzen Türmen an den Ecken der Gebäudeteile und der großen Uhr über dem Haupteingang weckten Erinnerungen. Jetzt war es nur noch eine Dreiviertelstunde Fußweg bis nach Hause.

Gretas Hand lag kalt in ihrer. Frida zog das Mädchen mit sich, wollte ihm die Heimat zeigen, hoffte, dass es ebenfalls Gefallen daran finden würde. Sie liefen durch die Vorstadt und durch das große Steintor. Vor dem Schuhgeschäft und dem Metzger waren neue Bäume gepflanzt worden. Weiter ging es zum Pregel, an dessen Ufer Schiffe vor Anker lagen. Wie gern hatte sie früher die vorbeifahrenden Frachtkähne beobachtet.

Als sie über die Flussbrücke liefen, sagte sie: »Schau mal, dies war damals mein Schulweg!« Doch von Greta kam keine Antwort. Der Wind fegte Frida durch die Haare. Das weite Land, die Heideflächen, die einzelnen Bäume am Horizont – wie sie diese Natur vermisst hatte. Sie schloss die Augen und genoss für einen Moment den Duft der Heimat: den Geruch nach Natur, Gräsern und Freiheit.

Sie konnte es nun nicht mehr abwarten, bis sie ihre Mutter und ihre Schwester in die Arme schließen konnte.

Greta trödelte.

»Komm schon«, drängte sie das Mädchen, auch wenn es ihr leidtat. Sie hatte ihr noch nicht erzählt, was mit ihrer Mutter geschehen war, und wusste nicht, ob sie jemals den Mut dafür aufbringen würde. Noch immer hatte Greta kein Wort gesprochen, und die Augen hatten ihren Glanz verloren. Wie es erst sein würde, wenn sie die Wahrheit über ihre Mutter erfuhr, vermochte Frida sich nicht auszumalen.

Als sie endlich am Gestüt eintrafen und durch den Torbogen am Anfang des Weges gingen, machte Fridas Herz einen freudigen Hüpfer, und es gab für sie kein Halten mehr. Sie rannte und achtete nicht auf Greta, sie würde ihr schon folgen.

Auf der linken Seite erschien das Gutshaus der Franzens – Erwins Familie. Rechts davon die Stallungen, Pferde grasten davor. Neben der Koppel stand ihr weißes kleines Haus. Aus dem Schornstein qualmte es. Mutter bereitete wahrscheinlich das Abendessen zu. Wohliges Heimatgefühl flutete Fridas Körper wie ein Frühlingsregenschauer. Sie riss die Haustür auf und war mit ein paar Schritten in der Küche, ihr Brustkorb hob und senkte sich wie nach einem Marathonlauf. Mutter stand am Herd und rührte in einem Topf, drehte sich ruckartig um, der Kochlöffel fiel ihr aus der Hand, verteilte Spritzer auf den Fliesen.

»Frida!«, rief sie ungläubig strahlend.

Fridas Herz sprudelte über vor Glück. Mit einem Satz war sie bei ihrer Mutter und drückte sie an sich. Wie sie den vertrauten Geruch nach Veilchenwasser vermisst hatte. Ihre Freudentränen flossen aufs Blümchenkleid, das ihre Mutter besaß, seitdem sie denken konnte.

»Schön, dass du wieder da bist«, flüsterte ihre Mutter mit zittriger Stimme und presste sie an sich, schien sie nicht mehr loslassen zu wollen.

Auf der Treppe polterten Schritte, kurz danach war das Kreischen ihrer Schwester Anni zu hören. Sie fiel in die Umarmung mit ein.

»Hilfe! Ihr zerquetscht mich«, rief Frida lachend.

»Endlich, Schwesterherz!« Es klang wie ein Vorwurf. »Du hast uns viel zu lange allein gelassen.« Anni nahm sie bei den Händen, drehte sich mit ihr im Kreis, das gellende Lachen war ansteckend. Sie rotierten so schnell, dass Frida Angst hatte, sie würde nach hinten fallen, wenn sie losließen. Zu lange hatten sie diesen Tanz der Lebensfreude nicht mehr vollführt. Anni stoppte und fing sie auf. Frida lachte und sank in die Arme ihrer Schwester. Sie war zu Hause.

»Und wer bist du, junge Dame?«, fragte ihre Mutter und beugte sich zu Greta hinunter. Frida wischte die Freudentränen weg und nahm Greta an ihre Seite. »Das ist Greta, die Tochter einer Freundin. Die Gestapo hat ihre Mutter mitgenommen. Bis sie herkommt und sie abholt, wird sie hierbleiben.« Sie hasste sich für diese Lüge, doch sie konnte in dem Moment nicht die Wahrheit sagen.

Ihre Mutter nickte. Sie war dünner geworden – oder kam es Frida nur so vor? »Wir können auf dem Hof gut zwei zusätzliche Hände gebrauchen.«

Sie setzten sich, und ihre Mutter tischte einen Eintopf aus Kartoffeln und Rüben mit frischen Kräutern auf. Frida schloss die Augen und ließ sich von dem Geschmack in die Vergangenheit entführen. In eine Zeit, als ihr Vater und ihre Brüder Arthur, Rudolf und ihr geliebter Willi am Tisch gesessen hatten. In eine Zeit, als der Frieden nicht nur in diesem Land, sondern auch noch in ihren Herzen geherrscht hatte. »Hast du Nachricht von Vater oder unseren Brüdern erhalten?«, fragte sie.

»Der letzte Brief von Vati kam vor einem Jahr.« Anni lächelte. »Aber zumindest haben wir keine Todesnachricht bekommen. Sie sollten also alle noch leben.«

»Und wie war es mit Arthur?« Frida hatte in einem Brief erfahren, dass ihr ältester Bruder Anfang des Jahres auf Heimaturlaub hier gewesen war.

»Er war nur vier Tage hier und sehr verschlossen gewesen«, sagte Anni und hob die Schultern.

»Und was ist mit Erwin?« Fridas Herz galoppierte.

Anni zuckte mit den Achseln. »Von ihm haben wir nichts gehört. Letzten Monat wurde Alfred Franzen ebenfalls eingezogen. Das hat alle sehr betrübt, und keiner weiß, wie es ohne ihn mit dem Gestüt weitergehen soll.«

Erwins Vater, der Gutsbesitzer, hatte lange eine Befreiung erhalten, weil er die kriegswichtigen Pferde züchtete. Jedes Jahr hatte er mehrere Pferde an die Wehrmacht verkauft und Richtung Osten geschickt, wie Frida in einem der Briefe erfahren hatte. Die Schonfrist war also auch für ihn vorbei. Die Ausrufung des totalen Kriegs hatte Ostpreußen erreicht, und in Russland konnten sie auf keinen Mann verzichten.

»Sind die Stallburschen noch da?«, erkundigte sie sich.

»Nur die unter achtzehn. Dafür hat Berta fünf russische Zwangsarbeiterinnen. Bei Bedarf kann man zum Arbeitsamt gehen und sich welche bestellen. Schade, dass es keine männlichen Zwangsarbeiter sind.« Anni kicherte.

Frida schluckte. Ihre Schwester konnte dahinter anscheinend kein Unrecht sehen. »Viel kosten tun sie auch nicht. Laut Hitlers Befehl soll man sie nicht besser als Hunde behandeln und ihnen bloß nicht zu viel zu Essen geben.«

»Wie sollen sie denn so arbeiten?«

Anni machte ein unwissendes Gesicht. »Was weiß ich?«

»Haben wir auf unserem Hof Menschen, die gegen ihren Willen für uns schuften müssen?«, fragte sie.

Anni sah sie kurz irritiert an, dann schüttelte sie den Kopf. »Ich wollte zwar, aber Mutti war dagegen. Sie wollte keine Fremden im Haus haben.«

Greta ließ den Löffel sinken und blickte auf, in ihren Augen stand der Schrecken.

Frida griff nach der Hand des Mädchens. »Keine Angst. Du bist keine Fremde, und ich bin bei dir.«

Greta nickte unsicher und widmete sich dem Essen, in dem sie herumrührte und von dem sie kaum etwas aß, wie Frida mit Sorge feststellte.

»Ist sie stumm?«, fragte Anni mit einem Grinsen.

Frida hätte ihre Schwester ohrfeigen können, doch sie strafte sie nur mit einem entschiedenen Blick.

Anni hob die Hände. »Entschuldige. Ich dachte nur …«

»Wie geht es denn Maria?«, erkundigte sich ihre Mutter.

Frida schloss kurz die Augen, ihr Herz wurde schwer, und sie sammelte Kraft für die nächsten Worte.

»Kann ich dir das morgen in Ruhe erzählen?«, fragte Frida. »Ich bin müde und würde Greta gern ihren Schlafplatz zeigen.« Dann hätte sie zumindest Zeit, sich zu überlegen, wie sie ihrer Mutter den Tod der Schwester beibringen konnte.

Die Mutter strich die Ärmel ihres Kleides zurecht. »Das Mädchen isst noch, und so lange kann es doch kaum dauern.«

Frida sah an sich hinunter, sie hatte immer noch die graue Hose und die viel zu große Bluse am Leib. Kleidung, die Victor ihr besorgt und die sie zur Beerdigung getragen hatte. »Außerdem würde ich mich gern umziehen. Sind meine Sachen noch da?«

»Alles so, wie du es verlassen hast«, plapperte Anni fröhlich.

»Was ... ist ... mit ... Maria?« Ihre Mutter betonte jedes einzelne Wort und sah sie eindringlich an.

Frida rieb sich über die Lider. Sie sah Maria unter dem Haufen Trümmer liegen ... das Blut, die leeren Augen. Das Bild ließ ihre Glieder schwer wie Blei werden.

»Fridaaa«, drängte ihre Mutter.

Sie dachte an Willi, und wie ihre Mutter nach seinem Tod sie tagelang nicht angesehen hatte, wie als würde sie ihr die Schuld dafür geben. Frida hatte Angst, dass es nun ähnlich laufen würde.

»Ich war bei einem Freund, als der Fliegeralarm einsetzte«, begann Frida. »Wir sind in einen Keller geflüchtet und mussten am nächsten Morgen bei Löscharbeiten helfen.« Sie schluckte, hielt sich mit Nichtigkeiten auf.

Das interessierte ihre Mutter nicht, doch sie sah sie erwartungsvoll an. »Hat eine Bombe ihr Haus getroffen?«, fragte ihre Mutter mit belegter Stimme.

Frida presste die Lippen aufeinander und nickte.

Ihre Mutter schnappte nach Luft und fuhr die Hände zum Mund. »Ist sie ...?«

Frida nickte wieder. »Als wir zurückkamen, haben wir sie unter Trümmern gefunden.«

Frida setzte sich auf die Schaukel neben Greta, lehnte sich mit der Schulter an das Seil und ließ die Arme hängen. Sie schmerzten vom Holzhacken, genauso wie ihre Hände. Frida rieb sich über die Schwielen an den Handinnenflächen. Sie hatte vergessen, wie hart das Leben auf dem Land sein konnte. Und zu Friedenszeiten waren ihre Brüder für das Holz zuständig gewesen, doch auch jetzt mussten Zäune ausgebessert und morsche Bretter im Stall ersetzt werden.

Sie beneidete Anni, die im Haus Wolle spann und Kleidung ausbesserte, aber ihre Schwester beherrschte den Umgang mit Spinnrad, Nadel und Zwirn seit jeher besser als sie.

Anni machte ebenfalls eine Pause, war zu ihnen in den Garten gekommen und versuchte, auf einem Seil zu balancieren, das sie zwischen zwei Bäume gespannt hatte. Sie hatte fasziniert von einem Zirkus erzählt, der vor einiger Zeit in der Gegend gewesen war. Nun wollte sie sich selbst in Seilakrobatik üben, sehr zum Ärgernis ihrer Mutter.

Anni gab einen quietschenden Laut von sich, als sie runterfiel. Frida lachte auf.

Greta bewegte schwungvoll die Beine vor und zurück, sodass sie so hoch schaukelte, dass das Gerüst wackelte. Bei jeder Vor- und Rückwärtsbewegung quietschte es an den Verankerungen. Auch die müssten instand gesetzt werden, und Frida hoffte, dass es nicht zusammenbrechen würde, aber sie wollte dem Mädchen das Schaukeln nicht verbieten, denn dieser Ort war zum Rückzugsort für die Kleine geworden.

Greta half fleißig mit, vor allem die Arbeit mit den Schafen, Hasen, Hühnern und der Kuh schienen ihr Spaß zu machen. Frida hatte sie gestern mit dem Federvieh flüstern hören, doch sie war sofort verstummt, als Frida in den Stall gekommen war, sie hatte bisher kein Wort gesprochen. Das Füttern, Melken, Eiersammeln und Ausmisten gehörte zu Gretas Aufgaben, und ihre Mutter und Anni waren froh darum.

Eine Stute und das Fohlen tollten auf der Koppel herum, jagten über die Wiese und scheuchten ein paar ihrer Artgenossen auf. Die Franzens hatten vor Jahren vom Hauptgestüt Trakehnen einige Prachtpferde erstanden, wodurch sie ihre Zucht aufgewertet hatten. Einer ihrer Hengste hatte bei einem Pferderennen in der Region den ersten Platz belegt, was dem Gestüt ein hohes Ansehen beschert hatte. Die Pferde konnten seitdem zu einem besseren Verkaufspreis abgegeben werden.

Sogar die Wehrmacht war auf dieses Gestüt aufmerksam geworden und hatte Tiere erstanden. Was mussten diese Tiere im Krieg erleiden? Sie dachte an Erwin. War bereits ein Brief in Berlin ins Leere gelaufen, weil ihre Nachricht ihn nicht rechtzeitig erreicht hatte?

Sie wollte mit seiner Mutter Berta sprechen, vielleicht hatte sie in letzter Zeit eine Nachricht von ihm erhalten. Frida hatte sich in der letzten Woche noch nicht zum Haupthaus getraut. Einerseits war sie begierig darauf, Neuigkeiten zu erfahren, anderseits scheute sie sich vor dem Kontakt mit dieser Frau, die ihr schon früher nicht wohlgesonnen gewesen war. Doch die Unruhe hatte heute Morgen überhandgenommen, Frida musste Berta Franzen endlich gegenübertreten und sich zurückmelden.

Greta stellte das Schaukeln ein und spielte mit den Füßen in der Erde. Sie hatte den Kopf an das Seil gelehnt, den Blick in die Ferne gerichtet, als ob sie den Horizont nach ihrer Mutter absuchte.

Frida stand auf. »Ich werde zum Gutshaus gehen. Ich muss wissen, ob es eine Nachricht von meinem Verlobten gibt.« Sie hatte Greta die letzten Tage immer wieder mit der Frage in den Ohren gelegen, ob sie rübergehen sollte. Greta hatte nie geantwortet, nun lösten sich die Augen des Mädchens vom Horizont und sahen sie aufmunternd an. »Zum Abendessen bin ich zurück, falls jemand fragt«, sagte Frida und stapfte los, am Gemüsegarten, ihrem Haus und den

Pferdekoppeln vorbei. Ein paar Schwalben flogen einen Kreis über den Stall und verschwanden dann im Inneren. Jeder Schritt, den sie ging, kam ihr schwerer vor. Vor ihrem Aufbruch nach Berlin war sie im Gutshaus als Verlobte eines Sohnes willkommen gewesen. Erwin hatte um ihre Hand angehalten, und ihre Väter waren sich einig geworden, unter der Bedingung, dass Erwin vor der Hochzeit sein Studium beenden sollte.

Ihre Mütter waren von jeher gegen die Verbindung gewesen. Die Tochter des Kutschers, die mit dem Sohn des Gutsbesitzers die Ehe eingehen wollte ... Dies war Anlass zum Klatsch und Tratsch auf dem Lande gewesen, was den Frauen nicht gefallen hatte.

Frida ahnte, dass Berta Franzen ihr gegenüber nicht so freundlich gestimmt sein würde wie in Friedenszeiten, als ihr Mann noch im Haus gewesen war. Erwins Mutter hatte sich dem Willen des Gutsherrn gefügt, doch Frida in unbeobachteten Momenten ihren Unmut spüren lassen.

Die breite Treppe zur Haustür war gleichzeitig vertraut und fremd. In den Ecken hatten sich Blätter, Gräser und Dreck gesammelt. Früher hätte man auf den Stufen ein Staubkorn mit der Lupe suchen müssen, Berta hatte stets penibel auf Sauberkeit geachtet.

Frida atmete tief durch, bevor sie den Türklopfer in Form eines Pferdekopfes betätigte. Ihr Herz pochte heftig, und ihr Mund wurde trocken.

Schritte ertönten, dann wurde die schwere Holztür geöffnet. Es erschien eine abgemagerte Frau mit einem bunten Kopftuch, ihr Gesicht war von unzähligen Narben und Pickeln übersät. »Ja, bitte?«, fragte sie mit einem östlichen Akzent.

Berta hatte anscheinend kein Problem damit, sich Zwangsarbeiterinnen ins Haus zu holen – oder aber keine Wahl. Ohne zahlreiche Hände ließ sich dieses Gestüt nicht führen.

»Ich würde gern mit Berta Franzen sprechen.«

»Und Sie sind?«, fragte die junge Frau unsicher, die Hand an die Türkante gelegt, als würde sie sich daran festhalten.

»Frida Zeitinger, die Verlobte ihres Sohnes.«

Die Frau nickte und deutete einen Knicks an, schien nicht sicher, wie sie sich verhalten sollte. Als die Gehilfin im Inneren verschwunden war, trat Frida in die Eingangshalle. Es roch nach Putzmitteln und altem Gemäuer. Auf der einen Seite befand sich das gemütliche Sofa, auf der anderen eine Garderobe. Auf einem kleinen Tisch hatte jemand Schneeglöckchen in einer Glasvase drapiert, jedoch ließen die Blumen die Köpfe hängen, und das bräunliche Wasser hatte dunkle Ränder an dem Glas hinterlassen. Auch das hätte es früher nicht gegeben.

Erwins Mutter kam die Treppen hinuntergeeilt. Ihr Gesicht war immer noch rundlich, doch das Muttermal unter dem linken Auge erschien Frida auffälliger als früher. Sie trug ein Arbeitskleid mit einer Schürze, die Haare hatte sie fahrig zusammengebunden und nicht so schön hochtoupiert, wie Frida es in Erinnerung hatte. Ihre Miene war hart und undurchdringlich, da gab es keine Wiedersehensfreude. Sie rauschte an ihr vorbei zur Tür.

»Ich muss in den Stall, kommst du mit?«

Frida musste sich beeilen, um mit Berta mitzuhalten. Sie steuerten geradewegs auf den Stall zu.

Ein Stalljunge trieb zwei Pferde in die Boxen. Es roch nach Heu und Pferdemist. Die Schwalben zwitscherten, flatterten durch den Stall und setzten sich auf die Balken, an denen sie ihre Nester gebaut hatten. Bei den Geräuschen von Hufeschlagen, Schnauben oder dem Treten gegen die Bretter ging Frida das Herz auf. Hier war ihre Heimat, die Pferde waren ihr Zuhause.

Die Stute Abendstern wieherte, als sie Frida erblickte. Frida trat näher und streichelte die Nüstern des Tieres. Das weiche Fell kitzelte ihre Hände, die Augen blickten sie aus einer tiefen Seele herausfordernd an. Wie oft war sie mit dem Tier zum See geritten, wie oft hatte sie den Wind der Freiheit in den Haaren gespürt.

»Hier«, sagte Berta und reichte Frida eine Heugabel. Erwins Mutter schob die Schubkarre mit dem Heu vor sich her und ließ Frida das Futter für die Tiere verteilen. Zwei abgemagerte Frauen in zerlumpten Kleidern betraten den Stall und sollten ausmisten. Berta strafte sie mit einem strengen Blick, wahrscheinlich waren die beiden zu spät. Frida schätzte, dass das Gestüt fünfzig Pferde beherbergte. Das waren weniger als früher, aber immer noch genug Arbeit.

»Warum bist du zurückgekommen?«, fragte Berta.

Sie hievte Heu in eine Pferdebox. Das Nachbarpferd, ein stolzer Rappe, schlug mit der Hufe gegen das Holz, es ging ihm nicht schnell genug. Pferde waren die größten Futterneider, die Frida kannte. »Ein Fliegerangriff der Royal Airforce hat das Haus meiner Tante zerstört.« Sie schluckte. »Und sie unter den Trümmern begraben.«

»Und wann willst du wieder nach Berlin?« Kein Wort des Mitleides, kein freundlicher Blick.

»Jetzt nicht. Nicht, bevor der Krieg vorbei ist.«

Berta nickte, es lag etwas in ihrem Gesichtsausdruck, das Frida nicht deuten konnte.

»Hast du in letzter Zeit einen Brief von Erwin erhalten?«, fragte Frida, und ihr Herz begann wieder, schneller zu schlagen.

Berta schob die Schubkarre vor und wartete darauf, dass Frida das Heu einlud. Mechanisch führte Frida die Bewegung aus.

»Vor vier Monaten vielleicht. Er schreibt nicht so häufig«, antwortete Berta. »Ich habe ihm kürzlich von Alfreds Einzug zur Wehrmacht geschrieben. Ich erwarte jeden Tag eine Antwort.«

Vor etwas mehr als zwei Monaten hatte Frida den letzten Brief von Erwin erhalten, doch nun war er verbrannt oder lag unerreichbar in dem zerbombten Haus in Berlin.

»Nun sind alle weg«, lamentierte Berta. »Das Gestüt in den Händen von Frauen und Kindern.« Sie wies auf einen Stalljungen, der so dünne Arme hatte, dass Frida sie umfassen konnte. Er würde nicht in der Lage sein, schwere Arbeiten zu verrichten. »Die Wehrmacht will die Pferde am liebsten umsonst haben, und ich weiß nicht, ob das Futter bis zur nächsten Ernte reicht. Es fehlt an allen Ecken und Enden.«

Frida schluckte, sie würde Berta so gern helfen, wusste jedoch selbst keinen Rat.

»Dieser sinnlose Krieg bringt uns noch alle um«, fuhr Berta fort.

»Vielleicht ist er bald schon vorbei, und dein Mann und deine Söhne kommen alle wohlbehalten zurück.«

Berta stoppte die Schubkarre und strich sich mit dem Handrücken Schweiß von der Stirn. Sie sah Frida lange an, setzte an, etwas zu sagen, zögerte, doch dann meinte sie: »Hermann ist letztes Jahr gefallen.« Ihre Augen waren starr vor Trauer, ihre Unterlippe zitterte.

Fridas Kehle schnürte sich zu. »Aber ... meine Mutter hat gar nicht ...«

»Ich habe es nicht an die große Glocke gehängt.« Das Muttermal unter ihrem Auge zuckte.

Hermann war der älteste Sohn, der irgendwann das Gestüt hätte übernehmen sollen. Frida konnte sich nicht vorstellen, diesen stattlichen Mann nicht mehr wiederzusehen. Damit war Erwin als Zweitältester der Erbe des Hofes. »Weiß Erwin es?«

»Nein.«

Erwin hatte sich nie viel aus den Pferden gemacht, was würde nun aus seinem Traum, Medizin zu studieren und Arzt zu werden?

Die Welt schien aus den Fugen zu geraten.

Fridas Kopf fühlte sich immer noch wie benebelt an. Sie sah den stämmigen Hermann vor sich, wie er auf dem Dach des Stalls herumlief und es auf Sturmschäden inspizierte, wie er ein Pferd striegelte und als Kind in den Ästen eines Baumes herumkletterte.

Langsam trottete sie die Stufen hinauf in ihre Kammer. In der Schublade des Tisches fand sie einen Block aus der Schulzeit mit einer Matheaufgabe und einer Zeichnung von ihrem Klassenraum mit der Lehrerin. Diese hatte sie gut getroffen, hatte damals schon Talent fürs Malen gehabt und stets die Schulhefte vollgezeichnet – zum Ärgernis ihrer Mutter.

Frida riss ein leeres Blatt ab und nahm den Füllfederhalter. Wie sollte sie den Brief an Erwin beginnen, und womit durfte sie ihn belasten? Am liebsten würde sie ihm ein Bild malen und dadurch ihre Gefühle beschreiben ... Warum eigentlich nicht?

Sie nahm Block und Bleistift, lief nach draußen, lehnte sich an einen Baumstamm und zeichnete das Gestüt mit den Pferden und ihr eigenes Haus. Sie malte Greta auf der Schaukel, auch wenn sie dort gerade nicht saß, zeichnete ihre Mutter in den Garten, in dem die Kamelien blühten. Berta bekam den Platz vor dem Stall, so, wie sie seine Mutter von dem Gespräch in Erinnerung hatte: mit Kleid, Schürze und den nachlässig zusammengebundenen Haaren. Die Sonne brach durch die Wolken, wärmte ihre Haut und tauchte die Wiesen und die Pferde in satte Abendsonnenfarben. Sie verlor sich in dem Gemälde, das ihre Finger erschufen. Sie hatte ganz vergessen, wie befreiend der Akt des Erschaffens war. Vielleicht sollte sie wieder öfter malen und daraus Hoffnung schöpfen.

Sie war zufrieden, als sie das fertige Bild betrachtete. An den oberen Rand schrieb sie: *Ich bin wieder zu Hause.* Sie skizzierte einen Pfeil auf das Mädchen und notierte: *Greta, die Tochter einer Freundin, sie lebt bei uns.* Neben dem Blumengarten kam der Satz: *Die Kamelien blühen wieder.* Sie malte dazu einen lachenden Mund. Auf der Rückseite des Bildes vermerkte sie: *Die Bombenangriffe der Royal Airforce bleiben uns hier erspart. Es ist fast wie früher, und so sende ich dir ein paar Friedensgedanken in der Hoffnung, dass du die Front ertragen kannst.*

Durfte sie Erwin von dem Tod seines Bruders erzählen? Sie entschied sich für eine andere Formulierung. *Doch auch hier hat der Krieg vieles verändert. Ich sehne mich nach deinem nächsten Brief. Lass nicht zu lange auf ihn warten.* Als sie aufblickte, stand Greta vor ihr und musterte sie. Frida faltete das Blatt zusammen. »Was gibt es?«

Das Mädchen zeigte auf das Haus.

»Essen?«, fragte Frida.

Greta nickte.

Frida folgte dem Mädchen und legte ihr eine Hand auf die Schulter. »Wann möchtest du wieder mit uns reden? Das würde vieles einfacher machen, und deiner Mutter würde es sicherlich auch gefallen.«

Sie erntete dafür einen vernichtenden Blick.

Sie würde dem Mädchen so gern helfen, doch wie sollte sie Greta mit dem Wissen um ihre Mutter Hoffnung geben können? Sie unterdrückte eine weitere Erwiderung, denn sie würde es nur schlimmer machen.

Frida hörte Geschrei und sah sich um. Zwei Zwangsarbeiterinnen führten Pferde auf die Koppel, Berta stand daneben, schrie und zeterte und schlug einer Frau ins Gesicht. Die Arbeiterin stürzte zu Boden und hielt sich die Wange. Sie war so entkräftet, dass sie kaum aufstehen konnte.

Fridas Hand krampfte sich um den Türrahmen, sie konnte nicht verstehen, wie man so mit den Arbeiterinnen umgehen konnte. Sie kannte den Befehl von ganz oben, Zwangsarbeiter nicht besser als Hunde zu behandeln, aber schlug man Tiere?

Sie wandte den Blick ab und trat ins Haus, wo sie mit Greta den Tisch deckte.

Ihre Mutter hatte Brot gebacken und in der letzten Woche den schmackhaften Kräuterkäse hergestellt. Den Verlust ihrer Schwester Maria hatte sie immer noch nicht überwunden. Frida hatte sie eines Nachts durch die dünne Wand weinen hören, außerdem war sie ungewöhnlich still und redete nur das Nötigste.

Sie setzten sich und machten sich hungrig über das Essen her.

»Warst du bei Berta?«, fragte Anni fröhlich.

Anscheinend hatte ihre Schwester sie gesehen, wie sie zum Gutshaus gegangen war. »Ja, ich wollte mich zurückmelden und fragen, ob sie etwas von Erwin gehört hatte.«

»Und?« Anni biss genüsslich in ihr Käsebrot.

»Ihr letzter Brief von ihm erreichte sie vor vier Monaten. Und sie hat mir noch etwas erzählt, was sie bisher verschwiegen hat.«

Ihre Mutter und ihre Schwester sahen sie erwartungsvoll an, auch Greta hob den Kopf.

»Sie hat schon vor Längerem eine Todesnachricht von Hermann bekommen.«

»Was?«, rief ihre Mutter und riss die Augen auf.

»Nein.« Anni schlug die Hand vor den Mund.

Greta sah sie irritiert an, also erklärte Frida ihr, dass es sich um den ältesten Sohn der Familie Franzen handelte.

Das Mädchen nickte und widmete sich dem Essen. Frida war froh, dass Greta endlich wieder Appetit bekommen hatte.

Fridas Mutter presste die Handflächen auf die Tischplatte. »Mit uns redet sie nicht mehr. Wenn es so weitergeht, wirft sie uns vom Hof.«

»Wieso sollte sie das tun? Sie braucht jede Hand, die sie kriegen kann«, entgegnete Frida.

»Sie kann sich nun Zwangsarbeiterinnen holen, die kosten sie nichts. Uns muss sie entlohnen, und die Kutschfahrten sind lange passé. Meist soll ein Stalljunge den Pferdewagen lenken, wir beide sind ihr nicht gut genug.« Ihre Mutter machte ein gequältes Gesicht.

»Vielleicht glaubt sie, dass die Arbeit in die Hand eines Mannes gehört.«

»Es sind Kinder, Frida«, sagte ihre Mutter scharf. »Es fehlt noch, dass sie sich Juden ins Haus holt.«

Greta zuckte leicht zusammen, und Frida hoffte, dass dies nur ihr aufgefallen war. »Weißt du, was sie mit den Juden machen?« Erst als sie den Satz laut ausgesprochen hatte, wurde ihr bewusst, was sie in Gegenwart von Greta gesagt hatte. Sie konnte hier am Tisch unmöglich von den Konzentrationslagern erzählen, von denen sie im russischen Radio gehört hatte.

Ihre Mutter zog die Stirn in Falten. »Nein. Und es ist mir auch egal, Hauptsache, sie sind weder bei uns noch in der Stadt.«

»Was hast du nur gegen die Juden?«

»Dieser Herr Blauzwirn war ein Halsabschneider, er hat Salz und Zucker viel zu teuer verkauft, und in den Tee soll er Laub gemischt haben.«

Herr Blauzwirn hatte ein Geschäft in Wehlau besessen, als Frida noch hier gelebt hatte, und war 1935 einer Plünderung zum Opfer gefallen. Danach hatte er die Stadt verlassen.

Ihre Mutter hatte vor Fridas Abreise nach Berlin die Nationalsozialisten unterstützt, sich wie Erwin erhofft, dass die neue Regierung den Aufschwung für Ostpreußen brachte. Frida hatte geglaubt, dass sich die Meinung ihrer Mutter in der Zwischenzeit geändert hatte, doch sie hatte sich geirrt.

»Wenn du miterlebt hättest, was ich in Berlin ...«

»Jetzt hört auf zu streiten«, mischte sich Anni ein und breitete die Arme aus. »Ob Bertas Zwangsarbeiterinnen Juden sind oder nicht, ist völlig egal. Und wir können nicht wissen, was in Zukunft passiert und was Berta mit dem Gestüt anstellen will, und bis dahin machen wir das Beste aus der Situation. Vielleicht ist der Krieg morgen vorbei, unsere Väter und Brüder kehren nach Hause zurück, und alles wird wie zuvor.« Anni lächelte unbeschwert.

Nichts würde je wie zuvor, dachte Frida, doch sie behielt den Gedanken für sich. Sie schmierte sich eine weitere Scheibe Brot mit dem wohlschmeckenden Käse. Hier war vom Krieg kaum etwas zu spüren – außer dass die Männer fehlten –, und dennoch schien der Frieden schon lange Auszug gehalten zu haben.

Berlin, Mai 2009

»Du hast viel gemalt«, stellte Carolin fest. Es war, als säße eine Seelenverwandte vor ihr.

»Ich habe es geliebt«, sagte ihre Großmutter mit leuchtenden Augen. »Auch wenn ich es in Kriegszeiten vernachlässigt habe, war es immer ein Teil von mir.«

So fühlte sich Carolin seit Jahren. Sie malte seit der Schulzeit, hatte sich ein Buch über Malerei gekauft und verschiedene Techniken mit Acryl und Aquarellfarben ausprobiert. Doch beim Studium und der Arbeit in Vaters Unternehmen war ihr nicht so viel Zeit dafür geblieben, wie sie es sich gewünscht hatte. Sie hatte von einem eigenen Atelier geträumt, aber ihr Vater hatte ihre Malerei immer als Hobby angesehen. Am liebsten saß sie in der Stadt, zeichnete die Umgebung und die Menschen. Zu Hause versah sie die Zeichnungen mit Aquarellfarbe, hatte gelesen, dass sich diese Technik Drainting nannte. »Ich male ...«

Ein Geräusch drang aus dem Flur, und im nächsten Moment stand Ingrid auf der Schwelle zur Küche.

»Oh.« Frida blickte überrascht zur Uhr. »Ist es schon so spät?«

»Mutter, es ist dreizehn Uhr durch.«

»Wie die Zeit vergeht.«

Ingrid kam herein und stellte einen Topf auf den Herd. »Ihr habt den Frühstückstisch noch nicht abgeräumt?«, bemerkte sie mit hochgezogenen Augenbrauen. Sie begann, das Geschirr in die Spüle zu stellen.

Carolin unterdrückte ein Seufzen und stand auf, um ihrer Tante zu helfen.

»Bleib sitzen!«, sagte Frida zu ihr.

»Mutter, das ist hier doch kein Hotel.«

Carolin wollte etwas erwidern, doch ihr fehlten die Worte. Wahrscheinlich würde sie ihre Tante nur noch mehr gegen sich aufbringen – das wollte sie auf keinen Fall. Sie brauchte die Zeit mit ihrer Großmutter.

»Musst du nicht auf der Arbeit sein?«, fragte Frida.

Ingrid nickte. »Ich habe mir eine verlängerte Mittagspause genommen, um dir etwas zu essen zu bringen und nach dir zu sehen.«

»Wusstest du nicht, dass ich hier bin?«, fragte Carolin.

»Doch«, antwortete Ingrid und stellte Gurken und Butter in den Kühlschrank. Es hörte sich an wie: *Genau deswegen.*

»Du sorgst dich zu sehr«, sagte Frida und warf Ingrid einen liebevollen Blick zu. »Wir kommen schon zurecht.«

»Das sehe ich«, zischte sie und rollte mit den Augen.

Frida warf Carolin einen vielsagenden Blick zu, als Ingrid das Geschirr in die Spülmaschine räumte.

»Ich habe Kartoffelsuppe mitgebracht. Soll ich sie schon anstellen?«

»Nein danke«, sagte Frida.

Als Ingrid fertig war, lehnte sie sich an die Küchenzeile und schob die Hände in die Taschen ihrer Anzughose. Mit der blauen Bluse und der Schminke wirkte sie deplatziert in dem altertümlichen Ambiente.

»Also gut.« Ingrid seufzte. »Aber macht nicht mehr zu lange. Du darfst dich nicht überanstrengen.«

»Ich weiß schon, wann ich müde werde«, sagte Frida und stützte sich auf den Stock.

»Bleib sitzen, ich kenne den Weg nach draußen.«

Frida hörte nicht auf ihre Tochter und brachte sie zur Haustür. Die beiden diskutierten, doch zum Glück verstand Carolin die Worte nicht. Sie hatte genug gehört und atmete erleichtert auf, als die Haustür ins Schloss fiel. Hoffentlich würden sie nicht jeden Tag einen Kontrollbesuch bekommen.

»Hast du schon Hunger?«, fragte ihre Großmutter, als sie zurück in die Küche kam.

»Ich bin immer noch satt vom Frühstück«, sagte Carolin.

»Ich auch.« Frida lächelte und setzte sich. Zu Hause bewegte sie sich viel sicherer als im Restaurant. »Wo waren wir stehen geblieben?«

»Dass Berta Franzen den Tod ihres Sohnes Hermann verheimlicht hat.«

»Genau, Berta. Sie hat noch ganz andere Dinge getan.«

»Was denn?«

Frida machte ein genervtes Gesicht. »Sie hat mich nicht nur hinters Licht geführt, sondern war hinterlistig und bösartig.«

Kreis Wehlau in Ostpreußen, Mai 1943

Als Erwins Schwester Lotte den Stall betrat, umarmte Anni sie herzlich. »Alles Gute zum Geburtstag.« Frida beglückwünschte sie ebenfalls.

Lotte lachte vergnügt und bewunderte die Luftballons und vor allem die Strohpuppen, die Anni und Frida geflochten und an den Stallboxen angebracht hatten. »Ich hatte mir von meiner Mutter einen stallfreien Tag gewünscht, doch darauf hat sie sich nicht eingelassen.« Sie verzog in gespielter Weise das Gesicht.

»Wir beeilen uns heute«, schlug Anni vor und griff nach einer Mistgabel.

Nach wenigen Minuten stand ihnen der Schweiß auf der Stirn. Es schien ein heißer Tag zu werden, und es war ein Knochenjob, fünfzig Boxen zu reinigen – vor allem da gestern schon den ganzen Tag die Maisonne auf den Stall geschienen hatte.

»Ich habe keine Lust mehr.« Lotte pustete sich eine schwarze Strähne aus dem Gesicht und stützte sich auf die Mistgabel. Stroh hatte sich in ihrem welligen Haar verfangen. Die Haare hatte sie von ihrem Vater geerbt, genauso wie die braunen Augen mit diesem intensiven Blick, dem sich keiner entziehen konnte. »Dass diese Viecher auch immer so viel Mist hinterlassen müssen.«

Anni lachte. »Du meinst, dass sie so viel scheißen müssen.«

Lotte prustete los. »Ja genau. Wenn dich meine Mutter hören würde, wärst du einen Kopf kürzer.«

»Sie liest bestimmt gerade eurem Hauspersonal die Leviten.« Die beiden kicherten und verfielen in einen Lachkrampf.

Frida schob die Schubkarre nach draußen und kippte den Inhalt auf den Misthaufen hinter dem Stall. Er stank bestialisch, ein Rinnsal hatte sich gebildet und lief in die Wiese. Es wurde Zeit, dass die Männer zurückkehrten und diese Arbeiten übernahmen. Wann war der verdammte Krieg nur vorbei? Seitdem sie hier vor zwei Monaten angekommen war, hatte sie keinen Brief mehr von Erwin erhalten, und mittlerweile machte sie sich ernsthaft Sorgen. Sie vermisste ihn so sehr, dass es innerlich schmerzte. Sie wollte ihn spüren, küssen und in seinen Armen liegen.

Berta Franzen kam über den Hof auf sie zugeeilt. Sie sah besorgt aus, Frida war sofort alarmiert. »Ist etwas geschehen?«, fragte sie, als die Gutsherrin nur noch ein paar Meter entfernt war.

»Wo ist deine Mutter?«, fragte Berta, ohne eine Miene zu verziehen.

»Ist irgendwas mit Erwin?«

»Nein. Ist deine Mutter im Haus?«

»Ja.«

»Dann komm mit.«

»Ich bringe die Schubkarre eben in den Stall, damit Lotte und Anni weitermachen können.« Geschwind schob sie die Karre zu der Box, in der die beiden immer noch gackerten.

»Hier«, sagte Frida. »Ich muss zu Mutter.«

Anni unterdrückte ein Lachen. »Willst du dich drücken, oder was?«

»Irgendwas will Berta von mir und Mama.«

Nun war auch Lottes Aufmerksamkeit geweckt. »Was hat die denn schon wieder ausgeheckt?«

Frida zuckte mit den Schultern. »Ich hoffe, ich erfahre es gleich.« Sie eilte nach Hause.

Die beiden Frauen waren in der Stube, ihre Mutter saß zusammengesunken auf einem Schemel.

»Deine Mutter hat mir erzählt, dass du in Berlin als Kindergärtnerin gearbeitet hast. Stimmt das?«, fragte Berta.

»Ja. Warum ist das wichtig?« Frida trat einen Schritt näher, stoppte jedoch, als sie auf ihre Stiefel sah und merkte, dass sie Stroh und Pferdemist verlor.

»In Woytnicken ist ein Heim für deutsche Kinder der Kinderlandverschickung errichtet worden. Letzte Woche ist dort eine Betreuerin an Schwindsucht gestorben. Sie benötigen dringend Ersatz. Meine Freundin hat mich gebeten, die Augen offen zu halten.« Berta sah sie bedeutungsschwer an. »Die brauchen jemanden wie dich.«

»Ich gehe nicht fort. Ich bin doch erst seit zwei Monaten wieder zu Hause.«

»Frida!«, sagte ihre Mutter streng.

Es gehörte sich nicht, gegen den Gutsherren – oder in diesem Fall die Gutsherrin – das Wort zu erheben oder Ansprüche zu stellen. Sie arbeiteten auf dem Hof und bekamen dafür Lohn. Die Gutsherren hatten das Recht, ihren Leuten jede Arbeit anzuvertrauen, je nachdem, wo Hilfe benötigt wurde, aber dies war keine Arbeit auf dem Gestüt.

Auch wenn sie in einem Heim keine schweren Tätigkeiten verrichten musste, würde sie dort schlafen müssen und bei einer Tagesreise zu Fuß nur selten nach Hause kommen. Sie wollte nicht weg und konnte Greta nicht allein lassen.

»Kann ich noch was dagegen einwenden?«, fragte Frida resigniert und ließ sich auf einen Stuhl fallen.

Berta schüttelte den Kopf. »Du wirst im Heim gut entlohnt, außerdem werde ich deiner Mutter genug Zeit lassen, um im eigenen Garten arbeiten zu können.«

Diese Freundin musste Berta sehr wichtig sein, sonst wäre sie nicht so großzügig. »Wann geht es los?«

»Schon gleich. Ich setze einen Brief an meine Freundin auf, dann wird dich ein Stalljunge nach Woytnicken fahren.«

»Was?« Frida verschluckte sich an ihrer Spucke und hustete. Sie würde noch nicht mal Zeit haben, sich richtig von allen zu verabschieden, geschweige denn sich an den Gedanken zu gewöhnen, dass sie woanders leben musste.

Kapitel 6

Woytnicken in Ostpreußen, Mai 1943

Die Sonne stand hoch am Himmel, als Frida beim Heim der Kinderlandverschickung ankam. Über dem Eingang prangte noch die Aufschrift *Gaststätte*, nur an der gehissten Fahne ließ sich erkennen, dass es sich um ein Heim der KLV handelte. Die Fassade war schmutzig, und die Fensterläden hingen schief in den Angeln. Weder Kindergeschrei noch Lachen drang aus den offenen Fenstern.

Der Stallbursche verabschiedete sich und machte sich auf den Rückweg. Sie ging auf den Eingang zu, auch wenn ihr jeder Schritt so schwerfiel, als würde sie einen Berg besteigen.

Es gab keine Klingel, aber die Tür war nur angelehnt, also trat sie ein.

»Hallo?«, fragte sie zaghaft.

Auf der Holztreppe lag eine Drehmusikdose. Frida öffnete die Tür zu ihrer Linken und steckte den Kopf hinein. Dahinter befand sich ein großer Speisesaal mit vielleicht fünfzig Jungen im Alter zwischen drei und zehn Jahren, die gerade beim Essen waren.

Alle blickten auf und sahen sie interessiert an, keiner sprach ein Wort. Es herrschte eine gespenstische Stille. Im Kindergarten in Berlin hatten sie kleine Gespräche zu Tisch zugelassen, aber hier schien man das Schweigegebot durchzuziehen.

Am anderen Ende des Raumes stand eine große dünne Frau auf. Sie hatte die Haare streng nach hinten gekämmt und zu einem Zopf geflochten. Mit dem hochgeschlossenen grauen Kleid und der weißen Schürze sah sie wie eine Nonne aus.

»Sie stören das Essensritual.«

Frida hätte es nicht besser formulieren können und am liebsten auf der Stelle kehrtgemacht, aber sie konnte unmöglich den Weg zu Fuß zurückgehen. Daher griff sie in die Innentasche des Mantels und zog den Brief heraus. »Ich bin Frida Zeitinger vom Gestüt Franzen. Berta Franzen hat mich geschickt. Sie sagte, Sie bräuchten eine erfahrene Kindergärtnerin.«

Die Frau kam zu ihr, nahm den Brief entgegen und las ihn schweigend. Als sie fertig war, steckte sie ihn in die Schürze. »Dann komm mal mit«, sagte sie, ohne die strenge Miene zu verziehen.

Frida ärgerte sich darüber, dass diese Frau ungefragt zum »Du« gewechselt hatte, ohne sich vorzustellen. Widerwillig folgte sie ihr ins Dachgeschoss zu einer Kammer. Darin hatten gerade mal ein Lager, ein Stuhl und ein kleines Brett an der Wand Platz, das als Tisch dienen sollte. Es war eine Zumutung.

»Du kannst dich einrichten und von der Reise erholen. Aufstehen morgen um sechs. Um sieben wecken wir die Kinder, um acht halte ich die Morgenansprache, danach folgen Schuheputzen und Frühstück. Für den Vormittag ist ein Wettkampf angesagt. Laufen, Springen, Werfen. Wir müssen alles dokumentieren. Um halb eins gibt es Mittagessen, danach haben die Jungs eine Stunde Ruhepause. Anschließend Rassenkunde und Arbeitsdienst, um achtzehn Uhr Abendessen, dann wird sich gewaschen, morgen ist Duschtag, und um zwanzig Uhr ist Zapfenstreich. Irgendwelche Fragen?«

Frida schüttelte den Kopf. Der Tagesablauf war im Kindergarten in Berlin ähnlich streng geregelt gewesen, aber selbst die Parteigenossin Wilhelmine hatte ein Herz für die Kinder gehabt und sie nach dem Marschieren oder Wettkämpfen in ihrem eigenen Spielen gefördert. Frida hatte es geliebt, wenn die Kinder aus Stöcken und Steinen eine Kochstelle gebaut oder in ihrer Fantasie mit Luftballons gespielt hatten. Frida bezweifelte, dass der immer gleiche Tagesablauf förderlich für die eigenen Gedanken war. Auch wenn sie in dem Hortnerinnen-Seminar eine strenge Handhabung gelernt hatte, vertraute sie ihrer inneren Eingebung.

Die Frau nickte und trat zurück. »Also gut, dann bis morgen.«

Ob sie Hunger hatte, schien die Frau nicht zu interessieren, zum Glück hatte Frida Proviant dabei. »Verrätst du mir auch deinen Namen?«

Die Augen der Frau blitzten feindselig auf. Anscheinend war ihr die Frage zu aufsässig, doch das war Frida egal.

»Ich bin Lagermutti Margot.« Dann knallte sie die Tür hinter sich zu.

Frida ließ sich aufs Bett sinken und vergrub den Kopf in den Händen. Ihre Augen begannen zu brennen, nein, sie wollte sich von dieser Giftschlange nicht zum Weinen bringen lassen. Sie wollte stark sein und es zumindest ein paar Tage aushalten, bis sie nach Hause konnte und mit ihrer Mutter sprechen würde.

Am Morgen wurde sie unsanft von einem lauten Klopfen geweckt. »Aufstehen. Vor der Tür liegt dein Kleid. Ich warte unten in der Küche auf dich«, rief Margot.

Schwerfällig erhob sich Frida. In der Nacht war sie oft aufgewacht, da ihre Schulter vom harten Bett geschmerzt hatte. Sie öffnete die Tür. Dort lag das gleiche triste Kleid, das auch Margot gestern getragen hatte. Unwillig streifte sie es über, band die alberne Schürze um und ging nach unten.

»Nimm dir ein Messer und schmier die Brote«, sagte Margot ohne eine Begrüßung.

Frida folgte der Anweisung und bestrich Dutzende Schnitten mit Butter. Dazu gab es verdünnte Milch. Ein mageres Frühstück. Sie stellten alles auf einem breiten Tisch bereit und weckten die Jungen.

Nach dem Frühstück gab es eine Versammlung auf dem Hof. Die Sonne brannte unbarmherzig vom Himmel, und Frida schwitzte in dem dicken Kleid. Margot stellte sich auf ein Podest und verschränkte die Arme hinter dem Rücken. Drei Jungen hissten die Fahne der Nationalsozialisten.

»Bei diesem herrlichen Hitlerwetter werden wir uns heute im Werfen, Springen und Laufen messen, während eure Väter an der Ostfront für neues Siedlungsland kämpfen. Wenn der Krieg gewonnen ist, wird es uns besser gehen als je zuvor. Ganz Europa wird bald unter deutscher Volksherrschaft stehen, und die arische Rasse wird die Führung übernehmen. Hier werdet ihr auf euer Leben als …«

Frida seufzte innerlich. Auch sie hatte Hoffnungen gehabt, als die Nationalsozialisten vor dem Krieg einen wirtschaftlichen Aufschwung und wirkliche Hilfe für Ostpreußen versprochen hatten, aber sie hatte die antisemitischen Äußerungen nicht überhören können und an Rechel denken müssen. Nach dem Weltkrieg hatten die Deutschen unter den Reparationszahlungen und der Trennung Ostpreußens vom Reich gelitten. Der Korridor hatte es den Bauern fast unmöglich gemacht, ihre Waren ins Deutsche Reich zu verkaufen, die Transportkosten hatten die Preise für Obst, Gemüse und Getreide zu sehr in die Höhe getrieben.

Hitler war nun um neues Land bemüht und schaffte Arbeitsplätze, aber zu welchem Preis? Die Juden hatten damit nichts zu tun. Was wussten diese Jungs schon davon, was es bedeutete, die arische Rasse zu erhalten?

Besorgt beobachtete Frida, wie die Kinder der »Lagermutti« an den Lippen hingen. Sie sogen jedes Wort in sich auf, ohne darüber nachzudenken. War die Kinderlandverschickung deshalb in der Reichshauptstadt so unbeliebt gewesen, und die Mütter hatten geahnt, wie ihre Kinder in der Ferne beeinflusst wurden? Natürlich hatte auch sie in Berlin die Buben und Mädel nach dem nationalsozialistischen Gedankengut erziehen müssen, aber sie hatte das Gefühl, hier war es noch schlimmer.

Die nächsten Stunden rauschten an ihr vorbei. Sie notierte unzählige Namen, Ziffern, Zeiten, Sprungweiten und Wurfziele. Margot maßregelte die Kinder, wenn sie nicht die erwünschte Leistung erbrachten.

Ein Junge mit unglaublich großen Füßen schlappte, einer Ente gleich, über die Bahn und erreichte – obwohl der Älteste in seiner Gruppe – als Letzter die Ziellinie.

»Du bist eine Schande für das deutsche Vatervolk!«, rief Margot. »Was machst du, wenn du an der Front in einem Sturmangriff steckst? Bleibst du hinter deinen Kameraden zurück und versäumst es, für dein Vaterland unzählige Russen zu erschießen?«

Frida konnte es nicht fassen. Der Junge war zehn Jahre alt, wer sollte ihn einziehen?

In der Stunde der Rassenkunde wurde es noch bizarrer. Margot verteilte die Bilderbücher »Trau keinem Fuchs auf grüner Heid, trau keinem Jud bei seinem Eid« von Elvira Bauer. Frida verabscheute die böswilligen Reime und die Bilder, auf denen die Juden als hässliche und mit den übergroßen Nasen als grotesk wirkende Bösewichte dargestellt wurden. Auch in ihrem Kindergarten hatten sie es gehabt, aber sie hatte es Wilhelmine überlassen, daraus vorzulesen, und die hatte es nicht allzu oft hervorgeholt.

Margot ließ sich eine Viertelstunde darüber aus, warum man den Juden nicht trauen durfte und weshalb sie von der arischen Rasse fernzuhalten waren. Man solle die Säuberung des deutschen Volkes vorantreiben.

»An welchen äußerlichen Merkmalen erkennt man einen Juden?«, fragte Margot.

Alle Hände schnellten in die Höhe. Sie nahm einen Jungen in der ersten Reihe dran, der dem arischen Ideal mit seinen blonden Haaren und blauen Augen entsprach. »Hakennase, eng liegende Augen, dicke Lippen und eine gekrümmte Haltung. Die meisten haben Plattfüße.«

»Sehr gut«, lobte Margot den Schüler.

»Als Gott der Herr die Welt gemacht hat ...«, begann sie.

»... hat er sich die Rassen erdacht. Indianer, Neger und Chinesen und Juden auch, die bösen Wesen«, vervollständigten die Jungen im Chor.

Frida sah aus dem Fenster und versuchte, an etwas Schönes zu denken. An den Tag mit Erwin am Wannsee, aber immer wieder drängten sich die Gesichter von Rechel und Greta vor ihr inneres Auge. Sie wollte Margots Stimme ausblenden, doch diese hämmerte unbarmherzig in ihrem Ohr. Die Stunde schien sich eine Ewigkeit hinzuziehen.

Als Frida beaufsichtigte, dass die Jungen die Bücher zurück in den Schrank räumten, trat Margot zu ihr. »Du bist dann für die Rassenlehre verantwortlich.«

»Ich?«, fragte Frida, und ihr Herz setzte einen Schlag aus.

»Sag bloß, du kennst das Buch nicht?«

»Doch«, gab sie zu.

»Und nun komm. Du wirst den Spüldienst beaufsichtigen.«

Frida blieb keine Zeit, darüber nachzudenken, wie sie sich vor der morgigen Rassenlehre drücken konnte.

Kaum war Margot nicht anwesend, waren die Jungen aufsässig und nicht zu bändigen. Sie bespritzten sich mit Spülwasser, fielen in schallendes Gelächter und liefen um die Tische. Sie testeten ihre Grenzen aus und wollten wissen, wie weit sie bei ihr gehen durften.

»Wenn ihr jetzt nicht weiterspült, werdet ihr alle einen Aufsatz darüber schreiben, warum der Arbeitsdienst in diesem Heim wichtig ist.«

Die Jungs hielten in den Bewegungen inne und sahen sie musternd an, abschätzend, ob sie es ernst meinte.

»Dafür wecke ich euch morgen eine Stunde früher«, fügte Frida hinzu. »Und wenn ihr nicht fertig werdet, geht eure Ruhepause dafür drauf.«

Das zog. Die Jungs stellten sich wieder an die Spülbecken und wuschen das Geschirr ab.

Frida sah das Gestüt vor sich, die Pferde, die Stallungen, konnte das Erinnerungszwitschern der Schwalben nur erahnen.

»Wer liest den nächsten Absatz vor?«, fragte Frida.

Es war schon das dritte Mal, dass Margot ihr die Rassenlehre aufgebürdet hatte. Diese Giftschlange schien es zu riechen, dass Frida das Thema aufstieg wie Magensäure, und tat es sicherlich mit Absicht. Morgens wurden die älteren Kinder in die Schule geschickt, doch Rassenlehre stand nachmittags auf dem Plan, damit alle Kinder anwesend waren.

Die Hände der Jungen, die schon lesen konnten, gingen in die Höhe. Frida hatte sich in der letzten Stunde Respekt verschafft, indem sie alle eine Strophe des Buches immer und immer wieder hatte aufschreiben lassen, nur weil sich zwei Jungs mit Papierkugeln beworfen hatten. Die Kinder, die noch nicht schreiben konnten, hatten sich die Bilder gut einprägen sollen.

»Hans«, sagte sie zu einem Rotschopf mit Hasenzähnen in der ersten Reihe.

»Dies ist der Jud, das sieht man gleich, der größte Schuft im ganzen Reich! Er meint, dass er der Schönste sei und ist so hässlich doch dabei ...«

Auf der linken Seite des Buches sah man einen stattlichen blonden Mann mit nacktem Oberkörper, der sich auf einen Spaten stützte. Auf der rechten Seite einen dicken und rauchenden Juden mit Brille und Hakennase. Er hielt eine Aktentasche in der Hand, eine Zeitung steckte in seiner Jackettasche, und er stand so seltsam, dass man glaubte, er würde sich jeden Moment in die Hose machen.

Frida wurde übel. Was für ein falsches Bild musste sie den Kindern vermitteln. Damit verriet sie Rechel, Greta, Käthe und auch Victor. Den Schein wahren oder nicht – sie würde keine Sekunde länger in diesem Raum sitzen und die Kinder mit diesen Lügen vergiften.

Mit Schwung klappte sie das Buch zu. »Die Stunde ist für heute beendet. Das Wetter ist zu gut, ihr dürft im Hof spazieren gehen und darüber nachdenken, wem wir den strahlenden Sonnenschein zu verdanken haben und was die Sonne in euch auslöst.«

Die Jungs sahen sich ratlos an. Selbst nachzudenken schienen diese Kinder nicht gewohnt zu sein.

»Aber …«, meldete sich ein Älterer zu Wort.

»Sofort. Oder ich melde euren Ungehorsam der Lagermutti.«

Ruckartig erhoben sich alle, brachten die Bücher zurück in den Schrank und stürmten hinaus.

Frida schloss den Raum ab und suchte Margot im Arbeitszimmer auf, in dem sie die Personenakten der Kinder auf dem neuesten Stand hielt. Entgeistert sah sie auf die Wanduhr.

»Was machst du schon hier? Die Rassenlehre …«

»Die Stunde habe ich beendet«, fiel Frida ihr ins Wort.

Auf Margots Stirn bildete sich eine tiefe Falte. »Was fällt dir ein? Wo sind die Kinder?«

»Draußen. Sie …« Frida stockte. Hoffentlich beging sie keinen Fehler, aber sie konnte dieses Theater keine Minute länger mitmachen. »Ich habe sie zum Nachdenken animiert.«

»Nachdenken?« Margot faltete die Hände vor dem Bauch. »Gefährlich sind die Wesen, die selbst denken und sich einen Unsinn zusammenreimen. Sie sind hier, um auf das Leben im Deutschen Reich vorbereitet zu werden, ein Volk, das …«

Frida winkte ab. »Ich weiß, warum sie hergeschickt wurden, aber …«

Plötzlich hörte sie Hufgetrappel. Durch das kleine Fenster sah sie, dass sich eine Pferdekutsche näherte. »Wer besucht uns da?«, sprach sie ihren Gedanken aus.

»Das werden wir gleich sehen. Zuerst wirst du die Kinder zurück ins Haus holen und die Rassenlehre fortsetzen. Ich dulde keine …«

Die nächsten Worte rauschten an Frida vorbei, ohne dass sie den Sinn wahrnahm. Vom Bock sprang ihre Schwester, leichtfüßig hüpfte sie nach hinten und half einem Mann aus der Kutsche.

Fridas Herz machte einen Satz. Anni reichte ihm Krücken, und er humpelte auf den Eingang zu. Es war Erwin.

Frida kreischte los und tippelte mit den Füßen auf den Boden. Ohne auf Margots Gezeter zu achten, stürmte sie hinaus und rannte ihrem Verlobten, seinem Lächeln, seinen leuchtenden Augen und dem Versprechen einer besseren Zeit entgegen.

Erwin drückte Anni die Krücken in die Hand, bevor Frida ihm in die Arme fiel. Sie drehten sich im Kreis, sie stützte ihn, Freudentränen liefen ihre Wangen hinunter und gleichzeitig lachte sie. Das Glücksgefühl strömte durch ihren Körper und breitete sich bis in die letzte Zelle aus. Seine Bartstoppeln kitzelten ihr Gesicht, sein warmer Atem streichelte ihren Hals.

Die Last fiel von ihr ab, mit Erwin würde alles gut werden. Er würde sie nicht in diesem furchtbaren Heim lassen, sondern zurück auf das Gestüt holen.

»Ich glaube, ich träume«, flüsterte sie unter Tränen.

»Manchmal werden Träume wahr.« Er streichelte ihren Nacken.

Dann löste sie sich aus der Umarmung, musterte ihn: Seine blonden Haare, die zu lang geworden waren, die Fältchen um die Augen, die vor vier Jahren noch nicht da gewesen waren, die schmalen Wangen. Sie betastete seine leicht abstehenden Ohren und lächelte ihn an. Wenn sie ihn gemalt hatte, hatte besondere Aufmerksamkeit auf diesen Ohren und seinem schelmischen Lächeln gelegen, das auch heute ihr Herz höherschlagen ließ.

Zärtlich umschlossen seine Hände ihr Gesicht. Sie küssten sich, erst zart und vorsichtig wie zwei vom Jungvolk, dann fordernd und stürmisch, Verhungernden gleich. Er wischte ihre Tränen fort und betrachtete sie. »Ich lasse dich nicht mehr allein.«

Wie sie seine Stimme vermisst hatte, seinen wohltuenden Geruch. »Ich werte das als Versprechen.« Sie wollte nicht weinen, dennoch strömten weiterhin Tränen der Erleichterung und Freude über ihre Wangen.

»Was ist mit deinem Bein?«

»Das erzähle ich dir in Ruhe.«

»Ihr Turteltauben, darf ich auch mal«, herrschte Anni dazwischen und umarmte Frida.

»Ich bin so froh, dass ihr da seid. Ich hätte es keinen Tag länger hier ausgehalten.« Frida löste sich von Anni und sah Margot vor der Tür stehen.

»Macht sie dir Ärger?«, fragte Erwin.

»Dies ist kein Kinderlandverschickungsheim, sondern eine Kaserne«, raunte sie ihm zu.

»Du gehst nicht mehr dort hinein. Wir fahren direkt zurück zum Gestüt.«

»Aber ich muss noch meine Sachen holen«, sagte Frida.

»Das übernehme ich«, sagte Anni.

»Das wäre wunderbar, ich muss jedoch dieses Kleid loswerden.« Frida sah an sich hinunter.

»Was soll das?«, rief Margot, als Frida an ihr vorbei ins Haus trat. Sie antwortete nicht, lief in ihre Kammer, zog sich geschwind um und nahm ihren Koffer.

Margot folgte ihr bis zur Kutsche. Die Kinder im Hof beobachteten amüsiert das Spektakel, natürlich hatten auch sie ihre Begegnung mit Erwin verfolgt. Zwei Ältere waren in die Äste eines Baumes geklettert und kicherten, aber das war ihr egal. Das Kapitel Kinderlandverschickung war ein für alle Mal erledigt und niemand, nicht einmal Berta Franzen, würde daran etwas ändern können.

Frida hievte den Koffer in die Kutsche, und Erwin reichte ihr eine Hand beim Einsteigen.

»Was fällt dir ein?«, rief Margot. »Berta hat mir versprochen, dass ich eine zuverlässige Unterstützung erhalte.«

»Bevor ich da war, bist du doch auch zurechtgekommen.«

»Berta hat mir versichert, dass du so lange bleibst, wie ich dich brauche.«

»Das Versprechen meiner Mutter löse ich hiermit«, sagte Erwin aus der Kutsche. »Frida ist meine Verlobte. Ich dulde nicht, dass sie ihre Zeit in diesem Heim vergeudet.«

Margot schnaubte. »Das ist eine Unverfrorenheit.«

»Du warst doch sowieso nicht zufrieden mit meiner Vorgehensweise«, gab Frida zurück.

»Diese Schluderei hätte ich dir noch ausgetrieben.«

Frida machte eine Faust, hätte ihrer Wut am liebsten freien Lauf gelassen.

Erwin griff nach ihrer Hand. »Lass es gut sein.«

Margot hob den Zeigefinger. »Das werdet ihr mir büßen.«

Erwins Miene wurde düster. »Wie reden Sie mit einem Wehrmachtssoldaten? Wenn ich das melde, sind Sie die längste Zeit Lagermutti gewesen und werden stattdessen mit den Juden ins KZ Hohenbruch deportiert.«

Frida schnappte nach Luft. Auch Margot stand der Schrecken ins Gesicht geschrieben, und sie wich einen Schritt zurück. Anni sprang auf den Bock und trieb die Pferde an. Sie fuhren los, das Kinderheim und die Lagermutti wurden immer kleiner, aber die Erleichterung, die sie gerade verspürt hatte, ließ Frida zurück. Ihr ganzer Körper verkrampfte sich, und sie wagte es nicht, Erwin anzusehen.

Erwin legte den Arm um sie, doch es war, als hätte jemand einen Schützengraben zwischen ihnen geschaufelt. Wenn Erwin immer noch die nationalsozialistische Judenpolitik unterstützte ... nach allem, was geschehen war ... Der Graben schien breiter und tiefer zu werden und die schönen Erinnerungen und Zukunftsträume in sich zu verschlucken.

»Was ist?«, fragte er.

Sie sah in seine himmelblauen Augen und suchte nach einer Antwort auf ihre unausgesprochene Frage.

»Du zittertest ja.« Erwin streichelte ihre Wange und sah sie liebevoll an, diese gutmütigen Augen konnten doch nicht wirklich ...

Frida sah auf ihre Hände und befühlte die Hornhaut an ihren Handinnenflächen.

»War es so schlimm in diesem Heim?«, fragte er.

Ein Druck legte sich auf ihre Brust und zog ihren Oberkörper zusammen. Sie musste ihn jetzt fragen, sonst würden die nächsten Tage immer im Schatten der Ungewissheit liegen. Und wer wusste schon, wie viel Zeit sie gemeinsam hatten, bevor er wieder fortmusste. Sie schloss die Lider und sammelte Kraft für die Worte. »Hast du das gerade ernst gemeint?« Sie blickte in seine himmelblauen Augen.

Erwin runzelte die Stirn. »Was meinst du?«

»Dass du die Lagermutti ins Konzentrationslager schicken willst.«

Die Falten auf seiner Stirn entspannten sich. »Darum sorgst du dich?« Er lächelte sie liebevoll an. »Natürlich nicht, aber ich hatte das Gefühl, man konnte ihr nur mit einer Drohung den Mund verbieten.«

Ihr Oberkörper entspannte sich, und der Schützengraben zwischen ihnen schien zu verschwinden. »Dann unterstützt du es also nicht, dass Juden in KZs gebracht werden?«

»Ach, Frida.« Er zog sie zu sich, Frida lehnte den Kopf an seine Schulter, und Erwin streichelte ihre Haare.

Die Tränen kamen zurück, obwohl sie es nicht wollte.

»Was weißt du über diese Konzentrationslager?«, fragte Erwin.

Frida dachte an die Nachricht des russischen Radiosenders, und eine Gänsehaut überzog ihre Arme. »Zu viel.«

Erwin nickte.

»Und du?«, fragte sie.

Seine Augen verloren sich in der Ferne, und es dauerte eine gefühlte Ewigkeit, bis er begann. »An der Front ist man von allem so weit entfernt, dort erkennt man keine Zusammenhänge, sondern sieht nur Lichtblitze, doch als ich mit dem Zug nach Wehlau gefahren bin ...« Er atmete tief durch. »Ich saß mit einer Frau in einem Abteil. Die Reichsbahn hielt im Bahnhof, um einen anderen Zug passieren zu lassen. Viehwaggons, aus denen Arme ragten. Ich vermutete Kriegsgefangene, doch die Frau hat mir deutlich zu verstehen gegeben, dass es sich um einen Deportationszug handelte. Juden, die ins KZ Hohenbruch gebracht werden sollten. Sie wusste es so genau, da ihr Sohn als Blockführer im KZ arbeitete, und sie war so stolz darauf wie eine Großmutter auf ihren neugeborenen Enkel. Sie sagte mir, die Juden hätten alle wichtigen Bereiche von Politik und Wirtschaft infiltriert und man müsse sie auslöschen, um die arische Rasse rein zu halten.«

Das Gesicht von Käthe tauchte vor ihrem inneren Auge auf, und Fridas Brustkorb schnürte sich wieder zu. Sie hatte sie nicht vor diesem Unheil bewahren können. Sie dachte an den Pfarrer, der von Gnade und Gerechtigkeit gesprochen hatte. Wo war die Gnade geblieben?

»In Berlin habe ich mit Victor eines Abends einen russischen Nachrichtensender gehört.« Victor konnte Russisch und hatte übersetzt, was aber nicht nötig gewesen war, da die Meldung auf Deutsch wiederholt worden war.

Erwin sah sie entsetzt an. »Ihr habt was? Das ist Rundfunkverbrechen. Wieso habt ihr euch so in Gefahr gebracht?«

»Victor hatte Kopfhörer. Keiner hat uns gehört.« Dass ihnen dafür Zuchthausstrafen oder der Tod gedroht hatte, diesen Gedanken hatte sie weit von sich geschoben. »Der Bericht erzählte von riesigen Todeslagern für Juden, in denen sie in Gaskammern umgebracht würden, von großen Krematorien, in denen die Leichen verbrannt würden, von Schornsteinen, die alles überragten und aus denen Rauchwolken und Asche herausquollen, die auf die umliegenden Gebiete hinabregnen würden.«

Ihr Körper bebte, nun klammerten sie sich aneinander, die gewohnte Vertrautheit war zurückgekehrt. Erwin war endlich bei ihr und würde sie beschützten.

Er nahm ihren Kopf in die Hände. »Egal was passiert, Frida Zeitinger. Ich liebe dich.«

Sie musste lächeln, und gleichzeitig stiegen Tränen in ihre Augen – Tränen, die das Leid mit sich trugen, aber auch Erleichterung und Freude.

Er küsste die Tränen fort, holte die Hoffnung zurück in ihr Herz und liebkoste ihre Seele. Frida wollte am liebsten alles Vergessen und sich in der Zweisamkeit fallen lassen, doch es gab noch eine Frage, die in ihr brannte. »Nun erzähl! Was ist mit deinem Bein passiert?«

»Mit zwei Kameraden habe ich ein Haus gegen eine Übermacht an Russen verteidigt.«

»Als Sanitäter musstest du eine Waffe gebrauchen?«

Er nickte, wich ihrem Blick aus und sah aus dem Fenster. »Wir konnten sie abwehren, doch wir hatten unsere Staffel verloren. Am nächsten Morgen sind wir auf andere Kameraden gestoßen. Der Volltrottel von Stabsgefreitem meinte, wir müssten dem Befehl vom Vortag folgen und zum Fluss vorstoßen – mit gerade einmal dreizehn Mann. Ein Riesenfehler. Wir sind den Iwans direkt in die Arme gelaufen und mussten fliehen. Beim Rückzug dann der Schuss ins Bein. Fritz, der mir zu einem Freund geworden war, verbarg mich unter einen Busch und versprach zurückzukommen. Die Russen liefen an mir vorbei. Ich habe mich tot gestellt, war die ganze Nacht allein, mein Bein zerfetzt.« Erwin stockte und sah sie an, als sei er über seine eigene Wortwahl erschrocken.

Frida biss sich auf die Unterlippe, um nicht erneut loszuweinen. Ihr Geliebter hatte dem Tode ins Auge geblickt. Sie ließ die Hand über seine Brust gleiten, fragte sich, wie es in seinem Inneren aussah. Sie konnte nur erahnen, welche Ängste er ausgestanden haben musste.

»Ich dachte, ich sterbe dort, doch ich habe die kalte Nacht überlebt. Dann kamen die Russen zurück. Beinahe hätte ein Iwan mich ...« Er stoppte, presste die Lippen zusammen, bevor er weitersprach. »Endlich kamen meine Kameraden, um mich ins Lazarett zu bringen. Es war die längste Nacht meines Lebens, und ich hatte immer nur ein Gesicht vor Augen: deines! Ich wusste die ganze Zeit, dass ich nicht einschlafen durfte, damit ich dich wiedersehe.«

Jetzt rannen die Tränen doch wieder heiß über ihre Wangen, gleichzeitig lachte sie. »Ich bin so froh, dass du durchgehalten hast.«

Kreis Wehlau in Ostpreußen, Mai 1943

Als das Gestüt sich aus der Abenddämmerung herausschälte, machte Fridas Herz einen freudigen Hüpfer. Sie war zu Hause – und Erwin an ihrer Seite. Er würde seiner Mutter die Stirn bieten, falls sie Frida erneut fortschicken wollte.

Anni lenkte die Kutsche in die Scheune. Ein Stalljunge kam ihnen zur Hilfe, um die Pferde zurück in den Stall zu führen. Frida stieg zuerst aus und reichte Erwin die Hand. Sie sah ihm an, dass er sich ungern helfen ließ, dennoch griff er zu.

»Ich versorge die Pferde, dann komme ich nach«, sagte Anni, und half dem Jungen, die Stuten auszuspannen.

»Tut es sehr weh?«, fragte Frida.

Er schüttelte den Kopf. »Es geht schon wieder.«

»Das ist gut.« Und jetzt? Sie wollte sich nicht von ihm trennen. »Möchtest du zum Abendessen bleiben?«

»Gern, und da wäre noch etwas.« Er rieb sich über den Nacken. »Habt ihr wohl noch ein Bett für mich? Ich kann es nicht ertragen, heute mit meiner Mutter unter einem Dach zu sein.«

Irritiert sah sie ihn an. »Hattest du Streit mit ihr?«

Er strich ihr über die Wange. »Ich habe es dir noch nicht erzählt. Meine Mutter hat dich erst fortgeschickt, nachdem ich auf dem Hof eingetroffen war.«

»Was?« Für einen Moment war sie nicht in der Lage, sich zu rühren, dafür begann ihr Herz, wie wild zu pochen.

»Dafür gibt es keine Entschuldigung, und ich habe ihr bereits klargemacht, was ich davon halte.«

Frida hatte gewusst, dass Berta gegen die Verbindung zwischen ihnen war, dennoch hätte sie ihr diesen Verrat nicht zugetraut. »Wieso bist du nicht schon früher gekommen, um mich zu holen?«

»Ich habe erst heute erfahren, dass du zurück aus Berlin und nun in diesem Heim warst.« Er machte ein entschuldigendes Gesicht. »Aber jetzt sind wir wieder zusammen, und meine Mutter wird das nicht mehr ändern können.« Er legte den Arm um ihre Schultern und drückte sie an sich. »Komm.«

Als sie aus der Scheune traten, stand wie auf Befehl seine Mutter vor ihnen. »Endlich! Diese Fahrt war viel zu anstrengend für dich.«

»Wenn du Frida nicht weggeschickt hättest, hätte ich ihr nicht nachfahren müssen«, konterte er.

»Du musst dich schonen, Erwin. Du musst dich bald um das Gestüt kümmern.«

»Das hätten wir in Ruhe besprechen können, aber stattdessen schmiedest du Pläne hinter meinen Rücken.«

»Ich hätte dir noch ...«

»Schweig, ich will nichts mehr hören, außer einer Entschuldigung an Frida.« Er sah sie herausfordernd an.

Bertas Kiefer mahlten, aber sie schwieg.

»Lass uns gehen«, raunte er Frida zu.

Frida nickte. Auch sie hätte Berta gern ihre Meinung gesagt, doch sie wollte sich in dem Moment nicht einmischen. Außerdem war das Ganze so unglaublich, dass ihr die Worte fehlten.

»Wo willst du hin?« Seine Mutter folgte ihnen.

»Ich gehe mit zu Frida.«

»Untersteh dich!« Seine Mutter stellte sich vor ihn und packte ihn am Arm, ihre Augen verengten sich so sehr, dass das Muttermal wie ein schwarzer Käfer unter dem Lid hing.

»Fass mich nicht an!«, zischte er mit glühenden Augen.

»Ihr seid nicht verheiratet!«, widersprach sie.

»Wir sind verlobt. Und bei den Zeitingers sind einige Zimmer frei.«

»Du willst doch nicht in einem Bauernhaus schlafen.«

Frida ballte die Hände zu Fäusten, sodass die Fingernägel in ihre Handinnenflächen schnitten. Was fiel Berta ein, so zu reden, als wäre sie nicht da?

»Ich schlafe lieber in einem Haus, in dem ich nicht belogen werde – und sei es noch so einfach.«

Erwin griff nach Fridas Hand und zog sie mit sich, erst jetzt bemerkte sie, wie sehr ihre Hände zitterten. Obwohl er sich beim Gehen auf den Stock stützen musste, war er zügig unterwegs.

»Du solltest dich besinnen, wo du hingehörst«, rief sie ihnen hinterher.

Frida spürte, wie Erwin sich versteifte. Sie fühlte sich hintergangen, doch wie musste sich erst Erwin fühlen – von der eigenen Mutter belogen zu werden?

»Früher hätte sie sich fast in den Rock gemacht, wenn wir Kinder dem Postmann ein beleidigendes Wort an den Kopf geworfen haben. Und was ist jetzt?« Er schnaubte.

»Ich will doch nur dein Bestes«, schrie sie ihnen hinterher. Die Stimme seiner Mutter klang verzweifelt.

Als sie um die Koppel herumgingen, huschte eine Katze aus dem hohen Gras und sprang hinter einen Bretterhaufen.

Fridas Mutter erwartete sie an der Tür und nahm Frida in den Arm. »Ich freue mich so, dass du wieder zu Hause bist.«

Frida spürte Wärme in sich aufsteigen – endlich wieder zu Hause! Sie drehte sich mit ihr im Kreis und löste die Schleife von Mutters Schürze, wie sie es als Kind oft gemacht hatte. »Gibt es etwas zu essen? Ich habe Kohldampf.«

»Lass das«, sagte ihre Mutter lachend und band die Schleife in ihrem Rücken neu. Sie gingen in die Stube. »Wie war es im Heim?«, fragte ihre Mutter.

Anni platzte herein. »Wie es war?« Sie lachte bitter auf. »Diese Schluderei hätte ich dir noch ausgetrieben«, äffte Anni die Stimme von Margot nach und hob den Zeigefinger. Frida konnte jetzt darüber lachen, prustete los und stützte sich auf Annis Schulter ab. »Danke Schwesterherz, dass du mich da rausgeholt hast.« Sie deckten zusammen den Tisch, scherzten und lachten.

»Wenn dich noch mal so eine Giftschlange beißen will, dann sag Bescheid. Ich komme sofort und rette dich.« Anni grinste.

Im nächsten Moment stand Greta in der Tür und blickte ängstlich in die Runde. Frida trat zu ihr, drückte sie liebevoll an sich und schob sie zum Tisch. »Das ist Greta, die Tochter einer Freundin. Sie bleibt bei uns, bis die Mutter sie abholt.«

»Ich bin Erwin.« Er streckte ihr die Hand entgegen, doch das Mädchen rührte sich nicht.

»Sie ist stumm«, plapperte Anni.

Frida warf ihrer Schwester einen strengen Blick zu. »Was soll das, dass du immer auf Greta rumhackst? Du sitzt hier schön im Grünen, hast nicht gesehen und erlebt, was die kleine Maus mitgemacht hat.«

»Ich kann dich verstehen«, sagte Erwin, an das Kind gewandt. »Ich habe auch Dinge erlebt, über die ich nicht sprechen möchte.« Er schenkte ihr ein aufmunterndes Lächeln.

Greta nickte ihm kaum merklich zu und ließ sich neben ihm nieder.

»Dann setzt euch auch«, forderte ihre Mutter sie und Anni auf.

Frida nahm gegenüber von Erwin Platz und warf ihm einen verschwörerischen Blick zu. Unter dem Tisch griff er nach ihrer Hand, ihre Haut glühte unter der Berührung. Endlich waren sie wieder vereint, auch wenn sie es noch nicht fassen konnte. Er war so dünn geworden, das Hemd hing über seinen knochigen Schultern. Es wurde Zeit, dass er sich wieder sattessen und zu Kräften kommen konnte. Dafür würde ihre Mutter schon sorgen. Und seine wuscheligen blonden Haare waren lang geworden. Wenn er nicht in die Stadt zum Friseur fahren wollte, würde sie die Schere selbst in die Hand nehmen.

Ihre Mutter füllte die Teller mit dem Blumenkohleintopf mit Möhren und Kartoffeln.

»Köstlich«, schwärmte Erwin, als er den ersten Löffel genossen hatte.

Ihre Mutter lächelte geschmeichelt und fasste sich an den Nacken. Frida fiel auf, dass Erwin zum ersten Mal in ihrem Haus zum Essen war. Früher war sie in seinem Haus Gast gewesen. Die Zeiten hatten sich geändert, doch die Hauptsache war, sie durften zusammen sein.

»Ich danke dir, dass du meine Tochter zurückgeholt hast«, sagte die Mutter und griff nach ihrer Hand.

»Es war auch aus eigenem Interesse«, er zwinkerte ihr zu, und Frida spürte die Wärme in sich aufsteigen.

»Jetzt wird alles anders. Du wirst das Gestüt übernehmen und Frida heiraten, und dann werden wir alle ins Gutshaus ziehen«, plapperte Anni.

Erwin grinste. »So einfach wird sich meine Mutter nicht verscheuchen lassen.«

»Das ist auch überhaupt nicht angemessen«, wandte ihre Mutter ein und strafte Anni mit einem strengen Blick.

»Was denn?« Sie breitete die Hände aus. »Eine Hochzeit würde die Stimmung heben.«

In Fridas Brustkorb flatterten Schmetterlinge. Hochzeit! Der Gedanke war so lang in weite Ferne gerückt und jetzt wie ein Blitzschlag in ihr Leben geworfen worden, dass sie ihn nicht zu fassen bekam. Sie sehnte sich danach, und dennoch war alles neu, war etwas Fremdes in dem Mann, den sie über alles liebte. Sie hatten sich so viel zu erzählen, als ob sie ein ganzes Zeitalter aufzuholen hätten. Aber sie verzehrte sich so sehr nach ihm, seinen Küssen, seinen Umarmungen, dass sie, ohne zu zögern, Ja sagen würde, wenn er morgen mit ihr vor den Standesbeamten treten würde.

Sie suchte seinen Blick, seine Zustimmung, doch er senkte den Kopf. »Nicht, solange mein Bein nicht verheilt ist«, sagte er ausweichend. »Ich will nicht mit Krücken zum Altar humpeln.«

Die Schmetterlinge verloren ihren Lebensmut.

»Kein Problem, ich stütze dich«, gab Anni mit einem Lächeln zurück.

Erwin blickte Frida an. »Wir werden heiraten«, sagte er. »Ich verspreche es dir, aber lass erst den Krieg vorbei sein.«

Ihr Herz wurde schwer, dennoch nickte sie.

»Hauptsache, du willst nicht erst dein Medizinstudium beenden. Dann ist Frida alt und schrumpelig, wenn du sie vor den Altar führst.« Anni riss sich ein Stück Brot ab.

»Anni!«, fuhr Frida ihre Schwester an. »Jetzt reicht es aber.«

Anni grinste und zuckte gleichzeitig mit den Schultern.

»Gibt es denn Aussichten auf einen raschen Sieg?«, fragte ihre Mutter.

Erwin lachte auf. »Sieg?«

»Sag bloß, wir verlieren?«, fragte Anni mit großen Augen.

Er seufzte. »Es sieht jedenfalls nicht gut aus.«

»Aber in der ›Wochenschau‹ sagen sie doch ...«

»Die ›Wochenschau‹ lügt«, fiel Frida ihr ins Wort. Als sie das letzte Mal im Lichtspielhaus gewesen war und die »Wochenschau« vor dem Hauptfilm gesehen hatte, hatte sie kaum hinsehen können. Der Anblick der Panzer und Soldaten an den Geschützen hatte ihr eine Gänsehaut beschert und ihr die Angst um Erwin in die Glieder getrieben. Dabei hatte der Sprecher die Kriegserfolge im Osten gefeiert, wobei sich die Todesnachrichten der gefallenen Söhne und Männer nur so häuften.

»Erzählt mir lieber, wie es mit dem Gestüt läuft«, forderte Erwin sie auf.

Anni berichtete von Geburten der Fohlen, von der harten Arbeit, den fehlenden Männern und dem langen Winter.

Als sie das Essen beendet hatten, fragte Erwin ihre Mutter: »Habt ihr in dieser Nacht ein Bett für mich frei?«

»Warum?«, fragte ihre Mutter.

Erwin berichtete ihr, was Berta getan hatte.

»Das ist unerhört«, sagte ihre Mutter.

»Dafür sollte man sie im Nachthemd an ein Seil binden und von einem Hengst über die Wiese schleifen lassen«, plapperte Anni und schlug die Faust auf den Tisch.

»Anni, das sind keine Ritterspiele. Wir sind immer noch von Berta Franzen abhängig. Wenn Sie uns vom Hof wirft, wo sollen wir dann hin?«, fragte Frida.

»Aber wenn's doch wahr ist«, wehrte sich Anni.

»Deine Schwester hat recht. So etwas dürfen wir nicht laut äußern. Ohne Alfred auf dem Gestüt ist unsere Stellung denkbar schlecht«, sagte ihre Mutter.

»Keine Sorge«, warf Erwin ein. »Bevor sie euch vom Hof scheucht, habe ich auch noch ein Wort mitzureden.«

Ihre Mutter nickte. »Und zu deiner Frage. Ja, wir haben noch ein Bett frei.« Sie zeigte abwechselnd auf ihn und Frida. »Aber ihr beide schlaft nicht in einem Zimmer.«

Anni kicherte.

»Natürlich nicht«, sagte er und zwinkerte Frida verschwörerisch zu. Ihr Herz machte einen freudigen Hüpfer, und das Schmetterlingsgeflatter kehrte zurück.

Frida horchte angestrengt, aber im Haus regte sich nichts. Schlief ihre Mutter schon? Vorsichtig schlich sie über den Bretterboden. Hoffentlich knarzten die Dielen nicht. Die Tür quietschte leise, doch Frida bewegte sie so langsam, dass fast nichts zu hören war. Ein kühler Luftzug zog an ihrem Hals vorbei, alles war still. Sie tapste über den Flur, an der Kammer ihrer Mutter und an Annis und Gretas Zimmer vorbei. Sie hatten Erwin das Zimmer ihres ältesten Bruders Arthur ganz am Ende des Flurs hergerichtet.

Frida lauschte an der Tür, doch hörte sie nichts außer dem Schlagen ihres eigenen Herzens. Vorsichtig drückte sie die Klinke hinunter und öffnete. Erwin las bei Kerzenschein in einem Heftchen. Er lächelte und ließ es sinken.

Frida schloss die Tür und trat näher. »Was liest du da?«

Er hielt es ihr hin. »Dein Bruder war wohl vor Kurzem auf Heimaturlaub.«

Es handelte sich um die kleine Feldpost-Reihe. Der Titel lautete »An Deich und Strom«.

»Das war er. Und wie ist es?«, fragte sie.

Er zuckte mit den Schultern und legte es auf den Nachttisch. »Ich habe schon Schlechtere gelesen.«

Er griff nach ihrer Hand, zog sie zu sich aufs Bett und hüllte ihren Körper in die Decke ein. Das Herz klopfte ihr bis zum Hals, und das Glühen in ihrem Brustkorb war kaum auszuhalten. Wie gut er roch – nach Seife und Rasierwasser.

Zaghaft fuhr sie mit der Hand unter sein Hemd und ließ sie über seine Brust wandern. Sein Körper war mager und ausgezehrt, sie spürte mehrere Narben. Frida stützte sich auf den Ellenbogen, schob die Decke beiseite, musste sehen, was ihre Finger ertastet hatten.

»Was ist das?«, fragte sie und glitt mit dem Daumen über die Hautveränderungen, die rot und wulstig auf der hellen Haut lagen.

Erwin blies die Kerze aus und zog die Decke zurück. »Nicht jetzt«, hauchte er. Er bettete ihren Kopf auf das Kissen und streichelte mit den Fingerspitzen ihr Gesicht. Sie schloss die Augen und genoss die Berührungen, die wie zarte Pinselstriche über ihrer Haut schwebten. Sie atmete schnell und heftig, wollte ihn spüren, doch sie wagte nicht, sich zu bewegen, aus Angst, er könnte aufhören.

Sein Atem kitzelte ihre Wangen, wurde heißer und intensiver – und schließlich berührten sich ihre Lippen. Es war wie eine Explosion, die sich in den schillerndsten Farben bis in ihr Herz zog und sich dort festsetzte. Bei jeder erneuten Berührung sprühten Funken, die sie in den Glückssog hineinzogen. Mit der Zungenspitze fuhr er über ihre Lippen, als müsste er sie verkosten, dann wurden seine Küsse leidenschaftlicher, und seine Zunge drang in ihren Mund, spielte mit der ihren, ließ die Funken in ihrem Brustkorb zerbersten. Sie vergrub die Hand in seinem Haar und bog sich ihm entgegen, spürte seine Erektion an ihrem Schenkel, was ihr einen wohligen Schauer durch den Körper jagte. Die leuchtenden Teilchen zogen in ihren Unterleib, wo sie sich in leidenschaftlicher Erwartung festsetzten.

Er schob ihr Nachthemd nach oben und über den Kopf und streichelte ihren Rücken, ließ die Hände zum Bauch und ihrem Brustansatz wandern. Frida schnappte nach Luft, als er ihre Brustwarze sanft massierte. Er wanderte mit dem Mund erst zu ihrer Halsbeuge, schließlich zu ihren Brüsten.

Sie keuchte, die Explosionen schienen sich in jede Zelle ihres Körpers auszubreiten – die Funken waren hellrosa, purpurrot und goldgelb. Er küsste ihren Busen, dann nahm er die Brustwarze zwischen die Lippen und saugte daran, was ihr schier den Verstand raubte. Sie hob ihr Becken, wollte nicht mehr warten, stieß ein Stöhnen aus.

O nein! Sie durften nicht zu laut sein. Was, wenn ihre Mutter sie hörte?

»Entspann dich!«, sagte er und drückte sie zurück auf die Matratze. Sie ließ sich wieder in die Sorglosigkeit und das Hochgefühl hineinfallen. Kurz dachte sie an sein Bein, und ob sie ihm wehtun würde, doch seine Liebkosungen verscheuchten ihre Sorgen.

Sie zog ihm die Unterwäsche aus und presste Erwin an sich. Sie wollte keine Sekunde länger warten. Und endlich verschmolzen sie wie zwei Ölfarben, die eine neue Komposition erschufen. Sie verwandelten sich in die wildesten Farbkompositionen auf einer Leinwand, pulsierend und lebensfroh, einig und doch als zwei Individuen.

Frida umfasste Erwins maskulinen Körper, er war über ihr, hauchte ihr den Atem der Glückseligkeit entgegen. Es war, als gäbe es die grausame Welt da draußen nicht mehr.

Als sie erschöpft beieinanderlagen, streichelte Frida seinen Arm, an dem sich auch die Narben befanden. Er musste so viel Schlimmes erlebt und gesehen haben, wann würde er ihr davon erzählen?

»Ich muss in mein Zimmer«, flüsterte sie.

»Bleib noch ein bisschen.«

»Meine Mutter.«

»Was soll sie schon unternehmen? Sie wird uns höchstens morgen vor den Altar schleppen.«

Sie lächelte. Eine wunderbare Vorstellung. Sie in einem weißen Kleid und er in einem stattlichen Anzug. Alle vom Gestüt würden dort sein, viele Bekannte aus Wehlau und natürlich etliche Hofbesitzer aus Ostpreußen, mit denen die Franzens gesellschaftlich verkehrten. Sie würden Erwins Mut und Entschlossenheit bewundern, die Tochter eines Kutschers zur Frau zu nehmen.

Frida würde sich dem Malen und den Kindern, die sie hoffentlich bekommen würden, widmen. Sie würde ihre Kinder mit einem Sinn für Gerechtigkeit erziehen, würde ihnen beibringen, dass man jeden Menschen respektieren musste, egal woher er stammte oder woran er glaubte. Sie könnten sich auf diesem Hof eine heile Welt erschaffen, einen eigenen Frieden im Hort der Liebe ...

Berlin, Mai 2009

Carolins Handy klingelte. Warum ausgerechnet jetzt? »Entschuldige«, sagte sie zu ihrer Großmutter und suchte das Gerät in ihrer Handtasche, was eine halbe Ewigkeit dauerte. Das Klingeln durchschnitt die Stille wie ein scharfes Schwert und trieb ihr die Schamesröte in die Wangen. Als sie es endlich zu greifen bekam, sah sie Olivers Gesicht auf dem Bildschirm. Sie zögerte, glaube jedoch, dass ihre Großmutter es als unhöflich ansah, wenn sie den Anrufer wegdrücken würde. »Einen Moment bitte«, sagte sie, trat in den Flur und strich über den grünen Button des iPhones.

»Ich habe grad keine Zeit«, zischte sie.

»Mein Sonnenschein, deine Begrüßungen haben mir schon mal besser gefallen.« Er lachte.

»Und es gab Zeiten, in denen du mich mehr unterstützt hast.«

»Ach, Sonnenschein, jetzt sei doch nicht so!«

Sie machte eine Faust, hätte am liebsten auf die Wand eingeschlagen. »Ich hätte dich auf der Beerdigung gebraucht.«

»Ich weiß, und dafür werde ich mich gründlich entschuldigen. Was hältst du von einer Pizza bei Kerzenschein? Ich zahle natürlich.« Sie hörte sein Grinsen durch die Leitung.

»Ich bin in Berlin.«

»Ach! Bist du jetzt also die Chefin, ja? Sogar mit Reisetätigkeit. Wieso hast du nichts gesagt? Dann hätte ich dich begleitet.«

Das hätte er wohl gern! Ein Wutball zog sich in ihrem Bauch zusammen. »Ich bin nicht geschäftlich hier.«

»Bist du nicht ... Aber ich dachte ... Musst du nicht in die Fußstapfen deines Vaters treten?«

»Du hast einiges verpasst, Oliver!«

»Du hättest einfach am Wochenende ans Telefon gehen und mich auf den neusten Stand bringen können.«

»Es tanzt eben nicht immer alles nach deiner Pfeife«, keifte sie. Der Wutball begann wild zu lodern.

»Dann eben nicht. Eigentlich hatte ich mit dir feiern wollen, hab das Praktikum nämlich bekommen. Ich dachte, du freust dich für mich, aber es scheint dich nicht zu interessieren. Und komm bloß nicht morgen angekrochen und frag nach einem Candle-Light-Dinner. Chance vertan.«

Sie holte Luft, um etwas zu erwidern, da klackte es in der Leitung, gefolgt von einem wiederkehrenden Tuten. Dieser Mistkerl hatte aufgelegt. Sie schaltete das Handy aus und atmete ein paar Mal tief durch, um sich zu beruhigen.

Als sie zurück in die Küche kam, hatte ihre Großmutter den Tisch vom Mittagessen abgeräumt und war dabei, eine Kanne Tee aufzusetzen. »Probleme?«, fragte sie.

Carolin ließ das Handy in ihre Handtasche gleiten. »Ach, unwichtig.«

Ihre Großmutter musterte sie, nickte dann und stellte die Teekanne auf ein Stövchen. »Die Liebe ist eine empfindliche Pflanze, die man pflegen muss.« Sie lächelte, doch das Lächeln traf Carolin nicht ins Herz.

Sie sehnte sich nach der tiefen Liebe, die ihre Großmutter für Erwin empfunden hatte. Ihre eigene Beziehung hingegen war ein Trümmerhaufen wie das zerbombte Haus von Fridas Tante, und Carolin wusste nicht, ob es sich lohnte, es wieder aufzubauen. »Und wie ging es mit dir und Erwin weiter?«, fragte sie, um von sich abzulenken.

»Wenn du eine traumhafte Liebesgeschichte erwartest, muss ich dich enttäuschen.« Die Großmutter machte einen vielsagenden Gesichtsausdruck. »Es herrschte schließlich Krieg, und der war noch lange nicht vorbei.«

Kreis Wehlau in Ostpreußen, Mai 1943

Als Frida die Augen aufschlug, wallten innere Wärme, Zufriedenheit und Liebe in ihr auf. Sie spürte Erwins Körper am Rücken und seinen Arm auf ihrer Schulter. So wollte sie jeden Morgen aufwachen.

Durch den Spalt der Fensterläden brachen die ersten Strahlen des neuen Tages herein, Vögel zwitscherten. Sie nahm seinen männlichen Geruch in sich auf und beobachtete seinen Oberkörper, wie er sich hob und senkte. Sie erkannte die Narben auf der Brust. Woher rührten diese kleinen Wundmale? Wie anders wäre alles gelaufen, wenn dieser dämliche Krieg niemals ausgebrochen wäre! Sie sah sich mit ihm über Straßen und durch das Brandenburger Tor flanieren, ihn über ihren kugelrunden Bauch streichen – den Bauch der Hoffnung.

Plötzlich flog die Tür auf, und ihre Mutter rauschte herein, brachte den Duft nach Veilchenwasser mit. Sie öffnete das Fenster, sodass Frida die Augen gegen die Helligkeit abschirmte. »Seid ihr des Wahnsinns?« Ihre Mutter stemmte die Arme in die Hüften.

»Jetzt reg dich nicht so auf.« Frida zog die Decke über ihre nackten Schultern. Erwin rieb sich gähnend die Augen.

»Ihr ruiniert eure Zukunft.«

»Auguste, wir ruinieren sie nicht, wir nehmen sie nur vorweg«, wandte Erwin verschlafen ein.

»Das könnte dir wohl so passen!«

»Ist es dir denn nicht recht, wenn deine Tochter den Sohn eines Gutsherrn heiratet?«

Verbitterung zeigte sich auf dem Gesicht ihrer Mutter. Sie konnte nicht leugnen, dass es für Frida eine Verbesserung des Standes und der Lebensumstände mit sich bringen würde. »Wenn der Pfarrer mitbekommt, dass ...«

»Wenn du es keinem auf die Nase bindest, wird es keiner erfahren«, sagte Frida. »Und nun raus.«

Ihre Mutter schnaubte, dann trollte sie sich.

Frida drehte sich zu Erwin und strich über seinen Hinterkopf. Er lächelte sie an. »Guten Morgen, mein Abendlicht.« Am Abend eines Frühlingstages im Park hatte Erwin Porträtfotos von ihr geschossen. Er hatte ihr erklärt, warum diese Lichterverhältnisse die besten für ein gelungenes Porträt waren, und ihr gleichzeitig diesen Kosenamen verliehen.

»Mir hat der Abend viel besser gefallen als dieser Überfall am Morgen.« Sie schmiegte sich an ihn, doch die innige Vertrautheit von gestern war passé. Erwin schaute aus dem Fenster, schien mit seinen Gedanken in die Ferne zu schweben.

Sie streichelte seine Wange. »Erwin?«

Er sah sie liebevoll an, dann schlug er die Decke beiseite, stand auf und gab einen Schmerzenslaut von sich.

»Ist alles in Ordnung?«, fragte sie.

Er nickte und griff nach seiner Kleidung. Sie zog ihr Nachthemd über und gab ihm einen flüchtigen Kuss. »Wir sehen uns unten.« Sie versuchte, ihre Enttäuschung zu verbergen. Die gestrige Nacht war zu perfekt gewesen, sie durfte jetzt nicht zu viel verlangen. Auf dem Flur kam ihr Anni entgegen und zwinkerte ihr zu. »Na, habt ihr die Nacht genossen?«

Frida legte den Finger auf den Mund. »Psst! Wehe, du sagst zu irgendwem ein Wort.«

Anni hob lächelnd die Hände. »Wem sollte ich denn was erzählen? Wohl nicht Berta.«

»Und auch nicht Lotte, hörst du?« Frida hob den Finger und trat einen Schritt vor.

»Nein, Schwesterherz. Dein Geheimnis ist bei mir in guten Händen.« Sie gluckste freudig. »Wenn unsere Väter davon wüssten, dann ...«

»Hör auf damit«, sagte Frida und versuchte, streng zu klingen, aber auch sie musste lächeln. Eine zauberhafte Vorstellung: Alle zurück auf dem Hof, und bald würden Hochzeitsglocken läuten, doch das war ein weit entfernter Traum.

Frida lief nach unten und half Greta, den Stall auszumisten und die Eier einzusammeln. Als sie in die Stube kamen, stand Erwin an der Kommode und drehte den Knopf des Radios, aber es rauschte bloß.

»Ich glaube, der Volksempfänger ist kaputt«, kommentierte ihre Mutter.

»Ich werde versuchen, ihn zu reparieren«, sagte er.

»Das wäre wundervoll«, rief Anni. »Wir haben es noch nicht in die Stadt geschafft, um ihn in Ordnung bringen zu lassen.« Sie begann, ihre Füße in einem unhörbaren Takt zu bewegen, ihr Rock schwang dabei hin und her, auf ihr Gesicht stahl sich ein entzücktes Grinsen. »Endlich wieder Musik im Haus, wie ich das vermisst habe.« Frida lächelte, ihr hatte die unbeschwerte Art von Anni gefehlt.

Es klopfte an der Tür. Erwin verdrehte die Augen. »Das ist bestimmt meine Mutter.«

Frida öffnete. Lotte stand vor ihr, die Wangen gerötet. Sie trug einen blauen Rock und eine Bluse mit Spitze, die nicht nach schwerer Arbeit aussahen. »Ist Erwin hier?« Sie trat an ihr vorbei. »Du sollst sofort nach Hause kommen«, sagte sie, als sie ihn erblickte.

Erwin hob skeptisch die Augenbrauen. »Sagt wer?«

»Der Arzt ist da, er will sich dein Bein ansehen.«

Frida sah, wie es in Erwins Kopf arbeitete. »Hol ihn bitte hierher. Sag ihm, ich möchte nicht unnötig laufen.«

Lotte war im Begriff zu gehen, drehte sich an der Tür noch mal um. »Kommst du heute Abend zum Essen? Es ist so leer ohne dich im Haus«, sagte sie mit bebender Stimme, hielt sich am Türblatt fest, als brauchte sie Halt.

Erwin blickte in die Runde und suchte Zustimmung. »Ich denke nicht.«

Lotte starrte ihren Bruder traurig an, die Hand krampfte sich um das Türblatt. Frida sah ihr an, wie sie um die richtigen Worte rang. »Bitte«, flehte sie, machte auf dem Absatz kehrt und verschwand.

Erwin rieb sich über den Nacken.

»Du solltest dich mit Berta versöhnen«, sagte ihre Mutter.

Frida konnte es nicht fassen. Wie konnte ihre Mutter zu dieser Frau stehen? Was sie getan hatte, war unverzeihlich.

»Erst muss sie sich entschuldigen«, sagte Erwin. »Sie hat mich zutiefst enttäuscht und hintergangen. Sie ist schlimmer als der Feind in Russland, der dir in den Rücken schießt, sobald du dich umdrehst.«

Frida hielt instinktiv die Luft an. Harte Worte von jemanden, der die Grausamkeiten der Front erlebt hatte.

Kapitel 7

Kreis Wehlau in Ostpreußen, Mai 1943

Als Frida mit Greta das Unkraut aus dem Kartoffelacker jätete, hörte sie Musik aus dem Haus. Sie richtete sich auf und lauschte, konnte jedoch nicht heraushören, um welches Lied es sich handelte. »Erwin hat es tatsächlich geschafft, den Volksempfänger zu reparieren«, sagte sie lachend. Sie hatten Glück, dass Erwins Vater vor dem Krieg dafür gesorgt hatte, dass Stromleitungen zu ihrem Gestüt gelegt und auch alle Häuser der Arbeiterfamilien versorgt wurden. Keine Selbstverständlichkeit für die abgelegenen Höfe in Ostpreußen.

Greta strich sich mit dem Handrücken eine Strähne aus der Stirn, und in ihrem Gesicht lag sogar der Anflug eines Lächelns. Vielleicht würde die Musik das Mädchen etwas aufheitern. »Komm«, sagte Frida und lief zum Eingang, doch Greta schüttelte den Kopf und widmete sich wieder dem Acker.

Frida trat in den Flur und hörte Annis befreites Lachen. Sie ging vorsichtig zwei Schritte weiter und lugte in die Stube. Erwin saß auf einem Stuhl vor dem Radio, aus dem das Lied »Ich bin ganz verschossen in Deine Sommersprossen« ertönte. Er lächelte stolz, als hätte er einen inneren Reichsparteitag. Anni tanzte daneben und ließ ihr Arbeitskleid fliegen, als wäre sie in einem Tanzlokal.

Frida wippte im Takt mit dem Kopf, fühlte sich vier Jahre zurückversetzt, als sie Erwin zum Tanzen überredet hatte. Wie immer bei solchen Unternehmungen hatte er geklagt, dass ihm das Tanzen nicht liege. Auch wenn er ihr das ein oder andere Mal auf die Zehen getreten war, war es ein Abend des puren Glücks gewesen.

»Dann können wir heute einen Tanzabend veranstalten.« Anni lachte vergnügt und streckte die Arme nach ihm aus, als wolle sie ihn auffordern.

Erwin strich über sein Bein und schaute verkniffen. Nachdem der Arzt gestern da gewesen war, war Erwin verschlossen und hatte öfter schmerzhaft das Gesicht verzogen. Frida hatte ihn mehrfach gefragt, was der Doktor getan hatte, doch Erwin hatte geschwiegen.

Anni stoppte in der Bewegung. »Entschuldige, ich habe nicht nachgedacht.«

»Schon gut. Ich gucke euch einfach zu.«

»Das ist eine gute Idee«, plapperte Anni und tanzte weiter. Wie sehr wünschte Frida sich manchmal, Annis Unbefangenheit zu haben, in der sich jeder so angenommen fühlte, wie er war.

Frida wich zurück und lehnte sich an die Wand. Nach dieser fulminanten Nacht war er so distanziert. Sie sehnte sich nach der Vertrautheit und seiner Nähe. Wenn die Musik ihn nicht aufheitern konnte, dann musste es etwas anderes geben. Ihre Gedanken kreisten ... Essen, Blumen, Spaziergang, Pferde – der See!

Leise schlich sie sich hinaus, gab Greta Bescheid und lief in den Stall. Sie sah eine der Zwangsarbeiterinnen die wackelige Leiter vom Heuboden herabsteigen, sie verpasste die letzte Stiege und fiel hinunter. Frida beugte sich zu ihr und half ihr hoch. »Geht es?«

Die Frau, sicherlich kaum älter als sie, wirkte durch die eingefallenen Wangen eher wie vierzig. Auch die Hand, die Frida ergriffen hatte, fühlte sich nur nach Haut und Knochen an. Erschrocken zog die Arbeiterin ihre Finger zurück und kauerte sich an die Wand, als fürchte sie Fridas Schläge.

»Keine Angst«, sagte Frida. Sie blickte zu dem kleinen Verschlag, der über zwei Pferdeboxen angebracht war. »Darf ich?«, fragte sie und zeigte nach oben.

Die Frau schüttelte den Kopf. »Lieber nicht.«

»Keine Sorge, ich verpfeife euch nicht, falls ihr das Bett nicht gemacht habt.« Frida stieg geschwind die Leiter hoch und sah sich in dem Verschlag um, in dem es bloß ein bisschen Stroh gab. Durch die Löcher in den Brettern würde in der Nacht der kalte Wind ziehen. Wie sollten sich die Arbeiterinnen hier ausruhen? Außerdem war der Boden zu klein für fünf Frauen. Das konnte doch nicht recht sein, dass die Frauen hier unter solchen Bedingungen hausten! Sie erblickte mehrere Apfelbutzen in einer Ecke, die wohl der Grund dafür waren, dass die Frau nicht wollte, dass sich hier jemand umsah. Frida kletterte wieder hinunter. »Ich bin Frida, und wie heißt du?«

»Sonja«, flüsterte die Frau mit gesenktem Blick.

»Komm mal mit!« Frida nahm die Arbeiterin mit in ihr Haus, gab ihr einen Teller Suppe und zwei Scheiben Brot, die sie gierig verschlang. Dann suchte sie ein paar Decken heraus und brachte sie mit Sonja auf den Heuboden. »Ich werde meine Mutter fragen, ob du bei uns im Haus schlafen kannst.«

Sonja schüttelte den Kopf. »Frau Franzen nicht erlauben.«

Sie fasste die Frau an der Schulter. »Mal sehen, was ich erreichen kann.« Dann suchte sie einen Stallburschen, spannte ein Pferd vor die Droschke und fuhr zum Haus.

Sie packte Brot und Käse in einen Korb und holte eine Decke, bevor sie in die Stube ging. Erwin saß immer noch vor dem Volksempfänger, sein Blick gedankenverloren auf den Boden geheftet. Überrascht sah er auf. »Frida.«

Sie berührte seine Schulter. »Darf ich dich aus deinen trüben Gedanken entführen?«

»Liest du in mir wie in den Gesichtern deiner Porträtvorlagen?«, fragte er mit einem Lächeln.

»Vielleicht. Kommst du mit mir zum See?«

»Ich kann weder reiten noch schwimmen.« Er machte ein zerknirschtes Gesicht.

»Wir nehmen die Droschke. Ich habe Proviant eingepackt und die Sonne bestellt.« Sie zeigte aus dem Fenster.

»Ich bin mit meinem Bein gerade keine gute Gesellschaft.« Sie hatte schon mitbekommen, dass seine Verwundung seit gestern wieder mehr schmerzte.

»Ich will dich ablenken und aufmuntern.«

»Du musst bestimmt auf dem Hof helfen, und ich will dir nicht zu Last fallen.«

Sie stemmte die Hände in die Hüften. »Wenn du dir jetzt noch eine Ausrede einfallen lässt, dann frage ich deine Mutter, ob sie mich begleitet.«

Er lächelte schief. »Also gut.«

Frida stützte ihn, als sie nach draußen traten. Jeder Schritt schien eine Qual für ihn zu sein, auch wenn er es ihr nicht zeigen wollte. Als er Platz genommen und das Bein hochgelegt hatte, kletterte sie auf den Bock. »Machen wir die Gegend unsicher?«, fragte sie ihn mit einem kecken Lächeln und ließ die Augenbrauen wippen.

Jetzt musste auch Erwin lächeln. »Wenn du meinst.«

Ein kleines Lächeln war ein Anfang. Sie schnalzte mit der Zunge, ließ das Pferd antraben und lenkte die Droschke vom Hof. Die Bäume am Straßenrand, die Felder, die Kühe auf der Weide, alles war so wie früher. Als Kind hatte sie einige Male mit ihrem Vater auf dem Bock gesessen, wenn er die Herrschaften mit der Kutsche in die Stadt gefahren hatte.

Frida lenkte das Gefährt zu dem nahe gelegenen See und dann zu einer Einbuchtung mit Buchen ringsherum, wo sie vor neugierigen Blicken geschützt waren. Sie half ihm vom Fuhrwerk, holte den Korb und die Picknickdecke. »Sollen wir uns ans Ufer setzen?«

»Lass uns zu den Bäumen gehen«, wandte er ein. »Dann kann ich mich anlehnen, sonst wird es recht anstrengend mit dem Bein.«

»Stimmt, mit was im Rücken ist es viel kuscheliger«, sagte sie und hätte vor Scham im Boden versinken können. Warum hatte sie nicht daran gedacht!

Sie setzten sich und sahen einige Zeit schweigend auf den See, auf dessen Oberfläche die Sonnenstrahlen glitzerten. Eine Ente flog gackernd über das Wasser und ließ sich auf einer kleinen Insel nieder. In Ufernähe platschte etwas, Blasen stiegen auf, es dauerte einen Augenblick, bis Frida begriff, dass es sich um zwei Fische handelte.

Sie warf Erwin einen Seitenblick zu, spürte wieder dieses Kribbeln in der Brust, das jedoch noch verhalten war. Frida wollte nach seiner Hand greifen, doch irgendwas hielt sie davon ab. Sie wollte ihm Zeit geben und sich ihm behutsam nähern, ergründen, warum er so distanziert war.

»Weißt du noch, wie wir frühmorgens aus den Häusern geschlichen sind und hier einen Elch entdeckt haben?«, fragte sie. Sie sah das Tier noch vor sich, prächtig und groß.

»So, als wäre es gestern gewesen.«

»Ich habe in Berlin oft davon geträumt, mit dir wieder hier am See zu sitzen.« Jetzt griff sie nach seiner Hand. »Oder im Tiergarten, aber nun sind wir hier. Dass ich dich auf dem Gestüt so schnell wiedersehe, damit hätte ich nicht gerechnet, und deshalb freue ich mich umso mehr.« Sie lachte, doch ihr Lachen wollte sich nicht auf ihn übertragen. Seine Augen waren immer noch trübe. Irgendwas bedrückte ihn, es konnten nicht nur die Schmerzen sein. »Dich beschäftigt doch etwas. Das spüre ich«, sagte sie und nahm seine Hand.

Er sah sie an und streichelte ihr Gesicht. »Ich bin auch froh, wieder bei dir zu sein, aber es ist alles anders als gedacht.«

»Sind es die Schmerzen, die dir so sehr zusetzen?«

Er atmete tief durch und sah auf sein Bein. »Sie sind auszuhalten.«

»Verrätst du mir, was der Arzt gemacht hat? Vorgestern schien deine Verwundung auf dem Weg der Besserung zu sein.«

Er hob die Augenbrauen und seufzte. »Der Doktor hat abgestorbenes Gewebe entfernt, und seitdem brennt die Wunde höllisch.«

»Wenn du möchtest, reite ich in die Stadt zum Arzt und besorge dir was gegen die Schmerzen.«

»Also ob der etwas hätte, das wird doch alles an der Front gebraucht. Nein. Außerdem ist es so viel mehr als das Bein.«

»Meinst du deine Mutter? Ach, Erwin ...«

Er schüttelte den Kopf. »Nein, das ist es nicht.«

»Was dann?«

Er sah auf die Decke, als suche er dort nach den richtigen Worten. »Ich liebe dich wie am ersten Tag, aber der Krieg hat uns verändert.«

»Und was war vorgestern Nacht?« Sie grinste ihn an.

Er lächelte kurz. »Es war ein Moment meiner Träume.«

»Ich möchte dir wieder nahe sein«, sagte sie und legte den Kopf an seine Schulter. »Und dafür müssen wir nicht im gleichen Bett schlafen, aber ich wüsste gern, was dich bewegt.«

»Weißt du, was passiert, wenn mein Bein verheilt ist? Ich muss zurück an die Front.«

Ihr Brustkorb schnürte sich zu, wenn sie an diesen Moment dachte. »Das macht keinen Unterschied. Wir genießen die Zeit, die wir haben.«

»Ich habe Angst, dass du dir Hoffnungen machst und ich nicht mehr heimkehren werde«, sagte er. »Der Verlust, den du ...«

»Was für ein Unsinn. Egal ob du dich von mir fernhältst oder morgen mein Ehemann wirst, wenn du fällst, werde ich dich mein Leben lang vermissen – auf die schmerzlichste

Art. Deine Zurückhaltung schont mich nicht, sondern im Gegenteil ... sie tut weh. Ich will mit dir zusammen sein.«

»Meine Frida Kahlo.« Er grinste und strich über ihre Augenbraue.

»Nenn mich nicht so«, sagte sie gespielt beleidigt.

»Wenn sie sich etwas in den Kopf gesetzt hat, dann ...«

»Zu Recht. Erst teilst du mit mir das Bett und anschließend zeigst du mir die kalte Schulter.« Mit einem Lächeln verschränkte sie die Arme.

»Du hast recht.« Er hauchte ihr einen Kuss auf die Lippen. Sie schloss die Augen und genoss die Berührung, die wieder diesen Glückssog in ihrem Innern auslöste. Dann wich er zurück.

»Da ist noch etwas.« Er knetete seinen Nacken und sah auf den See. »Es kann sein, dass ich niemals mehr richtig laufen kann. So werde ich keine Arbeiten auf dem Hof verrichten und als Mediziner auch nicht praktizieren können.«

»Glaubst du etwa, das würde mich davon abhalten, dich zu lieben? Du kennst mich wohl schlecht, Erwin Franzen.« Sie stemmte die Arme in die Hüften.

Er lächelte befreit und gab ihr einen spielerischen Schups. »Es tut mir leid, wenn ich dich beleidigt ...«

»Hör endlich auf zu quatschen und küss mich.« Frida fasste Erwin am Hinterkopf, zog ihn zu sich, bis sich ihre Lippen wie die Aquarellfarbe mit dem Wasser vereinten.

Frida kehrte die Küche und dachte an den gestrigen Tag. Sie hatte mit Erwin lange am See gesessen, sie hatten über ihre Kindheit gesprochen und sich ein Versprechen gegeben: dass sie zukünftig alle Sorgen teilen wollten. Sie hatten wieder zueinandergefunden, doch außer ein paar innigen Küssen war am See nichts geschehen. Dafür schien Erwin nach der schmerzhaften Behandlung des Beins nicht in der Lage zu sein. Sie hatte ihn auch auf die Lage der Zwangsarbeiterinnen angesprochen, und er hatte zugesagt, mit seiner Mutter zu sprechen. »Aber ich werde nicht dulden, dass die Frauen im Haus schlafen«, hatte er gesagt. »Man kann ihnen nicht trauen.« Nur widerstrebend hatte sie ihren Einwand heruntergeschluckt. Es würde nichts bringen, ihn weiter zu bedrängen.

»Frida?« Vor ihr stand Greta in einem braunen Kleid, das früher ihr gehört hatte. In ihrem Haar, das sie heute zum ersten Mal offen trug, glänzte die Abendsonne, die durch das Fenster fiel.

Sie redete wieder – endlich! Fridas Herz ging auf, und doch war sie unsicher, was sie sagen sollte. Sie wollte auf keinen Fall, dass Greta zurück in die Sprachlosigkeit verfiel.

»Setzt du dich mit mir auf die Schaukel?« Greta drehte sich um, ohne auf ihre Antwort zu warten. Frida lehnte den Besen an die Wand und folgte ihr zur Schaukel. »Schön, dass du wieder redest.«

Greta malte mit dem Fuß einen Kreis in die Erde. »Heute hat meine Mutter Geburtstag.«

»Deswegen hast du dich so schnieke gemacht?«

»Mama hat mir gesagt, dass heute der richtige Tag ist.«

»Deine Mutter?« Frida hob skeptisch die Brauen.

»Im Traum. Sie hat mit mir geredet.«

Frida schluckte. War nun der Tag gekommen, vor dem sie sich die ganze Zeit gefürchtet hatte? Als sie darüber nachgrübelte, ob sie es Greta erzählen sollte, fragte das Mädchen: »Was ist mit Mama?«

Frida stockte der Atem. Wie kam Greta darauf, dass sie mehr wissen konnte, als sie erzählt hatte? Der Gedanke an Käthe trieb Frida die Tränen in die Augen, und sie blickte zu Boden.

Sie musste sich einen Moment sammeln, und bevor sie die richtige Formulierung gefunden hatte, fragte Greta: »Meine Mutter wird nicht kommen, oder?«

Frida schüttelte den Kopf. »Wahrscheinlich nicht.«

Greta starrte in die Ferne.

»Hast du deswegen nicht gesprochen? Weil du es wusstest?«

»Ich denke schon.«

Frida hatte das Mädchen unterschätzt. Jetzt nützte es nichts mehr, mit der Wahrheit hinter dem Berg zu halten. »Der Pfarrer ist im Zug noch mal zu mir gekommen. Er hat erfahren, dass die Gestapo herausgefunden hat, dass deine Mutter Jüdin ist.«

In Gretas Gesicht gab es keine Reaktion, sie starrte Frida nur erwartungsvoll an. Frida holte tief Luft. »Er sagte, sie wurde in ein Konzentrationslager gebracht.«

»Ist sie noch am Leben?«

Frida seufzte. »Die Frage kann ich dir nicht beantworten.«

Greta sah auf den Boden und malte mit dem Fuß erneut in der Erde.

»Diese Lager ...«, begann Frida. Wie sollte sie einem achtjährigen Mädchen von den Grausamkeiten in den KZs erzählen? Bevor sie weiterreden konnte, sagte Greta: »Ich weiß, was dort passiert. Freunde meiner Mutter wurden dorthin gebracht.«

»Hat deine Mutter es dir erzählt?«, fragte Frida erstaunt.

Greta schüttelte den Kopf. »Ich habe ein Gespräch von ihr mit dem Nachbarn belauscht.« Nun liefen ihr die Tränen über die Wangen. »Viele tötet man dort, einige müssen hart arbeiten und sterben dann.«

Fridas Herz wurde schwer. Sie kniete sich vor Greta, nahm sie in den Arm und hielt den zitternden Körper.

»Meine Mutter ist tot, oder?«, fragte sie erstickt.

Frida hatte keine Ahnung, wie es wirklich in diesen Konzentrationslagern zuging und ob die Menschen dort eine Überlebenschance hatten. Sie konnte sich nur auf diesen Bericht des russischen Radiosenders stützen. »Ich weiß es nicht, aber ich bin mir sicher, dass du es im Herzen spürst.«

Frida legte die Hand auf Gretas Brust. »Was sagt dir dein Gefühl?«

Greta schluchzte. »Sie lebt.«

Das war ein gutes Zeichen, Hoffnung war der Keim des Lebens. »Dann ist sie irgendwo, denkt jede Sekunde an dich und wünscht sich, dass du glücklich bist.«

»Wie kann ich glücklich sein?«, protestierte sie.

Fridas Hals schnürte sich zu. »Schau mal. Wenn du ein kleines Vogelküken finden würdest, das aus dem Nest gefallen ist, und andere würden dir sagen: Überlass es sich selbst! Würdest du es nicht trotzdem zu dir nehmen, ihm ein weiches Nest bauen und versuchen, es warmzuhalten und zu füttern, bis es kräftig genug ist, um in die weite Welt hinauszufliegen?«

»Ich würde mit dem Vögelchen sogar mein Bett teilen.«

»Und so hat das Vogeljunge ein Gefühl von Geborgenheit und dennoch ein schönes Leben.«

»Aber ich ...« Greta schien nicht recht überzeugt.

Frida nahm ihr Gesicht in die Hände. »Wenn der Krieg vorbei ist, werden wir nach deiner Mutter suchen, das verspreche ich dir.«

Unter Tränen nickte Greta.

»Und bis dahin lachst du deiner Mutter im Herzen zu, damit auch sie glücklich sein kann. Lass sie spüren, dass du dich am Gackern der Hühner erfreust, wenn sie dich sehen, an den wärmenden Sonnenstrahlen und dem schwerelosen Gefühl beim Schaukeln. Was hältst du davon?«

Greta zuckte mit den Schultern.

»Wenn du deine Mutter wiedersiehst, möchtest du ihr nicht von all den schönen Dingen auf diesem Gestüt berichten? Aber wie könntest du das, wenn du dein Herz verschließt und sie nicht siehst?«

Greta wischte sich die Tränen aus dem Gesicht. »Ich will ihr so viel erzählen.«

»Das ist gut.«

Das Mädchen sah in die Leere. »Malst du mich auf der Schaukel? Ich würde ihr gern ein Bild von mir schenken, wenn sie wiederkommt.«

Frida lächelte. »Natürlich. Ich hole Stift und Papier.« Sie stand auf und wandte sich zum Haus. Am Horizont grummelte ein Gewitter, Regenwolken zogen in ihre Richtung.

Erwin tauchte hinter dem Hühnerstall auf und trat auf sie zu. »Ich werde nach Hause gehen. Ich muss mich mit meiner Mutter aussprechen und schauen, wie es mit dem Gestüt weitergehen soll.«

»Das ist gut«, sagte sie, obwohl es ihr einen Stich ins Herz gab.

»Wir sehen uns morgen.« Er küsste sie auf die Wange und schenkte ihr ein Lächeln.

Frida strich über das Kopfkissen. Sie sehnte sich danach, in Erwins Armen aufzuwachen, doch er war gestern nicht zu ihr zurückgekehrt, sondern im Gutshaus geblieben. Wie mochte das Gespräch mit seiner Mutter verlaufen sein? Hoffentlich legte sie ihnen keine Steine in den Weg.

Frida öffnete die Fensterläden. Der Himmel war nach dem gestrigen Gewitter noch wolkenverhangen, es tropfte aus der Regenrinne in den Wasserbehälter. Sie ging nach unten, holte Wasser aus dem Brunnen und trat in den Stall, um Greta zu helfen, aber der Eierkorb lag unangetastet im Regal, ein Huhn flog gackernd umher. Wo war das Mädchen? Sie war doch sonst immer so früh auf den Beinen. Frida sammelte die Eier ein und brachte sie ins Haus. »Wo ist Greta?«, fragte sie.

Anni zuckte mit den Schultern. »Die Langschläferin wälzt sich wohl noch in den Federn.«

Das konnte Frida nicht glauben. Sie lief die Treppen hoch und klopfte an. Als keine Reaktion kam, öffnete sie vorsichtig die Tür. Das Bett war unberührt, die Laken kalt, das

Fenster geschlossen. Hier hatte in dieser Nacht keiner geschlafen.

Fridas Herz schlug schneller, ihre Gedanken überschlugen sich. Hatte sie Greta gestern zu viel erzählt, und nun wollte sie sich etwas antun? Frida rannte die Treppen hinunter.

»Was ist denn in dich gefahren?«, fragte Anni verwundert.

»Greta ist verschwunden.«

»Was?«, hörte sie ihre Schwester rufen, doch Frida rannte in den Stall, in dem die drei Schafe, zwei Ziegen und die Kuh auf ihr Futter warteten. Hier war Greta genauso wenig wie in der Werkstatt, im Geräteschuppen oder im Vorratskeller.

»Warum sollte sie verschwinden?«, fragte ihre Mutter, als Frida außer Atem wieder in der Küche stand.

Sie wusste, wieso, aber sie wollte ihrer Mutter und ihrer Schwester nicht auf die Nase binden, dass sie eine Jüdin beherbergten, doch irgendwas musste sie ihnen sagen. »Wir haben gestern über ihre Mutter gesprochen«, gab sie zu.

»Was ist denn mit ihr? Wieso ist sie nicht hier?«, fragte Anni.

Auf die Schnelle fiel Frida keine Ausrede ein. »Das ist unwichtig. Wir müssen Greta finden.«

»Sie taucht bestimmt wieder auf«, sagte Anni schulterzuckend, setzte sich und nahm das Kleid, auf das sie einen Flicken aufnähte.

Frida seufzte. »Ich musste ihr erzählen, dass sie ihre Mutter so bald nicht wiedersieht.«

Ihre Mutter zog die Stirn in Falten. »Wieso wissen wir nichts davon? Du hast immer gesagt, ihre Mutter würde nachkommen.«

Frida nickte. »Ich wollte das Kind nicht ängstigen.«

»Und jetzt hast du dem Mädchen was erzählt?«

Frida suchte nach einer Ausrede. »Die Gestapo hat sie festgenommen. Sie hatte einen gefälschten Ausweis, weil ihrer in Berlin beim Bombenangriff vernichtet wurde. Ich musste Greta sagen, dass sie ihre Mutter vor Kriegsende nicht wiedersehen wird.«

»Sie ist Jüdin, oder?«, fragte ihre Mutter scharf.

Frida wollte es verneinen, aber ihr Zögern verriet sie.

»Habe ich es mir doch gedacht. Du bringst uns eine Rassenfremde ins Haus.« Die Augen ihrer Mutter blitzten auf. »Wie kannst du uns solcher Gefahr aussetzen? Reicht es nicht, dass Maria gestorben ist?«

Frida spürte eine Leere in sich, wenn sie an ihre Tante dachte. Dieser verdammte Fliegerangriff, doch jetzt galt es, für das Mädchen einzustehen. »Sie ist ein Kind! Sie hat ein Recht auf ein Leben und eine Zukunft, egal woran sie oder ihre Eltern glauben.«

»Trotzdem, du hättest diese Parasitin nicht herbringen dürfen.«

»Hätte ich sie stattdessen am Straßenrand sitzen und ihrem Schicksal überlassen sollen?«

»Dann zumindest wären wir – deine Familie – in Sicherheit. Aber so ...« Sie drehte sich zum Herd und bearbeitete energisch den Brotteig.

»Wenn wir keinem erzählen, dass Greta Jüdin ist, wird es niemand erfahren. Und so sollten wir es halten. Habe ich euer Wort?«

Anni stieß die Nadel durch den Stoff und hielt inne. »Meins hast du. Sie kann wirklich nichts dafür.«

»Mama?«, fragte Frida. »Bitte! Sie braucht unsere Hilfe.«

Ihre Mutter brummte eine Bestätigung. »Aber glaube nicht, dass ich ihr eine Träne nachweine, wenn sie nicht mehr auftaucht.«

Wie konnte ihre Mutter so herzlos sein? »Weißt du, was sie mit den Juden machen?«

»Sie bringen sie in die Konzertlager«, antwortete sie wie beiläufig.

Fridas Mund wurden trocken, und sie wusste für einen Moment nicht, was sie erwidern sollte. Sie hatte diesen verharmlosenden Begriff schon mal in Berlin gehört. »Du hast keine Ahnung von diesen Lagern, oder?«

»Du etwa?« Ihre Mutter drehte sich um und stemmte den Handrücken in die Hüfte, an ihren Fingern klebte der Brotteig.

»Sie bringen die Juden in Gaskammern um und verbrennen die zahllosen Leichen in riesigen Krematorien.«

Für einen Moment lag der Schrecken in dem Gesicht ihrer Mutter, dann drehte sie sich um und bearbeitete weiter den Teig, als hätte sie nichts gesagt.

Anni hatte das Nähzeug auf den Schoß sinken lassen. »Das war ein Scherz, oder?«

»Da muss ich dich enttäuschen.«

»Woher weißt du das?«

»Ist das jetzt wichtig? Komm, Anni, hilf mir bitte.«

Sie suchten in den Pferdestallungen, im großen Schuppen, in den Futterlagern und auf den Koppeln, sie gingen weit auf die Felder hinaus und hielten nach dem Mädchen Ausschau.

»Und jetzt?«, fragte Anni um die Mittagszeit und rieb sich über den Bauch, der einen Gluckser von sich gab. Sie hatten noch nicht mal gefrühstückt.

»Geh nach Hause, ich werde mit Erwin sprechen. Vielleicht weiß er Rat.«

»Also gut«, sagte Anni, wandte sich um und lief nach Hause.

Frida ging Richtung Gutshaus, obwohl auch ihr Magen rebellierte.

Die Hausangestellte brachte Frida in die Bibliothek. Erwin saß in einem Sessel, sein Bein ausgestreckt auf einem Hocker, und las. In diesem Raum war sie noch nie gewesen. Die drei Meter hohen Regale waren mit Büchern gefüllt, vor einem Kamin lag ein Pferdefell, darüber hing ein mannshohes Gemälde, auf dem ein Reiter auf einem Hengst abgebildet war. Die schweren Vorhänge waren halb zugezogen, sodass der ganze Raum in ein diffuses Licht getaucht war.

Überrascht sah er auf, legte fahrig die Kladde auf einen Beistelltisch neben eine Vase mit Flieder. Die Kladde kippte und landete auf dem Boden. Ungelenk hob er sie auf. Sie hätte ihn gern gefragt, wie das Gespräch mit seiner Mutter verlaufen war, doch dafür war keine Zeit.

»Greta ist verschwunden, und ich brauche deine Hilfe.«

Erwin zog die Stirn in Falten. »Verschwunden?«

Frida atmete tief durch. Damit er verstand, warum die Situation so brenzlig war, musste sie es ihm erklären. »Ich werde dir jetzt etwas sagen. Versprichst du mir, es niemanden zu erzählen?«

»Natürlich.« Er faltete die Hände vor der Brust.

Sie zögerte. »Greta und ihre Mutter habe ich auf der Zugfahrt kennengelernt. Die beiden sind Jüdinnen, wie ich durch Zufall erfahren habe. Mit dem Pass von Gretas Mutter stimmte etwas nicht, also hat die Gestapo sie mitgenommen. Das ist das, was Greta bisher wusste.«

Erwin sah sie interessiert an. Er hatte ihr beteuert, dass er es nicht gutheiße, dass die Juden in Konzentrationslager gebracht würden, aber was würde er dazu sagen, wenn er erfuhr, dass eine Jüdin auf dem Hof weilte?

»Ich habe erfahren, dass die Gestapo herausgefunden hat, dass Käthe Jüdin ist und sie in ein KZ gebracht werden sollte.«

Erwin sog hörbar die Luft ein. »Das ist bitter.«

»Gestern hat Greta ihre Stimme wiedergefunden, und sie hat mich nach ihrer Mutter gefragt. Ich habe es ihr lange verheimlicht, doch nun habe ich ihr die Wahrheit sagen müssen. Ich habe ihr trotzdem nicht die Hoffnung genommen und ihr gesagt, dass wir ihre Mutter nach dem Krieg suchen werden.« Ihre Lippen bebten und ihre Stimme wurde brüchig. »Aber sie hat heute Nacht nicht in ihrem Bett geschlafen, und ich habe sie nirgendwo finden können. Ich habe Angst, dass sie sich etwas angetan hat.« Tränen brannten in ihren Augen und liefen ihr heiß über die Wangen. Sie hasste es, dass sie so weinerlich geworden war. Früher war sie nie nah am Wasser gebaut gewesen.

»Komm mal her«, sagte Erwin.

Frida setzte sich zu ihm auf die Sessellehne, und er nahm sie in den Arm. »Wir werden sie finden«, hauchte er.

Erwin instruierte Stalljungen, die Frauen und Familien der übrigen Hofarbeiter und die Zwangsarbeiterinnen, mit den Pferden die Umgebung nach dem Mädchen abzusuchen. Auch Lotte, Anni und Frida schlossen sich ihnen an. Frida ritt auf Abendstern zu dem See, über die Weiden und zu einem kleinen Wäldchen, doch von Greta keine Spur.

Als die Dämmerung einsetzte, dirigierte sie das Pferd zurück zum Gestüt. Ihr Magen rumorte, wie musste es erst Greta gehen? Oder hatte sie sich schon an einem Baum aufgehängt? Ihre Nackenhaare stellten sich auf. Frida führte das Pferd in den Stall, wo die Stalljungen den Tieren das ersehnte Futter brachten.

Lotte und Anni standen beieinander, und Frida gesellte sich zu ihnen. »Wo könnte Greta nur sein?«

»Sie kann doch nicht vom Erdboden verschluckt worden sein.« Lotte lehnte an einer Pferdebox und rieb sich über die Nase. Sie wirkte traurig und nachdenklich, schien irgendwie verändert.

»Sie hat sich bestimmt irgendwo auf dem Gestüt versteckt«, sagte Anni.

»Aber wir haben doch schon alles abgesucht.« Frida lehnte sich an einen Pfosten und blickte zur Decke. Es musste ein Versteck geben, das sie übersehen hatten.

»Da fällt mir ein: Kennt ihr den alten Speisekeller in der Scheune?«, fragte Lotte. »So ein Mist, dass ich nicht schon eher daran gedacht habe.«

Fridas Sinne waren sofort geschärft. »In der großen Scheune gibt es einen Keller?«

Lotte nickte. »Als wir Kinder Verstecken gespielt haben, bin ich oft hineingeklettert – ein altes Geheimnis, das mir meine Oma anvertraut hatte. Irgendwann hat es Bruno entdeckt, und seitdem habe ich es nicht mehr benutzt.« Ihr Gesicht bekam jäh einen trüben Schatten, und sie stützte sich an einem Balken ab.

»Was ist los?«, fragte Anni.

Lotte fing sich wieder. »Das ist jetzt nicht wichtig. Ich zeig es euch.«

Sie führte sie zu einer Falltür, die unter dem Stroh nicht zu sehen war. Frida zog die Bodenklappe auf und stieg eine steile Holztreppe hinunter. Ihre Augen mussten sich an das schummrige Licht gewöhnen. In der Ecke auf einem Strohhaufen lag die zusammengekauerte Greta. Frida stürzte zu ihr und betastete ihr Gesicht. »Greta.« Sie war warm und atmete.

Frida richtete Greta auf und drückte sie an sich. »Ich bin so froh, dass wir dich gefunden haben. Ich habe mir solche Sorgen gemacht.« Greta antwortete nicht, hielt krampfhaft ein Foto umklammert und presste es an die Brust.

»Zeigst du es mir?«, fragte Frida.

Das Mädchen löste sich aus der Starre und hielt ihr mit zittrigen Fingern die Fotografie hin. Es zeigte sie mit ihren Eltern vor einer Buchhandlung. Auf dem Arm hielt Käthe ein Baby. Greta schien noch ein Geschwisterchen gehabt zu haben. Wortlos tippte Frida auf das Bündel auf der Fotografie.

»Mein Bruder. Er ist kurz nach der Geburt gestorben. Nun habe ich keinen mehr.«

Frida hielt Greta fest im Arm, bis sie bereit war, mit hochzukommen. Als sie aus dem Kellerloch hervorkamen, lagen sich auch Anni und Lotte in den Armen.

»Was ist denn mit euch los?«, fragte Frida.

Die beiden lösten sich voneinander, und erst jetzt sah sie Lottes verweintes Gesicht. Sie zitterte am ganzen Körper und rang nach Atem.

»Bruno ist gefallen«, antwortete Anni an ihrer statt.

»Was?« Fridas Beine wurden weich, und sie stützte sich an dem Rad des Traktors ab. Erst Hermann, jetzt Bruno – Lottes Zwillingsbruder. Das war ein harter Schlag für die Familie Franzen. Frida schluckte die Sorge um ihre eigenen Brüder und ihren Vater herunter und nahm Lotte in den Arm. Dieser verdammte Krieg!

Kreis Wehlau in Ostpreußen, August 1943

»Noch eine Reihe, dann haben wir es geschafft.« Anni richtete sich auf und rieb sich den Schweiß von der Stirn. Frida und ihre Schwester säten seit einigen Stunden die Bohnen in den Acker.

Frida sah auf die Uhr. »Ich muss los.«

»Die feine Dame will sich also vor der Arbeit drücken.« Anni streckte ihr die Zunge raus. »Verschwinde endlich«, sagte sie grinsend.

»Danke.« Frida lief in ihre Kammer und betrachtete sich im Spiegel. Zerzaustes Haar, Dreck an den Wangen. So konnte sie nicht zum Mittagessen im Gutshaus erscheinen. Erwin hatte sie zum Essen eingeladen, wollte nach allem eine Versöhnung zwischen ihr und seiner Mutter herbeiführen. Sie überkam ein mulmiges Gefühl, aber wenn sie Erwins Frau werden wollte, war es wichtig, dass sie Bertas Segen hatten. In den letzten Monaten war sie ihr aus dem Weg gegangen, doch es war an der Zeit für eine Versöhnung.

Frida machte sich frisch und zog das gelbe knielange Kleid an. Es war hochgeschlossen, hatte einen weißen Kragen und eine Gürtelschnalle. Sie schob sich den Haarreifen mit der

Schleife ins Haar und begab sich mit wild pochendem Herzen zum Gutshaus.

Erwins Lächeln erwartete sie an der Tür. Er trug eine Faltenhose mit Hosenträgern, ein Hemd und ein rotes Tuch um den Hals. Unwillkürlich musste sie lächeln. Dieses Tuch hatte er getragen, als er ihr vor Jahren mit der Kamelie den Heiratsantrag gemacht hatte.

Sie hüpfte die Stufen bis zur Tür hinauf, und er griff nach ihrer Hand. »Wie schön, Sie endlich wieder in diesem Haus begrüßen zu dürfen, Frau Zeitinger«, sagte er und gab ihr einen Handkuss.

»Die Freude könnte bei mir nicht größer sein«, sagte sie lächelnd.

Er blickte ihr verschwörerisch zu, und es fühlte sich an, als hätten sie einen Pakt geschlossen. Jetzt hatte sie keine Angst mehr, Berta gegenüberzutreten.

Er führte sie in den Speisesaal. Auf der langen Tafel waren vier Tischgedecke, wo früher mindestens acht Personen gespeist hatten, und einige Stühle würden für immer leer bleiben.

An den Fenstern hingen Brokatvorhänge, an einer Gardinenstange schwebte eine Spinnwebe im Luftzug – das hätte es vor dem Krieg nicht gegeben. An der gegenüberliegenden Wand prangte ein Ölgemälde des stattlichen und prämierten Rappen »Hirsch«. Für ihren Geschmack hatte der Maler das Bild zu dunkel gehalten, und die Augen des Pferdes wirkten traurig.

»Weißt du eigentlich, warum mein Vater ihn ›Hirsch‹ getauft hat?«, fragte Erwin, als er bemerkte, dass sie das Bild musterte.

»Weil er ein so prächtiges Tier ist?«

»Nein. Als ich als Kind von der preußischen Ärztin Rahel Hirsch erfahren habe, die große Erkenntnis im Bereich des menschlichen Darms gewonnen hatte, habe ich meinen Vater dazu überredet.«

»Das hast du mir nie erzählt.«

Er lächelte verlegen. »Na ja, Darmgeschichten sind nichts, was man mit einer Frau teilt.«

Sie prustete los.

Bevor er antworten konnte, stolzierte Lotte herein. Sie sah abgekämpft aus. »Schönes Kleid, Frida! Und was trage ich?« Sie sah an sich hinunter auf ihr dreckiges Arbeiterkleid. »Ist Mutter noch nicht da? Dann ziehe ich mich eben um.« Sie verschwand wieder.

Erwin verdrehte die Augen. »Ihre Sorgen wollte ich haben.«

»Eine Frau möchte chic aussehen.«

»Ja, aber sie fühlt sich zu fein für die Arbeiten.«

»Sie ist anderes gewohnt.« Lotte war der Liebling ihres Vaters gewesen und hatte vor dem Krieg keinerlei Aufgaben auf dem Gestüt gehabt.

Kurze Zeit später tauchte Lotte in Seidenkleid samt Perlenkette auf. Auch Berta kam herein, musterte erst Lotte skeptisch und dann Frida. »Ich dachte, ich hätte mich klar ausgedrückt«, blaffte sie und sah auffordernd ihren Sohn an.

»Und ich dachte, ich hätte es auch getan?«, gab er zurück.

Berta verdrehte die Augen und setzte sich. Frida nahm ebenfalls Platz. Das konnte ja ein feines Mittagessen werden. Das Mädel mit dem Kopftuch und den Pickeln im Gesicht servierte Kartoffeln mit Kohlrabi. Schweigend begannen sie zu essen. Die Stille wog schwer wie die schwüle Luft nach einem Sommergewitter.

»Möchtest du dich nicht entschuldigen?«, fragte Erwin seine Mutter. Nach der Geschichte mit dem Heim war es nie zu einer Aussprache gekommen.

»Ich wüsste nicht, wofür.«

Erwin seufzte. »Das hatten wir doch gestern besprochen.«

Berta ließ den Löffel sinken. »Du weißt, wie ich darüber denke, und daran hat sich nichts geändert.«

»Du widersetzt dich Vaters Willen.«

»Er wird sowieso nicht zurückkommen.«

Erschrocken blickte Lotte auf. »Wie kannst du so etwas sagen?«

Berta zuckte mit den Schultern. »Es stimmt doch.«

Erwin warf Frida einen entschuldigenden Blick zu und drückte ihre Hand. Am liebsten wäre sie aufgestanden und gegangen, aber das konnte sie Erwin nicht antun, also aß sie schweigend weiter. Nach einer Weile sagte Erwin zu seiner Mutter. »Wir sollten ein paar der Stuten verkaufen.«

»Wir sollen unsere Lebensgrundlage verschachern?«, fragte Berta empört. »Die Preise für Pferde waren noch nie so schlecht wie jetzt.«

»Wir müssen doch sowieso Futter zukaufen. Das Geld könnten wir uns sparen, wenn wir den Bestand verringern«, wendete er ein.

Die Wehrmacht brauchte Pferde für die Kavallerie, zahlte aber nicht so gut wie Züchter für prächtige Zuchtpferde, die das Potenzial hatten, bei Wettkämpfen die Siegerplätze zu holen. An Pferderennen war in diesen Tagen allerdings nicht zu denken.

»Vielleicht würden die Stallburschen die Arbeit im Stall dann allein schaffen«, sagte Lotte hoffnungsvoll, die Ohrringe mit den Pferdeköpfen, die sie früher oft getragen hatte, wippten hin und her.

»Der älteste wird nächsten Monat eingezogen. Der Einberufungsbefehl liegt in der Kommode«, fuhr seine Mutter fort.

»O nein«, stöhnte Lotte.

»Aber ich habe nicht vor, ihn sofort gehen zu lassen.« Seine Mutter schob sich eine Kartoffel in den Mund.

»Was?« Erwin verschluckte sich fast. »Du bringst ihn in Teufels Küche!«

»Er weiß es noch nicht mal.«

»Dann bekommen wir die Probleme. Die Wehrmacht ist gnadenlos, und so sind wir die Pferde schneller los, als du in einen Schützengraben springen kannst.« Er holte tief Luft. »Die Wehrmacht nimmt keine Rücksicht auf Zivilisten«, fügte er hinzu.

»Aber wir brauchen ihn hier«, protestierte seine Mutter und verschränkte die Arme vor der Brust.

»Weißt du, was die Wehrmacht mit Deserteuren und Fahnenflüchtigen macht?«

»Das ist mir egal. Er ...«

»Mutter, es ist sein Todesurteil. Wenn er Glück hat, erschießen sie ihn, wenn er Pech hat, hängen sie ihn an einem Baum auf – mit einem Schild *Fahnenflüchtiger* um den Hals zur Abschreckung anderer Soldaten.«

Berta starrte ihren Sohn lange an, dann blickte sie auf ihren Teller und stocherte in dem Essen herum. »Du wirst es ihm sagen, Erwin«, sagte sie mit belegter Stimme.

»Das kann ich gern machen.«

»Wie geht es denn deinem Bein?«, fragte Berta.

Frida sah Erwin an, dass er nicht glücklich mit dem Themenwechsel war.

»Die Verwundung hat wieder zu eitern begonnen, ich muss noch mal zum Arzt.«

»Die Wunde scheint ja nie zu verheilen«, warf Lotte ein.

»Dann bleibt er uns wenigstens auf dem Gestüt erhalten«, erwiderte seine Mutter, wischte sich den Mund mit der Serviette ab und verließ das Esszimmer.

Frida atmete erleichtert aus. »Seit wann ist sie so?«, fragte sie an Lotte gewandt.

»Seitdem Vater eingezogen wurde.«

Frida lief am nächsten Tag über den Hof und suchte Erwin. Sie wollte nach dem gestrigen gemeinsamen Mittagessen noch mal mit ihm reden und anbieten, ihn zum Arzt zu begleiten. Im Gutshaus war er nicht, genauso wenig in den Stallungen.

»Schaut mal in dem kleinen Schuppen nach«, gab ihr ein Stalljunge einen Tipp. Er hatte muskulöse Arme und breite Schultern und sah aus wie zwanzig, war jedoch sicherlich jünger. Wahrscheinlich war er derjenige, der bald an die Front musste.

Frida öffnete die Tür des Schuppens. »Erwin?« In der Dunkelheit konnte sie niemanden hinter dem Rasenmäher, den Haken und Besen ausmachen. Etwas quietschte, eine Tür im hinteren Teil ging auf, und eine Gestalt tauchte auf. Erwin.

»Da bist du ja«, sagte sie und trat auf ihn zu. »Was machst du hier?« Sie warf einen Blick in das Kabuff, das drei Quadratmeter maß. Es erinnerte sie an Victors Versteck für die Juden auf dem Dachboden, auch wenn es damit nichts gemein hatte. In dieser Kammer konnte man stehen, außerdem war sie in rotes Licht getaucht, an Leinen hingen Fotos zum Trocknen. Erwin hatte sich seine eigene Dunkelkammer zum Entwickeln der Fotografien eingerichtet.

Frida trat näher und betrachtete einige. Soldaten, die in Reih- und Glied marschierten, Frauen, die Blumen schwenkten, ein Mädchen, das auf einer Bank saß. Freundliche Gesichter, lachende Menschen; das konnte doch unmöglich die Realität der Front sein.

»Was sind das für Bilder?«, fragte Frida.

»Aus Russland. Komm, lass uns die Sonne genießen«, er griff nach ihrer Hand, doch ein Stapel Abzüge neben einem Notizbuch erregte ihre Aufmerksamkeit. Das Oberste zeigte zwei Kinderkörper, seltsam verrenkt, zwischen ihnen ein Hund – überall war Blut, alle waren tot. Erwin legte die Hand darauf. »Das ist nicht für deine Augen bestimmt.« Er zog sie nach draußen.

»Das waren ... Kinder«, sagte sie mit trockenem Mund.

Er nickte.

»Warum ...?« Sie vermochte die Frage nicht in Worte zu fassen. Das Bild hatte sich auf ihre Netzhaut gebrannt wie ein Foto auf Zelluloid. Wehrlose Kinder, sie waren sicherlich nicht älter als sechs Jahre gewesen, hätten fast bei ihr in den Hort gehen können.

Er zog sie mit sich, ihre Beine gehorchten, doch sie fühlte sich seltsam leer. Wieso hatten diese kleinen Wesen sterben müssen? Wo blieb die Gerechtigkeit, von der Pfarrer Steiner erzählt hatte? Erwin zog sie in die Heu- und Strohscheune. »Glaub mir, es ist besser, wenn du nicht alles weißt.«

»Jetzt habe ich sie gesehen und möchte ihre Geschichte erfahren.«

»Nein!«

»Bitte«, flehte sie und streichelte seine Hand.

Es dauerte lange, bis er sie wieder ansah. In seinen Augen spiegelten sich die Schrecken, die er erlebt hatte, nur erreichten die Bilder Frida nicht. Sie presste die Zähne zusammen. Sie hatte in Berlin von der Grausamkeit des Krieges wohl nur einen Vorgeschmack bekommen. »Waren es Deutsche oder Russen, die sie getötet haben?«

Erwin blickte zu Boden, rang nach Worten. »Frida, ich ... ich kann nicht.« Er drehte den Kopf weg, sein Oberkörper begann zu beben.

Frida setzte sich zu ihm und legte den Arm um ihn. »Verzeih! Ich wollte dich nicht drängen.« Sie klammerten sich aneinander, suchten Halt. Frida spürte, dass da etwas war, das stärker war als alles Erlebte: ihre Liebe. Und nur darin lag die Hoffnung. Sie hob den Kopf und küsste ihn. Er erwiderte den Kuss wie ein Ausgehungerter, der alle Erinnerungen vergessen wollte. Ihr Herz flammte auf, wollte ihn spüren. Erwin drückte sie auf den Boden und kniete sich zu ihr, wobei er kurz schmerzhaft das Gesicht verzog.

»Dein Bein«, sagte Frida.

Er lächelte. »Lass das meine Sorge sein.« Er beugte sich über sie und löste die Knöpfe ihres Arbeitskleides, schob die Hand unter ihren BH und streichelte ihre Brust.

Frida schloss die Augen und keuchte vor Verlangen. Sie streckte sich ihm entgegen. Die Woge der Lust wanderte von ihrem Oberkörper bis zu ihrer empfindlichsten Stelle. Sie zog ihn zu sich, küsste ihn, erforschte mit der Zunge seinen Mund und ließ sich in das aufregende Kribbeln fallen.

Jedes Mal, wenn sie ihre Küsse unterbrachen, keuchte er fordernd, was ihre Lust steigerte. Sie ließ die Hand über seinen Rücken wandern, strich über die Narben, wanderte mit den Händen nach unten. Hastig öffnete sie seine Hose und befreite seine Erektion. Sie umschloss sein Glied, was Erwin aufstöhnen ließ.

Er bedeckte ihren Körper mit Küssen, bis sie es nicht mehr aushielt, ihre Unterhose hinunterschob und ihre Beine öffnete. Das Kribbeln zog zwischen ihre Schenkel, als sie miteinander verschmolzen. Sie schloss die Augen und tauchte ab – in die Welt aus Lust, Liebe und Wärme. Viel zu schnell sackte er nach einem befreienden Keuchen neben ihr ins Heu, dennoch fühlte sie sich glücklich, dass sie wieder zueinandergefunden hatten. Sie strich über seine Segelohren und seine geröteten Wangen, prägte sich seine Gesichtszüge ein.

»Schlaf heute Nacht bei uns«, bat sie.

»Was hältst du davon, wenn du zu mir kommst, mein Abendlicht?«

Sie verzog das Gesicht. »Meine Mutter wettert schon wie eine Furie wegen des moralischen Niedergangs, und sie ist eine friedfertige Frau, aber wenn uns deine Mutter erwischt, geht sie womöglich mit dem Dreschflegel auf uns los.«

Er grinste. »Auch die Alten müssen dazulernen, aber ja … ich könnte mich heute Abend davonstehlen.« Er fuhr ihr durchs Haar, was ihr erneut einen Schauer durch den Körper jagte. Sie ließ den Kopf auf seine Brust sinken und betastete seine Narben. »Woher hast du die?«

»Auch das möchtest du nicht wissen«, sagte er.

»Doch«, beharrte Frida. »Ich würde so gern erfahren, was du durchgemacht hast, denn all das gehört zu dir, zu dem Mann, den ich liebe und verstehen möchte.«

»Du schadest dir selbst.«

Sie stützte den Kopf ab und sah ihn an. »Ich kann einiges ertragen, schließlich habe ich in Berlin ebenfalls viel Leid gesehen. Zertrümmerte Körper nach den Bombenangriffen, die Verschleppung der Juden ... Gestapo-Männer haben Kinder erschossen – auf der Straße.« Sie schluckte, als sie mit ihren Worten die Bilder heraufbeschwor. Sie lasteten schwer auf ihrem Herzen, dennoch wollte sie stark sein – für Erwin.

»Läuse«, antwortete er schließlich.

»Die bringen solche Narben?«

»Wenn man sich nicht waschen kann. Wanzen, Läuse, anderes Ungeziefer und der Schmutz haben eitrige Stellen verursacht.«

»Hat es gejuckt?«

»Es war die reinste Tortur. Dabei hatte ich noch Glück. Wenn ich an die Kameraden mit den Erfrierungen denke ...« Sein Blick verlor sich in der Last der letzten Jahre.

Sie legte den Kopf wieder auf seine Brust, ihre Gedanken entführten sie zurück in die Reichshauptstadt – in eine Zeit, als das Grauen seinen Anfang genommen hatte.

Sie lagen eine Weile schweigend beieinander, bevor Erwin begann. »Es war irgendwann im Herbst letzten Jahres. Wir beobachteten ein Dorf, als Mörsergranaten nah bei uns einschlugen. Wir bekamen den Befehl zu stürmen und gerieten in ein Feuergefecht ...« Er machte eine Pause. »Die Reetdächer fingen Feuer, der Rauch kratze in meiner Lunge. Dann sah ich einen Jungen zwischen den Soldaten hindurchrennen und in einem Schuppen verschwinden. Ein paar Augenblicke später warf ein Kamerad eine Granate hinein ...«

Frida schluckte. Ein Deutscher hatte diese Kinder auf dem Gewissen.

»Jemand rief nach einem Sani, also bin ich den Rufen gefolgt, doch als ein anderer schon dort war, bin ich zurück zu dem Schuppen und habe die beiden Kinder gefunden.«

Sie spürte, wie sich sein Körper verspannte, die Anspannung übertrug sich auf sie. Er hielt die Luft an, als könne er damit die Schrecken aus seinem Inneren verbannen. »Ich habe keine Ahnung, warum der Kamerad die Granate in den Schuppen geworfen hat, ob er absichtlich diesen Jungen töten wollte oder ob er dort drin Iwans vermutet hatte.« Er blies geräuschvoll die Luft aus. »Es war das erste Mal, dass ich den Tod mit meiner Kamera eingefangen habe.«

»Danke, dass du das mit mir geteilt hast«, sagte sie nach einer Weile.

Er hob ihren Kopf und zwang sie, ihn anzusehen. »Bitte quäle mich nicht mehr, dir alles zu erzählen, was ich erlebt habe. Ich kann kaum Worte dafür finden.« In seinen Augen lag so eine Ernsthaftigkeit, dass es ihr einen Schauer über den Rücken jagte. »Ich liebe diese Lippen, ihre Zärtlichkeit ebenso wie ihren Widerspruch, doch jetzt brauche ihren Zuspruch, nicht ihre Fragen.« Er neigte den Kopf zu ihr und gab ihr einen innigen Kuss.

Motorengeräusche ertönten, ließen sie hochschrecken. Geschwind zogen sie sich an und lugten durch ein Loch in einem Holzbrett nach draußen. Ein Fahrzeug holperte auf das Gestüt.

»Die Wehrmacht«, flüsterte er.

Fridas Herz stürzte in die Tiefe. »Was wollen die?« Nicht, dass sie kamen, um Erwin zurück an die Front zu zerren.

Er nahm seine Krücke und humpelte den Soldaten entgegen. »Heil Hitler«, grüßte Erwin die zwei Wehrmachtssoldaten.

Ein hochgewachsener Offizier mit einer roten Knollennase musterte ihn, als er den Gruß erwiderte. »Wir haben nicht erwartet, einen Kameraden auf dem Hof anzutreffen. Wir haben letztens mit Frau Franzen gesprochen und sind hier, um uns Ihre Pferde anzusehen und welche für die Wehrmacht zu kaufen.«

Frida fiel ein Stein vom Herzen, als sie das hörte.

»Dann können Sie mit mir verhandeln. Mein Vater ist an der Front, und nachdem mein ältester Bruder gefallen ist, bin ich der Erbe dieses Gestüts«, sagte Erwin mit fester Stimme.

Anstelle einer Beileidsbekundung erntete er ein knappes Nicken. Sie traten zur Koppel, die Knollennase lehnte sich an den Zaun. »Wie viele Pferde besitzen Sie?«

Frida folgte ihnen in einiger Entfernung und verbarg sich hinter einem Busch.

»Vier Hengste, siebenundvierzig Stuten und fünf Fohlen.«

In dem Moment kam seine Mutter zu ihnen gelaufen. Schon von Weitem konnte Frida an ihrem Gesicht ablesen, dass sie nicht begeistert war, dass er mit den Offizieren sprach. Sie streckte dem ranghöheren Soldaten die Hand entgegen.

»Wie schön, Sie wiederzusehen«, rief Berta süßlich.

»Wir brauchen weitere Pferde für die Wehrmacht. So viele wir kriegen können.«

»Das hängt vom Preis ab«, sagte Erwin.

Vehement schüttelte Berta den Kopf. »Im Moment können wir auf kein einziges Tier verzichten. Wir benötigen alle für die Ernte.«

Der Oberleutnant sah irritiert zwischen ihnen hin und her. »Aber Ihr Sohn sagte doch ...«

»Solange mein Mann an der Front dient, habe ich das Sagen.«

»Ich bin mir sicher, Ihr Sohn ...«

»Mein Sohn ist verwundet. Sobald er gesund ist, wird er wieder für sein Vaterland kämpfen. Ich allein bin Ihre Verhandlungspartnerin.«

Der Offizier zögerte.

Frida sah Erwin an, dass ihm eine Erwiderung auf der Zunge lag, doch schließlich sagte er: »Dann werde ich wohl nicht mehr gebraucht. Heil Hitler.«

Erwin wandte sich ab und humpelte in ihre Richtung. Nach ein paar Schritten verzog er schmerzhaft das Gesicht und stützte sich am Zaun der Koppel ab.

Berlin, Mai 2009

»Hat Berta sich durchgesetzt, alle Pferde zu behalten?«, fragte Carolin.

»Sie hat ein paar Stuten verkaufen müssen, doch sie hat es geschafft, den Großteil der Tiere zu behalten.« Ihre Großmutter betrachtete die Pfingstrosen. Sie hatten sich nachmittags in den Garten gesetzt und die Sonne genossen. »Aber sie hat ihre Sturheit noch bitter bereuen müssen.«

»Wieso?«

Ein schwarzer Passat parkte vor dem Grundstück. Nicht schon wieder!

»Sie gibt keine Ruhe«, sagte ihre Großmutter mit einem verschwörerischen Lächeln.

Ingrid kam mit zerknirschter Miene durch das Gartentor. »Ich dachte, ich treffe dich allein an«, sagte sie vorwurfsvoll. Genau das hatte sie wohl nicht getan, sonst wäre sie sicherlich nicht noch mal gekommen.

»Du solltest dich nach einem anstrengenden Tag ausruhen«, sagte ihre Großmutter.

»Das Gleiche könnte ich zu dir sagen.« Carolins Tante stemmte eine Hand in die Hüfte.

»Versteh doch, das Mädchen will wissen, wer ihre Familie ist.«

»Alfred hat seine Familie verlassen und verleugnet, was gibt es daran nicht zu verstehen?«

Carolin biss die Zähne zusammen. Was wusste Ingrid schon über die Beweggründe ihres Vaters? Selbst ihr, seiner Tochter, hatte er sie nicht anvertraut. Carolin blickte auf die Armbanduhr und stand auf. »Es ist wohl besser, wenn ich gehe. Ich komme morgen wieder.«

»Du musst dich nicht gezwungen fühlen ...«, begann ihre Großmutter.

»Ich finde auch, dass es besser wäre«, fiel ihr Ingrid ins Wort. »Du solltest dich schonen, Mutter.«

»Papperlapapp.« Ihre Großmutter machte eine wegwerfende Handbewegung, stützte sich auf der Armlehne ab und stand auf.

Carolin sah sofort, dass sie wackelig auf den Beinen war, und beim ersten Schritt knickte sie zur Seite weg. Carolins Herz setzte einen Schlag aus, sie wollte ihrer Großmutter zur Hilfe eilen, doch sie würde sie nicht rechtzeitig erreichen.

Ingrid reagiert geistesgegenwärtig, griff nach Fridas Arm und hielt sie. »Da siehst du es!«

Ihre Großmutter atmete tief durch. »Also gut. Machen wir morgen weiter«, sagte sie in Carolins Richtung. »Bringst du wieder Brötchen mit?«

»Natürlich.«

Ingrid verdrehte die Augen. »Aber nicht wieder so lange.«

Frida hob die Hand und nickte. »Schon gut. Ich habe verstanden.«

Carolin verabschiedete sich. Morgen würde sie nicht so lange bleiben und ihre Neugierde zügeln.

Sie beschloss, kein Taxi zu rufen, sondern zu Fuß zu laufen. Ein bisschen Bewegung würde ihr guttun.

Das Handy kündigte zwei Anrufe in Abwesenheit und eine SMS von Oliver an: *Mein Sonnenscheinchen, verzeih mir bitte! Ich bin so ein Idiot. Wenn du zurück bist, nehme ich mir Zeit für dich und wir machen uns ein paar schöne Tage. Bitte ruf mich an.*

Also eins konnte Oliver: sich entschuldigen. Dennoch hatte sie das Gefühl, die Kluft zwischen ihnen wuchs zunehmend. Sie dachte an Frida und Erwin und an die Herausforderungen, die ihre Liebe hatte überstehen müssen. Wie würde ihre Beziehung zu Oliver aussehen, wenn ein Krieg sie auseinanderreißen würde? Hatten diese kleinen Streitigkeiten dann keinen Platz in ihrem Leben, und sie würden sich aneinanderklammern wie zwei Ertrinkende?

Auf halber Strecke bekam sie erneut eine SMS von ihm: *Carolin, ich brauche deine Hilfe. Ruf mich bitte an. Bitte, lass mich nicht hängen, mein Vermieter sitzt mir im Nacken. Küsschen.*

Carolin krampfte ihre Hände um das Handy. Jetzt war ihr klar, warum er sich entschuldigt hatte.

Sie zog ihren Lieblingspullover an und strich über den Schriftzug auf der Brust. Er trug ihren Namen, darunter war eine Fußballspielerin abgebildet. Der Pullover war in Rotschwarz weder chic noch ein Markenprodukt, aber er war bequem, und sie hatte ihn zum letzten Saisonende von ihrem Vater geschenkt bekommen.

Carolin spürte wieder diese Leere in sich aufsteigen. »Ich vermisse dich«, flüsterte sie. Sie hätte sich so gewünscht, mit ihrem Vater über Fridas Erzählungen sprechen zu können, aber er hatte es nicht zugelassen. Wieso? Sie hoffte, dass sie bald eine Antwort darauf erhielt.

Sie nahm die Schlüsselkarte des Hotels und wollte das Zimmer verlassen, als ihr Handy klingelte. Nicht schon wieder Oliver ...

Doch diesmal war es das Büro.

»Frau Franzen, schön, dass ich Sie so früh erreiche.« Frau Gillwaldt klang seltsam gehetzt.

»Was ist los?«, fragte Carolin.

»Ich weiß, dass Sie verreist sind, aber ich brauche Sie dringend hier. Können Sie kommen?«

»Was gibt es denn?«

»Herr Lüscher hat gekündigt.« Frau Gillwaldt hatte ihre Stimme gesenkt, als hätte sie Angst, jemand würde mithören.

Carolins Hals wurde trocken. »Wieso?«

»Das hat er nicht gesagt, aber seine Entscheidung sei unumstößlich.«

»Wann wird er uns verlassen?«

»Ihr Vater hat die gesetzliche Kündigungsfrist vereinbart, sodass er uns nur noch einen Monat erhalten bleibt.«

»Ach du ...« Carolin setzte sich aufs Bett.

»Ich brauche Ihnen sicherlich nicht zu erklären, was das bedeutet.«

»Nein.« Herr Lüscher war der kreative Kopf, ohne ihn konnten sie einpacken. Er hatte mit zum Aufbau der Marke Franzen beigetragen, und ohne seine Designs würde das Unternehmen stark leiden. Und so schnell würden sie keinen Ersatz bekommen.

»Ich bin in Berlin und fahre morgen zurück, dann bin ich abends im Büro.« Carolin schluckte, wollte nicht nach Düsseldorf zurückfahren, und vor allem hatte sie sich vorgenommen, ihre Großmutter heute nicht so lange zu behelligen. Jetzt hatten sie nur noch einen Tag, bevor sie zurückkehren und länger im Büro gebraucht werden würde. Die Chefin konnte in dieser Situation nicht alle Brücken hinter sich abbrechen.

Sie beendete das Telefonat, verließ das Hotel und entschied, zu Fuß zu ihrer Großmutter zu laufen. Sie musste den Kopf freibekommen und nachdenken. Ihre Gedanken kreisten, sie ging die Mitarbeiter gedanklich durch, ob jemand für die Aufgaben von Herrn Lüscher geeignet war, doch jeder hatte sein Spezialgebiet. Sie mussten einen neuen Produktdesigner einstellen, und das so schnell wie möglich.

Wieso hatte ihr Vater nur keine ausreichend lange Kündigungsfrist in die Verträge gesetzt?

Ihre Großmutter empfing sie mit einem breiten Lächeln, und Carolin ließ sich davon anstecken, auch wenn ihre Sorgen sich in ihrem Magen zu einem Knoten bündelten. Doch sie versuchte, sich auf Fridas Geschichte zu konzentrieren.

Kapitel 8

Kreis Wehlau in Ostpreußen, August 1943

Frida stützte Erwin, als sie das Behandlungszimmer des Arztes betraten. Sie bemerkte, wie er zusammenzuckte, als er dem weißhaarigen Mann gegenübertrat.

»Na, haben Sie Unterstützung mitgebracht?«, frotzelte der Arzt, ohne sich ein Lächeln abzuringen. Altersflecken bedeckten seine hohe Stirn, die riesigen Tränensäcke und seine tief liegenden Augen verliehen ihm einen grimmigen Gesichtsausdruck.

Erwin setzte sich auf die Liege. »Meine Verlobte.«

Sie hatte den Arzt das letzte Mal nicht zu Gesicht bekommen, als er Erwin auf dem Hof behandelt hatte. »Wollen Sie im Wartezimmer Platz nehmen?«, fragte der Arzt.

Frida ließ sich auf dem Stuhl nieder und zupfte an den Ärmeln ihres Kleides. »Ich bleibe bei meinem Verlobten.« Sie würde sich nicht abwimmeln lassen. Seit Tagen nässte und eiterte die Wunde, und der Arzt würde braune Gewebeteile wegschneiden müssen. Sie wollte Erwin beistehen.

»Bist du sicher, dass du dir das antun willst?« Erwin machte ein verkniffenes Gesicht.

Frida griff nach seiner Hand. »Ich habe schon Schlimmeres gesehen als eine Wunde.«

Erwin nickte dem Doktor zu, zog vorsichtig die Hose aus und ließ sich auf die Liege sinken.

»Dann wollen wir mal sehen.« Der Arzt wickelte den Verband ab und legte die Verwundung frei. Der Doktor sog scharf die Luft ein. »Da haben wir wieder was vor uns.«

»Was machen Sie jetzt?«, fragte Frida.

»Ich entferne Eiter und abgestorbenes Gewebe. Wir Mediziner nennen das Débridement.«

»Und wieso nähen Sie die Wunde nicht zu?«

»Wenn die Wunde entzündet ist, kann man keinen primären Wundverschluss durchführen. Der Körper würde trotzdem Eiter produzieren, und den müssen wir immer wieder entfernen.«

»Und wieso dauert die Heilung so lange?«, fragte Frida weiter.

»Die Wunde heilt von der Tiefe zur Oberfläche. Das braucht Zeit.« Der Arzt gab Erwin ein Holzstück, das er sich zwischen die Zähne schob. Sie sah die Angst in seinen Augen, die ihr eine Gänsehaut bescherte.

»Was tun Sie denn da? Betäuben Sie die Wunde nicht?«, fragte sie empört.

»Wir haben nichts. Die Medikamente werden an der Front und in den Lazaretten benötigt. Da Ihr Verlobter sich dazu entschieden hat, zurück in die Heimat zu gehen, muss er sich mit den vorhandenen Mitteln zufriedengeben.«

Die Klinge schnitt ins Fleisch, und Erwin verzog schmerzhaft das Gesicht. Ein Schmerzensschrei entfuhr ihm, er hob kurz den Kopf, um ihn einen Augenblick später gegen die Liege zu schlagen.

Fridas Hände krampften sich um die Stuhllehnen, sie hätte Erwin so gern geholfen, aber es gab nichts, das sie tun konnte.

Frida fuhr mit den Fingern über die Buchrücken. »Ihr habt noch ›Die Waffen nieder‹ von Bertha von Suttner?« Das Buch stand auf der Liste des schädlichen und unerwünschten Schrifttums.

Erwin zuckte mit den Schultern und lauschte der Marschmusik aus dem Volksempfänger. Seine Wunde war im letzten Jahr fast vollständig verheilt, bald würde er zurück an die Front müssen. Wie sehr Frida davor graute!

Im Sommer war die beunruhigende Nachricht gekommen, die Rote Armee hätte die Grenzen Ostpreußens überschritten, aber die deutsche Wehrmacht hatte die Iwans zurückschlagen können. Erwin befürchtete, dass die Russen irgendwann bei ihnen vor der Haustür stehen würden.

Die Musik im Radio verstummte, und die Reichssendung begann. Der Sprecher berichtete von der Heimarbeit der Hitlerjugend und Frauen, und wie sie Zündkerzen oder den Innensatz von Stahlhelmen anfertigten, von Soldatenheimkehrern aus Afrika, von Sportkämpfen, Sprengbooten und davon, dass deutsche Truppen in Holland und Belgien ohne großen Widerstand einmarschiert waren. Nach der Berichterstattung über das italienische Grenzgebiet folgte der Bericht der Ostfront, den Erwin so brennend erwartete.

Frida ließ sich am Fenster nieder und schlug das Buch auf, lauschte jedoch der Sendung.

»Im Osten ist die große Abwehrschlacht wieder in voller Wucht entbrannt«, ertönte es aus dem Volksempfänger.

Die Tür flog auf, und Berta platzte herein. »Ach, hier bist du«, sagte sie zu Erwin.

Sie stand mit dem Rücken zu ihr, hatte Frida nicht bemerkt.

»Psst!« Erwin trat zum Radio, um den Sprecher besser zu verstehen. »... bereiten zur Bereinigung eines Brückenkopfes den Angriff unser Panzer vor. In den Morgenstunden rollen

Panzer und Sturmgeschütze zum Angriff gegen die Bolschewisten.«

Dramatische Musik ertönte.

»Ich muss mit dir reden«, sagte seine Mutter.

»Warte doch!« Er hob die Hand, gebot ihr, still zu sein.

»Panzerwerfer zerschlagen indessen Entsatzversuche des Feindes.« Anscheinend mussten die Iwans eingeschlossene Truppen befreien.

Erwin schaltete das Radio aus und ließ sich in den Sessel sinken. »Die Abwehrschlacht dauert viel zu lange. Das ist gar nicht gut«, murmelte er gedankenverloren.

»Was faselst du da?«, fragte seine Mutter. Als er nicht antwortete, trat sie auf ihn zu. »Erwin?«

»Wir sollten über den Pferdebestand reden«, sagte er.

»Fang nicht wieder damit an.«

»Hast du nicht zugehört?«

Sie zeigte auf das Radio. »Da? Warum sollte ich? Ich will nicht hören, was Alfred und deine Geschwister zu erleiden haben.«

»Aber die Russen könnten bald vor unserer Haustür ...«

»Das interessiert mich nicht. Ich muss mit dir über etwas anderes sprechen.«

»Was ist wichtiger als ...«

»Deine Hochzeit!« Sie stemmte die Arme in die Hüften.

Frida hielt instinktiv die Luft an.

»Wie bitte? Willst du jetzt doch, dass Frida und ich vor Kriegsende heiraten?«

Sie reckte den Kopf. »Nicht Frida. Ich habe meine Beziehungen spielen lassen und etwas arrangiert.«

Fridas Herz setzte einen Schlag aus. Wollte sie ihn mit einer anderen verheiraten?

»Du kannst die zweitälteste Tochter vom Hauptgestüt Trakehnen heiraten«, fuhr Berta fort.

»Was?« Erwin sprang auf, verzog schmerzhaft das Gesicht.

»Ich habe alles mit der Gutsherrin abgesprochen. Wir warten das Kriegsende ab, dann werden die beiden Gestüte …«

»Niemals, Mutter!« Seine Augen funkelten wütend auf.

Frida spürte Genugtuung. Berta würde sie nicht aus Erwins Herz treiben können.

»Dafür muss deine Liebelei mit Frida aufhören.«

»Liebelei?« Er ballte die Hand zur Faust. »Erinnere dich an das Versprechen meines und Fridas Vater. Das wird nicht gebrochen, nur weil es dir nicht in den Kram passt.«

»Du bist jetzt der Erbe des Gestüts, das darfst du nicht vergessen.«

»Es wird bald kein Gestüt mehr geben!« Er zeigte zum Fenster. »In Kürze werden die Iwans vor unserer Haustür stehen«, schrie er. »Und weißt du, was sie mit uns machen werden? Sie werden Rache üben, werden das Gleiche tun, was wir mit ihrer Zivilbevölkerung gemacht haben, sie werden …« Er stockte, blickte kurz zu Frida, dann wieder zu seiner Mutter.

Frida zuckte zusammen. Hatte es nicht im Radio geheißen, die Deutschen böten den Russen die Stirn?

»Was habt ihr mit ihnen gemacht?«, fragte Berta leise.

Erwin sah zu Boden, als ob er dort die Bilder der Vergangenheit sehen konnte. Frida hatte gehofft, dass er ihr noch mehr von der Front erzählen würde, doch er hatte geschwiegen. Sie sah wieder die toten Kinder auf dem Foto vor sich, das sie in der Dunkelkammer bemerkt hatte. Sollten sie wirklich fliehen? Gauleiter Erich Koch hatte dies unter Todesstrafe gestellt.

»Wir müssen hier weg!« Erwins Stimme bescherte Frida eine Gänsehaut.

»Es ist verboten«, wandte Berta ein.

»Ich weiß, aber keiner wird uns erwischen oder aufhalten.«

»Nein, ich überlasse die Pferde nicht ihrem Schicksal.«

»Wir verkaufen sie an die Wehrmacht, bis auf ein paar, die unsere Karren ziehen.«

»Und wo sollen wir hin? Nein, Erwin. Niemals!«, keifte Berta.

»Uns bleibt keine Wahl!«

»Man hat immer eine Wahl! Und jetzt will ich davon nichts mehr hören.« Sie drehte sich um. Als sie Frida sah, stockte sie und schaute sie mit großen Augen an. Ihr schien eine Erwiderung auf den Lippen zu liegen, dann stolzierte sie aus der Bibliothek.

Frida lief zu Erwin und fasste ihn am Arm. »Steht es wirklich so schlimm?«

Er nickte und trat zum Fenster, sie stellte sich hinter ihn. Auf der Wiese graste eine Stute friedlich mit ihrem Fohlen.

»Wir dürfen die Augen nicht vor der Wahrheit verschließen«, sagte er.

Kreis Wehlau in Ostpreußen, Oktober 1944

Auch wenn Frida den Sommer und die warmen Temperaturen liebte, war sie froh, dass die diesjährige Ernte zu Ende war. Jetzt, Ende Oktober, war es kühl geworden, und sie trug einen dicken Strickpullover. Sie half Lotte, die Pferde auf die Koppel zu treiben.

Als Frida an der Box von Abendstern stand, fasste ihr jemand an die Schulter.

»Reitest du mit mir in die Stadt?«, hauchte Erwin ihr ins Ohr.

Sein Atem kitzelte ihren Hals, sie lachte und drehte sich um. Seine Augen funkelten freudig, er drückte sie an die Wand und küsste sie. Sie schlang den Arm um seinen Oberkörper. »Was machen wir dort?«

»Lass dich überraschen!« Ein verschwörerisches Zwinkern.

Sie sattelten Abendstern und Hirsch. Als Frida aufsteigen wollte, trat Erwin zu ihr. »Würdest du dein gelbes Kleid für mich anziehen?«

Sie lachte herzhaft. »Lotte ziehst du wegen der schönen Kleider auf, und nun stellst du Ansprüche?« Sie hielt inne, als sie das feine Hemd unter seinem Mantel wahrnahm. »Wozu machen wir uns so schnieke?«

Er drückte ihr einen Kuss auf den Mund. »Ich sagte doch, dass es eine Überraschung ist.«

Schnell lief sie ins Haus und schlüpfte in das gelbe Sommerkleid, zog dazu eine dicke Strumpfhose und Stiefel an. Sie legte die Perlenkette ihrer Großmutter an und zog den Mantel drüber, dann trat sie hinaus.

Erwin half ihr auf Abendstern hinauf, hielt dabei ihre Hand einen Augenblick länger fest als nötig.

»Nun sag schon«, drängte sie.

Darauf erntete sie nur ein Lächeln.

Sie ritten los. Kühler Wind wehte von Osten her und wirbelte ihr Kleid auf. Trotz der dicken Strumpfhose war es kalt an den Beinen, doch das störte sie nicht. Sie spürte die innere Wärme und die Verbundenheit zu Erwin, und das war das Wichtigste.

In Wehlau angekommen setzten sie sich an den Pregel auf eine Bank. Ein Frachtkahn schipperte vorbei, Enten fühlten sich von den Wellen gestört und schwammen ans Ufer.

»Weißt du noch, wie wir im Tiergarten am See gesessen haben und die Entenküken um uns herumgelaufen sind?«, fragte Frida.

»Wie könnte ich das vergessen!«

Wie oft sie mitten in Berlin im Park den Enten zugesehen hatten. Ihre Gedanken schweiften ab zu der glücklichen Zeit in Berlin vor dem Krieg. »Ob Rechel noch am Leben ist?«

Erwin strich ihr über den Rücken. »Gewiss ist sie das. Sie hatte einen enormen Lebenswillen.«

»Du hast sie zum Schluss nicht mehr erlebt. Sie war gebrochen und hatte keinen Lebensmut mehr.«

»Aber sie haben sich doch versteckt, hast du gesagt. Dann hatte sie noch genug Lebenswillen.«

Sie blickte auf den Fluss und sah einem vorbeischippernden Boot nach.

Er legte ihr eine Hand an die Wange. »Versuch, nicht mehr daran zu denken. Eigentlich hätte es heute ein freudiger Tag werden sollen.«

»Verrätst du mir jetzt deine Überraschung?«

»Lass uns ein Stück am Ufer spazieren gehen.« Er zog sie hoch, und sie lehnte sich beim Laufen an seine Schulter. Schiffe schaukelten vor Anker. Sie umrundeten eine baufällige Hütte, an dessen Frontseite eine Parteifahne wehte. »Die Front ...« Erwin wich ihrem Blick aus.

Sie sah auf, griff nach seiner Hand und spürte das Zittern. Wollte er nun doch über seine Erlebnisse sprechen? Fridas Herz begann heftig zu pochen.

»Die Front war eine andere Welt – fernab vom Gestüt und dem scheinbaren Frieden. Mir fehlen die Worte, um zu beschreiben, was ich erlebt habe.«

Frida fühlte seine Beklemmung. Erwin griff nach ihren Händen. »Eheleute sollten sich alles sagen können, aber könntest du damit leben, dass ich nicht alles aussprechen kann?« Seine Augen zuckten unruhig hin und her, warteten gespannt auf eine Antwort.

»Du musst mir nicht alles erzählen«, bestätigte sie. Sie erinnerte sich an das Foto mit den Kindern und den Schrecken, den es in ihr ausgelöst hatte. Auch wenn sie wissen wollte, welche Sorgen Erwin bedrückten, war es vielleicht die richtige Entscheidung, dass er schwieg.

»Aber ich verspreche dir, dass ich keine anderen Geheimnisse vor dir haben werde.«

Damit würde sie leben können.

»Und noch etwas solltest du wissen, bevor du meine Frau wirst.«

Ihr Herz begann, gegen den Brustkorb zu schlagen. Was hatte er vor? Einen Heiratsantrag hatte sie doch schon vor Jahren bekommen; als er sie mit einer gelben Kamelie überrascht hatte.

»Meine Wunde ist fast verheilt. Wenn der Krieg noch andauert, werde ich zurück an die Front müssen.«

Ein Kloß bildete sich in ihrem Hals. »Das weiß ich.«

»Und ob ich mein Bein jemals so belasten kann wie früher, ist fraglich.«

»Das ist nicht wichtig!«

»Möchtest du trotzdem meine Frau werden?«

»Natürlich!« Ihr Herz machte einen Sprung. Sie hatte so viel Liebe in sich, dass sie die ganze Welt umarmen könnte.

Erwin klaubte ein Kästchen aus der Manteltasche und öffnete es, darin befanden sich zwei Ringe. Ihre Brust schien explodieren zu wollen. Erwin meinte es wirklich ernst.

»Trauringe ... Wo hast du die denn herbekommen?«

Er zwinkerte ihr zu. »Es sind die Ringe meiner Großeltern, neu aufgearbeitet.« Es waren wunderschöne Goldringe, auf Hochglanz poliert, mit ihren Namen in den Innenseiten graviert. »Wenn du möchtest, haben wir in einer Stunde einen Termin beim Standesamt. Willst du?«

»Da fragst du noch?« Sie fiel ihm um den Hals und küsste ihn.

Als sie sich wieder von ihm löste, wurde ihre Freude jedoch getrübt. »Unsere Mütter werden bitterböse sein, wenn sie erfahren ... Oder hast du sie eingeweiht, und es werden dort gleich alle sitzen?«

Er schüttelte den Kopf. »Das ist die Retourkutsche dafür, dass meine Mutter mich mit der Trakehnen-Tochter verheiraten wollte.« Er grinste.

»Es wird ihr nicht gefallen, dass ich irgendwann die Herrin auf dem Gestüt sein werde.« Frida lächelte. Doch wie gern hätte sie ihre Mutter und Anni dabeigehabt!

Erwins Gesicht wurde bitterernst. »Es wird bald kein Gestüt mehr geben.«

»Was redest du da?«

Er legte einen Arm um ihre Schultern. »Verzeih! Das wollte ich nicht gesagt haben. Lass uns nicht heute darüber reden. Morgen erkläre ich dir alles.«

Sie blieb stehen. »Nein, keine Geheimnisse mehr. Erzähl es mir jetzt!«

Er rieb sich den Nacken. »Die Russen ... sind in Ostpreußen eingefallen. Es wird nicht mehr lange dauern, bis der Krieg vor unserer Haustür wütet.«

»Aber hier sind wir doch sicher, oder?«

»Hast du in den letzten Tagen Radio gehört?«

Sie schüttelte den Kopf, glaubte sowieso nur die Hälfte, die man ihr in der offiziellen Reichssendung auftischte.

»Die Meldung über die Ostfront kam nun als Erstes. Das ist neu! Viele fliehen vor den Bolschewisten, lange Kolonnen schlängeln sich durchs Land. Wir müssen in den nächsten Tagen besprechen, wie es mit uns und dem Gestüt weitergehen soll.«

Wo sollten sie denn hin? Sie wollte nicht nach Berlin, das täglich von Bombenangriffen heimgesucht wurde. »Ich will das Gestüt nicht verlassen«, sagte sie.

»Wir werden keine Wahl haben.«

»Müssen wir wirklich Angst vor den Russen haben? Die wollen doch nur die Wehrmacht zurückdrängen.«

Sie merkte, wie sich Erwin versteifte. »Das erkläre ich dir morgen.«

Als sie in die Stadt ritten, hob sich ihre Stimmung. Ihr Herz war voller Wärme für Erwin. Endlich hatte er sich zu der Hochzeit durchgerungen. Trotz der schweren Zeit und der Widrigkeiten war es ein Beweis ihrer Liebe, und sie konnten offiziell als Mann und Frau leben.

Vor dem Standesamt hatte sich ein Pulk von Menschen versammelt. Sie ließen ihre Pferde langsamer gehen. Ein alter Mann mit Glatze und dreckigem Jackett stand auf einer Treppe und schrie: »Die bolschewistischen Schweine haben unsere Landsleute abgeschlachtet. Frauen und Kinder. Man hat sie mit dem Kopf nach unten an die Scheunen genagelt.«

Frida stoppte ihr Pferd. Was erzählte er da? Hilfe suchend sah sie zu Erwin, der gebannt auf den Redner starrte. »Mit den Zungen haben sie die Männer auf Tischen festgenagelt, damit sie zusehen mussten, wie ihre Frauen und Kinder vergewaltigt und umgebracht wurden!«

Frida sah Bilder vor sich, die sie niemals sehen wollte, und fror plötzlich, als sei es tiefster Winter.

Erwin stieg vom Pferd und fragte einen alten Mann in der hinteren Reihe, der den Kopf über die Menge reckte: »Wo ist das geschehen?«

»In Nemmersdorf, im Kreis Gumbinnen.«

So weit waren die Russen schon vorgedrungen? Dann musste Erwin recht haben, und diese Mörder würden wirklich bald vor ihrem Hof stehen. Sie stieg vom Pferd und lief zu Erwin, der sie fest in die Arme schloss.

Jemand rief: »Was für eine Granatensauerei!«

Der Redner fuhr fort. »Die Russen werden dasselbe mit uns machen. Man hat uns zu lange verheimlicht, zu was der Feind imstande ist. Flieht, Freunde, solange ihr noch könnt.«

Eine junge Frau brüllte: »Und was tun unsere Soldaten? Glaubt ihr, die begrapschen keinen Weiberrock?«

Der Glatzköpfige hob drohend die Hand. »Denk darüber nach, wer dein Feind ist. Sonst ist dein Leben verwirkt!«

»Willst du mir drohen?«, rief die Frau aufgebracht.

»Die Feinde sind die Bolschewisten!«

»Und wir haben diesen Krieg begonnen. Es ist die Schuld des Deutschen Reiches, dass wir ...«

»Das wagst du?«, rief der Glatzköpfige.

Jetzt richteten sich mehrere gegen die junge Frau und überwältigten sie.

»Übergebt sie der Polizei!«, posaunte der Redner.

Die Frau schrie und zappelte unter den festen Griffen der Angreifer. Fridas Herz klopfte, fühlte sich an Szenen in Berlin mit den Juden erinnert. Diese Frau hatte bloß ihre Meinung geäußert, der Frida zustimmte.

Frida ließ sich von Erwins starken Armen halten. Er durfte nicht in den Krieg ziehen, er musste sie beschützen – vor diesen Bestien!

Der Pulk löste sich auf, eine dicke Frau mit geblümtem Kopftuch zeigte auf sie beide. »Was machen wehrfähige Männer hier, während der Feind unser Volk abschlachtet?«

Ein Ruck ging durch Erwin, dann wurden die Umstehenden auf sie aufmerksam.

Berlin, Mai 2009

»Was ist mit dir? Dich bedrückt doch irgendwas«, sagte ihre Großmutter.

Carolin nickte, doch was waren ihre Sorgen im Gegensatz zu dem, was Frida erlebt hatte? Sie hatte noch immer eine Gänsehaut auf den Armen, dennoch musste sie immer wieder an das Telefonat mit Frau Gillwaldt denken. Sie erzählte ihrer Großmutter davon.

»Dann kontaktiere diesen Herrn Lüscher, frag ihn nach seinen Beweggründen und biete ihm eine Lösung an«, sagte Frida.

»Vielleicht wäre das eine Möglichkeit, dass ich doch nicht morgen schon zurück muss.« Sie erhob sich. »Entschuldige mich einen Augenblick.«

»Du kannst mein Telefon nehmen, das steht im Wohnzimmer.«

»Gern.« Carolin ging ins Wohnzimmer und setzte sich auf das altmodische Telefonbänkchen. Das Telefon hatte noch eine Drehscheibe. Carolin musste schmunzeln, hier schien die Zeit stehen geblieben zu sein. Daneben war ein kleiner Kalender mit einem Bibelvers: *Denn es sollen wohl Berge weichen und Hügel hinfallen, aber meine Gnade soll nicht von dir weichen.*

War ihre Großmutter eine gläubige Frau geworden?

Carolin suchte in ihrem Handy nach der Nummer und wählte. Herr Lüscher ging nach dem ersten Klingeln ran. »Guten Morgen, Herr Lüscher, hier ist Carolin Franzen.«

»Oh, so schnell hatte ich mit Ihrem Anruf nicht gerechnet.«

»Ich bin eben nicht aus der Welt. Ich habe erfahren, dass Sie kündigen möchten.«

»Das stimmt, und ich entschuldige mich, dass ich es nicht bei Ihnen persönlich gemacht habe.«

»Da gibt es nichts zu entschuldigen, dennoch wollte ich Sie nach dem Grund fragen.«

»Ich habe ein Angebot von einem Konkurrenten bekommen.«

Carolin biss sich auf die Unterlippe. »Kann ich Sie irgendwie zum Bleiben bewegen?«

»Mein Entschluss steht fest.«

Mist! Wäre doch nur ihr Vater noch am Leben, er wüsste eine Lösung und würde Herrn Lüscher schon überzeugen.

»Liegt es daran, dass mein Vater nicht mehr da ist?«

Herr Lüscher zögerte, atmete tief durch. »Sie haben es erraten.«

»Ich werde meinen Vater würdig ersetzen«, sagte sie.

»Mit Verlaub ... Wir brauchen jemanden, der mit Herzblut dabei ist.«

Carolin knetete die Hände. Da hatte er recht. Wie konnten sie das Problem lösen? Musste sie einen Geschäftsführer einstellen, oder sollte sie Herrn Lüscher mehr Geld anbieten?

Das würde nicht ausreichen. Er hatte ein anderes Motiv. Ihre Gedanken rasten. Erneut kam die Frage hoch, ob der Betrieb wirklich das war, was sie wollte.

Ihr Herz gab eine klare Antwort: nein!

Sie tat es für ihren Vater, aber nicht für sich. Es kam ihr plötzlich so unsinnig vor. Ihr kam eine Idee, doch durfte sie die Zügel aus der Hand geben? Sie verharrte kurz, dann sagte sie: »Ich werde Sie befördern. Sie werden Geschäftsführer auf Probe und können die Strippen selbst ziehen. Was halten Sie davon?«

»Also ... das ehrt mich ... aber ...«

»Sie wissen, dass das Unternehmen bei Gehalt und Sonderzahlungen nie kleinlich war.«

»Also ...« Er rang hörbar nach Worten.

»Und wenn Sie sich bewähren, ist Ihnen der Posten sicher. Ich lasse Ihnen freie Hand, räume mir jedoch ein Veto ein, wenn es um schwerwiegende Entscheidungen geht. Dann werden wir gemeinsam nach Lösungen suchen. Wie klingt das für Sie?«

Es dauerte einen Moment, bis Herr Lüscher antwortete. »Also wenn ich darüber nachdenke, klingt es nach einer Herausforderung, die ich gern annehmen würde.«

Carolins Herz macht einen freudigen Satz. »Nehmen Sie Ihre Kündigung also wieder zurück?«

»Frau Franzen, damit hätte ich nicht gerechnet, aber ja.«

»Sie werden es nicht bereuen. Eine Frage habe ich noch. Haben Sie mit irgendjemandem aus dem Büro über Ihre Kündigung gesprochen, außer mit Frau Gillwaldt?«

»Nein.«

Carolin jubelte innerlich. Es wäre fatal, wenn das die Runde machen würde und jeder glaubte, nur kündigen zu müssen, um eine Beförderung zu erwirken. »Dann bleibt dieses Gespräch bitte unter uns. Außer uns weiß Frau Gillwaldt davon, und so soll es bleiben.«

»Gewiss.«

»Alles Weitere besprechen wir nächste Woche, wenn ich wieder vor Ort bin.« Carolin verabschiedete sich und rief Frau Gillwaldt an.

»Wie haben Sie denn das geschafft?«, flüsterte die Sekretärin ins Telefon.

»Intuition. Das erkläre ich Ihnen, wenn ich wieder im Büro bin. Und bis dahin erwarte ich von Ihnen Stillschweigen.«

»Natürlich.«

Nach dem Telefonat trat Carolin beschwingt in die Küche zurück, wo ihre Großmutter am Frühstückstisch saß. »Es hat geklappt, ich habe alles regeln können und kann doch länger hierbleiben«, sagte sie lachend.

»Das freut mich«, sagte Frida. »Ich würde dir gern die ganze Geschichte erzählen.«

Kreis Wehlau in Ostpreußen, Oktober 1944

»Kommst du mit zu meiner Mutter?«, fragte Erwin. »Wir müssen ihr sagen, was wir gehört haben.«

Frida nickte mechanisch, ihre Beine wirkten starr, als wäre sie durch Eiswasser gelaufen. Ihre Gedanken hafteten an den Worten des Mannes in Wehlau.

Sie hatten fluchtartig die Stadt verlassen, an eine Trauung war nicht mehr zu denken gewesen. Sie waren beide viel zu aufgewühlt und hätten den besonderen Moment nicht genießen können.

Sie fanden Berta in der Scheune, wie sie Zwangsarbeiterinnen anwies, Getreide zu dreschen. »Schön, dass ihr zwei euch auch an der Arbeit am Hof beteiligen wollt«, sagte seine Mutter schnippisch.

Die Frauen begannen, mit dem Dreschflegel auf den ausgebreiteten Roggen einzudreschen, damit sich die Körner lösten. Auf der rechten Seite waren die Garbenbündel drei

Meter hoch gestapelt, es würde Monate dauern, alles zu bearbeiten.

»Wir waren in Wehlau ...«

Berta lachte auf. »In der Stadt? So viel freie Zeit hätte ich auch gern. Du musst noch den Zaun an der Koppel ausbessern, und die beiden schaffen das Dreschen auch nicht allein.«

»Wir können uns die Arbeit sparen«, begann er. »Die Russen werden bald hier sein.«

Seine Mutter machte eine wegwerfende Handbewegung. »So ein Quatsch.«

»Das kommt dabei rum, wenn man nicht mal Radio hört! Mach endlich die Augen auf, die Menschen fliehen in Scharen vor den Bolschewisten.«

Seine Mutter ging nach draußen, und sie folgten ihr. »Mir ist es egal, was aus dem Volksempfänger tönt.«

»Jetzt hör endlich zu!« Erwin versperrte seiner Mutter den Weg. Der Wind zerrte Strähnen aus ihrer hochgesteckten Frisur, an ihren Augen hatten sich Sorgenfalten gebildet.

»Die Russen haben in Nemmersdorf gewütet und Frauen und Kinder vergewaltigt.«

»Das ist schrecklich, aber ich habe eigene Sorgen.« Sie zuckte mit den Schultern und wollte an ihm vorbei, doch er hielt sie zurück.

»Begreifst du nicht? Nemmersdorf ist keine hundert Kilometer entfernt. Sie haben das ganze Dorf abgeschlachtet.«

»Ja und?« Sie sah ihn herausfordernd an.

»Wir müssen fliehen, Mutter. Erst die Pferde verkaufen, solange wir noch etwas für sie bekommen und dann Richtung Westen gehen.«

Entschlossen schüttelte sie den Kopf. »Nur über meine Leiche.«

Frida zog den Mantel enger um sich. Berta hatte die Rufe in Wehlau nicht gehört, wie sollte sie wissen, wie es um sie stand.

»Mutter, ich meine es ernst. Wir müssen fliehen, sonst werden wir alle sterben.«

Sie starrte ihn an, ihre Augen schimmerten traurig. »Ich werde dieses Gestüt nicht verlassen. Es ist mein Leben, die Russen werden es mir nicht nehmen.«

»Doch das werden sie! Und wenn du nicht mitkommst, werde ich allein gehen.«

»Nein, Erwin. Ich dachte, du hörst Radio. Erinnere dich an die Worte von Gauleiter Koch. Auf Flucht steht noch immer die Todesstrafe. Wenn wir wirklich in Gefahr wären, gäbe die Reichsführung einen Evakuierungsbefehl.«

Seine Nasenflügel blähten sich auf. »Die deutsche Führung tut nicht immer das Beste für das Volk. Denk nur an Stalingrad.«

»Was weiß ich, was in Stalingrad passiert ist?« Sie zuckte mit den Schultern. »Warst du dabei? Nein? Dann maße dir kein Urteil an, der Führer weiß es besser.«

»Mutter«, sagte Erwin empört. »Auch die Führung kann sich irren.«

»Ich will nichts mehr davon hören.«

Sie rauschte an ihm vorbei.

Frida saß an diesem Abend lange auf der Schaukel und betrachtete die Sterne. Ihre Gedanken kreisten, und sie fragte sich, ob sie das Richtige taten, wenn sie hierblieben. Erwin wollte nicht ohne seine Mutter fliehen.

Als es so kalt wurde, dass sie am ganzen Leib zitterte, ging sie zum Haus. Doch bevor sie eintrat, entdeckte sie Sonja auf der Türschwelle liegen. »Was machst du denn hier?«, fragte Frida und zog die Arbeiterin hoch. Dank der zusätzlichen Essensrationen, die Frida ihr und den anderen Arbeiterinnen regelmäßig brachte, war sie nicht mehr so abgemagert.

»Partisanen.« Sonja zeigte mit ihrem Arm zum Horizont und machte eine kreisende Bewegung.

»Was?« Fridas Herz setzte einen Schlag aus.

»Keine Angst«, Sonja fasste sie am Arm, »ich sagen, ihr gute Leute, sie euch verschonen.«

»Aber ...« Frida verschluckte sich fast an ihrer Spucke und sah zum Gutshaus hinüber. »Ich muss meinen Verlobten warnen.«

Sonja schüttelte den Kopf. »Gutsherrin schlägt uns, sie nicht gut.«

»Aber ihr Sohn ist mein Verlobter, wenn er nicht mehr ist, dann ...« Ihr stiegen Tränen in die Augen.

Sonja überlegte einen Moment, schließlich nickte sie. »Also gut, ich sage Dunja Bescheid, sie wird sich dort vor die Tür legen.«

Frida griff nach Sonjas Hand und küsste sie. »Danke! Und hol deine Decke, sonst erfrierst du mir noch.«

»Dachte, mache sie dreckig.«

Frida machte eine wegwerfende Handbewegung. »Mach dir doch darum keine Sorgen.« Sie brachte Sonja eine extra Portion Brot und Käse und legte sich dann ins Bett. Sie bekam die ganze Nacht kein Auge zu und lauschte, ob sie Geräusche wahrnahm. Die Angst, dass Sonja die Partisanen nicht abhalten könnte, raubte ihr den Schlaf.

Als die Morgendämmerung einsetzte, fielen ihr doch die Lider zu.

Kreis Wehlau in Ostpreußen, Januar 1945

Der Frühstücksbrei schmeckte fad. Frida fragte sich, ob ihre Mutter zu wenig Kompott hinzugegeben hatte. Greta schlotterte, obwohl sie den Ofen angefeuert hatten. Der Januar war bitterkalt, der Schnee lag meterhoch, und jeden Morgen musste sie den Eingang freischaufeln, um hinauszukommen. Minus zwanzig Grad zeigte das Thermometer – und das seit Tagen!

»Machen wir heute eine Schneeballschlacht?«, plapperte Anni.

Frida fragte sich, wie sie so gut gelaunt sein konnte? Irgendwas lag in der Luft. Sie ärgerte sich, dass sie nicht schon lange geflohen waren, doch Erwin hatte seine Mutter nicht allein lassen wollen. Außerdem wollte ihre eigene Mutter ebenfalls nicht fort.

Heute Morgen hatte sie aus dem Schlafzimmerfenster gesehen, wie in der Ferne ein paar Fuhrwerke vorbeigezogen waren. Flüchtlinge vor der russischen Invasion. Und bei diesem Wetter konnte Sonja nicht vor ihrer Haustür schlafen, um sie vor Partisanen oder der Roten Armee zu schützen.

Aber war es wirklich eine gute Idee, im tiefsten Winter zu fliehen? Sie würden draußen erfrieren, wenn sie mehrere Tage unterwegs waren. Der halb gepackte Koffer stand in ihrem Schrank, inklusive dem Heftchen der Feldpost-Reihe. Sie wollte etwas behalten, das sie an Arthur und auch an ihren anderen Bruder, Rudolf, erinnerte, aber sie hoffte immer noch auf die Geheimwaffe, von der sie im Radio erzählten.

»Deutschen Boden wird die Rote Armee niemals erobern«, hatte ihnen Gauleiter Koch versprochen.

Die Haustür flog auf, Schnee und kalte Luft wehten in den Flur, und Erwin stürmte herein. Er trug einen Mantel, eine Mütze und hatte sich einen dicken Schal um den Kopf gebunden, um Ohren und Hals zu schützen. Panik lag in seinen Augen. »Die Rote Armee ist in Ostpreußen eingefallen, sie überrollen das Land auf breiter Front, wir müssen weg!« Alle sahen ihn entgeistert an. »Nehmt nur das Nötigste mit. Ein Karren steht vor der Tür.«

»Muss das wirklich sein?«, fragte ihre Mutter mit zittriger Stimme.

»Ja!«, rief Erwin.

»Die Russen wollen doch nur gegen die Wehrmacht kämpfen«, sagte Anni sorglos.

Erwin knetete die Hände. »Also, wenn du wüsstest ...«, er wich ihrem Blick aus, »... was die Deutschen in Russland getan haben ...« Er rieb sich über den Nacken. »Dann würdest du nicht so daherreden.«

Er wandte sich ihr zu. »Frida, ich brauche deine Hilfe, du musst meine Mutter überreden mitzukommen. Auf mich und Lotte hört sie nicht.«

Als ob seine Mutter auf *sie* hören würde, aber sie wollte ihm nicht widersprechen. Sie packte ihren Koffer zu Ende, zog sich warm an und folgte Erwin zum Gutshaus. Der eiskalte Wind peitschte ihr ins Gesicht, und sie fragte sich, wie sie es lange draußen aushalten sollte.

Donner war zu hören. Im ersten Moment dachte Frida an ein Gewitter, doch dann sah sie die schwarzen Punkte am Himmel schnell näher kommen.

»Beeil dich!« Erwin zog sie mit sich. Sie rannten zum Stall und versteckten sich hinter der Tür. Zwanzig sowjetische Bomber flogen über sie hinweg. Wenn sie keine Notiz von ihnen nahmen, vielleicht verschonten sie das Gestüt. Nach einer Weile hörten sie in einiger Entfernung Bombeneinschläge, und Frida fühlte sich an den Fliegerangriff in Berlin erinnert. Dort waren es die Briten gewesen, und hier waren es die Russen.

»Los!« Erwin zog sie weiter. Es war mühsam, sich durch den Schnee zu kämpfen, dabei lagen ihr Haus und das Gutshaus nur ein paar Hundert Meter auseinander.

Sie fanden Berta Franzen im Salon, gekleidet in dem Seidenkleid, das sie früher auf gesellschaftlichen Veranstaltungen getragen hatte. Es war, als erwartete sie Besuch. Sie sah nicht mal auf, als sie den Raum betraten, sondern rührte in ihrem Tee. Aus dem Grammofon ertönten die Comedian Harmonists mit »Veronica, der Lenz ist da«. Erwin hob die Nadel an und machte dem skurrilen Schauspiel ein Ende.

»Bist du gekommen, um dich zu verabschieden?«, fragte Berta, ohne aufzusehen. »Ich bin sehr enttäuscht von dir.«

Frida setzte sich Berta gegenüber. Wie sollte sie diese Frau zur Flucht bewegen, wenn es ihr eigener Sohn nicht schaffte? Erwin und sie hatten nach dem schrecklichen Tag in der Stadt nicht mehr geheiratet. Ihnen war die Freude genommen worden und die Angst vor dem, was möglicherweise bevorstand, hätte bei einer Hochzeit mitgeschwungen. Frida strich über die Spitzentischdecke und fragte sich, ob sie dieses Haus jemals wieder betreten würde. Was würden die Russen mit dem Hof machen? Sie dachte an Nemmersdorf, und ihr brach der kalte Schweiß aus. Nein, sie wollte keinem Bolschewisten begegnen.

»Die Rote Armee ist bald hier, Berta. Falls du leben willst, wenn dein Mann aus dem Krieg zurückkehrt, musst du jetzt mit uns kommen.«

Berta sah sie feindselig an. »*Du* gibst mir keine Ratschläge!«

»Dein Sohn wünscht es sich so sehr.«

»Erwin ist ein Feigling.«

»Er hat an der Front erfahren, wozu Soldaten in der Lage sind, wir sollten ihm vertrauen.«

»Hier ist unser Platz, das Gestüt braucht uns, die Pferde, wir können sie nicht im Stich lassen.«

Berta wollte nicht, dass Erwin sie verkaufte. Bloß fünf Stuten hatte er an die Wehrmacht verschachern können – zu einem Spottpreis.

»Wir werden die Pferde für unsere Karren mitnehmen«, sagte Erwin.

»Ich mute unseren Tieren doch keinen Marsch bei diesen Temperaturen zu. Bist du von Sinnen?«

Erwin kniete sich neben seine Mutter und fasste sie am Arm. »Bitte, Mutter! Ich flehe dich an. Wenn du hierbleibst und stirbst, wirst du dich auch nicht mehr um die Pferde kümmern können.«

Sie sah ihn an. »Hitlers Geheimwaffe wird uns retten, du wirst schon sehen.«

Erwin stand auf. »Das glaubst du doch selbst nicht.«

»Geh jetzt! Ich wünsche euch alles Gute.« Es lag so eine Endgültigkeit in ihrer Stimme, dass Erwin von ihr zurücktrat und Frida zunickte.

Sie erhob sich ebenfalls, betrachtete Berta, die wieder in dem Tee rührte.

»Leb wohl, Mutter!«, sagte Erwin und wartete auf eine Antwort, doch kein Ton kam über Bertas Lippen.

Erwin lenkte den Pferdewagen auf einen Feldweg und reihte ihn hinter die Kolonne der Flüchtigen ein. Der Treck schlängelte sich wie ein schwarzer todgeweihter Wurm durch die weiße Landschaft bis zum Horizont. Am Wegesrand türmte sich der Schnee meterhoch, ein Kinderwagen mit gebrochenem Rad lag im Graben, daneben ein winziger schneebedeckter Körper.

Frida wandte den Blick ab. Trotz der Handschuhe waren ihre Finger eiskalt, doch nicht so kalt wie ihr Inneres, das von Angst und Ungewissheit erschüttert wurde. Ihre Gedanken kehrten zu Berta zurück, die nun im Warmen saß und auf den Sturm der Roten Armee wartete. Für Erwin hoffte sie, dass sie überlebte.

Je weiter sie kamen, desto mehr Leichen lagen am Wegesrand, die meisten waren Kinder. Sie dachte an die Worte des Pfarrers: »Die Gnade Gottes ist die Antwort für unsere Sorgen und Trauer.« Sie wünschte sich, sie könnte beten und darin Trost finden. Sie bezweifelte, dass sie diesen Marsch alle überlebten. Und sie hatten so viel zurücklassen müssen. Nach dem Gespräch mit Berta hatten sie ihre Tiere im großen Stall des Gestüts untergebracht. Fridas Mutter war am Boden zerstört gewesen, hatte in der Eile noch ein paar Habseligkeiten zusammengesucht, Töpfe und Decken hervorgeholt.

Frida stapfte durch den Schnee und führte Abendstern am Halfter, auf dem Lotte ritt. Sie hatte es nicht übers Herz gebracht, ihn zurückzulassen. Greta saß eingemummelt in Decken auf dem Karren. Ihre Mutter und Anni liefen nebenher. Der Stalljunge hatte sich im Oktober dem Volkssturm angeschlossen, und die Zwangsarbeiterinnen hatten allesamt auf dem Hof bleiben wollen – sie warteten auf ihre Befreier.

Die Familien des Schmiedes, des Kämmerers und die Hofarbeiter hatten sich ihnen angeschlossen und waren ein paar Karren hinter ihnen. Was würde aus dem Gestüt werden? Und was würde Vater zu dieser Flucht sagen?

Ein Krachen riss sie aus den Gedanken; vor ihnen war ein Pferd ausgerutscht und hatte den Wagen umgerissen. Kleidung, Kisten und Koffer purzelten in den Schnee. Erwin musste das eigene Fuhrwerk stoppen und auf das Feld ausweichen. Wenn sie doch nur die Hauptstraßen statt dieser Feldwege benutzen dürften, aber die waren den Militärfahrzeugen vorbehalten. So würden sie eine Ewigkeit brauchen, bis sie in Königsberg ankamen.

Eine Mutter mit drei Kindern stand ratlos neben dem umgefallenen Karren. Das Pferd wieherte vor Schmerz, versuchte krampfhaft, wieder aufzustehen.

Eine andere Frau kam herbei und hielt dem Tier eine Pistole an den Kopf. Die Mutter – zuvor wie erstarrt – schrie: »Nicht schießen! Wir brauchen ihn noch.« Das Mädchen, das sich wackelig auf den Beinen hielt, weinte. Der Große, kaum älter als Greta, tröstete die Kleinen.

»Sollen wir nicht helfen?«, fragte Frida.

»Ein Rad ist gebrochen, da kommt jede Hilfe zu spät«, antwortete Erwin.

»Das Pferd wird nicht mehr laufen können. Ersparen Sie ihm die Qual!«, rief die Frau mit der Pistole.

Die Mutter nickte und presste die Kinder an sich. Ein Schuss, das Wiehern verstummte.

Frida versuchte, die aufkommenden Tränen zu unterdrücken, und blickte starr nach vorn. Was mussten sie noch alles durchmachen? Dabei waren sie gerade mal zwei Stunden unterwegs, und es lagen mindestens fünf Tage Fußmarsch vor ihnen.

»Wollen wir tauschen, möchtest du mal aufsteigen?«, fragte Erwin.

Sie schüttelte den Kopf. »Ich möchte nicht Schuld daran sein, dass Hirsch ebenfalls ausrutscht.« Da stapfte sie lieber durch den hohen Schnee. Beim Laufen blieben die Glieder wenigstens etwas warm.

Es begann erneut zu schneien, und jede einzelne Schneeflocke fühlte sich an wie ein Nadelstich. Sie hätten früher fliehen müssen, drei Monate hätten über Tod und Leben entscheiden können. Doch wer hätte das hier ahnen können?

»Besser wäre es, wenn Greta mal laufen würde«, raunte Erwin ihr zu. »Die Front hat mich gelehrt, was Kälte anrichten kann – vor allem, wenn man sich nicht bewegt.«

Frida sah sich zu dem Mädchen um, das apathisch auf der Ladefläche saß.

Frida band den Schal fester um ihren Hals. Der eiskalte Wind peitschte ihr ins Gesicht und zog durch jede Kleidernaht. Obwohl sie so viele Lagen trug und sich zusätzlich in eine Decke eingewickelt hatte, war die Kälte in ihre Knochen gekrochen. Mechanisch setzte sie einen Fuß vor den anderen, spürte die Füße nicht mehr. Ob ihre Zehen schon abgefroren waren? Immer wieder packte sie ein unbändiges Zittern, was sie zu unterdrücken versuchte.

Sie hatte das Gefühl, dass sie immer langsamer vorankamen. Das lag nicht nur an ihren müden Beinen, sondern daran, dass sie immer wieder anhalten mussten, weil der Treck ins Stocken geriet. So würde sie die Rote Armee mit ihren Panzern schnell einholen.

Frida sah sich zu Anni, Lotte und ihrer Mutter um. Wortlos stapften sie neben dem Karren her. Keiner sprach ein Wort, sogar Anni hatte ihre gute Laune innerhalb eines Tages verloren und keinen lustigen Spruch mehr Lager, um sie aufzumuntern. Und Greta sah gar nicht gut aus. Unter vielen Decken vergraben, war sie eiskalt und wollte sich nicht bewegen. Frida hatte mehrmals gefühlt, ob das Mädchen noch lebte. Sie durfte nicht sterben – Frida hatte Käthe doch versprochen, gut auf sie aufzupassen.

Sie stieg auf eine Verstrebung und berührte Gretas Bein. »Willst du mit mir laufen?« Das Mädchen rührte sich nicht. Wie konnte sie das Kind aus der Lethargie befreien? Doch bevor sie sich darüber Gedanken machen konnte, hörte sie einen lauten Schrei.

Der Leiterwagen vor ihnen stoppte, und eine Frau ließ sich auf die Knie fallen, ein regloses Kind im Arm. Als sie vorbeiging, sah Frida das starre Babygesicht mit den leeren Augen, das sich auf ihre Netzhaut brannte und ihr Herz erfrieren ließ. Es war vielleicht ein halbes Jahr alt. Die Frau weinte und schrie herzzerreißend, versuchte, nach Fridas Hand zu greifen. »Helfen Sie meinem Kind! Es braucht nur etwas Wärme, dann ist alles wieder gut!«

Frida wich aus, damit die Frau ihre Hand nicht zu fassen bekam.

»Bitte«, flehte sie und wandte sich dem Nächsten zu.

Anni schluchzte, sie ritt auf Hirsch. Frida hielt sich an den Verstrebungen des Karrens fest, als würden gleich ihre Beine versagen. Abendstern hatten sie mittlerweile vor das Fuhrwerk gespannt.

Eine andere Frau ging zu der Mutter. »Es ist tot, lassen sie es hier«, sagte sie und wollte den Säugling an sich nehmen. Die Mutter hielt ihr Kind verbissen fest und schrie: »Hau ab! Meine Tochter wird leben!« Sie stand auf und torkelte mit dem toten Baby hinter ihnen her. Frida musste sich zwingen, nach vorn zu sehen.

Wie schrecklich! Was hätte dieser kleine Mensch noch alles vor sich gehabt … Immer wieder weinte die Frau laut auf, bis sie nach Stunden den Säugling an den Wegrand legte und mit Schnee bedeckte.

Wenn sie selbst Kinder hätte, würde sie alles dafür geben, sie zu beschützen. Unwillkürlich fasste sie sich an den Bauch. Irgendwann würde sie mit Erwin eine Familie gründen, aber erst mussten sie dieser Eishölle entfliehen und den Bolschewisten entkommen.

Die Dunkelheit legte sich über das Weiß mit den verzweifelten Wanderern, die Kälte wurde noch beißender. Sie wechselten sich auf dem Bock ab und schliefen abwechselnd auf der Ladefläche. Eine Rast wollten sie nicht einlegen, die Angst trieb sie immer weiter.

Als Frida sich neben Greta legte und in Decken einhüllte, hörte sie den röchelnden Atem des Mädchens. Sie befühlte die Stirn. Kochend heiß! Frida rückte eng an das Mädchen und schlug die drei Decken über sie beide, trotzdem fror und zitterte Frida, das Schaukeln des Karrens machte sie wahnsinnig. Der Mond schien ihr ins Gesicht, sie fand keinen Schlaf, döste etwas, schreckte wieder auf.

Nach kurzer Zeit erhob sie sich und schickte ihre Mutter auf das Fuhrwerk, die torkelte wie eine Betrunkene. Frida stieg zu Erwin auf den Bock. »Soll ich dich ablösen?«

»Ich dachte, du wolltest nicht«, sagte er heiser. Die Kälte hatte ihm die Stimme geraubt.

»Auch du musst mal schlafen, und Abendstern wird mich wohl nicht im Stich lassen.«

Erwin deutete zum Straßenrand. Er brauchte nichts sagen, das Bild, das sich ihnen bot, war Erklärung genug. Unmengen Koffer, Bündel und Kinderwagen lagen am Wegrand, dahinter aufgereiht mindestens zwanzig Leichen in einer Reihe. Im Mondschein wirkten die Gesichter gespenstig fahl. Frida spürte eine Kälte in sich aufsteigen. Würden sie auch so enden? Sie wandte den Blick ab und unterdrückte die Tränen. Erwin schlang einen Arm um sie. »Wir werden es schaffen.«

»Versprichst du es mir?«

»Ich verspreche es!« Seine Stimme klang fest und zuversichtlich, dennoch war ihr sein kurzes Zögern nicht entgangen. In diesen Zeiten ließ sich nichts versprechen.

Sie fuhren die ganze Nacht durch, irgendwann sank ihr Kopf auf seine Schultern und ihr fielen die Lider zu.

Als sie wieder zu sich kam, dämmerte es im Osten. Erwin lächelte sie aufmunternd an, doch das Lächeln erreichte nur den Mund, in seinen Augen standen Sorge und Verzweiflung, und er sah müde aus. »Hast du schon geschlafen?«, fragte sie.

»Das werde ich nachholen, wenn es hell ist.«

Jemand hustete hinter ihnen. Frida drehte sich um und sah, wie Greta vom Hustenanfall geschüttelt wurde. O nein! Sie kletterte nach hinten und hielt die Hand des Mädchens. Sie hatte Fieber und zitterte am ganzen Leib.

»Möchtest du etwas essen?«, fragte Frida. Sie bekam keine Antwort, also holte sie einen Apfel und ein Käsebrot hervor. Der Proviant war gefroren. Sie schnitt kleine Stücke von dem Apfel ab, hauchte auf das Fruchtfleisch, um es zu erwärmen, und hielt es Greta hin, aber sie reagierte nicht. »Du musst bei Kräften bleiben«, versuchte Frida, sie zu ermutigen, doch mehr als ein erneutes Husten brachte das Mädchen nicht hervor.

Plötzlich riss Greta die Augen auf und sah über den Rand des Fuhrwerks. »Mama«, wisperte sie erst leise, dann lauter und zeigte auf eine Frau, die neben dem Karren herging. »Das ist Mama, Mama«, rief sie schließlich.

Die Frau sah sie verdutzt an, schüttelte den Kopf und ließ sich zurückfallen.

»Das war sie nicht.« Frida und strich Greta über den Arm. Das Mädchen sank wieder zurück, ihre Lippen formten immer wieder lautlos das Wort »Mama«.

Frida wollte etwas Tröstendes sagen, doch die Kälte entzog ihr die Kraft. Mit zittrigen Fingern steckte sie sich zwei Brote in den Mantel, in der Hoffnung, dass sie auftauten und besser zu essen waren. Dann nahm sie Greta in den Arm und hielt den bebenden Körper. Diese lehnte den Kopf an ihre Schulter und schlief ein.

Frida beobachtete den heller werdenden Himmel, sie wünschte sich, dass sie bald am Ziel wären, doch sie wusste, dass sie noch Tage unterwegs sein würden. Den Weg nach Westen hatten die Russen abgeschnitten, also mussten sie zum Meer und darauf hoffen, dass sie ein Schiff mit ins Deutsche Reich nahm. In der Ferne donnerte es. Gewitter im Winter? Bevor sie den Gedanken zu Ende denken konnte, hüllte die Schwärze sie erneut ein.

Sie wurde von einem Flüstern geweckt. Benommen rieb sich Frida die Augen. Schneefall hatte wieder eingesetzt, und die Decke, unter der sie lag, war mit flockigem Flaum bedeckt. Wie sehr sie sich als Kind über diese weiße Pracht gefreut hatte. Anni und sie waren mit ihren Brüdern Schlitten gefahren und hatten Schneemänner gebaut, sogar einen Wettkampf veranstaltet, wer den größten Schneemann hatte errichten können.

Einmal hatte sie mit Willi ein Team gebildet, und er hatte die Schneeskulpturen der Geschwister mit Schneebällen abgeworfen und sich Ärger von seinen Brüdern eingefangen.

»Frida«, hauchte Greta.

Endlich, die Kleine wurde aktiv, doch dann sah Frida das leichenblasse Gesicht des Mädchens.

»Mir ist so warm. Kannst du mich ausziehen?«

Was redete sie da nur? Frida presste die Hand an ihr Gesicht. »Nein. Du bist ganz kalt!«

»Ich spüre meine Beine nicht mehr«, krächzte Greta.

Frida rieb ihre Beine. »Du musst mit mir ein paar Schritte laufen, damit dein Blut wieder zirkuliert. Dann wird dir warm«, sagte Frida hoffnungsvoll, wobei sie nicht glaubte, dass Greta die Kraft dafür aufbringen würde.

»Ich werde Mama nicht mehr wiedersehen.« Greta sah sie eindringlich an. Ihre Augen wirkten gespenstisch, die Pupillen hatten sich geweitet.

»So etwas darfst du nicht sagen! Gib niemals die Hoffnung auf.«

»Ich spüre im Herzen, dass sie nicht mehr auf dieser Welt ist.«

Frida griff nach Gretas behandschuhter Hand. Wie zerbrechlich sie sich anfühlte! »Aber du kannst dir nicht sicher sein.«

»Du warst lieb zu mir, wie eine Tante für mich.«

Es trieb ihr Tränen in die Augen. »Gib nicht auf! Du musst kämpfen.« Frida öffnete ihren Mantel, drückte Greta an sich, schlang den Wollstoff um das zitternde Kind. »Ich wärme dich, dann schaffst du es.«

»Ich will nicht mehr, Frida«, hauchte Greta ihr ins Ohr.

Ein Schauer kroch über ihren Körper. Diese Worte aus dem Mund einer Zehnjährigen. Greta durfte nicht sterben! Frida wiegte das Mädchen in den Armen, Tränen bahnten sich ihren Weg und hinterließen eiskalte Spuren auf ihren Wangen. Ihr Herz pochte wild und unkontrolliert, alle Umrisse verschwammen, und die Welt um sie herum wurde zu einem grauen Sumpf. Sie strich Greta über das schneefeuchte Haar. Sie wollte ihre Wärme an das Mädchen weitergeben, ihr Lebenshauch schenken und sie bei sich behalten. Wo war nur die Gnade Gottes?

Anni kam auf die Ladefläche geklettert und schmiegte sich von der anderen Seite an das Mädchen. Ihr Gesicht war ebenfalls kalkweiß und von Trauer gezeichnet. Greta röchelte und schlug die Augen auf. Sie waren seltsam leer, in die Ferne gerichtet.

»Bleib bei mir! Wir sind bald am Ziel. Vielleicht wartet deine Mutter in Königsberg auf dich«, flüsterte Frida, doch Greta reagierte nicht mehr.

Sie hatte die Augen geschlossen, und die kleine weiße Wolke, die in regelmäßigen Abständen aus ihrem Mund geströmt war, war versiegt. Das Leben war endgültig aus Gretas Körper gewichen, die verletzliche Seele hatte sich erhoben und im Schneetreiben aufgelöst.

Frida schluchzte auf und drückte das Mädchen fest an sich und wiegte es. Sie konnte, wollte es nicht wahrhaben! Sie weinte in Annis Armen, ließ sich von ihrer Schwester halten und in das Meer der Trauer fallen.

Kapitel 9

Ostpreußen, Januar 1945

Das gleichmäßige Schaukeln des Karrens trug Frida in die Reichsbahn, als sie Greta und Käthe kennengelernt hatte. Sie dachte an die Erzählungen über deren Vater und wie Greta mit flinken Fingern den Koffer geöffnet hatte. Diese Finger waren nun mit Schnee bedeckt.

Frida hatte das Foto, das Greta bei sich getragen hatte, geküsst und in Gretas Innentasche gesteckt. »Grüß deine Mutter von mir«, hatte sie ihr ins Ohr geflüstert, bevor sie den dünnen Körper mit Schnee überhäuft hatte. Der Boden war gefroren und viel zu hart, um ein Grab auszuschaufeln. Nach einem kurzen Gebet waren sie weitergefahren.

Jeder auf dieser Reise tat das Gleiche mit den verstorbenen Angehörigen, trotzdem fühlte es sich falsch an. Wären sie doch nur letzten Herbst aufgebrochen, dann wäre Greta noch am Leben. Nur weil Berta sich gegen die Flucht gesträubt hatte ... und nun war sie dennoch auf dem Hof geblieben. Erst war Willi durch Fridas fehlende Vorsicht gestorben und nun Greta. Sie hätte das Mädchen wärmen, früher die Anzeichen der Erfrierung erkennen und einschreiten müssen.

Erwin kam zu ihr auf den Karren. »Sie war ein gutes Mädchen.«

Tränen rannen ihr über die Wange, es war ihr egal, dass sie im kalten Wind direkt zu Eistropfen gefroren.

»Du hättest nichts mehr für sie tun können.«

»Ich habe ihrer Mutter versprochen, auf sie aufzupassen«, flüsterte sie.

»Das hast du getan bis zu ihrem letzten Atemzug. Geh nicht zu streng mit dir ins Gericht.« Er drückte ihre Hand. »Jetzt müssen wir an uns denken, damit wir die Reise überstehen.« Er hielt ihr ein Stück Brot hin, doch sie hatte keinen Hunger.

Anni fragte vom Bock, ob alles in Ordnung sei. Sie lenkte seit einiger Zeit das Fuhrwerk. Erwin stieg hinunter und half stattdessen ihrer Mutter herauf, die sich zu Frida setzte. Sie hustete und hüllte sich in Decken ein.

»Geht es dir gut, Mutter?«, rief Anni besorgt.

»Es wird schon gehen«, krächzte ihre Mutter.

Frida fühlte sich Stunden zurückversetzt. Nicht, dass ihr das gleiche Schicksal drohte wie Greta.

Plötzlich ertönte ein dumpfes Brummen und am Himmel zeichneten sich russische Flugzeuge wie schwarze Unheilsboten von den grauen Wolken ab. Es waren bestimmt zwanzig Maschinen, und ihr Dröhnen wurde immer lauter. Die Menschen begannen zu schreien und liefen wild umher. Anni hielt das Fuhrwerk an und sprang vom Bock.

Einen Moment war Frida wie erstarrt, bis sie begriff, dass der Treck das Ziel der Flugzeuge war. »Komm!« Sie riss ihre Mutter am Arm vom Karren. Dann setzte das MG-Feuer ein.

»In Deckung«, schrie Erwin und zog sie unter das Fuhrwerk. Lotte presste den Schal gegen die Ohren, die Augen vor Schreck geweitet. Das Dröhnen wurde ohrenbetäubend, das Rattern erfüllte die Luft, Menschen schrien, Körper fielen zu Boden, Tiere jaulten, Holz zersplitterte.

Frida krallte sich an den Verstrebungen des Karrens fest und blickte sich panisch um. Wie konnten die Iwans auf zivile Trecks schießen?

Die Flieger jagten vorbei, und langsam trauten sie sich wieder hervor. Das Bild, das sich ihnen bot, war das reinste Grauen. Überall Blut und Leichen, ein weinendes Kind saß neben der toten Mutter und wiegte sich vor und zurück. Ein alter Mann schrie, die Hände an das verwundete Bein gepresst. Frida war unfähig, sich zu rühren, genau wie Anni, Lotte und ihre Mutter.

Erwin stürzte zu dem Mann, holte aus einem achtlos weggeworfenen Koffer Kleidungsstücke heraus, presste einen zusammengerollten Pullover auf die Wunde und verband ihn mit einem Schal, doch das Bluten hörte nicht auf. Also schnürte er mit einem Gürtel eines Toten den Oberschenkel ab. Der Mann dankte ihm, auch wenn ihm die Verzweiflung ins Gesicht geschrieben stand. Das verwundete Bein war sein Todesurteil. Sie selbst hatten nicht genug Platz auf ihrem Fuhrwerk, um ihn mitnehmen zu können, und wie lange Hirsch und Abendstern durchhielten, war fraglich.

Wortlos wandte Erwin sich ab und trat zu ihr. In seinem Blick lagen Trauer und Hilflosigkeit. »Wir müssen weiter«, sagte er.

Ihre Mutter ließ sich wieder auf dem Karren nieder, Anni stieg auf den Bock, und Erwin griff nach ihrer Hand und zog sie durch den Schnee.

Mechanisch setzte Frida einen Fuß vor den anderen.

Berlin, Mai 2009

Der Blick ihrer Großmutter verlor sich in der Leere. Die Kälte der Januartage 1945 war über Carolins Arme gekrochen und hatte eine Gänsehaut hinterlassen. Die Bilder des Grauens hatten sich in ihren Kopf festgebissen wie getrocknete Farbe auf eine Leinwand. Sie hatte bloß eine Ahnung, wie es Frida ergangen sein musste.

Es war gleich dreizehn Uhr. »Sollen wir eine Pause machen?«, fragte Carolin.

Frida nickte abwesend. Carolin räumte das Frühstücksgeschirr in die Spülmaschine. Die Marmeladenreste an den Messern waren schon längst angetrocknet.

Über dem hölzernen Brotkasten hingen karierte Topflappen, die aussahen, als stammten sie aus den Kriegsjahren. Carolin fragte sich, was ihre Großmutter damals alles in ihren Koffer gepackt hatte, doch sie wollte sie nicht schon wieder in die Vergangenheit stoßen. Frida schien dringend eine Pause zu brauchen. Außerdem hatte Carolin sich vorgenommen, ihre Oma nicht zu sehr zu beanspruchen. Sie lehnte sich an die Küchenzeile. »Sollen wir Schluss machen für heute?«

»Ach, papperlapapp. Ich werde nur kurz den Tee wegbringen, und dann bin ich wieder da.«

Carolin wartete, bis ihre Großmutter zurück war. »Ich wollte heute nicht so lange bleiben. Gestern schien es anstrengend für dich gewesen zu sein.«

Frida machte eine wegwerfende Handbewegung. »Ich habe extra die Königsberger Klopse aufgetaut.« Sie holte aus dem Kühlschrank eine Tupperdose. »Eine Spezialität aus der alten Heimat.« Sie zwinkerte ihr zu. »Und wenn du Kartoffeln schälst, erzähle ich dir, wie es weiterging.«

Ostpreußen, Januar 1945

Alles war weiß und grau. Eine meterhohe Schneeschicht bedeckte die Felder, der Himmel war mit weiteren Schneewolken verhangen. Der Wind spielte mit den Eiskristallen und formte eine bizarre Landschaft aus kantigen Hügeln und weichen Konturen.

Frida konnte nicht mehr sagen, wie viele Tage vergangen waren, seitdem sie das Gestüt verlassen hatten. Ihre Glieder fühlten sich taub an, Nase und Ohren schmerzten. Sie stapfte weiter, jeder Schritt war eine Qual. Sie fragte sich, ob es nicht besser wäre, wenn die Russen sie einholten. Dann hätte diese Tortur endlich ein Ende. Auf der anderen Seite fürchtete sie sich davor, und der Wille zu überleben, trieb sie voran.

Sie sah ein Mädchen in Gretas Alter am Straßenrand sitzen. Es trug einen Mantel, der ihm viel zu groß war. Auf den Knien eine Puppe mit erhobenem Arm, als wolle sie ihr zuwinken. Keiner kümmerte sich um das Kind, es sah jedoch nicht traurig aus, sondern lächelte ein wenig.

Frida trat zu ihm. »Bist du allein?« Was für eine blöde Frage. Sie hatte so viele Waisen gesehen, der Fliegerangriff hatte seine Opfer gefordert.

Das Mädchen schüttelte den Kopf und lächelte stumm. Es trug keine Handschuhe und die Finger zeigten erste Erfrierungserscheinungen.

»Möchtest du mit uns gehen?«, fragte Frida.

»Du kannst ihr nicht helfen«, raunte Erwin in ihrem Nacken.

Erneutes Kopfschütteln, wobei der Arm der Puppe sank und sie nun schauerlich wirkte. Frida wandte sich ab. Sie sah ein paar Mal zurück, bis das Mädchen aus ihrem Blickfeld verschwand. »Wie lange brauchen wir noch bis Königsberg?«

»Wir müssten bald da sein. Vielleicht ein oder zwei Tage.«

Ihre Mutter hustete heftig. Frida ließ sich zurückfallen, um neben ihr zu gehen. Sie sah entkräftet und abgemagert aus. »Wann hast du das letzte Mal etwas gegessen?«

Ihre Mutter schwankte, fing sich wieder und drückte den Schal eng um den Hals. »Ich habe keinen Hunger.«

»Wir müssen bei Kräften bleiben.«

»Wären wir nur zu Hause geblieben. Berta hat es richtig gemacht«, krächzte sie.

»Sag so etwas nicht. Die Russen! Du hast doch gesehen, wie gnadenlos sie sind.«

»Ja, ja.« Sie winkte ab. Ein erneuter Hustenanfall überfiel sie.

Frida strich ihr über den Rücken. Sie versank in dem Pelzmantel mit dem hohen Kragen, dem Schal und den drei Kopftüchern, dennoch reichte es für dieses unbarmherzige Wetter nicht.

»Wir müssen durchhalten und überleben. Das sind wir Vater, Arthur und Rudolf schuldig.« Und Maria und Greta, fügte Frida in Gedanken hinzu. Sie sah zu Anni, die auf dem Bock saß und den Pferdekarren lenkte. Ihr Kopf wackelte verdächtig, anscheinend schlief sie gleich ein, das war ihr in den letzten Tagen zweimal passiert.

»Erwin«, rief Frida und wies auf ihre Schwester. Er verstand und kletterte zu Anni auf den Bock, stieß sie an und verwickelte sie in ein Gespräch.

»Da ist Königsberg!«, schrie jemand.

Frida sah in der weißen Landschaft nichts, doch kurze Zeit später erspähte sie das Schild: *Königsberg 1 Kilometer.*

Jetzt gelang ihr sogar ein Lächeln. »Mutter, schau. Bald sind wir da und können ins Warme.«

Königsberg, Januar 1945

Häuserruinen ohne Dächer ragten zum Himmel empor. Die leeren Fenster wirkten wie schwarze Augenhöhlen, die Tod und Verderben versprachen. Auch Königsberg war von den feindlichen Bombern nicht verschont geblieben. Überall auf den Straßen irrten Flüchtlinge umher – Vertriebene auf dem Weg von der Verzweiflung in die Hoffnungslosigkeit. Verlassene Fuhrwerke versanken im Schnee, Kinder liefen orientierungslos durch die Gassen. Eine regungslose Frau lehnte an einer Straßenlaterne, in den Händen eine Handtasche, der Körper mit einer weißen Schicht bedeckt.

Und in dieser Stadt sollten sie Zuflucht finden? Frida wurde kalt ums Herz. »Wo sollen wir nur hin?«, krächzte sie. Sie hatte gehofft, dass sie sich aufwärmen konnten, aber das schien aussichtslos zu sein. Ihre Mutter konnte sich kaum mehr auf den Beinen halten und wurde von Anni gestützt.

»Wir werden etwas finden«, sagte Erwin zuversichtlich. Er lenkte den Karren in eine Seitengasse. Eine Menschenmenge hatte sich vor einem Haus versammelt, schien auf einen Punkt zuzudrängen. Erst als sie auf gleicher Höhe waren, erkannte sie, dass es sich um ein Hotel handelte und die Menschen sich in den Eingang schoben. Einige schrien, drohten, vor der Tür zerquetscht zu werden. Ein Hund jaulte auf, als ihm jemand auf die Pfote trat.

Sie fuhren weiter durch die Straßen, bis Erwin vor einer Weberei anhielt, aus der ein gebückter alter Mann mit Krückstock trat. Er trug einen edlen Pelzmantel und dicke Winterstiefel, die es in der Art seit Langem nicht mehr zu kaufen gab.

Erwin stieg vom Bock und redete mit dem Mann. Frida konnte nicht verstehen, was die beiden besprachen. Als Erwin zurückkam, sagte er: »Wir können uns hier aufwärmen.«

Frida fiel ein Stein vom Herzen. Sie fuhren den Karren in den Hinterhof, wo es einen Stall gab, in dem sich die Pferde ausruhen konnten. Ein Pimpf kam angelaufen und brachte den Tieren etwas Futter.

Als sie ins Wohngebäude traten, traf Frida die warme Luft wie ein Schlag. Im ersten Moment wurde ihr schummerig, und sie musste sich am Türrahmen festhalten. Der alte Mann führte sie den Flur entlang, an dessen Wänden viele Landschaftsgemälde hingen. Ein reißender Fluss mit felsigen Ufern unter einem Gewitterhimmel, ein Elch auf der Wiese mit Sommerblumen, eine Schneelandschaft, auf der ein

Fuchs eine Ente aufscheuchte. Wie friedlich diese Bilder wirkten.

Frida fühlte sich zurückversetzt in eine Zeit ohne Kummer und Leid. Sie schloss die Augen, spürte den Pinsel zwischen den Fingern, roch die Ölfarben und sah die leere Leinwand vor sich, die ihr eine Geschichte zu erzählen vermochte und ihre Hand wie von selbst leitete. Realität erleben, Kunst erschaffen, Fantasie erfahren und intensiv leben. Das alles hatte das Malen für sie bedeutet. Sie hatte den Frieden auf die Leinwände bringen können, doch wenn sie heute einen Pinsel in die Hand nähme, würde der Hauch von Tod, Verzweiflung und Verderben in den Bildern zu sehen sein. Schwarz, Weiß und Rot! Bilder, die sich in ihren Kopf drängten. Umgestürzte Karren im Schnee, seelenlose Augen, tote Babys. Nein, sie würde kein Gemälde mehr erschaffen!

Frida konnte einen Blick ins Wohnzimmer erhaschen, in dem viele Menschen auf dem Boden saßen. Sie waren nicht die einzigen Flüchtlinge in diesem Haus.

Der Mann führte sie in ein ehemaliges Arbeitszimmer. Ein Schrank war vollgepackt mit Akten und Papieren, vor dem Fenster stand ein Schreibtisch, auf dem sich eine Staubschicht gebildet hatte. Es gab einen Stuhl, ansonsten hatte der Raum nichts zu bieten, aber er war warm, und sie konnten sich auf ihre Decken legen.

Der Mann verschwand und kam kurze Zeit später mit einer halb vollen Kasserolle Linseneintopf und zwei Löffeln zurück. Gierig machten sie sich darüber her. Der Eintopf wärmte und schmeckte so köstlich, als hätte sie nie etwas Leckereres zu sich genommen.

Nach dem Essen schob sich ihre Mutter ein Bündel unter den Kopf und schlief sofort ein. Frida setzte sich neben Erwin, nahm seine Hand und lehnte den Kopf an seine Schulter. »Ich hätte nicht gedacht, dass ich mich jemals darüber freue, auf dem nackten Boden schlafen zu können.«

Er küsste sie. »Bald wird es besser, morgen früh geht es weiter mit der Deutschen Reichsbahn nach Pillau. Wir müssen zum Hafen.«

Sie sah zu ihrer Mutter, die röchelnd atmete und tief in dem Pelzmantel versank. Zumindest atmete sie – nicht so wie Greta.

Frida drückte Erwins Hand, wollte sich von den Gedanken ablenken. Wenigstens hier begegnete ihnen Menschlichkeit. »Er ist ein guter Mann«, sagte sie.

Erwin lachte höhnisch auf. »Für die eine Nacht und das Essen kassiert er den Karren und die Pferde.«

»Das ist nicht dein Ernst!«

»Doch. Mit einem Pferd wollte er sich nicht zufriedengeben.«

»Und darauf hast du dich eingelassen?«

Ungeheuerlich. Auch wenn Hirsch und Abendstern am Ende ihrer Kräfte waren, würden sie mit ein bisschen Ruhe und Futter wieder munter werden. Er würde diese Zuchttiere nach dem Krieg mit reichlich Profit verkaufen können.

Erwin zuckte mit den Schultern. »Wir können sie sowieso nicht mit in den Zug nehmen.«

»Aber doch auch nicht einfach hergeben. Weißt du noch, wie du Hirsch das erste Mal über die Koppel geführt hast und wie er langsam Vertrauen zu dir gewonnen hat? Er gehört zu dir.«

»Gerade deswegen sollten wir sie nicht am Straßenrand ihrem Schicksal überlassen. So werden sie versorgt – zumindest solange, wie der Mann selbst hierbleibt.«

Frida sah aus dem Fenster zum Stall. Sie meinte, ein Wiehern zu hören. Was blieb ihnen noch von der Heimat? Bald wurden ihre Lider schwer, und sie kuschelte sich an Erwin.

Er rüttelte an ihrer Schulter. »Was ist?«, fragte sie verschlafen und schirmte die Augen gegen das Deckenlicht ab. Draußen war tiefschwarze Nacht.

»Wir müssen los.« Erwin weckte die anderen.

Frida richtete sich auf und rieb sich die Augen. »Warum die Eile? Mutter braucht Ruhe – und wir auch.«

»Wir nehmen den ersten Zug Richtung Pillau. Je eher wir wegkommen, desto besser.«

Frida hatte keine Kraft für eine weitere Erwiderung. Erwin würde wissen, was richtig war.

»Mutter hat uns immer früh geweckt, aber du bist schlimmer als der Weckdienst im BDM-Lager«, beschwerte sich Lotte und streckte sich.

»Da kennst du unsere Mutter nicht«, sagte Anni mit einem Augenzwinkern.

Ihre Mutter lachte kurz auf, was im Hustenanfall endete. Zumindest war die Stimmung etwas lockerer. Der Schlaf im Warmen hatte ihnen gutgetan und hoffentlich genug Kraft für die Weiterreise gegeben.

Als sie nach draußen traten, schlug ihnen der harte Wind entgegen. Ihr Karren war mit Schnee bedeckt, und viele Habseligkeiten mussten sie zurücklassen.

»Abendstern«, flüsterte sie Erwin zu und ging zum Stall, doch die Tür war verschlossen. Sie lugte durch einen Bretterspalt, aber konnte nichts erkennen, es war zu dunkel. »Mach's gut, meine Große.«

Frida wandte sich ab und unterdrückte die Tränen. Niemals mehr würde sie mit der Stute über Felder reiten können, nie mehr ihr Fell streicheln oder das vertraute Schnauben hören.

Erwin nahm ihre Hand. »Es ist besser, wenn wenigstens sie keine Strapazen mehr erleiden müssen.«

Die Pferde hatten ihnen gute Dienste erwiesen. Ob sie es ohne die beiden geschafft hätten, war fraglich. Schweren Herzens ließ sich Frida auf die Straßen führen. Sie stapften mit ihrem Gepäck durch den hohen Schnee. Schon nach wenigen Metern fühlte sich ihr Koffer zentnerschwer an.

Der Mond trat durch eine Lücke zwischen den Wolken und wies ihnen den Weg. Trotz der frühen Stunde waren so viele Menschen auf den Straßen unterwegs als wäre helllichter Tag. Ein Mädchen saß vor einem Hauseingang und weinte, sah sich um, als suche es seine Eltern. Es hielt einen Hund auf dem Schoß, der strampelte und jaulte.

Die Straßen wurden immer voller, je näher sie dem Bahnhof kamen. Am Bahnhofsgebäude war ein Plakat angeschlagen: *Räder müssen rollen für den Sieg, reisen kannst du nach dem Krieg*. Was für eine Farce! Auf dem Bahnsteig konnten sie kaum einen Fuß vor den anderen setzen und das, obwohl die Bahnhofsuhr 4:51 Uhr anzeigte.

Immer wieder sah sie sich zu Lotte, Anni und ihrer Mutter um, klammerte sich an Erwins Hand. Um kurz vor fünf kam der Zug. Sobald sich die Türen öffneten, strömten so viele Menschen hinein, dass die Waggons innerhalb kürzester Zeit überfüllt waren. Und sie waren noch nicht mal in die Nähe des Bahnsteiges gekommen.

Sie wurden nach vorn gedrängt, Frida hatte das Gefühl, zerquetscht zu werden. Sie stellte sich auf Zehenspitzen, um Luft zu bekommen. Menschen schrien, beschimpften einander. Die Türen des Zuges schlossen sich. Nein! Einen kurzen Augenblick später rollte der Zug los.

»Was für eine Granatenscheiße!«, rief Erwin.

»Und jetzt?« Das Gedränge lockerte sich, und Frida konnte wieder befreit atmen. Sie sah sich zu ihrer hustenden Mutter um.

Anni stand der Schrecken ins Gesicht geschrieben, sie klammerte sich an Fridas Hand und drückte sie fest. »Wir müssen hier raus«, flehte sie.

Erwin schüttelte den Kopf. »Wenn wir weggehen, schaffen wir es niemals in einen Zug. Kommt, wir versuchen es weiter oben. Dort sind weniger Leute.«

Sie drängten sich aus dem Pulk heraus und liefen zum Bahnsteig nach vorn, wo sie wesentlich näher an den Bahnsteig herankamen.

Frida wies auf die Krücken. »Lass die hier. Sie stören doch nur.«

»Nein, sie sind meine Lebensversicherung.«

»Anni müht sich mit zwei Koffern ab, und du schleppst immer noch diese sperrigen Dinger mit dir rum.« Ihre Mutter war nicht mehr in der Lage, ihren eigenen Koffer zu tragen.

»Ist es dir lieber, dass die Soldaten mich zurück an die Front schicken?«

»Ich habe noch keine Soldaten gesehen«, widersprach Frida.

»Darüber bin ich sehr froh, glaub mir!« Er drehte den Kopf weg, wohl zum Zeichen, dass er keine weitere Erwiderung hören wollte.

Sie schluckte den Ärger hinunter und atmete tief durch.

Es dauerte eine Stunde, bis der nächste Zug heranrollte. Menschen drängten wieder nach vorn. Ein Mädchen fiel auf die Gleise und schrie, während der Zug näher kam. Fridas Knie wurden weich. Sollte dieses Mädchen – nicht älter als fünf Jahre – von dem Koloss überrollt werden? Eine Frau erbarmte sich und hielt dem Mädchen eine Hand hin. Im letzten Moment zog sie die Kleine auf den Bahnsteig.

Die Türen öffneten sich, und Erwin verschaffte ihnen mit den starken Armen Platz, Frida trug derweil seine Krücken. Er war der einzige Mann um sie herum, ansonsten strömten nur Frauen mit Kindern in die Waggons. Frida ließ sich von ihm in den Zug ziehen. Ihre Mutter bekam sogar einen Sitzplatz, und sie stellten sich um sie herum. Es war warm und stickig, und immer mehr Menschen drängten hinein. Es wurde viel zu eng. Endlich schlossen sich die Türen.

Frida legte den Kopf an Erwins Schulter und öffnete seinen Mantel. Sie glitt mit der Hand unter den groben Stoff, spürte die Wärme seines Körpers und zog ihn nah an sich heran. »Ich will, dass das aufhört«, hauchte sie an sein Ohr.

Er küsste ihre Stirn. »Wir werden es schaffen, gemeinsam.«

Wie gern würde sie sich von seiner Zuversicht anstecken lassen, doch in ihrem Inneren war diese unbarmherzige Kälte. »Ich will nicht mehr.«

Erwin strich ihr übers Haar. »Wenn wir einen Ort gefunden haben, wo wir unterkommen können, werden wir heiraten. Versprochen.«

In seinem Blick lag so viel Wärme, dass sie darin eintauchen wollte. Er lächelte sie an und küsste sie – ein Zukunftsversprechen. Und plötzlich roch es nach gelben Kamelien und Hoffnung.

Pillau, Januar 1945

Noch bevor der Zug zum Stehen kam, spürte Frida Erwins Anspannung und folgte seinem Blick. Zwei Wehrmachtssoldaten auf dem Bahnsteig diskutierten mit einem Mann. Der umarmte eine Frau und ein Mädchen, das bitterlich weinte, und ging zu einem Lastwagen.

Fridas Herz pochte. Würden die Soldaten ihr auch Erwin entreißen? Die Bahn hielt, die Türen klappten auf, und die Menschen drängten hinaus. Erwin drückte Frida seinen Koffer in die Hand. Lotte sah ihn skeptisch an, als er auf Krücken den Bahnsteig entlanghumpelte.

Ein Oberleutnant entdeckte ihn in der Menge und winkte ihn heran. Frida hielt instinktiv die Luft an, folgte ihm und blieb in drei Meter Entfernung stehen. Da so viele Menschen um sie herumwuselten, nahmen die Soldaten keine Notiz von ihr.

»Heil Hitler«, grüßte Erwin, ohne die Hand zu heben, um den Schein mit den Krücken zu wahren.

»Wer sind Sie?«, fragte der Oberleutnant.

»Sanitätsobergefreiter Erwin Franzen«, antwortete er.

Der Soldat zeigte zu dem Lkw. »Bitte melden Sie sich bei meinen Kameraden zum Volkssturm.«

Erwin hob sein linkes Bein. »Die Iwans haben mir ins Bein geschossen. Ein gnadenloser Hinterhalt. Durchschuss mit Wundbrand, ich bin froh, mich überhaupt aufrecht halten zu können.«

»Sie werden Wachaufgaben übernehmen oder Listen schreiben.« Der Leutnant schien fertig mit ihm zu sein.

Erwin warf Frida einen gehetzten Blick über die Schulter zu, dann sprach er weiter: »Gauleiter Koch persönlich hat mir befohlen, mich nach Berlin zu begeben, um dort die Heimatfront zu unterstützen.«

»Gauleiter Koch?«, fragte der Oberleutnant verwundert. »Was fällt dem ein? Wir brauchen alle verfügbaren Kräfte an der Ostfront.« Er schüttelte verständnislos den Kopf. »Zeigen Sie mir bitte den Befehl.«

»Natürlich«, sagte Erwin und lehnte umständlich eine Krücke an seinen Körper, um mit der freien Hand in dem Mantel zu nesteln.

Plötzlich ein Aufschrei in der Menge. Frida wandte den Kopf. Eine Rauferei zwischen einem Mann und einer Frau. Die Wehrmachtssoldaten wandten sich von Erwin ab und eilten zum Ort des Geschehens.

Erwin warf Frida einen vielsagenden Blick zu und verschwand zwischen den Flüchtlingen. Frida gab Lotte, Anni und ihrer Mutter ein Zeichen, und sie folgten Erwin. Für einen Moment sah sie ihn nicht mehr, und ihr Herz setzte einen Schlag aus, doch dann entdeckte sie ihn neben einem Fahnenmast.

»Kommt schnell!« Er winkte sie heran. Sie schlängelten sich durch die vielen Menschen auf dem Bahnsteig.

»Das war knapp«, sagte Frida. »Und ich hätte die Krücken am liebsten unterwegs entsorgt.«

»Ich sagte doch, dass sie meine Lebensversicherung sind. Obwohl sie allein mir nicht geholfen hätten.«

Sie gingen zum Hafen, der ebenso überfüllt war wie der Bahnhof in Königsberg. Hunderte hungernde und frierende Frauen und Kinder. Was für eine Fehlentscheidung der Reichsführung, die Menschen aus Ostpreußen nicht früher evakuiert zu haben!

Eiskalter Wind vom Meer wehte ihr ins Gesicht und nahm ihr den Atem. Einige herrenlose Karren und Fahrräder standen herum, eine weiße Ziege irrte blökend umher. Es lagen mehrere Schiffe vor Anker, überall war der Andrang groß, Menschen stiegen über die Leiber der Erschöpften. In Ufernähe waren zurückgelassene Habseligkeiten festgefroren, bloß die Fahrrinnen der Schiffe waren frei von Eis.

Ihre Mutter hielt sich an einer Laterne fest, krümmte sich und hustete sich die Seele aus dem Leib. Es wurde immer schlimmer! Sie mussten schnellstmöglich eine Mitfahrgelegenheit finden.

Sie gingen ans Ende des Hafens und fanden ein Minensuchboot, das Passagiere aufnahm. Frida musste ihre Mutter stützen, als sie über den Holzsteg auf das Boot gelangten. Eine Marinehelferin versuchte, alle Ankommenden in einer Liste zu verzeichnen, doch sie scheiterte heillos an dem zu großen Andrang.

Erwin führte sie zu einem Treppenhaus, wo sie sich in einer Ecke niederließen. Nachdem das Schiff sich in Bewegung gesetzt hatte, machte der Kapitän eine Durchsage, dass sie nach Gotenhafen unterwegs waren.

Überrascht sah sie Erwin an. »Was sollen wir denn da? Wir hätten ein anderes Boot nehmen sollen.«

Erwin drückte sie an sich. »Dort sind wir weiter von der Roten Armee entfernt und werden ein weiteres Schiff finden, das uns in Sicherheit bringt.«

Gotenhafen, Januar 1945

An dem schier endlosen Pier des Hafens dröhnte der Wind in Fridas Ohren und wirbelte ihr den Schneeregen ins Gesicht. Tauwetter hatte eingesetzt, und die Schneemassen hatten sich in Matsch verwandelt. Jeder Schritt war eine Qual. Sie zitterte am ganzen Körper, und ihr war immer noch schlecht. Die ganze Nacht waren sie gefahren und das bei Windstärke neun. Das Meer hatte das Schiff hin- und hergeschaukelt wie ein Schlauchboot. Und der Sturm hatte sich nicht gelegt, zerrte an ihrer Kleidung. Sie stemmte sich mit ihrem Körpergewicht gegen den Wind.

Sie liefen durch den Hafen – in der Hoffnung auf eine Weiterfahrt mit einem anderen Schiff. Ihre Arme und Hände taten weh vom Tragen der Koffer. Mehrmals hätte sie das Gepäck am liebsten irgendwo liegen gelassen, doch im letzten Moment hatte immer die Vernunft gesiegt. In den Koffern war alles, was sie noch besaßen.

Immer wieder hörten sie, die Kriegsmarine hätte die »Wilhelm Gustloff« für alle zivilen Flüchtlinge geöffnet. Noch nie hatte sie so ein großes Schiff gesehen. Der Stolz der Nationalsozialisten, ein ehemaliges Kreuzfahrtschiff der »Kraft-durch-Freude-Flotte«, von dem sie mal in einer Zeitung ein Foto gesehen hatte. Seit Kriegsbeginn wurde es als Lazarettschiff und zuletzt als Unterkunft für die U-Boot-Lehrdivision genutzt, wie sie bei einem Gespräch zweier Männer aufgegriffen hatte. Auch wenn viele Schiffe vor Anker lagen, wollten alle Flüchtlinge auf den Luxusliner. Auf dem Deck versammelten sich bereits Hunderte Menschen.

Vor ihnen rissen Wehrmachtssoldaten einen Jungen aus der Reihe. Die Mutter schrie: »Er ist doch noch ein Kind!« Aber die Soldaten hörten nicht auf sie, sondern nahmen ihn mit.

Erwin blickte sich gehetzt um und humpelte schneller. Jeder Schritt fiel Frida schwer, und der Sturm gab ihr den Rest.

Immer wieder sah sie sich besorgt zu ihrer Mutter um. Sie war kalkweiß im Gesicht und ging gebückt wie eine Greisin.

»Halte durch, gleich sind wir auf dem Schiff«, versuchte Anni ihre Mutter aufzumuntern und stützte sie am Arm. »Und wenn wir an Bord sind, ordere ich für uns den heißesten und fettesten Kakao, den wir jemals getrunken haben.«

Frida sah nach vorn zu Erwin. Sie hätte ihn gern an die Hand genommen, doch er lief auf Krücken. Er war so nervös wie schon lange nicht mehr, und sie konnte seine Angst förmlich spüren. Aber das Schiff war in greifbarer Nähe, das Reich nur noch einen Wimpernschlag entfernt – und dann würde er sein Versprechen einlösen.

Ihre Mutter wurde von einem Hustenanfall geschüttelt und fiel zu Boden. »Mutter«, rief Frida und half ihr auf. »Ruh dich kurz aus.«

Anni und sie führten die ältere Frau aus der Schlange hinaus und setzten sie auf einen achtlos abgestellten Koffer.

Frida reckte sich und rief nach Erwin. Sie konnte ihn in der Menschenmenge nicht mehr ausmachen. Wo war er bloß? Sie lief ein paar Schritte, so weit, wie es der Menschenstrom zuließ, und schrie seinen Namen, doch der Wind mit dem Schneetreiben schien ihre Worte zu verschlucken.

Ihr Herz pochte heftig. Nein, sie durfte ihn nicht verlieren! Sie versuchte, sich zu beruhigen. Sie würden ihm gleich folgen und ihn auf dem Schiff wiederfinden.

Sie trat zu ihrer Mutter, die röchelnd gelben Schleim spuckte. »Hast du Schmerzen?«, fragte Frida und legte die Hand auf ihre Schulter.

Ihre Mutter sah sie mit einem traurigen Blick an. Das war Antwort genug.

»Bald ist es vorbei. Siehst du das gigantische Kreuzfahrtschiff? Damit können wir fahren. Wir! Was für ein Luxus«, sagte Frida aufmunternd und rieb die Arme ihrer Mutter, um sie zu wärmen. »Du musst nur noch ein bisschen durchhalten.«

Ihre Mutter nickte. »Das hinterhältige Judenpack ist an dieser Misere schuld.«

Frida atmete tief durch. Ihre Mutter hatte den Sündenbock, den die Regierung präsentiert hatte, gern angenommen. Und jetzt, da das Leid unerträglich wurde, schien das Feindbild präsenter denn je. Wahrscheinlich war es so für sie leichter zu ertragen, und eine Diskussion würde zu nichts führen.

Anni half der Mutter auf, und sie quälten sich voran. Irgendwo weinte ein Säugling. Frida wollte nicht mehr, wollte sich nur noch auf diesem Schiff in eine Ecke setzen und ausruhen. An der Seite von Erwin.

Plötzlich gab es vor ihnen einen Aufschrei. Im ersten Moment begriff sie nicht, was vor sich ging, bis sie sah, dass die Tore geschlossen wurden.

»Die Einschiffung ist beendet«, rief ein Soldat.

»Nein!«, schrie Frida. Sie drängte sich nach vorn, achtete nicht auf die anderen, quetschte sich an zeternden Müttern und zitternden Kindern vorbei. Frida schaffte es zu dem Zaun und umfasste das Holzgerüst. »Bitte«, flehte sie den Soldaten an. »Mein Verlobter ist auf dem Schiff.«

»Ihr Verlobter?« Er lachte auf. »Ist er über sechzig? Ansonsten suchen Sie ihn dort bei der Meldung zum Volkssturm.«

Sie schüttelte den Kopf, wusste, dass Erwin es durch dieses Tor geschafft haben musste. Er hatte sich sicherlich wieder eine Ausrede einfallen lassen. »Er ist auf der ›Gustloff‹, er ist verwundet und geht auf Krücken.«

»Ich darf keinen mehr an Bord lassen. Wir laufen aus.« Damit wandte der Soldat sich ab.

»Warten Sie!«, rief sie ihm nach, aber er drehte sich nicht einmal mehr um. Sie umfasste den Stacheldraht, der in dem Tor befestigt war, bis der Draht sich durch ihre Handschuhe und in ihre Haut bohrte. Der Schmerz übertünchte nicht annähernd jenen, den sie in ihrem Herzen empfand.

»Erwin«, schrie sie verzweifelt in den Schneesturm hinein. »Erwin!«

Doch nichts geschah: Er erschien nicht an dem Tor, kein Soldat beachtete sie, keiner öffnete die Pforte. Sie sank auf die Knie, wollte nicht begreifen, was gerade passierte.

Berlin, Mai 2009

»Und ihr seid nicht mehr auf die ›Gustloff‹ gekommen?«, fragte Carolin und befühlte die Armbanduhr ihrer Mutter. Auch wenn sie die Erlebnisse des Krieges niemals nachempfinden konnte, kannte sie doch die Leere im Inneren, wenn man von nahen Verwandten getrennt war.

»Nein. Und es war unser Glück.«

»Euer Glück?«

Ihre Großmutter lächelte nachsichtig. »Du weißt nicht, was mit diesem Kreuzfahrtschiff passiert ist, oder?«

Carolin schlug kurz die Augen nieder. »Wenn ich ehrlich bin, habe ich diesen Namen noch nie gehört.«

Frida nickte. »Alle kennen die ›Titanic‹, aber die ›Gustloff‹ kennt niemand. Dabei sind bei diesem Schiffsunglück sechsmal mehr Menschen ums Leben gekommen.«

»Sechsmal mehr?«

»Es waren schätzungsweise zwölftausend Passagiere an Bord, und gerade einmal tausendzweihundert haben überlebt.«

»Und was ist mit dem Schiff passiert?«, fragte Carolin.

»Es wurde von einem russischen U-Boot torpediert.«

»Und Erwin?«

Frida fuhr mit der Zunge über die Lippen und hob leicht die Schultern. »Der ist auf das Schiff gelangt.«

Carolin bekam eine Gänsehaut. »Hat er ... überlebt? Habt ihr euch wiedergesehen?«

Ihre Großmutter lächelte und tätschelte ihren Arm. »Das, meine Liebe, lässt sich nicht in zwei Sätzen erzählen.«

Carolin nickte und blickte auf die Uhr. Es war nach drei. Auch wenn es ihr schwerfiel, sollte sie sich verabschieden. Sie stand auf. »Ich habe schon wieder länger deine Zeit in Anspruch genommen, als ich wollte.«

»Dafür bist du doch hergekommen.«

Das stimmte, aber sie erinnerte sich an gestern, als ihre Großmutter beinahe gestürzt war.

»Wenn ich darf, komme ich morgen wieder.«

»Natürlich.« Ihre Großmutter lächelte herzlich.

Carolin spürte eine innere Wärme in sich aufsteigen. Auch wenn sie um ihren Vater trauerte, war sie so froh, Frida kennengelernt zu haben.

Sie verabschiedete sich und ging zu Fuß zurück zum Hotel. Sie versuchte, ihre Gedanken zu ordnen und das Gehörte zu verarbeiten. Immer wieder sah sie die Bomber vor sich, die auf die wehrlosen Zivilisten schossen, dachte an die vielen unschuldigen Opfer. Sie brauchte jemanden, mit dem sie sprechen konnte, und sie dachte kurz an Oliver, entschied sich aber dafür, Annika anzurufen.

»Carinchen, wie läuft's in Berlin?«, fragte ihre Freundin.

Tränen stiegen in ihre Augen, am liebsten hätte sie die Freundin vor sich gehabt und umarmt. »Gut«, presste sie hervor.

»Oh! Was ist los? Muss ich meinen Notfallkoffer packen und nach Berlin reisen?«

Carolin schüttelte den Kopf und lächelte, als sie begriff, dass ihre Freundin die Geste nicht sehen konnte. »Ich komme gerade von meiner Oma. Sie erzählt mir ihre Lebensgeschichte.«

»Das war doch das, was du immer wolltest.«

»Ja ... aber ich habe etwas anderes erwartet. Sie erzählt mir vom Krieg, von ihrer Flucht aus Ostpreußen ... Es ist ... ich weiß gar nicht, wie ich es in Worte fassen soll.«

»Dann sag ihr einfach, sie soll endlich zum Punkt kommen.«

Carolin lachte auf. »So ungefähr habe ich es schon zweimal probiert, doch sie sagt jedes Mal, dass es sich nicht in drei Sätzen zusammenfassen lässt.«

»Dann musst du deinen Aufenthalt in Berlin wohl verlängern.«

»Zu gern, aber auch im Büro werde ich gebraucht.« Sie berichtete von Herrn Lüschers Kündigung und der Beförderung.

Annika erzählte von ihrem stressigen Arbeitstag im Krankenhaus und schwärmte von diesem Chirurgen, von dem sie Carolin schon mal ein Foto gezeigt hatte.

»Wenn ich Glück habe, lädt er mich zum Traum-Date in ein Nobelrestaurant ein.« Annika lachte befreit. »Ich glaube, bald habe ich ihn so weit.«

»Na, da bin ich aber gespannt.«

Carolin entschied sich, eine Runde joggen zu gehen. Sie hatte schon über eine Woche Trainingsrückstand zu ihren Mädels der Fußballmannschaft. Mit Metallica im Ohr lief sie am Müggelsee entlang, sah den Enten zu und musste an Frida und Erwin denken. Die Sonne schien, aber ein kühler Wind pfiff über das Wasser. Das Handyklingeln riss sie aus den Gedanken. Eine ihr unbekannte Nummer. Sie stoppte und versuchte, ihren Atem zu beruhigen, dann nahm sie den Anruf an.

»Schön, dass ich dich erreiche.«

»Ingrid?«, fragte Carolin.

»Ja«, sagte ihre Tante.

»Woher hast du meine Nummer?«

»Du hast sie meiner Mutter gegeben. Sie steht bei ihr im Telefonbuch.«

»Ach so.«

»Ich wollte dich um etwas bitten«, begann ihre Tante.

Carolin ahnte, was kommen würde.

»Ich war gerade bei ihr und habe erfahren, dass du heute schon wieder so lange bei ihr warst.«

Carolin atmete tief durch. »Ich bin extra früher gegangen, obwohl Frida gern noch länger …«

»Natürlich will sie, dass du bis in die Puppen bleibst. Sie braucht jemanden zum Reden, aber diese Erzählungen setzen ihr sehr zu. Sie ist froh, dass sie den Krieg und all das hinter sich gelassen hat.«

Carolin glaubte, dass ihre Großmutter gern von der Zeit erzählte und sie es sich von der Seele reden konnte.

»Ich möchte, dass du sie nicht mehr damit belästigst. Besuche sie von mir aus eine Stunde am Tag, aber bohre nicht weiter in der Vergangenheit.«

Carolin holte tief Luft. Aufhören? Sie konnten nicht mitten in der Geschichte aufhören. Sie hatte noch nicht erfahren, wie es zum Bruch mit ihrem Vater gekommen war.

»Du kannst es uns nicht verbieten«, gab Carolin zurück.

»Nein, das kann ich nicht«, erwiderte sie scharf. »Aber ich bitte dich inständig darum. Mutter braucht ihre Ruhe. Durch dich verschlechtert sich ihr Zustand zusehends.«

Carolin rieb sich den Schweiß von der Stirn und sah auf den See. War sie eine Belastung für ihre Großmutter? Sie kannte sie nicht lange genug, um ihren Gesundheitszustand einschätzen zu können. »Ich verspreche dir, dass ich sie nur noch kurz besuchen werde.«

»Versprichst du auch, mit den Fragen aufzuhören?«

»Das kann ich nicht.«

Ingrid atmete heftig ins Telefon.

»Ich werde morgen mit ihr sprechen«, schlug Carolin vor.

»Das habe ich dir doch gerade erklärt. Sie würde es nie zugeben, dass du eine Belastung für sie bist.«

Carolin presste die Zähne zusammen.

»Überleg dir gut, ob du damit leben willst, dass du Schuld trägst an ihrem …« Ihre Tante ließ das letzte Wort unausgesprochen. »Sei einfach vernünftig!«, sagte Ingrid schroff und legte auf.

Carolin stützte sich auf einer Bank ab und ließ den Kopf hängen.

Sie schellte am Haus ihrer Großmutter. Das ungute Gefühl begleitete Carolin seit dem gestrigen Telefonat mit Ingrid, aber sie wollte Frida darauf ansprechen und klare Verhältnisse schaffen.

Im Inneren rührte sich nichts. Als ihre Oma auch nach dem dritten Klingeln nicht an der Haustür erschien, wurde Carolin unruhig. Sie lief um das Haus herum und sah durch die Fenster, konnte jedoch nichts erkennen. Sie zog das Handy hervor und hörte es klingeln, doch ihre Großmutter nahm nicht ab. Carolins Unruhe wuchs. Hatte sie ihre Oma wirklich zu sehr beansprucht?

Hinter einem Busch erblickte sie einen kleinen Wintergarten, den sie bisher nicht gesehen hatte. Dort drin befanden sich eine Staffelei und zahlreiche Bilder. Ein faszinierendes Detail, wenn sie nicht zu sehr in Sorge gewesen wäre. Sie kehrte zur Haustür zurück und klingelte erneut – ohne Erfolg. Und jetzt?

Carolin linste auf ihr Handy. Sollte sie? Was blieb ihr anderes übrig? Also rief sie ihre Tante an.

»Was willst du?«, fragte diese barsch.

»Frida macht nicht auf. Weißt du, wo sie sein könnte?« Vielleicht gab es eine simple Erklärung. Möglicherweise hatte ihre Tante Frida zu sich geholt, um sie vor ihrer Enkelin zu schützen.

»Nein. Seid ihr nicht verabredet?«

»Das sind wir, doch sie öffnet nicht. Ans Telefon geht sie auch nicht. Ich bin schon ums Haus rum, aber ...«

»Ich komme.« Ihre Tante legte auf.

Es dauerte eine halbe Stunde, bis Ingrid eintraf. Sie warf Carolin ohne eine Begrüßung einen vorwurfsvollen Blick zu und rannte mit dem Schlüssel zur Haustür. Sie beide stürmten in die Wohnung und durchsuchten die Räume.

»Hier«, rief Ingrid.

Carolin folgte ihr ins Schlafzimmer, und ihr Herz blieb beinahe stehen. Ihre Großmutter lag neben dem Bett, sah aus, als schliefe sie oder sei … Carolin konnte den Gedanken nicht zu Ende bringen, zu schwer lastete die Schuld auf ihr.

Ihre Tante fasste Frida ins Gesicht. »Sie atmet.« Sie rüttelte an Fridas Schultern, doch sie wachte nicht auf. Dann schlug sie ihr sachte auf die Wangen, auch darauf reagierte die Großmutter nicht.

Carolin holte das Handy hervor und wählte den Notruf.

Kapitel 10

Berlin, Mai 2009

Als sie das Krankenhaus betrat, fühlte sie sich zehn Tage zurückversetzt, als sie die schrecklichste Nachricht ihres Lebens erhalten hatte. Die Bilder stürzten auf sie ein ... genauso wie die Trauer um ihren Vater. Carolin konnte kaum glauben, dass erst so wenige Tage vergangen waren. Diesmal wusste sie jedoch, dass sie von einer Todesnachricht verschont blieb. Ihre Tante hatte mit ihr telefoniert und ihr die Zimmernummer durchgegeben.

Erst jetzt wurde ihr bewusst, wie sehr ihr die alte Dame ans Herz gewachsen war, dennoch hatte sie Ingrids Warnungen ignoriert. Ob sie Fridas Geschichte überhaupt zu Ende hören könnte? Sie atmete tief ein, bevor sie an die Tür klopfte.

Ein Dreibettzimmer, von dem zwei Betten belegt waren. Im ersten eine Mittvierzigerin mit einem Gipsbein, die in einer Computerzeitschrift las. Am Fenster lag ihre Großmutter, Ingrid saß an ihrer Seite. Carolin unterdrückte ein Seufzen, sie hatte so sehr gehofft, Frida allein anzutreffen.

Sie zog sich einen Stuhl heran und setzte sich zu ihnen. »Wie geht es dir?«, fragte sie.

»Es wird schon wieder«, sagte Frida mit schwacher Stimme und lächelte.

Carolin hatte von ihrer Tante erfahren, dass sie zu wenig getrunken gehabt und deswegen der Kreislauf versagt hatte.

Bei dem Sturz hatte sie sich zum Glück nur ein paar blaue Flecke zugezogen.

»Du hast uns einen ganzen schönen Schreck eingejagt«, sagte Carolin.

Frida nickte.

»Du musst einfach mehr trinken«, mahnte Ingrid.

»Ich will so schnell wie möglich hier raus«, sagte Frida.

»Es ist wichtig, dass du erst mal wieder auf die Beine kommst«, sagte Carolin.

Ingrid stand auf und stützte sich an der Fensterbank ab. »Du weißt, was die Ärzte gesagt haben: Stabilisieren und dann brauchst du eine Umgebung, in der man auf dich achtgibt. Deshalb kommt nur ein Altenheim in Betracht.«

Altenheim? Carolin wollte etwas erwidern, doch ihr fehlten für einen Moment die Worte. Sie sah in Fridas Gesicht, dass sie nicht begeistert war, aber das waren alte Menschen bei diesen Aussichten wahrscheinlich nie.

»Und ihr Haus werden wir verkaufen«, fuhr ihre Tante fort.

Fridas Augen bekamen einen traurigen Schimmer, und sie rang mit den Händen. Carolin spürte förmlich die Verzweiflung ihrer Großmutter.

»Aber ... muss das denn sein?«, fragte Carolin.

»Ich fürchte schon. Was, wenn das noch mal passiert und du nicht zufällig zu Besuch kommst?«

»Es scheint das Beste zu sein«, sagte Frida gequält.

Carolin betrachtete ihre Armbanduhr. Sie hatte ihre Mutter nie kennengelernt und hing dennoch an diesem Schmuckstück. Wie viel mehr Erinnerungen mussten an einem Haus hängen? Einer Eingebung folgend sagte sie: »Ich werde das Haus kaufen, dann bleibt es wenigstens in der Familie.« Sie griff nach der Hand ihrer Großmutter und drückte sie. Fridas Gesicht erhellte sich.

»Aber wir können dir keinen Freundschaftspreis anbieten. Wir brauchen das Geld für das Heim«, sagte ihre Tante schroff.

»Das ist mir klar.«

»Dann solltest du vielleicht erst mal deine Bank fragen, bevor du große Töne spuckst.« Ingrid zog die Manschetten der Bluse straff.

»Geld ist das Letzte, worum ich mir Sorgen machen muss.« Auf Ingrids Stirn zeichneten sich Fragezeichen ab. Es war das erste Mal, dass Carolin vor anderen auf ihr Vermögen anspielte und es sich gut anfühlte. Den Kaufpreis zahle ich aus der Portokasse, lag ihr auf der Zunge, doch sie verkniff sich die Bemerkung.

Frida griff nach ihrer Hand. »Du musst das nicht tun.«

Carolin nickte. »Ich möchte es aber.«

»Dann freue ich mich natürlich«, sagte ihre Großmutter.

Ihre Tante erhob sich seufzend. »Gut, darüber können wir uns noch unterhalten. Ich muss jetzt los. Ich habe den ersten Termin in einem Altenheim, also drückt mir die Daumen.«

»So schnell?«, fragte Carolin.

»Einer muss sich wohl darum kümmern. Möchtest du mich begleiten?«

»Ich leiste Oma noch ein bisschen Gesellschaft.«

Ihre Tante warf ihr einen strengen Blick zu. »Aber denk dran, worum ich dich vorgestern am Telefon gebeten habe.«

Carolin nickte. »Glaub mir, das ist mir selbst klar geworden.«

Als Ingrid verschwunden war, atmete ihre Großmutter tief durch. »Seitdem ihr Mann sie letztes Jahr verlassen hat, ist sie überbesorgt und glaubt, die ganze Welt hätte sich gegen uns verschworen. Vorher war sie viel umgänglicher.« Frida lächelte nachsichtig. »Soll ich dir noch ein bisschen was erzählen?«

»Ich will dich nicht überanstrengen«, sagte Carolin, obwohl sie es kaum erwarten konnte.

»Mach dir darüber keine Gedanken. Es war nicht deine Schuld, dass ich gestürzt bin.«

Gotenhafen, Januar 1945

»Wir müssen weiter!« Anni zerrte an ihrer Schulter, doch Frida wollte sich nicht wegbewegen. Immer noch in Schockstarre sah sie, wie die »Gustloff« aus dem Hafen geschleppt wurde. Das Deck hatte sich mit Flüchtlingen gefüllt, die eifrig winkten. Sie suchte die Menge nach Erwin ab, aber es war zwecklos, die Passagiere waren zu weit entfernt, als dass sie ein Gesicht erkennen konnte. Die Tränen flossen über ihre Wangen, ihr Hals schnürte sich zu. Sie hatte nie geglaubt, dass sie Erwin hier am Hafen verlieren könnte. Ihr Verlobter war gerade noch vor ihr gewesen, und nun war er unerreichbar.

»Los jetzt!«, drängte Anni. »Wir müssen auf ein anderes Schiff.«

Langsam drehte Frida sich zu ihrer Mutter um, die auf einem Koffer saß und sich an einen Karren lehnte. Sie hatte Erwin verloren, sie durfte nicht auch noch ihre Mutter verlieren. Sie erkundigte sich noch bei der Meldung zum Volkssturm, doch die Soldaten hatten Erwins Namen nicht notiert.

Sie irrten ziellos umher, bis Anni rief: »Hier entlang!« Anni führte sie zur »Potsdam« – ein Schiff, das ebenso lang schien wie die »Gustloff«, aber nicht so imposant war.

Mit einem Strom an Flüchtlingen gelangten sie an Bord. In dem Gedränge konnte sich Frida nur mit Mühe an der Hand ihrer Schwester festhalten. Es war eine Wohltat, ins Warme zu kommen, trotzdem zitterte Frida am ganzen Körper, als sie sich bei den Listenschreiberinnen anstellten.

Anni nannte der Marinehelferin ihre Namen. Frida sah in hoffnungsvolle, aber erschöpfte Gesichter; Frauen, die ihre Babys trugen, Kinder, die sich an ihre Mütter klammerten.

Auf dem Sessel in einer Ecke stöhnte eine Schwangere und hielt sich den Bauch. Sie hatte ihre Haare zu einem Zopf geflochten, der so lang war, dass er über ihre Hüfte reichte. Obwohl es aussichtslos war, suchte Frida Erwin in der Menge und behielt den Eingang im Blick. Es kamen immer mehr Frauen und Kinder herein, aber nicht ihr Erwin.

»Los«, riss Anni sie aus der Lethargie. »Sonst kriegen wir nur noch einen Stehplatz.«

Das ganze Schiff war überfüllt, die Kabinen, Säle, sogar auf den Gängen und Toiletten saßen die Menschen. Ihre Mutter hustete, sie musste sich unbedingt hinlegen und ausruhen. Doch wo sollten sie sich niederlassen? Sie balancierten von einem freien Fleck zum nächsten, konnten kaum einen Fuß vor den anderen setzen. Es stank nach Schweiß und Urin.

Anni sprach einen jungen Matrosen an: »Unsere Mutter hat einen schlimmen Husten. Gibt es einen Platz, wo sie sich schlafen legen kann?«

Der Matrose – dessen Segelohren Frida an Erwin erinnerten – sah erst Anni, dann ihre Mutter ernst an und schien zu überlegen.

»Bitte«, flehte Anni.

Die Miene des Matrosen wurde weicher. »Kommt.« Er brachte sie in das unterste Deck. »Das ist meine Kabine. Mein Kamerad und ich werden woanders unterkommen.«

Eine kleine Kabine ohne Fenster, zwei Betten übereinander, daneben ein Stuhl, ein Regal und ein paar Haken an der Wand. Als sie alle dort drin standen, konnte sich kaum einer bewegen, aber es war mehr, als sie erwartet hatten. Mutter zog den Mantel aus und ließ sich ins Bett fallen.

Der Matrose griff sich die Taschen, löste die Fotos von der Wand und nahm die Cognacflasche vom Regal.

»Bei wem dürfen wir uns denn bedanken?«, fragte Anni mit einem breiten Lächeln.

»Harry.« Er hob die Cognac-Flasche. »Wie wär's, wenn wir nach meinem Dienst darauf anstoßen, dass ihr hier seid?«

»Gern«, antwortete Anni.

»Wohin fahren wir eigentlich?«, fragte Frida.

»Nach Swinemünde.«

Die »Gustloff« sollte nach Kiel auslaufen, also mussten sie versuchen, dorthin zu gelangen.

Der Matrose verließ die Kabine und Anni lächelte vergnügt.

»Wie gut wir es getroffen haben«, sagte Frida lächelnd, doch dabei liefen ihr die Tränen über die Wangen. »Erwin und ...«

»Wir werden von Swinemünde irgendwie nach Kiel kommen«, sagte Anni und legte ihr eine Hand auf die Schulter.

»Hoffentlich ist Erwin dann nicht längst woanders.« Sie knetete die Hände.

»Sei doch mal optimistischer!«

»Wie denn?« Sie breitete die Arme aus. »Ich habe gerade meinen Verlobten verloren. Überall dort, wo Flüchtlinge anlanden, herrscht heilloses Chaos. Meinst du, das wird in Kiel anders sein?«

Anni schälte sich aus der Strickjacke und hängte sie an den Haken. »Komm mal her!« Ihre Schwester nahm sie in den Arm und strich ihr beruhigend über den Rücken. Frida wurde von der Verzweiflung übermannt und ließ den Tränen freien Lauf. Sie legten sich eng umschlungen in eine Koje.

Es dauerte nicht lange, bis Frida vor Erschöpfung die Augen zufielen.

Als sie wach wurde, stand Harry in der Kabine, schob die Schwangere mit dem langen Zopf hinein. »Ihr müsst etwas zusammenrücken.«

Die Frau hielt sich den Bauch, setzte sich schwerfällig und stellte sich als Irmgard vor.

»Der Kapitän hat das Ziel geändert: Wir fahren nach Kiel.«

Frida sprang aus dem Bett. »Wirklich?«

»Warum sollte ich lügen?«

Sie umarmte den Matrosen stürmisch. »Du bringst mir die beste Nachricht des Abends. Jetzt können wir anstoßen.«

Er lächelte verlegen. »Leider ist mein Dienst noch nicht zu Ende, aber in zwei Stunden komme ich darauf zurück.«

Ostsee, Januar 1945

Ein Schrei riss Frida aus dem Schlaf. Mit pochenden Herzen schreckte sie hoch. Dunkelheit umfing sie. Ein erneuter Schrei, Keuchen.

Irmgard!

Die Geburt schien loszugehen. Frida stieg aus der Koje und schaltete das Licht an. Irmgard hockte auf dem Boden und hielt sich den Bauch, Schweiß stand auf ihrer Stirn, unter ihr eine Pfütze.

»Was machen wir jetzt?«, fragte Frida.

Verschlafen erhob sich ihre Mutter aus dem Bett. »Versuch, einen Arzt aufzutreiben«, sagte sie ruhig.

Im nächsten Augenblick stand Anni neben ihr und schob sie auf Irmgard zu. »Du hast schon mal ein Fohlen auf die Welt gebracht. Hilf du, ich suche einen Arzt.«

Bevor Frida antworten konnte, war Anni aus der Kabine verschwunden. Mit dem Laken von ihrem Bett wischte sie das Fruchtwasser auf. »Auf dem Schiff gibt es ein Notlazarett. Ich bring dich dorthin.«

»Ich geh nirgendwo mehr hin.« Irmgard schrie erneut, ließ den Kopf nach hinten sinken und stützte sich mit den

Armen ab. »Das Kind zerreißt mich«, presste sie hervor. »Hilf mir doch!«

Frida kniete sich zu ihr, strich ihr die Strähnen aus dem Gesicht. Irmgards Stirn war heiß.

Die junge Frau zog sich die nasse Wäsche aus. Fridas Herz klopfte, ihr wurde schwindelig. Sie war weder Hebamme noch Ärztin.

Sie suchte in Irmgards Koffer nach Handtüchern, fand bloß Kleidung und Fotos. Sie nahm einen dünnen Rock, um der Schwangeren damit den Schweiß von der Stirn zu tupfen. Irmgard wurde von einer weiteren Wehe erfasst und bäumte sich auf.

Frida sah hilflos zu ihrer Mutter. »Was soll ich tun?«

»Nichts, das dauert noch.«

»Aber wir müssen doch irgendwas tun können!«

»Ermutige sie zu trinken und zu atmen. Das Kind kommt von allein.«

Bei jeder Wehe verzog sie schmerzhaft das Gesicht und schrie. Frida setzte sich neben Irmgard und versuchte, sie zu beruhigen.

Der Matrose kam mit der Flasche Cognac herein, erkannte, dass er fehl am Platze war, und war sofort wieder verschwunden.

Es verging eine gefühlte Ewigkeit, bis Anni zurückkehrte. »Es gibt eine Art Geburtenstation, dort liegen drei Frauen in den Wehen. Eine Hebamme kümmert sich um sie. Wir sollen dorthin.«

»Wo ist das?«, fragte Frida.

»Am anderen Ende des Schiffes.«

»Ich bewege mich keinen Zentimeter mehr.« Irmgard schrie erneut, Blut platschte auf den Boden.

Ihre Mutter kam aus der Koje gekrochen und sah Irmgard zwischen die Beine. »Oh!« Mit besorgter Miene blickte sie Anni an. »Ich seh einen Fuß. Das Kind liegt falsch herum.

Anni, hol sofort die Hebamme. Sie soll eine Schere mitbringen.«

Eine Schere? Frida wurde schlecht. Wenn eine Geburt so brutal ablief, wollte sie niemals Kinder bekommen.

Anni stürmte aus der Kabine. Frida war froh, Unterstützung von ihrer Mutter zu erhalten, die Irmgard immer wieder ermutigte zu pressen.

Endlich kam Anni mit einer älteren Frau herein. Sie hatte mehrere Handtücher, Laken und eine Schere dabei. Sie sprach beruhigend auf Irmgard ein. Bei einer Wehe und während Irmgard presste, schnitt die Hebamme den Damm auf. Irmgard kreischte so laut, als wolle sie alle Passagiere im Schiff aufwecken.

Frida lehnte sich an die Wand und atmete gleichmäßig, um die aufkommende Übelkeit zu vertreiben. Nach einem kurzen Moment war das Kind draußen und lag bei der Mutter auf der Brust. Nachdem die Nachgeburt gekommen war, versorgte die Hebamme die Wunde und untersuchte den Jungen, dann verschwand sie wieder.

Irmgard schien die Schmerzen vergessen zu haben und bewunderte das Baby, strich ihm über die Stirn und flüsterte: »Du sollst Holger heißen, wie dein Vater, damit du mich immer an ihn erinnerst.«

Es lag so eine Liebe und Sehnsucht in ihrem Ausdruck, dass es Frida die Tränen in die Augen trieb.

Irmgard sah sie an und lächelte. »Danke für deine Unterstützung.«

»Ich habe doch nichts getan.«

»Du warst die ganze Zeit bei mir, das hat mir geholfen.«

Frida lächelte zurück.

»Sei froh, wenn du dein Kind nicht auf einem Schiff zur Welt bringen musst. Ich hoffe für dich, dass dann der Krieg vorbei sein wird.«

»Mein Kind?«, platzte es aus Frida heraus.

Anni ließ sich neben ihr nieder. »Du verschweigst uns, dass du schwanger bist?«

»Ich bin nicht schwanger«, widersprach sie.

Irmgard lag mit dem Baby in einer der Kojen. Fridas Mutter schlief in der anderen. Frida hatte es sich neben Anni auf dem Boden gemütlich gemacht und den Kopf auf ihren Mantel gebettet. Das Neugeborene streckte ein Ärmchen hoch und gähnte, die Äuglein hatte es geschlossen.

Ihre Lider wurden schwer, ihre Gedanken reisten zu dem Gestüt. Sie sah Erwin auf dem Hof auf sie zukommen, erst stattlich und stark, dann gekrümmt an Krücken. Der Sommerwind fegte ihnen um die Nase, sie fuhren auf die Felder, um die Gerste einzuholen. Jemand schlug mit einer Schaufel an den Hänger. Irritiert hob Frida die Lider.

Da klopfte es an der Tür.

Anni stand auf und öffnete. Es war Harry. »Störe ich?«, fragte er. »Ich wollte der frisch gebackenen Mutter gratulieren und mein Versprechen einlösen.« Er grinste breit.

Irmgard öffnete verschlafen die Augen und nahm die Glückwünsche entgegen, um sofort wieder einzuschlafen. Frida lehnte sich an die Kabinenwand, war eigentlich zu erschöpft, aber sie wollte dem Matrosen keinen Korb geben, sie hatten ihm viel zu verdanken. Harry goss drei Gläser voll und reichte Anni und ihr jeweils eins. »Worauf stoßen wir an?«

»Auf den kleinen Holger natürlich«, sagte Anni.

Gläser klirrten, der Alkohol rann Frida heiß die Kehle hinab und brannte im Magen. Sie war nichts Hochprozentiges mehr gewöhnt.

Sie hörten dumpfen Kanonendonner unter Wasser und sahen sich alarmiert an.

»Was ist das? Werden wir angegriffen?«, fragte Frida.

»Nein, der Kapitän wird uns sicher ins Reich bringen«, sagte er fest, aber sein Gesichtsausdruck verriet, dass er nicht so überzeugt war. Dann fiel ihr auf, dass die Maschinen des Schiffes gestoppt hatten. »Fahren wir nicht weiter?«

Harry tippte sich an die Nase. »Nein, wir liegen im Moment vor Hela.«

»Warum?«

»Wir warten.«

»Aber worauf denn?« Sie musste so schnell wie möglich nach Kiel.

»Vielleicht warten wir auf ein Begleitboot, ich weiß es nicht.«

»Wie bist du denn zur Marine gekommen?«, plapperte Anni und lächelte vergnügt, zog ihren Pullover glatt und drückte dabei die Brust weit vor. Wut kochte in Frida hoch. Sie sorgte sich um Erwin, und ihre Schwester schäkerte mit dem Matrosen.

»Mich hat die See schon immer fasziniert.« Er erzählte von der Hitlerjugend und seiner Ausbildung bei der Marine, aber Fridas Gedanken schweiften ab. Sie zerbrach sich den Kopf, wie sie Erwin in Kiel ausfindig machen sollte. Wohin würde er wohl gehen? Er würde sicher auch nach ihr suchen.

»Hey, Frida«, sagte Harry und schlug ihr sachte auf die Schulter. »Bist du in Gedanken bereits auf Rügen angekommen?«

»Rügen? Was soll ich denn dort?«

Harry sah in sein leeres Glas, sein Gesichtsausdruck wurde ernst. »Ich habe schlechte Neuigkeiten für dich. Der Kapitän hat das Ziel erneut geändert. Wir fahren nicht nach Kiel, sondern nach Sassnitz.«

»Was?« Ihr fiel das Glas aus der Hand, und es kullerte über den Boden.

»Na, so schlimm ist es doch auch wieder nicht! Dort seid ihr erst mal außer Reichweite der Roten Armee und könnt weiterreisen.«

Sie rieb sich über die Stirn. Wuttränen ließen ihre Sicht verschwimmen.

»Sie glaubt, sie wird ihren Verlobten nie wiedersehen. Er ist auf der ›Gustloff‹ und fährt nach Kiel«, sagte Anni ungetrübt.

»Verlobt? So, so.« Ein Schatten huschte über Harrys Gesicht.

Anni plapperte munter weiter: »Aber ich glaube, sie macht sich umsonst Sorgen. Zwei Liebende werden immer zueinanderfinden.«

»Dein Wort in Gottes Ohr«, sagte Frida und schlang die Arme um die Knie.

Ostsee, Februar 1945

In den nächsten Tagen wurden Fridas Nerven zum Zerbersten gespannt. Harry kam regelmäßig vorbei und brachte sie auf den neuesten Stand. Das Schiff drehte nach zwei Tagen ab und fuhr zurück nach Gotenhafen, angeblich, um neuen Proviant an Bord zu schaffen.

»Aber wir bekommen davon doch gar nichts ab«, protestierte Frida. Sie wollte einfach so schnell wie möglich nach Kiel. Die Passagiere mussten sich eh mit dem versorgen, was sie bei sich hatten.

»Kannst du uns nicht was mitbringen?«, fragte Anni. »Unsere Vorräte sind fast aufgebraucht, und Irmgard muss bei Kräften bleiben.« Zumindest ihrer Mutter ging es wieder besser, der Husten hatte nachgelassen, und sie hatte neue Kraft geschöpft.

»Ich werde sehen, was ich unauffällig entwenden kann.«

Zwei Stunden später kam er mit Brot, Käse und fünf Stückchen Kuchen zurück. Gemeinsam machten sie sich über das Festmahl her, doch Frida konnte es nicht genießen. Die Unruhe machte sie wahnsinnig.

Berlin, Mai 2009

Eine Krankenschwester kam herein und brachte das Tablett mit dem Mittagessen.

»Möchtest du auch etwas abhaben?«, fragte Frida, als sie den Deckel hob und ein Stück Fleisch in einer dünnen Soße mit vier Kartoffeln und drei Blumenkohlrösschen freilegte. Dazu gab es einen Fruchtjoghurt, der wohl mehr Inhaltsstoffe mit E-Kennzeichen aufwies als Früchte.

Carolin schüttelte den Kopf. »Das ist doch deins.«

Dann öffnete sich noch mal die Tür, und ein Mann und eine Frau traten herein. Im ersten Moment glaubte Carolin, einen Geist zu sehen. Ihr Vater? Als der Mann näher kam, erkannte sie, dass es wohl sein Bruder sein musste. Und daneben eine Frau, die Frida wie aus dem Gesicht geschnitten schien – nur in jungen Jahren. Carolin hatte noch mehr Verwandte! Und wahrscheinlich hatten sie alle Kinder. Ihr Herz begann wie wild zu hüpfen.

Frida lächelte befreit. »Da seid ihr endlich!« Sie umarmten sich innig, bevor Frida auf Carolin wies. »Das ist unser Familienzuwachs, von dem ich euch erzählt habe.«

»Wilfried«, sagte der Mann und gab ihr die Hand – ein fester Händedruck wie auch der ihres Vaters.

»Greta«, sagte die Frau.

Überrascht sah Carolin ihre Großmutter an. »Greta?«

Frida zuckte die Schultern. »Ein kleines Stück Erinnerung.«

Carolin erfuhr, dass die beiden jüngeren Kinder von Frida in Leipzig und Dresden wohnten und nur sporadisch zu Besuch kamen. Carolin spürte, dass sie fehl am Platze war, und verabschiedete sich.

Sie fuhr am Nachmittag in die Innenstadt, bummelte durch die Geschäfte und setzte sich in ein Café. Ein älterer Mann mit Schiebermütze, wettergegerbter Haut und Hosenträgern saß in einer Ecke und rauchte Pfeife. Sie nahm den Notizblock, verbarg ihn unter dem Tisch und begann mit den ersten Konturzeichnungen. Verstohlene Blicke und die Vorstellung, dies könnte ihr Großvater sein, ließen ihr Herz schneller schlagen.

Abends rief sie Ingrid an und erkundigte sich, wie das Gespräch mit dem Altenheim gelaufen sei.

»Bisher kein Erfolg. Wir stehen bei zwei Heimen auf der Warteliste.«

»Es kann also noch dauern, bis wir einen Platz gefunden haben?«, folgerte Carolin.

»Leider ja. Vor allem, weil Mama auf einem betreuten Wohnen besteht.«

Carolin konnte ihre Großmutter verstehen. »Ich kann dir anbieten, so lange bei ihr zu wohnen und sie zu unterstützen.«

»Das wäre ja noch schöner! Das ist doch nur passiert, weil sie sich wegen deiner Fragen zu sehr angestrengt hat.«

»Das habe ich verstanden, und ich verspreche dir, dass sich das nicht wiederholt.«

»Ich werde eine andere Lösung finden.«

»Welche denn? Wilfried und Greta können aus der Ferne nichts ausrichten, und du musst arbeiten.«

»Und du nicht?«, fragte Ingrid skeptisch.

»Ich kann mir für längere Zeit freinehmen«, sagte sie, auch wenn das nicht ganz der Wahrheit entsprach. Herr Lüscher erwartete ihre Rückkehr genauso wie Frau Gillwaldt und die anderen Mitarbeiter. Aber die Gesundheit ihrer Großmutter ging vor, und sie würde alles telefonisch klären.

»Wie das?«, fragte ihre Tante.

Diskretion war nicht gerade Ingrids Stärke. »Seit dem Tod meines Vaters bin ich die Chefin seines Unternehmens. Ich habe die Geschäftsführung kommissarisch übertragen und mir so Freiraum geschaffen.«

Sie schwieg einen Moment, bevor sie zustimmte: »Also gut. Einen Versuch ist es wert. Aber wenn ich merke, dass es Mama schlechter geht, bist du weg.«

»In Ordnung.«

Nach vier Tagen hatte Frida das Krankenhaus verlassen können. Carolin war bei ihr ins Gästezimmer gezogen, wie ihre Großmutter es von Anfang an angeboten hatte.

Sie hatte die Sekretärin angerufen und darüber informiert, dass sie noch eine weitere Woche in Berlin bleiben würde, und sie beauftragt, einen neuen Arbeitsvertrag für Herrn Lüscher aufzusetzen. Dem Produktdesigner hatte sie die Aufgabe gegeben, eine Liste zu erstellen, was seiner Meinung nach gut und was verbesserungswürdig im Unternehmen lief. Und für Potenzialfelder sollte er Lösungsvorschläge erarbeiten, damit sie direkt in die Diskussion einsteigen konnten, wenn sie wieder vor Ort war.

Carolin bezweifelte, dass sie in kurzer Zeit einen Altenheimplatz für Frida gefunden haben würden. Wahrscheinlich würde sie viel länger in Berlin bleiben müssen. Wie sie das mit den Aufgaben im Unternehmen vereinbaren sollte, wusste sie noch nicht, doch darüber würde sie sich in der nächsten Woche Gedanken machen.

Ingrid hatte Umzugskartons vorbeigebracht, damit sie Sachen aussortieren konnten. Frida und Carolin saßen im Wohnzimmer, Carolin hatte einen Kräutertee aufgebrüht, dazu Plätzchen auf den Wohnzimmertisch gestellt.

»Ich kann es noch nicht glauben, dass ich das alles verlassen muss.« Frida stand vor dem großen Regal und strich mit den Fingern über die Buchrücken.

Carolin trat hinter ihre Großmutter. »Vielleicht sollten wir noch mal mit deiner Tochter sprechen, dass du doch hierbleiben möchtest.«

Frida schüttelte den Kopf. »Sie wird sich nicht umstimmen lassen, außerdem ist es besser so. Ich bin mit 89 Jahren nicht mehr die Jüngste.« Sie zog ein Buch eines mehrbändigen Lexikons heraus. »Damit können wir beginnen. Das werde ich nicht mehr brauchen.«

Carolin holte einen Umzugskarton und verstaute die vierundzwanzig Bände darin.

»Und diese Vase.«

Carolin nahm Zeitungen aus einem Zeitungsständer und wickelte Geschirr und Gläser ein. Während sie einpackte, begann ihre Großmutter zu erzählen.

Sassnitz, Februar 1945

Am 4. Februar hatten sie endlich Sassnitz erreicht. Sie mussten endlos lange warten, bis sie mit einem Kran in Netzen, die mit Brettern ausgelegt waren, auf ein kleines Schlepperboot gehoben wurden. Dieses brachte sie schließlich an Land. Es war bereits später Nachmittag, als sie festen Boden unter den Füßen spürten.

Sassnitz war eine schöne kleine Hafenstadt mit weißen Häusern, dahinter befanden sich bewaldete Hügel. Im Hafen lagen einige Schiffe vor Anker. Sie verabschiedeten sich von Irmgard und dem Baby und schlugen sich durch die Menschenmenge zum Hafenamt durch.

Als sie eintraten, schlug ihnen stickige Wärme entgegen. Eine Frau hinter einem mit Akten und Papier vollbelegten Schreibtisch sah auf und sah sie irritiert an.

»Ich wollte fragen, ob ein Schiff nach Kiel ausläuft.«

Die Frau legte den Stift ab und faltete die Hände auf der Schreibtischplatte. »Haben Sie nicht das Chaos …?«

»Mein Verlobter ist auf der ›Gustloff‹ und ich muss dringend zu ihm«, sagte Frida mit piepsiger Stimme.

Die Miene der Frau veränderte sich von Ablehnung in Mitleid. »Haben Sie es noch nicht gehört?«

»Was denn?«

»Sie ist untergegangen.«

Frida glaubte, den Boden unter den Füßen zu verlieren. Ihr Verstand versuchte zu begreifen, was die Frau ausgesprochen hatte. Es war doch das sicherste Schiff im Hafen von Gotenhafen gewesen. Das musste ein Irrtum sein.

»Es wurde von den Russen torpediert«, sagte die Frau leise.

»Gab es Überlebende?«, fragte Frida nach Luft schnappend.

»Um die Tausend. Kommen Sie«, sagte die Frau.

Frida nahm kaum wahr, wie sie durch das Gebäude geführt wurden, ihre Gedanken kreisten, ihr Herz fühlte sich leer an und wollte nicht begreifen, was diese Nachricht zu bedeuten hatte. Es waren so viel mehr Menschen auf diesem Kreuzfahrtschiff gewesen.

Erwin!

Der Gedanke, der sich mit so brutaler Grausamkeit in ihr Bewusstsein drückte, durfte nicht der Wahrheit entsprechen.

»Wo sind die Überlebenden hingebracht worden?«, fragte Anni.

»Einige sind hier in Sassnitz angekommen, andere wurden nach Kolberg und Swinemünde gebracht.«

Sie traten nach draußen und überquerten einen Hof. »Da oben ist das Lazarett, dort liegen ein paar Überlebende.« Sie zeigte über die Häuser zu einem weißen Gebäude am Hang.

Frida schöpfte neue Hoffnung, Erwin musste überlebt haben.

Sie betraten das Gebäude der Kriegsmarine. Die warme Luft umspülte sie wie ein eiserner Mantel, der ihren Brustkorb zusammenschnürte. An der Wand hingen zwei Hakenkreuzfahnen, dazwischen ein Porträt des Führers. Ein Schrank mit Akten stand in der Ecke. Hinter einem Schreibtisch saß ein Marinesoldat um die sechzig mit kurzen grauen Haaren, Doppelkinn und wettergegerbter Haut. Er schlug eine Mappe zu und sah auf.

»Die ›Gustloff‹ ... Man sagte mir, hier gibt es eine Liste der Überlebenden«, hauchte Frida mit zitternder Stimme. Ihr Herz pochte wild. O Gott, bitte lass Erwin am Leben sein, bat sie in Gedanken und wünschte sich die Zuversicht von Pfarrer Steiner, den sie damals im Zug kennengelernt hatte.

Der Marinesoldat zog eine Mappe aus einer Schublade. »Sie wissen, was passiert ist?«

»Man sagte mir, dass es Torpedos waren. Das Schiff ist untergegangen und nur tausend Menschen haben überlebt.«

»Wir haben Meldung von den anderen Städten bekommen. Es sind sogar über tausendzweihundert.«

Sie dachte an die unzähligen Frauen und Kinder, die an Bord gegangen waren. Sie hatten geglaubt, am Ende ihrer Strapazen gewesen zu sein, und dann dieses Unglück! Ihr lief es eiskalt den Rücken hinunter. Wie viele waren in den Fluten des Meeres ertrunken ...

»Beinahe wären wir auch mit der ›Gustloff‹ gefahren«, sagte sie leise.

»Da haben Sie Glück gehabt.« Er schlug die Mappe auf. »Wen vermissen Sie denn?«

»Erwin Franzen«, sagte sie und trat näher heran. Der Marinesoldat ging die Namen durch. Frida klopfte das Herz bis zum Hals, sie wartete jeden Augenblick auf ein Lächeln, ein Nicken oder irgendeine Zustimmung, aber die Miene des Mannes blieb ernst. Schließlich schüttelte er den Kopf.

Fridas Beine knickten weg, sie glaubte, in ein tiefes Loch zu fallen. Nein! Nicht Erwin! Sie sackte auf die Knie, Anni zog sie wieder hoch.

»Können Sie nicht noch mal nachsehen?«, fragte Frida mit erstickter Stimme.

»Seien Sie sicher, der Name steht hier nicht«, bestätigte der Marinesoldat.

»Sie lügen!« Sie schnellte nach vorn und griff sich die Blätter, bevor sie der Mann davon abhalten konnte. Hektisch las sie die Namen, doch *Erwin Franzen* stand nicht auf der Liste.

Sie sah auf, und der Soldat streckte ihr die Hand entgegen. »Geben Sie mir die Papiere zurück.«

Mit zitternden Händen reichte sie ihm die Blätter. Sie ließ sich in die Arme ihrer Schwester fallen. Erwin war tot! Die Gewissheit presste sich mit aller Gewalt in ihr Herz. Die Front hatte er überlebt, aber dieses unheilvolle Schiff hatte ihn in den Tod gerissen. Das Loch zog sie immer weiter in die Tiefe, sie fiel, ohne dass sie den Boden sah. Sie wollte versinken – in den Wellen der Trauer.

Berlin, Mai 2009

»Hat Erwin wirklich nicht überlebt?«, fragte Carolin und fuhr über die Gänsehaut an ihren Armen.

»Doch das hat er«, sagte Frida, und ihr Blick verlor sich ins Leere. »Wäre ich damals nur ins Lazarett gegangen, dort hat er nämlich gelegen.«

»Warum stand er nicht auf der Liste?«

»Er hatte sein Gedächtnis verloren.«

»Aber ihr habt euch doch wiedergesehen?«

Frida nickte. »Das haben wir, aber glaube nicht, dass er es gewesen ist, mit dem ich vor den Standesbeamten getreten bin.«

»Also ist er nicht mein Großvater?«

Frida lächelte nachsichtig. »Geduld, Schätzchen. Alles zu seiner Zeit.« Sie wies auf eine Schublade. »Hol die mal raus, dort drin habe ich die Briefe aufbewahrt.«

Carolin brachte sie zum Tisch.

Frida rückte die Brille zurecht und griff nach den vergilbten Briefumschlägen. »Ach«, sagte sie mit einem Lächeln und blätterte durch die Papiere. Dann zog sie einen dickeren Umschlag heraus und reichte ihn Carolin. »Das solltest du lesen.«

»Was ist das?«, fragte Carolin ihre Großmutter.

»Das war Erwins größte Liebeserklärung an mich.«

Carolin zog die Blätter mit den eng beschriebenen Zeilen heraus. »Dafür brauchst du Zeit. Und ich werde mich ausruhen, denn ich merke, dass es doch anstrengender ist, als ich gedacht habe.« Sie stützte sich auf den Stock und erhob sich.

»Brauchst du Hilfe?«

Frida schüttelte den Kopf. »Bleib sitzen, den Weg ins Schlafzimmer finde ich schon.«

Carolin kuschelte sich mit einer Tasse Tee in den Ohrensessel und blätterte mit vor Erregung zitternden Händen durch die Seiten.

Berlin, November 1946

Liebste Frida,
wo der Schrecken meine Lippen nicht überwinden kann, findet er einen Weg auf das Papier. Nachdem ich meine Erinnerung wiedererlangt habe, will ich, dass du verstehst und niemals sagst: »Wäre ich doch nur mit Erwin auf die ›Gustloff‹ gekommen.« Denn auch wenn ich es in dem Moment nicht verstanden habe, hat Gott mir in jenem Augenblick, als wir uns in Gotenhafen aus den Augen verloren haben, das größte Geschenk gemacht, indem er dich

davor bewahrt hat. Und so will ich dir erzählen vom schlimmsten Tag meines Lebens.
Am Hafen habe ich mich immer wieder nach dir umgesehen, hätte dich am liebsten an die Hand genommen, doch da waren diese dummen Krücken!
Soldaten rissen einen vielleicht fünfzehnjährigen Jungen von seiner Mutter los, die bitterlich weinte. Diese Szenen häuften sich und zerrissen mir das Herz. Ich wusste, dass es dir ebenso ging, aber wir beide konnten nichts dagegen tun. Der Krieg hatte seine grausamen Klauen nach den Menschen ausgestreckt und ihnen das Unmögliche abverlangt.
Am Toreingang nahmen Soldaten die hereinströmenden Menschen in Augenschein. Sie hatten die Aufgabe, nur Frauen, Kinder und Greise auf die »Wilhelm Gustloff« zu lassen. Ich betete in Gedanken, dass Gott mir die richtigen Worte eingeben würde, und legte mir eine Geschichte zurecht, die so unwahrscheinlich klang, dass sie keiner anzweifeln würde. Ein Soldat winkte mich heran, musterte mich abschätzig und erklärte mir, dass ich nicht aufs Schiff könne.
»Ich bin auf persönlichen Befehl von Gauleiter Koch hier. Man erwartet mich in Berlin, ich soll zur Ehrung erscheinen, und sobald mein Bein verheilt ist, muss ich die Heimatfront unterstützen«, sagte ich mit fester Stimme.
Als der Soldat mich nach dem Befehl fragte, sagte ich: »Der ist bei einem Fliegerangriff abhandengekommen.«
»Man trägt Befehle immer am Mann«, rügte er mich.
Meine Antwort war die pure Dreistigkeit: »Fragen Sie im Führerhauptquartier nach. Ich bin Obergefreiter Franzen und werde dort erwartet.« Mir klopfte das Herz bis zum Hals, denn meine Lügen hätten mich das Leben kosten können. Ich sah, wie es in dem Soldaten arbeitete und er überlegte, ob er seinen Posten verlassen und die Geschichte überprüfen oder ob er mich durchwinken sollte. Man rief

nicht mal eben im Führerhauptquartier an, um sich einen Befehl bestätigen zu lassen, das konnte den Dienstgrad kosten.

Mir fiel ein Stein vom Herzen, als er mich durchwinkte. Schnell humpelte ich weiter und sah mich nach dir um, doch dort war nur Lotte, die mir aufmunternd zunickte und ihre Hand unter meinen Arm schob. Ich glaubte, dass du, Anni und eure Mutter uns überholt hatten und ich euch auf dem Schiff finden würde.

Das ehemalige Kreuzfahrtschiff war heillos überfüllt und ich mittendrin mit den Krücken. Ich fragte eine Marinehelferin nach dir, doch sie sagte, dass ihnen seit Längerem das Papier ausgegangen sei und sie bei siebentausendneunhundert Passagieren zu zählen aufgehört hätten. Sie vermutete, dass über zehntausend an Bord sein würden! Eine grausame Zahl, wenn man weiß, was dem Schiff blühte. Doch in dem Moment hatte ich bloß Gedanken für dich.

Als mich ein Matrose missmutig taxierte, erzählte ich, dass ich als Sanitäter an der Ostfront verwundet worden war und in Berlin erwartet wurde. Meine Schwester fragte ihn, wo wir unterkommen sollten, und dann führte er uns durch das Schiff.

Die Säle waren mit Matratzen ausgelegt, die Flüchtlinge saßen eng gedrängt, es stank und war stickig, sogar die Gänge waren voll belegt, sodass man kaum durchkam. Dieses Gedränge kannst du dir nicht vorstellen. Ich hielt nach dir Ausschau, aber natürlich ohne Erfolg.

Der Matrose brachte uns zur »Laube«, einem Saal mit unzähligen verwundeten Soldaten. Manche schrien, viele hatten amputierte Gliedmaßen, der Gestank drehte einem den Magen um.

»Hilf deinen Kameraden!«, hatte der Matrose zu mir gesagt. Er wusste wohl nicht, dass ich als Frontsanitäter nur

für die erste Wundversorgung zuständig gewesen war, aber ich wagte nicht zu widersprechen.
Soldaten in der »Laube« diskutierten darüber, was bei einem Torpedoeinschlag zu tun sei. Ein junger Kerl, dem ein Bein fehlte, wollte sich eine Kugel in den Kopf schießen. Ein Älterer beschwerte sich, dass er lieber mit einer Nussschale geflohen wäre als auf diesem riesigen Schiff. Andere wollten so schnell wie möglich ans Oberdeck gelangen. Lotte konnte den Anblick der vielen verwundeten Männer nicht ertragen. Also irrten wir durchs Schiff, bis wir auf Deck C nahe der Treppe einen Platz im Gang ergatterten, an dem wir uns niederlassen und zumindest unsere Beine ausstrecken konnten. Lotte, entkräftet wie sie war, blieb dort sitzen, um sich auszuruhen. Doch ich musste dich suchen!
Ich stolperte durch die Gänge über Beine, Koffer und Habseligkeiten. Ich ging auf die verschiedenen Decks, sah in dem Fest-, dem Kino- und Theatersaal nach, aus denen die Möbel rausgeschafft worden waren. Es gab sogar eine Entbindungsstation, in der eine in den Wehen liegende Mutter lauthals schrie.
Auf dem Sonnendeck pfiff der eiskalte Meereswind, der Boden war gefroren und spiegelglatt, kaum jemand hatte sich dorthin verirrt. Ich sah die Rettungsboote unter mir in den vereisten Verankerungen hängen und hatte ein ungutes Gefühl, doch ich war mir sicher, dass wir die Boote nicht brauchen würden – wie falsch ich gelegen hatte.
Ein Matrose sah mit dem Fernglas aufs Wasser. Ich trat näher und fragte ihn, wonach er Ausschau hielt. Seine dicken Brauen und die tief liegenden Augen ließen ihn grimmig erscheinen, aber er war nicht älter als fünfundzwanzig. Zwischen den Frontzähnen besaß er eine Zahnlücke.
Warum ich mich noch so genau an ihn erinnere, wirst du gleich erfahren.

»Zivilist?«, fragte er mich, gegen den Wind und das Getöse der Wellen anschreiend.

»Sanitätsobergefreiter. Werde in Berlin erwartet«, sagte ich knapp.

Der Matrose sah wieder mit dem Fernglas aufs Meer hinaus. »Wir sollten besser den Küstenweg nehmen, hier draußen warten die russischen U-Boote auf uns.« Er erklärte mir, dass die zwei Kapitäne auf dem Schiff sich nicht einig seien, wer das Sagen hatte. Und auf dem Küstenweg lauerten Minen, und die Minensuchboote würden fehlen.

Als ich eine Ahnung bekam, in welcher Gefahr wir schwebten, stieg meine Sorge. Ich verschränkte die Arme, um mein Zittern zu unterdrücken, das nicht allein von der Kälte kam. Die Wellen platschten an dem Rumpf empor, es rauschte, der Wind verwirbelte den Schnee, und es war diesig. Auch mit einem Fernglas würde man keine aufgetauchten U-Boote entdecken können, aber bei der schlechten Sicht waren wir vor den Russen geschützt, dachte ich damals.

»Wenn wir im Tiefwasser getroffen werden, sinkt das Schiff im Nu. In Küstennähe ist das Wasser nur fünfzehn Meter tief, da sähe das anders aus«, erklärte er mir und stellte sich als Heinrich vor.

»Erwin«, sagte ich, ergriff seine Hand und fragte ihn nach unserem Geleitschutz.

»Wir haben nur ein Torpedoboot, das ist ein schlechter Nazischerz.« Die Begegnung mit diesem Soldaten sollte sich für mich noch als Segen herausstellen.

Ich verabschiedete mich und suchte weiter nach dir, irrte durch die Gänge, bis meine Füße und die schwelende Wunde an meinem Bein schmerzten.

Im unteren Promenadendeck ließ ich mich an der Wand herabsinken und sah durch die Glasfront auf die raue See. Hätte ich gewusst, was sich später an dieser Stelle für Sze-

nen abspielen sollten, hätte ich alle Menschen sofort von dem Deck gescheucht. Doch manchmal ist es gut, die Zukunft nicht zu kennen. Ich verfluchte die »Gustloff« für ihre Größe und die vielen Menschen und sehnte mich in deine Arme.
Ein vielleicht zehnjähriger Junge rutschte zu mir heran und legte den Kopf auf mein Knie, wir klammerten uns aneinander und schliefen beide ein.
Als ich erwachte, hörte ich die Stimme des Führers aus dem Bordlautsprecher. »... seit vielen Jahrhunderten schwerste Krise Europas zu überdauern vermögen. Nur sechs Jahre des Friedens sind uns seit dem 30. Januar 1933 vergönnt gewesen.« Ich höre die Worte, als wäre es gestern gewesen, es war der zwölfte Jahrestag der Machtergreifung der Nationalsozialisten. Flucht vor der Roten Armee, Kälte und Schnee hatten diese Daten unwichtig werden lassen. Draußen war es dunkel geworden, man sah nichts, das Fenster war wie eine schwarze Wand. Kein Stern am Himmel, kein Hoffnungsträger. Die Sehnsucht nach dir brannte in meinem Herzen, aber es gab jemanden auf dem Schiff, um den ich mich kümmern musste. Lotte! Ich hatte sie so lang allein gelassen und fühlte mich schuldig. Sie war doch die letzte meiner Familie, die ich noch hatte.
Ich strich dem Jungen zum Abschied über den Kopf, und er schenkte mir ein Lächeln – es war vielleicht das letzte Mal, dass er in seinem Leben gelächelt hatte.
Zwei Matrosen kamen mir entgegen, die sich hitzig über Positionslichter unterhielten. Ich fragte mich, wie man bei der Gefahr von russischen U-Booten auf die Idee kommen könnte, Positionslichter zu setzen, da die »Gustloff« abgedunkelt fuhr.
Aus den Lautsprechern ertönte weiterhin Hitlers Rede: »Die Widerstandskraft unserer Nation ist seit dem 30. Januar 1933 so ungeheuer gewachsen, dass sie nicht mehr vergleichbar ist mit der früherer Zeitalter. Die Aufrecht-

erhaltung dieser inneren Widerstandskraft aber ist zugleich der sicherste Garant für den endgültigen Sieg!« Der Wahnsinnige sprach tatsächlich vom Endsieg! »... jenen wenigen Ehrlosen, die sich von ihrem Volkssturm trennen. Es gibt deshalb in diesem Schicksalskampf für uns nur ein Gebot: Wer ehrenhaft kämpft, kann damit das Leben für sich und seine Lieben retten. Wer der Nation aber feige oder charakterlos in den Rücken fällt, wird unter allen Umständen eines schimpflichen Todes sterben.«
Als ob ich mich beim Volkssturm um dich hätte kümmern können. Nichts war an diesem Krieg noch ehrenhaft. Die Feigen waren die Weitsichtigen, doch das durfte keiner laut aussprechen.
Als ich bei Lotte ankam, schloss ich sie in die Arme, und der Führer hielt endlich sein verlogenes Mundwerk. Dann gab es einen ohrenbetäubenden Knall, und ich wurde an die gegenüberliegende Wand des Ganges geschleudert. Ein Torpedoeinschlag ... das war mir sofort klar. Kurz danach noch zwei.
Das Licht erlosch, Frauen schrien, Babys weinten. Das Schiff geriet in Schräglage, Gepäck rutschte zur Seite, ich wollte aufstehen, verlor jedoch das Gleichgewicht. Nach dem ersten Schrecken drängten die Menschen ziellos durch die Gänge.
Ich dachte an die wenigen vereisten Rettungsboote und die zehntausend Frauen und Kinder auf diesem Schiff – und an dich! Und es zerriss mich!
Du kannst dir das Chaos nicht vorstellen, Passagiere stürmten aus den Sälen, schrien, weinten, suchten einen Weg nach oben.
Ich griff Lottes Handgelenk und rannte los. Wir mussten aufs Oberdeck. Meine Schwester schrie, aber ich achtete nicht darauf.
Die Treppen waren durch die Seitenlage der »Gustloff« schwer zu erklimmen. Die Menschen schubsten und drän-

gelten. Eine junge Frau mit einem Baby auf dem Arm vor mir fiel, und ich hörte ein unterdrücktes Schreien. Sie tauchte zwischen den vielen Körpern nicht wieder auf, wurde von hektischen Füßen zertrampelt.
Immer wieder stolperte ich über leblose Körper. Und dann geschah es: Ich sah mich nach Lotte um, aber sie war nicht mehr da. Stattdessen hatte ich einen Jungen an der Hand, der sich krampfhaft an mir festhielt. Ich schrie nach ihr, doch sie tauchte nicht auf. Und ich muss zugeben, auch ich habe mich schuldig gemacht: Ich habe Mütter zur Seite gedrängt, bin über Leiber getrampelt und habe meine Ellenbogen eingesetzt, um Lotte zu finden. Ich kam jedoch nicht weit, die Menge drängte mich unbarmherzig nach vorn, und Lotte tauchte nicht mehr auf. Ich war so verzweifelt, Frida, dass ich hätte heulen können, doch ich hatte keine Zeit für Empfindlichkeiten.
Eisiges Wasser lief die Treppen hinunter und umspülte meine Knöchel. Ich musste weiter und konzentrierte mich auf das Labyrinth aus Gängen und Treppen und erinnerte mich, wie ich am schnellsten zum Oberdeck gelangen würde. Es war mein Glück, dass ich vorher das ganze Schiff durchquert hatte, um dich zu suchen.
An einer Gabelung schrie ein Offizier: »Keine Panik, meine Damen! Das Wasser steigt nicht mehr. Das Schiff ist bereits mit Schlagseite auf Grund gelaufen.« Das hereinsprudelnde Wasser und die zunehmende Schieflage, strafte ihn Lügen, und keiner hörte auf ihn.
Ich schaffte es, mich zum oberen Promenadendeck durchzuarbeiten. Der eisige Wind peitschte mir ins Gesicht und raubte mir die Luft zum Atmen. Babys schrien, Frauen liefen durcheinander, rutschten auf dem vereisten Deck aus und stürzten, es war so entsetzlich, dass ich nicht für alles Worte finde.

Zwei Marinesoldaten ließen ein Rettungsboot zu Wasser. Ich klammerte mich an die Reling und kämpfte mich zu ihnen durch. »Kann ich helfen?«, fragte ich.
Als der eine Matrose sich umdrehte, sah ich zuerst die Zahnlücke und dann die buschigen Brauen. Heinrich! Dieser begrüßte mich mit einem Habe-ich-es-nicht-vorher-gesagt-Blick. Ich half ihm, an der Kurbel zu drehen, um das Boot aus der Verankerung zu bringen, doch durch die Vereisung bewegte sich nichts. Erst als wir unsere ganze Kraft einsetzten, schafften wir es, das Boot zu lösen.
Dutzende strömten auf das Rettungsboot zu, und bald war es so überfüllt, dass Heinrich und ich herandrängende Frauen zurückzuhalten mussten. Es war, als würde man Gott spielen; wem gewährte man die Chance auf Leben, wem nahm man sie, doch welche Entscheidung wir auch trafen, sie würde immer die Falsche sein, so sagte mir mein Gewissen.
Als ein Mann in ein überfülltes Boot steigen wollte, rief der andere Marinesoldat: »Nur Frauen und Kinder!« Der alte Mann zückte eine Pistole und schoss dem Matrosen in den Kopf. Als Letzter ergatterter er einen Platz in dem Rettungsboot, und niemand schenkte ihm Beachtung.
Was für ein Überlebenskampf!
Ich riss dem toten Matrosen die Rettungsweste vom Leib und zwängte mich hinein. Zwei weitere Marinesoldaten kamen uns zur Hilfe und ließen ebenfalls Boote zu Wasser. Plötzlich gab es ein lautes Geschrei hinter mir, ich blickte mich um und sah, wie ein überfülltes Rettungsboot kopfüber ins Meer stürzte. Das Boot hatte sich nicht aus den vereisten Davits gelöst. Als ich ein Baby kopfüber im Wasser treiben sah, umfasste eine eiskalte Hand mein Herz, und ich war für einen Augenblick bewegungsunfähig. Es war so schrecklich, Frida, dass meine Hoffnung schwand – vor allem, dich jemals lebend wiederzusehen.

Die »Gustloff« sank unaufhaltsam, und das Wasser kam uns bedrohlich nahe. Menschen wurden von den Fluten erfasst, es ereigneten sich grausame Szenen. Ich habe an der Front vieles erlebt, doch diese tiergewordenen Kreaturen, die Hoffnungslosigkeit mit geballter Verzweiflung und Todesangst stellten alles in den Schatten und ließen mich mit der Existenz Gottes hadern.
Als das Schiff so sehr Schräglage eingenommen hatte, dass wir das Rettungsboot nicht mehr ins Wasser lassen konnten, sagte Heinrich zu mir, dass wir so lange wie möglich auf dem Schiff bleiben müssten, um uns vor den kalten Fluten zu schützen. Ich fragte ihn nach dem Sog. Er meinte, das Meer sei nicht tief, die »Gustloff« gute zweihundert Meter lang, und wenn das Heck versinken würde, hätte der Bug bereits den Boden berührt.
Wir hielten uns an der Reling fest, bis das Schiff so viel Schlagseite besaß, dass wir hinüberklettern konnten. Unter uns sahen wir das verglaste Promenadendeck. Voller Wasser! Hunderte Menschen, die in dem gläsernen Kasten eingeschlossen waren, klopften gegen die Scheiben. Marinesoldaten erschossen Frauen und Kinder, die Menschen schrien um Hilfe. Ein Matrose schoss mehrmals von innen gegen die Scheibe, doch nichts geschah.
Ich erkannte die Todesangst in dem Gesicht dieses Mannes, wie ich es so oft bei den verwundeten Kameraden an der Front gesehen hatte. Aber diese vielen Menschen …
»Wir müssen ihnen helfen«, verlangte ich und trat mit aller Kraft gegen das Fenster.
»Das ist Sicherheitsglas«, sagte Heinrich, »da hilft auch keine Spitzhacke.«
»Aber sie ertrinken alle!« Ich wischte über die Scheibe und blickte den vorbeischwimmenden Menschen in die Gesichter, das Wasser war so hoch, dass sie kaum noch Luft bekamen. Ich fragte mich, ob du da drin warst. Dann erblickte ich den Jungen, der sich vor ein paar Stunden an

mich gelehnt hatte. Er trieb tot im Wasser. Ich schrie meine Verzweiflung hinaus ins Schneetreiben.
Die »Gustloff« war so tief untergegangen, dass es sich nur noch um Minuten handeln konnte, bis der Ozean sie verschluckt haben würde. Eine Welle erfasste uns und schleuderte uns ins Wasser. Als ich untertauchte, umfing mich im ersten Moment eine wohlige Wärme, und ich fragte mich, ob ich schon tot war. Dann wurde mir bewusst, dass das Wasser kurz über den Gefrierpunkt zwanzig Grad wärmer war als die Luft. Doch nach einigen Sekunden packte mich die Kälte wie ein eiserner Mantel, der jede Bewegung lähmte.
Als ich auftauchte, zeigte Heinrich auf ein Boot. »Dorthin«, schrie er.
Wir schwammen zu dem überfüllten Rettungsboot. Das Atmen fiel mir schwer, und jeder Schwimmzug war so anstrengend wie ein ganzer Tag Feldarbeit.
Hinter uns heulten die Sirenen auf, und die Lichter der »Gustloff« erstrahlten. Das Schiff versank mit wildem Getöse und hell erleuchtet im Ozean. Ein schauerlicher Abschiedsgruß an alle Überlebenskämpfer.
»Der trägt Uniform«, hörte ich eine Frau sagen, einen Augenblick später wurde Heinrich ins Boot gezogen. Ich schwamm an die Bootskante und hielt mich am Rand fest. Ohne fremde Hilfe hatte ich keine Chance hineinzugelangen, doch anstatt heruntergestreckter Arme, an denen ich mich hätte festhalten können, erntete ich Beschimpfungen.
»Du nicht. Wir sind schon zu viele«, keifte eine Frau, und schlug mir auf die Hände.
Ihr hatte ich vor ein paar Minuten ins Boot geholfen. Der Schmerz fuhr mir durch die Glieder, ich ließ los und tauchte für einen kurzen Moment unter, kam wieder hoch und saugte die Luft ein. Meine Kräfte verließen mich, ich glaubte, in dieser kalten Finsternis sterben zu müssen. Und ich dachte an dich, Frida, und hoffte, dass dir dieses

Schicksal erspart bliebe und du es auf ein Rettungsboot geschafft hattest. Mit den letzten Kraftreserven schwamm ich erneut an den Rand und hielt mich daran fest.
»Bitte, zieht mich hoch«, flehte ich.
»Hau ab!«, rief die Frau. Dann sah ich ein Paddel auf mich zu sausen, es traf mich auf den Kopf, und ich wurde ohnmächtig. Mein Todesurteil, wenn mich Heinrich nicht aus dem Wasser gezogen hätte.
Erst im Lazarett in Sassnitz wurde ich wach. Ich erfuhr, dass mich das Torpedoboot T36 dorthin gebracht hatte. Durch den Schlag auf den Kopf hatte ich das Gedächtnis verloren. Ich wusste weder meinen Namen noch, wo ich herkam. So landete mein Name nicht auf der Liste der Überlebenden. Sogar dich hatte ich vergessen. Ein unbegreiflicher Gedanke!
Dennoch hatte ich in der »Zeit des Nebels« (wie ich sie nenne) immer das Gefühl, dass ich mein Herz bereits verschenkt hatte. An dich, liebe Frida. Für dich habe ich diesen Tag überlebt! Ich bin so dankbar, dass sich unsere Wege wieder gekreuzt haben.
Dein Erwin

Kapitel 11

Berlin, Mai 2009

Mit zittrigen Fingern ließ Carolin den Brief sinken und wischte sich die Tränen von den Wangen. Sie spürte eine unendliche Leere in sich aufkommen, die Bedeutungslosigkeit ihres eigenen Lebens und ihrer Probleme.

Sie musste an Oliver denken und über was für Kleinigkeiten sie sich gestritten hatten. Dieser Erlebnisbericht zeugte von einer solch großen Liebe zwischen Erwin und Frida, die sie in ihrem Herzen erst einmal gespürt hatte. Zu ihrer Jugendliebe Per, dem Schweden. Doch seine Eltern sind mit ihm, als er sechzehn war, in sein Geburtsland zurückgekehrt, und sie war am Boden zerstört gewesen. Sie hatte ihm etliche Briefe geschrieben, die er nur sporadisch beantwortet hatte. Irgendwann hatte er den Kontakt abgebrochen.

Eines wurde ihr in diesem Moment klar: Die Liebe zu Oliver war verglüht. Und sie hatte niemals so gebrannt wie die von Erwin und Frida. Die beiden, so unterschiedlich sie wohl gewesen waren, hatten sich als Seelenverwandte in grausamen Zeiten erwiesen.

Carolin wünschte sich, solch eine Liebe zu einem Mann spüren zu dürfen, aber dieser Mann würde nicht Oliver sein. Sie fuhr über ihre rauen Lippen und fragte sich, was sie mit dieser Erkenntnis anfangen sollte. Haan war so weit entfernt – zu weit, um ihm persönlich zu erklären, was in ihr geschehen war.

Um sich abzulenken, trat sie zum Schrank, aus dem die Sachen aussortiert werden sollten. Doch schon bald hielt sie inne und erkannte, dass sie sich nicht anmaßen konnte, für Frida eine Entscheidung zu treffen. Also ging sie in den Garten und zupfe aus dem Blumenbeet das Unkraut, aber auch hier konnte sie sich nicht ablenken. Die Unruhe nahm überhand, und ihr wurde klar, dass sie Oliver anrufen musste.

»Wie geht es dir?«, fragte sie, nachdem er sich verschlafen gemeldet hatte. Anscheinend hatte sein Praktikum noch nicht begonnen, wenn er an einem Wochentag um zwölf Uhr noch im Bett lag.

»Na, kommst du doch wieder angekrochen?«

Carolin verkrampfte sich. »Oliver, das hat mit Ankriechen nichts zu tun. Ich will einfach wissen, wie es dir geht.«

»Na gut. Entschuldigung angenommen. Und auf deine Frage: beschissen. Während meine reiche Freundin Sightseeing macht, zerbreche ich mir den Kopf, wie ich die Pfändung meines Kontos loswerde.«

Schon wieder wurde sie nur aufs Geld reduziert. Wie es ihr ging, schien ihn nicht zu interessieren, dennoch wollte sie nicht, dass er solche Probleme hatte. Auch er hatte seine ganze Familie verloren; sein Vater hatte seine Mutter verlassen, als er sich als homosexuell geoutet hatte. Die Mutter war vor zwei Jahren an Krebs gestorben, und seine Schwester lebte in den USA; auch von ihr konnte er keine Unterstützung erwarten.

»Ich werde dir ein letztes Mal Geld überweisen.« Sie dachte an die Tage, als sie gemeinsam die heimischen Fußballmannschaften angefeuert hatten, wie sie mit Freunden im Kletterpark die tollkühnsten Parcours überwunden hatten, wie er sie so oft mit einem flotten Spruch aufgeheitert hatte. Vor einem Jahr hatte ihr Fußballtrainer die ganze Mannschaft nach einem haushoch verlorenen Spiel niedergemacht und besonders auf ihr herumgehackt. Carolin war den Tränen nahe gewesen, doch Oliver hatte es geschafft, dass sie am Ende des Tages wieder hatte lachen können. Er hatte ihr geholfen, selbstbewusster zu werden und manchen Dingen mit Gleichmut zu begegnen.

»Ich danke dir so sehr, mein Sonnenschein.«

Seine Worte waren plötzlich zuckersüß, doch das Lächeln übertrug sich nicht auf sie. Auch wenn sie schöne Zeiten zusammen gehabt hatten, war das Prickeln dahin. Es war vorbei, und so unpassend das Medium Telefon dafür war, musste sie es nun loswerden. »So leid es mir tut, Oliver«, sie atmete tief durch, »danach werden wir getrennte Wege gehen.«

»Was redest du da?«

»Ich bin nicht auf Sightseeing, sondern bei meiner Großmutter.«

»Du hast eine Großmutter?«, fragte er überrascht.

»Ich habe sie auf der Beerdigung kennengelernt, und ich habe das Gefühl, seitdem sind Jahre vergangen, die nun zwischen uns stehen.« Wäre er bei der Beisetzung an ihrer Seite gewesen, wäre sie ihm nun keine Erläuterungen schuldig. »Wenn ich wieder zu Hause bin, werde ich es dir erklären, aber ich wollte, dass du es schon mal weißt, denn mein Entschluss steht fest.«

»Aber, Sonnenschein, du musst doch nicht gleich ...«

»Wir haben uns zu weit voneinander entfernt, Oliver, und das nicht erst seit gestern. Siehst du das nicht auch?«

»Na ja ... ich dachte, wir kriegen das wieder hin.«

Sein Zögern war Antwort genug. »Das hatte ich auch geglaubt ...«

»Ist es wegen der Beerdigung?«, fragte er.

»Auch«, sagte sie wahrheitsgemäß. Vielleicht wäre alles anders gekommen, wenn er dabei gewesen wäre. Möglicherweise säße er nun neben ihr, doch jetzt gab es für sie kein Zurück mehr.

Als sie aufgelegt hatte, breitete sich ein befreiendes Gefühl in ihr aus.

Eine halbe Stunde später kam ihre Großmutter zurück. »Und, hast du Erwins Bericht gelesen?«

»Ja. Ihr hattet echt Glück, nicht auf das Schiff gekommen zu sein.«

Frida nickte. »Jetzt denke ich das auch. Meine Mutter hätte nicht überlebt, vielleicht keiner von uns.«

Und sie selbst wäre womöglich nie geboren worden, fuhr es Carolin eiskalt durch die Glieder.

»Komm, wir kochen, und nach dem Mittagessen sortieren wir noch etwas. Währenddessen erzähle ich weiter.«

Mecklenburg-Vorpommern, Februar 1945

»Was sagst du dazu?« Annis Stimme war so weit entfernt, als hörte Frida ihre Schwester bei einem Ferngespräch durchs Telefon. »Und mach endlich den Mantel zu, du holst dir doch den Tod.« Anni fummelte an ihren Knöpfen herum.

Frida spürte die Kälte des Sprühregens nicht, das Eisige herrschte in ihrem Inneren, nahm ihr die Kraft für jede Bewegung. Sie wusste nicht, wie viele Tage vergangen waren, seitdem sie von Erwins Tod erfahren hatte, nur dass Anni sie in einen Zug geschleppt und immer wieder einen Unterschlupf für sie besorgt hatte. Das alles hatte für Frida keinen Sinn mehr – das ganze Leben nicht.

»Nun sag schon!«, forderte Anni sie auf. »Also, wenn es dir egal ist, dann fahren wir mit.« Anni warf ihr Gepäck auf einen Karren und half der Mutter hinauf. Frida blieb nichts anderes übrig, als hinterherzuklettern. Auf dem Bock saß eine Frau in Annis Alter. Die beiden saßen zusammen und scherzten.

Sie fuhren an zerbombten und ausgebrannten Häusern vorbei. Irgendwann gelangten sie in ländliches Gebiet – karge Felder und zerstörte Zäune dominierten das Bild. Es gab jedoch auch Höfe, die vom Krieg verschont geblieben waren.

Sprühregen trübte die Sicht und durchnässte Fridas Haare und die Kleidung. Es war ihr egal. Am Straßenrand erhob sich ein Erdhügel, an dessen Kopfende Kreuze standen. Sie dachte an Greta und schlang die Arme um die Beine.

»Du musst loslassen«, sagte ihre Mutter und strich ihr über den Arm. Frida sah in die Ferne zu Bäumen, die ihre kahlen Äste wie Ertrinkende emporstreckten. »Wir werden neu anfangen. Uns ein neues Leben aufbauen, in Berlin.«

Dort würden die Erinnerungen sie noch mehr zerdrücken. »Was willst du nur da?«

»Wenn Marias Haus noch steht, dann haben wir wenigstens ein Zuhause.«

Frida schloss die Augen, atmete tief durch, um nicht die Schreckensbilder von ihrer leblosen Tante heraufzubeschwören. »Die Bombenangriffe ... ich will nicht ...«

»Nach dem Krieg. Es heißt, er ist bald vorbei.« Die Stimme ihrer Mutter klang hoffnungsvoll.

Die Frau auf dem Bock sprach mit Anni darüber, dass sie Hilfe beim Aufbau des Hofes brauchte und ihnen einen trockenen Schlafplatz und Essen bieten konnte. Schon stimmte ihre Schwester zu und machte Pläne, dass sie bis zur Ernte bleiben konnten.

Der Karren hielt auf einem verkommenen Bauernhof, dessen Wohnhaus nur noch aus den Grundmauern bestand, Trümmerteile lagen herum. Daneben die Reste eines ausgebrannten Schuppens. Nur eine Holzhütte am Rand einer Wiese hatte den Kriegsrausch überlebt. Blau gestrichen mit einer Kastanie davor, an dessen Ast eine Schaukel hing, auf der ein Mädchen schaukelte.

»Das ist meine Tochter Hertha«, sagte die Frau und stieg vom Bock. Die vielleicht Fünfjährige rannte der Mutter lachend entgegen. Diese Freude machte Frida ganz krank, und ihr wurde wieder speiübel. Diesmal bekam sie den Brechreiz nicht unter Kontrolle und übergab sich in einen Graben. Hätte sie doch bloß die schimmeligen Rüben nicht gegessen, die sie unterwegs in einem Keller gefunden hatten.

Ihre Mutter legte ihr eine Hand auf die Schulter. »Am Anfang ist es immer so. In ein paar Wochen wird es besser.«

Ruckartig richtete Frida sich auf. »Ich bin nicht schwanger!«

»Wann hattest du zuletzt deine Periode?«

Frida grub in ihrem Gedächtnis, kam gegen die vernebelten Gedanken kaum an. Sie suchte Halt an einem Baum, als die Erkenntnis sie wie ein Schlag traf. Auf dem Gestüt, einige Zeit vor ihrer Flucht.

»Das sind nur die Strapazen der Reise«, wehrte sie ab. Sie ging ein paar Schritte, die Übelkeit kam zurück, und sie wusste, dass sie den Gedanken an ein Kind nicht länger unterdrücken konnte.

Mecklenburg-Vorpommern, Mai 1945

Auch wenn es noch nicht richtig warm war, hatte die Sonne schon Kraft. Frida zupfte einen Löwenzahn aus dem Gemüsebeet und warf die Pflanze in den Eimer. Anni schleppte Steine von dem Trümmerhaufen zu dem alten Wohnhaus. Sie hatten bisher eine Mauer mannshoch errichtet, das ganze Haus zu erneuern würden sie dieses Jahr sicherlich nicht schaffen. Wie lange sie auf dem Hof bleiben würden, wusste sie sowieso nicht. Ihre Mutter sprach immerzu von Berlin und Marias Haus.

Frida legte eine Hand auf den Bauch, spürte eine kleine Wölbung. Das Kind begann zu wachsen: Erwins Kind. Der Gedanke an ihn trieb ihr Tränen in die Augen. Es gab Tage, an denen sie den Schmerz unterdrücken konnte, an anderen war sie kaum in der Lage, ihr Tagwerk zu vollbringen. Einerseits hatte sie Angst, das Kind nicht versorgen zu können, andererseits konnte sie es kaum erwarten, das Baby im Arm zu halten und in dem Antlitz nach Erwins Gesichtszügen zu suchen.

Anni kam zu ihr, setzte sich seufzend und wischte sich die Schweißperlen von der Stirn. »Du hast Glück, bleibst von dem Knochenjob verschont.«

»Glück?«

»Hey«, Anni stieß den Ellenbogen in ihre Rippen. »Lass mal die Vergangenheit ruhen und freu dich, dass wir hier sind. Wir haben ein Dach über den Kopf und genug zu essen. Vielen Menschen bleibt das in diesen Tagen verwehrt.« Sogar Papier und Bleistift hatte Anni gefunden und ihr gegeben, doch Frida hatte es bisher nicht angerührt, sie verspürte keinen Drang zu malen.

Anni legte zwei Finger über die Lippen und setzte sich aufrecht hin. »Das Reich wird bald von Frauen regiert«, imitierte sie Hitlers Sprechweise. »Was für eine Schande für das deutsche Volk.« Sie prustete los, und nun musste auch Frida lachen.

»Ich muss mir bald lange Haare wachsen lassen, um nicht aufzufallen«, fuhr sie fort. Auch wenn der bittere Ernst hinter dieser Aussage steckte, war es doch zu witzig, wie Anni Hitler nachmachte.

»Juhu!«, hörten sie eine Stimme von Weitem und sahen sich gleichzeitig um. Auf dem Pferdewagen saß Ilse, die Besitzerin des Hofes, mit ihrer Tochter, und sie wedelte übers ganze Gesicht strahlend mit einer Zeitung. Sie stoppte den Karren, sprang mit Hertha hinunter und lief ihnen entgegen. »Der Krieg ist vorbei!«, rief sie freudestrahlend.

Anni hüpfte, kreischte und drehte sich im Kreis.

Frida konnte es kaum begreifen. »Wie?? Der Krieg ist zu Ende?«

»Hier.« Sie schlug die Zeitung auf. In großen Lettern stand dort »Der Krieg ist aus! Bedingungslose Kapitulation.«

Frida riss ihr die Zeitung aus der Hand und überflog die Zeilen. Hitler war tot, die Alliierten hatten gesiegt. Die Porträts von Stalin, Truman und Churchill prangten auf der Titelseite. Die Feinde! Sie hatten dem Schrecken ein Ende gesetzt – wie lange hatte sie sich danach gesehnt. Viel zu spät. Viele Menschenleben zu spät!

Anni riss sie mit sich und hüpfte mit ihr über die Wiese. Die Zeitung mit der Freudenbotschaft fiel ihr aus der Hand. Ihre Mutter kam aus der Hütte. Sie begriff, ohne dass es ihr jemand sagen musste, strahlte über das ganze Gesicht und schloss Frida in die Arme. »Jetzt wird alles gut«, hauchte sie ihr ins Ohr.

Das Ende des Krieges würde weiteres Leid verhindern, doch ihr eigenes Leid konnte es nicht wegwischen.

Berlin, Mai 1945

Frida zog den Handkarren, den sie von Ilse bekommen hatten, durch die Straßen Berlins. Der Anblick der Stadt war ein Schock. Alle Häuser waren zerbombt, Trümmerteile, wohin man sah. Sie konnte die Straßenzüge nicht mehr erkennen und sich kaum orientieren. Viele Flüchtlinge zogen durch die Stadt. Kinder suchten in den Trümmerhaufen nach Essbarem. Auf einem Plakat prangte der Spruch: *Die Rote Armee ist frei vom Gefühl des Rassenhasses. Sie ist frei von solch einem entwürdigenden Gefühl, weil sie im Geiste der Gleichberechtigung der Rassen und der Achtung der Rechte anderer Völker erzogen ist.* Darunter Stalins Namen. Nun blieben sie auch von der sowjetischen Propaganda nicht verschont.

Frida musste an das Massaker von Nemmersdorf denken und wusste, warum sie vor der Roten Armee geflüchtet waren. Allein das strafte Stalins Worte Lügen.

Ein Mädchen in Gretas Alter kam ihnen entgegen. Sie trug ein verschnürtes Bündel auf dem Rücken, hatte einen Stock in der Hand und lächelte. »Habt ihr meine Zwillingsschwester gesehen? Sie sieht genauso aus wie ich.«

»Leider nicht«, sagte Anni.

Das Mädchen hüpfte weiter. So viel Energie hätte Frida auch gern gehabt. Sie waren ein Stück mit der Bahn gefahren und hatten dann drei Tage zu Fuß zurückgelegt. Zwischendurch hatten sie Unterschlupf in einem Stall gefunden. Jetzt wollte sie nur noch ankommen. Hoffentlich stand Marias Haus noch, aber sie hatte beim Anblick der vielen Ruinen wenig Hoffnung.

»Wir hätten auf dem Hof bei Ilse bleiben sollen«, sagte Frida.

»Vielleicht gehen wir wieder zurück«, schlug Anni vor.

»Nein«, sagte ihre Mutter scharf. »Jetzt sind wir hier und suchen nach dem Haus meiner Schwester!«

Auch wenn sie nicht genau wusste, wo sie waren, mussten sie sicherlich noch einige Kilometer bis nach Lichterfelde laufen. Es fehlten nicht nur die Straßenschilder, sondern auch vertraute Orientierungspunkte. Zum Glück schien die Sonne, und sie konnte sich nach dem Sonnenstand richten. Frida zog die Strickjacke aus und warf sie auf den Wagen.

Zwei Rotarmisten torkelten ihnen grölend entgegen, jeder eine Flasche Schnaps in der Hand. Frida rutschte das Herz in die Hose. Sie waren vor diesen Bestien geflohen und liefen ihnen hier direkt in die Arme. Vielleicht hätte sie die Strickjacke anlassen sollen. Nun trug sie nur eine dünne Bluse genauso wie Anni. Einer der beiden machte einen Schlenker und packte sie am Handgelenk.

»Schöne Frau«, hauchte er.

Sein Atem stank nach Alkohol und Fäulnis. Panisch wollte sie zurückweichen, doch der Mann packte so fest zu, dass sie nicht loskam.

»Lass mich!«, schrie sie.

Ihre Mutter kam ihr zur Hilfe und schlug dem Soldaten so fest auf den Arm, dass sie freikam. Er beschimpfte sie auf Russisch und hob drohend die Hand.

Sie rannten die Straßen hinunter, keuchend blickte Frida sich um. Die Rotarmisten hatten das Interesse an ihnen verloren und torkelten singend weiter.

»Ihr Schweine«, brüllte Anni.

»Pst!«, warnte Frida. »Sonst kommen sie zurück.«

Unter einer Plane sah Frida ein Fahrrad. »Hier, zieh du mal.« Sie drückte Anni die Deichsel in die Hand, rannte zu dem Trümmerhaufen und zog das Rad hervor. Es hatte einen Platten, und der Lenker war verbogen, ansonsten war es in einem guten Zustand.

»Was willst du denn damit?«, maulte Anni. »Noch etwas, was wir durch die Gegend schieben müssen.«

»Das wirst du schon sehen.«

Sie brauchten eine ganze Weile, bis sie Lichterfelde erreichten. Frida erkannte eine Hauswand, an dessen unterem Fenster ein verkommener Blumenkasten schräg in den Angeln hing. Hier hatte sie früher auf ihrem Weg zum Kindergarten die schönsten Stiefmütterchen, Ranunkeln und Vergissmeinnicht bestaunt. Sie schloss einen Moment die Augen und erinnerte sich an den frischen Duft, den die Blumen verströmt hatten.

»Nur noch da um die Ecke«, sagte sie. Es war sogar noch ein Straßenschild vorhanden. Dann sah sie das Haus und alle Befürchtungen wurden wahr: eine Ruine. Die linke Hauswand stand zur Hälfte, die Zwischenböden waren noch zu erkennen, doch von ihrer Wohnung war nichts mehr existent.

»Wie, das ist es?«, fragte Anni. »Und dafür haben wir uns auf den weiten Weg gemacht?«

Mit tränenverschwommenen Blick sah Frida zu dem Haus, das einst ihr Zuhause gewesen war. Hier konnten sie nicht wohnen, es war kein Ort für ihr Kind.

Berlin, Juli 1945

»Es regnet«, rief Anni freudig.

Frida richtete sich auf und schirmte die Hand gegen das Licht ab, das durch das Kellerfenster drang. Obwohl sie in zwei Decken eingewickelt war, fror sie. Ihre Mutter hockte in der Ecke und wusch sich an der Schüssel. Anni griff sich die drei Eimer und zwei Stahlhelme, die sie als Töpfe benutzten, und rannte nach draußen. Wenn sich genug Regenwasser sammelte, blieben ihnen heute das stundenlange Anstellen an den Wasserpumpen und die Schlepperei erspart.

Frida rieb sich den Schlaf aus den Augen und stand auf. Sie hatten sich in dem Keller von Marias Haus eingerichtet. Ein Hauch Vertrautheit. Jeden Tag dachte sie daran, wie sie früher ein paar Meter über ihnen mit Maria gelebt hatte. »Haben wir noch etwas zu essen?«

»Ich kann dir aus ein paar Kartoffelschalen Puffer braten«, sagte ihre Mutter.

Sie wollte endlich etwas Richtiges essen. Mittlerweile war es Juli, und ihr Bauch im siebten Monat der Schwangerschaft nicht mehr zu verstecken. Wie sollte sie in dieser Umgebung nur ein Kind gebären und großziehen?

Der Husten ihrer Mutter war verschwunden, und die warmen Temperaturen taten ihr gut. Jeden Tag räumte sie Steine beiseite und suchte in den Trümmern des Hauses nach Habseligkeiten ihrer Schwester. Bisher hatte sie einen leeren Bilderrahmen, ein zerrissenes Foto, eine Kelle und einen Silberlöffel gefunden.

Anni arbeitete als Hilfsarbeiterin im Baugewerbe für siebzig Pfennig am Tag und eine bessere Lebensmittelkarte. Sie räumte mit anderen Frauen die Trümmer auf die Loren, wobei die Bagger, die vielerorts eingesetzt wurden, deutlich effektiver waren.

Frida machte sich jeden Tag auf den Weg und suchte nach etwas Essbarem in der Stadt. Dabei war ihr das Fahrrad nützlich, das ihr ein freundlicher Mann aus der Nachbarschaft in Ordnung gebracht hatte.

Anni kam wieder herein und schüttelte sich. Es regnete in Strömen, und die Tropfen drangen durch die Fensteröffnung. Es gab keine Scheiben, sie verschlossen die Fensteröffnungen nachts mit Pappe, was jedoch die Kälte nicht draußen hielt. »Heute gibt's Freiwasser vom Himmel.« Sie hüpfte zu dem Seil, das sie in einer Ecke gespannt hatte, streifte die Schuhe ab und begann, darauf zu balancieren. »Irgendwann gehe ich zum Zirkus, und wir werden reich, dann lassen wir uns eine wunderschöne Villa bauen.«

Frida würde das so gern glauben, doch wer interessierte sich für einen Zirkus, wenn die Menschen kaum genug Nahrung hatten?

Sie aß einen Kartoffelschalenpuffer und schwatzte ihrer Mutter den Silberlöffel ab, um ihn auf dem Schwarzmarkt gegen Brot oder Gemüse eintauschen zu können.

Als der Regen aufgehört hatte, fuhr sie mit dem Fahrrad los. Sie hielt nach Brettern für ein Babybett Ausschau oder wenigstens nach einem Korb. Und sie suchte nach zwei Gesichtern: Victors und Rechels.

Frida war mehrmals an seinem zerstörten Haus vorbeigefahren und hatte die Menschen vor Ort gefragt, aber keiner schien sich an den Mann mit den schwarzen gewellten Haaren zu erinnern. Bei Rechels Elternhaus sowie dem Judenhaus, worin sie zuletzt gewohnt hatte, war es ähnlich gelaufen.

Flüchtlingsfamilien mit Leiterwagen kamen ihr entgegen. Zu Tausenden zogen sie täglich durch die Stadt auf der Suche nach einer Unterkunft, doch die meisten Kellerräume oder halbwegs bewohnbaren Häuser waren belegt.

Frida kam an einem Panzer vorbei, auf dem drei Kinder herumkletterten und vergnügt lachten. Ein Mädchen hangelte sich an dem Kanonenrohr nach vorn und ließ sich fallen. Sie würde ihrem Kind nicht erlauben, auf diesem Kriegsgerät herumzuspielen.

Je näher sie dem Stadtzentrum kam, umso mehr Betrieb war auf den Straßen. Autos fuhren wieder, Radfahrer kamen ihr entgegen, Flüchtlinge zogen umher, aber auch Berliner, die ihre beste Kleidung rausgesucht hatten und damit durch die Straßen schlenderten.

Frida steuerte den Schwarzmarkt am Reichstag an. Der Platz war mit Menschen überfüllt. Sie schob das Fahrrad durch die Menge. Ein russischer Soldat tauschte eine Flasche Wodka gegen eine Uhr ein, abgetragene Stiefel wechselten den Besitzer für ein Laib Brot.

Fridas Magen begann wieder zu knurren. Jemand tippte ihr auf die Schulter. »Für das Fahrrad gebe ich Ihnen einen Mantel.« Frida drehte sich zu dem jungen Mann mit dem Schnauzer um. Er breitete den Mantel aus, um ihn ihr zu zeigen. Er war löchrig und fleckig. Sie schüttelte den Kopf, ihr Fahrrad konnte sie nicht entbehren.

Sie fand eine Frau, die Kartoffeln anpries. Frida zeigte ihr den Löffel. »Geben Sie mir den Sack dafür!«

Die Frau zog die faltige Stirn kraus und betrachtete das Silberbesteck. »Für einen einzigen Löffel mit Kratzern? Ich gebe Ihnen den halben Sack.«

Das war besser als nichts, aber sie nahm der Frau den Löffel wieder aus der Hand. »Dann suche ich mir einen anderen Tauschpartner.« Trotz knurrenden Magens würde sie sich nicht übervorteilen lassen.

Vielleicht musste sie bald doch mit der überfüllten Bahn aufs Land fahren und dort nach Essen suchen – so, wie es viele Berliner taten. Sie hatte sich bisher davor gescheut, wollte mit ihrem Schwangerschaftsbauch nicht mehr in die Waggons einsteigen, in denen sich die Menschen drängten. Manche standen sogar draußen oder saßen oben auf den Dächern. Viel zu gefährlich.

»Zeig ihn mir noch mal«, rief die alte Frau.

Frida hielt der Frau den Löffel hin.

»Also gut.«

Frida lächelte. Heute und auch die nächsten Tage würden sie sich mal sattessen können. Sie tauschte ein paar Kartoffeln gegen Möhren und verstaute alles in dem Fahrradkorb am Lenker. Mit so viel Gewicht konnte sie kaum lenken, aber sie musste über zehn Kilometer nach Lichterfelde fahren und würde die Strecke nicht laufen.

Auf der Hälfte des Weges passierte es: Der Korb brach aus den Angeln, fiel zu Boden und riss auf, genauso wie der Sack. Die Kartoffeln rollten über die Straße. Ein Junge kam herangestürmt und sammelte so viele Knollen in seinen Armen, wie er tragen konnte.

»Du Dieb! Gib mir die Kartoffel zurück«, schrie sie.

Der Kleine sah sich verstohlen zu ihr um und rannte davon. Sie konnte ihm nicht hinterherlaufen, sonst würden ihr die restlichen Kartoffeln und das Fahrrad auch noch geklaut werden.

Geschwind sammelte sie die Knollen zusammen, doch wie sollte sie die nun transportieren? Sie schob das Gemüse zu einem Haufen und ließ sich daneben nieder und presste die Handballen gegen die Augen.

Als sie sie wieder aufsah, stand ein hochgewachsener Mann vor ihr und lächelte sie an. »Kann ich helfen?«

Wenigstens jemand, der sich nicht an ihrer Tagesbeute bereichern wollte. »Wenn Sie einen Beutel oder Korb hätten, wäre mir schon sehr geholfen.« Sie versuchte ebenfalls ein Lächeln, schirmte die Augen gegen die Sonne ab.

Der Mann trug eine Cordhose und ein Jackett, das aussah wie neu. Seine Haare waren nach hinten gekämmt, auf der hohen Stirn deuten sich erste Falten an, die ihn erfahren erschienen ließen.

Er reichte ihr die Hand und zog sie hoch. Sein Händedruck war kräftig, aber nicht grob, er hatte weiche Haut, keine Arbeiterhände. Als sie vor ihm stand, war sie ihm so nahe, dass sie den Atem auf ihren Wangen spürte. Der Fremde hatte blaue Augen genauso wie Erwin, doch sie waren stechender, forscher.

Erwin ...

Ihr fuhr ein Stich ins Herz, und sie trat einen Schritt zurück.

»Warten Sie kurz, ich bin gleich wieder da.« Er verschwand in einem Haus, das bis auf die Fensterscheiben intakt zu sein schien. Es gab bloß etliche Einschusslöcher in der Hauswand. Männer arbeiteten daran, das Dach instand zu setzen. Der Fremde kam mit einem Korb zurück, den er ihr auf dem Gepäckträger befestigte. »Hier hält er besser.« Er half ihr, die Kartoffel und Möhren einzuräumen.

»Vielen Dank! Ich werde Ihnen den Korb zurückbringen.«

»Nicht nötig. Darf ich Sie ein Stück begleiten?«

Sie nickte. »Helfen Sie immer daherkommenden Frauen?«

»Nur, wenn Sie so schön sind wie Sie.« Er zwinkerte ihr zu.

Frida sah zu Boden. Wie lange hatte sie keine Komplimente mehr bekommen? Sie dachte an Erwin und hasste sich dafür, dass sie die Äußerung des Fremden genossen hatte.

»Hans Grundmann.« Als sie seine ausgestreckte Hand ergriff, war es seltsam elektrisierend.

Nein! Sie war Erwin versprochen.

»Frida Zeitinger«, presste sie hervor. Dieser Mann hatte ihr nur geholfen, nichts weiter.

»Ich kann mich nicht erinnern, dass jemals ein solcher Engel meinen Weg gekreuzt hat.«

Bitter lachte sie auf. Sie dachte an Willi, Maria und Greta. Ein Engel war sie sicher nicht.

»Was denn?« Er breitete die Arme aus. »Die Himmelswesen erkenne ich sofort.« Als er ihr einen schelmischen Blick zuwarf und die Augenbrauen wippen ließ, musste Frida ebenfalls lachen.

»In welchem Monat sind Sie?«, fragte er nach einer Weile.

Unwillkürlich fasste sie sich an den Bauch und bekam einen Tritt gegen die Hand. Beschwerte sich das kleine Wesen, dass sie sich mit diesem Mann unterhielt, oder war es froh darüber? »Im siebten Monat.«

»Das Wunder des Lebens, dass in diesen Zeiten Kinder zur Welt kommen.«

»Aber in was für eine Welt werden sie geboren?« Sie wies auf die zerbombten Häuser um sich herum, wollte klagen, dass ihr Kind in einem zugigen Keller aufwachsen musste, doch sie biss sich auf die Unterlippe. Sie sollte nicht jammern, jeder kämpfte in diesen Zeiten ums Überleben.

»Kinder sind robust, man darf sie nicht unterschätzen«, sagte er und zwinkerte ihr zu. »Ich habe mir eine ganze Fußballmannschaft an kleinen Rackern gewünscht, aber meine Verlobte ...« Sein Blick verlor sich am Ende der Straße.

Frida musterte ihn verstohlen, die Trauer hatte sich in seine Gesichtszüge gegraben. Sie wollte fragen, was mit ihr passiert war, doch sie hielt inne, wollte ihn nicht weiter in die Trauer ziehen. »Ich kann Sie verstehen. Mein Mann ist bei dem Untergang der ›Gustloff‹ ums Leben gekommen.«

Mitleidig sah er sie an. »Das tut mir leid, aber ich glaube nicht, dass Sie verstehen.« Er kratzte sich am Hinterkopf. »Meine Verlobte war ... Jüdin und wurde ins Konzentrationslager gebracht. Und sie ist nicht ...« Er senkte den Kopf, sah plötzlich um Jahre gealtert aus.

Frida atmete tief durch, wollte den Druck auf ihrer Brust weg atmen. »Das muss schwer für Sie sein.«

»Ich habe sie nicht retten können, dafür viele andere.«

Fragend sah sie ihn an.

»Na ja, also ... ich will nicht, dass Sie mich verurteilen«, er hob die Schultern, »aber, wenn ich ehrlich bin ...«

»Nur mit Ehrlichkeit können Sie bei Engeln punkten.«

Er lächelte ihr zu. »Also dann! Ich hatte eine jüdische Familie bei mir versteckt und habe anderen Juden geholfen,

Unterkünfte zu finden. Jetzt darf man so etwas sagen, oder?«

Frida spürte die Wärme in ihrer Brust, die Verbundenheit mit diesem Mann und freute sich darüber, dass er es offen aussprach. »Meine beste Freundin war eine Jüdin, doch sie ist von einem auf den anderen Tag verschwunden.« Ihr Herz wurde schwer. Sie hoffte, Rechel irgendwann wiederzusehen. Sein warmes Lächeln ermutigte sie weiterzusprechen. »Außerdem lebte eine Jüdin auf dem Hof meiner Familie in Ostpreußen.«

Hans lächelte breit. »Wie schön, dass auch andere Menschen im Untergrund tätig waren.«

So hätte sie es nicht bezeichnet, sie hatte bloß menschlich bleiben wollen in einer Zeit, in der Menschlichkeit nichts mehr gegolten hatte.

Er erzählte ihr, dass er im Krieg die Jungen der Hitlerjugend ausgebildet hatte und wie seine Schwester bei einem Fliegerangriff ums Leben gekommen war. Sie berichtete ihm von dem Gestüt in Ostpreußen, der Flucht und dem Verlust Gretas. Die Zeit verging, und sie hatte schon lange nicht mehr so viel gelacht. Sie fühlte sich wohl in seiner Gesellschaft und war ein bisschen traurig, als sie bei ihr zu Hause ankamen. »Hier wohne ich.«

Hans begutachtete das Ruinenhaus. »Im Keller?«, fragte er mit hochgezogenen Brauen.

Frida nickte.

»Das sieht nicht gemütlich aus.« Er machte ein zerknirschtes Gesicht.

»Es muss reichen.«

»Und das Kind?«

»Haben Sie nicht gesagt, sie sind robuster, als wir denken«, sagte sie mit einem Augenzwinkern, obwohl seine Frage sie direkt ins Herz traf.

»Ich kenne einen guten Handwerker aus früheren Zeiten, der könnte Ihren Keller wohnlich gestalten.«

Es lag ein Funkeln in seinen Augen, das eine bessere Zukunft versprach. Durfte sie die Hilfe dieses Mannes annehmen, wenn Erwin auf dem Grund des Meeresbodens lag? Erwin hätte es sicherlich gewollt – für ihr gemeinsames Kind!

Berlin, August 1945

Frida hievte den Sack mit dem Gemüse in den Keller und wischte sich den Schweiß von der Stirn. Auch wenn es für Anfang August noch recht mild war, schwitze sie wesentlich mehr als vor der Schwangerschaft.

»Du darfst doch nicht so viel schleppen!« Ihre Mutter nahm ihr den Sack aus der Hand und platzierte ihn neben dem Kamin.

Hans hatte sein Versprechen eingehalten und war mit einem Mann zurückgekommen, der ihnen im letzten Monat Fensterläden aus Holz montiert, dicke Vorhänge aufgehängt, die elektrischen Leitungen wieder in Ordnung gebracht und eine Glühbirne installiert hatte. Sogar einen Kamin mit einer Kochstelle hatte er gebaut. Außerdem hatte Hans aus Brettern ein großes Bett gezimmert, in das sie alle drei hineinpassten. Zusätzlich brachte er ihnen entweder Uhren oder Schuhe, die sie auf dem Schwarzmarkt gegen Lebensmittel eintauschen konnten, oder er gab ihnen Brot, Käse oder Kartoffeln.

Heute hatte sie ein Armband gegen Gemüse und ein Stück Schinken eingetauscht. Immer wenn sie mit Hans zusammen war, fühlte sie sich befreit, und er brachte sie zum Lachen. Sie spürte, dass er mehr wollte, doch die Erinnerung an Erwin hielt sie davon ab, sich darauf einzulassen.

Frida blätterte durch die Zeitung »Das Volk«, die Anni mitgebracht hatte. Es gab einen Artikel über die Kunstschau vor ein paar Tagen in Steglitz. Frida spürte Sehnsucht in sich aufsteigen, griff nach einem Kohlestück und begann, auf dem unteren Rand ein Gesicht zu skizzieren. Als Erwin sie von der Zeichnung aus anblickte, legte sie die Zeitung beiseite.

»Hilfst du mir beim Schälen?«, fragte die Mutter.

Sie setzten sich auf zwei Schemel und schälten Kartoffeln, Möhren und Zwiebeln. »Schau mal«, sagte ihre Mutter und lächelte. »Das habe ich gestern gefunden.«

Frida ließ eine Kartoffel ins Kochwasser gleiten und nahm das Foto. Ihre Tante lächelte sie an, trug ein helles Sommerkleid und den Hut mit dem weißen Spitzenbesatz, den Frida bei dem Wannseeausflug ruiniert hatte. Sie selbst saß auf einem Stuhl und strahlte voller Lebensmut in die Kamera. Das Foto hatte auf der Kommode im Wohnzimmer gestanden. Nun war es zerknittert und eingerissen. Frida strich über Marias Gesicht. »Es tut mir leid, dass du deine Schwester verloren hast.« Ihr Hals schnürte sich zu. »Wäre ich an dem Tag bei ihr geblieben, vielleicht wären wir dann in einen Luftschutzbunker gegangen.«

Ihre Mutter legte ihr eine Hand aufs Knie. »Gib dir nicht die Schuld für etwas, das du nicht verhindern konntest. Genauso wie bei Willi.«

Überrascht sah Frida auf. Sie hatte immer gedacht, ihre Mutter hätte ihr die Schuld an dem Tod ihres Bruders gegeben.

Ihre Mutter lächelte. »Er war ein tollkühnes Kind, kein Baum war zu hoch, kein Graben zu weit, solche Dinge passieren.«

»Du bist mir also nicht böse?«

»Ach, Frida!« Ihre Mutter schob den Schemel näher heran und schlang einen Arm um sie. »Du warst noch ein Kind genauso wie Willi. Ich war lange Zeit sehr verzweifelt, aber ich mache dir keinen Vorwurf. Es war ein Unfall.«

»Du hast mich wochenlang nicht angesehen.« Nun liefen ihr Tränen über die Wangen.

»Es stimmt. Ich hatte mit mir selbst zu kämpfen, und du sahst ihm so ähnlich. Aber ich gebe dir nicht die Schuld an seinem Tod.«

Frida schluchzte, schmiegte sich an die Schulter ihrer Mutter, die Tränen versickerten in deren Kleid. »Und ich dachte immer ...«

»Schlag dir diese Gedanken aus dem Kopf und freue dich auf dein Kind.«

»Von Erwin.«

In dem Moment steckte Hans den Kopf zur Tür herein. »Störe ich?«

Frida wischte sich die Tränen von den Wangen und schüttelte den Kopf. Auch wenn sie Erwin unendlich vermisste, war sie froh, dass Hans ihnen half.

Er reichte ihr eine Tüte. »Ich habe dir etwas mitgebracht. Ich hoffe, es passt.«

Sie zog ein hellgrünes Sommerkleid heraus, mit Schulterpolstern und Spitzenkragen. »Wo hast du das denn her?«

Er zwinkerte ihr zu. »Das bleibt mein Geheimnis. Begleitest du mich in die ›Femina Bar‹?«

Sie riss die Augen auf. »Da möchtest du hin?« Das stadtbekannte Ballhaus lag in der Nürnberger Straße unweit des Tiergartens.

»Ist das nicht ein bisschen weit?«, fragte ihre Mutter.

»Machen Sie sich keine Sorgen, ich werde Ihre Tochter wohlbehalten zurückbringen.«

Frida betrachtete das Kleid. Durfte sie sich ein halbes Jahr nach Erwins Tod dem Vergnügen in einer Bar hingeben?

»Ich warte draußen«, sagte Hans und verschwand.

»Sorge dich nicht, sondern genieße die Zeit mit ihm«, sagte ihre Mutter.

»Aber ...«

»Lass die Vergangenheit ruhen.«

Sie zögerte, dann drückte sie ihre Mutter und schlüpfte in das Kleid, das sich wunderbar über ihren Babybauch schmiegte.

»Mein Engel«, sagte Hans, als sie nach draußen trat, und griff nach ihrer Hand. Es fühlte sich gut an, auch wenn es nicht so war wie bei Erwin. Sie fuhren mit der Straßenbahn, und Frida ließ sich in den Strudel des Vergessens ziehen.

Die Bar war trotz eines späten Nachmittags zum Tanztee gut gefüllt. Auf der Bühne spielte eine Band, und eine Frau bewegte sich anmutig im Takt. Die Tanzfläche war voll, es lief englischsprachige Musik, die sie nicht kannte. Hans bestellte sich ein Bier und ihr eine Limonade, die süß und zugleich bitter schmeckte.

Drei Russen setzten sich an den Nebentisch. Ein breitschultriger mit einem dreckigen Bart knallte die Wodka-Flasche demonstrativ auf den Tisch, legte Fleisch und Brot daneben. Die Bedienung wies die Uniformierten darauf hin, dass der Verzehr von mitgebrachten Getränken und Speisen nicht erlaubt sei. Die Rotarmisten protestierten zwar, ließen aber alles unter dem Tisch verschwinden.

Ein neues Lied erklang, schwungvoll und rhythmisch, und Hans reichte ihr die Hand: »Darf ich um diesen Tanz bitten?« Er zog sie auf die Tanzfläche. Auch wenn sie die Schrittfolge nicht kannte, führte er sie sicher und leichtfüßig. »Imagine you imagining that you love me. And starting on a family tree. Imagine starting on a family tree. The mama is you and the papa is me«, sang die Band. Beim Refrain »It's love, love, love« sangen alle Gäste und Hans mit.

Er drückte sie enger an sich. Sie bewegte die Füße zum Takt, doch jäh schwappte das schlechte Gewissen über sie wie eine riesige Welle. Liebe war ein Wort, das nur Erwin gehörte. Sie riss sich von Hans los und lief zu ihrem Tisch, stützte sich am Stuhl ab und beugte sich vor.

Sie spürte seine Hand auf ihrer Schulter. »Ist dir nicht gut? Sollen wir rausgehen?«

Sie nickte, drängte sich durch tanzende Menschen und eng stehende Pärchen. Die Luft war stickig, und es war ihr plötzlich zu laut. Sie war froh, als sie auf die Straße stolperten.

»Komm.« Er führte sie zu einer Bank. »Ich habe dir zu viel zugemutet. Du musst dich schonen!« Es lag so viel Fürsorge in seinen Augen, dabei ahnte er nicht, warum sie fluchtartig die Bar verlassen hatte.

»Frida, ich …« Er nestelte eine Schachtel aus der Hosentasche. »Eigentlich hatte ich es anders geplant, aber …« Er sah sie mit seinen stechend blauen Augen an. »Frida, möchtest du meine Frau werden? Ich werde für dich … für euch sorgen und werde mich als Vater des Kindes ausgeben.«

Frida starrte auf den Ring, und ihre Gefühle waren ein wilder Farbmix, der sich im Kreis drehte und keine Harmonie fand. Sie hatte mit Erwin vor den Altar treten wollen und nun das. Tränen bahnten sich ihren Weg und liefen über ihre Wangen. »Hans, ich weiß nicht … ich …« Sie presste die Hände vors Gesicht und schluchzte auf. »Verzeih mir, ich bin so undankbar.«

»Aber nein«, er nahm sie in den Arm und hielt sie. »Du bist nur gebrochen vom Krieg, wie wir alle.« Er strich ihr über den Rücken. »Ich liebe dich, Frida.«

In dem Moment zerbrach etwas in ihr wie ein Haus, das von einer Bombe getroffen wurde. »Nein«, sagte sie erst leise, dann lauter: »Nein, ich kann das nicht.« Sie machte sich aus der Umarmung frei und lief eilends davon. Die Tränen auf ihren Wangen, die zerbrochene Liebe zu Erwin in ihrem Herzen.

»Frida!«, rief Hans und holte sie ein. Keine Kunst, so langsam wie sie mit ihrem Schwangerschaftsbauch war. Er packte sie am Handgelenk und zog sie grob zu sich. Für einen Moment sah sie ein Flackern in seinen Augen, das sie nicht deuten konnte, jedoch schnell einem nachsichtigen Lächeln wich. Wahrscheinlich hatte er mit der eigenen Trauer zu kämpfen, und es war für ihn ebenso schwer. »Ich wollte nicht, dass es dir schlecht geht. Im Gegenteil, ich ...«, er rieb sich über die Nasenwurzel, »... schau, wir haben beide die große Liebe an diesen Krieg verloren, aber wir haben uns. Unsere Zuneigung zueinander kann wachsen und uns über die Trauer hinweghelfen. Bitte, stoß mich nicht zurück.«

Frida küsste ihn auf die Wange und drückte seine Hand. Er war ein guter Mann, bot ihr eine warme Wohnung, brachte sie zum Lachen und bescherte ihr Momente der Sorglosigkeit. Auch wenn die Liebe zu Erwin größer gewesen war, empfand sie eine tiefe Zuneigung zu Hans und wollte ihn nicht verlieren. »Bevor ich Ja sage, muss ich mich erst verabschieden. Frag mich morgen noch mal«, sagte sie mit einem Lächeln.

Sie ging zum See im Tiergarten, an dem sie mit Erwin oft gesessen hatte. Dort ließ sie sich auf einem Baumstumpf nieder und beobachtete ein Entenpaar mit fünf Jungtieren. Wie gern hätte sie dies mit Erwin erlebt, genauso wie die Tanzveranstaltungen und die bevorstehende Friedenszeit. Sie strich sich über den Bauch, wartete auf Kindsbewegungen, doch es blieb alles ruhig.

»Erwin, ich liebe dich, aber das Leben muss weitergehen. Vor allem will ich an unser Kind denken. Bitte vergib mir und zürne mir nicht.« Sie hoffte, dass der Wind die Worte zu ihm tragen würde, wo auch immer er war.

Auf der gegenüberliegenden Uferseite schlenderte ein Mann entlang, der ihr seltsam vertraut vorkam. Sie glaubte für einen Augenaufschlag, dass es Erwin war, doch bevor sie näher hinsehen konnte, verschwand er hinter den Büschen und Bäumen. Ihr schlechtes Gewissen hatte ihr wohl einen Streich gespielt.

Berlin, Mai 2009

»Wer war das?«, fragte Carolin und leerte den letzten Schluck Tee aus ihrer Tasse.

»Das muss Erwin gewesen sein.« Ihre Großmutter lächelte traurig. »Zu diesem Zeitpunkt wusste ich nicht, dass er in der Stadt war, geschweige, dass er lebte. Wir haben später herausgefunden, dass wir uns an jenem Tag beinahe getroffen hätten. Er hat eine schwangere Frau gesehen und sich gedacht, dass ich das nicht sein könnte.«

In Carolin machte sich eine bittere Ahnung breit. »Du hast Hans geheiratet.«

Ihre Großmutter sog scharf die Luft ein. »Ja, das habe ich.«

Carolins Handy klingelte, sie holte es hervor und blickte aufs Display. Es war das Büro. Auch wenn sie keine Lust auf das Telefonat hatte, konnte es etwas Wichtiges sein. »Entschuldige«, sagte sie und stand auf.

»Lass uns für heute Schluss machen, ich brauche eine Pause.«

Es war bereits siebzehn Uhr. Carolin nickte, nahm den Anruf an und trat in den Flur. Frau Gillwaldt meldete sich. »Es tut mir leid, dass ich Sie schon wieder stören muss.«

»Was gibt es denn?«

»Der Vermieter des Büros hat sich gemeldet. Er will die Miete erhöhen.«

»Um wie viel?«

»Das Eineinhalbfache, zum nächsten Monat.«

Carolin lehnte sich an die Wand. »Sagen Sie Herrn Lüscher, er soll sich darum kümmern.«

»Das habe ich schon, aber er meint, dabei wolle er nicht über Ihren Kopf hinweg entscheiden. Außerdem sei er auch als Geschäftsführer nicht dafür zuständig.«

Carolin überlegte, was sie tun sollte. Die Miete war bisher schon nicht günstig gewesen, und vor zwei Jahren hatte es die letzte Erhöhung gegeben. Das Geschäft lief zwar gut, aber sie musste sich selbst erst mal einen Überblick über die Finanzen verschaffen und hatte kein Geld an Finanzhaie zu verschenken. Und das Eineinhalbfache war ungeheuerlich.

»Schauen Sie doch bitte mal in den Kontaktdaten meines Vaters nach einem Karlo Biermann. Er ist Rechtsanwalt. Fragen Sie ihn, ob diese Erhöhung rechtens ist. Falls er nicht im richtigen Fachgebiet tätig ist, lassen Sie sich von ihm einen Anwaltskollegen empfehlen.«

»Eine exzellente Idee.«

Carolin beendete das Gespräch und trat ans Küchenfenster. Ihre Großmutter lief durch den Garten und goss die Blumen, eine tiefe Zufriedenheit lag in ihrem Gesicht. Carolin wünschte sich, ebenfalls so zufrieden zu sein. Frida hatte unter den Zwängen der Zeit gelitten, hatte nicht frei entscheiden können, wen sie heiratete und wie sie lebte.

Die Welt war nun eine andere, und doch fühlte Carolin sich ebenso von Zwängen erdrückt, die sich doch wohl leicht abschütteln lassen mussten. Sie hatte immer im Schatten ihres Vaters gestanden, der ihr das Studium empfohlen hatte und für den es nie eine andere Option gegeben hatte, als dass sie irgendwann sein Unternehmen weiterführen sollte. Ihre Wünsche waren stets in den Hintergrund getreten. Aber sie wollte sich nicht um Mitarbeitergespräche, Beförderungen, Verträge oder Gespräche mit dem Vermieter kümmern, sie wollte etwas Eigenes erschaffen. Doch was würde ihr Vater dazu sagen, wenn sie sich vom Unternehmen trennen würde? Sie schlang die Arme um den Oberkörper und wünschte, es gäbe ihr Halt.

»Hast du nicht gut geschlafen?«, fragte ihre Großmutter, als Carolin am nächsten Morgen das Teewasser aufsetzte.

»Ich habe die halbe Nacht wach gelegen«, gab sie zu.

Carolin lehnte sich an die Küchenzeile. Sie trug den Lieblingspullover und dazu eine Jeans, die sie im Secondhandshop gekauft hatte. Sie mochte es, mit Annika in diesen Läden zu stöbern. Vor ihrem Vater hatte sie es meist geheim gehalten, weil er nicht verstanden hatte, warum man sich gebrauchte Kleidung kaufen sollte. Sie liebte dieses Outfit, doch im Büro wäre es völlig deplatziert gewesen.

In der Nacht war sie zu einem Entschluss gekommen. »Ich habe beschlossen, dass ich das Unternehmen meines Vaters nicht weiterführen werde.«

Ihre Großmutter nickte lächelnd. Carolin hatte ihr gestern von den Problemen dort berichtet. »Ich denke, das ist eine gute Entscheidung. Weißt du schon, was du stattdessen machen möchtest?«

Carolin zog ein Blatt aus der Hosentasche. Sie hatte heute Morgen mit dem Kugelschreiber ein Bild skizziert, das sich ihr in den Kopf gebrannt hatte. Ein überfülltes Beiboot, eine keifende Frau mit einem erhobenen Paddel und ein Uniformierter, der einen bewusstlosen Mann aus dem Wasser barg.

Frida nahm das Blatt entgegen, schien jedes Detail zu scannen, bevor sie voller Verwunderung aufsah. »Du hast die Atmosphäre wundervoll eingefangen.« Sie stand auf. »Komm mal mit!«

Ihre Großmutter führte sie durch einen kleinen Flur in den Wintergarten. Wer nicht wusste, dass sich hier eine Tür befand, würde den Zugang nicht finden. Es roch nach Ölfarben und Terpentinbalsam. Ein Sessel, daneben ein Regal mit Büchern, Farben, Pinseln, Paletten und Tüchern, eine Staffelei mit einem Gemälde, das Fridas Haus in Aquarelltechnik zeigte. Auf einem farbverschmierten Tisch lag eine Skizze des Hauses. An einer Fensterfront lehnten mehrere Bilder. Die Lichtverhältnisse waren traumhaft, genauso wie der Blick in den hinteren Garten.

»Was für ein wundervoller Platz zum Malen.«

»Nicht wahr?«

Carolin zog ein Ölgemälde hervor, das einen See vor einer Berglandschaft zeigte. Sie bewunderte die Detailgenauigkeit der Büsche und Bäume und die Lichtverhältnisse des rotgelben Himmels, die sich dezent im Wasser spiegelten. »Wie bekommst du diese grandiose Wasserspiegelung hin?« Alles, was sich oben auf dem Bild befand, spiegelte sich im Wasser.

»Der Trick ist, weniger Farbe einzusetzen als oben und mit einem großen Landschaftspinsel die Farben zu verblenden, also zu verwischen. Und das in unterschiedliche Richtungen. Ich kann es dir gern mal zeigen.«

»Ich habe noch nie mit Ölfarben gemalt, bisher nur mit Aquarell und Acryl.«

Frida holte ein anderes Gemälde hervor, das das Brandburger Tor in Aquarellfarben zeigte. »Ich male Landschaften und Städte gern mit Aquarell, es ist so schön fließend, man kann Dinge nur andeuten und auf ein paar exakt ausgemalte Details das Augenmerk legen.«

»Fantastisch.« Man sah die vielen Besucher, die vor dem Tor zu einer großen Masse verschwammen, durch die Bögen wurden grüne Bäume oder Büsche sichtbar, und ein im Detail gemalter Junge mit Hosenträgern und Schiebermütze bot Zeitungen zum Verkauf an.

»Alles eine Frage der Technik und der Übung.« Frida lächelte und nahm zwei leere Leinwände und stellte sie auf die Staffeleien. »Was wollen wir malen?«

»Vielleicht deinen Garten. Der Busch mit den rosafarbenen Blüten sieht wunderschön aus.«

Frida zog die Brauen hoch. »Das ist Rhododendron, und was meinst du wohl, wie oft ich meinen Garten schon gemalt habe?« Sie zwinkerte ihr zu. »Ich dachte an etwas anderes. Was hältst du davon, wenn wir zusammen ein Bild malen?«, fragte Frida. »Ich male Erwin auf der rechten Seite und du Alfred auf der linken, und wir lassen sie aufeinander zugehen.«

Carolin lächelte. Was für eine wundervolle Idee. Sie holte ihre Geldbörse, in der sie Fotos von ihrem Vater immer mit sich trug. Das Neuste zeigte ihn im Schuppen, wie er einen Schaukelstuhl zimmerte. Sie redeten eine Weile über ihn, bevor ihre Großmutter mit der Erzählung fortfuhr.

Berlin, August 1945

Frida rührte in der Gemüsesuppe und sah aus dem Fenster. Auf der gegenüberliegenden Straßenseite konnte man direkt in ein Wohnzimmer hineinsehen. Eine Frau schlug ein paar Decken aus. Die vordere Hausmauer war weggerissen worden. Diesen Ausblick würde sie bald täglich haben, sie war in der Wohnung von Hans.

Nachdem sie sich am See von Erwin verabschiedet hatte, hatte sie den Antrag am nächsten Tag angenommen.

Frida strich über die Häkeldecke auf dem Tisch. Einerseits freute sie sich darauf, ihrem Kind in dieser Wohnung Schutz und Wärme bieten zu können. Andererseits hegte sie Zweifel, ob sie das Richtige tat, auch wenn sie Hans auf eine Weise ins Herz geschlossen hatte. Sie öffnete das Fenster, um den Qualm vom Herd hinauszulassen, der mangels Strom mit Feuer betrieben werden musste. Zumindest hatte Hans Kohlen bekommen.

Lautes Klopfen an der Wohnungstür riss sie aus den Gedanken. Sie stellte den Topf von der Herdplatte und ging zur Tür.

»Aufmachen, Polizei!« Ihr Herz machte einen Satz. Was wollte die denn hier? Sie öffnete die Tür, und zwei Uniformierte stürmten herein, blickten in jedes Zimmer. Was für eine Unverfrorenheit! Die beiden bauten sich vor ihr auf. »Wo ist Gerhard Hartel?«, fragte der Kräftigere. Er trug eine grüne Uniform und eine Armbinde mit der Aufschrift *Deutsche Volkspolizei.*

»Kenne ich nicht.«

»Hier soll er wohnen.«

»Das kann nicht sein. Ich wohne hier mit meinem Verlobten Hans Grundmann.«

Die beiden warfen sich Blicke zu. »Und sonst ist keiner da?«

Sie verschränkte die Arme vor der Brust. »Nein. Sie müssen sich im Haus irren. Oder früher hat hier jemand anders gelebt.«

Die Polizisten zogen wieder ab. Sie beobachtete aus dem Fenster, wie die beiden mit dem Auto davonfuhren. Wenn Hans zurückkam, musste sie ihn fragen, ob er einen Gerhard Hartel kannte.

Sie wartete mit dem Essen auf ihn. Er hatte ihr gesagt, dass er in einer halben Stunde wieder zurück sei, doch als er um fünfzehn Uhr immer noch nicht da war, schrieb sie ihm eine Nachricht auf einen alten Briefumschlag und verließ die Wohnung. Sie ging in den Keller, um ihr Fahrrad zu holen. Das Vorhängeschloss hing lose in der Verankerung. Hatten die Polizisten es aufgebrochen?

»Ist da jemand?«, rief sie. Als keine Antwort kam, stieß sie die Tür mit dem Fuß auf. Der Raum war leer. Ein Fenster spendete ein wenig Licht. Was auch immer die Uniformierten gesucht haben mochten, hier waren sie nicht fündig geworden.

Sie nahm ihr Rad und fuhr nach Hause. An einer Holzwand, an der Hunderte kleiner Zettel hingen, legte sie einen Stopp ein. Hier machten die Menschen Tauschvorschläge, gaben Vermisstenanzeigen auf oder boten Arbeit an. Sie las ein Angebot über einen Kinderwagen und Babykleidung und stopfte den Zettel in die Jackentasche.

»Frida?«, rief eine männliche Stimme.

Sie drehte sich um und sah den Hut, schwarz gewellte Haare und dunkle Augen.

Victor!

Er war ausgemergelt, hatte dicke Augenringe, eingefallene Wangen und trug zerschlissene Kleidung. Sie ließ das Fahrrad fallen und umarmte ihn stürmisch. »Du lebst!«

Er drückte sie. »Ja, ich lebe. Und du auch.«

»Du siehst mager aus. Hast du eine Unterkunft?«, fragte sie. »Ich habe gesehen, dass deine alte Wohnung ausgebombt wurde.«

»Ich komme durch. Und was ist mit dir?« Er musterte sie. »Gut siehst du aus. Wann kommt das Baby?«

»Voraussichtlich im Oktober.« Sie strich sich über den Bauch, der jetzt im achten Monat mittlerweile kugelrund war.

»Von Erwin? Seid ihr verheiratet?«

Sie atmete tief durch. »Ja und nein. Er ist bei dem Untergang der ›Gustloff‹ ums Leben gekommen.«

»Oh!« Ihm fehlten sichtlich die Worte.

Sie dachte an den Moment, als sie ihn in Gotenhafen vor dem Kreuzfahrtschiff aus den Augen verloren hatte. Wie anders wäre ihr Leben verlaufen, wenn sie in diesem Augenblick besser achtgegeben hätte.

»Und kommst du zurecht?«, erkundigte er sich.

Sie bemühte sich um ein Lächeln. »Ich werde heiraten. Hans heißt er. Er hat uns geholfen, den Keller in Marias Haus wieder in Ordnung zu bringen. Dort wohnen meine Mutter und meine Schwester. Ich werde bald bei ihm in einer intakten Wohnung leben.«

»Ist es so etwas wie ... Liebe?«, fragte er mit hochgezogenen Brauen.

»So etwas in der Art, aber er ist nicht Erwin.«

Er fasste sie am Arm. »Pass auf dich auf. Ich muss jetzt los und werde dich finden.«

»Eine Frage noch. Rechel?«

Victor zuckte mit den Schultern. »Ich weiß es nicht. Bis bald.«

»Lass nicht zu lange auf dich warten«, rief sie ihm hinterher.

Frida hatte sich von der Hochzeitsgesellschaft abgesetzt und auf den Balkon geschlichen. Der Wind fegte Wolken über sie hinweg, die in der Abendsonne orangefarben leuchteten. Gewitter lag in der Luft. Ob der Regen sie heute Abend erreichen und eine Abkühlung bringen würde?

Frida schwitzte in dem weißen Hochzeitskleid, wollte es am liebsten ausziehen. »Erwin, verzeihst du mir?« Sie fasste sich an den Bauch, wartete auf einen Tritt, aber der blieb aus. Sie hatte Hans das Jawort gegeben und die ganze Zeit Erwin vor sich gesehen, doch sie musste die Vergangenheit hinter sich lassen und nach vorn sehen.

»Ach, hier bist du.« Anni trat auf den Balkon. »Es warten alle auf die Hauptperson des Tages.« Sie feierten die Hochzeit in Hans' Wohnung. Neben ihrer Mutter und Anni hatte Hans nur einen Freund eingeladen. Familie hatte er keine mehr. Sie hatte Victor einladen wollen, doch Hans war dagegen gewesen. Die Männer hatten sich einmal getroffen, Victor war Hans unsympathisch gewesen.

»Ich vermisse Erwin«, flüsterte Frida und sah auf ihre Hände, die sich in dem weißen Seidenkleid vergruben. Es musste ein Vermögen gekostet haben. Woher besaß Hans nur das Geld?

»Jetzt ist es zu spät, außerdem lebt Hans, er liebt dich und steht hinter dir.« Anni lächelte, sprang auf. »Genieß es!«

»Habe ich das Richtige getan?«

»Und ob! Ich wünschte, ich hätte so viel Glück.« Anni strahlte und zog sie zurück in die Wohnung.

»Da ist ja endlich meine Braut.« Hans griff nach ihrer Hand, zog sie zu sich und drückte ihr einen feuchten Kuss auf die Lippen. Er schmeckte nach bitterem Wein. Wie gern hätte sie auch ein paar Gläser für die bevorstehende Hochzeitsnacht getrunken.

»Ich habe noch etwas für dich.« Er grinste breit und ging zum Plattenspieler. »Warte kurz.« Er legte eine Schallplatte auf und es ertönte »It's love, love, love«. Das Lied aus der »Femina Bar«.

Er kam zu ihr und nahm die Tanzhaltung ein. »Vielleicht erinnerst du dich an unseren Abend.« Dieses Lied löste eher schmerzhafte Erinnerungen als Freude aus, aber sie überspielte es mit einem Lächeln. Sie wollte nicht unfair sein! Hans gab ihr und ihrem Kind ein Dach über den Kopf, er behandelte sie gut und hatte ihrer Mutter und ihrer Schwester geholfen. Und er brachte sie zum Lachen – und das war mehr, als sie zu hoffen gewagt hatte. Sie ließ sich von der Musik einfangen und legte den Kopf an seine Schulter.

Sie stellte sich vor, dass sie auf einer großen Feier auf dem Gestüt mit Erwin tanzen würde. Greta, ihre ganze Familie inklusive Willi und Erwins Familie klatschten und jubelten ihnen zu. Nach den Festlichkeiten würden sie zum See reiten und dort zueinanderfinden. Der Rhythmus ihrer Körper ein Zeichen vollkommener Liebe ...

»Endlich sind wir allein«, sagte Hans, als die Gäste die Wohnung verlassen hatten. Mit einem breiten Grinsen schritt er auf sie zu.

Frida schluckte trocken, auch wenn sie Hans mochte, hätte sie diesen Moment, so lange es ging, hinauszögern wollen.

Hans umfasste ihre Taille, hob sie in die Luft und drehte sie im Kreis. »Meine zwei Engel!« Er küsste sie fordernd und öffnete die Verschnürung ihres Kleides, mit der anderen Hand knetete er ihre Brust.

Sie löste sich von ihm und trat zurück, schnappte nach Luft. »Warte ... ich ... bin noch nicht so weit.«

Ein eigenartiges Funkeln lag in seinen Augen. »Komm, wir machen es uns schön.« Er packte sie am Handgelenk und zog sie ins Schlafzimmer. »Ich habe den ganzen Tag auf diesen Moment gewartet, und es wird unsere Liebe zueinander nur verstärken.« Er grinste schelmisch.

In diesem Augenblick wusste sie, dass sie es nicht würde verhindern können. »Ich wollte doch nur ...« Er erstickte ihre Erwiderung mit einem Kuss, fummelte hektisch das Kleid auf und zog es herunter. In Windeseile hatte er auch ihre Unterwäsche ausgezogen, dass sie nackt vor ihm lag. Er stand vor dem Bett und betrachtete sie mit leuchtenden Augen. »Du bist wunderschön, mein Engel.«

Sie zog ihn zu sich, wollte seinen Blicken nicht ausgeliefert sein. Frida knöpfte sein Hemd auf, doch bevor sie es ihm ausziehen konnte, hatte er die Hose geöffnet und drang in sie ein. Sie schloss die Augen und dachte an Erwin, hoffentlich würde sie die Zweisamkeit mit Hans irgendwann genießen können. Hans streichelte ihre Wange und ihren Hals. »Mein Engel ist wunderschön, sogar noch schöner als meine Rena«, flüsterte er ihr ins Ohr.

Sie hasste es, mit seiner Verlobten verglichen zu werden, was er ein paarmal getan hatte.

»Glaube mir, irgendwann wirst du die Vergangenheit hinter dir lassen können, genauso wie ich.« Er küsste sie sanft, dann hob er den Kopf und stieß hart zu. Sie schloss die Augen und unterdrückte die Tränen, hoffte, das Kind würde nichts davon zu spüren bekommen.

Hans sackte keuchend über ihr zusammen und drückte schmerzhaft auf ihren Bauch. »Das Kind«, rief sie und schob ihn von sich herunter.

»Entschuldige«, sagte er, strich über ihren Bauch und küsste den Bauchnabel.

Als sich sein Atem beruhigt hatte, erhob er sich und beugte sich zu ihr. »Und für das nächste Mal wünsche ich mir, dass du mich auch deine Liebe spüren lässt.« Er zwinkerte ihr zu.

Als er aus dem Raum verschwunden war, zog sie die Beine an, raffte die Decke über sich und ließ den Tränen freien Lauf.

Berlin, Oktober 1945

Frida blickte aus dem Fenster und sah Hans wieder mit dem Jungen von gegenüber Fußball spielen. Er hatte ihr erzählt, dass er Fußballer hatte werden wollen, bis er sich kurz hintereinander mehrere Bänderrisse zugezogen hatte. Nun sah er sein Talent in dem Jungen und wollte ihn auf den rechten Weg bringen. Sie hoffte, dass er sich ebenso um ihr Kind kümmern würde.

Sie trat zum Kinderbett, das Hans im letzten Monat gezimmert hatte. Ob das Kind Erwin wohl ähnlich sehen würde? Sie nahm den Teddy in die Hand, für den sie einer Frau eine Schachtel Zigaretten überlassen hatte. Als sie Hans im Schlafzimmer poltern hörte, legte Frida das Stofftier zurück und ging hinüber.

»Wo gehst du hin?«, fragte sie.

Sie hatte Angst, wenn sie allein zu Hause war, wenn die Geburt losging. Es war Mitte Oktober, und wenn sie richtig gerechnet hatte, würde das Kind nicht mehr lange auf sich warten lassen.

Sie war im Krankenhaus vorstellig geworden, doch sie musste an Irmgard denken, die auf dem Schiff in den Wehen keinen Meter mehr hatte gehen können. Was, wenn Hans nicht im Haus war, wenn es losging? Die Familie, die unter ihnen in der zugigen Wohnung hauste, wollte mit ihnen nichts zu tun haben. Jedes Mal, wenn Frida mit der Mutter ein Gespräch hatte anfangen wollen, hatte diese abgeblockt.

»Ein paar Tauschgeschäfte abwickeln.« Hans wollte also schon wieder zum Schwarzmarkt. Er holte eine Packung Lucky Strike aus der Kommode und steckte sie in die Hosentasche. Das war die beste Währung im US-Sektor.

»Aber wir haben genug Essen im Haus«, widersprach sie.

Er beugte sich zu ihr und gab ihr einen Kuss. »Soll ich es dir noch mal erklären? Man muss immer wissen, was gefragt ist, um gute Geschäfte zu machen.« Er nahm ein Hemd aus dem Schrank.

Sie hatte letzte Woche miterlebt, wie er einer halb verhungerten Frau für hochwertiges Porzellan nur einen halben Laib Brot gegeben hatte. Sie war erschrocken über sein Vorgehen gewesen und hatte ihn zur Rede gestellt. Er hatte ihre Hand gedrückt und erklärt, dass er es nur für sie und das Kind tue. Dann hatte er ihren Einwand mit einem Kuss weggewischt und sie in die Arme geschlossen. Sie war so froh, dass er sie beschützte und ihr ein warmes Heim bot, und versprach, ihm zu vertrauen. Womöglich musste man so handeln, um auf dem Schwarzmarkt das Beste herauszuholen. Wahrscheinlich hatte er so seinen Lebensstandard aufbauen können. Die Arbeit bei dem Bauunternehmen, das die Trümmer in Berlin beseitigte und Häuser aufbaute und bei dem er für die Planung zuständig war, warf nicht so viel Geld ab.

»Aber um diese Uhrzeit?« Es war siebzehn Uhr durch.

Er fuhr ihr durchs Haar. »Sorge dich nicht.«

»Doch das tue ich, sieh mich an. Was mache ich, wenn die Geburt losgeht?«

»Ich bin bald zurück.«

»Du bleibst meist bis kurz vor der Ausgangssperre fort.« Die begann um dreiundzwanzig Uhr.

»So spät wird es heute nicht. Versprochen, mein Engel.«

»Was machst du eigentlich so lange? Hast du eine andere?« Auch wenn sie im Herzen immer noch an Erwin hing, konnte sie den Gedanken nicht ertragen, der seit einer Woche an ihr nagte.

»Natürlich nicht«, zischte er.

»Oder ist gar Rena aufgetaucht?«

»Erwähne nie wieder ihren Namen!«, fauchte er und schlug ihr mit der Hand ins Gesicht. Ihre Wange brannte, als stünde sie in Flammen. Der Zorn aus seinen Augen verglomm, er sprang zu ihr und griff nach ihren Händen. »Verzeih, mein Engel. Ich wollte dir nicht wehtun.«

Frida schluchzte auf, nicht vor Schmerz, sondern vor Schock. Warum hatte die Erwähnung ihres Namens ihn so aus der Fassung bringen können, wenn er sie doch selbst des Öfteren mit ihr verglich?

Er küsste sie auf die Stirn und erhob sich. »Sei nicht böse, mein Engel. Ich bin bald wieder zurück.« Dann verschwand er.

Sie war so schockiert, dass sie lange starr dasaß. Das hätte Erwin niemals getan. Sie zog den Mantel an und holte das Fahrrad aus dem Keller. Es fiel ihr mit dem dicken Bauch schwer, das Gleichgewicht zu halten, und sie glaubte, jeden Moment runterzufallen, doch sie fuhr langsam und kam bei Einbruch der Dunkelheit in der Holbeinstraße an.

»Was machst *du* denn hier?«, fragte ihre Mutter, als sie in den Kellerraum trat.

Frida fiel ihrer Mutter in die Arme und begann zu schluchzen.

Ihre Mutter rieb ihr über den Rücken. »Ach, Frida.« Sie setzten sich an den Tisch. »Es ist alles etwas viel im Moment. Du brauchst keine Angst haben. Wir stehen dir bei, wenn das Kind da ist«, sagte ihre Mutter.

Frida wischte sich die Tränen aus dem Gesicht und nahm die Tasse dankend an, die Anni ihr reichte. »Es ist nicht nur das Kind.«

»Was dann?«, fragte ihre Mutter.

»Hans.«

»Du bist so undankbar.« Anni schwenkte den Arm. »Sieh dir an, was er alles für uns getan hat.« In der Kochstelle knisterte ein Feuer, ein dampfender Topf stand darauf. Es war warm und gemütlich. Auf einem kleinen Schrank stand das Foto von Maria und ihr.

»In manchen Momenten ist Hans ... anders«, wagte sie einen ersten Vorstoß.

»Natürlich ist er anders als Erwin, aber er ist charmant und liebenswürdig, und er bietet dir ein warmes Heim«, schwärmte Anni. Sie stieg zu dem Seil, das sie in der Ecke aufgespannt hatte, und begann zu balancieren.

Frida zweifelte, ob es die richtige Entscheidung gewesen war, Hans zu heiraten. Er war zuvorkommend und bemüht, aber es gab Momente, in dem etwas Unheilvolles in seinen Augen aufblitzte, was sie nicht deuten konnte, und nun hatte er sie geschlagen. Sie legte die Hand auf den Bauch, und ihr wurde wieder bewusst, dass sie nicht nur an sich denken durfte. Sie musste dieses ungeborene Wesen beschützen – für Erwin.

Anni streckte die Arme aus und glitt leichtfüßig über das schmale Seil.

»Hast du schon einen Zirkus ausfindig gemacht?«, fragte Frida.

»Noch nicht!« Sie lachte breit. »Aber sobald der Nächste in Berlin halt macht, bin ich weg.«

Ihre Mutter holte etwas aus dem Schrank. »Schau mal, was ich unter Trümmern hinterm Haus gefunden habe.« Sie reichte ihr ein Buch, es war »Wunschkind« von Ina Seidel.

Fridas Herz schlug schneller. Sie klappte das Taschenbuch auf und fand die zwei getrockneten Kamelien, die Erwin ihr geschenkt hatte. Vorsichtig ließ sie eine der gebrechlichen Blume in ihre Hand gleiten. Sie legte die Erinnerungsblume zurück und drückte das Buch an ihre Brust. »Danke«, hauchte sie.

Ihre Mutter tischte ihnen Suppe auf, dann sprachen sie über das Leben auf dem Gestüt, und Frida konnte ihre Sorgen für einen Moment vergessen. »Ich muss nach Hause«, sagte sie schließlich.

»Du fährst jetzt nicht mehr durch Berlin. Es ist gleich Sperrstunde«, protestierte ihre Mutter.

»Bis dahin bin ich daheim.« Sie wollte zu Hause sein, wenn Hans kam.

»Wer weiß, was dir mitten in der Nacht widerfährt, kommt nicht infrage.«

»Aber Hans wird sich Sorgen machen.« Sie wollte sich nicht ausmalen, wie er reagieren würde, wenn sie nicht daheim war.

»Der wird das schon verkraften. Jetzt lass ich dich nicht mehr gehen.«

Frida gab nach. So wackelig, wie sie auf dem Rad unterwegs gewesen war, war es wohl besser, wenn sie sich nicht mehr in der Dunkelheit auf den Weg machte.

Am nächsten Morgen wachte sie auf, als ihre Mutter an der Feuerstelle zugange war. Frida schreckte hoch. »Wo ist Anni?«

»Zur Arbeit.«

»Wieso habt ihr mich nicht geweckt?«

»Haben wir versucht, aber du hast geschlafen wie ein Stein.«

Geschwind stand sie auf und zog sich an.

»Du gehst mir nicht aus dem Haus, bevor du nichts gegessen hast.«

Frida ließ sich zu einem Frühstück überreden, schlang ein Stück Brot und einen Apfel hinunter und machte sich auf den Weg. Die Sonne schien ihr ins Gesicht, und sie genoss die Herbstwärme auf der Haut. Sie fuhr langsam, hatte keine

Eile mehr, ihre Unruhe wurde größer, je näher sie dem Haus kam.

Wie befürchtet, wartete Hans auf sie. »Wo warst du?«, fragte er tadelnd, nahm ihr Gesicht in die Hände und küsste sie.

»Bei meiner Mutter«, antwortete sie.

Er zog die Stirn in Falten und musterte sie prüfend. »Erzählst du mir die Wahrheit? Ich kann es nämlich nicht vertragen, dich mit jemandem teilen zu müssen.«

»Natürlich. Du kannst sie gern fragen.«

»Und was ist das?« Er riss ihr das Buch aus der Hand, blätterte und hielt ihr die getrockneten Blumen unter die Nase.

»Das ist ...« Weiter kam sie nicht, denn er zerrieb die Kamelien vor ihren Augen, die in Bröseln zu Boden rieselten. Genauso zerfiel ihr Herz.

»Wusste ich es doch! Du vögelst dich durch die amerikanischen Soldaten.«

So ein Quatsch, wollte sie rufen, aber vorher traf sie ein harter Schlag im Gesicht, sodass sie mit dem Kopf gegen den Türrahmen schlug. Benommen sackte sie zu Boden, ein Dröhnen in ihrem Schädel.

»Wie kannst du mir das antun?«, schrie er, schlug sie erneut ins Gesicht und boxte gegen ihre Schulter. »Du weißt doch, dass ich meine ganze Familie im Krieg verloren habe. Ich werde nicht zulassen, dass ich auch dich verliere!«

Ein Tritt an ihre Schläfe und in ihren Bauch. Nicht ihr Kind! Sie krümmte sich und hielt die Hände schützend vor sich. »Hör auf«, flehte sie verzweifelt.

Endlich ließ er von ihr ab, kniete sich zu ihr und nahm sie in den Arm. »Mein Engel, das wollte ich nicht. Kannst du mir verzeihen? Du bist doch das Liebste, was ich habe.«

Frida keuchte, brachte vor Pein kein Wort hervor. Sie konnte nicht fassen, was Hans getan hatte. Dann erfasste sie ein stechender Schmerz im Bauch, und sie schrie auf, doch es war kein Schlag, sondern eine Wehe. Ein Schwall Flüssigkeit lief an ihren Beinen hinunter. »Ich muss ins Krankenhaus, das Kind kommt.«

Hans streichelte ihre Wange und küsste sie. »Oh, mein Engel. Warum musste das nur jetzt passieren? Sieh dich nur an.« Er strich behutsam über ihre schmerzende Lippe, und sie zuckte zurück. »Du weißt doch, dass ich dich nicht verlieren kann, und wenn wir nun in ein Krankenhaus fahren ...« Er zog die Brauen hoch und sah sie dabei liebevoll an. »Du wirst mir weggenommen, und das kann ich nicht zulassen.«

»Aber ich kann doch nicht allein ...«

»Psst«, er legte ihr einen Finger auf die Lippe. »Natürlich kannst du. Mein Engel ist stark und wird das überstehen. Damit wir für immer zusammen sein können«, hauchte er ihr ins Ohr, was ihr einen Schauer über den Rücken jagte.

Hans schleppte sie ins Schlafzimmer und ließ sie auf dem Bett nieder. Er warf ein paar Handtücher neben sie und stellte eine Schüssel Wasser auf die Kommode. »Du wirst das schaffen«, sagte er aufmunternd.

»Nein, bitte«, flehte sie, doch er verschwand aus dem Raum und schloss von außen ab. »Nein!«, brüllte sie, dann hörte sie, wie die Haustür zufiel.

Kapitel 12

Berlin, Oktober 1945

Als die nächste Wehe Fridas Unterleib erfasste, versuchte sie durch tiefes Atmen die Schmerzen auszuhalten. Sie schlug gegen die Tür und rief um Hilfe, doch es kam niemand. Also lief sie zum Schrank, dann zum Bett und wieder zurück. »Eins, zwei ... dreißig ... dreiundsiebzig ...« Frida schrie auf, fiel auf die Knie und krampfte die Hände in die Decke. Wie konnte man diese Pein ertragen?

Ihr wurde immer heißer, und der Schmerz war unerträglich. Sie spürte einen unbändigen Druck im Unterleib und musste bei jeder Wehe pressen. Irgendwann fühlte sie das Köpfchen zwischen den Beinen.

Die Tür ging auf, eine Frau kam herein und kniete sich zu ihr. »Ich bin Hebamme und werde Ihnen helfen. Sie machen das gut, einfach weiterpressen.«

Eine Woge der Erleichterung durchflutete Frida. Hans hatte sie doch nicht im Stich gelassen.

Die Schmerzen wurden unbändig und raubten ihr die Sinne, sie glaubte, sich von außen zu betrachten. Ich will nicht mehr, schrie ihr Innerstes. Diese verdammten Wehen!

»Nicht schreien. Legen Sie all Ihre Kraft ins Pressen!«

Die Frau hatte gut reden, aber Frida versuchte es und mobilisierte ihre letzten Reserven. Für Erwin und das Kind.

Endlich kam das kleine Wesen zur Welt.

»Es ist ein Junge.« Die Frau durchtrennte die Nabelschnur, wusch den Kleinen und legte ihn mit einem Handtuch umwickelt Frida auf die Brust. Er hatte Erwins blaue Augen und seine abstehenden Ohren. Sie lächelte, ihr Herz schien vor Glück zu platzen.

»Ich hole den Vater«, sagte die Fremde.

Kurze Zeit später stürmte Hans herein und strahlte übers ganze Gesicht. »Siehst du, mein Engel, ich wusste doch, dass du stark bist.« Er legte sich zu ihr und streichelte dem Jungen über den Kopf. In seinen Augen glühte der Stolz eines Vaters, doch wie schnell konnte dieser Stolz in Wut umschlagen?

Frida presste die Zähne zusammen. »Du hast mich im Stich gelassen.«

»Habe ich dir etwa keine Hebamme geschickt?« Er gab ihr einen Kuss auf die Stirn.

»Hast du sie bezahlt, damit sie den Mund hält?«, fragte Frida und spürte wieder den pochenden Schmerz am Auge.

»Das musste ich nicht, sie ist eine alte Freundin.« Er tätschelte ihr Gesicht. »Verzeih mir, ich wollte dir nicht wehtun.« Seine Worte waren süß wie Butterkuchen, und doch schmeckten sie gallenbitter.

Frida hielt den Jungen umklammert, niemals sollte Hans ihn halten! Die Angst, er könne dem Kind etwas antun, nagte an ihr. Dieser Tag hatte das Vertrauen zwischen ihnen zerrüttet, und sie wusste nicht, wie es weitergehen sollte.

»Ich möchte ihn Alfred nennen«, flüsterte sie und betrachtete den Winzling. Wie Erwins Vater.

»Wie immer du willst, mein Engel«, sagte Hans und küsste sie.

Berlin, Mai 2009

Frida hatte die Brille abgenommen und putzte sie umständlich.

»Hast du meinem Vater von den Geburtsumständen erzählt?«, fragte Carolin. Sie konnte nicht nachempfinden, wie es sein musste, bei einer Geburt allein zu sein, doch sie stellte es sich schrecklich vor.

»Nein. Welcher Sohn will schon Geburtsgeschichten hören?«

»Und hatte Hans Alfred was antun wollen?«

»Vorerst zumindest nicht. Ich war froh, wenn er tagsüber nicht zu Hause war.« Sie setzte die Brille wieder auf, trat auf den Stock gestützt zu der Leinwand und betastete den Rand. »Sollte ich Hans malen, hätte ich kein Gesicht vor Augen.«

»Hast du ein Foto von ihm?«

Frida schüttelte den Kopf. »Ich habe alles vernichtet, und du wirst auch noch verstehen, warum.« Ihr Gesichtsausdruck bekam etwas Weiches. »Aber wenn ich Erwin male, ist es anders. Ich sehe ihn vor mir, als wäre es gestern gewesen.«

»Er lebt nicht mehr, oder?«, fragte Carolin, und ihre Kehle schnürte sich zu. Sie hätte so gern ihren Großvater kennengelernt.

Ihre Großmutter lächelte. »Möchtest du nicht noch das Ende hören?«

»Also lebt er noch?« Carolins Herz begann wie wild zu schlagen.

Ihre Großmutter legte Carolin die Hand auf den Arm. »Ach Kind, ich sehe in deinen Augen, dass du nach der Geschichte deines Vaters suchst, und ich will dir nicht wehtun.« Sie blickte zu Boden. »Er lebt nicht mehr.«

Carolin sank in den Stuhl zurück.

»Du kannst ihm begegnen. Jetzt. Hier. Auf diesem Bild könnt ihr euch nahe sein.« Sie zeigte auf die leere Leinwand. »Du malst dich mit aufs Gemälde. Vielleicht möchtest du ihm die Hand geben.«

Carolin rieb sich übers Kinn. »Ich habe noch nie ein Selbstporträt gemalt.« Ihr Blick fiel auf ein Ölgemälde, das den Berliner Dom, den Springbrunnen davor und die Menschen auf der Wiese zeigte. Sie fühlte sich so unerfahren im Gegensatz zu ihrer Oma, die ein scharfes Auge für Perspektive und Details bewies.

»Hast du das Malen professionell gelernt?«, fragte Frida.

»Ich habe einen Aquarell-VHS-Kurs zum Thema Meer und Weite belegt.« Doch die Hälfte der Termine hatte sie nicht wahrnehmen können, da sie fürs Studium hatte lernen müssen.

Ihre Großmutter trat zum Regal und blätterte in Zeitschriften. »Ich hatte damals in dem Atelier den besten Lehrer. Ein Künstler hat mir alle wichtigen Techniken mit Aquarell- und Ölfarben beigebracht. Ach, da ist es.« Sie fischte einen Flyer heraus und reichte ihn Carolin. Er war von der Akademie für Malerei in Berlin, in dem für ein Studium geworben wurde. Es war sowohl ein Fernstudium als auch ein Direktstudium möglich. Nach den grundlegenden Studieninhalten des Zeichnens und der Malerei sollte sich jeder Künstler auf seine eigenen Werke konzentrieren und diese ausarbeiten. Leitfragen des Hauptstudiums seien: »Wer bin ich? Wo komme ich her?«

Carolins Finger begannen zu schwitzen. Die Fragen trafen sie direkt ins Herz und ließen ihre Sehnsucht aufflammen wie ein Feuerofen.

»Wäre das etwas für dich?«

»Wenn mein Vater das wüsste, würde er mir den Hals umdrehen«, sagte Carolin grinsend.

»Der sture Bock.« Ihre Großmutter lachte. »Er ist scheinbar genau wie seine Mutter und hat nicht begriffen, dass Kinder ihre eigenen Wege gehen müssen.«

Carolin horchte auf. »Was meinst du damit?«

»Das erzähle ich dir nach dem Mittagessen.« Sie zwinkerte ihr zu. »Komm, ich habe einen Bärenhunger.«

Berlin, Dezember 1945

Frida sah aus dem Fenster. Die Sonne brach durch die Wolken, aber jetzt, Anfang Dezember, war immer noch kein Schnee gefallen. Sie musste heute die Wohnung verlassen, war seit der Geburt, vor eineinhalb Monaten, nicht mehr draußen gewesen, denn das dauernde Stillen hatte sie völlig eingenommen. Ihre Mutter war jeden zweiten Tag vorbeigekommen und hatte die schmutzigen Windeln mitgenommen, um sie an den Pumpen auszuwaschen. Jetzt sehnte sich Frida nach frischer Luft.

»Hans!« Sie fand ihren Mann im Schlafzimmer, er saß mit hängenden Schultern auf dem Bett. »Ich habe dein Essen fertig«, sagte sie und trat näher. Dann erkannte sie, dass er in zitternden Fingern eine Fotografie hielt.

Frida setzte sich zu ihm und legte ihm einen Arm um die Schulter. »Wer ist das?«, fragte sie. Das Bild zeigte eine Frau, sie saß auf einer Bank an einem See.

»Meine Schwester«, sagte er traurig. Er wischte sich über die Augen und verstaute die Fotografie im Nachtkasten. »Lassen wir die Vergangenheit ruhen. Danke, dass du mich zurück in die Gegenwart geholt hast.« Er lächelte gezwungen und gab ihr einen Kuss auf die Stirn.

Sie stand auf und ging in die Küche vor. »Hier, dein Essen.«

Hans nahm den Henkelmann und musterte sie skeptisch. »Warum hast du das warme Kleid angezogen?«

»Ich wollte meine Mutter besuchen.«

»Ach, mein Engel«, er umarmte sie, wobei ihr der Geruch des Rasierwassers in die Nase stieg. Seit jenem Tag der Geburt, als Hans sie geschlagen hatte, verkrampfte sie sich bei jeder Berührung. Sie wollte seine Nähe genießen, doch die Angst vor einem erneuten Wutausbruch war zu ihrem ständigen Begleiter geworden.

»Bleib im Haus, ich will mich nicht um euch sorgen, wenn ihr durch die Stadt streunt.«

»Was soll schon passieren? Ich möchte nur ein bisschen an die frische Luft.«

Er schüttelte den Kopf. »Es ist zu gefährlich. Denk nur an die Übergriffe der Besatzer gegenüber den vielen unschuldigen Witwen dieser Stadt.«

»Das hat doch längst nachgelassen.«

»Man kann nicht vorsichtig genug sein.«

»Mir wird schon nichts passieren.«

»Nein, Frida«, sagte er scharf, in seinen Augen glühte Zorn auf. Sie wich zurück, verstand, dass sie nichts mehr erwidern durfte, also senkte sie den Blick und flüsterte: »Du hast recht, ich bleibe hier.«

»Mein kluger Engel«, sagte er wieder in einem versöhnlichen Ton und streichelte ihre Wange. Sie wartete, bis er eine Weile verschwunden war, dann zog sie sich an und ging mit Alfred in den Keller.

So ein Mist! Sie starrte auf die grobe Lattenkonstruktion und das neue Vorhängeschloss. Nachdem die Polizisten es aufgebrochen hatten, musste Hans ein neues angebracht haben. Als sie ihm von der Befragung durch die Polizisten erzählt hatte, war er rasend vor Wut geworden und hatte geschworen, den Namen Gerhard Hartel noch nie gehört zu haben.

Frida zerrte an dem Schloss, aber es ließ sich nicht öffnen. Wie sollte sie ohne Kinderwagen zu ihrer Mutter kommen? Sie ging ins Schlafzimmer, riss aus einem Bettlaken, das hinten im Schrank lag, lange Streifen und band zwei zusammen. Sie hatte gesehen, wie Frauen ihre Kinder in Tüchern trugen. Es brauchte mehrere Versuche, bis sie Alfred vor ihren Bauch gebunden und sie keine Angst hatte, dass er runterfallen würde.

Die restlichen Stoffreste stopfte sie unter das Bettzeug im Schrank, damit Hans es nicht entdeckte. Schließlich bezog er niemals das Bett, er würde nicht bemerken, dass sie einen Bezug zweckentfremdet hatte.

Ihre Finger ertasteten etwas Hartes, und sie stutzte. Sie hob den Stoff an und entdeckte zwei Schlüssel. War es das, was sie glaubte? Dann wäre ihre Mühe mit dem Bettlaken unnötig gewesen, aber wenn sie es bedachte, fand sie es schön, Alfred so nah bei sich zu spüren. Er ruderte mit den Armen und gluckste vergnügt. Wahrscheinlich fühlte er, dass sie sich auf den bevorstehenden Ausflug freute. Doch bevor sie losging, musste sie prüfen, ob ihre Vermutung stimmte und was Hans im Keller verbarg.

Sie stieg hinab und probierte den ersten Schlüssel in dem Vorhängeschloss. Mit einem Klacken ging es auf. Sie nahm das Schloss aus der Verankerung und trat ein. Bis auf den Kinderwagen und ihr Fahrrad war der Raum leer. Warum hatte er den Kellerraum dann abgeschlossen? Sie hatte öfter gehört, wie Hans in den Keller hinabgestiegen war, also musste es etwas geben, was für Hans großen Wert hatte. Sie sah sich um und betrachtete das Mauerwerk. Da war eine unebene Stelle, die Kante eines Ziegelsteins lugte hervor. Sie betastete den feuchten Stein und konnte ihn mit spitzen Fingern herausziehen, weitere ließen sich lösen und gaben einen Tresor frei. Sie probierte den zweiten Schlüssel und sofort sprang die Tür auf. Geldbündel, Schnaps, amerikanische Zigaretten, Schmuck, ein Säckchen mit Diamanten und eine Schatulle befanden sich darin. Frida zog sie heraus und öffnete den Deckel.

Ihr Herz begann, heftig zu schlagen. Ganz oben lag ein Ausweis der Geheimen Staatspolizei. Sie las den Namen, den ihr die Polizisten damals genannt hatten: *Gerhard Hartel.* Das Foto zeigte ihn: Hans!

Sie lehnte sich an die Wand und ließ den Ausweis sinken. Er hatte seinen Namen geändert und sie angelogen.

In der Schatulle fand sie Fotografien von ihm in Uniform, ein Familienfoto und ein Abzug von Personen, die sie nicht zuordnen konnte. Dass er die Familienfotografie nicht in der Wohnung hängen hatte, konnte nur bedeuten, dass er seine wahre Identität verbarg.

Dann gab es noch ein Heftchen mit Hunderten Namen. Ivo Kornmehl, Levi Ehrenreich, Tobias und Lena Liebermann ... zumeist jüdisch klingend. Wenn sich dahinter ein Datum und eine Adresse befanden, waren die Einträge durchgestrichen. Sie blätterte weiter, und als sie den Namen Rechel Sternlieb las, war es, als würde ihr Herz stehen bleiben und einen neuen Rhythmus annehmen. Allerdings war ihr Name nicht durchgestrichen, es gab kein Datum und keine Adresse.

Frida wagte kaum zu atmen. War Hans für das Aufspüren der U-Boote in Berlin zuständig gewesen? Dieses Heftchen schien seine Aufzeichnungen zu enthalten. Das Datum war sicherlich der Tag ihres Abtransports oder der Erschießung. Dass Rechels Namen nicht durchgestrichen war, konnte nur bedeuten, dass er sie nicht aufgespürt hatte. Aber es bedeutete noch lange nicht, dass sie allen Häschern entkommen war.

Auf der nächsten Seite stolperte sie über den Namen Rena. Kein Nachname, nur eine Adresse und ein Datum. Der Eintrag war durchgestrichen und unterschied sich von den anderen in der Art, dass der Schreiber sich um eine ordentliche Schreibweise bemüht hatte. Hatte Hans seine eigene Verlobte ... Frida wagte nicht, den Gedanken zu Ende zu führen, zu schauerlich war er.

Ein paar Seiten weiter gab es eine Liste mit der Überschrift *Volksverräter.* Darunter Namen, die nicht zwingend jüdisch klangen. Viele Namen waren ebenfalls durchgestrichen und mit Datum und Adresse versehen. Alfred begann zu schreien, schien zu merken, wie aufgewühlt sie war. »Schhhh«, flüsterte sie, strich mit den Lippen über sein flaumiges Haar.

Mit tränenverschwommenem Blick räumte sie alles wieder ein und schloss den Safe. Sie erinnerte sich an die erste Begegnung mit Hans. Hatte er ihr von der ersten Minute an etwas vorgespielt, als er vorgab, um seine jüdische Verlobte zu trauern? Und sie hatte ihm von Greta und Rechel erzählt! Was gab es Besseres für ein ehemaliges Gestapomitglied, als eine Ehefrau zu haben, die eine Jüdin bei sich aufgenommen hatte, um sich der Entnazifizierung zu entziehen? Und dann sein Identitätsschwindel. Ihre Beine zitterten.

Frida schloss den Keller ab, brachte den Schlüssel zurück ins Schlafzimmer und rannte nach draußen. Sie konnte keine Sekunde länger im Haus bleiben, musste raus und jemanden treffen, der sie liebte.

Frida stolperte in den Keller und fiel ihrer Mutter schluchzend in die Arme.

»Was ist los?« Ihre Mutter strich ihr über die Schulter. »Brauchst du mehr Unterstützung mit Alfred?«

Sie wusste nicht, wie sie es in Worte fassen sollte, doch es musste raus. »Hans wollte nicht, dass ich herkomme. Am liebsten würde er mich im Haus einsperren.«

»Er macht sich Sorgen um dich.«

»Nein! Er ...« Wo sollte sie anfangen? »Ich habe herausgefunden, dass er seine wahre Identität verschwiegen hat. Er hat unter dem Namen Gerhard Hartel bei der Gestapo gearbeitet und versteckte Juden in Berlin aufgetrieben.«

Ihre Mutter zuckte mit den Achseln. »Jeder Mann hat im Krieg den Nazis dienen müssen.«

»Weißt du nicht, was das bedeutet? Er hat Menschen wie Rechel und Greta ausgeliefert, vielleicht sogar selbst erschossen.«

»Hast du ihn drauf angesprochen?«

»Das kann ich nicht.«

»Du musst mit ihm reden, dafür wird es eine plausible Erklärung geben. Er liebt ...«

»Er liebt mich zu sehr ... Er hat so große Angst, mich zu verlieren, dass er mich im Haus einschließt und sogar ...«, Wuttränen stiegen ihr in die Augen, »... schlägt.«

»Was?« Das Gesicht der Mutter wurde aschfahl. »Wieso hast du nie etwas gesagt?«

»Weil er ... na ja, auf der anderen Seite ist er so liebevoll, aber nun ist alles anders.«

»Das ist schlimm, doch du darfst nicht vergessen, dass er dir und dem Kind ein warmes Heim bietet und ihr immer etwas zu essen habt.«

Frida konnte nicht fassen, dass ihre Mutter es herunterspielte. »Ich könnte wieder hierherkommen.«

»Und was soll aus uns werden ohne die Lebensmittel und Tauschwaren, die er uns bringt?«

»Wir werden schon durchkommen.«

»Wie denn? Du kannst im Moment nicht arbeiten, und meine Knochen sind zu alt dafür. Wir sind auf ihn angewiesen«, sagte sie traurig.

Frida ballte die Hand zur Faust. »Hörst du mir überhaupt zu?«

Alfred begann zu schreien.

»Du erschreckst ihn.« Ihre Mutter strich dem Enkel liebevoll über den Kopf.

Frida stand auf, lief mit dem Kind wippend auf und ab. Im gedämpften Ton fuhr sie fort: »Ich halte es dort nicht mehr aus. Ich werde beim Amt fragen, ob sie die Ehe von Anfang an für nichtig erklären.«

»Tu das nicht. Du weißt genau, was das bedeutet: Wir werden im eisigen Winter ohne Feuerholz dasitzen. Willst du, dass wir erfrieren, nur weil du zu stolz bist, einen Ehealltag zu ertragen, der nicht immer rosarot ist?«

Frida presste die Zähne zusammen und blinzelte die Tränen weg.

»Du hast es doch bisher auch ausgehalten. Bis zum Frühjahr, dann überlegen wir uns etwas. Bis dahin rede ich mit ihm«, fuhr ihre Mutter fort.

»Lieber nicht.« Frida trat zur Tür.

»Wo willst du hin?«, fragte ihre Mutter.

»Wohin wohl? Nach Hause, wo ich deiner Meinung nach hingehöre.« Ihre Mutter rief ihr hinterher, aber sie achtete nicht darauf. Sie lief durch die Straßen, bis sie sich beruhigt hatte. Sie stieg in den Bus und fuhr zum Tiergarten. Hatte ihre Mutter vielleicht recht, und sie sollte bis zum Frühling warten? Frida musste an einen vertrauten Ort, an dem sie nachdenken konnte. Dort, wo sie einst mit Erwin gesessen hatte, würde ihr das am besten gelingen.

Sie näherte sich dem See und sah einen Mann an ihrem Lieblingsplatz auf einem Baumstumpf sitzen. Sie wollte weitergehen, doch hielt inne; die Statur kam ihr bekannt vor. Die Segelohren, die Körperhaltung. Frida trat näher, ihr Herz hüpfte. Hatte der Himmel ihr einen Engel geschickt?

»Erwin?«, fragte sie leise.

Als er sich umdrehte, schrie sie vor Schreck und Freude auf. Alfred begann zu weinen. Der Engel war tatsächlich Erwin! Er kam auf sie zu, ein Lächeln auf dem Gesicht.

»Frida?«

Freudentränen traten ihr in die Augen, ihr Herz explodierte vor Glück und sprühte Tausende Glückstierchen durch ihren Körper. Sie fiel ihm um den Hals und drückte ihn fest an sich, nahm seinen vertrauten Geruch in sich auf. »Ich dachte, du wärst tot«, krächzte sie. »Seit wann bist du in Berlin?«

»Seit fünf Monaten.«

»Warum bist du nicht in die Holbeinstraße gekommen? Meine Mutter und Anni wohnen dort im Keller. Sie hätten dir sagen können, wo du mich findest.« Sie streichelte seine Wangen, konnte sich nicht an seinem Gesicht sattsehen, doch ein seltsamer Ausdruck lag darin. Eine Irritation, eine

Distanz, die sie nicht von ihm kannte. »Was ist los?« Sie ließ die Hand sinken.

»Setz dich.« Sie ließen sich auf zwei Baumstümpfe nieder. Er betrachtete sie wie eine Fremde, schien etwas in ihrem Gesicht zu suchen. »Frida. Ich ...« Er stockte. »Ich weiß nicht, wo ich anfangen soll.«

»Was ist passiert?«

»Ich ...«, er sah zum See, bevor er sich ihr wieder zuwandte »... habe mein Gedächtnis verloren.«

»Was?« Sie verstand nicht, so viele Fragen prasselten auf sie ein.

»Ich war auf der ›Gustloff‹, dem Schiff, das untergegangen ist.«

»Ich weiß, wir wollten doch gemeinsam da drauf. Ich habe dich aus den Augen verloren, und dann wurden keine Passagiere mehr aufgenommen. Du standst nicht auf der Liste der Überlebenden. Warum nicht?«

»Ich konnte mich nicht an meinen Namen erinnern.«

»Wie kann das sein?«

»Ich muss irgendwas gegen den Kopf bekommen haben. Es haben nur tausendzweihundert ...«

»... überlebt. Ich weiß.«

Alfred schrie. Sie löste den Knoten von dem Tuch und legte ihn an die Brust. Er würde doch seinen Vater kennenlernen. Ihr ganzer Körper war wie elektrisiert, ihre Hände zitterten. »Aber ... warum bist du hierhergekommen? Woher wusstest du von diesem Ort?«

»An manche Dinge konnte ich mich irgendwann erinnern. An deinen Namen zum Beispiel und dein Gesicht.« Er lächelte, und ihr Herz sprühte über vor Glück. »Und dass ich dich in Berlin suchen musste, deshalb bin ich hergekommen. Dieser See hat eine besondere Vertrautheit in mir hervorgerufen. Waren wir schon mal hier?«

»Ganz oft. Auch wenn es früher schöner war, grüner, es gab so viele Blumen. Die Berliner haben die meisten Bäume abgeholzt, um den kalten Winter zu überstehen.«

»An meinen Namen erinnere ich mich erst seit ein paar Wochen, ich weiß nun, dass ich an der Ostfront gekämpft habe, aber viel mehr nicht.«

»Und das Gestüt in Ostpreußen?«

»Ostpreußen?«

»Ja, wir haben auf dem Gestüt deiner Eltern gelebt.«

»Ist meine Familie noch dort?

Sie schüttelte den Kopf, wusste kaum, wie sie es in Worte fassen sollte. »Deine Mutter Berta ist geblieben, als wir vor der Roten Armee geflohen sind. Das war sehr schlimm für dich. Dein Vater und deine Brüder waren an der Front eingesetzt.« Sie schluckte. »Dein ältester Bruder Hermann ist gefallen genauso wie dein Bruder Bruno. Und deine Schwester Lotte war mit auf der ›Gustloff‹. Sie stand ebenfalls nicht auf der Liste der Überlebenden.« Sein Blick ging auf den See hinaus. »Aber du hast noch drei weitere Brüder: Peter, Klaus und Werner. Was mit ihnen ist, weiß ich nicht, genauso wenig, was mit deinem Vater Alfred geschah.«

Erwin rieb sich über die Stirn, sah angestrengt auf den See, dann schüttelte er den Kopf. »Ich kann mich an das Gesicht meines Vaters erinnern, nicht jedoch an meine Brüder.« Er fasste sich ans Bein. »Ich habe eine Schusswunde. Weißt du, was passiert ist?«

»Ja, du wurdest an der Front verwundet. Durchschuss. Du ...« Wieder zögerte sie. Dann beschrieb sie, wie er eine Nacht im Wald ausharren musste und Angst vor den Russen hatte. Sein Blick verdüsterte sich, und sie konnte sehen, dass die hervorkommenden Bilder das Grauen heraufbeschworen.

»Es ist dein Kind«, sagte sie und berührte die kleine Stupsnase. »Er heißt Alfred.«

»Alfred?« Überrascht sah er sie an.

Frida nickte. »Ich habe ihn nach deinem Vater benannt.«

»Sind wir verheiratet?«

Ihr Herz zog sich zusammen, dass er danach fragte, wo er die Hochzeit so lange hinausgezögert hatte. »Wir waren verlobt und hatten es vor, doch dann wurden wir in Gotenhafen getrennt.«

Alfred nuckelte selig an ihrer Brust, hatte die Augen geschlossen und war im Begriff, ins Babytraumland abzudriften. »Ich habe einen Sohn«, flüsterte Erwin, betrachtete das Kind und strich ihm über die Wangen. Seine Augen waren voller Stolz, Liebe und Fürsorge.

»Dann sind wir eine Familie. Du, ich und Alfred«, sagte Erwin mit leuchtenden Augen.

Ihr Nacken versteifte sich. »Ich bin verheiratet«, sagte sie traurig und sah zu Boden.

»Aber ... hast du nicht gesagt ...« Es lag tiefer Schmerz in seiner Stimme. Auch wenn er sein Gedächtnis verloren hatte, schien er voller Liebe für sie zu sein.

Sie seufzte. »Hans hat uns geholfen, hat den Keller in Ordnung gebracht, in dem wir wohnten, uns mit Essen versorgt und bietet mir eine warme Wohnung für das Kind. Und da habe ich ...«

»Liebst du ihn?«

Sie presste die Lippen zusammen, hatte mal geglaubt, dass sie etwas für Hans empfände, doch diese Liebe war auf Lügen gebaut und von Anfang an zum Scheitern verurteilt gewesen. Sie schüttelte den Kopf. Enten schwammen auf dem See umher und verursachten kleine Wellen, die langsam zum Ufer drifteten.

Zögerlich griff er nach ihrer Hand, und ein wohliger Schauer durchzog ihren Körper. Seine Berührung war sanft. Sie schloss die Augen und stellte sich vor, noch mit ihm in Ostpreußen zu sein. In ihrer Fantasie machte er ihr erneut den Antrag, und die Erinnerung roch nach gelben Kamelien. Ein für immer verlorener Wunschtraum. Hohe Wellen drohten über ihr einzustürzen, wie jene, die die »Gustloff« in die Tiefe gezogen hatten.

»Haben wir uns denn geliebt?«, fragte Erwin vorsichtig.

Die Frage trieb ihr die Tränen in die Augen. »Du bist der Einzige, den ich je geliebt habe und den ich immer noch über alles liebe.« Sie zog ihn an sich und küsste ihn. Der Kuss schmeckte nach Vertrautheit und einem Hoffnungsfunken, den sie bereits verloren geglaubt hatte.

Hans saß am Küchentisch, las das von den Briten herausgegebene Nachrichtenblatt »Der Berliner« und trank Kaffee.

»Musst du heute nicht arbeiten?«, fragte Frida und setzte sich ihm gegenüber.

Er ließ die Zeitung sinken und lächelte sie an. »Ich muss später anfangen und dachte, wir genießen noch die Zweisamkeit.« Hans kam auf sie zu, seine Augen funkelten begierig.

Sie rutschte auf dem Stuhl zurück. »Alfred wird gleich wach.«

Hans kniete sich vor sie, vergrub den Kopf in ihrem Schoß und fummelte an den Knöpfen ihres Kleides. »Entspann dich mal. Wenn er aufwacht und ein bisschen warten muss, wird ihn das nicht umbringen.« Er schob den Stoff ihren Schenkel hoch und umfasste ihren Po. Frida sprang auf, angewidert, sie konnte seine Berührungen nicht ertragen. Vor allem jetzt nicht mehr, wo sie wusste, dass Erwin lebte. Sie trafen sich seitdem regelmäßig. Sie hatten besprochen, bis zum Frühling zu warten und dann gemeinsam Berlin zu verlassen. Sie konnte nicht zulassen, dass sie auch Alfred an die Winterkälte verlor und würde es für ihn noch ein paar Wochen bei Hans aushalten. Und wenn sie an die Zukunft dachte, ging ihr Herz auf.

»Was hast du nur?« Seine Augen funkelten böse und er baute sich vor ihr auf. »Du hast mich schon mehrmals hingehalten.«

»Ich bin nur nicht in Stimmung. Heute Abend, mein Liebling«, sie überwand sich, ihm ein Lächeln zu schenken und ihm über die Wange zu streicheln.

Er presste die Stirn gegen die ihre und starrte sie wortlos an, bis er antwortete: »Rena hätte mich niemals hingehalten, denk darüber nach!« Dann rauschte er aus dem Raum.

Erleichtert, dass sie es für den Moment abgewendet hatte, ließ sie sich auf den Stuhl sinken.

Nachdem Alfred wach geworden war, verließ sie mit dem Kind die Wohnung. Im Treppenhaus begegnete sie Frau Gießwein aus der unteren Wohnung. Die Frau mit dem Kopftuch und dem verkniffenen Gesicht wandte sich zur Wohnungstür, doch Frida versperrte ihr den Weg. »Wieso reden Sie nicht mit mir?«

Diese wich ihrem Blick aus und fummelte nervös an dem Blümchenkleid herum.

»Ist es wegen meines Mannes?«

Frau Gießwein nickte.

»Was hat er getan?« Die Frau wollte sich an ihr vorbeidrängen, doch Frida ließ es nicht zu. »Bitte«, flehte Frida. »Ist es, weil er bei der Gestapo gewesen war?«

»Du hast ihn doch geheiratet, dieses Schwein!«

Frida zuckte kurz zurück. »Ja, weil ich seine Vergangenheit nicht kannte«, gab sie zu. »Und jetzt will ich die Wahrheit über ihn erfahren.«

Die Nachbarin schielte nach oben.

»Er ist nicht da«, sagte Frida.

Frau Gießwein entspannte sich sichtlich. »Meine Schwester hat ihn wiedererkannt«, flüsterte sie und sah nach unten ins Treppenhaus, als hätte sie Angst, er würde jeden Moment zurückkommen. »Er hat früher die Juden in die KZs gebracht, sogar ... vor seiner eigenen Familie hat er nicht haltgemacht.«

»Was meinen Sie damit?«

»Fragen Sie ihn doch selbst!«

»Das kann ich nicht. Von Frau zu Frau, Sie müssen doch wissen, wie es in dieser Männerwelt ist, dass wir nicht alles fragen können.«

»Aber das haben Sie nicht von mir«, zischte sie, die Angst flackerte in ihren Augen auf.

»Sie können sich auf mich verlassen.«

»Seine Verlobte hatte sich bei seinen Eltern versteckt, und er hat alle drei verraten.«

Frida schien den Boden unter den Füßen zu verlieren. »Und seine Schwester?«

Die Frau zuckte mit den Schultern. »Von einer Schwester weiß ich nichts. Darf ich jetzt?« Sie zeigte auf die Wohnungstür.

Frida gab den Weg frei und lehnte sich an die Wand. Sie musste aufpassen, dass sie nicht in den Strudel der Finsternis gezogen wurde, griff nach dem Mauerwerk, als würde sie dort Halt finden.

Als sie sich wieder gefangen hatte, besuchte sie ihre Mutter und Schwester. Anni kam ihr freudestrahlend entgegengerannt, als sie sich dem Haus näherte. »Ich glaube, wir haben etwas von dir gefunden.« Anni zog sie in den Keller. Das Gemälde, das Frida für Rechel gemalt hatte, fiel ihr direkt ins Auge. Es lehnte an dem Bett und war auf wundersame Weise kaum beschädigt.

Frida kniete sich vor das Bild, fuhr über Rechels Gestalt, die einen Fuß im Wasser hatte, über die Morgensonne, den Steg, der auf den See hinausführte, und ihren eigenen Körper ohne Gesicht. Die Leinwand war schmutzig und der Rahmen schief, doch das würde sich beheben lassen.

Nun endlich hatte sie ihr eigenes Gesicht vor Augen: Eine Frau, die reifer geworden war und viel Leid gesehen hatte, aber die ihrer Freundin wieder ein Lächeln schenken konnte. Frida drehte sich zu ihrer Schwester um. »Danke, das hat mir den Tag gerettet.«

Anni balancierte auf dem Seil. »Ich glaube, du hast etwas an dem Bild vergessen.« Sie tippte sich an die Nase und lachte, konnte dabei immer noch das Gleichgewicht halten. Sie war richtig gut geworden.

»Ich habe es während des Krieges nicht mehr geschafft, mir ein Lächeln aufs Gesicht zu zaubern, aber nun werde ich das Gemälde vollenden.«

»Dann kannst du auch noch eins malen, auf dem wir beide an diesem See sitzen«, sagte Anni und lief in ungeahnter Schnelligkeit auf dem Seil hin und her.

»Ich könnte dich auf einem Hochseil porträtieren«, sagte Frida lächelnd.

»Ja, genau, ich spanne ein Seil zwischen zwei Ruinen und balanciere wie eine Grazie darüber.« Anni lachte, hüpfte vom Seil und drehte Frida im Kreis. Frida musste ebenfalls lachen und ließ sich von der Freude anstecken.

»Das würde euch wohl so passen«, sagte ihre Mutter streng, die gerade hereinplatzte.

Frida entwendete Hans heimlich Geld und Zigaretten und fragte auf dem Schwarzmarkt nach Farben. Am dritten Tag unterbreitete ihr die Kriegerwitwe eines ehemaligen Kunstprofessors das Angebot, sie nach Hause zu begleiten. Frida ergatterte Ölfarben, Pinsel und eine zusätzliche Leinwand für einen Wucherpreis von vier Zigarettenschachteln.

Sie verstaute die Sachen bei ihrer Mutter und ihrer Schwester, wagte nicht, das Bild mit zu Hans in die Wohnung zu nehmen. Frida reparierte den Rahmen und arbeitete eine Woche an dem Gemälde, detailverliebt frischte sie die

Farben auf und vollendete ihr eigenes Gesicht mit einem Lächeln, das in die Vergangenheit hineinschien und ein Versprechen für die Zukunft auf den Lippen hatte.

Als sie ein paar Tage später auf dem Weg zum Tiergarten war, um dort Erwin zu treffen, sah sie eine Frau, die Rechel zum Verwechseln ähnlich sah. Die blonde Frau in dem Pelzmantel und der Schleife im Haar hatte sich bei einem amerikanischen Soldaten eingehakt, der bei einem Jungen eine Zeitung kaufte. Fridas Herz setzte einen Schlag aus, als ihr bewusst wurde, dass es wirklich ihre Freundin war.

»Rechel!«, rief sie.

Rechel wandte den Kopf. Als sie Frida erkannte, erhellte sich ihr Gesicht und sie fiel ihr in die Arme. »Frida!«

Freudentränen liefen ihnen über die Wangen, Frida zitterte am ganzen Körper. Sie nahm nur am Rande wahr, dass der amerikanische Soldat ein Foto von ihnen schoss. »Wo warst du die ganze Zeit?«, fragte Frida. »Ich habe mir solche Sorgen um dich gemacht.«

»Mein Vater hatte einen alten Freund getroffen. Der hat uns in einer Kammer in seiner Wohnung versteckt. Dort haben wir zwei Jahre lang auf drei Quadratmetern gehaust.« Rechel machte ein zerknirschtes Gesicht.

»Wieso hast du dich nicht von mir verabschiedet? Ich hatte solche Angst, dass dir etwas zugestoßen ist.«

Rechel nagte an der Unterlippe. »Es tat mir so leid, doch ich konnte nicht. Niemand durfte unseren Plan gefährden. Es war für alle besser, wenn keiner davon wusste.« Dann glitt ein befreites Lächeln über ihr Gesicht. »Aber wir haben überlebt, meine ganze Familie.«

»Das freut mich so sehr.« Frida schloss ihre Freundin noch einmal in die Arme.

»Und du bist Mutter geworden?« Rechel fuhr Alfred über die Nase.

»Ja, Alfred.«

»Von Erwin?«, fragte Rechel.

Frida nickte. »Aber geheiratet habe ich einen anderen.« Sie berichtete kurz, wie es dazu gekommen war. »Ich treffe Erwin gleich im Tiergarten.«

»Ich würde gern mitkommen, doch ...« Rechel trat zu dem Soldaten und griff nach seiner Hand. »Das ist James.« Sie sahen sich verliebt an. »Wir sind auf dem Weg zu seinen Freunden. Was ist mit übermorgen?«, fragte Rechel und lachte befreit.

Frida war so froh, dass ihre Freundin ihre Lebensfreude wiedergefunden hatte. »Gern, wie wäre es, wenn ich auch Victor und Erwin zu unserem Treffen einlade?«, fragte Frida und hoffte, dass sie zusammen ein Stück Vergangenheit in die Gegenwart holen konnten.

Als Frida an der Tür klopfte, pochte ihr Herz heftig. Sie war spät dran, hatte warten müssen, bis Hans aus dem Haus gegangen war. Heute hatte er nur kurz gearbeitet, war überraschenderweise zum Mittagessen aufgetaucht und hatte sich gegen fünfzehn Uhr wieder verabschiedet. Sie hoffte, er würde nicht zu zeitig zurückkommen.

Victor öffnete und brachte sie in seine Wohnung. Es gab nur einen bewohnbaren Raum, die Wände der anderen Zimmer waren durchlöchert oder weggerissen. Darin befanden sich ein Bett, ein Tisch mit zwei Stühlen und ein Regal mit vielen Zeitungen. Erwin und Rechel standen am Fenster und unterhielten sich.

»Da bist du ja endlich!« Rechel umarmte sie.

Frida löste das Tragetuch, nahm Alfred heraus und legte ihn Erwin in den Arm, der den Kleinen verliebt schunkelte. Der Junge war so ruhig in seinen Armen, hatte sich anscheinend schon an seinen Vater gewöhnt, wohingegen er oft schrie, wenn er Hans' Stimme hörte.

»Schaut mal, was ich aufgetrieben habe.« Victor holte eine Flasche Wein und einen Volksempfänger unter dem

Bett hervor. »Ich habe zwar mein Grammofon und die Schallplatten nicht mehr, aber das müsste auch reichen.« Er schaltete das Gerät an und suchte nach einem Sender. Ein Sprecher erzählte etwas über die Verlausung der Bevölkerung und brachte einen Appell zur Bekämpfung der Kleiderläuse. Victor drehte weiter, bis amerikanische Musik ertönte, die locker und leicht einen Hauch von Friedenszeiten zu ihnen hinüberwehte.

Victor füllte die Gläser, und sie stießen an. Auch wenn Frida stillte, ließ sie es sich nicht nehmen, einen kleinen Schluck auf alte Zeiten zu trinken.

»Auf uns«, sagte Victor.

Erwin zwinkerte ihr zu, und als sie in die fröhlichen Gesichter sah, erwärmte sich ihr Herz. Der fruchtige Wein umspülte ihre Zunge und ließ wahrhaftig ein Stück Vergangenheit heraufziehen. Sie stellte das Glas auf die Fensterbank und legte die Hand auf den Arm der Freundin. »Rechel, ich bin dir noch ein Versprechen schuldig.«

»Was denn?« Rechel hob überrascht die Brauen.

Frida zog das Gemälde hinter dem Regal hervor, das sie gestern in der Wohnung deponiert hatte, und reichte es ihrer Freundin.

Rechels Augen leuchteten, als sie das Bild betrachtete. »Wahnsinn! Es hat die Bombenangriffe überstanden.«

»Ich musste es etwas ausbessern und habe es endlich zu Ende gemalt.«

»Ich habe auch noch etwas für dich«, sagte Rechel mit leuchtenden Augen. »Nur habe ich es gerade nicht dabei. Dein gelbes Kleid, das ich für dich genäht hatte. Ich habe es während des Krieges kaum getragen, dennoch hat es mich immer an dich erinnern.« Sie lächelte, und sie umarmten sich wie früher, als ob es den Krieg nie gegeben hätte.

Sie sprachen über den Tag am Wannsee, und schnell rückte die Lage der Juden in den Mittelpunkt ihres Gesprächs. Immer wieder blickte Frida zu ihrer Freundin hinüber. Wie mochte Rechel dabei empfinden? Victor berichtete, wie er vielen Juden einen Unterschlupf besorgt hatte und im Untergrund tätig gewesen war.

»Wie vielen U-Booten hast du geholfen?«, wollte Rechel wissen.

Victor richtete seinen Hut und zuckte mit den Schultern. »Ich habe nicht gezählt, aber dreißig Familien waren es sicherlich. Man kannte seine Leute, und ich wurde stets unterrichtet, wenn ein Unterschlupf frei geworden war.«

Frida trat zu Erwin, der Alfred auf dem Arm trug. Sie streichelte dem Kleinen über die Wange. »Er ist gern bei dir.«

»Ich bin sein Vater, wieso sollte er nicht?«

Frida rang die Hände. »Ich halte es bei Hans nicht mehr aus.«

»Dann hole ich dich da raus.«

»Versprochen?«

Statt einer Antwort, beugte er sich zu ihr und küsste sie sanft, wie früher, als sie noch in Ostpreußen waren. Ihr ganzer Körper kribbelte, und sie konnte die Zukunft mit Erwin kaum erwarten.

Berlin, Mai 2009

»Und dann seid ihr geflohen?«, fragte Carolin.

Frida schüttelte den Kopf. »Es kam anders als gedacht. Ein schwerer Winter brach über Deutschland herein. Die Menschen starben wie die Fliegen, es gab keine Kohlen, die Verzweiflung war so groß, dass viele Selbstmord begingen. Selbst für Hans war es schwierig, an Lebensmittel und Brennmaterial zu kommen. Ich war froh, einen warmen Ort für Alfred zu haben.«

»Wie hast du es bei ihm ausgehalten?«

»Ich habe es für mein Kind getan.«

»Und wo hat Erwin gelebt?«

»Er hauste mit einer alten Kriegerwitwe in einem Keller. Sie wartete dort auf ihre Söhne, die wahrscheinlich nie mehr gekommen sind. Ich war ein paar Mal mit ihm da, doch ich habe mich nie getraut, lange dortzubleiben, aus Angst, Hans würde es irgendwann herausbekommen.«

Fridas Gesicht erhellte sich. »Aber ich habe es mir nicht nehmen lassen, mich regelmäßig mit Erwin zu treffen. Durch die Erzählungen und Gespräche kam seine Erinnerung zurück, und wir haben unsere Liebe aufleben lassen.« Sie lächelte verschmitzt. »Auch mit Victor und Rechel haben wir uns getroffen. Wir haben uns ein Stück Vorkriegszeit zurückgeholt.«

»Das klingt nach einem Neuanfang«, sagte Carolin.

»Das stimmt, aber Hans wollte mich nicht aufgeben, und er war dahintergekommen, dass ich mich mit Erwin getroffen habe.«

Berlin, März 1946

Heute war der Tag, an dem sie Berlin verlassen wollten. Frida sah aus dem Fenster und stellte zufrieden fest, dass es nicht nach Regen aussah und die Sonne durch die Wolken brach.

»Da ist ja mein Engel!« Hans kam in den Raum, schlang die Arme um ihre Taille und hauchte ihr einen Kuss in die Halsbeuge.

Frida versuchte, sich nicht zu versteifen, und gab ihm einen Kuss auf die Wange.

»Was denn? Nur ein Freundschaftskuss?«, fragte Hans mit einem schelmischen Grinsen.

Er packte sie am Nacken, zog ihren Kopf zu sich und küsste sie innig. An ihrem Schenkel spürte sie, wie sein Glied zuckte. Es lief ihr heiß und kalt über den Rücken.

Doch nicht heute am letzten Tag! Zum Glück ließ er von ihr ab und griff nach dem Henkelmann.

»Freu dich schon auf heute Abend.« Er zwinkerte ihr zu. »Und mach keine Dummheiten, mein Engelchen«, sagte er im Hinausgehen.

Solche Sprüche brachte er in letzter Zeit öfter, und sie fragte sich, ob ein tieferer Grund dahintersteckte. Ahnte er etwas? Es war an der Zeit zu verschwinden.

Sie zog das Faltblatt von Pfarrer Steiner aus der Kleidtasche, das ihr gestern im Seitenfach des Koffers aufgefallen war. Sie hatte über seine Worte bezüglich der Gerechtigkeit Gottes nachdenken müssen und war zu dem Schluss gekommen, dass Gott seine Finger im Spiel gehabt haben musste, dass er ihr Erwin zurückgegeben hatte – und auch, dass es ein Wiedersehen mit Rechel gegeben hatte. Hoffentlich würde der Plan, den sie mit Erwin geschmiedet hatte, aufgehen, so würde auch Hans Gerechtigkeit erlangen. Sie hatten Rechel und Victor versprochen, mit ihnen in Kontakt zu bleiben.

Sie steckte das Faltblatt zurück und beobachtete aus dem Fenster, wie Hans sich entfernte. Zehn unruhige Minuten später packte sie Alfreds und ihre restliche Sachen in den Koffer. Frida suchte Proviant zusammen und verließ die Wohnung. Sie warf keinen Blick zurück, sondern ging direkt in den Keller. Aus dem Tresor entnahm sie den Gestapo-Ausweis und das Heftchen mit den Namen der Juden. Sie wollten vor ihrer Flucht zum Polizeipräsidium und Hans des Identitätsschwindels anzeigen.

Als sie das Geld und das Säckchen mit den Diamanten sah, zögerte sie, doch dann stopfte sie es in die Manteltasche. Auch wenn das Geld sicherlich aus illegalen und unseriösen Geschäften stammte, konnten sie es gut gebrauchen. Für Alfred, sagte sie sich. Das Kind hing wieder in dem Tuch vor ihrer Brust und war eingeschlafen. Er liebte es, so nah am Körper getragen zu werden, dass sie den Kinderwagen noch nie genutzt hatte, aber es war gut, ihn zu haben. Die Tür hinter ihr knallte gegen die Wand.

»Was tust du hier?«

Ihr Herz machte einen Satz ins Bodenlose.

Hans.

Sie drehte sich um. Der Zorn sprach aus seinen Augen, und er baute sich bedrohlich vor ihr auf. Was sollte sie sagen? Es gab keine Ausrede, die sie noch retten konnte, und Erwin stand an der nächsten Häuserecke und wartete auf sie. Sie wich zurück. Vielleicht würde sie hinausrennen können, wenn er die Tür freigab.

»Du willst mich bestehlen!«, schrie er.

»Es ist unser Geld«, versuchte sie einen ersten Vorstoß. »Ich wollte dir etwas kaufen und dich überraschen.« Das Zittern in ihrer Stimme war nicht zu überhören.

»Und was ist mit dem Koffer? Du Lügnerin, du willst mit deinem Geliebten abhauen.«

»Was? Nein!« Wie hatte sie sich nur verraten?

»Schweig, du Hure!« Er trat vor und gab ihr eine schallende Ohrfeige, sodass sie aufschrie und nach hinten fiel. Alfred wurde wach und weinte.

»Ich habe dich mit ihm gesehen. Wie ein Liebespaar seid ihr durch die Straße ›Unter den Linden‹ flaniert.« Er hob die Hand und schlug erneut zu. Ihr Kopf dröhnte, und sie schmeckte Blut. Im nächsten Moment war er über ihr und schob ihre Kleider hoch. »Glaubst du, ich lasse mich von dir ins Bockshorn jagen? Dir werd ich zeigen, wie sich eine gehorsame Ehefrau zu benehmen hat.« Hans öffnete seine Hose. Sie erschauderte beim Anblick seines steifen Glieds.

Alfred weinte bitterlich. »Denk wenigstens an dein Kind.«

»Was interessiert mich dieses Balg?« Der Hass entstellte Hans' Gesicht.

Sie versuchte, ihn wegzudrücken, doch er war zu stark. Würde er in seiner Lust Alfred gnadenlos zerquetschen?

»Bitte nicht, Hans«, flehte sie. »Lass mich wenigstens Alfred zur Seite legen.«

»Vergiss es.«

»Erwin!«, schrie sie aus vollem Halse.

»Er ist also in der Nähe.« Hans' Augen glühten auf – vor Wut, Hass und Verachtung. Er drang in sie ein, der Druck auf sie vergrößerte sich, Alfred japste.

Panisch sah sie zu ihrem Sohn. »Nein! Mein Kind!«, schrie sie. Im nächsten Moment hörte sie einen dumpfen Schlag, und sie glaubte, erdrückt zu werden. Hans verdrehte die Augen und fiel auf sie. Dahinter erschien Erwin mit einer Eisenstange. Er hatte ihm auf den Kopf geschlagen und half ihr, unter Hans hervorzukommen.

»Dich schickt der Himmel«, sagte sie unter Tränen. Sie sah nach Alfred, strich ihm über den Kopf. Der Kleine ließ sich beruhigen, es schien ihm gut zu gehen. Gott sei Dank!

Sie zog die Unterhose hoch und zupfte ihr Kleid glatt, fühlte sich beschmutzt, konnte Erwin kaum in die Augen schauen.

»Los, raus hier!«, sagte er.

Sie griff nach ihrem Koffer, steckte Ausweis, Heftchen, Geld und das Säckchen in die Manteltasche. Dann liefen nach draußen, stolperten Hand in Hand über Geröll und Trümmer.

Plötzlich hörten sie einen ohrenbetäubenden Knall und ein Zischen. Es dauerte einen Moment, bis sie begriff, dass knapp neben ihnen eine Kugel eingeschlagen war. Erwin hatte die Situation sofort erfasst, denn er zog sie in den Hauseingang einer Ruine. Sie sah zurück. Hans rannte mit einer Pistole auf sie zu.

»Ich bringe euch um!«, schrie er.

»Los, rauf«, rief Erwin. Sie liefen die Treppe hoch. Die Stufen waren teilweise halb abgerissen, Glassplitter und Steine knirschten unter ihren Schuhen. Eine verwitterte Puppe klemmte in dem Geländer. Die vorderen und hinteren

Hauswände existierten nicht mehr. Ob die übrigen Wände noch genug Halt boten, oder stürzte gleich alles zusammen? Normalerweise würde sie sich nicht in die Nähe einer solchen Ruine wagen.

Alfred quengelte, aber sie konnte sich im Moment nicht um den Kleinen kümmern, auch wenn es ihr das Herz brach.

Die oberste Etage deckten ein paar Balken und Dachziegel, doch das Dach war nicht mehr existent. Um sie herum zerbombte Häuser. Als sie in die Tiefe sah, wurde ihr schwindelig. Der Kamin verlief an der Außenmauer. Es gab keinen Ort, an dem sie sich vor Hans' Schüssen verstecken konnte. Panik überfiel sie, sie zitterte am ganzen Körper.

»Und jetzt?«

»Geh in Deckung«, sagte Erwin. Sie hörte Hans die Treppen hochkommen. Hier gab es keine Deckung, nur den Schornstein, der einen halben Meter von der Wand abstand. Kein ausreichender Schutz, dennoch quetschte sie sich dahinter, presste dem weinenden Alfred einen Kuss auf die Stirn. Sie sah hinter sich in den Abgrund und bekam einen Schweißausbruch, wandte schnell den Blick ab.

Würde Hans sie wirklich umbringen? Erwin legte sich auf den Bauch und warf Steine durch das Loch ins Treppenhaus. Ein Schuss heulte auf, Erwin zog ruckartig den Kopf zurück. Ihr Herz galoppierte, der Schock und die Angst pulsierten durch ihren Körper, doch Erwin schien es gut zu gehen.

Hans erschien auf der Treppe, voller Wut und Zorn. Sein Hemd war zerrissen, ein paar blutige Schrammen an seinem Arm, ein verzerrtes Grinsen auf dem Gesicht. »Stirb, du Scheißkerl!« Er richtete die Pistole auf Erwin und drückte ab, doch Erwin sprang zur Seite.

Sie konnte kaum hinsehen, wollte ihrem Verlobten zur Hilfe eilen, wusste nicht, wie. »Hans!«, schrie sie.

Einen Augenblick war er irritiert. Diesen Moment nutzte Erwin und stürzte sich mit einem Stein auf ihn. Ein weiterer Schuss löste sich, und sie befürchtete das Schlimmste, doch

Erwin schlug Hans die Pistole aus der Hand. Sie flog drei Meter bis an den Rand. Frida hatte keine Chance, sie zu ergreifen, hätte an den beiden Männern vorbeilaufen müssen.

Nun war es ein Kampf auf Augenhöhe, sie schöpfte neue Hoffnung. Erwin verpasste Hans einen Kinnhaken, dessen Lippe aufplatzte. Doch Hans blieb auf den Beinen, baute sich vor Erwin auf und keuchte angriffslustig. So viel Hass in den Augen. Dann bekam Erwin einen Schlag ab, taumelte und fiel rückwärts über Steine.

Hans hechtete zur Pistole. Nein! Wie in Zeitlupe sah sie, wie er sie hochnahm, zielte und abdrückte. Der Schuss dröhnte in ihren Ohren. Erwins Kopf kippte nach hinten, die Augen schlossen sich.

»Nein!«, schrie sie aus tiefster Seele. »Was hast du getan?«

Der Boden unter ihr schien aufzureißen und sie verschlucken zu wollen. Sie stolperte und landete auf den Knien. Sie hatte Erwin doch schon einmal verloren! Er bewegte sich nicht mehr, sein Pullover färbte sich blutrot. Das Loch zog sie weiter in die Tiefe und doch schaffte sie es, sich aufzurappeln. Sie wollte zu ihm, aber Hans kam mit ausgestreckter Pistole auf sie zu.

Sie wich zurück. »Willst du mich auch töten?« Ihre Augen brannten, ihre Kehle wurde trocken vor Wut. Diesmal würde sie mit Erwin in den Tod gehen. Dann spürte sie den kleinen Körper vor sich, und sie wusste, dass sie nicht sterben durfte. Für Alfred musste sie überleben. Nur wie?

»Nein«, sagte Hans und kam näher.

Für einen Moment atmete sie erleichtert auf. Sie wich immer weiter zurück, warf einen Blick über die Schulter. Der Abgrund!

»Aber dein Kind muss dran glauben. Ist es seins?«, keifte er und zeigte in Erwins Richtung.

Frida schluckte, trat einen Schritt zurück und spürte, wie sich Steine lösten und hinunterfielen. Sie blickte hinter sich und hielt nach etwas Ausschau, worauf sie springen oder woran sie runterklettern konnte, aber es ging nur in die Tiefe. Mindestens zehn Meter, wenn nicht mehr. Ihr Herz hämmerte.

War das ihr Ende? Sie musste Alfred beschützen. »Nein! Du wirst Alfred nichts antun«, rief sie und drehte sich so, dass sie ihren Sohn mit dem Körper schützte. »Glaubst du, ich werde dich je wieder an mich heranlassen, wenn du meinen Sohn tötest?«

»Glaubst du, ich werde dich um Erlaubnis fragen?« Seine Augen blitzten auf.

»Alfred hat dir doch nichts getan!«

»Doch! Er lebt!«

»Du bringst deine Familie um, genauso wie du es mit Rena und deinen Eltern gemacht hast.«

Er stockte kurz. »Du weißt gar nichts«, spuckte er ihr entgegen.

»Ach, nein?«

»Rena war die wundervollste Frau, aber sie war Jüdin.«

»Und deswegen hast du sie in den Tod geschickt.«

»In einem hatte Hitler recht, die Juden verseuchen unsere Gesellschaft. Sie sind schuld, dass meine Schwester tot ist.« In seinen Augen funkelte der Zorn.

Das glaubte er doch nicht wirklich? »Wie kann ich sicher sein, dass du mich nicht auch eines Tages umbringst?«

Seine Gesichtszüge wurden weicher. »Aber ich liebe dich doch, mein Engelchen. Ich würde dir niemals etwas antun, ich hoffe, das weißt du.« In seine Augen legte sich ein Flackern. »Deshalb kann ich auch nicht zulassen, dass mein Engel flieht, und ich bin nicht bereit, dich mit irgendwem zu teilen. Auch nicht mehr mit diesem Balg.« Er richtete die Pistole auf Alfred und kam wieder näher, war nur noch drei Meter von ihr entfernt. »Nichts soll dich mehr an ihn binden. Du sollst frei sein für mich, mein Engel. Und wir werden eigene Kinder bekommen.«

Ihre Gedanken kreisten. Sollte sie eine hektische Bewegung machen und auf Hans zustürmen? Wenn er dann abdrückte, war es aus! Welche Alternativen hatte sie? Anscheinend konnte sie nicht an seine Vernunft appellieren.

»Jetzt komm her, mein Engel, wir machen es kurz und schmerzlos, wie bei deinem Geliebten.«

Schmerzlos – dieses Wort pochte in ihrem Kopf. Wie kam er dazu, es so zu nennen? Sie überlegte fieberhaft, wie sie ihn von dem Kind ablenken konnte, dann fragte sie: »Hast du mich eigentlich nur geheiratet, weil ich eine Jüdin beherbergt habe?«

Er grinste. »Hätte ich dich während des Krieges getroffen und davon erfahren, hätte ich dich erschossen. Aber so ...«, er breitete die Arme aus, »hat das Schicksal es gut mit uns gemeint.«

Und mit ihm hatte sie das Bett geteilt. »Du hast mich nur zur Frau genommen, um vor den Alliierten gut dazustehen.« Eine eiskalte Hand umfasste ihr Herz und drückte es zusammen.

Er grinste. »Ja und nein! Falls mich die Amerikaner vor ein Gericht zerren, wird es sicherlich nicht schaden, wenn sie wissen, dass du eine Juden-Sympathisantin bist. Aber ich liebe dich wirklich, mein Engel.« Er streckte die Hand nach ihr aus. »Komm in meine Arme.«

Ein Schauer jagte ihr über den Rücken, doch ihre Sinne waren auf die Pistole gerichtet. Sie blickte in die Mündung keine zwei Meter von ihr entfernt. Sollte sie einen Vorstoß wagen, ihm die Waffe aus der Hand schlagen? Würde sie so viel Kraft aufbringen können? Sie sah an Hans vorbei zu Erwin. Er lag reglos auf dem Boden. Für ihn musste sie es versuchen.

Sie sprang nach vorn, überraschte Hans und schlug so fest auf seinen Arm, wie sie konnte, aber er behielt die Waffe in der Hand, also rammte sie ihm das Knie in die Weichteile.

Hans krümmte sich und keuchte auf. »Du Schlampe!« Er holte aus, doch sie sprang zur Seite und merkte, dass das ein Fehler gewesen war. Sie war so nah am Abgrund, dass sie mit einem Fuß abrutschte und nur noch Luft unter sich spürte. Sie verlor das Gleichgewicht, das war ihr Ende.

Hans kam auf sie zu, und sie krallte sich an seinem Arm fest, zog sich wieder auf den sicheren Untergrund, dabei fiel ihm die Pistole aus der Hand. Er drehte sich zu ihr, sein Oberkörper hob und senkte sich mit tiefen Atemzügen, seine Nasenflügel blähten sich auf. Mit zittrigen Fingern hob sie die Waffe hoch. Sie fühlte sich kalt und glitschig in ihren schweißnassen Händen an.

Hans baute sich vor ihr auf, die Falten in seinem Gesicht schienen so tief, als seien sie mit einem Messer eingeschnitten. Ihr Herz hämmerte bis zu den Ohren, und sie fragte sich, ob sie fähig war abzudrücken? Sie dachte an Willi, ihre Tante, an Greta, die sie nicht hatte retten können. Aber auch an Erwin, der durch die Hand dieses Unmenschen gestorben war, und zielte mit der Pistole auf ihren Ehemann.

»Das wagst du nicht«, keifte er und kam auf sie zugesprungen. Er prallte gegen sie, sodass sie zusammen zu Boden stürzten. Hans versuchte, die Pistole aus ihrem Griff zu befreien, aber sie krampfte sich daran fest. Ein Schuss löste sich. Sie sah Hans' Augen: weit aufgerissen, eisiges Blau. Aufbäumen des Körpers, groß, übermächtig. Sie war verloren! Doch dann sackte der Körper zur Seite, unter der Hand, die er auf die Brust gepresst hatte, sprudelte Blut hervor.

Sie stand auf und sah auf Hans.

»Hilf mir«, formten seine Lippen, doch es kam kein Laut mehr heraus.

Frida, unfähig sich zu bewegen, sah zu, wie das Leben aus Hans heraussickerte und sich auf dem Steinboden mit dem Staub vermischte. Es dauerte eine gefühlte Ewigkeit, bis Hans den Kopf sinken ließ und sich sein seelenloser Blick in den Weiten des Himmels verlor.

Sie kniete sich zu ihm und schloss seine Lider. »Das habe ich nie gewollt, doch du hast mir keine Wahl gelassen.«

Alfred weinte, sah sie aus blauen Äuglein panisch an und zitterte. Sie küsste seine Stirn. »Psst! Jetzt wird alles gut! Niemand wird dir etwas zuleide tun.« Langsam trat sie auf Erwin zu. »Ich gebe acht auf dich, immer. Und dein Papa«, sie schluckte, »der wird vom Himmel auf dich schauen und jeden deiner Schritte begleiten, weil er dich so sehr liebt. Er gäbe alles darum, dich in die Arme zu schließen, mein Schatz.« Heiße Tränen rannen über ihre Wangen. »O Erwin.« Er hatte die Augen geschlossen, der Pullover war voller Blut. Sie legte ihm eine Hand auf die Wange, und dann spürte sie es: Atmung. Leben!

»Erwin«, rief sie. Er schlug die Augen auf. »Du lebst!« Sie presste seine Hand an ihre Lippen. In ihrem Bauch feierte eine ganze Schmetterlingsschar ein Frühlingsfest.

Kapitel 13

Berlin, Mai 1946

Als Frida Erwin erblickte, klopfte ihr Herz so heftig, als wolle es gleich aus der Brust springen. Sie trug ihr gelbes Sommerkleid, das Rechel ihr zurückgegeben hatte, und hatte sich einen Kranz aus Gänseblümchen ins Haar gesteckt. Ihre Mutter schob den Kinderwagen, Anni hüpfte neben ihr her.

Erwin lächelte sie an und trat ihr entgegen. Er griff nach ihren Händen, die Haut glühte unter seiner Berührung genauso wie ihr ganzer Körper. Heute wollten sie sich das Jawort geben.

Es war nun eineinhalb Monate her, seitdem Erwin von Hans angeschossen worden war. Die Kugel hatte seine Schulter getroffen. Er hatte immer noch Schmerzen, aber er konnte den Arm wieder bewegen. Der Arzt hatte gesagt, dass alles wieder verheilen würde.

Frida hatte den Alliierten die wahre Identität genannt und die Unterlagen übergeben, die Hans im Keller versteckt hatte. Ihr war die Wohnung zugeschrieben worden, doch sie hatte nicht darin wohnen wollen. Sie hatte sie an einen amerikanischen Soldaten verkauft und war zu Erwin in den Keller der alten Dame gezogen. Sie freute sich auf heute Nacht, denn sie wollten sich ein Hotelzimmer leisten.

Bald wollten sie mit ihrer Mutter aufs Land ziehen. Erwin schwebte eine Pferdezucht vor. Sie würden keine Trakehner-Pferde haben, aber vielleicht würden sie mit dem Vermögen, das Hans ihnen hinterlassen hatte, ein paar prächtige Zuchtpferde erstehen können. Die Zukunft lachte ihnen wieder zu.

»Bist du bereit?«, fragte Erwin.

»Mehr als alles andere.« Sie lächelte.

Erwin drückte die Tür auf, und sie betraten das Standesamt. Es war, als schwebte sie über den Boden, sie nahm alles wie durch einen Tunnel wahr, hatte nur Augen für Erwin. Rechel, ihr Freund und Victor warteten bereits vor dem Trauzimmer.

Frida hatte sich diesen Moment anders vorgestellt, in Ostpreußen mit einer großen Feier und ihrer ganzen Familie, doch jetzt in diesem Augenblick zählte bloß ihre Liebe zu Erwin.

»Wir haben uns heute versammelt, um die Liebe zweier Menschen zu besiegeln – eine Liebe, die den Krieg überstanden hat«, begann der Standesbeamte.

Frida griff nach Erwins Hand, konnte sich kaum sattsehen an seinen strahlenden Augen, den Segelohren und diesem liebevollen Blick – ein Blick, der ihr nie etwas Böses tun würde.

Erwin öffnete das Kästchen und schob ihr den Ring über den Finger. Es waren die Ringe seiner Großeltern, die den Untergang der »Gustloff« überstanden hatten, da er sie in der Innentasche seiner Jacke aufbewahrt hatte.

Sie hatten einen Goldschmied gefunden, der ihnen eine Blume in die Innenseiten eingraviert hatte, neben Namen und Datum. Man konnte zwar nicht erkennen, um welche Blume es sich handeln sollte, doch für Frida war es eindeutig eine gelbe Kamelie.

Frida nahm Erwins Ring und steckte ihn an seinen Finger, dann umschlossen sich ihre Hände und wurden eine Einheit.

»Hiermit erkläre ich Sie Kraft meines Amtes zu Mann und Frau.«

Erwin beugte sich zu ihr, Frida schloss erwartungsvoll die Augen. Als sich ihre Lippen berührten, explodierte die Mischung der sonnigsten Farben in ihr. Sie waren eine Familie – endlich!

Als Erwin sie freigab, drehten sie sich zu den Gästen um, die herzlich applaudierten. James griff nach der Kamera und machte ein paar Fotos. Erinnerungen an einen der schönsten Momente ihres Lebens.

Frida sah Erwin an. Seine Lippen formten lautlos »mein Abendlicht« und aus seinen Augen sprachen Glück und das Versprechen an eine ungetrübte Zukunft.

Berlin, Mai 2009

Carolins Großmutter reichte ihr einen Rahmen mit einem Foto, das sie und Erwin vor dem Standesamt zeigte. Frida und Erwin hielten sich an den Händen, klammerten sich fast aneinander und strahlten sich an.

»Wann ist Erwin gestorben?«, fragte Carolin und strich über das Gesicht ihres Großvaters.

»1968. Aber wir hatten einige glückliche Jahre. Wir sind aufs Land gezogen und wollten eine Pferdezucht aufbauen. Bald merkten wir jedoch, dass die Menschen dringendere Sorgen hatten, als Turnierpferde zu kaufen, also hat Erwin begonnen, Möbel zu zimmern. Daraus entwickelte sich ein gutes Geschäft. Alfred hat schon als Kind im väterlichen Betrieb mitgeholfen und Talent gezeigt.« Frida lächelte und holte ein Fotoalbum. Es zeigte Alfred und seine Geschwister in jungen Jahren beim Fußballspielen, in einem See baden, neben dem Vater in der Werkstatt.

»Erwin hatte die Leidenschaft zu fotografieren wiederentdeckt, also habe ich sehr viele Fotos.« Sie blätterte durch das Fotoalbum und richtete die Brille. »Davon werde ich mich nicht trennen.«

Die Hände ihrer Großmutter begannen zu zittern. Carolin griff nach ihnen. »Das musst du nicht. Alles, was dir wichtig ist, wirst du behalten. Und wenn ich es zu mir nehme, um es dir später wieder in deine neue Wohnung zu bringen.« Sie zwinkerte ihrer Großmutter zu, die daraufhin herzlich lachte.

»Das wäre fast wie in alten Zeiten, in denen ich mich vor Hans verstecken musste.«

»Nein. Ingrid will nur das Beste für dich.«

Frida nickte. »Sie kann nur nicht begreifen, was ich erlebt habe. Ich habe ihr schon öfter etwas erzählt, aber mit solch einem Interesse, wie du mir zugehört hast, hat sie meinen Erzählungen niemals gelauscht. Sie war wohl zu nah dran, und sie hat es ihrem großen Bruder nie verziehen, dass er uns verlassen und sich nie wieder gemeldet hat.«

Carolin zog die Hand zurück. »Wie ist es zu dem Bruch mit meinem Vater gekommen?«

»Das werde ich dir morgen erzählen.«

Carolin blickte auf die Armbanduhr, es war bereits achtzehn Uhr. Sie bereitete das Abendbrot vor, doch ihre Großmutter blieb im Atelier sitzen und ließ sich bloß zu einem Tee überreden. Sie starrte auf die Staffelei und wollte auch nicht ins Bett gehen, als Carolin vier Stunden später nach ihr sah.

»Geh ruhig schlafen, ich komme zurecht«, sagte ihre Großmutter.

Carolin war nicht wohl bei dem Gedanken, doch sie erkannte, dass ihre Oma Zeit für sich brauchte, und zog sich zurück. Sie legte sich ins Bett und dachte lange über Fridas Erzählungen nach, über die Gefahren, in denen ihre Großmutter geschwebt hatte, über die Ängste, die sie hatte durchstehen müssen.

Sie holte ein Foto ihres Vaters hervor und betrachtete es im Schein der Nachtlampe. Er hat den freundlichen Gesichtsausdruck und die strahlenden Augen von seinem Vater geerbt. Sie presste das Foto an die Brust und ließ den Kopf auf das Kissen sinken.

»Ich verzeihe dir, Papa, dass du mir meine Familie vorenthalten hast, und werde dich immer in meinem Herzen tragen.«

Berlin, Mai 2009

Am nächsten Morgen schreckte Carolin aus einem Kriegstraum hoch. Sie hatte ihren Großvater auf dem sinkenden Schiff gesehen, und ihre Großmutter hatte sich vor einem Fliegerangriff unter einem Auto versteckt. Ihr Herz pochte heftig, Schweiß stand auf ihrer Stirn. Das ungute Gefühl ließ sich nicht vertreiben, also sprang sie aus dem Bett und lief durch das Haus, auf der Suche nach Frida. Nicht, dass ihr etwas zugestoßen war. Sie hatte doch Ingrid versprochen, auf sie aufzupassen, und dann war sie gestern Abend einfach ins Bett gegangen. Wie unvorsichtig von ihr.

Als sie im Atelier ankam und ihr Blick auf die Staffelei fiel, stockte sie. Auf der Leinwand war ein junger Mann auf einer Wiese zu sehen. Hinter ihm ein Pferd und ein Busch mit gelben Blumen. Nur die eine Hälfte der Leinwand war bemalt, die andere war leer. Carolin lächelte.

Auf dem Stuhl davor lag die Skizze dazu. Ihre Großmutter musste gestern sehr lange wach gewesen sein. Carolin schlich zu Fridas Schlafzimmer und horchte, leise klopfte sie an. Als keine Antwort kam, drückte sie die Klinke hinunter und schob die Tür auf. Frida lag im Bett und regte sich nicht.

Carolins Herz holperte. Hatte der Tag gestern sie so sehr angestrengt, dass sie ... Langsam trat sie näher, sah, dass der Oberkörper sich hob und senkte. Ihre Großmutter lebte, ihr ungutes Gefühl hatte sie getäuscht.

Erleichtert zog sich Carolin zurück, frühstückte und begab sich ins Atelier. Nun sah sie das Bild vor Augen, wie sie es vollenden konnte. Sie nahm ein Blatt und skizzierte, wie sie ihren Vater neben Erwin zu Papier bringen wollte. Auch sie selbst würde auf dem Gemälde zu sehen sein, jedoch nur von hinten, wie sie vor einer Staffelei saß und das Geschehen malerisch festhielt. Carolin holte einen Bleistift und Aquarellfarben aus dem Regal und begann zu zeichnen.

Als ihre Großmutter gegen Mittag hereinkam, hatte Carolin ihren Vater fertig gemalt und ihren eigenen Kopf und die Staffelei angedeutet. »Oh, da hat uns beide wohl die Muse geküsst.« Frida trat näher und betrachtete das Werk. Sie nickte anerkennend. »Es wäre eine Schande, wenn du dieses Talent verschwenden würdest.« Sie grinste ihr zu. »Ich muss etwas essen. Kommst du mit? Dann erzähle ich dir, warum Alfred uns verlassen hat.«

Berlin, März 1967

Frida deckte mit ihrer größten Tochter den Tisch und rief nach Wilfried und Greta, die im Garten Fußball spielten. Es gab Steckrübeneintopf und Brot. Frida wusste, dass es wieder Diskussionen geben würde, da es nicht das Lieblingsessen der Kinder war.

Erwin kam aus der angrenzenden Werkstatt und gab ihr einen Kuss, bevor er sich zurückzog, um sich umzuziehen.

»Wo bleibt Alfred?«, fragte sie ihm hinterher.

»Der ist heute Mittag verschwunden, wollte sich einen halben Tag freinehmen.«

Ingrid kicherte. »Ich glaube, er hat eine neue Angebetete.«

»Na, die soll er mir mal ins Haus bringen«, sagte Frida lachend. Als sie aus dem Fenster blickte, stockte sie. Alfred kam Hand in Hand mit einer jungen Blonden den Steinweg hinaufgeschlendert.

»Ich glaube, wir brauchen noch einen Teller«, sagte sie zu ihrer Tochter.

Ingrid stützte sich an der Anrichte ab, schob die Gardine zur Seite und lugte neugierig durchs Fenster. »Endlich bringt er sie mal mit.«

»Du wusstest davon?«, fragte Frida.

Ingrid zuckte mit den Schultern, drehte sich um und holte einen weiteren Teller aus dem Schrank. »Vielleicht.«

Frida atmete tief durch, sie musste sich in diesen Moment immer daran erinnern, dass sie selbst einmal jung gewesen war, dennoch erdrückten sie die Sorgen um ihre Kinder, wenn diese allein loszogen. Frida hatte so viel Leid erfahren, dass die Bilder von Hans, der Flucht und sterbender Menschen sie ständig begleiteten. Und nachdem ihr drittes Kind, Maria, im Alter von drei Monaten verstorben war, war es noch schlimmer geworden. Sie hoffte, niemals mehr ein Kind verlieren zu müssen.

Alfred kam lachend mit der Frau herein. Mit einundzwanzig war er ein stattlicher Mann mit blonden Haaren und hatte das charmante Lächeln seines Vaters geerbt, genauso wie das handwerkliche Geschick.

»Mutter darf ich dir Irina vorstellen?«

Die Frau lächelte sie an, trat auf sie zu und streckte ihr die Hand entgegen. Das geknöpfte mit Blumenstickereien versehene Kleid reichte ihr nicht mal bis zu den Knien, und das bei dieser kalten Jahreszeit.

»Irina Mironow«, säuselte die Frau mit einer zarten Stimme.

Frida stockte kurz, bevor sie die Hand ergriff. »Ich bin Frida.« Sie wollte ihr ein »Herzlich willkommen« schenken, doch der Name hatte ihren Mund trocken werden lassen.

Als Erwin herunterkam, setzten sie sich gemeinsam an den Tisch. Frida füllte die Teller und beobachtete Irina aus dem Augenwinkel. Sie war schlank, hatte feine blonde Haare und ein schmales Gesicht, das noch kindliche Züge hatte, obwohl sie sicherlich zwanzig Jahre sein mochte. Sie war hübsch, nur ihre Nase schien ein bisschen zu groß.

Erwin brach sich ein Stück Brot ab. »Irina, erzähl uns von dir, wo kommst du her? Was machst du? Wir sind ganz gespannt, welche Frau das Herz unseres Ältesten erobert hat.« Er zwinkerte Alfred zu, der mit den Augen rollte.

»Ich bin in Odinzowo in Russland geboren und habe dort noch Familie. Vor ein paar Jahren bin ich mit meinen Eltern nach Moskau gezogen, das ist von dort bloß ein Katzensprung entfernt.« Sie sprach mit einem russischen Akzent, was Frida an die Rotarmisten erinnerte.

»Was hat dich nach Berlin geführt?«, fragte Erwin.

»Meine Mutter und ich sind kurz nach dem Krieg unserem Vater nach Berlin gefolgt.«

»Was hat er im Krieg gemacht?«

»Er war Offizier und hat die Deutschen von Hitler befreit«, sagte sie voller Stolz.

Instinktiv hielt Frida die Luft an. »War er auch in Ostpreußen?«

Irina nickte. »Er war in einer der ersten Trupps, die dort eingefallen sind. Er ...«

»Schluss mit der Fragestunde«, sagte Alfred. »Sie sollte euch lieber von ihrem Geigenspiel erzählen. Sie spielt im Orchester ...«

Frida konnte nicht mehr zuhören, denn die Bilder des Krieges rauschten auf sie ein. Sie sah die vielen Leichen am Wegesrand, die Mutter, die um ihr Kind klagte, und Berta, wie sie stur in ihrer Tasse gerührt hatte. Erwin hatte Jahre später erfahren, dass die Rotarmisten das ganze Gestüt abgebrannt hatten und dass keiner überlebt haben sollte. Sie dachte an Greta, die die Flucht in der Eiseskälte nicht überstanden hatte, sie hörte wieder das MG-Feuer der Flugzeuge, die auf die Trecks aus Flüchtlingen geschossen hatten. Ein heißkalter Schauer lief ihr über den Rücken.

Noch am Abend stellte sie Alfred zur Rede. »Wie ernst ist es dir mit Irina?«, fragte sie vorsichtig, als er nach dreiundzwanzig Uhr heimkam. Er hatte Irina nach Hause gebracht, hatte dafür länger gebraucht als vermutet. Frida war die ganze Zeit wach geblieben.

Alfred zog Jacke und Schuhe aus. »Wenn es mir nicht ernst wäre, hätte ich sie nicht mitgebracht.«

»Du weißt doch sicherlich, was dein Vater und ich alles durch die Russen erleiden mussten.«

Alfred stöhnte auf. »Der Krieg ist über zwanzig Jahre vorbei, als ob das noch eine Rolle spielt.«

»Er war in Ostpreußen. Es kann sein, dass er den Befehl gegeben hat, deine Großmutter umzubringen.«

»Das kannst du doch nicht wissen!« Er stapfte an ihr vorbei in die Küche.

Frida folgte ihrem Sohn, der sich aus dem Kühlschrank ein Bier nahm. »Ich werde es aber nicht ertragen, wenn bei Familienfesten ein ehemaliger Rotarmist mit uns am Tisch sitzt. Es wird mich immer an den Krieg erinnern.«

»Kannst du die Vergangenheit nicht ruhen lassen?«, fragte er genervt.

Ihr Brustkorb verspannte sich. »Die Bilder werden mich stets begleiten, mein Leben lang, daran kann ich nichts ändern.«

»Ich werde mir deswegen nicht von dir vorschreiben lassen, wen ich zu heiraten habe.«

»Du willst sie heiraten?«, fragte sie empört.

»Natürlich. Was denkst du denn?«

»Wenn du sie wirklich zur Frau nimmst, bist du in diesem Haus nicht mehr willkommen«, schrie sie ihm entgegen. Sie bereute bereits die Worte, als sie sie ausgesprochen hatte, doch sie konnte sie nicht zurücknehmen. Es lag die ganze Wut und Verzweiflung in ihnen. Sie fühlte sich schlecht, dennoch wusste sie, dass sie das Richtige tat, denn sie wollte keinen Rotarmisten in der Familie haben. Alfred hätte sich in jede andere verlieben können – nur nicht in eine Russin.

Ihr Sohn sah sie einen Moment versteinert an, dann knallte er die Bierflasche auf den Küchentisch und verschwand aus dem Haus.

Frida sah ihm lange nach, auch als es bereits still geworden war. Sie spürte wieder diese Eiseskälte in ihrem Körper und rieb sich die Arme.

Berlin, Mai 2009

Frida knetete ein Taschentuch, eine Träne rann über ihre Wange. »Dieser Moment war einer der größten Fehler meines Lebens, den ich zutiefst bereue. In diesem Augenblick habe ich meinen ältesten Sohn verloren.« Sie hielt den Blick gesenkt, als könne sie Carolin nicht ansehen.

»Es war weder edel noch verständnisvoll oder liebevoll. Es war reiner Egoismus, weil ich die Vergangenheit nicht ruhen lassen konnte und Angst vor den immer wieder hochkommenden Bildern hatte.«

»Ist er nicht mehr wiedergekommen?«

»Am nächsten Tag hat er seine Sachen gepackt und ist verschwunden. Wir haben uns noch mal gestritten. Erwin hat getobt, doch er hat ihn nicht aufhalten können.« Sie schüttelte resigniert den Kopf. »Er hat den Kontakt abgebrochen. Ich wusste lange nicht, wo er lebte. Und als ich es wusste ...«, Frida ließ seufzend die Schultern hängen, »... habe ich ein Gespräch immer aufgeschoben.«

»Hast du Alfred jemals erzählt, was du mir erzählt hast?«, fragte Carolin.

Ihre Großmutter rieb sich über die Augen. »Nicht in allen Einzelheiten. Man schwieg über die Dinge aus dem Krieg, keiner wollte es hören, jeder hatte mit den Erinnerungen zu kämpfen, und den Kindern wollte ich ein unbeschwertes Leben ermöglichen.«

»Dann kann er nicht verstanden haben, was dich dazu bewogen hat.«

»Ich weiß, und nun ist es zu spät.« Eine Träne tropfte auf Fridas Strickjacke. »Ich dachte, ich hätte noch Zeit gehabt. Ich dachte, solange ich lebe, könnte ich es wieder geraderücken, doch dass er derjenige sein würde, der zuerst von dieser Welt geht, damit hätte ich nicht gerechnet. Obwohl ich so oft erlebt habe, wie schnell ein Menschenleben ein Ende finden kann.«

Carolin griff nach der Hand ihrer Großmutter und drückte sie. Sie hätte ihr die Schuld gern genommen, wusste jedoch nicht, wie.

Frida stand auf und holte einen abgegriffenen Flyer aus einer Schublade. Sie kam damit zurück zum Tisch und reichte ihn Carolin. Eine altertümliche Schrift, ein Kreuz auf der Vorderseite. Die Überschrift lautete: *Nahet euch zu Gott, so naht er sich zu euch.*

»Ist es das, was ich denke?«, fragte Carolin.

Ihre Großmutter nickte. »Ich habe es in meinem Leben oft hervorgeholt und darüber nachgedacht. Und nun habe ich begriffen, dass ich meine Gerechtigkeit erhalten habe.« Sie presste die Lippen zusammen. »Ich habe mich nicht getraut, auf Alfred zuzugehen, und nun ist es zu spät. Mein Sohn kann mir nicht mehr vergeben, jetzt gibt es nur noch zwei, die das können.« Frida wischte sich die Tränen von den Wangen und sah sie an. »Du und Gott.«

Carolins Hals schnürte sich zu, und ihr stiegen ebenfalls Tränen in die Augen. »Dass du nach dem ganzen Leid, das du erfahren hast, zum Glauben gefunden hast, finde ich bewundernswert.«

Frida lächelte traurig. »Ich habe auch viel Gutes erfahren: Rechel und Erwin haben überlebt, und ich durfte doch noch Erwins Frau werden. Und nun wünsche ich mir nichts sehnlicher, als dir eine Großmutter zu sein ... ohne Vorurteile oder Zwietracht.«

Carolin drückte die Hand ihrer Großmutter. »Das würde mich auch freuen. Und ja. Natürlich vergebe ich dir.«

»Ich danke dir«, sagte diese tränenerstickt. »Darauf hatte ich gehofft.«

Berlin, September 2009

Carolin ging durch die Grünanlage des Seniorenparks. Zwei alte Damen unterhielten sich auf einer Bank und nickten ihr freundlich zu. Der Außenbereich war liebevoll gestaltet, mit vielen Blumen, einem weißen Pavillon und einem Teich, auf den sich hin und wieder eine Ente verirrte. Auch wenn ihre Großmutter seit einem Monat in dem Seniorenheim wohnte, war der Weg für Carolin immer noch ungewohnt.

Sie ging ins Gebäude und klopfte an die Wohnungstür. Frida öffnete ihr mit einem Strahlen. Sie sah gut aus, hatte die Haare frisch frisiert und trug einen bordeauxroten Anzug. Sie wohnte in einer vierzig Quadratmeter großen Wohnung mit einem Schlafzimmer und einem Wohnraum, einem Badezimmer und einer Kochnische sowie einen geräumigen Balkon, der mit Blumen und Pflanzen vollgestellt war.

»Endlich«, sagte ihre Großmutter.

Carolin blickte auf die Armbanduhr. »Ich bin sogar zu früh.« Sie trat vor und nahm ihre Oma in die Arme. »Alles Liebe zum Geburtstag.«

»Ach Schätzchen, einer Neunzigjährigen gratuliert man doch nicht mehr«, sagte Frida mit einem Augenzwinkern. »Schau mal!«

Carolin folgte ihrer Großmutter zum Fenster, wo eine Staffelei mit einem fertigen Gemälde stand. Es zeigte den Seniorenpark mit Außenbereich, Bewohner, die im Pavillon saßen, an den sich ein Busch mit gelben Blumen lehnte. »Es ist fertig.«

Frida hatte Aquarellfarben gewählt. Die Farben harmonierten miteinander, es entstand ein sommerlicher Eindruck, die Häuserstrukturen waren nicht im Detail ausgearbeitet, sondern nur angedeutet, sodass die Aufmerksamkeit des Betrachters auf den Gartenbereich gezogen wurde. Die Direktorin des Altenheims hatte sich ein Gemälde für den Eingangsbereich gewünscht, als sie Fridas Kunstwerke gesehen hatte. Frida war mit Freuden darauf eingegangen.

»Den Busch mit den gelben Blumen habe ich gar nicht gesehen.« Carolin grinste.

Frida lächelte. »Ein Bild ist niemals Abdruck der Wirklichkeit, sondern eine Mischung aus dem, was man sieht, und der eigenen Erfahrung.«

»Es ist dir wirklich gelungen«, sagte Carolin ehrlich. Ihre Großmutter hatte einen Blick für das Besondere und vermochte es, die Farben in Einklang zu bringen, sodass ein harmonisches Gesamtbild entstand, auf dem es viele Details zu entdecken gab wie eine Taube auf dem Pavillon oder eine Maus im Gras.

»Dann lass uns fahren. In einer Stunde kommt der Caterer und bringt das Essen.«

»Du ahnst gar nicht, wie viel es mir bedeutet, dass du das Haus gekauft hast und ich nun meinen Geburtstag dort feiern kann.«

»Bist du nicht traurig, dass du nun im Altenheim lebst?« Für Carolin fühlte es sich noch immer falsch an, dass sie im Haus ihrer Großmutter wohnte und Frida hier. Sie hatten die Möglichkeit oft durchgesprochen, zusammen im Haus zu leben, doch sowohl Frida als auch Ingrid waren dagegen gewesen. Auch ihre Großmutter hatte gesagt, dass jemand da sein müsste, wenn ihr irgendwas passierte, und hatte darauf bestanden, dass Carolin ihr eigenes Leben führte und ihrer Leidenschaft folgte.

Frida schüttelte den Kopf. »Nein. Ich habe hier meinen Frieden gefunden.«

Als sie im Auto saßen, klingelte ihr Handy. Es war Herr Lüscher. Obwohl sie eine Freisprechanlage hatte, ging Carolin nicht ran.

»An diese neumodischen Dinger habe ich mich noch nicht gewöhnt. Wir waren früher froh, wenn wir überhaupt einen Telefonanschluss hatten. Meine Tante war vor dem Krieg eine der wenigen, die einen eigenen Anschluss hatte. Viele Nachbarn sind damals zu uns gekommen, wenn sie ein Telefonat führen wollten.«

»Ich mache es gleich aus.«

»Ist es nicht wichtig?«

Carolin zuckte mit den Schultern. »Ich bin bald offiziell raus.«

»Hat es geklappt?«

»Der Investor hat zugesagt. Nächste Woche soll alles über die Bühne gehen, und dann bin ich das Unternehmen los. Viele meiner Mitarbeiter waren nicht glücklich mit der Entscheidung, aber sie haben alle eine Übernahmegarantie bekommen.«

»Und wie geht es dir damit?«

»Ich bin froh, die Verantwortung abgeben und mich auf das Studium konzentrieren zu können.«

Sie würde für das Unternehmen so viel Geld bekommen, dass sie lebenslang nicht mehr arbeiten gehen müsste. Sie hatte vorher ein Vermögen besessen, doch nun war sie steinreich, und sie wusste noch nicht, wie sie damit umgehen sollte. Natürlich war es einfach für sie gewesen, das Haus ihrer Großmutter zu kaufen und sich für das Malstudium zu entscheiden, aber sie wollte auch etwas Eigenes in ihrem Leben erreichen. Sie hatte überlegt, die Hälfte des Verkaufserlöses für Kriegsopfer zu spenden und die andere Hälfte anzulegen und nicht anzurühren, bis sie den Sinn hinter dem Vermögen erkannte.

»Du wirst es mit der Malerei weit bringen.«

Obwohl Carolin das Haus ihrer Großmutter neu eingerichtet hatte, bewegte sich Frida sehr vertraut in diesen vier Wänden. Der Caterer brachte mehrere Kuchen und das Abendessen in großen Warmhaltebehältnissen. Sie bauten alles in der Küche auf. Es gab Beetenbartsch, eine Rote-Bete-Suppe, Königsberger Klopse mit Kartoffeln und Gemüse und einen Kohlrabieintopf – Gerichte, die ihre Großmutter an Ostpreußen erinnerten. Um die Pavillons und Stehtische für die dreißig Gäste hatte sich Carolin gekümmert. Sie hatten Glück mit dem Wetter, die Sonne schien, und das Thermometer zeigte sechsundzwanzig Grad.

Frida stand bereits um halb drei am Küchenfenster und lugte ungeduldig hinaus. Auch Carolin war aufgeregt. Heute würde sie Fridas gesamte Familie mit Kindern und Kindeskindern kennenlernen. Zuerst kam Ingrid mit ihren beiden Töchtern, eine davon mit Mann und der Tochter Emma. Anschließend trafen Wilfried und Greta mit ihren Familien ein. Die Jugendlichen standen irgendwann in der Küche zusammen und quatschten. Die kleinen Kinder rannten im Haus umher und spielten Fangen.

Carolin verlor bald den Überblick, konnte sich kaum alle Namen merken, doch jedes Mal, wenn sie sich mit jemandem unterhielt, fühlte sie sich in der Familie als neues Mitglied akzeptiert.

Als Carolin mit einem vollen Teller am Stehtisch stand, gesellte sich Ingrid zu ihr. »Schön hast du es eingerichtet.«

Ihre Tante lächelte, doch Carolin konnte nicht einschätzen, ob es ein ernst gemeintes Lächeln war. Es lag immer eine kleine Spannung zwischen ihnen. »Ich bin froh, hier sein zu dürfen, und Oma ist glücklich, dass sie mich ab und zu besuchen kann.«

Ingrid nickte. »Aber übertreibt es nicht.«

Da war er wieder, der Vorwurf. Carolin legte sich die nächsten Worte im Kopf zusammen, als Ingrid befreiter lächelte.

»Aber ihr macht das schon.« Sie rieb sich über die Stirn. »Ich weiß, dass ich mir immer zu viele Sorgen mache.«

Ihre fünfjährige Enkelin in einem blauen Sommerkleid kam zu ihr gehüpft und sprang an ihr hoch. Ingrid hob sie auf den Arm und wuschelte ihr durch die Haare, bis das Kind zappelte und wieder runterwollte. »Auch bei Emma.« Ein anderes Kind kam herbeigeeilt, stupste Ingrids Enkelin an und verschwand im Garten, woraufhin Emma lachend die Verfolgung aufnahm.

»Ich denke, wir haben für Frida ein schönes neues Zuhause gefunden. Und ich wollte mich bei dir bedanken, dass du sie so oft besuchst und ihr Gesellschaft leistest, das bedeutet ihr sehr viel.«

Mit einem Dank hätte sie nicht gerechnet.

»Außerdem …« Ingrid rieb sich über die Nasenwurzel und blickte zu Boden. »Vor vierzig Jahren hatte Alfred mir beim Abschied versprochen zu schreiben. Jeden Monat einen Brief. Es ist kein einziger angekommen. Ich war enttäuscht und stinksauer.« Sie seufzte und zuckte mit den Schultern, sah Carolin nun in die Augen. »Ich glaube, du hast meinen Zorn abbekommen, und das tut mir leid.«

Carolin musste lächeln. »Danke, dass du mir das gesagt hast.« Vielleicht würde die Beziehung zu ihrer Tante doch noch besser werden.

»Carolin, ich möchte dir noch jemanden vorstellen«, hörte sie Fridas Stimme hinter sich.

Carolin drehte sich um. Ihre Großmutter stand vor ihr, ein breites Grinsen im Gesicht, als ob sie etwas ausgeheckt hatte.

»Ich habe eine Überraschung für dich.« Sie trat ein wenig zur Seite, sodass Carolins Blick auf eine alte Frau in einem Rollstuhl fiel. Sie wurde von einem Mann in Carolins Alter geschoben. Er war sportlich, hatte blonde Haare und ein umwerfendes Lächeln, das in ihr ein ungewohntes Kribbeln auslöste.

»Das ist Rechel«, sagte Frida.

Carolins Herz öffnete sich, sie beugte sich zu der Frau und gab ihr die Hand. »Ich freue mich, Sie kennenlernen zu dürfen.«

Rechel saß gebückt in dem Rollstuhl, trug eine Blumenbluse und anscheinend eine Perücke. Sie drückte die Handtasche an den Körper, als ob sie darin einen Schatz bewahrte. Ihre Haut war fleckig und alt, aber die Augen sternenklar.

»Auch ich bin erfreut. Frida hat mir am Telefon viel von dir erzählt.« Sie zeigte auf den jungen Mann hinter sich. »Und das ist mein Enkel John.«

Er gab Carolin die Hand, und sie fühlte sich wie elektrisiert.

»Leben Sie noch in Berlin?«, fragte Carolin Rechel.

»Ich bin mit meinem Mann nach Missouri gezogen, doch als meine Sehnsucht nach Deutschland zu groß wurde, sind wir wieder zurückgekommen. Meine beiden Kinder sind in den USA geblieben, aber mein Enkel lebt seit einigen Jahren bei mir, und darüber bin ich sehr froh. Jetzt wohnen wir in Potsdam.« Sie lächelte.

»Sure. Einer muss ja auf Oma achtgeben«, er sprach mit einem amerikanischen Akzent, der Carolins Herz einen Takt schneller schlagen ließ.

»Ich hoffe, wir sehen uns gleich noch«, sagte Rechel und wurde dann von ihrem Enkel zum Buffet geschoben.

Carolin senkte den Kopf und warf Ingrid einen verstohlenen Blick zu, um zu ergründen, ob sie mitbekommen hatte, wie aufgeregt sie war, doch ihre Tante war in ein Gespräch vertieft. Wieso brachte dieser Mann sie nur so aus der Fassung?

Nach dem Essen saßen Rechel und Frida im Atelier und sprachen über vergangene Zeiten. Carolin hörte mal »Erwin« oder »Victor«, und immer wieder lachten die beiden.

Jetzt konnte sie verstehen, warum ihre Großmutter so zufrieden mit sich war. Sie hatte das Glück, das sie in den schweren Zeiten erfahren hatte, schätzen gelernt.

Carolin musste an Laura denken, zu der sie vor zwei Jahren den Kontakt abgebrochen hatte. Nur weil sie ein Kopftuch getragen hatte und mit einem Mann einer anderen Glaubensrichtung zusammen gekommen war, hatte sie die Freundschaft einschlafen lassen – aus Angst vor dem Ungewissen. Sie hatte Laura deswegen verurteilt und nicht verstanden, warum sie sich hatte verhüllen müssen. Nun wurde ihr deutlich, dass sie kaum anders gehandelt hatte als die vielen Deutschen, denen die Juden wegen ihres Glaubens suspekt gewesen waren. Viele hatten die Schrecken des Krieges bewusst oder unbewusst ignoriert. Ein Schauer durchfuhr ihren Körper, wenn sie daran dachte, dass sie wahrscheinlich im Schwarm des Antisemitismus mitgeschwommen wäre, ohne die Menschen zu kennen.

Sie zog das Handy aus der Tasche und schrieb Laura eine SMS:

Hallo, Laura! Wie geht es dir? Entschuldige, dass ich mich so lange nicht gemeldet habe. Hast du diese Woche Zeit zu telefonieren? Würde mich freuen. Liebe Grüße, Carolin.

Sie trat an die Fensterfront und sah nach draußen. Sie liebte den Garten und würde sich auch als Gärtnerin versuchen. Frida wollte ihr dabei behilflich sein und ihr Tipps geben. Aber auch ihren Vater hatte sie nicht vergessen. Sie hatte das Gartenhaus, in dem er zu Hause seine Werkstatt gehabt hatte, von dem Umzugsunternehmen hier aufbauen lassen. Das Haus in Haan hatte sie vermietet, sie hatte es nicht übers Herz gebracht, es zu verkaufen. In der Hütte hing nun das große Porträtbild ihres Vaters aus dem alten Büro. Und immer, wenn sie die Hütte betrat, glaubte sie, ihr Vater würde gleich zur Tür hereinkommen und sie begrüßen. Sie war sich mittlerweile sicher, dass er ihre Entscheidungen mittragen würde – den Verkauf seines Unternehmens, den Umzug nach Berlin und die Einschreibung für das Studium. Er würde wollen, dass sie glücklich war, auch wenn er für sie einen anderen Weg vorgesehen hatte.

John stellte sich neben sie. »Hast du das gemalt?«, fragte er und wies auf das Gemälde auf der Staffelei.

Sie hatte den Garten mit der neuen Hütte in Aquarell gesetzt und einen Mann im Inneren der Hütte angedeutet. Man konnte ihn nicht erkennen, aber sie wusste, dass es sich um Alfred handelte.

»Ja, das sind alles meine.« Sie zeigte auf die Bilder, die an den Glaswänden lehnten.

John ging daran entlang und betrachtete sie eingehend. »Wonderful. Du solltest das beruflich machen.«

»Ich habe mich zu einem Malstudium eingeschrieben und hoffe, dass ich das wirklich tun kann.«

»Brillant.«

»Und was ist dein Job?«, fragte Carolin.

»Ich bin Architekt, aber ich möchte jetzt nicht über meine langweilige Arbeit sprechen. Viel mehr interessiere ich mich für deine Gemälde.«

Er wollte genau wissen, welche Techniken und Farben sie verwendete und wie sie die Bilder aus dem Kopf auf die Leinwand bekam. Es war ein angenehmes Gespräch, sie vergaßen die Zeit. John zeigte ehrliches Interesse.

»Vielleicht können wir mal etwas zusammen gestalten. Ich entwerfe das Haus und du die Gemälde, die wir darin aufhängen. Meine Kunden werden es lieben.«

»Klingt nach einer tollen Idee.«

Er hob sein leeres Glas. »Ich werde mir mal kurz Nachschub holen. Nicht weglaufen.« Er zwinkerte ihr zu.

Als er den Wintergarten verlassen hatte, trat Frida zu ihr. »John ist ein anständiger Mann und noch nicht vergeben. Wenn ich in deinem Alter wäre, er würde mir auch gefallen.«

»Oma«, sagte Carolin empört, doch dann kam John zurück, und ihre Großmutter setzte sich zu Rechel und war schnell mit ihrer Freundin in ein Gespräch vertieft.

John reichte ihr eins von zwei Sektgläsern und sah sie auffordernd an.

Carolin hob ihr Glas. »Worauf stoßen wir an?«

»Auf das Glück, dass du deine Großmutter noch kennenlernen durftest und wir heute hier zusammen sind.«

Er lächelte verschmitzt und seine Augen strahlten. Beim Anstoßen berührten sich ihre Finger. In Carolins Magen entstand ein aufgeregter Wirbel, der die Möglichkeit einer wahrhaftigen Liebe in sich trug.

Historischer Hintergrund

Alle Figuren dieses Romans sind frei erfunden, in einigen Aspekten habe ich mich jedoch an Zeitzeugenberichte gehalten. Dies betrifft vor allem die Flucht aus Ostpreußen im Januar 1945.

Von dem Kreuzfahrtschiff »Wilhelm Gustloff« habe ich erst gehört, als ich für diesen Roman recherchiert habe.

Wie im Roman geschildert, sollte das Schiff der ehemaligen »Kraft durch Freude«-Flotte etliche Flüchtlinge vor der Roten Armee in Sicherheit bringen. Am 30. Januar 1945 um kurz nach einundzwanzig Uhr trafen drei Torpedos das Schiff, eine Stunde später versank es. Wie viele Menschen waren an Bord? Dazu führen unterschiedliche Quellen verschiedene Zahlen an. Ich habe mich an die Angaben des Buches »Die Todesfahrt der ›Gustloff‹. Porträts von Überlebenden der größten Schiffskatastrophe aller Zeiten« von Armin Fuhrer gehalten, das besagt, dass rund 10.500 Menschen an Bord gewesen sein sollen.

Eine wichtige Quelle für meinen Roman war das Gespräch mit einer Zeitzeugin. Sie lebte mit ihrer Familie im Memelland in Ostpreußen. Ihre Flucht begann im Oktober 1944, und sie gelangten nach Uderwangen zu Verwandten. Der Vater war im Volkssturm. Die Deutsche Armee konnte die Front jedoch nicht halten. Also setzte sich der Vater wie auch andere Soldaten von seiner Truppe ab. Die Familie wurde am 26.01.1945 mit einem Militärfahrzeug nach Königsberg gebracht. Dort trafen sie an einem vorher verabredeten Treffpunkt den Vater wieder – ein Glücksfall bei dem

Chaos und den unendlich vielen Flüchtlingen. So unrasiert und abgemagert, wie er durch den Krieg geworden war, sah er wie ein Siebzigjähriger aus. So konnte er Gott sei Dank bei seiner Familie bleiben, denn alle Männer bis sechzig wurden zum Volkssturm geschickt.

Am 28.01.1945 fuhr die Familie um fünf Uhr morgens von Königsberg nach Pillau. Der erste Zug war so überfüllt, dass sie den zweiten nehmen mussten. Sie fanden eine Mitfahrgelegenheit auf einem Minensuchboot und fuhren die ganze Nacht durch. Es herrschte Windstärke neun. Die beiden Töchter durften sich in eine Koje legen und bekamen den Tipp von einem Matrosen, sich auf den Bauch zu drehen, um nicht seekrank zu werden. Ihre Eltern hatten dieses Glück nicht und hatten schrecklich unter dem Schaukeln des Schiffes zu leiden.

Am nächsten Tag erreichten sie Gotenhafen. Es herrschte ein heilloses Chaos, große Not und Verzweiflung. Viele Familien mussten ihre toten Kinder zurücklassen. Da der Bahnbetrieb eingestellt worden war, blieb nur die Flucht mit dem Schiff. Die Familie wollte auf die »Gustloff«.

Tauwetter mit Schneeregen hatte eingesetzt und den Weg (zwei Kilometer Fußmarsch) für die Familie sehr beschwerlich gemacht. Der Vater musste zwei Koffer schleppen, aber es bot sich eine Gelegenheit, bei jemanden das Gepäck auf einen Schlitten zu stellen. Doch der Hilfsbereite wollte zur »Potsdam«. Dem Vater entging, dass er an der »Gustloff« vorbeigelaufen war. Die Ehefrau und die beiden Töchter riefen ihm zu, er laufe zum falschen Schiff, aber er war so weit voraus und der Sturm so stark, dass der Vater sie nicht hörte. Wie sollte er auch? Die Ohren waren dick eingepackt mit Schal und Mantel.

Das war das Glück für die Familie! Denn so verpasste sie das unheilvolle Schiff und fuhr stattdessen mit der »Potsdam« nach Sassnitz. Weiter ging es mit dem Zug. Sie gelangten über Hamburg schließlich nach Westfalen.

Die Zeitzeugin empfindet es als großes Glück und Gottes Gnade, dass ihre eigentliche Flucht bloß zwei Wochen gedauert hat, sie stets mit ihrer Familie zusammen gewesen war und sie immer eine Unterkunft gefunden hatten. All dies war eine große Ausnahme. Viele Flüchtlinge waren Wochen oder Monate in Kälte und Eis unterwegs, verloren Familienangehörige oder starben selbst.

Das Erziehungsbuch »Trau keinem Fuchs auf grüner Heid und keinem Jud bei seinem Eid« von Elvira Bauer gab es wirklich und war in Kindergärten weitverbreitet. Es ist 1936 im antisemitischen Stürmer Verlag erschienen.

Danksagung

Liebe Leserinnen und Leser! Vielen Dank, dass Sie zu diesem Buch gegriffen haben. Was wären wir AutorInnen ohne Sie? Nichts! Die Figuren in den Romanen erwachen erst in Ihrer Fantasie zum Leben.

Dies ist ein besonderer Roman für mich, da durch die Erlebnisse meiner Großeltern noch ein Bezug zu dieser Zeit besteht. Leider hat mein Großvater nie über den Krieg und seine Zeit in russischer Gefangenschaft gesprochen. Und von den Erzählungen meiner Großmutter habe ich mir keine Notizen gemacht – als Jugendliche habe ich den Wert noch nicht erkannt.

Dafür hatte ich das Glück, mich mit einigen Zeitzeuginnen unterhalten zu dürfen. Bei ihnen möchte ich mich für die interessanten Gespräche bedanken. Insbesondere danke ich einer Dame, deren Fluchtweg aus Ostpreußen ich in meiner Geschichte nachempfunden habe. Ohne ihre Erzählungen hätte es diesen Roman nicht gegeben.

Ich danke meiner literarischen Agentur Kossack für ihren Einsatz und die tolle Zusammenarbeit.

Außerdem möchte ich mich bei dem Autorenkreis »Waldstadtstifte« bedanken, der mir bei Fragen immer mit Rat zur Seite steht – und insbesondere meinen Testleserinnen Susanne Brandt und Nina Tzschoppe. Vielen Dank auch Anneliese Kindel, dass du ein kritisches Auge auf die Szenen zum Thema der Malerei geworfen hast.

Ich danke Margret Lehmkühler für die Unterstützung bei meinen Szenen mit medizinischem Inhalt sowie Dania Carstensen für die Beantwortung meiner Fragen zu Pferden.